天明寨

民国通俗小说典藏文库·张恨水卷

张恨水 ◎ 著

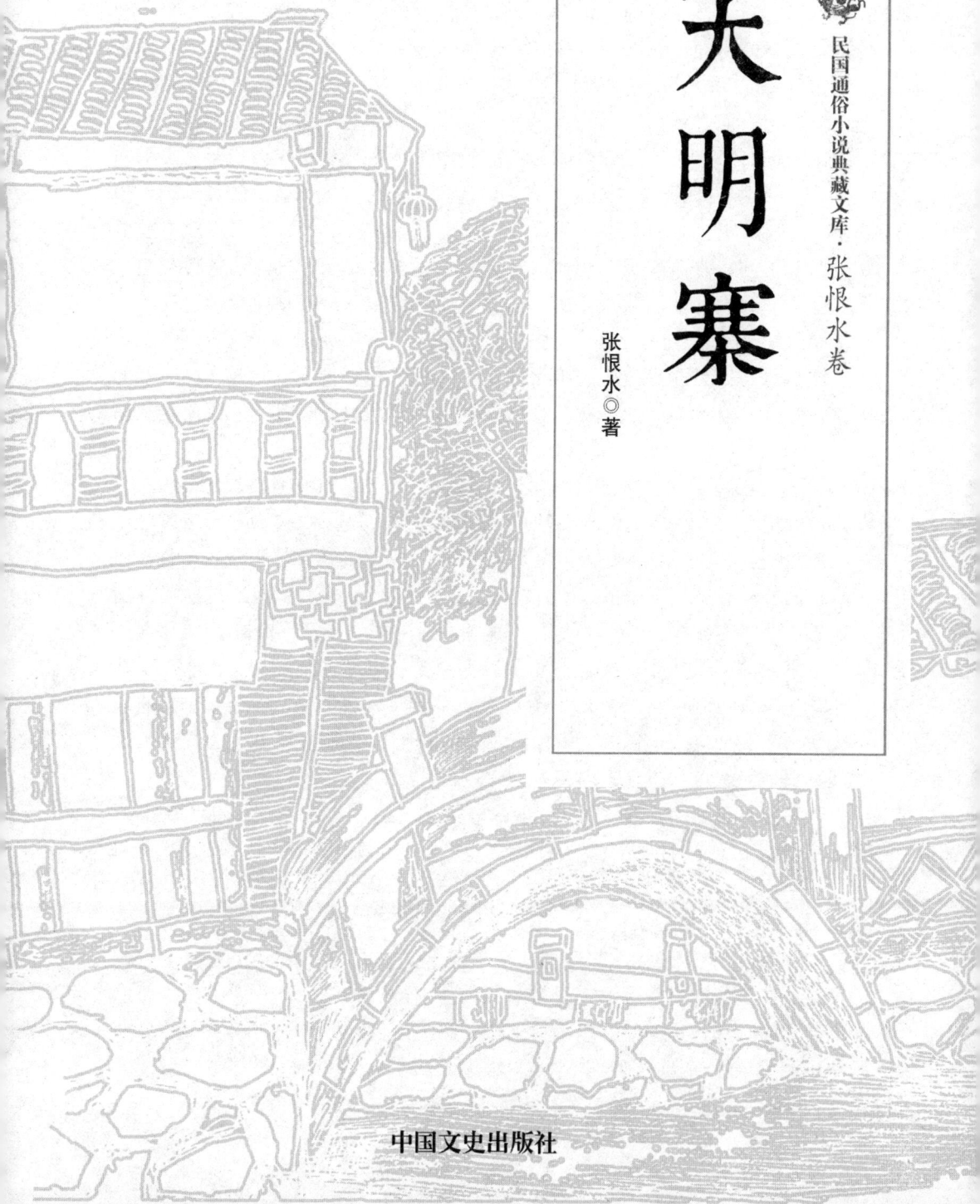

中国文史出版社

小说大家张恨水（代序）

张赣生

民国通俗小说家中最享盛名者就是张恨水。在抗日战争前后的二十多年间，他的名字真是家喻户晓、妇孺皆知，即使不识字、没读过他的作品的人，也大都知道有位张恨水，就像从来不看戏的人也知道有位梅兰芳一样。

张恨水（1895—1967），本名心远，安徽潜山人。他的祖、父两辈均为清代武官。其父光绪年间供职江西，张恨水便是诞生于江西广信。他七岁入塾读书，十一岁时随父由南昌赴新城，在船上发现了一本《残唐演义》，感到很有趣，由此开始读小说，同时又对《千家诗》十分喜爱，读得"莫名其妙的有味"。十三岁时在江西新淦，恰逢塾师赴省城考拔贡，临行给学生们出了十个论文题，张氏后来回忆起这件事时说："我用小铜炉焚好一炉香，就做起斗方小名士来。这个毒是《聊斋》和《红楼梦》给我的。《野叟曝言》也给了我一些影响。那时，我桌上就有一本残本《聊斋》，是套色木版精印的，批注很多。我在这批注上懂了许多典故，又懂了许多形容笔法。例如形容一个很健美的女子，我知道'荷粉露垂，杏花烟润'是绝好的笔法。我那书桌上，除了这部残本《聊斋》外，还有《唐诗别裁》《袁王纲鉴》《东莱博议》。上两部是我自选的，下两部是父亲要我看的。这几部书，看起来很简单，现在我仔细一想，简直就代表了我所取的文学路径。"

宣统年间，张恨水转入学堂，接受新式教育，并从上海出版的报纸上获得了一些新知识，开阔了眼界。随后又转入甲种农业学校，除了学习英文、数、理、化之外，他在假期又读了许多林琴南译的小说，懂得了不少描写手法，特别是西方小说的那种心理描写。民国元年，张氏的父亲患急症去世，家庭经济状况随之陷入困境，转年他在亲友资助下考入陈其美主持的蒙藏垦殖学校，到苏州就读。民国二年，讨袁失败，垦殖学校解散，张恨水又返回原籍。当时一般乡间人功利心重，对这样一个无所成就的青年很看不起，甚至当面嘲讽，这对他的自尊心是很大的刺激。因之，张氏在二十岁时又离家外出投奔亲友，先到南昌，不久又到汉口投奔一位搞文明戏的族兄，并开始为一个本家办的小报义务写些小稿，就在此时他取了"恨水"为笔名。过了几个月，经他的族兄介绍加入文明进化团。初始不会演戏，帮着写写说明书之类，后随剧团到各处巡回演出，日久自通，居然也能演小生，还演过《卖油郎独占花魁》的主角。剧团的工作不足以维持生活，脱离剧团后又经几度坎坷，经朋友介绍去芜湖担任《皖江报》总编辑。那年他二十四岁，正是雄心勃勃的年纪，一面自撰长篇《南国相思谱》在《皖江报》连载，一面又为上海的《民国日报》撰中篇章回小说《小说迷魂游地府记》，后为姚民哀收入《小说之霸王》。

1919 年，五四运动吸引了张恨水。他按捺不住"野马尘埃的心"，终于辞去《皖江报》的职务，变卖了行李，又借了十元钱，动身赴京。初到北京，帮一位驻京记者处理新闻稿，赚些钱维持生活，后又到《益世报》当助理编辑。待到 1923 年，局面渐渐打开，除担任"世界通讯社"总编辑外，还为上海的《申报》和《新闻报》写北京通讯。1924 年，张氏应成舍我之邀加入《世界晚报》，并撰写长篇连载小说《春明外史》。这部小说博得了读者的欢迎，张氏也由此成名。1926 年，张氏又发表了他的另一部更重要的作品《金粉世家》，从而进一步扩大了他的影响。但真正把张氏声望推至高峰的是《啼笑因缘》。1929 年，上海的新闻记者团到北京访问，经钱芥尘介绍，张恨水得与严独鹤相识，严即约张撰写长篇小说。后来张氏回忆这件事的过程时说："友人钱芥尘先生，介绍我认识《新闻报》的严独鹤先生，他并在独鹤先生面前极力推许我的小说。那时，《上海画报》（三日刊）曾转载了我的《天上人间》，独鹤先生若对我有认识，也就是这篇小说而已。他倒是没有什么考虑，就约我写一篇，而且愿意带一部分稿子走。……在那几年间，上海洋场章回小说走着两条路子，一条是肉感的，一条是武侠而神怪的。《啼笑因缘》完全和这两种不同。又除了新文艺外，那些长篇运用的对话并不是纯粹白话。而《啼笑因缘》是以国语姿态出现的，这也不同。在这小说发表起初的几天，有人看了很觉眼生，也有人觉得描写过于琐碎，但并没有人主张不向下看。载过两回之后，所有读《新闻报》的人都感到了兴趣。独鹤先生特意写信告诉我，请我加油。不过报社方面根据一贯的作风，怕我这里面没有豪侠人物，会对读者减少吸引力，再三请我写两位侠客。我对于技击这类事本来也有祖传的家话（我祖父和父亲，都有极高的技击能力），但我自己不懂，而且也觉得是当时的一种滥调，我只是勉强地将关寿峰、关秀姑两人写了一些近乎传说的武侠行动……对于该书的批评，有的认为还是章回旧套，还是加以否定。

有的认为章回小说到这里有些变了，还可以注意。大致地说，主张文艺革新的人，对此还认为不值一笑。温和一点的人，对该书只是就文论文，褒贬都有。至于爱好章回小说的人，自是予以同情的多。但不管怎么样，这书惹起了文坛上很大的注意，那却是事实。并有人说，如果《啼笑因缘》可以存在，那是被扬弃了的章回小说又要返魂。我真没有料到这书会引起这样大的反应……不过这些批评无论好坏，全给该书做了义务广告。《啼笑因缘》的销数，直到现在，还超过我其他作品的销数。除了国内、南洋各处私人盗印翻版的不算，我所能估计的，该书前后已超过二十版。第一版是一万部，第二版是一万五千部。以后各版有四五千部的，也有两三千部的。因为书销得这样多，所以人家说起张恨水，就联想到《啼笑因缘》。"

不论张氏本人怎样看，《啼笑因缘》是他最有影响的作品，这一点毫无疑问，可以随便举出几件事来证明。《啼笑因缘》发表后，被上海明星公司拍成六集影片，由当时最著名的电影明星胡蝶主演，同时还被改编为戏剧和曲艺，在各地广泛流传；再有《啼笑因缘》被许多人续写，迫使张氏不得不改变初衷，于1933年又续写了十回，张氏在《我的写作生涯》中说："在我结束该书的时候，主角虽都没有大团圆，也没有完全告诉戏已终场，但在文字上是看得出来的。我写着每个人都让读者有点儿有余不尽之意，这正是一个处理适当的办法，我绝没有续写下去的意思。可是上海方面，出版商人讲生意经，已经有好几种《啼笑因缘》的尾巴出现，尤其是一种《反啼笑因缘》，自始至终，将我那故事整个地翻案。执笔的又全是南方人，根本没过过黄河。写出的北平社会真是也让人又啼又笑。许多朋友看不下去，而原来出版的书社，见大批后半截买卖被别人抢了去，也分外眼红。无论如何，非让我写一篇续集不可。"这种由别人代庖的续作，出书者至少有四种：惜红馆主《续啼笑因缘》、青萍室主《啼笑因缘三集》、康尊容《新啼笑因缘》和徐哲身《反啼笑因缘》。虽然远不如《红楼梦》续作之多，但在民国通俗小说中已经是首屈一指了。张氏在《我的小说过程》一文中还说："我这次南来，上至党国名流，下至风尘少女，一见着面便问《啼笑因缘》。这不能不使我受宠若惊了。"

《啼笑因缘》使张氏名声大振，约他写稿的报刊和出版家蜂拥而至，有的小报甚至谣传张氏在十几分钟内收到几万元稿费，并用这笔钱在北平买下了一所王府，自备一部汽车。这自然不是事实，但张氏当时收到的稿酬也有六七千元，的确不能算少。这样，他就可以去搜集一些古旧木版小说，想要作一部《中国小说史》。就在此时，日寇侵华的"九一八事变"爆发，张氏的希望随之化为泡影。作为一位爱国的作家，在国难当头的状况下自不会沉默，张恨水在 1931 至 1937 的几年间，先后写了《热血之花》《弯弓集》《水浒别传》《东北四连长》《啼笑因缘续集》《风之夜》等涉及抗敌御侮内容的作品。

1934 年，张恨水到陕西和甘肃走了一遭，此行使他的思想发生了很大的变化。张氏在《我的写作生涯》中说："陕甘人的苦不是华南人所能想象，也不是华北、东北人所能想象。更切实一点地说，我所经过的那条路，可说大部分的同胞还不够人类起码的生活。……人总是有人性的，这一些事实，引着我的思想起了极大的变迁。文字是生活和思想的反映，所以在西北之行以后，我不违言我的思想完全变了，文字自然也变了。"此后，他写了《燕归来》，以描写西北人民生活的惨状。

抗日战争全面爆发后，张恨水取道汉口，转赴重庆，于 1938 年初抵达，即应邀在《新民报》任职。抗战八年间，他除去写了一些战争题材的小说外，还有两种较重要的作品，即《八十一梦》和《魍魉世界》（原名《牛马走》），均先于《新民报》连载，后出单行本。抗战胜利，张氏重返北平，担任《新民报》经理，此后几年他写了《五子登科》等十来部小说，但均未产生重大影响。1948 年底，张氏辞去《新民报》职务。1949 年夏，他患脑溢血，经过几年调治，病情好转，张氏便又到江南和西北去旅行。1959 年，张氏病情转重，至 1967 年初于北京去世，终年七十三岁。

张恨水一生写了九十多部小说，印成单行本的也在五十种左右。说到张氏作品的总特色，一般常感到不易把握，因为他总在不断地变。其实，这"变"就正是张恨水作品最鲜明的总特色。

张恨水是一个不甘心墨守成规的人，他好动不好静，敢于否定自己，这正是作为开创者必须具备的素质。读一读张氏的《我的写作生涯》，就会发现他总是在讲自己的变，那变的频繁、动因的多样，在民国通俗小说作家中实属仅见。……待到《金粉世家》《啼笑因缘》相继问世，张恨水的名声已如日中天，他在思想上的求新仍未稍解，他说："我又不能光写而不加油，因之，登床以后，我又必拥被看一两点钟书。看的书很拉杂，文艺的、哲学的、社会科学的，我都翻翻。还有几本长期订的杂志，也都看看。我所以不被时代抛得太远，就是这点儿加油的工作不错。"

追求入时，可说是张恨水的一贯作风，不仅小说的内容、思想随时而变，在文字风格上也不断应时变化。仅就内容、思想方面的变化而言，在民国通俗小说作家中也很常见，说不上是张氏独具的特色，但在文字风格上也不断变化，就不同于一般了。张氏在《我的写作生涯》中经常提到这方面的事例，譬如他曾提及回目格式的变化，他说："《春明外史》除了材料为人所注意而外，另有一件事为人所喜于讨论的，就是小说回目的构制。因为我自小就是个弄辞章的人，对中国许多旧小说回目的随便安顿向来就不同意。即到了我自己写小说，我一定要把它写得美善工整些。所以每回的回目都很经一番研究。我自己削足适履地定了好几个原则。一、两个回目，要能包括本回小说的最高潮。二、尽量地求其辞藻华丽。三、取的字句和典故一定要是浑成的，如以'夕阳无限好'，对'高处不胜寒'之类。四、每回的回目，字数一样多，求其一律。五、下联必定以平声落韵。这样，每个回目的写出，倒是能博得读者推敲的。可是我自己就太苦了……这完全是'包三寸金莲求好看'的念头，后来很不愿意向下做。不过创格在前，一时又收不回来。……在我放弃回目制以后，很多朋友反对，我解释我吃力不讨好的缘故，朋友也就笑而释之，谓不讨好云者，这种藻丽的回目，成为礼拜六派的口实。其实礼拜六派多是散体文言小说，堆砌的辞藻见于文内而不在回目内。礼拜六派也有作章回小说的，但他们的回目也很随便。"再譬如他在谈及《金粉世家》时说："以我的生活环境不同和我思想的变迁，加上笔路的修检，以后大概不会再写这样一部书。"诸如此类的变化不胜列举。

张氏的多变还体现在题材的多样化。他说："当年我写小说写得高兴的时候，哪一类的题材我都愿意试试。类似伶人反串的行为，我写过几篇侦探小说，在《世界日报》的旬刊上发表，我是一时兴到之作，现在是连题目都忘记了。其次是我写过两篇武侠小说，最先一篇叫《剑胆琴心》，在北平的《新晨报》上发表的，后来《南京晚报》转载，改名《世外群龙传》。最后上海《金刚钻小报》拿去出版，又叫《剑胆琴心》了。"第二篇叫《中原豪侠传》，是张氏自办《南京人报》时所作。此外，张氏还写过仿古的《水浒别传》和《水浒新传》，他说："《水浒别传》这书是我研究《水浒》后一时高兴之作，写的是打渔杀家那段故事。文字也学《水浒》口气。这原是试试的性质，终于这篇《水浒别传》有点儿成就，引着我在抗战期间写了一篇六七十万字的《水浒新传》。""《水浒新传》当时在上海很叫座。……书里写着水浒人物受了招安，跟随张叔夜和金人打仗。汴梁的陷落，他们一百零八人大多数是战死了。尤其是时迁这路小兄弟，我着力地去写。我的意思，是以愧士大夫阶级。汪精卫和日本人对此书都非常地不满，但说的是宋代故事，他们也无可奈何。这书里的官职地名，我都有相当的考据。文字我也极力模仿老《水浒》，以免看过《水浒》的人说是不像。"再有就是张氏还仿照《斩鬼传》写过一篇讽刺小说《新斩鬼传》。张恨水的一生都在不停地尝试，探寻着各色各样的内容及表达方式，他甚至也写过完全以实事为根据、类似报告文学的

《虎贲万岁》，也写过全属虚幻的、抽象的或象征性的小说《秘密谷》，他的作风颇有些像那位既不愿重复前人也不愿重复自己的现代大画家毕加索。

张恨水写过一篇《我的小说过程》，的确，我们也只有称他的小说为"过程"才最名副其实。从一般意义上讲，任何人由始至终做的事都是一个过程，但有些始终一个模子印出来的过程是乏味的过程，而张氏的小说过程却是千变万化、丰富多彩的过程。有的评论者说张氏"鄙视自己的创作"，我认为这是误解了张氏的所为。张恨水对这一问题的态度，又和白羽、郑证因等人有所不同。张氏说："一面工作，一面也就是学习。世间什么事都是这样。"他对自己作品的批评，是为了写得越来越完善，而不是为了表示鄙视自己的创作道路。张氏对自己所从事的通俗小说创作是颇引以自豪的，并不认为自己低人一等。他说："众所周知，我一贯主张，写章回小说，向通俗路上走，绝不写人家看不懂的文字。"又说："中国的小说，还很难脱掉消闲的作用。对于此，作小说的人，如能有所领悟，他就利用这个机会，以尽他应尽的天职。"这段话不仅是对通俗小说而言，实际也是对新文艺作家们说的。读者看小说，本来就有一层消遣的意思，用一个更适当的说法，是或者要寻求审美愉悦，看通俗小说和看新文艺小说都一样。张氏的意思不是很明显吗？这便是他的态度！张氏是很清醒、很明智的，他一方面承认自己的作品有消闲作用，并不因此灰心，另一方面又不满足于仅供人消遣，而力求把消遣和更重大的社会使命统一起来，以尽其应尽的天职。他能以面对现实、实事求是的态度对待自己的工作，在局限中努力求施展，在必然中努力争自由，这正是他见识高人一筹之处，也正是最明智的选择。当然，我不是说除张氏之外别人都没有做到这一步，事实上民国最杰出的几位通俗小说名家大都能收到这样的效果，但他们往往不像张氏这样表现出鲜明的理论上的自觉。

张恨水在民国通俗小说史上是一位名副其实的大作家，他不仅留下了许多优秀的作品，他一生的探索也为后人留下了许多可贵的经验。

目　录

第一章

两个壮士跳跃而出

在清咸丰二年一个冬天里，汉族人亡国已经有二百年了。经过了这样久的时候，人民拖着辫子剃了青光的半边头皮，以为是当然，并不知道这是有违原来面目的。

安徽潜山县一个乡村人家，立着黄砖墙的堂屋，太阳由天井里斜照到堂屋正中地皮上来。一个三十多岁的汉子手捧着一只竹编的小篮，坐在太阳地里。一个乡下剃头匠左手抱住他的头，右手夹了雪亮的剃刀，正在他头皮上瑟瑟地削着头发。靠左一个长了五寸长胡子的庄稼人，拥了一件翻白色的蓝布棉袄，两手捧了个泥火炉子，坐在房门门槛上。老人闲望着剃头匠道："剃了这届头，你大概要到过年的时候再来了。"剃头匠笑道："三老爹，你说怪不怪？我们这碗饭吃不长了，吃一天是一天了。"三老爹道："李二，你要到哪里去发财？明年开春上江南摘茶叶去吗？"李二笑道："发财？都要逃命了，你老人家没有听见说吗？长毛造反，杀到了湖北了。"那个被剃头的汉子也道："是的，听说长毛很厉害，带有天兵天将下凡，杀死官兵不少。听说他们多养着头发像道人一样的，所以叫长毛。"李二笑道："所以我说，他们来了，我就没有饭吃了。三老爹，你肚子里的鼓词儿多。我问问你，据传说在明朝的时候，大家都不剃头的，是有这话吗？"

三老爹听说，引起了满肚皮的历史，很是高兴，一手按住了泥火炉，一手连连摸了几下胡子，点点头道："是的，在明朝我们是不剃头的。不但是明朝，由明朝往上一数，哪朝也不剃头。"李二道："为什么到了大清手上，就剃起头来了呢？"三老爹谈话谈到这里，将两只老眼圆圆地瞪着，向李二低声道："难道你不知道现在是鞑子坐天下呀。"李二道："倒是听见说，怎么叫鞑子呢？是红毛国的人吗？"他口里说着，心里是有了很大的疑问，那其薄如毫毛的剃刀很不经意直下去了一点，就在那汉子头皮上割了一条口子。红光一线，搁在顶心，提起刀来，他啊了一声。

那汉子叫起来道："你这是怎么了？割了我一条口子了吧？"李二笑道："不要紧，见红，你运气上了头，应发财了。"那汉子哼了一声，没有说话，等他将头剃完了，立刻伸手到头皮上去摸了两把，指着李二道："你这种手艺，就是长毛不来，也没有饭吃了。"他说这话时，已经是很生气，自然是声

1

音也未免大一点，就是大门外也有人听见。随着这声音，进来两个人，一个是四十上下的庄稼人，挑了一副空箩担。一个是三十来岁的人，身上穿了黑布袍子，外套红呢背心，头上披着风帽，手上却提了个灯笼。

三老爹看到，便迎上前笑道："储丙元二哥来了，大概很忙啊！这时候出来就带了灯笼，不夜深不回去了。"他且不理三老爹的话，将风帽取了，露出头上的红顶瓜皮帽，取下风帽的时候，摔了两摔，表示他生气，问道："刚才哪位大声叫长毛？"李二指着那汉子道："是王得发老四说的。"储二哥问他道："得发，你不知道这话是要脑袋瓜子的事吗？你怎么乱说呢？我不是这里的地保我不管这闲事。你们要知道，这几天县里风声紧得很，已经贴了告示，造谣生事者斩。你在哪里知道长毛会来？"

这堂屋里被这位地保用言语一质问，大家都慌了，互相红着脸，对望着。储丙元道："不瞒三位说，今天上午县差下了乡，忽然说是老爷要点卯。点卯向来是正月里的事，为什么在这样年终岁毕点起卯来呢？我想说不定和那张告示有关，只好连夜上县。"三老爹道："原来有这种情形了，怪不得这几天四乡纷纷地说着反了反了。我以为又是染坊里坏了染缸，故意造下这种谣言。这样看起来，倒是真事。二哥，你坐一会儿，烧茶你喝。"

储丙元对那挑担子的壮汉道："坐坐吧，我也要见见李凤老才走呢。他老爹是个世故深的人，谣言到底是怎样一回事？"那挑担壮汉只说"是的，是的"，好像认为这办法是最妥不过。剃了头的王得发，深悔自己说错了话，赶快将靠墙的一张桌子拖出来，在墙上取下了稻草把，将桌上堆积着有几分厚的灰尘擦抹了一阵，口里喊着道："哪儿去了？甲长来了，快烧茶喝。"他说话的时候，是昂头向着对内室的门，无疑地，这是在叫他的老婆做事。果然地，屋里有女人答应着，说是"晓得"。那位王三老爹也就把插在裤带子上的旱烟袋和衣袋里香橡皮做的烟盒子一块儿取出来敬客。

这位剃头匠李二，外号十八张嘴，是个最喜欢说话的人，这几天听到了许多谣言，本来就忍不住要说，现在地保当面说起县里风声很紧，这谣言不能完全是假的了，若是不问，心里实在难受，可是照实地问了，又怕碰地保的钉子。他两手抱在胸前，站在太阳光里晒着，悬起一只脚来颠颤着，做个很悠闲的样子，望了天道："太太平平地过日子多好，一个人为什么给头过不去，要造反？"三老爹陪地保坐着呢，口里衔了旱烟袋，喷出两口烟来，笑道："你们这年轻的小伙子知道什么？俗言道的有，大年三十夜杀家鞑子。从前朱洪武就是这样干起来的。"说到这里，将声音缩小得一点子大，朝着储丙元道："听说长毛头子也姓洪，说是朱洪武的后代。"储丙元笑道："三老爹，你这叫海话了，朱洪武的后代怎么姓洪？"

王三老爹道："传说原来是姓朱，后来改姓洪的。"储丙元笑道："我是个地保，倒没有你知道的多。三老爹你是个年尊辈长的人，以后听到这些话，你只应当劝别人少说。若是你也说起来，年轻的人看到老前辈都信谣言，大家更说得厉害了。"王三老爹究竟上了几岁年纪，倒被后生这样说了几句，不免有些难为情，只有垂下了老长的眉毛，低了头只管抽旱烟。王得发由厨房里提了一把瓦茶壶和几个粗碗来，大家都默然着坐了喝茶。

剃头匠李二捧了茶碗，向大门外看着，啊了一声道："汪老四来了。"一言未了，一个二十上下的小伙子，头戴三道金边红毡帽，身穿毛蓝布长衫，罩住了棉袍子，腰横了青湖绉腰带，在左胁下垂下长短两截来，手上拿了根赶驴短鞭子，挺了胸脯子走过来。他圆脸大耳，两道浓眉毛，便似乎带了几分蛮性。他一路晃着鞭子，笑了进来道："啊，甲长老爷也在这里。甲长得了什么信息没有？大家快跑吧，长毛已经打破了武昌城，不久就要去打南京，我们这里是必经之路……"储丙元因为他是个绅士的儿子，而且又练得一身好武艺，不敢得罪了他，立刻放下茶碗来，站着向他苦笑道："我的小老爷，你这是什么话？这样大声叫起来，让人听见，不是玩的。"

汪老四并不理会他的言语，见那矮桌子边有一条小板凳空着，他将一只脚踏在凳上，拿鞭子的手横叉在腰眼里，另一只手却倒了一杯茶，端起来便喝，喝完了那杯茶，才笑向丙元道："你怎么那样胆子小？现在议论纷纷，哪一村一乡不说长毛造反的事？就算是造谣言的都该杀，请问，杀得了这些人吗？而且长毛造反，这是实实在在的事，反也有人反了，难道我们说也说不得？不许我们说，长毛就反不起来吗？我二叔新近由安庆回来，说是长江里都要封江了。南京的陆制台带了人马要杀到湖北去。现在上游的小孤山、下游的东西二梁山都在修炮台。这事在安庆城里，就是衙门里当公差的也逢人就说，我们乡下人睡在鼓里，一点也不晓得。长江一带大码头都在招军买马，大字号买卖都不敢进货。我二叔是上跑武汉、下跑苏扬的人，他带回来的消息，那是一点也不假。你还不许我们说呢，过几天也许大家都要跑了。"

他这几句话说得大家作声不得，面面相觑。那十八张嘴李二首先开言，笑道："汪四先生，你跑不跑？"汪老四笑着抬了几下肩膀，哼了一声道："跑与不跑，现在哪里晓得？只好到了那时候再说。闲话少说，王三老爹，我今天特意来找你，请你帮我一个忙。"三老爹道："看什么事要我做，你就吩咐吧，说什么'帮忙'二字呢？"汪老四笑道："我要请你喝两盅了。"三老爹笑着拱手道："这就不敢当。"储丙元笑道："三老爹为什么要四先生直说，你还不懂吗？他要办喜事了。"

三老爹笑道："这我就明白，准是要我去和四先生做粢粑，谁都知道我会做这东西，这是放大定呀。是哪家的姑娘？"储丙元道："我晓得是朱子清先生家的二姑娘。大概是放了大定，就跟着喜事一齐办。这几天办喜事的就多了，都怕大局不好，赶紧把姑娘送到婆家去，自己好轻一身累。"汪老四道："你虽是这样说，但是天下真有方块肉的人。这朱子老说婚姻大事不能马虎，总要照着寻常的礼节，一步一步办下去。至少也要放了大定，两个月以后才办喜事。我们男家有什么要紧？迟几天就迟几天。但是朱师娘听说外面风声不好，又巴不得早日完了这种心愿，又催着我这边早早地预备。朱子老今天把我叫了去，教训了我半天，我真头痛。"三老爹道："又不是四先生要催着办喜事，为什么要教训四先生呢？"

汪老四笑道："倒不是为了我本身的事。他说的是一套忠君爱国的大道理。生逢乱世，第一是镇静。又说：读圣贤书，所习何事？遇到大难临头，我们不但自己要想出个自处的法子，而且还要替乡党谋个自全之道。现在外面草草嫁娶，那都是徒乱人心的事，所以我绝不干。他说的这些话本来就有些道理，而且他又是我的长辈，哪里还能说什么？静静地等他把教训我的话全说完了，我才敢走。所以我看起来，这一门亲事，将来总怕还有不少的纠葛，可是这也是难预料的事，只好由他去了。"王三老爹两手拥了泥火炉，默默地听着，这就连连点了几下头道："这话实在有几分道理。别人说了少不得说他是书呆子说的话。可是朱子清先生，他是我们乡下一个有名的正直绅士，他是真有那一番见地，才肯说出来的。"

李二将一只盛剃头家具的竹篮挽在手胳臂上，早就做了个要走的姿势，以便赶向第二家去剃头。然而他把这些热闹的谈话听到耳朵里去了，就不能指挥他那两条腿，这时，正要走呢，那王得发就问道："这样说长毛一定会来的了。什么时候来呢？听说他们叫天兵，天兵是会飞的呀。"汪老四道："那怎样说得定？说不定三天五天就来了，说不定周年半载也不会来。"李二便又放下了手上挽住的那只竹篮，因问道："四先生，听说长毛都是养满头的，用不着剃头了。"

汪老四将驴鞭指着他道："你还说啦。他们说剃头匠都是汉奸，捉到了就杀。原来汉人都不剃头的，为了你们帮旗人剃汉人的头，所以汉人的头各各剃去半边。你们这种人，在长毛眼里是十恶不赦。"李二听了，立刻脸上青一阵白一阵，苦笑道："四先生和我们说笑话。剃头匠多得很，杀得完吗？"汪老四道："剃头匠有多少，为什么杀不完？好像我们这一乡，也不过七八个剃头匠吧。大乱的年头，一起杀七八个人，那算得了一回什么事？不但是剃头匠要杀，长毛到了，就是新剃头的人也要杀。他们的意思是说，知道他们快要来了，为什么还要剃头？显见得是和他们作对。"

4

王得发赶快伸起手来，摸着剃光的头皮子，向李二道："我说今天不剃头，你偏说走到这里来了，就剃上吧，剃了不算，还给我开了一条口子，说是见红。这是你打坏我的彩头，害苦了我。我要逃命去，我家里还有妻儿老小，怎么办？"储丙元唉了一声，就笑道："你也太胆小，长毛到这里还不知道有几千几百里，哪里立刻就会杀到你头上来了？"王得发道："李二，你把我剃下来的头发给我栽上去。你不栽上去，我要你好看。"

李二听了这话，挽了那家具篮子就向外跑。跑到村屋外面，后面还有人叫李二，他以为王得发那傻小子追上来了，他盘起辫子来跑。只听到后面噔噔一阵脚步响，身子向后一翻，跌了个四脚朝天。抬头看时，原来有人追上，拉住一把，就倒下了。

这人才得十四岁，叫李立青，是这里方绅士李凤老第三个儿子。他虽只十四岁，已是身高五尺，高鼻子，大眼睛，国字脸，腮上两团红印，手胳臂伸出来，像两根棒槌般结实。他由七岁到现在，经过了十三个拳棒教师教他武艺，马上马下、枪刀箭弹无一不精。就是年轻一点，喜欢闹着玩。因之李凤老又请了一位名秀才教他诗书，以便陶熔他的气质。这一乡人都有三分惧他，因为他喜欢和人玩，随便一使手段，就要弄人一个大跟头。

那李二跌在地上正要开口骂人，看清楚了是立青，立刻由地上一骨碌爬了起来，笑道："原来是三先生。我这样豆腐架子搭成功的人，哪里经得起你这一把，你这不是要我的命吗？"立青笑道："你为什么见了我就跑？"李二道："哪是见了你就跑？今天上午，我剃头剃到王庄来了，我想就在这里做一天活吧，把在家闷坐的人都请了来剃头。不想第一个就剃出了是非，王得发那傻子，他要把剃下来了的头发给他栽了上去。他是有点朱砂疯的人，若是他真发起疯来后，我逗他不了，所以我就跑。"立青道："他难道真是个傻子，为什么说这话？"李二就把汪老四所说的话学说了一遍。

立青笑骂道："这东西最可恶，专一拿庄稼人开心，我要教训教训他。哒，汪老四，滚了出来！"这一声大喊，对了王得发的大门喊将进去，里面早是应声道："哪个吃了豹子胆的，在太岁头上动土？先叫他吃三十鞭子，看他叫滚出来，还是叫请出来？"立青笑答道："还是叫滚出来。"汪老四扬了鞭子，跳出大门，立刻垂下鞭子，歪了头笑道："师弟，你在你家门口，要师兄的好看？"立青道："那我们就走出王庄去。"汪老四笑道："你现在弃武就文，读孔孟之书，习周公之礼了，对你师兄，还是这样？"

立青笑着作了两个揖道："怎敢怎敢？我不过和你闹着玩。师兄，你乌鸦不要笑老母猪黑，你和我是一样的淘气，为什么把那些无稽之谈来吓这些庄稼人？若有师傅在这里，就该请师傅抽你三十鞭子才对。"汪老四笑道："我也是因话答话，和他们闹着玩，哪知他们信以为真。但是外边谣言也真厉害。我二叔由安庆回来，说是省里已经在修理城墙了。这些谣言你没有听到吗?"立青笑道:"听到要什么紧? 天下多事，就是我们干功业的时候。"汪老四拍着立青的肩膀，笑道:"你不过十四岁的人，就说着这样大的口气，将来你成丁了，那还了得?"立青笑道:"我站在你面前也许还要比你长出一个头来，还等什么时候算成丁? 人家说起长毛来都害怕，我只有冷笑。就是我父亲他也说，万一有事，叫我不要亏了这身武艺。"

汪老四道:"你怎么有工夫出来说闲话? 先生呢?"立青道:"先生也是因为谣言很大。他是太湖人，太湖和湖北黄梅交界，他家里还有七十岁的老娘，不能不回去看看，已经提前散年学了。到我书房里去喝杯茶，好不好?"汪老四笑道:"实不相瞒，我有点怕见令尊。"立青笑道:"他老人家虽是一脸的正气，但是你规规矩矩地和他说话，他也很和气的。去，我们家里坐坐。"

汪老四向立青身上看看，见他穿了一件青布棉袄，虽然左肋下缀了两个小补丁，可是全身之上一点皱纹也没有，一点痕迹也没有;一看自己身上，腰带紧着，长衫还挤出了许多皱纹，和里面的袍子，左右相差快到一寸，笑着摇摇头道:"衣冠不整，改日再见吧。我驴子拴在稻场石碾上，仔细吃了人家稻草。"举了鞭子，再待要走，王三老爹和储丙元都出来了。王三老爹道:"四先生，做籴粑，哪天去呢? 你告诉我一个日子呀。"

汪老四道:"就是后天晚上蒸糯米，你到我家去吃晚饭吧。"他听到旁边矮竹丛子里有咳嗽声，很快地走了。果然，竹丛里转出一位五十上下的老者，两撇清水胡子，圆长的脸，也是一对大眼睛。蓝布袍上套了青布窝龙袋 (小袖马褂，以前曰旧窝龙袋)，在这乡下，只这态度，就代表着一个绅士阶级。这就是大家口里所说的李凤老。他名叫李凤池，是个廪生，而同时他还是个武秀才。家里在这王庄口上，开了一爿大杂货店，家里雇用了五六十名伙计和长工，气势是非常的盛旺。生了五个儿子，大儿子学文，二儿子学商，三儿子学武，四、五两个儿子年岁还小，这李立青就是他第三个儿子。这一乡因为他家有钱有势，都很抬举他。可是这李凤老自幼就受宋儒二程那理学的气味熏陶，专做那正心修身的诚字功夫，有些不达时务。一部分勾结官府的劣绅，同他是面和心不和。乡下那些调皮的子弟，见了他老远的就跑，免得受他的教训。

这时，他走了出来，见汪老四扬长而去，就问道:"那是谁?"立青道:"是汪老四。"凤老道:"是汪学正世兄。那是你师兄，你为什么叫他汪老四?"王三老爹笑道:"那也不怪三先生，这一乡人都叫他汪老四。"凤老道:"他和别人不同，他们是师兄弟，应当客气些的。我听到说学正要三老爹去他家做粢粑，他和朱子老家联姻成功了吗?"三老爹道:"成功了。"凤老摸摸胡子点点头道:"这孩子有朱子老这样一个岳父，大概可望成器了。储二哥怎么在这里，后面还挑着箩担呢? 你是收皇历费了。"（邑俗，地保以历书散给农家，农家给予钱若干，视书价数倍过之也。）

储丙元道:"县里派人下来了，说要点卯。做晚辈的一想，这一定有什么缘故，特意到凤老爹面前来请示。箩担是想在县里带些年货回来。"凤老道:"办年货你是大可不必，这年月，能够省几文，你就省几文。我想在这样年终岁毕点卯，那绝不是大老爷打抽风，必是有公事，要派四乡地保去做。"储丙元道:"我也是这样想。我现在要向凤老爷请示的就是大老爷会问些什么，我们应怎样去答复他。"

凤老道:"这是事出非常的事，他们有什么要问，那就难说了，据我想，十之五六，是办兵差。假如是办兵差的话，县官不过分出个章程来，叫地保分乡分甲去办。不过真是办兵差，他一定要找四乡的绅士商议商议。也许这县官有心计，先把地保叫了去，问问四乡情形如何，再来摊派。这没有什么难处，你知道一句说一句，不知道的不必瞎说。不在乎图大老爷那一阵欢喜，地保得老爷两句奖赏，说差事要办得比别人好，回乡来银钱粮米一扫光，却害苦了百姓。但是大难来了，公差也是要办的。你们当地保的只凭了一点良心去办，上不讨好老爷，下不陷害百姓，这就行了。你由县里回来，可以先到我这里来一趟，我要先得你一些消息。"

储丙元连连答应"是"，就对挑箩担的汉子道:"你回去，我不办年货了。"这是他表示如何听凤老的话，他到县里，必照着凤老的话去做，那是无疑的了。

第二章

办粮台绅士家里会议

离开这王庄，约莫有二里路，是小曹村。储丙元上县城去，必得由这里经过。当他走到村子口上的时候，见路边有个戴枣红毡帽、翻穿黑羔皮马褂的人，手里扶了一支长到三尺多的加漆黑色旱烟袋，放到口里衔着，马褂下露出枣红袍子和黑缎薄底鞋子，都是上等的服装。

在这样离城市远的乡村，会有了这样华贵的人，他立刻就猜到，必是这村子里的主人翁曹金发老爹。他是个武举人，家里有上千亩的良田，备他花用。他今年五十五岁，还不曾蓄胡子，身体十分健康。因为身体好，生下六个儿子四个女，整整十个，都十分结实，乡下人都说他福气好，竟能修得这样的齐全。当地保的人，对于这样有声有势的绅士，自然要尽量地透着亲近，因之老早地就高喊着曹金老爹。口里喊着，那两手也是比齐袖子，深深地作下几个揖去。曹金发一手放在身后，一手扶了旱烟袋，慢慢地踱着步子，迎到储丙元面前来，先喷了一口烟问道："你带了个灯笼走，要到县里去吗？"丙元笑道："金老爹真是厉害，一见就猜着了。"曹金发喷着烟，脸上带一点微笑，向他看了道："哼，像你们这样的人，我不用拿眼睛看，只用耳朵听听你们的脚跟响，我也能够知道你是什么意思。"丙元抬着肩膀笑道："那是自然。你老爹顶着皇帝家的两种功名呢，没有一点能耐，就能爬到这种地位吗？"

曹金发吐出了旱烟袋，叹了一口气道："我也是个劳碌的命，有能耐有什么用？你看，就是收这几担稻子，也非我亲自上前不可呢。"于是将旱烟袋向前面大路指点着。那大路上正有七八个挑子，箩里盛满了黄澄澄的肥稻，向庄子里面挑了去。储丙元笑道："你老人家真是发财的人。你看，这样丰满的稻子，成班的人，向家里挑了去。"曹金发笑道："今年的年成不怎样好，收的租稻要打个折扣了。我们这一乡没有什么大富户，所以闹到我头上，成了'山中无老虎，猴子做大王'了。我的开销也太大，简直是多不了钱。说到这个钱字，我也就觉得这些个佃户实在可恶，往年稻卖得起价钱来，他们就用银子来折价，稻留着到翻过年去卖，又可以挣一笔钱。今年谣言很多，他们都愿意把现银子扣在怀里，这就把稻向东家送。哼，我是上了几岁年纪，动不得。若在早几年有了这样的事，那我会喜欢得高跳起来，因为有了这样

8

的机会，我才可以盼到封侯挂帅呢。这些年轻的小子一听到说造反的来了，大家吓得魂不附体，那真让我这老年人好笑。"储丙元虽明知道他是个武举人，可以抵得几个人，但是大反的年月，传说是有天翻地覆那样厉害，却想不到他是看得这样的淡定，这倒不能不向他问上两句。因道："金老爹，你是个见过世面的人。据你老人家看法，反得起来吗？"曹金发道："造反，你以为是件容易事吗？"他说着，将那冷过去多时的旱烟袋倒吸上了几下。储丙元道："早些时候，我听了这些谣言，我也不相信的。可是现在越说越是厉害，好像大兵就到了眼前似的，我也不能不信了。今天县里点卯，恐怕也就为了这事。刚才据李凤老说，怕是县老爷要查访四乡的殷实情形，预备摊捐募饷。他劝我不必瞒，也不要说哪个有钱，实话实说好了。"曹金发由嘴里抽出旱烟袋来，瞪了眼向储丙元道："什么？这是李凤池说的话吗？你是不是照着他的话去办呢？"

储丙元一时猜不了他是什么用意，却呆望着，答复不出来。曹金发道："李凤池是个活书呆子，他懂得什么？若是让你去实说了。就以我们本里本甲而论，外面那些人胡扯，都说我收的租多，少不得摊起款来就派我一个大份子。丙元，你头上长了几个角？你敢到曹举人家里来收款派差吗？就是我们不难为你，你也是得了多少，呈缴多少，不敢沾一点油水吧？请问，你办理这一趟差，能得什么好处？你应该想出这地方懦弱无能而且又出得起钱的人，你对他们，都把名字记上，到了县衙里，老爷不问你就算了，问起你来，就把他们供了出去。到了派夫派款的时候，那就点请也好，善请也好，这几个人是跑不了的。那时，有我曹家金老爹，和你一撑腰，你多多少少总沾些油水吧？丙元，你跟在我面前做事，我有什么事亏负过你没有？"丙元笑着打拱道："你老人家怎么能亏负我？那是笑话了。"

曹金发笑道："你相信我那就很好。俗言道：淘浑了水就有鱼吃。又说浑水缸里好摸鱼。你今年也三十多岁了，你不趁着年轻力壮的时候抓几个钱到手里，你还等待何时？若真有这样的机会，那是十年难碰金满斗的日子，你难道愿意错过吗？"这一篇话把储丙元大大地提醒了过来，因就笑道："本来我也是这样想。不过四乡的人七嘴八舌，说得糊里糊涂，我也就把这个念头搁下去了。你老人家这样一说，我是如梦方醒。"曹金发将手上的旱烟袋倒捏了过来，在他肩上连连地敲了几下笑道："小伙子，你不行哪。"储丙元道："你老人家的话，我很明白了，不知还有什么话吩咐我的没有？"曹金发将旱烟袋嘴子向他钩了两钩，便道："既然如此，你算醒过来了，你就跟了我到家里去喝杯茶。我也要回去看他们量稻进仓哩。"储丙元想到浑水缸里好摸鱼这句名言，也就笑嘻嘻地跟了曹金发进庄去。一小时以后，他方告别主人翁出来。在这一小时以内，他增长了不少的知识，他已经知道在浑水缸里怎样去摸鱼了。在次日相同的时间，他已经由县城里回到了小曹村来复命。

曹金发坐在他私人享福的屋子里，两脚脱了鞋，光袜子底踏在铜炉盖上。横桌摆下了账簿算盘之类，一支笔倒插在算盘格子里，可想到他正自算着账，还不曾休手呢。储丙元在窗子外走着，他就看到了，立刻喊着进来。他一进门，不等人问，先就一拍手道："金老爹，这事是不好了。县里自昨日起，已经在修城墙垛子。我们算离城远了，没有到我们这里来抽民夫。县城四门外，五里路上下，家家都有人去。听说修好了城，就要挖城外的壕，这不是情形不好的来路吗？"曹金发笼住两只袖子，坐了没动，眼望了他道："你先不要说散话，只说县官叫你们去做什么呢？"储丙元道："果不出李凤老所料，是叫我们地保问话，问各里各甲有多少殷富之家。有几个地保不敢说实话，绅士怕得罪了，就说：大老爷明鉴，只查捐亩簿就可以知道。说这话的，就挨了骂。王知县说：捐亩册何能为凭？卖田留亩的人多得很。殷实的人家，也不一定田亩多。也知道你们这班地保，和绅士勾结起来，欺瞒官府。你们先说个底子，回头我自要派委员下乡去督查，若有不实，打断你们的狗腿。大家听得有委员会下乡来督查，都不敢隐瞒……"

曹金发两手按了桌沿，站将起来，瞪了眼望着储丙元道："那么，你是说了实话的了。你把我报在第几名？"储丙元道："本甲我报的是李家第一名、汪家第二名，没有说出你老人家来。昨晚的也正为了这件事为难，特意要和你老人说说，假使督查委员下来了，我要怎么样圆过这个谎来呢？为了这个，我不能不先来和你老商量一下。你老总不忍我在这快要过年的时候，去挨上几百板子吧？"曹金发仔细想了一想，点着头道："你若是替我瞒过去了，我不能让你为难，我一定想法子给你圆过这个谎来。但不知道委员老爷什么时候下乡来？"储丙元道："我看这情形是很紧急的，不出三天，委员一定会到。"曹金发道："三天之内，我都不出门。假使委员下乡来了，我就引到这里来，我替你张罗款待，先省掉你一笔用费，你看好不好？只要他肯到我家来，凭我当过二三十年绅士的经验，怎么我也可以把他打通一气。"储丙元听他所说，已是做了这样的硬保，就放心不少，又和他谈了许多的话，然后回家去。却派了一个人去转告李凤池，说县里果然是要指派钱粮，只是自己太累了，已经病倒在家里了。

李凤池虽然也担心时局，但在一个地保身上，却也不怎样地留意。他说病倒了，也就由他。过了两天，满乡风传着，老爷下乡来了。凤池听到，却是有些纳闷，乡下并没有什么重大案情值得知县下乡的，而且外面风声很紧，知县也不应当在这时擅离职守，便特意慎重其事，叫第三个儿子立青到地保家里去打听。

一会儿工夫，立青红着脸回来说："来的不是知县本人，是一个小委员。地保在半路上接住，就送到曹金老家去了。地保正派了伙计到各位绅士家里去，要请各位绅士到曹家去议事。这曹金发是我们乡下第一等……"李凤池立刻喝住道："你小小年纪懂什么？我们这两甲，就是曹金老的功名最大，也是他家里布置得最齐备，把委员让到他家去，那是很对的。委员下乡来了，总要在一个人家下轿，这有什么使不得？既是委员在他家，我就去，你到房里去给我把大帽子拿来。"立青道："他不过是个县衙门里的一个小差委，何必还同他这样客气？"李凤池道："这不是客气，这是礼节。依着我的意思，必定要穿了套褂子去才好。不过要是那样，恐怕人家疑心我是巴结官府。礼节这样事情，就是拘束人不要遇事马虎。我望你们后生做事认真，就不愿你们忽略了礼节。"立青不敢多说，取出大帽，两手捧住，交给了凤池。他戴着帽子，用手扶正了一下，向立青正色道："我对你说，现在天下慌慌，人心靠不住。我戴了这帽子去见官府来的人，让他们明白，我是个尊重朝廷的人。"说着，将烟荷包旱烟袋都交了立青。立青说："我拿着烟袋跟父亲同去吧？"凤池道："对了上差抽烟，那是失仪的事，不必了。"凤池放下长袖子，将身上的衣服掸了掸灰尘，然后向小曹村走来。

这时，曹金发堂屋里，不少的三四等绅士和随着委员来的差人。烧着木炭火盆，桌子上放了整排的茶碗水烟袋、上十个干果碟子，只这些，可见曹金发是如何地款待殷勤。那些人见凤池来了，喊着凤老爹，都站了起来。金发的儿子曹秉忠连忙抢上前，将凤池迎到里面屋子里去。这屋子是曹金发自己享福的卧室，平常是不能随便让进来的。正面木床上高叠着被褥，正中放着大烟家具，点着了油灯。曹金发和一个二十多岁的汉子横躺在那里吸烟。床前搁了两只火箱，正好搁脚。脚上另盖一床大皮褥子。烟盘子旁边，摆有一壶茶、两碟上等点心。这里桌上还另摆了桌盒，地下烧有火盆。汪学正的父亲汪孟刚，他却衔了旱烟袋，斜靠了桌子坐着，望那床上抽烟的人。

凤池一脚跨了进来，这就把床上两个人惊了起来，金发连忙引见那个汉子，就是县里来的委员丁作忠老爷。他身穿蓝绸羊皮袍，外套一字琵琶襟紧身背心，头上戴顶缎子瓜皮帽，一个极大的红绳顶子，在帽子前面组了两块绿玉牌子。像这样的人，简直没有一点委员气了。看他的年纪不过二十七八，脸上惨白，在眼睛圈下还带着两道青纹。他倒是不搭什么官排场，右手三个指头夹住了烟签子，把住左拳头，向凤池拱了两拱。他一见凤池戴了大帽子，又笑道："李兄太客气了。漫说是兄弟下乡来了，就是敝亲他自己来到，也不必这样客气。请升冠吧，我们可以随便说话。"

凤池听到他口称敝亲，这倒有些明白了，听说县太爷有个妻舅，在衙门里当钱谷师爷，很有些权，谅必就是他了。这一见之下，心里便有三分不高兴。不过他这回下乡来，总是办正当事情的，不能够得罪他，也就拱拱手道："不妨不妨。"丁作忠笑道："李兄不玩两口？"凤池一面拱手，一面坐下道："兄弟不会，台端请便吧。"他也点点头道："好，等兄弟过足了瘾，再来畅谈。"他说毕，又倒下去抽烟了。汪孟刚和李凤池隔了桌面子坐着的。他将酱色马褂大袖斜撑了桌子，那只手依然扶了旱烟袋，却斜过眼睛来向他看着，脸上皱起了无数的歪纹，冷冷地带了微笑。

凤池心里可就想着，无论这委员怎样的不成器，总是由县里来的。而且也不知道他怀了什么鬼胎来的，得罪了他，少不得让这两甲的百姓吃苦了。这就向汪孟刚点了点头。那丁作忠在床上烧着烟泡，眼望了灯火，也是很闲的，就问道："李凤翁，你知道上游的情形很不好吗？"李凤道："虽然风传一二，究竟息影田园的人，这些外事是不易清楚的了。"丁作忠道："汉阳汉口早已失陷了，听说武昌城前些日子也丢了。贼兵排山倒海一样越来越多，看那样子，绝不愿意小干。省里蒋抚台曾接二连三地在湖北安徽交界的地方去打探，前些时候，他们由县里经过，敝亲也曾款待他们，探听些消息。据说，贼心不小，打算用刘玄德坐荆州的那个办法，杀到长安去，在那里建都。究竟以前孔明六出祁山、姜维九伐中原，哪里成功了？我们也料着这乌合之众，像当年李闯王、张献忠一样，总是要灭亡的。不料在这半个月以来，天天有探报路过，和前大不相同。那贼头洪秀全自命为朱洪武再世，要建都金陵，决计调动他的军队顺流而下。安庆六属是贼兵必经之路，贵处百姓就不能像半月前那样漠不关心了。前天省里来了公文，本县三桥石牌三处都要成立粮台，叫潜怀两县不分畛域，日夜赶办。本县产米的地方都在东乡，贵乡与仁长厚四里共四十甲，要捐两万担米、十万斤柴草，限十天之内都要办齐。我知道你三位，不但是本里本甲的大绅士，而且也是东乡的大绅士，所以特意来请教请教。"

汪李二人都不作声，静静地听他说。他说完了，曹金发睡在床上先道："草柴呢，多把人工总可以到山上去找出来。这两万担米，摊在四十甲，每甲是五百担，年冬岁毕，恐怕老百姓很难啊。"丁作忠道："不能那样说呀。养了兵，把贼人打跑了，这一方无事。万一不好，贼兵来了，你想，那会鸡犬不留的，岂是一甲五百担米而已哉？不过，我是来请教的，也并非一点不能商量的。"汪李二人始而听到每甲要摊到五百担米，不由各吃一惊。每甲也不过五六百户，这差不多是每户要摊出一担米来。随后听到丁作忠说也可以商量的，这才把心放下去。

汪孟刚淡淡地一笑道："若是这两万担的数目不能商量，这事也少不得扎手，哼！"他说着话，把脸先涨红了，然后将烟嘴子吧吸了几下，鼻子里不住地呼吸出气。李凤池倒不着慌，就从从容容地问着道："这两万担的数目，不知是省宪定下来的呢，是县尊定下来的呢？"丁作忠一个翻身，由烟床上坐了起来，带了微笑道："那当然是敝亲定的数目。若是上宪定的数目，谁敢商量什么？"他因为躺着烧烟，把头上戴的帽子挤着上前，罩到眉毛头上来。说话时，鼻子里兀自喷着浓厚的烟。汪孟刚道："县尊既是我们这一县的父母官，我们这一县的百姓是怎样一种情形，他当然知道。请问这区区四十甲的地方，要在十天之内，出两万担米，办得过来吗？兄弟虽然是屡试不第的老书生，只可以说是八股做得不好，若说不知道忠孝、不达时务，我不认账。这样的数目，我要替一乡人请命。"

丁作忠虽知道他在乡下是个绅士，然而他不过是个布衣，料着他没有多大能耐。他这一篇话刚强不阿，却是暗骂着县尊，那自然也更瞧不起县里派来的一个小委员。当时红了脸道："姓汪的，你怎么说出这种话来？你要知道县尊办粮台，是为了朝廷军队剿匪之用。若是在这时有心耽误办军粮的大事，那是行同造反。"李凤池连忙起身来，笑着摇了手道："丁老爷，你言重言重，汪孟兄不过是性子刚愎一点，却也居心无他。"汪孟刚叼着旱烟袋喷出几口烟来，咯咯地冷笑了一阵，然后站起来向丁作忠道："丁老爷，你还在青年啊，为什么这样血口喷人，说我行同造反？阁下总知道这造反两个字是诛九族的罪名，怎可以随随便便地就向小弟头上一套？"

当他们起争论的时候，曹金发只管在床上烧烟，一点也不置可否。现在这事情说得太僵，恐怕不好收场，这才站起来，向大家拱手道："请坐请坐，有话好说。我们一不是讲官事，二不是托人情，这是地方公事，见仁见智，尽管说得不同，我们总也可以慢慢地商量，谁也不必发急。"丁作忠道："我何曾发急？早就说破了，事情还可以商量呢。"说到这里，那口气各人都算忍了下去，于是重新坐下。李凤池道："我们不用谈什么'率土之滨，莫非王臣'，但是做老百姓的人，谁也有个身家性命。纳一点捐，能保住了身家性命无事，哪个又不肯做？据丁老爷说：贼兵要犯南京，我们这里恰是首当其冲，就地办粮台，那是少不了的事。只是老百姓他们绝不懂得这层利害。祸到临头，他们整治家产，也可以丢了不顾。但是祸还不曾来的时候，苦苦播种出来的粮食，那便是一粒米也舍不得糟蹋了的，猛然要他每户出一个五斗，实在不容易。就是我们应承了丁老爷的尊谕，也要慢慢去和百姓商量。因为如此，所以在数目上，总要仔细想想。"汪孟刚淡淡笑道："若是要两万担米，一粒不可少，哼，那不用等长毛来，就会有事。"

那曹金发向汪李二人一看，感到一个书呆子和一个草包，一辈子也想不透这两万担米的数目是怎么回事。于是就向汪孟刚拱拱手道："孟老，来，我和你借一步说话。"于是就拉着他的袖子，拉到房后面的屋檐下站定。这里是曹家搁灰池放尿桶的所在，也就是曹金发秘密交际的所在。汪孟刚也是尝过这种滋味的，一到这里来，先就呆望了道："怎么样？发老，难道这样的地方大事还有什么手脚好做吗？"曹金发笑道："你先不用高兴。我跟你都是常走衙门的人，县尊和这位丁老爷是什么脾气，你难道还不知道？"汪孟刚低声，可是张大了嘴问道："难道说这样的军机大事也能在里面玩戏法吗？"

曹金发笑道："你为人很精明，也跟着做起书呆子来不成？世上办皇差种皇粮发财的就多着啦。丁老爷所说两万担的数目，那是说给老百姓听的。不把口开得大大的，先把老百姓吓倒，那就小的数目，他们也是不肯出。当然对了这样大的数目，面子上若是不争论一番，怎样落得下价来？但是你尽管笑着说也好，正经着说也好，千万不要认真。其实单说我们这兴九兴十两甲，有一二百担米事情也就过去了。譬如说，作定了一百八十担，我们报县里，少是一百担，多是一百二十担，还有那六十担，我们和小丁二一添作五把米公分了。我们虽不在乎几担米，但是这里有几层好处，第一是我们自己身上应摊的捐米，可以挤得别人代我们拿出来，自己不用出了。第二层，小丁是县尊的小舅子，这条路子若是打通了，以后无论干什么事，都有个里应外合。若是像你这样一杠子抬到底，这事就糟了，合着两万担米算，我们两甲也要出一千担，到那时，真到百姓头上去榨油不成？"

汪孟刚道："哦，原来如此。但是他既是来和我们通气做事的，就不该在我们当面打许多官话。甚至说我形同造反。我想王知县不能那样糊涂，会要我们一乡出二万担米，这必是他自己的老虎口。"曹金发皱了眉头道："若要是像你这样的说法，这件事一定要弄糟。还是把书呆子也请来商量吧。"于是高喊了两声李凤老。李凤池听了他们房后高一声低一声地说着话，他就有些不高兴，觉得这并非乡下作中作保的事，何必这样鬼鬼祟祟地去交谈，于是故意和丁作忠谈说了一些消息，好搅乱他的心事，免得他把二人的话听了去。这时，曹金发也叫起他来，他倒觉得很窘，怎么大家都去说私话，把委员老爷一个人丢在这里呢？便笑道："不可以在屋子里谈吗？"丁作忠倒是极不介意，他站了起来，向他拱拱手道："这没有什么要紧，请便请便。"

李凤池想着，他既说不要紧，说明了，也无非是大家商量怎样减少捐米罢了，只好红着面皮，轻轻地咳嗽了两声，走到房后来。曹金发把刚才和汪孟刚说的话又重复了一遍。李凤池偏了头，手摸了下巴，微闭着眼，沉思了一下，将头前后摇撼了几下，正色道："遇到这样大祸临头的时候，我们对于乡党邻里，本来要开诚布公，才是做绅士的人的本分，再要把大话去吓老百姓，良心上也是不忍。不过曹金老也说得很对，若是把这位丁老爷得罪了，他势成骑虎，硬派我们这一乡要出两万担米，那也不好，只要能把老百姓的担子减轻一些下去，总也可以迁就他一点。不过我声明在先，我绝不想丝毫好处，就是兄弟名下应该出多少捐米，兄弟宁可多喝几顿稀粥也要拿出来，万不能在这个日子挤老百姓的血汗，替自己纳捐。我觉得地方上有了事，穷人该出力，有钱的人更要出力。"

曹金发红了脸，淡笑道："李大哥是圣人，所以说出这样的话来。但是我的想头就不这样。接官跪府，担惊受怕，替老百姓讲情，替老百姓免灾，都是做绅士的事。做绅士的人，吃了自己的饭，应该这样去替老百姓卖老命的吗？不说别的，就是这委员歇在我家里，款待官差的酒饭、款待各姓族长房长的茶烟，哪样不是钱？事情说不好，少不得还要到官，我总是个武举，又少不得把我挤在前面说话。县尊训诫下来，算我顶了这大石臼。说好了，满乡老百姓也不会说我一个好字，为什么我不应当在里面占些便宜哩？若是李凤老不愿我多事，好，我就不管这事，请你把丁老爷接到你府上去说话吧。"他说着话，那嘴唇皮子抖颤不定，想必是气急了，于是这场交涉由绅士们自己就弄僵了。

第三章

如此为地方服务

这里所说的三个绅士，他们的性格显然是不同的。曹金发是认定了淘浑了水就有鱼吃。李凤池是觉得自己有吃有穿，又读过书，中过秀才，便是不能做好人，也无须乎做坏人，图谋个什么。汪孟刚呢？自己觉得念了一肚子书，作得一手好八股，一点科举功名也没有得着，觉得朝廷埋没了他这样一个人才，这一口气是无从可出。李凤池虽由秀才补了廪生，那完全是命运，至多是个读死书的书呆子。曹金发更不足取了，是搬石锁、耍大刀弄来的功名，把孙子十三篇念得滚瓜烂熟，默写一篇出来，主考就说他不错，这样的人和他谈些什么？不过在乡下做绅士，只要是和地方上或私人方面曾出一点力量，那么就取几个钱，却也认为可行。但是要听曹金发的指示，倒跟着他后面走，那也是不屑于做的事。

因为如此，三个人一谈，便闹得很僵。在曹金发想着，显然三个人不容易抱拢的，无如办粮台是地方大事，何况这好处还是不少，而且还有那丁委员现在这里呢。及至听到李凤池还是搬上孔夫子书上乡党邻里的那些鬼话，不由他不气了。老凤池见他要把委员推走，说不定真僵到按照两万担米摊派，便拱拱手笑道："发老何必发急，我不过是这样的说，你若还有法子，也不妨说出来大家商谈商谈。"曹金发道："我还有什么好法子呢？我只譬方着说了个二百担的数目，汪孟老是不服气，你又是气不服，叫我还说什么呢？"汪孟刚道："派粮的数目，只要是我们这一乡出得起，我不执拗，可是拿官排场压我，我就不服。"曹金发见他的口气已是松了，便拱拱手道："衙门里人下乡来，都是这样的，和地方上做事，受这一口气，也不要紧。只要我们能给他一点实惠，就让他陪服你两句，我也可以做到。"

李凤池皱了眉道："什么？这是什么公事？还要我们送他的礼吗？"曹金发笑道："怎么不要，恐怕送的还要更多吧？好在这钱是羊毛出在羊身上，无非也是由地方上拿出来。地方上暗下送他几十两银子，至少也可以少出二百两银子的米，你觉得这不合算吗？"李凤池叹了一口气道："合算是合算，然而益可知天下事不可为矣。"他说着，昂起头来，做个问天之势。曹金发只看他这种做法，就只有无可奈何，只得答应之势，猜猜这两个人的意思大概都可以答应了，便约定了暂答应一百担米。看机行事，于是三个人重新走入房来。那个丁作忠不抽大烟，手上捧了管水烟袋，坐在床沿上，低了眉毛，垂了眼皮，架了大腿，表示出那很自在的样子来。曹金发依然坐在他并排，先敬了一杯茶，接着便笑道："丁作翁，我们三个人商议了一下，公私两面都顾到的话，我们权且约定了个数目。"丁作忠喷出口水烟，闭了眼睛，慢慢地问道："究竟能摊多少呢？"曹金发笑道："我们觉得两甲共出一百担的数目，已经是……"丁作忠不等他说完，睁开眼，猛然地站了起来，两手举了水烟袋道："此岂卖古董乎？我说两甲要一千担，孝廉公却还个十成之一的价钱，差之远矣。"说着，依然坐下来架了腿，低了眼皮，呼噜呼噜抽水烟，脸上是板得一丝笑容都没有。李凤池看到，心里一想，这也难怪他生气，本来所说的数目也相差太远了。曹金发道："明公休要性急，听我慢慢道来。说到军国大事，官府里派下差事来了，我们做老百姓的哪有不遵之理？只是今年秋收不好，现在又是年冬了，多了，老百姓真拿不出来。求佛求一尊，我们只有求求丁作翁布点恩德，在县尊面前担点担子。至于丁作翁这番好意，我们当然要去和各位绅士说明，重重地感谢。"丁作忠睁开眼来，摇着大腿道："这话是孝廉一个人的意思呢，还是三位共同的意思呢？"曹金发道："当然是大家共同的意思。"丁作忠脸上不是先前那样的难看了，回转头来，向汪李二人望着道："二位有何见教呢？"李凤池笑着拱手道："这就不敢当。我们哪里还敢多求，只望人民能胜负荷之重也就是了。"曹金发道："我们这位李凤老，对乡下一个放牛的孩子，他也不能亏负的。丁作翁能成全我们这一乡人，李凤老自然是要替父老们九顿首以谢。"

丁作忠且不说什么，可就盯住了李凤池望着。他是个极端反对行贿赂的人，既不愿意承认这几句话，可是也不能露出不然的样子，只好是向着丁作忠淡笑了一笑。丁作忠只要得他这一笑就放心了。于是捧了水烟袋，亲身递给汪孟刚，笑道："抽袋水烟吧。"汪孟刚虽是捏旱烟袋在手，却也未便让他又拿了回去，只好放下旱烟袋来接着他的水烟袋。丁作忠借着他站在面前很近的这个机会，就向他笑道："刚才我说的那几句话，请你不必介意。我们为公事无论怎样的红脸失和，谈到了私事，我们依然是好朋友。现在我们平心静气，把这事来谈一谈。兄弟我只要办得到，无不遵命。"汪孟刚倒不想这家伙说软就软，现在立刻就谈起交情来，也拱拱手道："你阁下是明鉴的，若是为我自己的私事，我自己绝不争执。"曹金发从中突然打了个哈哈笑道："作翁是听见的了，谈到私事，汪兄也是不争执的了。"于是又低了声道，"言归正传，我们刚才所提的数目，丁翁以为如何？"

丁作忠才坐了下来，向大家望了一望，摆着两下头道："这实在叫我无话可说。我虽然答应了可以商量，而可以商量的数目，那也不过在说出来的数目上下之间，若是照三位所说的，那简直是打九折还价，那怎样可以办到？"说毕，他又微闭着眼睛，要出神了。李凤池心里虽觉得人民的负担要越少越好，但是像曹金发所还的数目，那果然也太少了一点，难怪丁作忠不高兴，便微欠了欠身子，将手拱了两下，自然他这是有话要说出来的样子。

曹金发看到接连地和他丢了几个眼色，便抢着道："我想，只要丁作翁肯和我担起担子来，就是这个数目也可以撑过去的。说不得了，请丁老爷多受一点累，我们自然知道好歹。"丁作忠依然闭着眼，微微地摆着头道："难难难。"曹金发坐近一些，就报了他五个指头笑道："据我们想，至多还能出这个数目的来了，这个数目，若是归到公家，老实说，那是九牛一毛，有了不见多，没有不见少，不如简直就送了丁作翁，请丁作翁给我们打个圆场，我们和一乡请命了。"说着，他抱了拳头，连连地和额头相磕，丁作忠好像经不住他再三恳求的样子，这就向他淡淡地道："发老说的是第一位算盘子呢，还是第二位算盘子呢？"曹金发笑道："梅花数，岂是孝敬丁老爷的？我所说的乃是梅花十朵。"丁作忠这就斜着眼睛笑了起来了，因道："三位之意，我是很多谢的。不过在公事上，也要我交代得过去才好。依我想，你这两甲没有二百担的数目，我简直是不敢去见县尊。三位若是嫌数目太大，不妨和外面堂屋里各姓的绅士去商量一下，再来回我的信吧。"李汪二人看他是正正经经地说着，似乎他真有些担这担子不下来，也就依了他的话，出去和那些二三等的绅士去商量，自然地，那些人也是愿意再送这位委员几个钱，只求少摊派一些粮食。商量了许久，二人再来见丁作忠。这李凤池不但是不受贿赂，就是行贿赂的事也十分地外行，不曾闻言，先就红着脸拱手道："我们冒昧一点说话了，各姓绅士的公意他们都求丁老爷做主。丁老爷还有什么意思，老百姓们总是会量力而行。这也就无须客气，昔孟子或馈之百金而不受，或馈之五十金而受，这自然是可以取，取不伤廉而已。"

他这样吞吞吐吐地闹了一阵子，丁作忠总也算是懂了用意所在，因笑道："李先生说可以的，兄弟自然也就不必虚推了，拼了丢掉大帽子，交各位这几个朋友。只是这公出的粮食，非一百五十担不可。至于兄弟本人，不敢请益，听便吧。"说着，他就捧着水烟袋，扛了扛肩膀。大家听他那口音，自然这是要加钱，因之汪李二人对望了一眼。曹金发本已躺着在床上抽大烟，这时，一个翻身坐了起来，左手捏了大烟枪，竖立在大腿上，右手一摸胡子，将头一摆，神气十足，再将大腿一拍道："丁老爷这样揭底子的话都说了出来，我们实在不好意思再说什么了，这一百五十担米，敬遵台命，一甲七十五担米，我三个人拼老命，也把它挤了出来。我们原是答应丁老爷五十担米的好处，照时价呢，一担米也不过七八钱银子。我们干折了吧，作八钱的数目，今天就过手，丁老爷，你看我这话爽快不爽快？"

丁作忠笑着点头道："很是爽快的，只是……"他说到这里，又带着笑容了，抢着和曹金发同在一排坐下，拍了他的肩膀几下，低声笑道："老兄，你虽不是慷他人之慨，但是实在地说起来，全甲摊起来，所费于三公者有限，以米之数，易银之数，如何如何？小弟对此事有千钧重责，虽是略嫌有无厌之求，三公当可见谅。"说着，他站在床面前，还作了个圈圈揖，对三人都揖到了。李凤池心想，就是凭他所想，也不过十两银子，何至于就弄出这种形象来？他既有了这种情形，也可想到他要钱之急，假如不给他，他翻了脸全局皆非了。而且他那副嘴脸叫人也实在地不想看，便站起来拱手相还道："只要丁作翁和敝乡解这重困苦，兄弟就担了这份担子吧。"曹金发也就站了起来，向他拱了两拱手笑道："这是李凤老答应下来了，好吧？就是那么说，我们担下这担子了。事情总算过了角了，吃完了饭，我们来斗个十和吧，哈哈！"说着，乱拍了丁作忠的肩膀。

这时，丁作忠也是笑容满面，不怪人有失体统，也不说人形同造反了。他笑道："刚才我初到贵庄来的时候，闻到一阵蜡梅花香，在什么地方有这花？"曹金发道："就在我这庄屋后面，竹林子外头，今天天气还不算怎么的冷，我陪着丁作翁出去走走吧。"丁作忠也不问李汪二人怎样，连说好好。曹金发道："我陪丁作翁出去散散步，就请凤老和孟老出去和大家说上一声，就说这事妥了，也免得大家发愁。"李凤池道："自然我要去回复大家，二位请便。"于是曹金发拿了旱烟袋，丁作忠捧了水烟袋，两人缓缓地由后门走出了庄屋，向一个小山岗子上走来。这小山岗子上，栽着很丛密的松树，将一条人行小道深深地掩藏了，在山脚下，便是曹家的后院墙。在墙根下，长了两棵蜡梅花，在墙头上还自伸出几枝花头来。他二人顺了那矮矮的土黄墙上，到了蜡梅花下，二人便站住了。丁作忠首先向曹金发笑道："今天的事，多承孝廉公帮忙，将来上县的时候，少不得多买二两好公板烟膏相请，只是有一层，这一百五十担的数目，报县只得一百担，这五十担瞒下，目前要不要对李汪二人说一说呢？"曹金发道："目前不用说。因为李凤池是个书呆子，若说只要一百担，那五十担他就叫百姓不用出了。只有汪孟刚，不能不和他打个招呼。不过他是一个草包，给了他，他也不会见人情，将来我自用手段来对付他。大概照亩数摊来的话，他家也少不得要出三五担，这个把他免掉就是了。无论剩下多少，我都和丁作翁二一添作五，只求作翁在县尊面前做得干净些就是了。"

丁作忠道："这离乱年间，衙门里更是开一只眼闭一只眼，这话总好办。就不然，我也没有这样大的胆。本来县尊的意思，以为事属创例，也猜不透全县能出多少米，预拟的数目是至少三千担，至多两万担。老实说，就是少到一千担也不要紧。上宪来的公事，本是酌量采办，按市定价，采办若干，和上宪开多少钱报销，多少是一种官差买卖，并不干什么条例的。"曹金发笑道："照着丁作翁原来的意思，只说全县要采办两万担来那就松得多了。怎好挤乡下人出钱呢？不瞒你老翁说，我有个亲戚是在衙门里当幕宾的，早几天派人给我送了一封信来，说办粮的事大有可为。听说办粮的差官，委的是个候补府，是位有名的挣钱手，上宪分给他办粮的银子，就要打个折扣，他将钱给县尊恐怕更要扣上加扣。只有办一千担，县尊送五百担给他，不说要银价，然后自用五百担，或者可通。照这个路数看起来，从最高的衙门说起，就有了花样，我们绅士和县尊是白帮忙，做这点小手脚，天理良心，都说得过去，若有人不服，从中要告发，这张状纸，在南京都告不动。除非上北京去叩阁，谁有这个能耐呢？"丁作忠哈哈大笑道："我们看不出，曹孝廉比我所知道的还要多，其实也不到这种程度。我想办粮的委员来了，也未必肯给县尊粮价银子吧？"曹金发笑道："我们只管出来送到县里去。至于县尊是不是敢得到银子，我们不问。"丁作忠站在墙下，连抽了两袋水烟，因道："这件事，我也不能十分清楚。如果是县尊真有这样的大好处，我想曹金老要点什么好处，我总可以把你的话转陈。只是有一层，你对我所说的这些话，千万不可告诉第二个人了。"曹金老笑道："那是当然。其实我也不想什么好处了。只是在旧台衙里给我通请的那个亲戚，我总要报答他一下子。"他说了这话，将两只带了鱼尾纹的老眼向丁作忠望着。姓丁的心里倒是乱跳了一阵，想不到在阴沟里会翻了船。于是低着头，连连地吸了两袋烟，这才慢慢地道："这位令亲姓什么？在旧台衙里办什么公事？"曹金发笑道："我也未便奉告。不过，你若回去告诉了县尊，县尊或者也就明白了。"

丁作忠听他的口风很紧，谅是不肯多说什么，只得罢休。因道："那也好，明天我一早就回县去，现在我们在山上走走吧。"于是他首先地在前面引导钻出松树林子里去。在他这样走时，那松树外的小路上也就有了脚步声，到了路上看时，迎面来了一个小伙子口里微微地唱着山歌，向前走了去。曹金发在后面却叫起来道："汪学正，你什么时候到这里来的？"他笑道："也是刚刚来罢了。家里有事，我来接家父回去，我在山上翻过来，就听到有人说话，原来是曹金老爹。"曹金发虽然是一张鸡皮老脸，他说是已经听到了说话，也就不由得红潮涌上，即至耳根，瞪了眼道："年轻轻的人，做事不循规蹈矩，倒愿意偷着捣壁，听人家说话。"

汪正学却不生气，淡淡地笑道："你老爹有些错怪了人吧？说私话，不到僻静的地方去说，倒在大路边说着。大路上是人走路的，我顺了路走，有什么不循规蹈矩？难道我知道有人在树林子里说话，就绕开这条路走吗？"曹金发见他这样，更是料着他必定把所有的话都听去了，就向他连连点着头道："好好好，我和你父亲是多年朋友，你敢这样把话来顶我？"汪学正本来是带笑着的，这时两手一叉腰，也正了颜色道："金老爹，你不要恼羞成怒。我看你是个长辈，挨了你的骂，还是把笑脸对着你，有什么对你不住？你只管把气话来压我，我不能受。"曹金发喝道："你不能受怎么样？"汪学正道："我也不怎么样，不过躲开你。你一是父辈之人，二是本乡之人，我还能到北京去叩阁吗？"这句话又算点了曹金发的痛处，脸上不但是红，而且是变紫了。这就是丁作忠也看到有些扎手，就回了头向曹金发道："这位是谁？"曹金发道："他就是汪孟刚的儿子，外号叫汪老四。他很懂得几路拳棒，在乡下是无人敢惹他的。"汪学正道："曹金老，你是个武举，不应该说这话。地方上有这样的无赖少年，不会把他灭除掉吗？"曹金发道："哼，也许有那样一天。"汪学正鼻子里连连地哼了几声。丁作忠就走向前向他拱手道："原来是汪世兄。都是自己人，何必如此地见高低？"汪学正向他脸上看了一看，便笑道："是自己人吗？哈哈，我可高攀不上。"说着，他头也不回，就向曹金发家里去了。

曹金发站在他身后，红了脸望着，半晌说不出话来。丁作忠走近了两步，靠近了身边，低声向他道："这个小伙子如何说话这样强横？你老人家不会教训他一顿吗？"曹金发淡笑道："教训他一顿？不用忙，我自会叫他认得我。哼！"他如此地在这里发狠骂人，可是汪学正也毫不在乎地径直地向曹家内室里走去。他往常见了李凤池必是恭恭敬敬的，站在一边，叫一声老伯。然而今天他顾不得了，老远地望了父亲，就叫起来道："爹，我看什么事不用说了，回去吧。这是什么公事，简直是通同作弊。"他突然地将这话说了出来，汪孟刚倒是睁着眼睛，说不出所以然来。汪学正走进屋来，就像放了爆竹一样，把刚才曹丁二人在松林子里所说的话，倾筐倒箧完全说了出来。说完了，将两手一拍道："这样子说来，由最上层说起，一直说到这个屋子里面来，哪一个人不要借着办粮这件事弄些好处？只有老百姓该死，是要白白地拿出钱来。爹，咱们回去吧，不要管这回事。"他转说的这篇话，不但是汪孟刚想不到，就是李凤池那样很精通世情的人，万万也想不到。这样重大的事，而且是无人不知的事，竟是层层剥削，直到小民头上才是光吃亏的。两个人目瞪口呆，直望了学正，听他一篇报告。许久，李凤池掏出袖笼子里的手巾，擦了几把脸，然后才抬头沉吟着道："能有这样的事吗？纠之不善，不如是之甚吧。"

汪孟刚对他儿子道："你不要胡扯，能够有这样大的弊病吗？"汪学正道：

21

"请问你老人家，做儿子的，从哪里会知道这些周折，道出这样一席话来？好在说话的人立刻可以当面，不妨问他一问。"汪孟刚立刻就相信了，顿时问道："这还了得，我一定要问个水落石出。来，我去告诉大家。"说着起身向外走。李凤池这就一把将他抓住道："汪孟老，你不要孟浪，那曹金老来了，我们先问他一问。好在粮米虽是认定了数目，我们又不曾拿出一粒米来。到了问老百姓摊米的时候，我们再来算账也不迟。"汪孟刚气呼呼地坐了下来道："我真想不到有这样的事。曹金发冤苦了我们……"

他的话还不等说完，门外就有人接嘴道："汪孟老，我总是比你大几岁的人，为什么提名道姓骂起我来？"说着话，正是曹金发走进来了。汪孟刚如何忍耐得住猛地站了起来，将手一拍桌子道："你说的话我儿子都听到了，你还装糊涂吗？第一你不该……"曹金发抢上前两步，将他的手捉住，喝道："汪孟刚，你瞎了狗眼，曹举人是好惹的？你敢拍我的桌子吗？"汪学正跳起来道："好，你敢动手，打你这个老奸巨猾的。"于是伸了手就向曹金发扑去。然而他的手只在半空里，已经让人接住了，不过不是曹金发接住他的手，却是李凤池接住了他的手。于是屋子里老少四个却揪着两团了。

第四章

多事人先吃官司

这屋子里四个人揪打起来之后，那喧扰的声音当然也是很大。外面堂屋里的那些二三等绅士不知有了什么风潮，大家也就一拥而进。后来的进不了屋子，都站在房门外头。李凤池将汪氏父子一手一个拉了出来，板了脸道："汪孟老，你这何必？你这何必？有理我们可以慢慢地讲呀。"曹金发在屋子里叫道："诸位亲友都在这里，亲眼得见。我曹金发为了本里本甲的公事，替大家款待委员公差，讲人情、说好话，有什么对不住人的地方？汪孟刚倚恃他的儿子有几斤蛮力，一直打到我睡觉的房里来。虽然有人造反，反贼还没有到我们这里来呢，能够容这种人猖狂吗？我不要这条老命，我得和姓汪的拼拼。"

大家先看到李凤池将汪氏父子强拉出来了。这又听了曹金发这番话，大家都不由得对汪孟刚父子望着。汪孟刚一想，自己为了大家打抱不平，大家倒有些错怪他的样子，这个委屈可不能受。见天井屋檐下，正放了一块大石头，于是向上一跳，举着两手叫道："大家不必多心，听我说。我已经打听出来，这回在四乡收米，并不是摊捐，一样地出钱买。不过这是官价，由省里派到县里，由县里派到乡下，中间是有好几层隔膜。究竟老百姓出来，能得多少钱一担，还没有知道。照现在曹金发他经手办的这事，那就是叫我们老百姓硬拿出来，而且派定出多少就要出多少，这里头的弊大得很。现在气急了，有话说也说不出来。诸位你们不信我的话，就等着瞧，过些时候，就可以知道了。"说着，向下一跳，叫道，"学正，我们回去。不能把话给人说，这是人家的内室，我们走。"说着话，他就带了他儿子走开了。

他这样一把事情说破了，乡下这些绅士们也有不少受过曹金发教训的，觉得这话是很对。如其不然，曹金发的一碗白开水平常都不能随便给人喝，何以这次大大地破费，把丁委员接到他家里来款待？便是绅士们也都在他家里吵闹终日，没有好处，谁肯干这事？大家被汪孟刚大声喊上了几句，立刻疑心起来。好在李凤池这位道学先生还没有走，大家就来包围着李凤池，问这事的所以然。李凤池看看屋子里的曹金发骂不绝口的，只要拼老命，若是照着实话说了出来，那就连自己也在和他拼命之列，不如隐忍为上，于是向大家拱拱手道："汪孟老和曹金老，也不过是一时争上一点意气，气头上的话，是不足为凭的。在这时候，我们也不能说哪边不对，只有劝大家息争为上。好在摊米的数目已经酌定了，什么事都等将来再说吧。"

他口里说着话，两只手只管拱着，人也就向外面走。大家一看这情形，料着汪孟刚说的话十有八九靠得住。如其不然，李凤池这个人，他不能容许汪孟刚在这里大闹的。两个绅士头都走了，谁也不能做主，于是大家附和着说一声再说吧，也就纷纷地分散了。不到一餐饭时，所有那些来聚议的绅士们走了个干净。当曹金发和汪孟刚顶嘴的时候，丁作忠本也跟着走到了窗子外面，听到那些话因不免牵涉到了自己，若是也挤到他们一块儿去，这话说僵了，却叫自己无法脱身，因之只闲闲地在屋檐下站着，捧了水烟袋抽烟。及至大闹起来，绅士们全拥进来，他慌了，以为是大家要打他，吓得他装作大解，立刻缩到屋后厕屋里去蹲着，一直到所有的声息全没有了，他才走一步，伸头看上一下，走到曹金发屋外窗子下，先咳嗽了两声，然后叫道："曹金翁，这是怎么一回事？他们真要造反了吗？"说着，踏进屋来。却见他左手撑着桌子托住了头，右手扶了一根很长的旱烟袋。那烟袋斗子拖靠了地，涨红了脸偏了头坐着，那旱烟袋嘴子虽是衔在他嘴里，他却是许久许久也不吸一口。大概他也是气极了，虽然有丁作忠这样要紧的人物进门，他也迟疑着并不立刻就站起身来，直待走到屋子中间，快赶近他身边了才站起来，淡淡地一笑相迎道："丁作翁，你看，这不是笑话吗？"他也只说得这一句，让嘴唇皮子抖颤着，说不出这个笑话究竟是怎样的一个笑话。他手扶了桌子，只管向丁作忠呆望着。丁作忠也知道他胸中这番郁结不平之气，非千言万语说不出来。而这千言万语又不是一时可以吐得出来的，所以他只有望了人，在那双透着红血丝的眼珠上，把他的意思稍微地显露着。

丁作忠便道："那汪家小伙子说的话，我也都听到了。他们把这话认真说起来，那倒是一件可大可小的事，万一再闹大来，把米不肯摊出来，那在县尊面前也是说不过去的。到了那时，不但兄弟无法交代，便是曹金翁也不能脱离关系。依着兄弟，不必在乡下耽搁了，明天我一早就回城去，把这事禀明县尊，说他欺官傲上、惑众抗税。好在他是没有功名的人，对付他并不怎样地难。"说着，就笑嘻嘻地小声音和他商量了一阵。曹金发点了头微笑道："也非重重地收拾他一下不可，要不然，所有这里乡下人，都效尤而起，这件事就不能往下办了。"丁作忠道："一切的事情，我们都算商量得车成马就了，不想钻出汪家这父子两个全盘打散，实在可恶。"他说着这话，将脚顿了两下，咬着牙，低了脖子坐着。曹金发虽是个武举人，心里可是有机谋的，听到丁作忠说肯和他撑腰，先壮上了三分胆。不过除了汪孟刚而外，还有个李凤池，他虽然是个秀才而已，在这乡下很有个正直名儿，倒不能不提防一二。

于是将鸦片烟灯点上了，请丁作忠重在床上，对面对着横躺下，叫着家里长工，重泡了一壶好茶放在烟盘子边，二人品茶抽烟，慢慢地谈心。鸦片烟这样东西，它不但是亡国弱种的毒物，它还是教育坏人的一种工具。许多老实人，抽了多年的大烟，就会在大烟灯边烧烟泡子的时候，慢慢地想着心事，变成一个坏蛋。所以当两个人共着一盏迷魂灯烧烟的时候，极愚蠢的人也能想出两条妙计来害人。曹丁二人心计都还不错，在烟灯边深密地一谈，这事情就妥了。到了次日的早上，丁作忠带了县里来的那批公差匆匆地回县去。

所有昨天在曹金发家里商谈的那些事情，都算完全丢到了一边。乡下人过惯了插田完课的太平日子，官僚那些翻云覆雨的手腕，他们是做梦也一些地想不到。一连三天，并没有什么动静。而且十二月快要完了，大家都也去忙着过年。这事既然是经汪孟刚三言两语喊破，下乡的委员不能再玩弊端，大概是满天风云都已散净，大家也是落得不摊捐饷，谁还挂在心上呢？就是闹事的主要人物汪孟刚，也觉得这件事毫不足介意，照常地过日子。可是到了第四日上午，忽然有县衙里四名公差拥到他家，并不怎样地通知，直奔上了堂屋。汪家人也绝不料会有什么意外发生，听说是要拜访汪孟老爹的，丝毫也不犹豫就去通知汪孟刚。到了过年的时节，做绅士的人总也少不得有些事情接洽，他手捏了烟袋，拖着大棉鞋，也就从从容容地走上堂屋来。他一跨出内室门，心里就吃上一惊，四个人之中，有两个人是认得的，是县衙门里的差人，殊不知他们有何事故这样直闯进来。但是便算有事，也是脱逃不了的了，立刻就镇定了自己的颜色，向来人笑道："这里边倒有二位是我的熟人，诸位不都是在衙门里的吗？"甲差人笑说"是的"。汪孟刚道："各位到舍下来，必有所谓。"甲差人依然笑道："没有什么了不得的事吧？不过是请汪先生到衙门里去一趟。"汪孟刚本来心里就有些慌跳，听了这话，不但是心里跳，而且周身的肌肉也有些抖颤了。可是依然持着从容的样子，微笑道："我明白了，大概是为了前两天，得罪了那位丁委员老爷。这没有什么要紧，我随各位同去就是了。各位远道而来，我去吩咐家里人预备一些菜饭，大家吃了再走。"早有两个差人抢上前，贴近他的身边，甲差人依然笑道："不必了，我们在路上打了尖。大老爷立刻亲要汪先生回话的，汪先生就走吧。"

汪孟刚看到逼得着着进步，这事显然不好后退，因问道："哦，这样的要紧，有传票拿我吗？"乙差人由怀里掏出一根朱签来，向汪孟刚照了一照，笑道："我们虽不敢说是老公事，可是也不能胡来，没有朱签，我们怎敢到府上来？"站在汪孟刚身边的一个差人也在怀里摸了一摸，摸出一串铁链子来笑道："汪孟刚，少糊涂，还有这种东西，我搁在怀里没有拿出来呢。"乙差人摇着手笑道："喂喂，张伙计，汪先生是体面人，我们不能做这样的事。山不转路转，以后见面的日子还多着呢。收起来，收起来。"汪孟刚突然地看到了那铁链子，脸上早是变成了土色，退后了两步，望那铁链子作声不得。所幸有人从中转圜，这才不曾将铁链子戴上。自己虽是刚性子的人，到了这时，不得不软下来，也就笑道："这话对了，山不转路转，何必那样绝情？不戴家伙，我也跑不了；戴家伙，也没有什么扛不动。不过上县去还有二三十里，在路上碰到了人，多少有些不好看罢了。"汪孟刚这样说话的时候，他的儿子汪学正也赶了上前来，看这情形，料是非去不可的，就向四个差人拱手道："我想家父在本乡做了三十年绅士，向来没有做犯法的事，这回县尊来传，多少是有些差误，说不定见了县尊就回来的。请各位在堂屋里稍坐片时，兄弟有点微意奉上。"四个差人互看了一眼，一个便道："我们奉公事而来，只要分内可以帮忙的事，有什么不能商量？"

学正听说，立刻在家里拿出十两银子来交给甲差人道："家里一时忙乱，不大方便，这点微意请四位权且收下。家父到了衙门里，都请照顾一二。兄弟随后就上县来，衙门内外，我都会打点。"那个拿铁链子的差人就笑道："少先生，这个你放心。我们若是要和汪老先生为难，一进门的时候，我早就把铁链子掏出来了。我们一路之上都会好好地伺候。"汪学正道："家父多日没有走路，这二三十里路，不知道要拖累四位到什么时候，我去预备三乘小车……"甲差人连连摇手道："这就对不住。因为县大老爷等着过堂，我们一刻也不敢耽误了。"汪孟刚道："各位何必这样，到了县里，我再孝敬一点就是了。"甲差人道："汪老先生，你不怪我们，老爷催得实在紧，说见了你之后，要立刻就走，我们这已经耽搁有不少工夫了。公事紧，有钱我们弟兄也是不敢要呀。若是车子立刻就有，我们也落得坐了去，免得来回跑这些路。"汪学正道："也总得让我去村子里找三个推的来。"乙差人脸色一正道："不能说闲话了，我们走吧。"于是两个差人推了汪孟刚一把，微笑道："汪老先生，请吧。"汪孟刚待要变作脸色，发作两句，却见大门口又闯进两个人来，一人手上拿了一柄铁尺，一人手捏了根齐眉棍，正是县里两个捕头。那二人走到前进滴水檐下，就大声叫道："你这几位皂班上的伙计，怎么还没有动身？在村子外，我们弟兄等得不耐烦了。"汪氏父子这才知道捕班都也下了乡，这简直是当强头捉拿，情形更是重大。便是汪学正脸上，也由苍白的颜色变了青紫。那几个差人见了捕快来到，更不打话，拥了汪孟刚就走。

在专制时代，公差下了乡，本也就如狼似虎，老百姓们没有不害怕的。再加上公差之外，还有捕快，汪孟刚是有家有室的绅士，他怎能和他们违抗？便一声不响，大步跟了他们走去。当跨出大门的时候，微微听到家里有妇人的声音，哇哇地哭了起来。家里人对于这件事不能放心，也就可以知道。自己一路走着，一路揣想心事。自己问心无愧，好在没有做什么亏心的事；何以县官这样把我当个重犯来办？除非那天把话揭穿了丁作忠的毛病，他回县去，在县官面前搬动是非，说我坏了他们发财的大事，县官怀恨于我，所以重重地办我。但是这个我却不怕，一来我是和曹金发争吵，我并没冒犯县里来的委员；二来他们自己作弊，还敢出堂问我这话吗？我若是照直供了出来，县官坐在堂上，就要下不了台。大概总是把我带到县里，势迫利诱，还是叫我帮了他们，圆上这个谎，要各乡还是捐米出来，并不说是官家出钱收买。哼，我是不能这样容易降服的。抓是把我抓来了，擒虎容易放虎难，看你们是怎样地把我放了吧。一路之上，汪孟刚都是这样地想着，也不像初出门时的那般害怕。料着自己虽没有功名，究竟是乡下一个有名的绅士，县官也不能找不着一点罪名就严办，因之大了胆子，随着差人们到县衙里去。几个差人因为用了他家十两银子，而且知道他是乡下一个有钱的绅士，以后不怕他不拿出钱来打点，并不把他送到监牢，先带他到大堂外班房里去。这班房是五开间、三明两暗的房屋，由正中屋子进来，便有个班头坐在拦门的长板凳上，晒太阳捉虱子。他将一条刺猬似的辫子盘在头上，将身上的大棉袄、小棉袄、贴肉的小褂子一齐解了开来，低了头，两只手乱在衣服上摸索。差人忙叫一声班头："带人来了。"

那班头看到汪孟刚衣冠整齐，就站起来，向差人瞪了眼道："哪一案的，往这里引？"差人笑道："这是东乡兴里九甲……"班头越发板下脸，将敞开了的胸襟两下一操拢，在长板凳上摸起一条蓝布腰带，拦腰紧紧地系上，只在他这动作之间，表示了他有很大的努力。便道："这是大老爷吩咐下来的案子呀，这人不是汪孟刚吗？若是放在我这里，这干系太大。"差人笑道："班头，你还有什么不明白？这位汪老先生是东乡有名的绅士，他少爷立刻就来，岂能亏了你？哪，不是来了？"正说着，只见汪学正满头是汗跑了过来，向班头作了两个揖道："家父这回吃官司是为了甲上公事，并没有犯法。他老人家……"班头红了眼道："小伙子，这些话你和我说不着，回头你上大堂去对大老爷说吧。"学正在袖笼子里摸出一个布包打开来，里面全是散碎银子，挑了一块，约莫有三四两重的拿在手里，向班头笑道："一茶之敬，请你老权且收下。"说着，递了过去。班头接着银子，也笑道："汪少先生，并不是我刁难，这是上头吩咐下来的公事，我不敢胡乱收人。既是少先生这样抬爱，好吧，我就担点干系，伺候你们令尊好了，将来……"他咯咯地笑。汪学正道："那还能亏你吗？"班头便和汪孟刚点头道："汪孟老，这回你受点屈了。当绅士的人，为父老们的公事，这很算不了什么。以前，约过去两三年吧，我们共过事的。有一次，你就代事主送我二十两银子，真是慷慨之极，我是永久不能忘了你这回事。进来吧。"

汪孟刚心想，虽然也和别人了过几场官司，但是并没有一次送二十两银子的事，莫不是他倒和我要二十两银子？心里纳着闷，随了差人们走进班房去。那正房里空空洞洞的，只地上堆了些草，和墙角里搁下两只尿桶。由正房转到套房里，靠墙有张竹床，上面铺了些稻草。窗子是墙上一个窟窿，约莫有碗口大，光是没有，只阵阵吹进冷风来。墙角落里没有忘了那尿桶，也放了一只。汪孟刚随着班头和一个差人到屋子里来，只觉眼面前突然地一阵黑暗，什么东西都看不出来，倒是那很浓厚的尿臊味，只管向鼻子里袭将来。汪孟刚也是不断地向衙门里来往的人，至于坐班房是怎样一种情形，直到现在方才领略这滋味。好在自己就是乡下人，纵然屋子这样阴暗臊臭，倒也并不为意。那班头将他引进来，和差人同走了出去，却把房门反关上了。这里除了这张竹床，并没有第二个歇脚的所在，汪孟刚就随便地坐下了。始而还没有什么感觉，不到一盏茶时，身上便麻痒起来，正是这床草里面藏的跳蚤都发动了。他忍耐不住，只好在屋子里来回地踱着。过了两个时辰，人是感到疲乏了，肚子饿了，口也渴了，尤其阴森森的那冷气由地缝里向上直冒，两条腿便是浸在水桶里也似。直到天气快黑了，听到儿子在外面的说话声，班头用泥烛台点了一支烛引了他进来。他提了一只篾篮子进来，放到桌上，由里面取出饭菜茶壶旱烟袋来。汪孟刚道："你在外面可探得了什么消息？老爷还没有过堂，就把我先押在班房里了。过堂之后，当然会把我收到牢里去。坐牢也不要紧，坐三年五载，将我放出来了，我也得算清这盘账。无论如何，我也没有死罪。"汪学正道："各科房里，我都打听了，探不出什么消息，大概总是那丁委员说了话，似乎也办不了你老什么罪。你老吃饭吧，吃了饭就要过堂了。"

汪孟刚又是气，又是怕，只好端起壶来，先痛喝了半壶茶。待扶起碗筷来吃饭，便觉得有东西塞在喉咙眼里，吃不下去，便又放了下来。那班头站在旁边，却插言道："汪先生，你要勉强吃一点，一会儿就要过堂的了。"汪学正道："爹，你是应当吃一点。"说着话时，他嗓音都强木了，话说不下去。汪孟刚望了他道："怎么样，还会动刑吗？"班头不曾作声。汪学正便道："我想那总不至于。不过你老总要吃一点，我明天才能够送饭来呢。"汪孟刚见儿子眼睛里兀自包着两眶眼泪，只得坐在竹床上，扒起饭来。便在这时，屋子外已经是一阵脚步乱响，好像有人进来。班头也不待和汪学正说明所以，拉了他就走出了。汪孟刚将饭嚼到嘴里，像木渣一样，本也无味已极，儿子既是走了，他就不用吃饭，放下碗，就偏了头听着。这时班头推门踅了进来，手上拿了两叠草纸交给他，低声道："你把这两叠纸缚在裤脚里膝盖上。要不然，那青石板让你跪上一两个时辰，你上了岁数的人了，如何受得了？"说着，又在衣袋里掏出一卷细布带子给他，笑道，"汪先生，你少先生几两银子没有白花啊！"

汪孟刚也渐渐地想到了这事严厉，不过想到自己不是为私事来坐班房的，便是扛枷挨板子还是一件体面事。事到如今，只有壮着胆子上前，死了也是一个正直的鬼。想到了这里，胆子壮了起来，扎好了那两叠草纸，将冷茶淘着冷饭，倒吃了大半碗。旱烟袋也拿来了，坦然地坐在竹床上，抽了两袋烟。这就听到外面一片叫声："带汪孟刚！"那自然是过堂了，自己牵牵衣襟，整整帽子，站在屋子中间等着。房门开了，进来了两个差人，喝着："汪孟刚，过堂了！"汪孟刚淡笑了一笑，跟着两个差人走了出来。这时，天上业已漆黑，远远望到大堂上灯火齐明，人影憧憧，直到滴水檐下，站着整堆的人。不过，由中间起，向两边八字儿分开的，闪开了一片空隙，让犯人上堂。正中公案上，王知县是领顶补服，端端地坐着。三班六房，都戴了红帽子，两边站着。在堂口上架着四只人脚灯笼，照见地上放了大的木枷、小的板子、可怕的夹棍。公案上放了两盏牛皮风灯，照着县太爷胖胖的脸上，带了一股阴气。汪孟刚走到堂口，站定了向上一揖，那两旁的皂役就齐齐地喝了一声"跪下"。

这是汪孟刚最伤心的事，不能在几篇八股里，捞一个秀才做，自己又刚愎不过，不曾捐买一点小官衔，以一个平民的资格来见县令，人家叫跪，就不得不跪，只得向前两步，在官衙人所说的那块问心石上跪下。王知县等他跪着，早是将桌上警木一拍，喝道："汪孟刚，你知罪吗？"汪孟刚道："禀父台，童生不知犯了什么罪。"王知县冷笑一声道："童生？你这样大年纪，还自称童生，好不要脸！你就是个刁民。"说着，又拍一下警木。汪孟刚道："小民不称童生就是。但不知犯了什么罪？让父台发这样大的怒。"王知县指着他道："你自己做的事，你还假装不知道吗？你把我下乡收米的委员打得头破血出。你要知道这次为了剿匪的大军办粮，虽然是为国家守土除害，也是保卫你们桑梓，大军迎上前去，免得长毛过来。你自己也有身家性命，难道就不望官军顺利？照说，你们认得字的这些绅士们，就应该箪食壶浆，以迎王师，才是正理。怎么？我奉了上宪的旨意，派员下乡收米，你公然把他打坏。你还知道朝廷王法吗？"汪孟刚虽料定是丁作忠搬动了是非，知县也只能问我何以知道派委员下乡，是买米不是捐米。我就说亲耳听了委员说的。纵然错了，乡民也不能因为一句错话就抗捐不纳。

这样说着，办来办去，只能办一个错误罪。若是这军粮真是收买不是捐派，知县未必敢判罪。汪孟刚事先是想得面面诸到，自觉无疑。不想王知县无中生有，说他打了县委，这可就不容易了结，怪不得他是当强盗一样地拿来。这时，他猛然听了这个问话，由大老爷那里就诬栽下来，这可棘手，因道："这是哪里说起？丁委员下乡，并不在小民家里，小民和丁委员见面，丁委员也不是一个人，我怎能打得他头破血出？"王知县道："你说你没有打人，当了堂上堂下这些人，把受伤的人请出来看看。"便回头向差人道，"请丁师爷上堂对质。"只这一声，在人丛里，两个差人扶出丁作忠来。只见他脸上黄中带黑，在额头上和左耳边包了一大块布，半天走步路，哼声不绝。他站在堂下，作了一个揖。王知县道："你是被这姓汪的打得这样吗？"丁作忠哼道："是的。"王知县道："他为什么打你呢？"丁作忠道："他说官家收的粮米太多了，有弊，不容分说，动手就打。"他一面说着，一面哼着。汪孟刚叫起来道："丁作忠，你血口喷人……"王知县拍了警木喝道："这是有王法的地方，你敢这样喧哗吗？"于是对丁作忠道，"事情我已明白，你养伤去吧。"丁作忠作揖道谢，依然由两个差人扶了走去。王知县喝道："汪孟刚，你还有何话说？来，扯下去先打二百板。"皂役们吆喝了一声，拉了汪孟刚就要动手，人群后面，却有个人大叫起来。

第五章

见官不能伸冤，求人还须受屈

在帝制时代有灭门县令这样一句话。县官的大堂是如何尊严，也可想而知。王知县正使用着他的威风，要处罚汪孟刚，这时人丛里有人大叫起来，连三班六房都吓了一跳。有机警一些的皂班正大声喝问着什么人，那人不待他们寻找，挤开众人，走向前来跪倒，朝上道："大老爷，我叫汪学正，大老爷要打的是我的父亲。一来他年纪已老，二来他是个念书人，这二百板子，请饶了他本人，小人愿替他挨打。"

这大堂上下围着的人不少，大家都是闻所未闻的，很惊异了一下子。虽然是不敢大声喝彩，然而隐隐之中，却哄然一声。王知县虽然还在生气，然而汪学正说出来的话是有很多人赞许的，心里很快地转了两个念头，用手一摸胡子道："我倒想不到汪孟刚有这样一个儿子。"于是向衙役道："先把汪孟刚放下来。"于是那几个夹住汪孟刚的衙役，重新牵起他，放他跪在问心石上。

汪学正本是跪在问心石前面的，他于是站起来，走到问心石后去跪着。这大堂上下观审的人，脸上都浮了一道笑容，那不用猜，正是赞成他懂礼，子不跪父前。王知县虽是个贪官，也是个举人出身，这堂下一番情景如何不省得，便道："汪学正，你的意思不错，虽然你有点扰乱公堂的罪，我也不罚你了。但是你父亲将我派下乡去的委员饱打一顿，这是事干王法，无法宽恕的。"学正一弯腰道："启禀父台，这是冤枉，因为……"王知县哪容得他说出因为什么来？将脸一板，拿起警木，高高举起，重重地拍下，喝道："怎么是冤枉？难道丁委员那一身的伤痕是自己打的不成？来，把这混账东西押了出城去。他再要前来扰乱，把他也一同押了起来。"

于是几个皂役就来抓人。学正爬在地下，只管哀求道："请父台开恩吧，我愿替家父领罪，放他走。"王知县道："好，为了你的孝心，留住他的体面，只打二百手心，你下去。"那几个皂役听了县太爷的话，绝不能凭空放了汪孟刚，索性多添几个人，硬将学正抬出了县衙门，留下三个人看住了他。其中一个，在学正身后就是一拳，喝道："你是什么孝心？分明你是父子二人勾通一气，在老爷堂上来献这条苦肉计的。你明白一点，回乡下去是正经，现在是军兴时候，你父子二人抗纳皇税、打伤官员，县太爷在公文上多滴两点墨，

31

就是诛九族的玩意儿。小伙子，你心里放明白些。"学正看这人脸，青中带紫，又是鹰鼻子勾嘴，搭角眼，加上他身上的青衣红帽，便想到衙门里都是这班东西，长毛怎么不来？我在衙门里上上下下，大概花有一百二三十两银子了，这家伙不能没有分我的钱，怎么把这副嘴脸对了我？我花了钱倒受他的拳头。我若不是怕我父亲在衙里吃苦，我就一拳将你打死。当他心里如此想着的时候，也就横了眼去看那人。另两个衙役做好做歹，就只管劝他走开。学正终究有些不平，还有点不服气走去。可是大门里面啊哟哟的惨呼声，直奔出来，料着是衙役们用皮掌子在打父亲的手心了。他心里头既是难过，又十分不快，便扭转了身子，待向门里冲了去。那两个挟住他的衙役齐齐地呼喝着。那个鹰鼻子勾嘴的人也瞪了眼喝道："你不要你的头了吗？"学正虽是青年，那王法厉害四个字，他也是知道的，若是硬闯进县衙去，不但自己有罪，就是父亲也会罪上加罪的，暂时只有忍了，回乡去再作计较。

既是要走，父亲这惨呼的声音就不能让他再送进耳朵来。因之将两个指头塞了耳朵眼，拼命地就向前跑，跑了一箭远，听不到惨呼声，把脚才站住了。两个夹住他的衙役，都被他拖得气呼呼的，等他站住了脚，才问道："你发了狂吗？这是做什么？"汪学正道："二位，你不替我想想，人心都是肉做的嘛，我不能救我父亲，我怎能眼睁睁地听他那样凄惨的声音呢？"一个公差向他微笑道："朋友，我老实告诉你一句话，烦恼皆因强出头，这回官家在乡下收米，官价也好，摊捐也好，摊到你们家头上，有多少钱，你父亲何必叫喊出来？闹得县太爷下不了台。这件事，真也可大可小，乡下人应当出的米都照数出了，县太爷不追究你们，事情也就完了。假使收不到米，县太爷等省委来了把事情向上一回，现在不是承平时代，办个把人还有什么要紧吗？你仔细想想，我们这话对不对？老实说你今天已经花了不少的钱，我们也不能不帮你一点忙。若是照你刚才在大堂上跪着喊冤枉的情形，那是笑话。你父子冤枉不冤枉，县太爷心里还不是雪亮的吗？"他们一面说着，一面将汪学正带了向东门口走。学正始而是不作声，静静地听他们说，直等快到城门口了，这就站住了脚道："你二位不必押送了。现在我心里已经明白，光哀求县太爷开恩是哀求不过来的。这回办米，是由省委到县里，都有点财喜的，要把这财喜给人打断了，这也不下于断送了人的八字。好在就是摊捐，我家也摊不了多少，我现在赶快回去，哀求那些绅士把米早早地办齐。至于我家父子先说的话，自认是说错也就完了。望二位想法子给大老爷左右通个信，但得家父无事，早早地放了出来，我就不爱惜钱。"两个衙役将他带到街边僻静的所在叽咕了一番，最后约定了，明后天派人下乡，给他送信。万一有急事，连夜都可以给他送信去。学正得了这个消息，才算放大了胆回乡去。当他到家的时候，业已夜深，把在县里的事说一半，隐瞒一半，家里还是哭哭啼啼，全室不安。尤其他母亲哭着说，只要能把人救了出来，就是把家里田产典尽卖光，也不要紧。

学正看了家里人情形，听了母亲的话，越发是添上了心里头一倍焦躁，恨不得由地底下将太阳扯了出来，以便一天亮就去找人设法。家里人知道，是由他口里把这祸事传说出来的，都埋怨他多事。学正在家里坐不住，急得开了屋门，走出去在稻场石磙上坐着，睁了两只眼睛望着东方的天脚，静等东方发亮。只等到东方有些鱼白色，立刻起身，向李凤池家奔来。李家人也是向来起早的，当汪学正走到他们家大门外，就听到一阵铁器撞击声。村庄人家，布置总是差不多的，大门外一片稻场，稻场上堆着高低大小不等的几个稻草堆。场边上，或者是毛竹子，或者是木槿花之类，编个半边篱笆，有时在篱笆上还夹杂两三棵树。冬天里，树枝光秃秃的，上面挂些枯藤。李家门口的稻场就是这种情形。学正虽是听到了铁器声，隔了稻草堆子，看不到那边有什么。直逼到稻草堆边，伸头向里面张望时，这稻草堆里那偷吃草粒的麻雀，总有百十只之多，轰的一声，飞入了空中。这就听到那边有人喝道："什么人在这里偷看？"随着是李立青走了过来。他身穿了紧身夹袄，拦腰捆束了一条大板带，手里拿了一把明晃晃的大砍刀，侧身作势走了出来。看到是学正，便道："四哥，你怎么有工夫到这里来，你不是跟随令尊到县里去了吗？"学正跌脚道："不要提起，就为的这个。师弟，你救我一救。"说着，声音哽咽着，便跪了下去。立青抢着将刀插在地上，两手把学正扶起，叹气道："唉，你怎么对我行这样重的大礼？你说吧，是谁欺侮了你，我和他是白刀子进去，红刀子出来。"学正道："虽然是有人欺侮，那也不敢说出欺侮两个字呀。"

于是把自己到县里去的情形详细地说了一遍。立青跌脚道："这贪官也实在可恶。但是你告诉我有什么用，我还能拿了刀，跑到县里去把他杀了吗？那我就要投降长毛了。"学正道："这是官逼民反，哼，投降长毛，那不算奇。"立青正色道："老四，你不要胡说。你到这里来的原来用意究竟是怎么样？"学正望望他转过一口气来道："我到你府上来求救，还能邀着你去劫牢反狱不成？我的意思，只想自己吃些亏，就对绅士们说，那天在曹家说的话是我说错了，官家并不拿钱出来买米，实在是摊捐。我说了，别人或者不相信，若是请得令尊凤老爹出面来做三分主，这事就行了。但是他老先生是个正直人，恐怕不肯撒谎，所以我特意起个早，来求求他。"立青道："若说撒谎呢，他老人家是不肯干的。不过照你这种说法，和平常情形不同，或者他老人家可以另想一个法子。来，你随我进去。"立青走到打稻场上将放在地上的兵器，一样一样地捡了起来，拿的拿，夹的夹，引了学正走回家去。学正到了他家堂屋里就止步了。立青进去，不多一会儿李凤池由里面抢步走了出来，远远地就拱了拱手。汪学正只叫了一声大老爹，两膝已是屈下去了。李凤池挽着他道："起来起来，令尊身体还好？"学正起来，又连作了几个揖，答道："已经是挨了两百手心了。"李凤池嗐了一声道："这算是做梦也想不到的冤屈。"说着，手摸了嘴上短胡子，望着他道，"你的来意，我已经知道。你且到里面来说话。"他于是引着学正到他自用的一间小书房里来。还不曾让座，学正作了个揖，又待跪了下去，李凤池抢着两手将他双肋一操，摇头道："你何必如此？论私，我和你父亲是多年朋友。论公，这回的事情，是我和令尊伸了肩膀同抬这副担子的。他有了这样不幸的事情，我绝不能袖手旁观，只是这件事，由我看来，很有些扎手。你且说，县里是怎样的情形？"汪学正两道眉峰几乎皱到了一块儿去，笼了两只袖子，微伸了一只腿。可是刚伸出去一点，又缩回来，两眼里的眼泪只在眼沿上流动，待要滚了出来。李凤池扶着桌子边的椅靠，向他微微点着头道："你只管坐下，慢慢地说，不用急。"他说话的声音是非常的和缓，在他那正气的脸上，带了可亲热的样子。学正平常见了李凤池，虽然觉得他威严可畏，然而今天心里极难受的时候，见了他是这样的和悦，心里先安慰了不少。于是侧了身子坐下。李凤池在他对面椅子上坐下，取过来烟袋纸煤，架了腿微微摇撼着，慢慢地抽烟。屋子里寂然了，只有水烟袋噜呼噜呼的声音。纸煤上青烟绕着大小圈圈重叠地向屋顶上飞去。学正两手扶了两边的椅靠，头低了，望着李凤池吹落四五个烟灰来。抽水烟的不抽水烟了，他道："当我听到令尊上县的消息以后，我琢磨了一天，觉得王老爷这事做得很笨，他当堂问起令尊来，说到四乡摊米，这是作官价收买呢，还是捐摊呢？说是作官价收买，令尊何罪之有？说是捐摊的，他敢撒这个大谎吗？"学正道："他并不说这个，家父走上堂去，他就大发雷霆，说家父打伤了县里派下来的委员。"李凤池突然地站了起来，瞪了眼道："什么，这话从何说起？"学正也只好站起来，接着道："家父还没有说到两句，那个丁委员假作受着一身重伤的样子，用两个差人扶着他上堂来。"李凤池说一声"完了"，手上那管水烟袋落在地上，将烟盒子、纸煤筒子、烟袋套子，七零八落，散了满地。

汪学正究不知道这句话怎样会让他这样的惊慌，倒是站在一旁，作声不得，只有望着他。李凤池慢慢地在地上捡起那些东西来，依然合成了一管水烟袋，放在桌上，然后向学正很平和地道："你坐下，我们还是慢慢地来谈。"学正道："大老爹看这件事情怎么样？家父没有性命之忧吗？"李凤池对于他这句话很难答复，少不得在心里先要想想，于是伸手就把桌上的水烟袋取到手里。当烟袋取到手里的时候，随着要去找纸煤，见地上一段水迹，将一根纸煤打湿了，这才想起烟袋已经是落地过一回，新上的干净水全洒了，不能抽了。他放下烟袋来，无法可以搭讪，不免咳嗽了两声。然而他的脸色已经是青白不定的，变幻了好几回了。学正见着，料到这事不妙，脸上惨然地苍白起来。他本是坐着的了，这时又抖颤着站起来，声音也有些颤动，问道："大老爹，你老看怎么样？"李凤池点着头道："老贤侄，你坐着，慢慢地想法子，急也无用。王知县这着棋，下得是毒辣一点，但据我想，他也不过是杀一儆百的意思，只是想把捐米的这件事太太平平过了去，不让别人再说一句闲话。料着他也不敢枉兴大狱。只是他把这一顶冤枉帽子戴在令尊头上，令尊想要从从容容地回家，这怕很难了。令尊大人见了丁作忠那种假扮受伤的样子，他又说了一些什么呢？"学正就把昨天在堂上的情形，以及自己打的主意都说了。因道："照愚侄的意思，老早地把这两甲摊的一百多担米，赶快地摊出来了，王知县他还想些什么？家父的罪过一小，也就不至于让他那样讨厌了。"

李凤池点了几点头道："你说的这话，自是釜底抽薪之法，未尝不好。便是要我撒两句谎，那也只得说嫂溺则援之以手罢了。为了朋友，我没有什么为难。只是他现在把抗税的事放了不提，只把殴打县委的罪着实了说，和摊米这件事，面子上已是毫不相干，就是把捐米这件事办定了，我们也没法子说令尊无罪。"说着，他昂了头向屋梁上望着，连连摇撼了几下，表示着艰难的样子，因道，"王知县这着棋，实在是厉害，他做了圈套让人来犯罪，犯人又是归他所管，这就是要遮盖，也遮盖不全。"学正道："就是为了许多难处，所以才来求求老伯。小侄还有一个法子，就是合了那句俗话，解铃还须系铃人，请曹金发老爹上县去一趟，求求丁作忠不要把这事追究下去。好在他的伤全是假的，他不追究，也并不吃亏。至于曹金发去说情，丁作忠答应不追究，自然是不能白干。只要舍下力量可以办得到的，都可以办。充其量，也不过是倾家荡产而已。"他说这话的时候，脸色是很沉着，好像全身都在用力，那手臂上的筋纹根根地透露出来。两只眼睛微微地向下面看着，又好像心里在说，不妨委屈一点。李凤池绝想不到他会说出这样的话来，望了他道："学正，你肯去求曹金老吗？"学正道："这有什么不可以？为了救家父，肝脑涂地，也在所不惜。只是小侄去见他，他也未必肯理会小侄。因此小侄只好委屈老伯一点，求老伯去和他先容一声，回头我就到他家去当面求和。"李凤池听了这话，倒没有说是不可以，手摸了胡子，沉吟了很久，这才点着头道："你这一番能屈能伸的精神，我是很佩服的。只是曹金老为人，你是知道的，平常去求他都不容易呢，而况……"他说这话时，依然手摸了胡子，连摇着几下头。

汪学正道："小侄已经说过了，充其量也不过倾家荡产，曹金老纵然不好说话，也只能要舍下倾家荡产罢了，只要家父能够平安回家，这个我全家都可以照办。"说着，他就用手连连地拍了椅靠两下，显出他的决心。李凤池看了他这个样子，倒不能不受些感动。于是站了起来，在屋子里走了两个圈子，突然地回转身来，向他一抱拳道："既然老贤侄有这样一番卧薪尝胆的志气，我就应当来成全你。好，我马上就去。你就在舍下稍等一等，有了切实的话，我立刻就回来。只看你这样脸色苍白，眼睛眶子落下去很深，你大概着急得很厉害了，我也不忍看你这样子。"学正道："不瞒你老爹说，我是一夜没有睡，有了你老这两句话，我的心才定妥了，我就在这书房里睡椅上先躺一会儿。"李凤池道："好的，你就在我这里睡一觉。人一定要有了精神才能够办事。你只管睡，我吩咐家里人，不要来惊动你。"说着，他在墙缝里插的竹片帽架子上取下瓜皮帽，将长衫袖揩擦了一会儿，这就立刻戴上，向外走去。学正把事办得有点头绪，慢慢地感到了疲乏，正也想关上这书房门来睡觉，只见李凤池又匆匆地跑进了房来，手握住了他的袖子，放出和缓的语气道："老贤侄，你只管放心。我既是愿意出来多这番事了，我必得办个周到。不吃饭打不起精神来，不睡觉也是打不起精神来的。你还要些什么东西不要？若是要的话，你告诉我。"学正道："大老爹这样周到，小侄更是不安，我不要什么。我若要什么，自会向立青哥要。"

李凤池指着火柜子上一条棉褥子道："那是干净的，你要睡觉，得把那个盖上。"学正答应了是，他这才代掩着房门，一直去了。学正依了他的话，在睡椅上躺下，自将棉褥来盖了。合上了眼睛，人就在家人环哭的堂屋里，或者王知县吆喝着的公案下跑来跑去，不时又在曹金发家里手提了一把鬼头刀，将曹家人不论老小一阵乱砍。还有那个鹰鼻子勾嘴的公差也曾把他捉住，四马钻蹄地缚了，向东门大河里一抛，哈哈大笑道："你也有今日。"耳边却有人叫道："学正，你怎么样？在做梦吗？"睁开眼来看时，正是李凤池站在面前，立刻跳起来道："你老爹就回来了，曹金老不在家吗？"李凤池道："我去了不少的时候了，你是睡得太甜，不知道时辰。他怎么不在家？我去了，不曾开口，他就知道我的意思。"学正道："他怎样地说呢？"李凤池道："嗐，一言难尽。你先用把热手巾擦擦脸，再喝点茶，把精神清醒过来了，我们慢慢地商量。"学正听到还有商量二字，料着是这里面大有文章，心里很是焦急。

李家的长工听了上人的话，先送了脸盆手巾来，学正只得洗个脸，手脸擦干净了，长工拿过面盆去，立刻两手捧了一盅热气腾腾的茶过来。似乎这一些，都是经李凤池说过的。看他时，已经改着在抽旱烟袋，地上已经有好些粒烟灰了。这时，他把旱烟袋斜支在桌子角上，手微微地扶着，半垂了眼皮在出神。学正将那盅热茶喝完了，放下茶盅，正待开口，李凤池就望了他道："曹金老这个人不好说话，你当然也知道。起初我一提，他倒假充大量，说是并不怪你父子二人，这是丁委员和令尊作对，不干他事。后来我说到你的意思，只要可以出来，倒不怕吃亏，他这才露出了真面目。他也是不外古今通例，要你依他三件大事。"学正道："哪三件大事呢？"他觉得是有些头绪可寻了，胸脯挺起，好像是这里面满带了指望。

李凤池将旱烟袋斗子在地上敲了几下，将烟袋放下，站起来，拍了几拍身上的烟屑和纸煤灰，才望了他道："我不过是和人传话，贤侄你不要生气。他说的第一件事，当时我就不能忍了，但是正免不了求他，只好听着。他说，须要贤侄请出这甲上几个体面人来，带你到他家登门谢罪。这谢罪不是口说而已，还要放爆竹磕头。"说时用手微微地敲着桌沿道，"这岂不是欺人太甚？"他说时，看到学正的脸色立刻红了起来。但是他并不生气，微微地笑道："这没有什么，为了家父我也可以遵办。他本是个长辈，算我提前和他拜年吧。"李凤池扶了所坐的椅子靠手撑起身子来，紧紧地对学正望了道："什么？你不觉得这是太过了一点吗？"他说着，依望着，觉得学正这勉强的微笑，那是比放声大哭还要凄惨，也觉得黯然。停了一停，也勉强装着笑道："好在贤侄也说过了，曹金老是位老前辈，便同他行上一个礼，那也算不了什么。这件事你依允了，那第二件事便好办。他只要你当众说明，那天在他家说的话，是喝醉了酒胡诌的。叫大家不用相信。"学正笑道："这倒多谢他替我出了一条主意，我自然是乐从。"李凤池道："第三呢，他就谈到钱了。他说，你家既吃了官司，他不能要你家的钱。就是他上县去，自己的花销都可以垫了。只是丁作忠和王知县这两个大头脑不容易说过来，没有三五百银子，不会放在他们眼里。要你至少预备五百两银子的数目，让他替你去送礼。若是不够的话，也许还要加添。这不也是一件难事吗？年近岁逼，哪里去找这样大批的钱呢？"学正道："那没有法子，只好拿了田契出去，出着重重的利息，押借一笔吧。若是有人要田，我就卖出一家庄子去。不过卖田不是三言两语就说成的事，怕有些远水救不了近火。"李凤池按上一烟斗烟，抽过了，头微微地点着，自然也是替他暗地里打算，许久才道："这样说，三件事你是件件依从了。"学正叹了口气道："事到于今，也不容小侄不件件依从。"李凤池道："既然如此，事不宜迟。你在我这里用饭，我分派着人去请绅士，到舍下齐集，一同到曹家去。我想，这样大事，总当找你一个至戚出面。把你岳父也请来，你看怎么样呢？"汪学正对曹金发提出的三件事都答应了。然而对于请他岳父做中这一层，他却认为很难，许久不能答复呢。

第六章

燃炮挂红登门谢罪

当李凤池向汪学正说，要把他岳父朱子清先生请出来，也做个中人，他有他的意思。他以为曹家对于汪家提的三件事，那都太厉害了，觉得学正过于受屈一点。把朱子清请出来，是他的岳父，至少可以拿一半主意。有了汪家至戚在内，便是汪孟刚将来放出来了，他也不能说做中的人偏心。现在看看学正听了这句话，竟是作声不得，这倒有些奇怪，便道："贤侄，你以为怎么样？请令岳父出面，有什么不妥吗？"学正道："凤老爹对于朱先生为人，想必也是很清楚的。他常是对人说，士可杀而不可辱，小侄这样地去登门谢罪，他是绝不同情的，恐怕把他请了来，他老先生不许小侄照办。那时，小侄成了个承命则不智、违命则不孝，怎样是好呢？凡是对老先生说话，自己所编的词句，千言万语的，老先生耳朵里插不进一句话去。可是套用两句古典，倒往往是一针见血。"

李凤池听了他的话，只管摸了胡子想着，许久，点了两下头道："你这话有理，子清翁是守正有余、通变不足，那就依了你的话，不去请他。好在府上人，一切的事都听世兄做主，世兄既是愿意受这番委屈，我们就做着试试看吧。"他说着话，看看学正的脸上是红白不定，这也就料定他心里已是极端地难受，虽是嘴里不便说出什么，脸上的颜色，便是他自己也按捺不住的。于是向他说了许多安慰的话，叫来立青和他哥哥立仁、立德，一同陪着，在一桌吃饭。学正的心里，这时好像用开水浇泼了一样，嘴里嚼着饭，全像是木渣，虽是勉强地咽下去，胃里只是容纳不下。在李家父子奉陪之下，勉强地吃了一碗饭，好像就受了很重的罪。他心里觉得李凤老或许不高兴，因为这有点不识抬举的样子。可是李凤老却是不住点头，望了他摸胡子，那自然都是赞许的意思。心里也自忖着，不知这位老先生心里，是赞许我能够忍耐呢，或者是我为救父亲出力呢？不过在他说岳父守正有余、通变不足八个字里看来，好像他是说暂时受屈一点，那是不要紧的。李凤老不但是人品学问好，而且也是很知大体的人，并不是死书呆子。既是他都这样地说了，我就顺了这条路走吧。他吃完了饭，默坐在一边，两只手捏着拳头，虽是短短的指甲，指甲掐着手心，痕迹已是很深了。手心里的汗都要由手指缝里流了出来。两道眉峰微微地皱着，眼皮下垂，似乎看在胸前。他默然着，李氏父子也没有和他搭话。大家吃过了饭，凤池进内室去换衣服，立仁、立德也走开了，立青就走到学正面前，拍了他的肩膀道："老四，你不用心里难过，大丈夫做事能屈能伸。公道自在人心，久了，大家总有和你打抱不平的一日。"

学正站了起来，握住他的手道："年轻的人，要到人家家里去登门叩罪，哪有个不心里难过的吗？我也是和你这一样地想，大丈夫能屈能伸。不过，久了总有人和我打抱不平的，这个……"说着，他淡笑了一声道，"或者有些等不及。曹金发那样大年纪了，他还能熬过三年五载去吗？"立青道："这样说，你是很快地就要报仇。师兄，你可记得师傅的话？我们学武的人，是不应该乱来的。"学正笑道："什么叫乱来？什么又叫不乱来？你想，我父亲坐在家里，好好地抓了去打手心、坐班房，还说是有王法管着呢，这又叫什么来呢？"立青见他眼睛里面起了无数的红血丝，脸上的皮肤仿佛都有些要沉下来，想必是他急得已经无法可以忍耐了。于是轻轻地再拍了他两下肩膀，因道："师兄，若是平常的事，我可以帮着你出这口气，这事已经到了官，有什么法子？"学正笑道："师弟，虽说是你的本事，或者比我好些，但是我自己的事，我愿意自己去办了，不连累朋友。假如师兄将来有不得了的时候，你念着我们是同向着武艺人磕过头的，你得帮帮我的忙。"

立青用手拍了胸道："那不含糊。"学正正色道："立青，我不是和你闹着玩。"立青道："谁又说是闹着玩？玩笑的时候，我只管玩笑，认真的时候，我实在也是认真。"正说到这里李凤池已经换了衣服出来了，便向学正道："外面堂屋里，已经有了好几位绅士来了，出去见见吧。你的意思，我都替你说了，你不用说什么了。"学正站定了微微地一弯腰，答道："是，小侄到了现在也没有什么话可说的了。"他说着话，就跟了凤池出来。那大堂屋里果然到了几位绅士，无非都是本里本甲的几个人，而且是和他父亲，都有些交情的，所以见了面之后，大家都没有什么话可说，只有替汪氏父子抱屈的分儿。李凤池道："我们住家过日子的，做事是早一刻、迟一刻，都没有什么要紧，那坐在班房里的人，多坐一天，好比多坐一年，如何受得了？我们救人是挑那赶快的路走，别的什么都不用问，全是等人出来了再说，大家以为如何？"

那些来的绅士们，明知他是在安慰学正一番，免得他有临时反悔之意，随声都附和了一阵。可是在学正脸上，虽不必带了笑容，却也不怎样带有愁容，只是静听各人说话。这时有个叫赵二老的绅士由前面夹进一个布包裹来，笑道："东西都办好了，走吧。"由赵二老走来的地方看去，是李家开的店面，李家在这庄子上开的杂货店，是前后五六里路所没有的大店，乡下人所需要的东西，这里都齐备了。学正看了这个布包里，不免有些疑惑，就问道："二老爹，这包裹里是什么东西，难道我还要带着礼物去吗？"赵二老看看李凤池之后，因笑道："这个你就不必问了，就是送礼，也是我们中人掏钱出来。"学正走近一步，手按住他的包裹，正色道："这个不然。钱虽是中人出了，面子是我出，送的是什么东西总应当让我知道。"赵二老道："自然要让你知道，不过等一会儿再让你知道好些。"学正淡笑道："这话我就不懂了。等一会儿，就事到临头了，怎么还好些？"

李凤池手摸了胡子，就点点头道："照理，我们中人是不应该瞒着你的。但是我们也无非想成全你这番孝心，等到了曹家门口再告诉你，那时，你碍了大家的面子，或者不会后退了。其实这也没有什么，二老爹，打了开来，让他看看也好。"赵二老料着也是遮瞒不过去，于是就把那蓝布包裹透了开来。学正看时，悬红纸包着一个扁包，上面印得有字，万载爆竹二千头，另是一卷红布。看过之后，大家以为他必定要质问两句的，却不料他昂起头来，张口哈哈大笑一阵。笑完了，他道："这岂不是披红挂彩、放爆竹磕头、认罪赔礼的那一套吗？我既然去上门磕头了，何在乎挂彩、放爆竹不放爆竹？这是各位长辈太小心了，我什么都答应，不在乎。"说着又昂头笑了起来。他这样两番大笑，倒把这些人看得有些愕然，遇到了这样丢人的事，一定是不哭也生气，殊不料他是哈哈大笑起来。凤池向学正看了一看，点着头道："我也知道世兄是长歌当哭的意思，事已至此，我们还说什么？只有劝世兄卧薪尝胆了。我们走吧。"来的绅士，总也看到学正的情形有些失常，夜长梦多，早些走去的为妙，所以在凤池一句"走吧"之后，大家都出了李家的门。学正一点也不犹豫，齐向曹金发家走来。

凤池做事，总是慎重一边的，他怕带了学正去赔礼，老曹不在家，却是有些进退两难。所以在没有出发之前，已经派人去通知了曹家，说是一会儿就到。这时，走到离曹家约莫有一里路的地方，遇到了送信的人回头，说是曹金发和他几个儿子都在家里等着，同时也就远远望到曹家的房屋，在树叶里涌了出来。也不知是什么缘故，到了这时，汪学正的勇气便慢慢地消沉下去了。脚步缓着，由一群人最前走路的一个，变到为一群人最后走路的一个。而且去的时候，是挺着胸、昂着头走的，退后的时候，可就不同，头也不抬了，腰也伸不直了，只是有一步没一步地向前走了去。看看到了曹家门口，只见由大门台阶上一直站到稻场上来，全是曹家人，不分老少，都是目光灼灼地向他看着。尤其是小孩子们，不解得别人是否难堪，跳着脚叫道："赔礼的人来了。赔礼的人来了。"有的还指到汪学正脸上来说："就是他，就是他。"

学正看着脚底下所踏的路，都是光滑平整的，要想找一条缝钻了下去，也是不行，只有把那涨紫了的两张脸皮直藏到怀里去。自然，他这时魂魄都飞散了，也看不到脚下的路，不想脚底下有块石头绊住了他的脚尖，身子向前扑着，直栽出好几尺远，倒在稻草上。有几个小孩子哄然地笑了起来，有的还笑道："忙什么？还没有进大门呢，倒先磕下头去了。"学正听这话，真比刀挖了心还要难过，站立起来，恶狠狠地向那几个孩子看了一眼。心里自然是在那里说：叫我认得你！李凤池似乎解得他的意思，就抢上前，扶住他一只手臂笑道："当然你也不必把小孩子的话放在心里，我们走吧。"学正也没有作声，还是跟了大家走。进了曹家的门，早是看到那正中堂屋里，乌压压地挤了许多人，大概是不分老幼，所有曹金发家的人都在那里了。两边通内室的那几道门，不过是半掩着，在那门缝里露出隐隐约约的乌头粉脸。这又可以证明曹家的妇女都在那里张望。

女子们本来是喜欢这样管闲事、看热闹的，这也不去管他。只是当自己走过去的时候，那里嘻嘻嘻地发出了笑声，那分明是在耻笑来赔礼的人。学正就只把两眼的力量都用在脚尖前面两尺路，哪里也不敢去看了。这样重重的难关都逃出了，直到了堂屋里，却听得有人恶狠狠地道："汪学正那小子来了吗？"学正猛然地抬起头来，见一个长脸吊眼角、满腮短桩胡子的人，逡巡着眼珠，四面看人，那正是曹金发的大儿子曹祖德。他手下站着高低瘦肥五个人，正是大哥儿五个。李凤池已是拱手向他答道："学正他自然来了，大家见过。"说毕，身子向旁边一闪，人丛里将学正牵出。

学正看时，原来这堂屋里就有二十几个人，加上自己带来的这一批，堂屋里挤得连空处也没有。当了许多人遭受着曹老大这样的吆喝，面子上真有些抹不下来。可是李凤池已经闪出一条路，把自己牵出来了，这还能够躲开不成？自己将鞋袜里十个脚指头紧紧地向里抓住，好像这堂屋里的地皮是倾斜的，非这样的站不住。心里可就在那里连连地警诫了自己：忍耐，忍耐，一百二十四个忍耐。于是在灰白的脸上放出一些笑容来，向曹老大拱了一拱手道："我当然来的。"曹老大斜了眼睛看着他，将头偏着，突然地一点道："哼，来了就好。"其中的曹老二是个瘦小的身子，削下巴，尖嘴，微笑道："唔，唔，怕你不来？不来也行吗？"曹老大道："李凤老，就是这样无声无色地和我们周旋来了吗？"凤池笑道："世兄何必忙？东西都由赵二爷带着呢。"赵二老在人丛里挤出来，将包袱解开。曹祖德两手接着过去，颠了两颠，微笑着向众人道："要说值钱，这真不值什么，不过是要这点面子罢了。"汪学正听到，只是肚子里冷笑了一声，却没有说什么。

曹祖德将爆竹红布都交与了他的兄弟们，立刻有人搬了梯子来，将红布在屋檐上挂起来，爆竹纸包也有人打开了，将一根长篙子把它挑挂着。只看那些人手忙脚乱，脸上笑嘻嘻的。来了这么些个客，曹氏有六兄弟在此，也没有个人来招呼让座，只把李凤池这批人挤在人丛中摆来摆去。凤池微微地摇了两摇头，偷看了汪学正一眼，见他脸上兀自带了冷笑的样子。便向曹祖德拱拱手道："各位世兄，可以请你们老人家出来了吧？"只听到身后哈哈地笑道："不用请，我自己来了。"答话的正是曹金发，身后跟了个小伙子捧了一块红毡条，不用说，那是预备人磕头的。这堂屋里的人立刻向两边分开，闪出一个空当来。那人将红毡条便铺在当中的地上。曹金发取出口里叼的旱烟袋，向学正指点着道："他来了，礼就算到了，不用行那大礼了。"来的中人都道："他是个晚辈，磕两个头那是应当的，你老请上大边。"曹金发笑道："就向我家祖先拜拜好了。"他口里说着，人已走上了大边。斜背了上面的祖宗神位，向下立着。凤池就叫道："学正，你过来，为了你父亲的事，陪服陪服曹老爹，还得请他老多多帮忙呢。"学正到了此时，还有什么可说？只得低了头走过来。那位赵二老究竟是个热心人，还怕他磕闷头，站在旁边提醒着他道："你得说上两句话啊。"学正站在红毡下，便道："曹老爹，晚辈那天喝了两杯酒，言前语后，得罪你老人家，很是后悔，现在家父也到官认罪了，凡事都求你老爹包涵，晚辈这里赔礼了。"说毕恭恭整整朝上磕了头去。同时，天井里的爆竹接着噼噼啪啪狂响一阵。

曹金发并不过来搀扶着他，只微微地哈哈腰。等学正站起来了，爆竹声停了，这才道："老四，不是我长了几岁年纪，就在你们面前端长辈的排场，我觉得你父子两个这脾气都够大的。你年轻，往后的日子还长啦，得磨折磨折你。你听过张良的故事没有？他在圯桥，和老人穿过鞋子。那位老隐士，也就是看着他脾气大了，做不了大事，磨折磨折他。你要明白，我这番意思，对你还是不坏。"学正闪到一边站定，连说"是是"。曹金发这时是得意之极，便走到滴水檐下，将手上的长杆旱烟袋向天井外面斜着一指道："各位请来看。"大家随着他旱烟杆所指的地方看去，正是面前一排高山中间的一个尖峰，那里叫天明寨，是东乡最有名的一处险要地方。他忽然指着这个地方给人看，大家却莫明他的用意所在。原来据父老传说，那个山峰只有一条小路可以上去；上面通过后山，地方很大，里面有泉水，有柴草，有几方平地，可以种田。在明末流寇作乱的时候，乡下人带了粮食，到这上面去扎寨避难，守过一年多，居然等流寇走了，太平下山。因为那山上天亮得最早，太阳由地平线上出来以后，首先就是照着这个山顶上，所以叫天明寨。但是这与现在曹家的这件事有什么相干呢？大家奇异之下，都不免将眼光射到曹金发身上去。他依然将旱烟袋杆遥遥地向山峰腰下指点着道："大家来看，那里有一棵古松，据传说，那是元朝的树。那棵树有十几丈高，所以在这里都看得见。满山这样大的地方，就剩这棵松树最古，那自然有原因。说穿了，就是地气都归到了那里。在那松下半里路，有我曹家一冢祖坟，一是得着向上的地气，一是得着向下的地气。据风水先生看过，而今正该走运，说不定我家还要闹个状元。我虽然老了，我几个孩子和孙子都还可以，文的有，武的也有。若照现在时事看起来，武的应当走运，说不定我家要出一两个大红顶子。我家现时总算在运头上，亲戚朋友们若是和我家作对，那就太傻了。这不是我空口瞎说，请各位看看，我这些儿子孙子，拿了出来和人家比，哪一个不是铁硬的汉子？"他说得高兴了，不由得连连地摸着胡子。

李凤池是最不喜风水之说的人，而且曹氏父子那种形象自己也是看不惯。现在他站在许多人面前大夸海口，实在有些烦腻。不过自己是为人讲情来了，也是顶撞不得，于是向他笑着拱手道："曹金老的事情，那还有什么可说？自然是好的。现在来不及谈心了，还是这位世兄的事要多请老哥帮忙，老哥什么时候上县去呢？"曹金发原是满脸的笑容，听了这话，立刻将脸子一板，口里含住了旱烟袋嘴子连连地抽吸了一阵，于是缓缓地道："这里也不是说话之所，还是到里面去说话。"说着，他在前面引路。自然李凤池同来的人都在后面跟着，就是曹金发的子孙也都蜂拥了来。曹金发回转脸来，瞪着眼道："你们还跟了来做什么？要看的那台戏，已经看过了，还有什么可看的？你们放心，就是玉皇大帝差下天兵天将来了，也不敢闹了，这里用不着你们保护。去！"那些曹家子孙听说，又哄然地一声笑。这笑声分明是指着汪学正，受了曹金发的奚落，不敢作声。汪学正他总是低了头，也不看见，也不听见。到了曹金发的内客房里，他让着各人分别坐下，自己先道："刚才李凤老说的话，你们给我一个痛快，我也给你们一个痛快，我今天下午就可以上县去。只是有一层，这件事，空口说白话是不行的，还有我们先说的那个话。李凤老，你觉得怎么样？"

李凤池道："汪世兄现在当面，我说的话是不能瞒着哪一个的。"他是和学正斜对角坐着的，说到这里，向学正看了一看，接着说道："汪世兄他已经说过了，只要能救出他令尊来，卖田卖地，他也当凑合那个数目。"曹金发将烟袋嘴叼在口里，烟斗斜支在棉鞋尖上，架了腿坐着。他鼻子上正架住了一副玳瑁边大眼镜，他不由眼镜圈子里去看人，却把额头来低了，在镜边子上面去看学正。只看他那不大介意的神气，就让学正觉得心里难受。然而曹金老可并不管人家的意思，他还是久久地看了学正一番，这才偏过脸来向李凤池道："汪老四的话呢，说出来倒是很好听的，不过想不得。你想呀，现在是什么时候？明天送灶，还剩有几天过年？这个日子，就有那闲钱，也没有那工夫买田买地吧。"李凤池道："我也是这样地想着，和学正也商量过，我想在这几天内，先拿出红白契纸押一笔款子用用，哪怕是利钱重一点呢，我想为期短一点，也不要紧，开正的时候，再卖田还债，那就从容得多了。"曹金发听说，就微闭了眼睛，口叼着烟袋，很出了一会子神。旁边就有人插嘴道："曹老爹手边，摸得总是便利的，可不可以……"曹金发立刻睁开眼睛来，摇着头道："年边我也很紧，哪里能想出这样大的法子？就是不紧，我也不能做这事，我本是个干净人，那倒要惹上一身膻了。刚才我在出神，我是另想到一件事，不要以为我是图财。你们想吧，大家天天叫长毛要来，叫了两个月了，于今虽是长毛还在湖北境内，可是人心总是浮动的。这是这上十天，没有什么动静，人心定得多了。若是早半个月，真有预备逃走的，这个日子，谁来买田呢？论到找钱，还是非另想法子不可。"

李凤池听着，心想，不定这老家伙又在打什么主意，大概汪学正在当面不好说，不如让他闪开吧。于是向学正道："世兄，你先回去。你一夜没睡，家里也等你的回信，回头我们商量好了，再给你的信。"学正站起来道："假如小侄可以告退的话，小侄就先走。"曹金发叼着烟袋，点点头说："那也好。"学正于是向大家作了个总揖，先辞走了。曹金发只说了声不送，站也不曾站起。他低着头，赶快走出曹家的门，到了路上，头晕脑昏，有些站不定。胸中作恶，哇的一声，吐出两口痰来，看时，地面上却有一摊鲜红的血呢。

第七章

日暮途穷救命无钱

当汪学正走出曹家大门，在路上吐了两口血的时候，曹家的人都正在兴高采烈，觉得十足地争了一回面子。谁也不想到汪学正表面那般恭恭顺顺，遵命赔礼，出门之后，却有那样惨剧。那嬉笑说话的声音，虽是隔了很空阔的稻场，兀自传了过来。学正吐出两口血之后，仿佛还感觉到有些头晕，路旁有棵大的白梓树，树干子正是斜弯着，一半伸到路上来，这倒正好依傍一下，所以他就靠了那树干，赖着身体坐了下去。树兜下正是很深的干草皮，坐着却也舒适，于是微闭了眼睛养一养神。这冬日的田亩，若是没有大风，一切的景物就会很寂寞。学正闭了眼睛的时候，只听到那树枝上残剩的白梓球被斑鸠啄着踏着，剥陀着响，其间也有几粒被打落到身上来，啪的一声，打破了这环境的寂寞。可是过了一会儿那曹氏门中的喧哗声音，就会由半空中传了过来。由这喧哗声里，让学正联想到刚才在曹家磕头赔礼，还被人奚落的那一番情形，不由得就睁开眼来，向曹家大门口望去。那树林丛中高涌着那伟大的屋角，似乎那屋角上翻转来的兽头都有点像曹金发为人，夸张、骄傲、诡诈、凶狠，完全都具有着。学正紧紧地捏着拳头，向那屋角冷笑了两声。于是坐了下来，脱下自己一只鞋，由鞋底上拔下一只钉子来，再把鞋穿上。这棵树的田埂上，正有些堆砌田埂的乱砖。他翻了一块下来，就用钉脚在上面，很深深地写了两行字。写完了，将砖块托在手上，注目看着，冷笑了两声。于是用手在田沟眼里掏了个小窟窿，将那方砖块塞到窟窿眼里去，依然用土填上。然后站起来，拍拍手，这就冷笑了一声道："曹金发，叫你认得我。哼！"说得一个哼字，将脚顿了两顿，还点上一下头，那自然是表示极端愤恨的意思。

可是就在这时，身后有人问道："师兄，你这是怎么了？"回头看时，却是李立青，便道："老三，你看，我吐了两口血，我简直不能再忍了，再忍我要发狂了。"说着又顿了两下脚。立青走过来，捏住他的手，因道："我老远地就看见你在这里了。你既是出了这牢门，就该赶快回去，你还在这里做什么？"学正道："我在这里也不要紧，反正他们不能把我吃了下去呀。兄弟，你以为我走出了这曹家大门，事情就算完了吗？为难之处还多着呢。第一就是这三五百两银子，没有法子去借。卖田吧？人家都谣言长毛要来了。有钱的人将铜钱变银子，将银子变金子，好带了去逃走，谁肯在这时候把现钱向外抛？没有钱，我父亲坐在班房里是不容易出来的。若是王知县再紧一把，将我父亲打进监牢去，那就更扎手。而且我今天披红放炮、磕头赔礼，那都也算是白做。所以我出了这大门，想到了这件事，自己就禁不住有些后悔。可是头也磕了、红也挂了，我后悔又有什么法子呢？"说着，他皱了几皱眉毛。立青道："你的意思，以为后悔一阵子，这就算是把事情做完了吗？"学正道："当然我愿意想出一个法子来，但是……这法子是怎样地想呢？"立青道："你不用急，家父既然到曹家去说人情去了，你怎样地交款，他也会和你把法子想好来的。你出来了这样久，你看！"说着他将手向西边一指，太阳已经落到天明寨峰头上去。河边上那条上山的大路，正是牵连不断的，有那挑着柴担的人，向田坂上走回来。立青道："你在外这样一天，家里岂能不望你一点消息，你应该回去，安安家里人的心。"学正道："家里人大概也知道了。这样丢脸的事就让我一个人去丢脸吧，所以他们没有来。"

立青道："你不要把丢人两个字总搁在心里。一个人只要不会马上就死，丢脸的事也许就是争面子的事。你忙什么？往后的日子还长着呢。"学正本来满脸都是愁苦的样子，听了这话，忽然在嘴角上露出笑容来，握着立青的手道："只有你是懂得我的脾气的。老弟，你想，我汪老四绝不是肯随便丢脸的人。总有那样一天，人家会知道汪老四不是好惹的。不过在师弟面前，我得退三步，因为我的本事不如你。"立青道："那是笑话了，平常我喜欢和你动手动脚，那不过是闹着玩。说到办起正事来，我还能够扯你的后腿吗？你的本事，有的是比我少学两手，有的比我高明得多，这是因为我们所学的不同。"学正笑道："师弟，你倒很谦逊，将来我们师兄弟有较量的时候，你也要这样谦逊就好。"立青不过认他是说笑话，也就带笑着说："当然可以。你现在可以回去了，我送送你吧。"学正笑道："我虽然是气糊涂了，可是也不至于不认得路。"说着，自己就提着那颠倒上下的脚步，向家里走了来。他所猜想的，那完全是对了，家里对于他在曹家的行为都已经知道了。当他走进大门的时候，他母亲余氏首先扶了墙壁迎了出来，只叫了一声老四，那眼泪水早是泉涌般地滚出来。她虽然不曾说得一个什么字，可是在那声音颤巍巍的"老四"声中，已是把全腔的苦水都倾倒了出来。

学正只好抢步上前，扶着余氏，安慰她道："你老不用发急，我今天在外面跑了一天，已经说出了一些眉目，大概有个几天，爹也就出来了。"余氏道："这个我晓得，只是今天的事太难为你。你是个独子，只好让你吃亏了。"原来汪孟刚生了两男两女，大儿子早死了。学正头上还有两个姐姐，所以他成了老四。照着中国社会上的习惯，爹娘疼幼子、祖母爱长孙的成例，学正虽已是个强壮的青年，可是他父母依然将他当小孩子看待，尤其是他母亲。假如自己少吃一碗饭，学正反过来可以多吃两碗，那么，余氏情愿每天少吃两碗饭。由此一事看来，她疼爱儿子是怎么个情形，也就大可以知道。余氏看见儿子这样歪歪斜斜地走回来，她就想到听得的消息一字不假。本来见着儿子就要问个所以然，可是一想到说了出来，儿子心里难受。所以她一见面，只有哭泣着，转说不出心里那份委屈来。学正看到母亲这番情形，不但是自己吐了几口血的话，不能够对母亲说，就是到曹家赔礼，受人家那一番奚落，也不宜告诉她的，便勉强放出笑容来道："你老人家这样一哭，是哭得一点道理也没有。我出去跑了一整天，东找西找，找了许多朋友和曹金发说好话，他已经答应不念旧仇，今天就动身到县里去，和我爹说情。老实说，这件案子，就是曹金发闹起来的。他既是肯同我们去讲情，事情就放松了一半，我们心里应该放宽一些才是，为什么你老倒好像更是伤心呢？"说着话，母子二人已走进了内室。余氏看到汪孟刚用的旱烟袋，靠了桌子档放着，而在那旱烟袋长杆上，还系着一个烟荷包，这就联想到这个人关在班房里，不知道什么时候可以回来，心里便是跟着一阵难受，叹了一口气，就在床沿上坐着。

学正已出嫁的两个姐姐，因为家中有此大难，也已回娘家来探望母亲，兄弟回来了，都抢进房来探问消息。学正不好说什么，只说曹金发答应上县说情了。汪二姐嫁的丈夫，就曾为了打官司，卖去三分之二的家产，讼事怎样进行，她是知道的。便道："怕没有那样容易吧？平常带一个人去过堂，县衙门里那些养狗子，没有几两银子，也不肯放人出来呢。爹爹都坐在班房里了，不要紧，放得出来吗？"学正向她看看，沉吟了一会儿，皱着眉道："自然是要预备一笔款子。不过我这回上县去，花了好几十两银子，把家里一点储蓄都搜刮尽了，再到哪里去找钱呢？"余氏两手一拍道："我们这倒霉的家，这要它做什么？连田带屋，还有山地，全卖了吧，只要救得你爹出来，什么我都舍得。孩子，你不要说，这些家产是二老替你留着的，你舍不得卖掉。可是你也要想想，你这样身子是由哪里来的？"

学正勉强笑道："这是哪里来的话？儿子何至于这样呢？"他这样两句意思含糊不清的话，还是吞吞吐吐说了出来的，更令人不能解他的意思。本来他今天在曹家受了那样的奇耻大辱，都是为了救父亲，母亲倒疑心自己是舍不得卖田产。他这话再不好说了。汪二姐又道："要说为了救急，卖田来应用，那是来不及的。现在只有把契纸拿出门去做抵押，出二分钱利息向人家借去。我们家里那场官事也是这样了下来的。"学正道："我也是这样想。不过现在有钱的人，天天听到长毛反得来了，都预备留着现钱好去逃走。哪个肯拿出几百两银子出来买田呢？"余氏一想他的话也很有道理，立刻又垂着泪道："那怎么好，那怎么好？"学正用很柔和的声音答道："你老人家不用发急。李凤老还在曹家没走，正和我们说着这件事呢。我想着曹金发是有钱的人，也很喜欢我们这个庄子，说不定中人就靠这点原因是向他借钱。你想，他答应今天晚上连夜进城，乡下没有什么地方可以捡银子，几个时辰，哪里抓得起三五百银子出来？"

余氏道："要五百两银子吗？"这个数目，学正是要瞒着母亲的。因为把家里所有的田产完全卖了，也不值三四百两银子，五百两银子是倾家也不够的。再说拿田契去抵押，数目更要少。所以学正只好放在心里，免得母亲更急。现在失口说了出来，倒不好硬来遮盖，便道："这也不过是大家估量着要这些个钱。假如曹金发到县里去，肯多替我们说几句话，也许可以少出二百银子的。"汪三姐是个率直的人，便道："他为人吃人肉不吐骨头，为什么多替我们说几句话呢？恐怕他还要少说几句话让我们多出几个吧。事经他的手，有个不从中落钱的吗？"余氏见儿女们说的话，总是向那不好着手的地方说去，这场官司卖完了家产都了结不下来，这真让人心里又着急又害怕，于是无可奈何的时候，又扑扑簌簌流下眼泪来。母女们是由床沿上到床踏板上斜排了坐着，各各低了头，流着不知不觉滚出来的泪珠。可怜学正闹得说话不好，不说话也是不好，只是背了两手在身后，不住地在屋子里走来走去。这时家里的小长工由外面扑笃扑笃跑了进来，叫道："来了一群人，他们打进来了。"

一个人在心神不安的时候，最容易受着刺激。那脚板声本来就够让学正心里跳动的了，现在又听说是有人打进来了，学正回头看到土墙上斜挂了一支画戟，抢到手里，向外面迎了出来，口里气呼呼叫道："现在我不能再忍耐了。这回，不是他死，就是我亡。"他口里嚷着，人只管向前跑。当他跑到堂屋里，迎着那些进门的客人的时候，他不觉是一呆，当头一个，就是赵二老爹，其余是这次带上曹家谢罪的中人。那些进门来的人，看着他拿了一支兵器，其势汹汹地跑出来，也是吓了一大跳。

还是学正先醒悟过来，放下了画戟，向大家抱拳头道："想不到是各位老前辈来了，对不住，对不住。"赵二老抢向前两步，拍了他的肩膀，微笑道："小兄弟，不要这样子莽撞，伍子胥急白了头发，到底度过了昭关，事在人为呀。《赤壁赋》上有两句话，我最是爱听，'固一时之雄也，如今安在哉？'"他说时，摇着头，颠着腿，许多人都笑了。原来这位赵二老爹本是个生意人，自幼念过几句书，由外省回乡，做起三四等绅士来，就时常在口头上抖着文。他总是穿了那长袖的棉袍子，笼着大袖。袍子上加着那大襟枣红绸旧背心，在纽襻上，哆里哆嗦，加上一大串子东西，如眼镜盒、牙签、耳挖子、胡梳子、鼻烟壶之类。头戴黄毡帽，总是把两只护耳帽檐全覆到脸上来，额头上，还翘起一方带毛的圆罩子。他左腿还有点跛，走快了是不良于行的。加上他嘴唇上那三吊搭的胡子，真有些像戏台上的小丑。不过他有一样长处，便是心直口快。这时，他说了一句曹孟德的典故，学正就知道他很是不平。那么，恐怕他们对曹金发商议的事是没有着落的了，于是让着大家坐下，还来不及款待茶烟，就问事情怎么样。赵二老将头颠簸着道："照字面上说，他是言之成理的，到衙门里去说人情，空嘴讲白话，当然是不行的。他说要他动身，至少要带三百银子去。只要有银子，就是叫他今晚三更天动身，也无不可。而且这三百银子，不能官司就了，以后至少还要一二百银子。我们本就想到凑钱不容易，但是有个几天限期，那也好办。他说有钱才走，这话很叫中人不好说话。乡下哪年哪月没有人说官司？这样一点着落没有，先就要拿出几百银子来的，那也少见。我们也说，银子不会少，只要有了上面一句轻松的口气来，这才好预备银子。现在一点头绪也没有，就带了三百银子上县去，这钱到底算事不算事呢？可是曹金老很硬，说是舍不得牛皮，熬不出膏药。这个年月，一把找几百银子，谁敢说那大话？所以我们都挫下来了这口气，不敢向下谈。因为我们不说，曹老头子也就不谈上县的话，我们想，这件事就摆上两天，大概也不要紧吧？"

学正想不到自己那样磕头赔礼之后，倒反是把事情搁住了。听到这里，就情不自禁地轻喝了一声道："这真岂有此理。"那个小长工这时看出来是客来了，就捧水烟袋、蒿子香、大葫芦瓢烟丝放到桌上，却向学正道："老师母叫你进去呢。"学正以为母亲在后面，掉转身就向后面去。不想刚是转过影壁墙，顶头就和母亲碰个对着。两个姐姐也随在母亲身后。余氏将他的衣袖一把扯住，问道："这怎么好？那曹家老头子他又不肯上县了吗？他要现钱，我们就凑一点现钱让他带去吧？反正他拿了我们的银子，他不能昧了良心说没有拿呀。事情说不成，他总也不好意思把我们的银子花了吧？孩子，你去对那些先生们说，还是请曹老头子上县去吧。我没有银子，把田契送给他，他高兴算多少钱就是多少钱，这还不公道吗？去吧，去说吧。"说着，两只手推了学正的肩膀，只管要他去说。学正分明觉得这是不明世情的话，曹金发便算肯把钱来押这田契，在他说过硬话之后，他也不肯马上收了去，蒙那贪图产业的嫌疑。只是母亲逼着出来说，又不能不出来，只得再回到堂屋里来，把这个笨主意说了。

赵二老笑道："老贤侄，这个主意，还用得着你说出来吗？我们老早就和他提了。说曹金老手上总是方便的，好人请他做到底，把这笔款子先垫一垫，由你写上借字，带了田契，放到他那里作为信质。我们这样婉转地说了，还不敢说是径直地向他借钱呢。他笑着说，就是你府上的田里出金子，他也不能要。若是要了你的田，人家会疑心他是做成了圈套来谋你们的产业。这样的话他都说了，我们还有什么法子可以接着向下说？"学正点点头道："我也是这样地猜着，他那个精明人不会做出这样笨事的。好在这乡下总也不只他一家有钱，别家总也可以慢慢地想法子，这只有请各位老前辈留心了。"赵二老道："虽然这样说，今天腊月二十四了，过五天就过年，这几天哪有人肯放几百两银子出来？就是在正月里，不过上七，借也是不好借。这件事真弄得不凑巧。"学正也觉得他的话不错，自己有话还不曾接着说出来呢，影壁后面已是呜呜咽咽的有了哭声了。那正是他母亲余氏的声音，想必是听到没有法子想，心里焦急起来了。这些中人无非是来和学正传说两句话。在这个快过年的时候，各人都有本身一年终了的事。听到妇人呜咽的哭声，各人也不愿久留，安慰了几句，都走了。学正送客回来，见母亲就在堂屋阶沿石上坐着，满脸是眼泪，清水鼻涕直拖到怀里来。两位姐姐站在母亲旁边，不但是不劝母亲，而且也是不断地垂着眼泪。学正呆了一呆，望着母亲道："你老人家何必老是哭？哭死了，也哭不出一点道理来。"余氏哽咽着道："你看，今日是过小年的日子了。我们是舒舒服服地在家里，你爹是要吃无吃、要喝无喝，困守在班房里呢，我为什么不急呢？"

说着这话时，太阳已经是沉下山去了，苍茫的暮色，眼前的景物已是有些模糊。可是就在这时，长空里透出那噼噼啪啪的爆竹声，送出了当地乡下人上坟接祖宗回家过年的消息。余氏想着，死人都有个回家过年的机会呢，就可以把活人丢在班房里关着吗？这样地想着，那心里更觉是难过的了。这让学正实在难堪，不劝母亲，是闹得自己一点心绪没有；要劝母亲，难道说母亲还不该哭？母子四人在这般夜幕将张的时候，很彷徨地相对着，正是万分无奈。可是大门外有很高的声音，有人在那里叫道："汪先生在家吗？"

天色已经黑了，学正看不见远处来的是什么人，只好一直迎到大门口来。不想到了那人近身时，学正又是吓得魂不附体。原来这正是县里的差人，彼此是约定了的，假如犯人临时有了什么事，他们就来报信。现在已经来报信了，必是消息不好，便立刻两腿如棉，身上有些抖颤起来。差人道："我们到里面去说话吧，这不是说话之所。"学正真猜不透这事有多么严重，拼命地哼出了一声，就在前面引路。可是他心里是很明白的，知道了这一件事绝不能够让母亲知道。于是把两位差人安顿在堂屋里，把母亲骗进里面烧茶待客去了，自己才捧出灯火来陪客。差人道："我们不用客气，你快点做了晚饭出来，我们吃了好赶回县城去。我们不过念在交情上抽空来给你报个信。今天下午我们得了消息，省里头采办粮草的委员就要来了。在委员没有来之前，大老爷还要过一堂的，那时他不能无缘无故地放了，这样大罪，绝不许在班房里坐的。不问三七二十一就得把令尊打进监牢去。且不问是不是罪案定了，到了那里，比在班房里苦多了，出来也要难上几倍。老实说，这是一件冤枉官司，县老爷心里明白，你们能够早点出一笔钱把人弄出来了，官司就好了。"

学正皱了眉道："这个日子在乡上筹款，不是很难吗？"差人道："这就在乎你们去着想了，钱要紧呢，人要紧呢？这款子，最好明天不到县，后天也该到县。要不然，牢里押着扰乱采办军粮的犯人，省里委员老爷有个不要严办的吗？他办一儆百，就好催粮了。"学正听了这话，不由自己抽口凉气，目瞪口呆，说不出话。差人道："老兄弟你不要发呆，事情紧急，你得赶快想法子。我们交朋友一场，我不能见事不救呀。"学正点头道："好，尽今夜一宿的时候，我来想法子。"

他这样说了，也不再提什么了，催着母亲下了两碗素面给差人吃。七拼八凑，凑了三两散碎银子给差人，又送了他们一盏灯笼，送着他们回去。差人到了大门口，又劝了他两句，赶快筹钱，不可自误，方始走了。学正原已约了母亲，等差人走了，把父亲在班房里的情形告诉她。消息这样坏，怎能够说？站在大门外，简直不敢回去了。东北角树林里露出一星灯光，那正是曹金发家。学正一时怒从心起，咬着牙指了那里道："曹金发，你好，你今晚过小年，你害得我家好苦。要死，大家同死，你休想独活。"说毕，抽身就向家里跑。他先时拿出来的那支长戟还靠在堂屋里墙上。将戟取到手，也不报知家人，就预备向曹家报仇去。

第八章

送银子进去与送客出来

天色已经是昏黑很久了，腊月之尾，又没有月亮，黑幕上只反映出无数的星星，乡村人家的外面一切是黑沉沉的。不过天明寨那高大的山头，黑巍巍的还可以看见一些影子。这时，汪学正拿了那支长戟，出了门，要杀向曹家去，简直是不会有人知道的。然而当他走出大门以后，篱笆里两只狗汪汪乱叫，而且那叫声由东而西地只管窜着叫，似乎还在追着人。学正喝了两声，那狗兀自叫着，这倒有些奇怪，便停住了脚。只见左边树林子里一点火光一闪，露出一盏灯笼来。接着喁喁的说话声和脚步踏了枯草树叶的瑟瑟声，继续地传入了耳朵。

学正家门口并不是大路，便重声问了一句"谁?"有人答道："是我呀，四哥。"学正道："是立青吗? 冒夜到舍下来。"又听到李凤池道："我也来了。"说着话时，已走近了身边。他手上拿了一只灯笼，高高地举起，向学正头上照了来。他身后立青肩上紧紧捆住了一只包袱，手上拿着一根齐眉棍。这样装束，倒是猜解不透，难道他们知道我要杀上曹家去，到这里来拦住我的? 于是向后退了一步，以防立青动手。凤池道："咦，老贤侄，你手上怎么拿了兵器?"学正道："这狗声叫得太厉害，我顺手掏了这支戟出来看看的。"凤池笑道："世上有带了几百银子在身上，出来做坏人的吗? 贤侄，夜深了，请到府上去谈谈。"两句话提醒了学正，立刻接过了灯笼柄，在前面引路。汪家也有间简陋的书房，他一直把李家父子引了来，戟放在房门口，将灯笼挂在窗户格上，说声老伯请坐，立刻跑进内室捧出灯火来。当他再进书房时，那个布包袱，已是放在桌上。

学正正待进房去搬茶水，凤池伸手拦着道："我非为受你的款待而来，你不用张罗。我知道你家的事情很紧急，耽误不得。嘿，这桌上包袱里，是三百五十两银子，我已尽我力之所能，不能再凑了。这三百两银子，我同你立刻送到曹家去，让曹金老好明日一早上县。另外五十两银子你留在身边，预备做别的急用，贤侄，你来收过了。"学正直挺挺站着，听凤池吩咐。等他说完了，自己扑身便拜了两拜。凤池弯腰抢着将他扶起，便道："我和令尊三十年贫贱之交，他有这样的灾难，我能够袖手旁观吗? 守望相助，疾病相扶持，这也是我们乡党应尽之责。"

学正站了起来，不觉得垂下了两行泪，因道："老伯也不是巨富之家，在这样年关紧逼的时候，如何收得起许多款项？"凤池道："这个你就不用管了。我既是筹出来了，你就拿去办你的正经事。"学正道："老伯这样慷慨，我死也不忘记。等过了新年，将田产卖出去了，必定将老伯的钱如数归还。"凤池道："这都是后话，你不必去管。"

学正对于凤池这番美意，说不出如何感激，只是作揖。凤池道："事不宜迟，我们这就到曹家去。包袱里另有一封散碎的银子，那是五十两，你先拿到里面去收着。"学正对于他的话还有什么讲？他怎样地吩咐，就怎样地做。李家父子在汪家茶也不曾喝得一口，就是打着原来的灯笼走出门去。这时是学正背了银子包袱，立青打了灯笼，拖着棍子，在前面引路。凤池紧随了学正，一路和他谈着话，总是劝他忍耐。那意思就是说，许多不容易通过的关，却也都忍耐着走过来了，劝学正索性忍耐一些日子，只要把父亲救出来了，什么事都有个商量。

到了曹家，学正怀着一腔怒火在后面立着。曹家的人，他们哪里晓得学正的心事，一个问道："后面还有谁？"立青道："是我家父同汪学正。"他道："过去的事，我们不追究他就是了，三更半夜，只管跑来做什么？"学正咬了牙，可没作声。凤池立刻抢上前道："是有点事和令尊商量。"他答道："今夜过小年，他老人家高兴多喝了两杯酒，睡了觉了。"凤池道："那没法子，只好到他房里去，和他说几句话了。他吩咐学正预备的款子他已经带来了。"曹金发的儿子将灯笼举着高高地照见学正手里沉甸甸的，果然提着一个包袱，便笑道："那么就请进来吧。他老人家就是睡了，也是和衣睡的。"于是他们一直将来人引了进去。曹金发吃过晚饭以后，闲着无事，躺在铺着皮褥的椅子上，口里衔住了那支善出主意的旱烟袋，正在出神。见众人拥了个布包袱来，心里老早明白。这就向凤池连连拱了两下手道："凤老，你为人实在热忱，今天过小年，又是夜深霜露重的，只让你跑来跑去，请坐烤火。"说着，回头看到学正和立青，点头道，"你二位也坐下。"又喊着家里人送茶烟来。凤池道："我们这样的老朋友，用不了这些客套，烦劳你老兄的事还多着呢。你老兄白天约的那个数目，本来也是很难，不过学正为了救他父亲，他不能不努力，所以忙了半天，他已经凑了一点数目了。"曹金发将眼睛先向放在桌上的布包袱瞟了一眼，然后微笑道："总算难为他了。不过我说的那个数目，已经向少处说的，不敷那个数目的话，还是很难。"说着，咬住旱烟袋，抽了一口烟，又道，"哼，怕是很难。"凤池向学正道："你且把包袱打开来，请金老爹过过数目。"

学正这里去透开包袱，曹金发便到床后去捧出一个大天秤来。立青正待微笑，偷看父亲一眼，见他紧紧地板住面孔，这就不敢笑了。曹金发将天秤放在桌上，把三百两银子分作六封的，封封都称过了，又透开纸包，看了看银子成色，点点头道："分两却是不少，只是成色差一点。好在这不是做买卖，无非是说官司，便是成色差点，收银子的人也说不出什么来。"说着，望了学正道，"你还把银子包上。你可不要误会，以为银子是我要了，我不过是替府上做个送礼的人而已。"

学正到了这时，哪还愿同他辩论什么，他叫包起银子来就包起银子来。金发又继续地道："这一趟礼物，也不是便宜送去的，坐了轿子上县，还要住客店，少不得还要请衙门里人喝个三杯两盏的，哪就不花钱？"凤池听了这话，向学正看了，因道："学正，既是要曹金老和你家跑路，却也再不好意思要曹金老和你垫款。你身上带得有散碎的没有？就是没有红纸包，我想那也不要紧。"说话时，连连和他使了几个眼色。学正想到这件事既认定了是把银子去换人，多的三百两银子也花，何在乎几两小费，于是就笑道："这个我早打算这样的，在家里来得匆忙，果然不曾找一张纸来包。"说着，在身上摸出两个五两一锭的银子，两手捧着，向曹金发拱了两拱道："本来应当跟随在金老爹后面，带伺候着开销一切。不过真要是那样，倒成了不放心你老爹了。这款子请你老爹带着代小侄开销，如其不够，自然也不能让你老爹赔钱，我总得再补上。"曹金发伸手接过了银子，这就笑道："小伙子，你若是老早就是这样地会说话，何至于惹下这样一场祸事？银子我就收下，够与不够，那是很难说。就算不够，说不得了，凭你这几句话，我也要省着花。"

学正道："是，一切都指望你老爹帮忙。"曹金发手摸了胡子微笑道："玉不琢，不成器，汪家世兄经了一番磨炼，现在谦恭得多了。"说着，望到李凤池脸上来。凤池觉得学正已是够难堪的了，何必再用话来俏皮他，便道："以前的事，不必去提它，以后的事，都全仗你老哥了。但不知你老哥打算哪天上县去呢？"金发道："现在还谈得上打算吗？实不相瞒，我已经得了消息，省委就在这一两天里到县城，要救汪孟老还得打铁趁热，我明天一早，就动身上县去。"说着，他伸着手拍了学正的肩膀笑道，"小伙子，也许你家人的运气好，你父亲可以回来过个团圆年。"学正虽不能承认这句话，可也不敢说别的，就向他苦笑了一笑。

立青站在一边，倒有些不服。人家家里差不多是倾家荡产了，他倒说人家的运气好呢。看看学正还带了一些笑容。这又想着，他这个人却是值得佩服的，背了仇人的面，恨得咬牙切齿，当了面，他依然笑得出来，不让仇人看出他一些破绽，这个人了不得。在他如此揣度的时候，曹金发回身找旱烟袋，看到他带了那轻薄的微笑，便道："老贤侄，你觉得我和学正拍肩，有些忘了长幼吗？其实不然，论长幼，看在什么地方。若是见了年轻的人老是板了脸，那就会让人叫老厌物了。我今天晚上多喝了两杯酒，又该说酒话了。哈哈哈。"李凤池总是忠厚一流，虽是不满意于他这个样子，当了晚辈的面前，也不便叫人为难，只得随着他哈哈大笑声中，跟着嘻嘻地一笑。这时曹金发的大儿子来了，他便叮嘱道："你看，汪李两位兄弟少年英俊，也要学了人家的样才好呀，替我款待款待吧。"

他那大儿子同他父亲犯同样的毛病，见了银钱心就软了。因之也就随着父亲的话，斟了三杯茶，各人面前递着一杯。而且点了纸煤，在水烟袋上装上了烟，两手捧着，送到李凤池面前去。因为凤池自己也带着旱烟袋的，这就把水烟袋送学正面前来。学正想到他白天说的那些厉害话，便是他的父亲做奴才，他还要嫌着手粗、身份不够。不想他现时反过来敬茶，和他先说的那番话是怎样的不符，也就不必去探究了。当时两手接了他的茶杯，躬身答道："大哥，这叫我怎样地敢当？"曹金发看到就替了他儿子代答道："他虽然大两岁年纪，论起武功来，还怕不如你结实。以后兄弟们在一处遇到了，可以练练拳棒。我自然是年老了，不过我到底是个武举，总能教给你们几趟的。"立青实在忍耐不住了，便笑道："金老爹也肯赐教做晚辈的几趟拳棒，那是我三生之幸了。"曹金发抽出旱烟袋嘴子，将手连连摸了几下胡子，笑道："倒也不是我不把浑身武艺传给别人，只是找不着一个相当的人才，要是都像你们这两个小伙子那我也乐得教呀。"说着，昂起头来，哈哈大笑。李凤池心想，并不是为了听曹金发几句恭维话来的，何必只管向下说着。因站起来向他拱了两拱手道："说不得了，我为朋友的事，这里同金老爹有礼了。"曹金发抱了旱烟袋还礼道："可不要说这话。汪孟老是你的朋友，不也是我的朋友吗？你一切都放心，我明天起五鼓就动身。马上把东西收拾收拾，家里的长工还不曾回去过年。我让他们抬着我走就是了。"

凤池笑道："金老爹上县去，那是一定的了。只是王县尊要为难起来，还得请金老善为说辞才好。"金发将头摆成了半个大圈圈，笑着哼了一声道："这个你放心，只要我说行了，事情就十停妥了八九停。"他刚说到这句，觉得这话有些语病，却是不能向下说，遂又笑道："银钱是人人所爱的东西，他们做官的，千里迢迢跑到我们这山野草县来，为了什么？不就是想挣我们几个钱吗？这不过是一场风流官司，可轻可重。既是我们有这大封的银子送给他，他乐得高抬贵手，将这件事了结了，所以我就说了这句大话。可是水大没不过鸭子去，我究竟是个去说中作保的人，我尽管多说好话，但是他要不肯，那也没有法子。"

学正听他所说，又留了一点话尾子不肯结束，这个人是不好惹的，却怕这三百两银子又丢下了水去，脸上自不免现出一番犹豫之色。曹金发就不看他的颜色，也料着他心里不会安然，这就笑向他道："这究竟是退一步的说法，据我看来，这事总不会有什么变卦的。我知道，你这三百两银子也来之非易，万一不成，我自然会替你原物带回。"学正苦笑道："舍下到了现在，哪里还敢爱惜银钱？这件事没有别的话说，总是多费金老爹的唇舌，把家父放出来了，便心满意足了。"他说着，捧着两只袖子，连连地作了几个揖。曹金发将大袖头子在胸前重重一拍，昂了头道："我拼了我这两块老脸皮，同你去硬保去。只是有一层……"说着，握住了学正的衣袖，又带笑道，"老弟台事成之后，可不要过河拆桥啊。"

学正听他无故说出这种话来，倒不由得脸上一红。凤池便代答道："金老爹你这话叫他做晚辈的真不好答复。大家都是三五里以内的村邻，三天不见面，五天就要见面，他们凭着什么敢过河拆桥呢？要是那么着，我也不能答应他们的。"曹金发这才向凤池拱拱手道："前言戏之耳。"说着，将手里的旱烟袋伸长着，拦住了门，因笑道，"凤老又不抽大烟的，不然，在我这里玩两口再走。我家里今天新做了过年的糍粑，孩子们手艺却也不差，又甜又松，让他们装两盘子出来大家尝尝。"立青是因严父在当面，什么话也不说，可是他站在身后，将两只亮晶晶的眼睛把曹金发周身上下全看了个透彻。觉得他每句话和每个动作，都叫人可以张开口大笑，又可以叫人咬着牙发恨。听他说要留着吃糍粑，恐怕父亲抹不下情面真被留下来了，便道："你老的糍粑，留着做晚辈的拜年的时候来吃吧。小店里今明两晚要算大账，我们该回去了。爹，我们向曹老爹告辞吧。"凤池如何不明白儿子的意思？便笑向金发道："你看，他倒比我着急了。我今晚不叨扰了。还是你老哥那句话，汪孟老是我的朋友，也是你的朋友，诸事都偏劳了。"金发道："你放心，我做的事准对得住大家。既是你要回去算大账，我也不强留。"便叫着他的儿子道，"魁才，把我那玻璃罩子灯亮上，送李老伯一程。"凤池道："不用，我们带得有灯笼。"

金发道："你们的蜡烛恐怕点完了吧？在我这里拿几支烛去。"立青笑道："我们灯笼里也还带有两支烛。"曹金发抢上前一步，拍着凤池的肩膀，笑道："我们李老先生真不愧是一个圣人，一点便宜都不愿沾惹人家的。"立青看到，似乎也不必再等着什么，就取下挂的灯笼，重新换了一支烛，提了灯笼，就在前面走。曹老大也提了玻璃灯出来，打算要送客。曹金发望了桌上的银子，向他丢了个眼色道："你不用送客，有我呢。"说着，将玻璃灯提了过来。因为立青打了灯笼引着他父亲，金发就提了玻璃灯来引学正。学正向后退一步，连说不敢当。金发立定了脚，转身连连向他点头道："这有什么不敢当？到了

56

我家，我是主人，送客出门，那不是应当的事吗？我家阶沿坡子多，生人上上下下很是不便，你随了我走吧。"学正心里想着，你既是诚心和我掌灯，我落得先受用一下，权把你当个老奴，算是报了一笔小仇，便笑道："这倒是长者赐，少者不敢辞，你老请先行吧。"

金发很高兴地将他们送到了大门口，这才向凤池道："让你放下大账没算，摸黑向我这里跑，好茶也没有让你喝到一口。简慢得很，正月的时候，我们再多喝几杯吧。学正贤侄，回去对你令堂说，令尊总可以出来的，请她放宽一万个心。你替我问候问候。"学正也无多话，依然说是不敢当。金发站在大门外，真望着立青提的那盏灯笼，出了村口，方才回家去。这里三个人默然地走着，都没有作声，直待走出去半里路以后，学正唉的一声叹出一口长气来。

凤池道："老贤侄，你不用这样难受了，把这个关劫度过去，再图补救就是。"立青道："四哥他倒不是难受，我想他是说这世上只有钱好，有钱，无论什么人的笑脸都可以看出来。"学正在身后答道："我叹气不是为了这个。我觉得为人在世，不是那种有作为的人，不应当去受他的恩典。不是那种有作为的人，一样的值不得和他说仇。像金发老爹这种人，还是不行，哼！"李凤池把这话却听得很是动心，立刻站定了脚，问道："学正，你这话从何而起？"学正道："就是……就是……呵呵，小侄觉得金发老爹太跟着银子说话了。"凤池道："我看你的意思，有一天，总要在此老头上大大地报复一下，可是你又觉得他还不配做你的对头，就是报了仇，心里也不痛快的。我猜得对不对？年纪轻的人，自然不能没有一点抱负，但是也当度德量力。现在天下多事之秋，我们要认定了一条平坦的大路走。子夏曰：大德不逾闲，小德出入可也。我以为不然，做人要从小处做起，所以大学之道，平治天下，却是从格物这小事做起。你若说到一定要一雪今朝之耻，这是人情。若是金老爹做你的对头都不配，然则你将如之何？"这一席话，李凤池说得字字响亮，倒让汪学正抽了一口凉气，一时答复不出。正在这时，却是远远的有两个火把，在黑暗的空中飞舞而来。

那火光移动得很快，想必是拿着火把的人还正在跑路。立青道："来人是谁？走得好快呀。"凤池也看着呆了一呆，便道："这是由汪贤侄家里向这里来的，莫非又有什么变故？我们这里等一等。"说时，那火把拥着脚步声直奔到面前来。在火花下，凤池将来人看得清楚，不由得咦了一声。因为那个人会在这时跑了来，这是凤池所绝对料不到的呢。

第九章

腐儒告奋勇又种祸根

汪学正在回家途中遇到了熟人，在灯笼下看得清楚，乃是岳父朱子清。论他先生之为人，无往不执着他那正义去办事的，非有十分要紧的事不能冒夜前来。他身后随着家里作田的一个傻长工就抢着道："姑爷，我们到你府上去了的，特意赶了来。"朱子清这才停了一停喘息，向李凤池拱拱手道："据敝亲告诉，难得李兄帮忙，已经筹了几百银子，送到曹家去。论我亲翁汪孟老，本来是没有罪，这样地一行贿赂，倒证实他是有罪了。不过为了救人起见，不能不从权。只是曹金发之为人，我断断乎不能相信，将银子全给了他，他如不把我亲翁救了出来，又有什么法子？所以我特意赶了来，想和他要一个字样。"

李凤池笑道："朱先生，你怎么了？把这当为一种交易吗？以老曹之为人，他肯为这件事落一个字据到别人手上去吗？银子是交给他了，帮忙与否，那但凭他的良心。"朱子清怔了一怔，点头道："你的话不错。只是你交给他多少银子了哩？"学正便道："先是三百两，另外又送十两银子给曹金老开销散用。所有的钱全是李老伯垫的。还有四十两不曾用。"朱子清道："三百一十两乎？如此巨款，若是掷诸虚牝，岂不大为可惜？"李凤池道："这不要紧。我想钱财动人心，将这些款子交给了曹金发，他若不帮忙，良心何忍？就是这银子白丢了，我情愿倒这样一个霉，绝不让汪府上为难。"朱子清昂了头向后一仰道："哦啊，此何言也？兄弟并非为敝亲赌债而言。只是觉得将这种扶困救危的事，托之非人，叫人不放心。"

李凤池道："这大路上也不是说话之所，请到我舍下去详谈吧。"学正就对朱子清道："李老伯很忙，今天已是为我的事忙了一天，现在赶回去算大账。我想我们也不便再去吵闹人家，今天晚上岳父到我家去作歇，明天再谈吧。"朱子清道："既是如此，李兄请便，我于明天上午带小婿来叩谢大德。"说着，就是深深的几个大揖。李凤池想到家里事店里事，堆积了无数件在那里等着料理，也不敢虚谦，拱拱手带了儿子回家去了。这里学正引了岳父回家，打发傻长工去安歇了，自来在书房里向岳父陪话。因道："天色也不早了，你老人家也可以安歇了。"

朱子清预备了一肚子的话，只因学正忙碌着没有空闲，还不曾说得。现在他既是来陪话，于是坐得端端正正的，将脸色板住，微眨了双眼，两手按住了大腿，向学正望着。学正心里早是咕咚跳了一阵，本是远远坐着的，这就站了起来。朱子清道："学正，你不是我的女婿，我不来管你。你既做错了事，我做岳父的不能不告诉你。"学正怕他比怕自己父亲还要厉害，只得说了一声是。朱子清道："我听到人说，你今天正午到曹家去，乃是披彩放爆竹、磕头赔礼。你汪府上也是世代书香，你犯了什么大不是，这样地肯下身份？士可杀而不可辱，你不知道吗？我听了这个消息非常之不平，所以赶了来，不想你又是到曹家解款去了。你既是有了肯花钱的这着棋，白天又何必那样对曹家下礼？"

学正道："这件事，你老人家应当原谅。我是急于要救家父出来，所以什么侮辱也都忍受了。但是想不到曹金发要钱要得这样的厉害。大丈夫能屈能伸，只要小婿决定了将来要一雪今朝之耻，暂时忍受，却也无妨。"朱子清道："你说一雪今朝之耻，你是怎样的雪法？"学正没有作声，本是想淡淡地一笑，这笑容刚刚泛上脸来，也就忍回去了。朱子清道："无论怎么样，我觉得你这样将就人是有些过余。因为你姓汪，我姓朱，究竟不能多你的事。假如我受了这种冤枉让人关到牢里去，我情愿牢死，不能忍受这样的羞耻。自古有断头将军，无投降将军。"学正明知道岳丈是位吃方块肉的先生，和他多说人情话总是白费，便道："事已经做错了，后悔也是无益。"朱子清两手按了膝盖，同时微微一顿，因道："此孔子所以说，驷不及舌了。我不怪你别的，有这样重大的事，事先怎样不告诉我一声呢？若是白天我知道了这件事情，好歹我和你有个了断。现在没有别的可说，第一件事，就是你写好一张三百五十两银子的借字，我和你做个保人，把这张借字送到李凤老那里去。其二，你在家里候着也是无用，你可以到县里等着，看看他们怎样对付令尊。你令尊在班房里也要你去看看。我和令尊是几十年贫贱之交，而今又是亲戚，他有了这样的灾难，你们老早就该告诉我，我出不了钱，出不了力，多少还可以给你们出几分主意。现在他在班房里，我还不当去看他吗？我们明天一路走。"

学正见了这位岳父就有几分头痛，而今要陪他上县去，真是个虐政。不过他说的这话乃是天理人情中的言语，不能一些推诿的，只得默然站着，意思就算是认可了。朱子清道："你也劳碌了两天，去睡吧，我是不用你伺候。"学正只得退了几步，然后走出书房来。他母亲余氏还不曾睡觉哩。学正进内室来，脸上更添了一层忧闷的颜色。余氏问起所以然，学正都说了。余氏手一拍道："老实说，同这样的书呆子人家结亲，我早就不愿意。遇到了人家遭了这样大难，一不能帮钱，二不能出力，还要腾出一张嘴来分派人家。他既

59

然会讲那些大道理，为什么不到县里对王知县说去？他能用孔夫子的话把你老子说了出来，那总是本事。跑到我们家来放这样的马后炮，我总不爱听呢。"

学正指着窗子外的墙，低声道："人家就住在那里，夜深了，你这样大声音，人家听见呢。"余氏道："听见也不要紧。人家的儿子，吃没有吃，睡没有睡，磕头赔礼，那全是不得已。他不说两句安慰的话，宽人家的心，反要怪人家不该这样做。那是没有把他家里姓朱的关到牢里去，他自然是不会着急。"学正无论如何也拦不住母亲说话，只好比齐了两只衣袖，对母亲乱作揖。余氏道："我不说就是了。你去睡觉吧。明天县里是要去的，好给你父亲送些钱去用。但是也用不着起早，你睡够了再起来。若是把你再累倒了，谁来跑路？"学正实在也怕母亲啰唆，如是让岳父听了，说不定又惹他发脾气。因此悄悄地回房去睡觉了。

他实在也是累得很了，这一觉直睡到次日早红日上升。乡下人起床，在红日上升以后，那就是很晚了。等他穿好了衣服，到书房里去看岳父时，人已经不见了。他心里想着，或是上茅房去了，也不怎样地介意。不料在书房里等了很久很久，并不见着他来。还是小长工来说，朱老爷同他带来的人，天亮就走了。他留下话，也赶到县里去设法子，叫我不要惊动里面。学正一想，昨晚他约好写一张借字给李凤老，他还要亲自送了去呢，怎么一早的不辞而别？必是昨晚母亲叽咕的话已经让他听了去，他一气就跑走了。他不会说假话的，说了上县去，一定是到县里去了。好在自己也是要到县里去的，有话到了县里再去和他分说吧。料着就是他生气走了，他一个道学先生，也不会去和妇女们计较什么的。他想开了，在家里安然吃过早饭，然后动身上县。在路上遇到了熟人，果然说朱子清已到了县里。他既是到县里来，必定是到班房去看父亲去，可见他纵然生气也不怎么厉害，心里头是不必介意着。然而这在学正可没有猜着，原来余氏昨晚所说的话，朱子清确是一个字一个字都听到了。他心里可就想着，虽然妇人的话可以不必介怀，可是在义气上说，朋友有了急难的事，自己实在应该去救助人家。曹金发虽然为人不端，可也是多年认识的人，好歹总可以和他说几句天理人情的话。而况钱已经是到他手上去了，非空嘴讲白话可比。若是凭自己一番至诚去打动他，古言道："诚之所至，豚鱼可格，金石为开。"若是说得好，能够叫汪家少花几个钱，也总算帮了一份朋友的忙了。

他心里憋住了这个主意，也来不及去到班房里探望汪孟刚，到县在小店里休息了一会儿，就到曹家宗祠去寻曹金发。乡下绅士们的脾气，上县来总是住祠堂。其中唯一的原因就是省了店钱。看守祠堂的人对于本姓的绅士来了，当然也要尽量巴结，比住客店享受多了。朱子清呢，他是个一介不以与人、一介不以取于人的，祠堂虽是公产，究竟也不是自己家里，所以他就歇在客店里。他知道曹金发之为人，料着必是住在祠堂里的，所以毫不犹豫径直就向曹家宗祠来。只看那大庭下的天井里放了一乘蓝布小轿，便知这曹老爹已经是到了。于是走到祠堂后进，在正面的上房外咳嗽了两声。这也是他先生按着古礼办了来的，所谓将上堂，声必扬。以曹金发之武举人资格，其必住在正屋里，也就可以无疑的。果然，一阵很浓重的鸦片气味由窗户格子里透了出来，接着便是一阵很苍老的咳嗽声。凡是这两件事，都可以证明曹金发在这里的。于是他就高声叫了一声金发老爹。只听得屋子里啊哟了一声，人就冲了出来，正是曹金发。他头上的帽子歪挤得上前，手指头上夹了一根烟签子，向人抱着拳道："啊，原来是朱子老，我们找个地方坐坐吧。"朱子清听他的口音，显然是不愿自己走进那屋子里去，便踌躇了一会子道："我是有几句话和金老谈谈。事无不可对人言，我是没有什么不能说的，不过金老愿意我就在外面谈吗？"

曹金发心想，论着朱子清的为人，绝不会送银子给人。不过想到他是汪孟刚的亲家翁，他特意跑到县里来，追着人说话，或者是送点好处，便低声道："倒不是我不让你到屋子里去，就是这回案子的事主丁师爷在屋里，正和我商量着这件事呢。"朱子清听说丁作忠也在这里，这就一拍手道："这就正好，我正要和他见面谈一谈。我想敝亲这件事也应该有一个可以能担担子的人，和他接接头。"丁作忠在屋子里，听说有人找曹金发，就不免伏在窗子眼里偷看。后来听说是汪孟刚的亲戚前来接头的，这个机会怎样可以放过？因是并不怎样的思索就跑了出来。朱子清见他穿了古铜色的绸面皮袍子，外套枣红色绸背心，瓜皮帽子上组了一颗绿玉牌子，样子十分轻佻，心里这就联想到全县很出名的舅老爷，就是他了。两眼向他打量着，还不曾说话，他就先开口了，拱拱手道："阁下就是汪孟刚的令亲吗？"曹金发于是赶着从中引见一番。丁作忠拱手笑道："一番见面，我们就是好朋友。有话到屋里来说。"他既是这样地说了，曹金发当然也不便执拗，便一同走进屋来。

朱子清见床上摆着烟盘子，正点好了烟灯。在烟盘子外面陈设着一壶茶、两碟干点心。那点心碟子还盛着满满的，想必还是陈设出来未久。床头边放了一只红皮拜盒，这可以知道那三百两银子全在里面。曹金发笑道："子翁是不吸烟的，在铺上躺躺吧，好不好？"朱子清拱拱手道："二公请便，我有几句话奉告，说完了就告退。"丁作忠见他穿件玄色布袍子，虽是很干净，却在胸襟打了两个大补丁。便不穷，其悭吝可知。他头戴黑绒团边的红心大帽子，黑绒都光了。马脸，却养了一部长髯，瘦削的脸腮上不带一点和气。这人之没有什么情意，一望而知，猜他是来送钱的，这有些拟于不伦。于是捧了水烟袋，先架腿在床沿上坐着。朱子清觉得他一个当幕府的人，不该这样不懂事。既是他坐下了，不必和他虚让，自己也就在对面椅子上坐下来了。自然脸上是更显着不好看。曹金发偷看着，心想不好，凭了这两位的苦脸子，很好的事情那准会弄糟。

于是也坐到椅子上，向朱子清笑道："这件事我既然同汪府上来讲情了，好歹我总要办个眉目，这是子老可以放心的。"朱子清道："金老爹对于敝亲的家业，自然也是很清楚的。恐怕这一回事，他们是倾家荡产也有余。便是人放出来了，以后他怎样地安身立命，那还是在未定之天。若是再要拖累他们，他这一家都完了。敝亲这事的冤枉，那是不用我来说，大概金老爹也明白。"曹金发听他这样开口，便不是送钱的意味。而且冤枉两字，当了丁作忠的面就不便说。假如承认了汪孟刚的案子是冤枉，丁作忠他说被打了，竟是装假的了。于是笑道："子老这是过虑，我既出来和他想法子了，当然，总可以办个水落石出。至于糟蹋一点银钱，这是免不了的，若说是汪府上就为了几百银子会倾家荡产，那也未免小题大做。再说，这也并非做买卖，我们既然出来办这事，当然要办个面面俱到，不能惜费，现在拿出来的这点款子恐怕不够用，就是添上些银子，也不能说中途止住了。"朱子清两手按住桌子，可就站起来，瞪了大眼，向他望着道："啊哟，金老，你这是什么话？三百两银子，已可以倾中产之家了，怎么还要添呢？"

这一句三百两银子说的不打紧，立刻将曹金发一张老脸涨得通红，抢着道："那……那……哪有这些现款，不过令亲有这么一个口头之约，所以我说还要添银子。这也无非想令亲在约好了的数目以内，不可再减的意思。那……那三百两银子，也不过一句话而已。"

丁作忠坐在床沿上抽水烟，就带着微笑，在这微笑的时候，他是不住地向曹金发瞟着。朱子清依然望着他道："昨天晚上敝亲对我说得清清楚楚，送了三百两银子到府上去的，怎么是口头之约？"曹金发真想不到遇着这样一个二百五，这一篇糊涂账，除了老羞成怒的一个法子，无从遮盖。于是将手一拍桌子，突然地站了起来，叫道："朱子清，你说的是什么话，难道我还讹赖你们三百银子不成，好在汪学正交的我那批款子，我还在拜盒子里，你叫他来把这钱带了回去。以后有天大的祸，不要来找我曹某了。"

朱子清被他这样乌脸一盖，倒不知其可，以为自己是真个说错了话了。先怔了一怔，不曾作声。曹金发背转身去，拿了靠着墙上的旱烟袋到手，随便地就冷笑道："哼，岂有此理！"朱子清顿了一顿，心里清醒过来了，便道："曹金老，银子受与没受，你心里明白，敝亲也知道，其中还有个李凤池先生呢。我不过是这样一句话，你何必恶声相报？"曹金发将旱烟袋头在桌上敲着道："你，不过是说得人钱财，与人消灾，拿了令亲的钱来，应当把人救出来。现在我不经手这笔银子，我也不必管你们的闲事，这行不行？"朱子清也红脸了，连连地将他的长胡子摸着道："那不行，你非办得把汪孟刚放出来不可。"曹金发将胸一挺，走到他面前来，问道："为什么不行？"朱子清道："解铃还须系铃人，你应该救他的。"他大概也是气极了，说话的声音抖颤，人也跟了抖颤。

曹金发他知道什么叫系铃解铃，只看到朱子清气得那个样子，料着不会有什么好话，因之他大叫道："我不管你怎么样，这是曹家的祠堂，能容得你在这里放肆吗？你和我出去。"说着，他就抬起了一只大袖子，向窗子外面指着。丁作忠看到真有闹起来的样子，这样放下了水烟袋，从中拦着道："二位都是老前辈，有话可以从从容容地说，何必这种样子？"曹金发道："这不能怪我，他跑到我祠堂里来教训我，我能容他吗？"朱子清道："我怎么是教训你？我是哀求你。你一抹脸不认人，我有什么法子。"他们这样争吵，自然也就把外面的人惊动了，这就走进来几个人，带说带劝，把朱子清劝走。曹金发放下了旱烟袋，又扶起水烟袋，气得坐在旁边，稀里呼噜只管抽水烟。丁作忠向床上横躺下去，两腿架了起来，笑道："曹金老爹，还是来烧两口吧，你生那些闲气干什么？"曹金发在抽水烟的时候，肚子里已是转着打了好几层主意，觉得同丁作忠本人是不应该怄气的。于是放下水烟袋，坐到床上来，向他笑道："他说这话不要紧，倒好像我从中干落了一百五十两银子。我在昨日晚上就想好了，这数目县尊一百两，作翁五十两，实不相瞒，汪学正在一百五十两之外，又送了我十两茶敬。于是姓朱的说是交给了我三百两，岂不是我吞下一半来了？"

说到这里，又笑嘻嘻地道："总算昨晚上作翁那条计好，派两个差人下乡一送信，说是查粮省委要来，吓得他们汪家人屁滚尿流，把埋在地窖里的钱都挖起来充数了。作翁明鉴，乡下银钱是艰难的，只几句话就逼出他家一百六十两银子，已是不少了。自然，我不能说这些银子就够了，约着他们凑成三百之数，话是有这样一句话，其实他们是否再能凑成那个数目，哪里说得定？"丁作忠一面烧烟泡，一面听他说话。等他说完了的时候，他烟泡烧完，已是插上烟斗眼里，对着灯火呼噜噜地吸将起来了。所以曹金发说上那么一大套子，是想等他一句回答的话，竟是不可能，只是口含烟枪，翻了眼望人。直等他把那一口大烟泡子烧完了，这才问道："兄弟这一些话，作翁觉得怎么样？"丁作忠放下烟枪，紧紧地抿了嘴，把烟关在嗓子眼里，将烟盘子边的茶壶拿过来，嘴对了嘴咕嘟喝了几口，才开口喷出一阵烟来。他这派做作，虽好像有意耽搁回答的话，但是这也是抽鸦片的人一派老做作，曹金发也不能怪他。只好等他把茶喝完，自己缓缓地躺下来，侧了脸望着烟灯，微笑道："作翁，丁师爷，你看这件事应当怎样地办？"丁作忠微笑道："刚才金老爹不是很生气的，说不管这件事了吗？既然你老翁不管，这也就无所谓怎样办了。"

　　曹金发被他顶得没有话说，只好搭讪着，将烟盘子里烟膏盒子、剪灯火的小剪刀、烟签子，一样样地拨弄了一阵。可是在他心里也就打了几个弯转。他想着，丁作忠真这样把话来给人钉子碰，你和我下不来，难道和银子也下不来吗？我真不办，你能够忍心把汪孟刚解上省去杀了，这眼看到手的一批款子，你可也碰回去了。便淡淡地一笑道："那自然是一句气头上的话。其实这件事，我们搁下来了，也只是能够把汪孟刚多关些时候，真的还能让省委知道吗？上审的公事，是四乡购粮，省委和县尊可办的是四乡征粮，省委正名定罪，恐怕不能办他什么罪。若说他打伤了县委，省委管不着这事。现在人是一打二押了，丁作翁做的伤，究竟也不能瞒人一辈子，还能办到什么地位去？我觉得能够借风转舵，收他一二百两银子用，是最好不过的事。所以我跑这趟路，尽是和作翁县尊打算。作翁既疑心我从中有不干不净之处，那也在情理之中，我为了避嫌起见，不办也好。"说着，打了个哈哈。丁作忠也觉这东西是毛缸里的石头，又臭又硬，也就沉沉地烧烟，去想着对付之法。于是这汪孟刚本人就成了这二人的心计赌赛品了。

第十章

舅老爷的手法

在专制时代，土豪劣绅必须和官府打通一气，才可以敲诈老百姓。要不然，他说的话不灵，老百姓如何会拿钱出来？可是做官府的也必得勾结土豪劣绅。不然，就没有人从中传达意思，经手银钱了。所以曹金发有了说官司的银子，他表示着不办，丁作忠白白地向那红皮小拜匣子瞪眼，可不能把钱抓了上手。于是沉住了气，闷闷地抽上几筒鸦片。

鸦片是毒物，在鸦片床上想主意，也一定不会平和的。丁作忠抽完了几筒烟之后，突然地坐了起来，这就向曹金发拱了两拱手道："曹老爹，我们办事，也不能这一次就完了，你为什么说生气的话？"曹金发道："并不是兄弟生气，有道是钱财动人心。我经手汪家这件案子，题目既很大，刚才来的人又说得前言不符后语。看丁作翁那个样子，不能无疑。所以我为了避嫌，只有自己先来洗刷一下。"丁作忠笑着伸过手来，拍了他的肩膀笑道："我们鱼帮水、水帮鱼，何必呢？这样吧，我呢，不在乎，随便金老吩咐。只是县尊那里，总还得好看点子。"曹金发指着小拜匣子道："我带的钱，全在里面，丁作翁可以全数拿了去。至于阁下和县尊怎样地分配这个款子，那就不是我的事了。"丁作忠皱了两皱眉毛，因道："若是让我只管和你争长较短，眼见得是论生意经了。你就把那款子给我，我到县尊面前去碰碰钉子。好在他是我姐夫，我就硬做一点主，料想他对我也无可奈何。"

曹金发见他已经答应了，这件事就不能再松劲，两手将大腿一拍道："你说这话，算懂得做官的规矩了，世上有老爷不含糊舅老爷的吗？你若是请得令姊说上两句话，据我想，就是你拿一百两，县尊拿五十两，也不见得有什么难处。"丁作忠听了这话，倒是得意，将头昂着，微摆了几摆。曹金发笑道："我们烧烟，谈得很是得劲，遇到这样一个酸丁搅乱了我们一阵，再来过瘾吧。"说着，他自己先躺下去。丁作忠摇了手道："够了，我要回衙门去了。你那款子怎么样？还是搁在你这里呢……"曹金发立刻坐了起来道："不，把款子放在我这里，算得一回什么事呢？"他说着话，可就把床头边那个红皮匣子端了过来，撩起了长衣，在裤带子上解下钥匙，把箱子开了，依然把钥匙系上了，取出三个棉纸卷的长厚包，一包包地放在床上，向丁作忠拱拱手道："做兄弟的不敢说有什么功劳，但是总算轻轻巧巧地让作翁捞了一笔过年费。"

丁作忠虽是心里另有计划，可是在面子上绝不肯立刻就得罪了曹金发，于是拱了两拱手道："多谢多谢，容图后报吧。"于是向三封银子望过，再向曹金发道："那么，我就揣起来了。"曹金发拱着手，连说当然当然。丁作忠在腰上解下一根湖绉腰带，将三封银子一卷，在肋下夹着，这就向曹金发告了一声失陪，匆匆地回县衙来。到了衙门里，先回自己卧室把三封银子都放到箱子里去，而且加上了锁，这才到上房里来。

他向院子打听，知道王知县在那个小小的签押房里，王太太在屋子里烤火盆、煨板栗吃呢。丁作忠趸到上房堂屋，叫了一声姐姐，然后才敢掀了门帘子走将进去。果然太太坐在垫了皮褥的靠椅上，两脚搭住了火盆架子。一个小丫头将几十个风干大板栗放在火盆灰里慢慢掩盖着。丁作忠笑道："姐姐倒自在，母亲由省里来信要钱，你忘了吗？"王太太道："你越来越大胆，竟敢编排起我的不是来了。我自在是过的你姐夫的日子，又不是过的娘家日子，你管得着吗？"丁作忠连忙赔笑道："不是那样说啊，母亲在省里也是等着钱过年哩。"王太太道："早就派人送二十两银子去了，要多少？再说家里还有大哥呢。你也是个儿子，你不会寄几两银子回去吗？"

丁作忠走近一步，拱拱手道："就怕姐姐不知道说这话呢，知道说这话，那就好极了。现在我正想寄个三五十两银子回去，可是年关在眼面前了，我哪里找钱去？"王太太将头一偏道："不用说，我明白了，又是打算和我借钱。"她说着这话，向小丫头道："装烟。"小丫头取了水烟袋来，点了纸煤，斜站在她身边递了过去。王太太侧了身子抽水烟，却不理会这兄弟。丁作忠笑道："姐姐你错了，我不但不和你借钱，我还打算同你捞进一点过年费来呢。"王太太这才扭转身来，问他道："你说梦话吗？这个日子，哪里有外花捞？"丁作忠道："就是我做伤的那件案子，事主托人说情来了，拿出一百两银子来。"王太太道："我听说，你不是想在上面发个小财吗？"

丁作忠道："谁说不是啊？要不然，我犯得上那样做作吗？可是这事主真穷，为了想人出去过年，才拿一百两银子来。"王太太道："一百两银子，你姐夫得多少？这样放人出去，未免太便宜他了。"丁作忠道："谁说不是呢？我想，这钱就算分一半给姐夫，他也会嫌少。我的意思，同姐姐平分了吧。只请姐姐在姐夫面前通知一声得了。我有这个钱，就好派人送上省去了。"王太太道："我还同你姐夫分家吗？他收我收，不是一样？他不能收五十两银子，我倒怎样能收？"丁作忠笑道："姐姐的私款，怕不有好几千两呢，都是哪里来的？就是做兄弟的也经手过一两笔啊。你老人家何必为难？帮我一个忙，也不是外人。"说着，蹲下身子就请了一个安。王太太道："你说这话，我算明白了。你是叫我收银子逼你姐夫放人。"丁作忠道："放人哪有这样容

66

易？我想再押他十天半月，总还可以捞一二百银子出来。这笔钱收下来了，我们只算是定钱罢了。先收钱，不办事，我才敢来和姐姐商量的。"王太太道："你这样办，那经手的人他能放过你吗？"丁作忠笑道："做兄弟的在衙门里也混了这样久了，若是这样一点事都对付不了，那怎样站得住脚？唯其是可以让姐姐白得五十两银子，我才这样地说。"王太太默然地抽着烟，想了一会儿，微笑道："老实说，这件事，我是不大明白。既然你说得这样容易，我倒要请着我们这位县大老爷进来问问。"丁作忠笑道："你只管请姐夫来问，绝不能给你当上。不过我不便在当面，我先避到一边去，好让姐夫姐姐商量。"说毕，他自走了。

王太太坐在那里抽水烟，静等老爷前来，自己好实施计策。可是丫头传出话去，老爷却是好久好久不曾进来。王太太的意思，对于老爷，本打算用剿抚兼施的办法，现在老爷不听调动，这更让她注重于剿的一边。约莫有一顿饭时，王知县才慢慢地进来，只见小丫头蹲在地上，用火筷子拨出热灰里的板栗，敲过了灰，一个个剥给太太吃。太太抱了腿膝盖，斜靠了椅子背坐着，便是老爷进来了，她也仿佛着不曾看到一般，王知县见太太的面容板着，眼皮下垂，这显然着是生了气，便带了微笑，伸手将太太面前的水烟袋拿着。王太太劈手将烟袋夺了过去，瞪着眼道："你不要拿我的东西。"王知县缩了手，将一双古铜色的皮袍长袖子垂了下来，活是个奴才，摇扯着脑后的小辫，只在肩上摆着，笑道："太太，你为什么好好的又生气？"王太太道："你县太爷的架子只能在别人面前摆，怎么能摆到我的面前来？我叫你来有几句话说，还下个请字，很看得起你，你为什么老不来？"王知县道："太太，不要做这种排场，老实告诉你，我这顶大帽子有些靠不住了。刚才有省里来的人说，长毛贼预备了民船几万只，沿江东下。听说黄州丢了，南京调了大批军队，开到九江去堵塞。但是人心很摇动，恐怕是堵不住，我先以为长毛由黄梅攻太湖，这里或者要先受殃，我们还有回江南去的一条路。若是长毛得了九江，安庆就靠不住。逃走也没有了路。而且黄梅这条路上的长毛，只要九江一得手，他们必定跟着上，为的是官军两面迎敌，有些来不及。到了那时，我们走也不行。这样看起来，我们是死无葬身之地，你这发的什么闲脾气呢？"

王太太听了，心里自然是有些慌乱。但是也不肯就显着害怕，淡淡地笑道："你又把话来吓人。你们三天一个风潮，两天一个消息，总说是长毛要来，其实是自打屁、自惊慌。"王知县道："这回是一点不会错的，刚才还有同乡候补县府余至刚给我来的一封信，说是南京的陆制台，日内就要经过安庆，到上游去督剿，省里正在办差，这岂能是假的？他信上又说，过了年就把家眷先送回浙江去，脱出自己一个人的身子，好进退自如。而且说潜山是军家要地，劝我早为之计。我接了这封信，正没有了主意，你就派人叫我来了。这件事我是十分为难，若是不走，我不敢说一句无事。我虽不过做朝廷芝麻大的一个官，并没有什么雨露之恩，但是我是有守土之责的，万一这座城不保……"

王太太站起来道："你不要说那书呆子的话了。你是个文官，出兵打仗也不是你分内的事。武官抵不住长毛，叫文官守城有什么用？余老爷既是专差送信来，那自然风声很紧，你还是想个主意吧。"王知县这才拿起了水烟袋，点了纸煤，在手上捧着，在屋子里踱来踱去。许久才道："我是不能现在就走的。要走也除非你带了两个孩子先走。只是这条通省大路，现在是兵马不绝于途，若是让人知道王知县已经送家眷走了，这也是件了不得的事情。所以我明知道应当先送你们走，但是怎样的送法，我简直拿不出主意来。"王知县如此说着，依然是捧了水烟袋，只管在屋子里踱着步子。

王太太道："我们还是不曾打算一定要走。假如断定了走，当然我也不能够搭了什么太太的架子走，也不过装成一个难民的样子，有小轿就坐小轿，没有小轿，就是坐了独轮车子去也可以的。只是两个孩子，还有这丫头，我怎样带得了许多？"王知县对于这层还没有下一句断语哩，丁作忠就闯进了屋子来，脸上带着极端沉重的样子，却从容着向王知县道："刚才的话，我也听到了几句。若是姐丈觉得要有人送姐姐才妥当，说不得了我陪姐姐走一趟。"王知县捧了水烟袋，依然沉吟着道："若是果有非走不可的话，当然你送了去是很妥当的。还迟一两天看看。这两天派出去探子不少，等他们有了回报，两下里一参酌，大致的情形就可以知道了。说了半天，太太叫我来有什么话说，还没有提到。"王太太这就望着丁作忠，意思问他怎说。

丁作忠听说姐姐要走，他就变了计划了，这就向王知县弯了弯腰，手垂下，做个要请安的样子，这才笑道："就是汪孟刚那案子，他已经托人来说合了，只是数不过一百来两。我想，案子我们是办得这样的大，倒只有这些个数目，这事叫人倒不好了结。"王知县皱着眉叹了一口气道："现在我们是泥菩萨下水——自身难保，还管别人的闲事做什么？"王太太道："你这可不像话。人是你关起来的，现在怎么说不管人家的闲事？你县大老爷自己办的案子，倒是闲事吗？"

太太虽是不懂公事，这几句话却是说得非常的切实，叫王知县说不出第二个理由来，便笑道："这件事都是为了给作忠做面子，才这样办的。其实真闹到省委面前去也不好办的。既是他们服了，那就算了，让他把款子缴上来，再叫他递张保结，把人放出去就是了。"丁作忠不敢作声，退了一步，将眼睛向王太太看了一下。王太太自然是会意，便向王知县板了脸道："作忠里里外外忙了许久，难道就算白忙了吗？一百银子应该全给他才对。不过大水浮不过鸭子去，无奈案子是你办的，让他分五十两好了。"王知县本来不愿意。可是想到要托舅老爷护送太太下省去，还有许多细软东西也要太太带去，总是瞒不了他的，总以不得罪他为宜。便由太太脸上看到舅老爷脸上去，随后才道："一个年轻轻的人，这样整大批地得那容易钱，实在也不是好事。不过太太既是这样主张，就算我送他的盘费都在内，给他五十两吧。那五十两……"太太接嘴道："那五十两归我好了。"王知县见太太微微地睁了那双杏眼，两块腮肉向下沉着，这气头子还是不小，自己如何敢再说什么？就连连扛着两下肩膀笑道："装模作样地，我也坐过两堂，我这工夫就该白费的。"王太太道："并不要你放人呢。你留着人在这里做押账，还怕事主不会拿钱来领人吗？"王知县这就掉过脸来向丁作忠道："这是什么意思？我们好白得人家的银子吗？得了银子，还把人留着做押账。"

丁作忠道："我打听说，这笔银子是曹金发垫出来的。曹金发为什么这样垫银子呢，因为他很想谋得汪孟刚的田产。汪孟刚一日不出去，他一天不能得着汪家田产。而且汪家就是出这一百两，也有借字在曹金发那里的。他们也不肯白白背上一笔债，也会催老曹办完这件事的。几下里逼他，不怕他不拿出钱来。因为他在汪姓面前说了硬话，有他拿一百银子出来，人准可以放走。现在不放走，怕他不再拿出银子来吗？"王知县听了这话，想到这县官不定能做多久，能捞几文现款就捞几文现款。心里一活动，就答应道："好吧，就让你们去分这笔款子吧。我还要去看公事呢。太太这也就可以慢慢地收拾行李了。我现在心里烦乱得很，也没有工夫管这些小事。"他说毕，回签押房去了。

丁作忠喜出望外，和姐姐拱手作了两个揖，也回房过瘾去了。他们这边很自在，那住在祠堂里的曹金发却慢慢地焦躁起来。满望着银子送去了，晚上就可以过堂，王知县申斥两句，让汪孟刚具个结也就完了。不想过了一宿，动静毫无。到了次日，只好亲自到衙门去拜访丁作忠。不想连去三次都未见面，第一次去，是他没有起来。第二次去，到上房回话去了。第三次去，差人说出话来，竟是老老实实地挡驾。曹金发如何不明白，这是丁作忠撒赖讹钱。若是他这样一讹，就凑出一些银子来，自己又图着什么？

想来想去也是没有了主意。不拿银子出来，这事情不能了结，拿银子出来，自己可舍不得。这都是坏在朱子清这个酸货身上。他若是不走来大叫，说我得了三百银子，丁作忠也就不为难了。祸由他那里起，那就让他去了结。主意想得了，就在祠堂里烧烟等着。不多会子工夫，汪学正来了，进房便道：

"我今天来了两次了，都没有碰到金老爹。"他躺在床上烧烟，好像很生气的样子，梗了一顿，才道："你来了两次，你可知道我到衙门去了五六次了？"学正道："都多谢金老爹帮忙。"金发冷笑道："你不用多谢我，你多谢你岳父朱子清吧。"学正已经听到朱子清说过，和曹金发拌过了嘴但不知道此外还有什么事，便笑道："他老爹是个道学先生，你老爹何必放在心上？"曹金发突然坐了起来，两手一拍大腿道："这事糟了。他昨天到这里来的时候，胡说一阵，且好丁作忠在场。你本来是交我三百两，我原封未动，交给丁作忠。他收了银子，记起你岳父的话来，说是你府上预备了送县尊三百两，也送丁师爷三百两，现时还差一半呢，不能放人。银子是丁作忠收去了，权柄在他手上，我管不了，你去和他讲斤两，我管不着。"汪学正真不料银子拿出许多去了，事情倒变卦到这样，人呆站在屋子里，望了曹金发说不出话来。许久才道："他既不肯放人，就不该收我们的银子。而且你老爹也不该不得他一句话，就把银子交出去。"曹金发站起来，板了脸道："你说这话，是要我赔你的银子吗？"

汪学正道："这可不敢说。不过这件事，既是你老爹经手的，就望你老爹始终其事。"曹金发道："你叫我怎样始终其事？银子在你们手里，人在他们手里，他们不放人，你们不出银子，我有什么法子？"汪学正见他推个干净，大为不服，也就板了脸道："我们怎么没有出银子？"曹金发道："不错，你们出了银子。谁叫你岳父说那番大话，说每人三百两？他会说大话，你叫他去办。"学正道："他今天已经下乡去了，要不然我立刻拉他来对质。"曹金发道："不忙，我们可以下乡对质。"学正道："我们都下乡去对质，县里的事就丢了不问吗？"曹金发冷笑道："你以为空嘴说白话人就可以出来吗？我今天到衙里去了五六次了，并不是不拿老面子去碰，老面子碰不过去，那也没有法子。无论如何，今天我是不能再去的了。"学正揣想着他的话，多少总有些根由，一味和他争吵也是无用。于是又把性格和缓下来，同曹金发说上了许多好话，请他帮忙帮到底，曹金发这才答应着明日再去和丁作忠接头。汪学正也觉得曹金发亲手接过了三百两银子去，这件事总不能推开不问。当日已晚，且回客店安歇，到了次日，再向曹家祠堂来探曹金发的消息。不想到了那里，看守祠堂的人说，金老爹去了衙门一趟，没有见到丁师爷，他家里派了人来接他回去过年，他已经坐着原轿子走了。学正这就断定了，他是有心回避不管。不用提，三百两银子全都抛下水去了。站在那祠堂里，怔怔地站了一会儿，冷笑了一声，说句："那也好。"

他在曹家祠堂里，将正梁上的匾额以至于各柱上的对联，都注意看了一看。觉得他们府上，一般地用那极好的格言来教训他的子孙，然而像曹金发这样的人竟是忝为族长了。想着想着，又说了一句"那也好"，这才走出去。明知接父亲回去过年那是绝了望了，就把身上带来的散碎银子，买了许多吃的，送到班房里去。对于班房里那几个皂班，又送上了几两银子过年礼。只把好话去安慰父亲，说年过了开印以后，就会释放出来的。在县里把父亲安顿好了，怕家里母亲盼望，又得赶回家去。见了母亲，也只说是老爷要过年，不过堂，开了年，人就放出来了。家里人以为送了银子出去了，总也觉得事情不会假。

汪学正把里外都哄骗过去了，到了第二日，也就打算把岳父找了来，去和曹金发对质。不想在这日正午，乡下发生了重大的变故，地保储丙元带了两个帮手满乡敲锣喊叫着："今天下午，有省兵过境，每户人家预备白米一升、干柴五斤。每五户人家要预备咸菜一斤、盐四两、香油半斤。限定酉时办齐，有人来取。若有不办的，军法从事。"这锣声一响，立刻各村子都轰动起来。大家疑心大兵到了，也就是长毛到了。整群的人跟了地保后面问话。储丙元的答复是："县老爷是半夜里得的信，地方上是刚刚得的信，究竟什么情形也说不上。县差是这样吩咐下来的，地方上只有奉县太爷的宪谕办。"大家既是摸不着头脑，就越发地惊慌起来。那在大路边住的人家早就存了一个跑反的计划，听说大兵要到，如何忍耐得住？在这锣声响过一个时辰以后，这乡下就发生了百年以来没有的大骚动，慌乱、恐怖、凄惨，所有紧张些的形容词都用得着了。

第十一章

长毛先声夺人

这附近各村庄的人，在顷刻之间，虽是不能就预备了去逃反，但是他们也不能安心在家里坐着，不分男女老幼，齐挤到大门外来，向大路上看热闹。学正在大路上正徘徊着，乡下情形是这个样子，能不能再去找岳父来和曹金发对质呢？这就听到母亲的声音在村子里枯树下大叫："老四哪里去了？快回来吧。"

在平原的乡村里，春夏天有树木挡住了视线，找人不容易，可以站在高一点的地方糊涂乱喊，前后准可以叫五里路，不亚于现代的广播无线电。冬天树叶脱干净了，叫人的时候，声浪没有什么阻，更可播送得远些。而且还可以带叫带瞭望着。学正听了母亲的喊叫声，回头看时，只见母亲余氏站在稻场的土墩上，一手扶了树，一手比平了额头，当着太阳，聚目四望。她那番焦急的情形，当然也就可以想见，只得抽转身立刻向家门口跑。到了稻场上，只见大姐二姐各带了外甥两名在那里站着。

母亲迎上前来，脸色都有些变了，皱了眉道："这是怎么好？长毛快来了，你父亲又没有放出来。你两个姐姐本来也要回去过年，她们是有公婆丈夫的人，身子也不能自由自主。现在乡下一乱，她们更急，马上就要走。"大姐就接嘴道："兄弟，我们这时候回去不要紧吗？我想请你送我回去，长工老二送你二姐回去，因为她路近些。"学正道："唉，你也是太小心了。长毛也不是妖怪，一阵风的就吹来了，你们忙什么？"

大姐道："就不是长毛来了，我也要回家去的。你不送我也不要紧，只是你说一说，我马上回去，要紧不要紧？"说着，她就弯下腰去，把放在地上的包袱挽在手臂上。同时，两只手牵住她两个孩子，做个要走的样子，余氏就跑上前，将她拦住，牵了她的衣袖道："你怎么这样回去得？若是在路上遇到了长毛，我怎么对得住你家人？"学正听到她们说话，若真有其事的样子，笑又不忍笑，气又不敢气，只得皱了眉道："我说了，长毛又不是妖怪，怎能够说来就来？你若真是怕事，我就送你回去吧。"二姐站在一边，原是默默地望了他们说话，这时，她就急了，只管顿了脚道："兄弟就不管我了吗？兄弟就不管我了吗？"她说着，却上去扯她母亲的衣服道："老二送我，我不要，他又老实，又没有一点本事。"学正道："终不成把我分作两边，一边人送大姐回去，一边人送二姐回去。"

他说着这话，索性抱了两只手在胸前，在稻场上绕着小圈子走。二姐是站在稻草堆下拔出一根稻草在嘴里衔着。身子向后倒着，靠了稻草堆，她带来的两个小孩子，一个三岁，一个五岁，在稻场上跑着玩，二姐虽望了他们闹，理也不理。大姐呆站了一会儿，却是想出一个主意来了，因道："二妹，这样吧，你在家里稍微等一等，让兄弟送我回去了，再来送你。"二姐口里依然衔着那稻草，淡淡地道："到你家是十二里，来去二十四里，兄弟回来是什么时候了？到我家只有五里路，何不让兄弟送了我之后，再来送你呢？只要耽搁你一会子，兄弟也就回来了。"

汪大姐对于二姐这个请求却也觉得近理。于是就在这个时候，跑来两个邻村的人，气吁吁的，满头是汗。只看他们那种样子，也是情形十分紧急。余氏放下了自家两位姑奶奶跑上前去，一手揪住一个，问道："怎么样，是长……长……长毛来了吗？"一个答道："来了。听说到了大桥头。"学正见他把长毛到的地点说出来了，这就不能不追着问一句。因道："哪里的大桥头，是上省大路上那个大桥头吗？"那人道："怎么不是？安庆围了城了。"余氏瞪着两眼问道："大桥头，到我们这里多少路？"那人道："要来，只有六七十里，今天晚上不到，明一早准到。"

余氏听说，两脚只是抖颤着，站立不住，一蹲身子，在打稻的石礅上坐着。学正道："不是说长毛由黄梅太湖来的吗？没有经过潜山县，怎么先到了大桥头？"那人道："也许这支兵是由省里来的。"大姐也站不住了，牵着两个孩子，一同在田埂上坐下，只睁了眼睛望着。二姐嘴里不衔着稻茎了，顿了脚道："这不是说说就算了的，长毛都反得来了，你们还不赶快想法子，我要回去。"说着，牵了两个小孩，开步就走。她好像是比大姐要硬扎些，可是她开步之后，觉得是人要提腿，腿不由人，什么东西也不曾绊了她的脚，她竟是向前栽了一个跟头。学正叹了一口气道："咳，这是哪里说起。"向前就把二姐扶起来。另一个邻村的人这就插言道："其实也不必忙，据说长毛还是刚到枫香铺，还没有进太湖城呢。"

学正叉了腰望着他道："你这个消息又是哪里来的？他说长毛到了大桥头，是由省里来的。你又说兵还没进太湖城。这分明一个在河东，一个在河西，这怎么会并到一块儿去？难道两边都有兵来吗？"余氏听说更慌了，脸上变成土色，颤声问道："什……什么？有两队长毛杀了来吗？"

那两个邻村的人，他们也要回家去料理自己跑反的事，不再说什么，都匆匆走了，只丢下了汪家母子在稻场上发呆。首先清楚过来的，当然还是学正，他向余氏道："我们要商量什么事，也应该到家里去商量，全在稻场上站的站、坐的坐，那成什么话？"汪大姐道："我们都等急了要走，你还让我回家去吗？有什么商量？反的来了，我们赶快跑反。兄弟，你是空口说白话，你还是带我们走。你若不送，我带着孩子走了。就是在路上碰到了长毛，也是命该如此，到了这个时候，那就可以看出人心来了。"说着，哇的一声哭了起来，两行眼泪抛沙似的流着。

学正道："大姐，你说这话有些错怪人。并不是我不送你们，但是你和二姐不同路，叫我一个人怎样分得开身来相送？何况……"汪二姐不等他说完，就抢着接过来道："你不用拉扯到我身上来。我不用你送，我们也走。"余氏对这两个出嫁的姑娘这样负气，也是好生着急，便站起来跳脚道："人家动不动说什么家破人亡，现在我们也就快到这一步境地了，你们还要吵，真要把我急死了。"

大家正吵得难解难分，却见一辆小车在小路上推得碌碌作响，跑进村口来。正是汪大姐的丈夫推了车子来。车子前面有根粗绳子，是他家里的小伙计拉着。他以两个人来对付这辆小车，抢着把人接回去，是可想而知的。汪大姐丈夫刘三放下车把，一跳进稻场来就拍着手道："要换朝代了，真是天翻地覆了，我在家里急得要死，若是长毛来了怎么办？夫妻还不能团圆哩。这十二里路，我差不多和小狗子是飞了来的，回去吧。娘，你们也快做打算，山里头有亲戚的人都应该走。哟，二姨在这里还没有回去啦。"刘三在稻场上一面接过包袱向小车上放，一面和岳母姨妹打招呼。汪二姐见姐丈来接姐姐了，她心里又羡慕又妒忌，这就觉得自己的丈夫太没有心在女人身上，为什么他就不能来哩？便红了脸道："嘻，我家的是个笨牛，哪里晓得来接我？我不回去了，等长毛捉去开刀吧。"汪大姐见丈夫来了，面子已经十足，心一宽，就不哭了，倒反是向二姐安慰着道："不要紧的，你到家很近，妹婿就是不来，老四也可以送你。"刘三皱了眉道："快上车吧，赶回去还要收点东西呢。我已经对妈说了，炒一斗米，我回去就磨粉，干粮总要多多地带。快走快走。"汪大姐对母亲说一声"走了"，丈夫又在旁边跺脚，只管催了上车，而且也顾不得许多了，拉了她的袖子就向小车上塞。在一阵狂乱中，那乘独轮小车子一拉一送带着三个妇孺走了。二姐还是靠了稻草堆，可是没有先前那样自在，抬起袖子，不住地揉着眼睛，泪珠不住地向胸襟面前滴着。

余氏道："这可怪了，现在可以叫兄弟送你们回去，你又哭些什么呢？"汪二姐垂泪道："人家的丈夫就会推了车子来接他的大大小小。我们这个人就是死人，看到情形这样不好，他理也不理。"学正道："现在我分得开身来了，就送你回去吧。"汪二姐将头一偏道："我不走了，我非要他来接我不行。"学正道："既是那么着，我们到家里去坐着吧，尽管站在稻场上，成什么事体？"

汪二姐也是下了决心，不回丈夫家了，就带了两个孩子向大门里走来。可是他家的大门很高，回头一看，大路上逃反上山的人比前更加增多。最是那地上走的牲口，好像有意提起人家注意一般，昂起头来，拼命地叫喊。平常听了这牲口喊叫，没有什么感觉。今天听到牲口叫，再看看那大路上的人，扶老携幼，只管向进山的大路走着，叫人心里不能不恐慌。汪二姐两只脚都已踏上台阶了，可是经她一度回头看过之后，她索性回转身子向大路上看着，口里自言自语地道："怎么办？怎么办？人家都走了，只有我们是活该长毛来捉的了。"余氏道："你不要在这里让我担心害怕了，让你兄弟送你走吧，走吧。"汪二姐道："依着我的气，我真不想回那个家。"就在她这句话说完之后，门前树林子外，踢踢踏踏，一阵脚步声走了过来，看时，正也是逃难的。只见一个壮年汉子挑了一副箩担，那箩里一头放着一个孩子。其次是一个八九岁的孩子牵了一头牛，牛身上背了两床被，还有一个极大的包袱。后面跟着两个中年妇人，都扶了棍子，背着包袱。这似乎是一家。

另一组有个妇人，挺着大肚子，手上提了一只干粮口袋，倒是她走路很硬朗，手上虽也有一根竹棍子，却是倒拖着。在她后面就有两个挑担子的壮汉，看那挑的大箩里，连破布卷子都有，大概是家里所有的东西都上了箩担了。担子后面有个五十附近的老婆婆，肩上背着一个两岁的孩子，手里提了一只破渔网，里面全是鸡。她是邻村屋的王家婆，在这前后几个村子里收生、看小儿病、收吓、说媒，她全成，是位有处世经验的老太太。她看到汪家母子在这里闲望着，她就咦了一声道："汪奶奶，你们好大意，还有工夫在这里闲望呢。还不快走吗？长毛来了，要杀得鸡犬不留的。哟，怎么我们二姐姐也在这里？这是什么时候你还回娘家来做客啦？"汪二姐听着，又呆住了。

余氏垂着泪道："我怎么跑得了，我家里还有一个人关在牢里呢。我也想破了，我这样一把年纪还怕些什么，要死就死吧。"王家婆婆点点头道："可怜！"她也只说得这可怜两个字，眼见自己两个儿子挑了担子，已走过去很远，再也不说什么，拔开步子，跑了上去。汪二姐不生气了，向学正哀求着道："好兄弟，你快快地送我回去吧，我心里都在乱跳呢。"她说着，就把那个小的孩子抱了起来，塞在学正怀里。虽是刚收住眼泪，她还带了微笑，这就向他作个奉揖的样子，因道："你受点累，你送我回去吧。"学正道："我何尝不送你走，只是你不肯走，我有什么法子？那就不用再耽搁了，我们走吧。"

说着，他就抱了那孩子先行。汪二姐拖了那个大些的孩子，也就跟了走了。汪学正将二姐送回了婆家，心里惦记着母亲，又匆匆地跑回来。正是心里万分焦躁、举步如飞的时候，却听得有人叫道："四哥好跑，忙着逃反吗？"

回头看时，是李立青，身上只穿了件蓝布短袄，拦腰束了一根大板带。下身扎了裤脚，穿一双布底快鞋。因答道："我逃什么反？长毛不来也罢，若是来了，我有我的算盘。"立青笑道："这就好极了。家父说，要在今天晚上，请了附近村庄的绅士开议一回，我们就邀集一两千壮丁，办个乡勇团练，我们虽打不了仗，也可以保护地方，免得受长毛的纷扰。你也可以算一个。"学正笑道："老伯的意思是很好，但是长毛来的人是几十万，靠一两千壮丁，能保护地方吗？我想长毛这样大干，连国号都定出来了，绝不像流寇张献忠那样胡来，只要老百姓不和他们为难，他们也不会杀老百姓的。你想，他们果然要坐天下的话，还是坐老百姓的天下，没有老百姓，他们管谁？"立青道："你相信长毛来了，他们不会骚扰老百姓吗？"学正沉吟着道："人数到了论万，谁也保不住，不过我们预备一两千团练，想断着长毛不让来，那恐怕是不行。也许没有什么预备，做他们一个顺民，他们也就不害老百姓了。"立青立刻将脸红了起来，瞪着眼道："汪四哥，你说什么？你倒打算跟长毛当顺民，你真是白学了一身本事，原来是个天字第一号的大脓包。"这几句话未免太唐突了，学正不过是二十多岁的人，血气正旺，这样严厉的话如何受得了？也就红着脸，想驳立青两句。

不过他立刻想着自己对于李家父子可以说是受恩深重，漫说是受他几句严厉的话，就是让他打上一顿，也应当好好地受了。这样想着，立刻心平气和起来，赔着笑道："兄弟，你是没有把我的话听得清楚。我不过是这样地比方着说，假如老百姓都服服帖帖地当了顺民，不见得长毛还会老杀。"正说着，一个人挑了担子，由身边斜插了过去，正撞在学正的腿上。看时，便是在这乡剃头的李二。他伸长了脖子，把那副担子挑得两头乱颤，向前直奔。立青叫道："哎，李二，你好无礼，撞了人一下，不道个谢字就走。你三爷在这里，你飞也飞不了。"

李二听说，只好放下了担子，回转身来，向立青笑着作揖道："三先生，对不住。"立青道："你没有撞着我，你撞的是汪四先生。"李二又掉转身来，向学正作揖。立青道："你那担子上也挑的是大小包袱，莫非你也要跑反吗？"李二紫色的脸皮也泛出了一些苦笑，歪着颈脖子道："你先生说的什么话？什么人都是怕死的，我李二在肩膀上也没有长两个头，我为什么不怕死？"立青道："你是个没有妻儿老小的人，就是要跑反，什么时候来不及，何必现在就跑？"李二走近一步，低了声道："我的爷，你还不知道吗？我干的这是杀头的行当呀。长毛最恨是剃头匠，捉到了就活剥皮。不瞒你说，我乡下有仇人，我怕他们捉住我到长毛那里献功。"立青笑道："喝，你是什么大来头的角色，还有人捉了你去献功。"

李二伸了舌头道："三先生，你不要说那样轻松的话。长毛说过了，汉人都是蓄满头的，自从有了剃头的，汉人都变了旗人了，所以我们剃头的对长毛有点不来哉。他们是见一个杀一个。我若跑迟了，那仇人会报仇的。"学正瞅了他一眼道："你倒很聪明，预先都想到了，谁是你的仇人？"李二眯了眼睛笑道："我早两年很荒唐，调戏过人家的姑娘。"说到这里，掉转身挑着担子就跑了。随着这时，也就是一阵纷乱。后面村子里，一群男女也是挑筐荷篓，颠倒地向大路上走。当他们走过身边的时候，有人叫着："我孩子没有带来呢。"又跑了回去。原来是个女人。这女人跑回去之后，这群人里面想着有忘了带东西的，有忘了牵牲口的，也都惊呼着跑了回去。

在一群人最后面有位老太太，手里捧着一钵热气腾腾的熟饭，一步一拐，走了过来。立青道："丁奶奶，你怎么端了一钵饭走？"她这才算明白过来，因道："我煮熟了一锅饭，刚要吃，听到大家喊长毛来了，我舍不得灶上这一钵好熟饭。"立青道："你舍不得一钵饭，家里还有许多吃的穿的用的，你就舍得了吗？"丁奶奶啊哟了一声，接着哭了起来，又一步一拐，走回家去。立青抓着一个挑箩担的问道："你们全村人怎么突然地跑起反来？"他答道："刚才听到人说，长毛到了余家井了。我们怎么还不跑？"立青笑道："你不要胡扯了，刚才我店里两个伙计还由余家井回来，短毛也不见一根，哪里来的长毛？"

这群人自跑出村口以后，本来看到一切平常，也就觉到跑得有些没来由。现在被立青点破了，大家也都愕然站住，想不起引得这回跑的消息，还有什么确实的证据。正呆在大路上呢，却有一阵哗啦啦的声音由半空里传了过来，正是千军万马奔跑的响声。其中也不知是谁，大喊一声，长毛到了，大家拔腿就跑。立青笑骂道："真是一班糊涂虫，你们乱跑什么鸟？这是河滩上流水的声音，让一阵西北风刮过来了。你们真有那样不害臊？"学正这就笑道："兄弟，你看到没有？像这些老百姓，真成了那句话，闻风而逃，你还想要他们编团练抵御长毛，那不是梦话？"立青皱了眉道："你这话倒也是对。我们乡下人太老实懦怯了。"学正道："但是我决不跑，长毛来了，我也在家里等着。你想，家父关在牢里，案情又担得很重，我怎能放心丢了他远走。哎呀，我要回去了，我心里有些跳，恐怕我母亲在家里等急了。"他说着，拱拱手走了。

立青究竟年岁太轻，心里搁不住事，他看到乡下人这样乱窜，很是疑心父亲编团练这件事，不知道怎样地编得起来？当时一直地走回家中账房里来。只见账桌上摆了算盘，堆了一叠账簿，李凤池背了两手，在屋子里踱来踱去。好像这些账目，都不放在他心上似的。他的脸上紧紧皱起了两道眉毛，沉着脸腮，目不斜视，虽是有人站在身边，他也未曾理会。立青匆匆地走了来，本是一脚跨过了房门，看到这样情形，他又将脚抽了回去，打算走开。

凤池立定了脚问道："你有什么话说吗？"立青只好从容走进来，强笑道："现在乡下人心大乱，真成了书上那八个字'风声鹤唳，草木皆兵'。父亲不是说要办乡勇吗？我看到乡下人这样胆小，恐怕不行，父亲何不出去看看？"凤池点头道："我也正在这里为难。这是储丙元不懂事，不该鸣锣惊众，咳，也不怪储丙元，只怪这王知县太没有主张。就是有大兵过境，叫地保暗暗通知乡下绅士就是了。这样一来，人心乱了，家也不要，还怕什么王法？要粮要草，我想一点也要不到的。果然大兵到了，临时派不出东西来，那是更糟。"立青道："我看就是地保不打锣，乡下人心也是会浮动起来的。因为大路上那些逃反的人牵绳不断，总会引得人家心里不安。"凤池道："这一定也是打锣惊动的。这个时候还没有动静，也许军队今天不能到，只好见机行事，等人心平定一点，我自己出马去找各家绅士。"说着，向立青周身上下望了一遍道："你为什么这样打扮？"立青笑道："我故意打扮的，好让乡下人看看，我们不但不怕，反要振作精神起来。"凤池皱眉笑着说了一声"胡闹"。父子正谈到了振作精神，李凤池听到天井外的脚步声音，倒先变了色。原来有人喊着，有一位师娘要会凤池老爹。他生平最怕和妇女们说话，竟会有女人找上门来，这是让他极难堪的。而在这种满乡纷乱的时候，有女人来找他，这更是奇怪的事了。

第十二章

村绅开议办乡防

有女人来找李凤池，这不但是李凤池所不承认，就是他一家人都不肯信的。不过既有人找了来，他只好迎出来。走到堂屋里看时，是个五十上下的妇人，并不认识。不过那妇人手牵着一个上十岁的男孩，倒认得，是朱子清的小儿子。便远远地站定，向她一拱手道："这位师娘贵姓？我面生得很。"那妇人笑道："你不是李凤老爹吗？我们陈四老买田，你做过中，我见过你的。"凤池道："府上姓陈？"她道："不，我娘家姓陈，你认得这孩子吗？这孩子没出息，见了人也不叫。"说着，将手推了那孩子肩膀一下。凤池很是踌躇，望了那孩子道："小兄弟，你父亲不是朱子清先生吗？"那孩子将右手一个食指含在嘴里，身子只管乱扯。凤池不但是不知怎样好，倒有些难为情了。

就在这时，对门住的王三老爹手里捧着一个泥炉子走了进来，笑道："凤老爹，你老不认得这位师娘吗？这就是朱子清的师娘。"凤池这才哦了一声道："对不住，对不住，我叫内人出来奉陪。"朱陈氏道："凤老爹，请你也不要走开，我有几句话说呢。"凤池心想，在这样草木皆兵的时候，偏有这样一个妇人来纠缠，却叫人无可奈何，只得请她坐下，自己远远地坐着相陪。王三老爹捧了那个泥火炉，坐在堂屋石阶上，带晒着太阳。朱陈氏道："我来也不为别事，这几天风声不好，你老人家这里，我想也是一样。我那村子前后，十停有七八停是逃走了。我一家没有个出蛮力的，要走也就应该早早预备。不瞒你说，这孩子的父亲是想不通的，他总不肯说走。我哪里由得他，好在这孩子也有九岁多了，搬不动东西，走路总是可以走的。除了他以外，就是他姐姐，我不知道怎样好。"说到这里，李凤池的老妻李常氏也出来了，乡下妇人见面，另有她们的周旋，凤池趁了这机会，就起身到一边站着，意思是想走。陈氏笑道："李先生，你坐一会儿啊，我还有要紧的事托你呢。"凤池道："对我内人说，不可以吗？"陈氏见他不坐下，自己也站起来，便道："也没有别的事啊，逃反，带了十八九岁的女孩子走，那是很累赘的啊。而且她又是有了人家的人，做娘的人，哪里担得起那个担子。所以我来和李凤老爹商量，请你去对我那亲家母说一声，我那孩子，就是今天晚上，或者明天一早，就这样的小送过去吧？"凤池听了，真有些愕然，谁是女孩子，谁是亲家母，简直闹不清楚。他正听了发怔，还不曾答复出来，陈氏又道："我也知道，我们这种人家是不应该这样小娶小送的。可是自从说什么造反以来，有大姑娘的人家，差不都是把姑娘送出去了。这几天风声紧了，送着女孩子出门的更多，就是我那村子里，送走了三个姑娘，也接进来两个儿媳妇。其实这都是没成人的，至多也不过十五岁。还有个五岁的女孩子也送走了呢。本来嘛，女孩子总是人家的人，带在身边逃反，逃到天边，将来还是要送到婆家去的。与其那样白费力，不如早早地往婆家一送，省了担那副担子。"

凤池拱拱手道："哦，我这就明白了。朱师娘的意思，是想把你的姑娘送到汪府上去。子清先生也是这样的说法吗？"陈氏脚一顿道："咳，那还用提吗？就是他不肯这样办，可是到了逃反的时候，他也自身顾不得自身的。我只好硬做主，来拜访你老爹，请你老爹到汪府上去说说。"常氏道："师娘，这件事怕是很难吧？汪孟刚先生在班房里呢，这个时候，他家怎能办喜事呢？"凤池手摸了胡子，连连点了两下头。陈氏道："这个何消李师娘说，我也晓得的。不过这并不是办喜事，我把孩子送了去，他家收下来就是了。原因也就为的是我们亲家翁还在班房里，所以我就来请求凤老爹。你老爹替他帮的忙很多，你说的话，他们是必然相信的。"凤池手摸了胡子，微微摇了头。常氏对丈夫看看，知道他很是为难，便道："朱师娘平常是不容易来的，请到里面去坐，烧碗茶朱师娘喝，我们慢慢地谈。"陈氏道："若在平常，我一定来叨扰的。"说到这里，脸上带着几分苦笑，低声道，"我还是抽空跑了来的，哪里敢多坐？说不得了，就烦烦二位吧。"她说着，竟是脸朝着上面，弯着腰，叠着衣袖，深深地拜了两拜。这一下子，更是把凤池僵住了，皱了眉道："并非我有心推诿。汪家一家人，整日的都在啼啼哭哭当中，这话怎好向他们开口？而况我除了家事不算，为了地方上的事，我还打算今天晚上开议。这话须不是我撒谎，这里有位王三老可以做证的。"

王三老抱了泥炉子站起来，向陈氏道："这是真话啊，他老爹是不打算跑的，要想法子保这一方平靖，这力气自然是费大了。好在这件事是汪朱两府上的事，不过要一个人通知一声。我倒闲着无事，同汪四先生就很说得来。而且前些日子，他为了办喜事，还要我去做糍粑呢。要不我替朱师娘去跑一趟吧。"陈氏见王三老是个庄稼人的样子，就沉吟着道："你老去，他能答应吗？"常氏笑道："实说吧，就是我们李先生去，那也是不能叫人家答应的。朱师娘的意思，不过通知一声，不一定要什么人去。"王三老见自己荐举不生效力，只管低了头，用手去拨炉子里的灰。凤池道："我也实说，我就是抽得开身来我也不能前去。将来子翁怪起我来，我怎样回答呢？原谅原谅。立德娘，你陪着朱师娘多坐一会儿。"说着他告辞走了。

陈氏这面子上下不来，红了脸作声不得。常氏笑道："我们李先生就是这样的古板脾气，你不要见怪。好在今天晚上开议，各村的绅士都要到舍下来的。若是朱先生肯来，我可以请李先生劝他几句。要不先让这位王三老爹到汪府上去一趟。成与不成，都不要紧。"陈氏自己也觉着转不过弯来，只好依了常氏的话，来转求王三老，说了许多好话。王三老站了起来笑道："我种庄稼的人，凡事都是听听绅士老爹的，既是两位师娘都这样说了，我就去。"陈氏道："那就有劳你了。我在这里也不敢多坐。你去了，就到我家里去回信。我自会感谢你。"王三老摸了胡子，笑道："不要钱的腿，那算什么。"挽了火炉，大开着步子走了。

这里常氏让陈氏到里面去坐，陈氏不肯，也匆匆地就走了。在这样人心慌乱的时候，常氏也没有怎样去强留，她要走，就由她走了。不过这样一来，就给予了李凤池更大的印象，觉得像朱子清那样持重的人家，也免不了随着时俗预备逃反，则其余人家可知。因此他对于今天晚上开议的事更觉起劲。在这村角上，就是李家祠堂，他先叫家里人去把祠堂大厅打扫干净，一面叫店里伙计放倒一口猪，抢着做出两作豆腐，便是店里的酒，也叫人抬了两坛子到祠堂里去。恰好那地保储丙元看到时候不早了，先前鸣锣警众，采办的军粮一点没有着落，乡下人家乱哄哄的，只忙着收拾细软、炒磨干粮，预备逃走。若是耽误到大兵来了，岂不是要自己脑袋的事？因之没有了主意，跑到李家向凤池来请教。凤池道："俗言说得好，兵出不由将，到了现在满乡满村老百姓乱跑的时候，就是抬了钦差的虎头牌放到乡下来，也把这些人弹压不住。这事没有别法，只有等军队到了，你去据实禀报。"丙元伸了舌头道："我的老爹，那岂不是把头送到刽子手刀口下去？"凤池道："我想，这样满乡人民骚动，不是一里一甲的事。别甲交代不了，他们总也有办法。你何不去打听打听？"丙元一顿脚道："别甲有什么方法？当地保的先逃命去了。我到了无可奈何的时候，也是三十六计走为上计的。"凤池对于他这话，并没有什么可说，背了两手，在书房里来回踱着。丙元道："听到说，你老定了今晚邀人在祠堂里开议，我特意来伺候各位绅士。万一军差找得来了，请各位绅士替我出头说两句话。"

李凤池鼓掌笑道："你这就是一个汉子说话。一点事就逃走，下次还做事不做事呢？"丙元苦着脸子，皱了眉道："你老爹明鉴。我是今年下年，新盖了三间瓦屋，又养了两口大肥猪，人家种一口田的萝卜，我是种了两口田的萝卜，家里还有二十来担稻。这都是搬不动的东西。尤其是那两口大肥猪，都有八九十斤一只，叫我怎样舍得抛下？"凤池嗐了一声道："你怎么这样没有出息？我的孩子们都在祠堂里，你到那里去，帮着料理吧。"丙元道："各位绅士家里不用得去催催吗？"凤池道："上午我下请帖的时候，已经写明了，有地方大事商谈，在这个时候，谁都也想得着一个稳当一些的主意。我在乡下总是个稳当的人，我请他们来商议地方大事，他们想着得些稳当的主意，没有不来的。你说，你舍不得家财，比你家财多十倍百倍的那很多，回头你跟着有家产的人学去就是了。"

丙元想着凤池的话很对，就放下了心，到李家祠堂里去，帮着李家人安排一切。到了太阳落山，果然地方上的绅士陆陆续续地都向李家祠堂里走来。大厅里放了七八张四方桌子，也就慢慢地坐过了一半。丙元随在人群中奉茶奉烟，也就把心事减去了大半，坐在旁边一张桌子角落里，正听着各位先生说到今天四乡骚扰的情形。甲说："怎么好？"乙说："看看再说吧。"丙又说："怎走得了呢？"都是一副没奈何的样子。在这里一个帮忙的庄稼人，走向身边轻轻地告诉，说门外有人相找。丙元心里一动，走出大门来，见老樟树的树下有两个人影子一闪，上前看时，却是邻甲的地保老刘。

他看到，先低声啊哟了一下，做个失惊的样子，接着道："什么时候了？你还大大方方地在这里随着绅士老爷开议哩？"丙元道："怎么样？你得了什么消息了吗？"老刘道："大兵来了，先抓我们地保，一升米也交不出，他们怎能放过我们？我家里老老小小都躲上山去了，我究竟还是舍不得把家业丢了，来打听打听你的消息。"丙元道："我听说长毛离县城只有十几里了，但是没有亲眼得见，也总不敢相信。"老刘一顿脚道："这就一点不错。刚才有人从余家井来，说是县城被围了。长毛的兵来得真快。"丙元道："听说他们有法术，有三千乌鸦兵打头阵，能飞到半空里去割人的头，所以他们自己叫天兵。"老刘道："有人从湖北回来，看到他们的先锋，叫什么杨脸青，他身高丈二，青面獠牙红头发，手里拿根狼牙棒，身带四十八把飞刀，骑着一头身长两只翅膀的老虎，能飞能跑。同他走的兵都会飞，哪里止三千？听说是十万零八百。这回来打潜山的就是他的天兵。你想，他来了，我们还有命吗？可是这些事，我们还只能背地里说，官家知道了，谣言惑众者斩。听说今天县东门挂了好几颗人头，都是为了造谣言的。"丙元道："我也听到说了，说是南京陆制台也把茅山上的什么道人请了下山来，这道人撒了一把豆子，都变成人，满天飞行，打听消息。我们在这里说话，说不定我们头上就有。"说着，抬头向樟树上望着，这樟树是百年以上之物，高入云霄，看到上面树叶子里颤巍巍的，好像有人。

丙元只觉周身汗下，心里乱跳。老刘也呆了半响，轻轻离开了树下。丙元追过去问道："你打算怎么样？"老刘道："我回去收拾收拾东西，立刻就走了。你能同李书呆子一样，在这里等长毛来开刀，恐怕也不行。一会子军队来了，先砍了你的头祭旗。"

储丙元抽了一口凉气，也不多谈，一直就回家去。远远地看到一个人打了灯笼迎向前来，丙元只疑心是陆制台的探子，正想向小路上走。那人走到近处，发了咳嗽，听去是自家长工，便问道："小五哪里去？"老五道："好了，没事了。刚才县里来了两名公差，说是上午传下来的话，要办军差，现在不必了，军队已经走别条路了。那公差不敢多耽搁，又到别甲去了。丢下七八张六言告示，叫你连夜贴起来。"说着，递过一卷纸来。丙元叫长工高举了灯笼，自己展了纸，在灯笼下看，正是王知县的六言告示，大意说是，贼兵还在湖北境内，省宪已经调大兵去剿办。省兵虽经过西南两乡，并不停留。而且军民平买平卖，秋毫无犯。至于东北乡，更非大兵经过之地，人民纷纷逃避，实系自扰。丙元一个字一个字在灯笼下摸索着看完。第一件事可以放下心来，就是不必马上筹办军差，更也不至于砍头。第二件，公差还带告示下乡了，县城被围的这些话，也并无其事。于是告诉长工，带了原告示回家去，等到二更天后，再送到李家祠堂来。回家去说，大家安心睡觉，一点没有事。长工交给他灯笼，他也不要，悄悄地回到祠堂里来。

这时各村绅士差不多都已来齐，连汪学正同曹金发这样的对头人也都相安无事，在大厅里坐着，静等开议。这里七八张桌子都有烛台，插了明晃晃的蜡烛，便是屋梁下面，一排垂着四盏宫灯也都点亮了。各桌上放了茶壶水烟袋，大家随便取用。绅士们交头接耳，都在说长毛。李凤池看看人来得齐了，手捧了一管水烟袋，坐在滴水檐一张桌子边，面朝了上，自然是先咳嗽了两声，接着从从容容道："今天惊动各位来到敝祠，说句不客气的话，真没有菜。虽是没有菜，可是这一餐饭倒很重要，说不定是我们的分别酒，也说不定是我们的团圆席。这话不用得我细说，大家心里都可以明白。便是今天四乡人民都在纷纷逃反了，传有之，我能往，寇亦能往，逃将焉往？所以光是逃是没有用的。兄弟有点小小的意思，愿说出来和大家商议一下子。我估计我们兴九兴十两甲，有两三千壮丁。果然，我们不逃，大家集合起来，就是很好的一支劲旅。而且我们这里，有个天险，就是天明寨那个山头。当年流寇作乱，相传那寨子守了一个年头，流寇总没有破得。假如我们将两甲画大半个圈子，把妇孺老小都送到天明寨山冲里去，壮丁就依旧住在各村子里。大小路口一律设卡子，派人轮流把守。万一长毛来了，他们不进我们的圈，我们也不去犯他们。如其不然，我们举火鸣锣为号，几千壮丁总也可以和他们拼个你死我活。我想我们潜山是个山野草县，长毛过境，无非十天半月就也完了。他们不过抢城抢县，这些小村庄他们哪有工夫来骚扰？侥天之幸，若是抵制得住，免得父母兄弟妻子离散。二来田园庐墓，也可以不至于损坏。就是抵制不住，大家死也死在一处。如其不然，我们逃难，不但不能多带东西，甚至于儿女都不能带了走。纵然逃出命去，将来回想着人生有什么趣味。"在他说话的当儿，只有水烟袋最忙，这个放下，那个拿去，没人作声。

他说到这里，那位早已来列座和凤池相距不远的朱子清已是面孔通红，嘴唇皮连动了几动，去望着他的姑爷汪学正。学正却是低了头，没有作声。凤池接着道："大家看，这些时候，家里有姑娘的，全是胡乱地向外送。那已经聘定人家的，那还情有可原，说是迟早要送到婆家去的。其中还有那不曾定得婆家的，只要人答应一声，就把女儿送给人家，至于人怎样，全所不问，为了是丢开一个累，做父母的好跑。这样的做法，和将子女丢到强盗窝里去有什么分别？所以我的意思，与其大家这样忍痛分离，不如忍痛死在一处。这不过说的是一个大纲，自然算不得定论，若是各位对于我这样的说法是可以赞成的了，我们才跟着向后谈。"朱子清突然地在人群里站了起来，抓起头上的折檐红心平顶帽子，卜的一声，向桌上按着，更举起那只青袍大袖子，叫道："凤老之言是也。而凤老所谈，还不过利害二端而已。论到婚嫁大礼，虽然也不妨从权，但是自己要逃反了，将女儿送往婆家，对人有以邻为壑之心。在己也失了如保赤子之意，非忠也，非恕也，而亦非慈也。我认为是断断乎不可。"

学正老远地看到丈人翁抖上这一篇文言，只偷看了两眼，捡起桌上的蒿草绳子香，捧了竹兜子水烟袋，悄悄地抽烟。可是到这大厅里来议事的人对于朱子清的话，都有些莫名其妙，大家翻了眼望着他。凤池道："朱子老请坐。我们说到胡乱嫁娶这层，这样还不过是现在许多事里的一种。只要我们大家镇静下来，集合壮丁，编起了团防，地方上平安了，这样的事当然不会再有。今天到场的各位老爹，觉我的话怎样？"有几个胆大的就都跟了凤池的话转，以为这就很好，免得逃走的时候，带了这样舍不得那样。有些不愿逃的，更巴不得这样办。理由是并无什么祥瑞，不像有真命天子出来。所以在凤池提议之后，立刻议论纷纷，都愿附骥尾。

大家在恭维凤池的话，凤池可偷眼去看大家的形状，觉得这里面，还有好些个人怀着那勉强的心态，便大声道："我还有几句话，要向大家说，大家更可以安心了。譬如说，大家先是疑心大兵要过境，我就想到这件事很怪。若说兵由县向东走，由潜山调兵到桐城去吗？岂不是和贼兵做开路先锋，绝无此理，若说由东向西走，救兵如救火，省城调兵到湖北边界去，连走潜山城都不算抄近路，更没有绕大半个圈子走桐城上潜山之理。若说由舒城调来的兵，舒城无兵。所以事先我就料到是一种讹传。天也早黑了，兵并没有来，也没有前站来打招呼，十有九停靠不住了，白天那样大家乱跑，岂非庸人自扰？"在他身边的赵二老爹将旱烟袋在空中连连画了几个圈道："诚哉斯言也，今余茅塞顿开矣。"凤池道："储丙元地保也在这里，我们可以叫他出来问问。"丙元这就挺身而出，站在大家当面，正了颜色道："各位老爹放心，大兵是决计不会来的。若有大兵来了，砍了我的头做尿壶。长毛就是要来，也早之又早，我们可以放下心来，太太平平过这个年。"

大家想不到他也说出这样的硬话，自然把眼光看到他脸上去。曹金发口衔了长旱烟袋，拖出烟袋嘴，向他指点着道："咦，想不到你也有这胆子。你得了县里来的什么消息吗？"丙元道："我自下午起，就到凤老爹家里来，没有离开这里一步，哪里有什么消息？不过我总想着，这里不是要地，不应该有长毛来。没有长毛来，大兵也就不会来了。不像凤老爹说得出那么些个道理。"大家听说，也都诧异。何以军队说来竟是没有了消息。正议论着，丙元家里的长工可就把那一卷六言告示送了来了。丙元接着告示，在外面和长工说了几句话，然后拍手叫了进来道："我说怎么样？军队不来了。现在县里有告示送来，大家请看。"他说着，将一张告示挂在墙间两个长钉子上，自己高举了一支蜡烛，在告示边站着，叫道："大家请看吧。"大家看时，果然是说得太平无事，长毛还在湖北。可是上午为什么传谕下来，说是有大兵过境，这告示上却是一字没提？当看告示时，虽然有几个近视眼和不大认得字的，好在当年文人习惯，无论眼看什么，口里都得念出来，念告示的人声音不曾停，大厅里面早是笑声大起。曹金发手里提了根旱烟袋，斜了身子，站在人群中，冷笑着喷出两口淡烟来道："我就料定了这王大老爷做事不行，遇事慌里慌张，怎么办得好？白天还没有的确的信，为什么就惊动四乡叫人办兵差？这知县若是让我做，我总要和前站的人见了面再定规。能够说得不必百姓办差那是更好。百姓逃难这件事最要不得，容易摇动军心。"

朱子清进得这祠堂来，就不曾和他打过招呼。现在他说这话，朱子清满脸带了淡笑，见汪学正站在面前，便对他道："你家里少男人，你早回去，谨谨慎慎过日子好了，不必多话，世上能坐而言者，未必能起而行。"曹金发红着面皮，瞪了他一眼。李凤池立刻走过来，向他拱手道："金老，你是个武孝廉，论到上马杀贼，这是你的事了。我们办乡勇的这件事，望你多多出力。"曹金发挺起腰来，昂着头道："若是带两三千人冲锋打阵，我决不含糊。"李凤池道："这件事很大，也不能让哪一个人来担这重大的担子。我想，也照着往常我们两甲办公事一样，大家推出几个首事来。人少了，办不动；人多了，事权不归一。暂定每甲首事五个人，我这甲，金老自然是一个。"曹金发约略将眼睛闭了一闭，便道："这自然是义不容辞，吃了饭，我们再商量。"

这时，那张告示成了大家的安神符，议论了半天，也都觉得有些饿了。曹金发说是吃了饭再说，这倒是愿意。立刻烛火之下，纷纷地向桌上送着酒菜，乃是每桌两大盘肉、两大盘青菜煮豆腐，又一盘萝卜、一盘粉丝。在高蜡烛台下，各放上一大瓦壶酒。这其间只有汪学正不在乎吃喝，自己年轻，便是推首事，也推不到自己身上来。看看大家人心已定，也用不着自己在这里，趁了大家忙乱着吃饭，悄悄地溜出祠堂来。到了大门口，黑暗中伸出一只手拖住衣襟，叫道："老四为什么偷跑？"学正道："立青，你总是这样冒失。在我这样魂不守舍的时候，实在受不住吓。"立青将他拉在星光下站着，低声道："老四，我看你有些不安好心。现在两甲办乡勇，我们学了六七年本事，自然是个头儿，正是我们显本领的日子，你为什么懒懒的样子？看你的神气，莫非打算投长毛，去做开国元勋？"学正道："兄弟，你怎么说这话，骇我一身冷汗。你不知道这祠堂里有我仇人在座吗？我父亲还在牢里，我怎样高兴得起来？我老母昼夜啼哭，我在外面不敢久住，所以我要偷了回去。"立青道："今晚上推过了首事之后，就要开首编起乡勇来。第一下，自然是点出二三十个懂把式的来当头目，你总可以当一个。"学正道："兄弟，你好糊涂，编起乡勇来，也就和军队差不多了。军有军法，当了头目，更要守法。首事呢，就是统军将帅。我那仇人做了首事，我在他手下当头目，你看险不险？你总也听过鼓儿词，这样的事很多吧？"

立青被他提醒，作声不得。两人正悄悄地立着。学正向自己家门口望去，只见树林子下四五盏灯火上下飞舞，而狗声也叫成一片。学正道："了不得，我家有好些人去，不知道是不是县里公差，我要回去看看了。"他说着就走。立青料着他家有事，却也不好留得。可是汪家发生的，是出人意料以外的事呢。

第十三章

百忙中灯下看新娘

汪学正在这个时候，总也算是个惊弓之鸟，遥遥望到家门口，灯火飞跃，人声大起，他心里也是随着那火星乱跳，向着家门直奔了去。及至到了家门口，却是灯火均无，声音也全息了。若不是地上有一小截碎火把，在石头下发出那星星微光，倒真要疑心自己刚才是做的一个梦。拍着门时，里面却是生人相问。学正叫道："里面是哪个开门，我是老四回来了。"里面的人哦了一声，将门开着。他手举着一个灯笼，学正并不认识。但是同时看到上面堂屋里点了灯，而且有四五个粗人在那里，天井里却放了一乘软篮（潜山的特产，以篾编之，状如一篮，长六尺，宽尺六七寸，深如之，中置被褥，人卧坐其中，以两杠抬之走），墙上挂着两盏亮灯笼，蜡烛兀自未灭。软篮上还搭了一块大红毡条，看到这些，胸中就不免一动。走上了堂屋，其中有个朱老二，自己是认得，乃岳父的远房侄子。他迎上前来抱拳笑道："四哥，恭喜恭喜。"学正道："舍下闹成这样一副情形，请问喜从何来？"王三老爹在人丛中伸出头来，笑道："四先生，朱府上送姑娘来了。"学正呆呆地站着，望了他们道："你们这话从何说起？"王三老爹手拈了胡子梢，点头道："是真的，是真的，并不闹着玩。"学正道："这真奇了，刚才在李家祠堂里就是和朱子老在一处。他对于这件事是一个字也没有提起，这又是什么缘故呢？"王三老笑道："我下午不是到府上来说过吗？这件事本来就瞒着朱子老爹。人本是汪家的人，送到汪府上来了，子老还能要了回去不成？"学正跌脚道："下午我就说了，这事做不得。但要是子老做主，把姑娘送了来呢，那我们也没有话说。不想丢下这样一句活动的话，你们真送来了。刚才子老在李家祠堂里，还说了一篇大道理，说是这样抢着娶亲嫁女，事情不妥。我心里正在欢喜，不会有什么变动，不想人就送来了。家母这几天正有心事，哪有心管这些？这怎生是好？"他也顾不得堂屋里这些人了，口里说着，人想向后面跑。

看见厨房里亮着灯火，母亲在和小伙计说话，似乎母亲在烧茶给众人喝，径直就向厨房跑了去。口里叫道："妈呀，朱家这件事做得荒唐呀。他们……"说着话，一脚跨进厨房门，把口里所要说的话给顶撞回去了。这就因为厨房中间的矮桌子边，坐了一个穿红袄子的姑娘，手扶了桌子，斜背了厨房门，当人走进来的时候，她更是将身子扭了一扭，将背正对了人。虽是看不到她的脸色，但是在她紧低了头的那状态中，看到她衣领上露出一大截雪白的颈脖子，脖子上丛生着那短而又细的头发，正是一种处女的状态。这个人并非左邻右舍素有，便可知道这是朱家送来的姑娘了。于是一脚在门里，一脚在门外，呆了动不得。余氏由灶门口站了起来，先向他看了一看，才道："这也不是哪一家这样做，有姑娘的人家，在这几天不是都送出门去的吗？不过我家里吃了官司，不能和别家打比，所以我高兴不起来。"学正听了母亲这些话，明知她是敷衍刚进门来这个儿媳妇的，似乎母亲对这儿媳妇还不十分讨厌。便慢慢地走到屋子里来，这又发现了灯光背影里，桌子边还坐着一个妇人，乃是屋子外院的孀居伯母刘氏。她扶了桌沿，站将起来，笑道："老四，你好福气，你看这新娘子，头是头，脚是脚，白脸子，乌眼珠，真是个聪明伶俐的样子，同你真是一对儿。不过就是家里有了官司在身，要不，趁了这大年下，和你两口子圆了房，大家吃个团圆饭，多么是好。"

余氏听了这话，脸色就是一变，两行眼泪快要挤到眼睛角上来。学正便迎上前，赔笑道："大娘是好话，你要伤心，倒叫人家难为情了。"余氏掀起一只围襟角，揉擦了几下眼睛，便道："儿媳妇进门，总是喜事我也不说什么了。这里已经把茶烧好了，你提了出去，陪着送亲的人谈谈吧。"小伙计在一旁插嘴道："他们那些人都说要赶了回去哩。他们说：明天长毛不到，后天长毛一定会到，他们都要五更天上山去了。就是我们家里还是这样不慌不忙。"说着，就噘了嘴。学正想对这小伙计大大喝骂一阵，一看到那穿红袄子的姑娘，心里这就想着，人家是初进门的人，还摸不着我是怎样一种脾气。若是大叫大喝，倒叫她先吓一跳，以为我的脾气粗暴。因之胸脯挺上一挺，张了大嘴，待有话说出来，却又立刻平和下去，微笑道："我们是不逃反的。你若是怕死，你明天只管拿起你的铺盖卷，趁早回家去。"说着，提了茶壶，自向堂屋里去陪客。小伙计拿着烟袋茶杯也去了。

刘氏这就对余氏道："你看，左右邻居都抢着搬走了，只剩了我一家。要不然，这样好的新娘子进门，哪有不大家围着来看的？师娘，你和他们预备得有房间吗？"余氏道："哪里预备得有呀？下午那个王三老爹来说了一回，我说，孩子的爹还在班房里呢，我们家里并不是办喜事的时候。再说，学正这孩头和他爹的脾气一样，就是要强得厉害。这一回对曹家那样和软，说怎样就怎样，我是想不到的。他说了，长毛杀到家门口来了，他也不走的。原来我们家一老一少，这倒不要紧，现在有个青年妇女，叫我也不知怎样好。"刘氏道："听说李凤老爹也要在乡下招兵买马，他自己挂帅，等长毛来了，和他对打。四哥不也是到李家祠堂里商量这事去了的吗？"余氏道："大娘，你倒懂得许多，我哪里摸得清？我们房里去坐吧。"刘氏道："我回去了，我是个单身人，不便送新娘子进房。"余氏道："唉，大家都在难日里，哪里还说这些。而且也说不上什么新房，先带这孩子同我睡几晚。这喜事究竟应当怎样地办，等他爹回家来再作商量。"说着，她提了竹架子灯在手，就要向厨房外走。刘氏于是伸手扶着新娘子道："妹，你起来，同你娘进房去吧。这好的孩子，就是两个灯笼，随便把人抬了来，真有些委屈了人家。"新娘子被她扶着，本是站了起来，听了这话之后，立刻把头低了下去，似乎有点动心。

余氏回转身，向她招了两招手道："你跟着我来吧。做姑娘的人，总是要到婆婆家去的。我们家人口少，大家时时刻刻都要见面的，也用不着害臊。"新娘子不敢作声，不过是站定了脚，脸色正了一正，那意思，便是表示着遵命听说。可是就在这个当儿，学正由外面二次进厨房来，对于新娘子的脸，看了一个正着。学正定了这头亲事，才不过半年多，暗地里打听，虽都说朱家姑娘不错，但是人家说的话，那总是靠不住的。所以每次到岳家去，前前后后，常是留心去偷看。无如朱家的门风很紧，一点形迹看不到，所以在自己心里总是悬着一个疑问。这时见她面如满月，点漆似的黑眼珠，果然丰秀可爱。当她猛然看到学正的时候，也是一怔，后来明白这是丈夫，立刻把头低了下去，身子向后一缩。学正也就退了一步。余氏道："你不到外面陪客，又跑进来做什么？"学正道："他们全都走了，说是这就是天大人情，才把人送了来。他们哪里有工夫望外面跑，都在家里预备逃命呢。"余氏道："你也跟到我房里来，有事我们大家商量。这样一来，我们家又多一只软脚蟹子了。"

新娘子慢慢地向后退着，这时可就退着藏到刘氏后身去。余氏回头看了一看，这就向学正道："你向后站一站，等我们进了房，你再来。"学正一看母亲那样子，显然是代了新娘子说话，自己是落得遵从母命。因之他身子向后退了两步，向母亲微微笑着。余氏回头说了个"来"字，提灯在前面走路，将新娘子引进自家屋里去了。学正在屋檐下出了一会子神，接着发出不自然的两声咳嗽，这就到了母亲屋里来。母亲和刘氏大娘坐在春凳上，新娘子可是坐在床沿上帐门子里，将帐子遮掩了上半截身子。学正走进来了，她更将身子向帐子里掩藏一些。余氏道："你看，现在又给添上一个挂脚锤了。我并不是说人家不该来，既是我们家的人，迟早总是要来的。但不知媳妇来以后，你还有别的打算没有？"学正见桌子下有个小方凳子，捞过来，塞在屁股底下便坐着。又看到桌子横档上，正挂了父亲常用的那根旱烟袋，顺手摸着，正想拿了向嘴里送。可是立刻想到这旱烟袋母亲见不得的，又放下了。于是笑道："你老看我慌张过了吗？"说着，将腿架起来，用手捶着腿。余氏道："我原是这样想呀。人家都预备起五更头逃跑，你还是这样没事一样。"学正道："我们慌也没用。第一是爹还在吃官司，我不能丢了他逃跑。第二，哼，我还有一件大事要办一办。"说着放下腿来，两手环抱在胸前。余氏道："你还有什么大事，无非是救你爹出来。"学正道："那自然是一件要紧的事，不过我说的这件事，总要等爹出来了再办，现在也不必去说它。横竖我是不打算走，多个人，少个人，那都不要紧。"

刘氏手扶了春凳，将身子伸着向前一些对学正看了，将那满脸的皱纹都笑得平直了，才道："是啊，我也听到说了，李凤老爹要在乡下招兵买马，挂起帅来，你也去当一个前站先锋吗？"学正笑道："大娘，在哪里找这一套鼓儿词来了，你可不要接上来个临阵招亲。"说到这里，只见新娘子在帐门下的身子闪了两闪，全身都有些微微地颤动，似乎她乐由心起，很是忍笑不住呢。余氏道："真的，李凤老爹今天晚上在祠堂里开议是闹些什么？"学正道："人家是正正经经地办事，怎么给他加个闹字？他要把我们两甲的人都聚拢到一处，兴办团练。有团练的地方，就不许长毛来。"刘氏道："团练有这样厉害吗？是木头做的呢，还是铁打的呢？是多大一个东西？"学正道："并不是个东西。就是要我们两甲人自十五六岁以上、四十三四岁以下的，都像当兵的一样出来当练勇。办成了，自然有人带这些练勇编成队伍，长毛来了，就和他们对打，不让他们过来。"刘氏道："谁做护国军师呢？没有军师，就没有法术，那还能够打得赢长毛呀？"学正道："李凤老的意思，也不想打赢长毛，不过要堵住长毛，让他们不得过来。他们不过是逢州占州、逢县占县，乡下村庄，他们本也不在意。有了团练，大概他们就不过来了。"刘氏道："若是他们一定要过来呢？"学正道："那还用问吗？自然是打了起来。他们人少呢，也许可以把他们打跑的。"刘氏道："若是他们人多呢？"余氏道："啊哟，我的老嫂子，那还用得着问吗？你也太想不开了。"说到这地方，那新娘子的身体又颤动了一阵。刘氏笑道："果然的，我这人也太爱问，连新娘都好笑呢。"学正道："我们还是说正经的吧。妈，我是决定了不走。若是你害怕，你可以到天明寨山脚下储家街大姑家里去躲一躲。我自在家里等着爹回来。外面风声闹得这样厉害，我也不敢说一定无事。到了有事的时候，女人鞋尖脚小，跑就来不及，不如先躲开为妙。"余氏道："我们一家，统共几口人啊？你爹在班房里，现在我又要躲开你。"说着，眼圈儿就红了起来。学正道："你不走也不行呀。今天李家祠堂开议，大家的意思都差不多，凡是妇女老小一齐都上山，免了出来当练勇的人还挂念家里妻儿老小。"余氏道："我去，这新娘子也跟了我去吗？"学正道："那是自然。"余氏道："你刚才也说过了，女人家鞋尖脚小，自身难保，你怎么还交一个累给我呢？"学正道："现在到山上去，从从容容地走，好像做客，你带了她……去。"学正初说出这个"她"

字来，到底有些不顺口，忽然把声音放低，以至于吐不出来。

床上坐的新娘子并不像先前藏得那样严密，帐门差不多没有盖了身体，只是她的脸还没露出，两手抚弄着帐门上的带子，身体微微垂了下去。学正的话本来还没有完，那个"她"字，不能尽量地说出来，于是以下的话也都说不出。余氏道："你知道吗？人家把姑娘送了来，为了是让她逃命，你让她跟了我去，不管她，朱府上将来是要说话的。"学正手抱在胸前，将鞋底打着地，望了望脚尖慢慢地道："那是没有法子啊。到了那要紧的时候，我是不定干些什么。你老上山去了，丢一个青年妇女在家里，那更不妥了。"余氏道："我当然不走，要死，大家死在一处。"新娘子将帐门一掀，整个身子都露出来了。虽然油灯下不怎光亮，可是她那脸腮上涌出两大块红晕，是看得很清楚的。她手扶了床栏杆，站在床踏板上，将脸朝着余氏，垂下了眼皮子。余氏看她那样子，就知道她有话说，也就对她注视着。她低声道："妈啊，我是不能自主。本来公爹还在吃官司，我是不该来再拖累你老。只是已经来了，只求你老原谅。说到逃反，我总跟了你老走，绝不会连累你老。若是到了那万不得已的时候，有水我跳水，没水，我也能随时找块石头碰死来。若是离开你老，这个罪名我担不起啊。不过你老的话，要活在一处，死也死在一处，这倒是我心眼里的话。要不，我们娘儿俩跑上山去，逃出命来，又有什么意思？我年轻，说出来的话，也不知道对不对。依我想，现在应当想法把公爹救出来是第一步。公爹出来了，一家先团圆一下，以后怎么样，请他老人家拿出三分主意来，无论走不走，大家心里都是落实的。"她说完了，还站了一站，才坐下，这就不藏到帐门子里去了。

刘氏不等这里娘儿俩开口，她先站起来，将手一拍道："四哥，我说怎么样？真是个聪明透顶的人呀。这样四平八稳的话，漫说你这样年轻的小伙子，我听了也是十分动心哦。余师娘，你好福气，晚年有这样一个好媳妇，什么都有个商量了。"余氏点点头道："这些话呢，自然也是很对。不过家家都把年轻妇女送走，她不躲开，也是不好。这只好由她丈夫去做主了。"新娘子坐在床沿上，是低了头的，听到这话，抬起眼皮，向学正溜了一眼。恰好学正也是在这个时候，要去察看她的情形，这倒让两个人眼光对照了一眼，她立刻把头低了下去。学正觉得她那份腼腆劲，却是比平常的妇女对人娇笑媚态还要有趣得多。也不解是何缘故，自己的脸上同时也就热气上冲，火红了两腮。余氏道："你要说什么，怎么又不说了？"学正本是坐在那里发呆，被母亲这一句话提醒，这才道："只要大家不怕，我就让妈和她……"那个"她"字，非常之小，小得像蚊子哼一般，连自己都有些听不清楚。但是他依然继续地向下说，放大了声音道："在家里住着也不要紧。这就是那话，大家死也死在一处。"他这句话，说得那庄重了颜色的新娘子，脸上又泛出一些笑容，那颈脖子也就格外地向怀里垂了下去了。余氏道："一个人都是事到头来不自由。我平常看到人打架，都吓得心口乱跳，早早地就溜开了。现在看到地方上这样乱哄哄的，好像要天翻地覆一样，哪个不说是劫数到了。但是我不怕，这就是那话，拼了一身剐，皇帝拉下马，我预备了死了，还在乎什么？"说着，微微地拍了两下手。学正道："你老人家既是有了胆子了，我索性就壮你老一下胆子，在十天半个月之内，我敢作保，长毛绝不会来。等人心稍微定些了，天一天二的，我还是要到县城里看爹爹去。"余氏道："是呀，我们已经花了几百两银子，也该把你爹放出来了。你不是说有话要和你岳丈说吗？你在李家祠堂里没有见着他吗？"学正睐了新娘子一下，然后答道："我找他老人家，是说我爹的事。不过祠堂里人多，这话没有法子说下去。改日再说吧。"

新娘子听到他说到见了自己父亲，立刻把话分辨清楚，意思是并不为了拦阻新娘进门，因之在脸上带着笑容，又连向学正偷看了两眼。学正本觉话已说完，待要起身。可是身子微微昂起以后，他又坐了下来。余氏望了他道："现在你也可以安歇去了，有话明天再说吧。"学正站起来，伸了一个懒腰。那新娘子似乎觉得丈夫要走，自己坐着不动，有些欠礼，因之手扶了床栏，身子向上微微伸起。但是她立刻感到，自己是初进门的媳妇，和丈夫还没有交过言呢，倒是这样的客气，于是身体刚刚伸起不到两寸，却又坐了下去。她索性是站起来了，却也无甚要紧，唯其是刚刚伸起，立刻坐下去，显着她有什么顾忌似的。连那位眼睛不大便利的刘大娘也看到了，笑道："是啊，新娘子是书香人家出来的姑娘，很是通达情理的。丈夫站着，做妻子的人，不应该端端正正地坐着。"新娘子只好把身子一闪，闪到帐门子里去，把头极力地向下低，低着藏到怀里去。余氏道："学正，你可以去睡了。"学正将小方凳子塞到桌子底下去，手扶了桌沿，向妈望着，向新娘子望着，还向刘大娘微笑道："大娘，你在我这里多坐一会子，我少陪了。"见那新娘子依然深藏在帐门子里，这才缓缓地踱出了房门去了。这几天以来，心里是又难受，又生气，一刻不曾痛快。这时说不出来是一样什么趣味，只觉是这一颗心没有一个安顿得住的地方。

他出得房来，本应该向后面转，走到自己的卧室里去。却不解只管走向前面，走遍了前面一进房子不算，更穿过了天井，直到大门口去。大门是送客出来的时候，已经扛顶上了，现在不能再走。停住了脚，自己暗问着自己，我还打算到哪里去？这就醒悟过来了，并不要到哪里去，原是打算进房去睡觉的。所幸并没有人知道，摸摸门闩门杠，一切都很严密，这就掉转身，向家里走去。经过了母亲的房，余氏道："学正，你还在外面走着，没有进房去吗？"学正道："我房里没有灯，又摸不着火种。"余氏道："我听到你的脚步，由外面走进来的。"学正道："我仿佛着大门没有关得紧，我又到外面去看了一看。"刘氏道："四哥，你送我回去吧。你娘现在有人做伴，用不着我了。"学正道："不，你老不是喜欢……不是喜欢谈天吗？在这里再谈谈吧。"刘氏道："真的，我真喜欢你的新娘子，我就再谈谈吧。"学正也不想再说什么，举步自向卧室里走去。余氏道："你不是要打火石吗？"他答道："不要，我身上揣着呢。"说着话，摸索了走进房去。伸手到怀里去摸摸，其实也并没有打火石。依着自己的意思，是很想吸两袋旱烟，可是再要向母亲屋里去讨火种，又嫌着不像话，只好丢开这事，摸到床上去睡了。到了床上以后，自己是感觉到精神非常之好，怎样也睡不着。糊里糊涂的，竟是大忙了一夜，时而在杀长毛，时而在和曹金发打架，时而又在和新娘子谈天。睁开眼来，天已大亮了。听到厨房里有了响动，必是母亲已经起来，披衣下床，就拿了盆向厨房里舀洗脸水去。这一去，却又让他加上了一层踌躇，他竟是未曾预料到的哩。

第十四章

颇觉愉快的一个早晨

在七八十年前，男女之防，那是很严的。便是各人的配偶，也还有八个字来限制他，乃是"上床夫妻，下床君子"。当朱子清的姑娘送到了汪家一夜，她的丈夫汪学正还不曾和她交过一言。仅仅是心里想着，一个绅士的大女儿这样出嫁，是很委屈的。这也只有心照不宣，因为连上床的夫妻还没有做到，自然是在床下的君子，更要做得像些。

他料着新娘子见了生人总有些拘束，一早就出门去暂避开她，好让她先和母亲混得熟识些。于是趁了天色初亮，端了一只脸盆就到厨房里去舀洗脸水。不想走到厨房里去，劈头就碰到了昨天已经过门还没有同房的娇妻。这真让学正愣住了，若要向前，自己却显着有点不好意思。若要退后，这又是一个二人初次说话的机会。但是这新娘子却比他大方得多，看到丈夫来了，仅是向后退了一步，将头微低着。虽然是把头低着，而她的眼睛还是抬着眼皮看人呢。这样早晨，她的头发还是梳得那般溜光，想必是她在天不亮的时候就起来梳头了。她在那红布棉袄外又系上了一条青布厨襟，也就显出她下了决心来厨房做事，不把自己当个新娘子。学正心里受了一点感动，这倒不好意思不说两句好话了。因正色道："你何必今天就到厨房里来哩？将来你府上知道了，岂不说我家做得有些过分？"

新娘子虽然还是不敢向学正正眼儿看着，可也不是以前那般低头到怀里去了。她答道："现在这样离乱年头，本来就讲不到许多规矩。何况我家又在遭难的时候，更不能不大家吃苦。"学正点点头道："这样看来，你倒是个贤惠人。只是我昨晚上在李家祠堂里遇到了令尊，他老人家还是满口说婚姻大事，这样小接小送，不成体统。你冒夜到我家来，他老人家回去了，知道这事，怎么肯答应？"新娘子道："这是你要原谅我的，我自己一点也做不得主。就是我爹回去知道了，我想事情已经做了，他也没有法子。好在我迟早也总是汪家的人。"

她说到这里，忽然一阵不好意思，红着脸低头一笑。学正道："你的话很有理。昨天晚上，我一见你，就知道你是个懂事的人，这样就好。你不知道，以前我到你府上去，我总是想偷偷地看你一回。无奈你藏躲得很紧，我总没有法子见着你。其实你迟早是要见着我的，何必躲开？现在你不就也见着我了吗?"新娘子红了脸道:"母亲起来了,我要去了。"她说着,侧了身子由学正身边抢了过去。学正究竟也不便伸手来扯住她,便呆呆地站在厨房门口出了一会神。最后就微笑着,连点了两点头。虽然在这样大难临头的日子,然而得着这样一个贤妻,是让人很痛快的事。也就可以知道,夫妻的恩爱也并不要在洞房花烛夜以后才有的。

他站在厨房门口,正是这样出神,却听到大门外咚咚有人拍着响。在这时候,风吹草动,心里都是不安的,这就立刻跑了去开门。门还不曾开得,就听到李立青在门外叫着道:"是老四吗?我来给你道喜来了。"学正道:"你的耳朵真长,但是我在这样家里闹冤枉官司的时候,哪里喜得起来?"说着将门打开,倒吃了一惊。立青站在门洞里,后面跟了一群小伙子,约莫有二三十人,都一律短装,腰里系了板带,手上各拿了刀棒短棍。立青头上扎了个青布包头,身上只穿了一件紧身青布袄,紧紧地束一根黄泥布板带,大脚裤子下,套了一双快底靴子,手上拿了一柄明晃晃的单刀。学正瞪了眼问道:"你这是怎么了?立青,打算找谁打架?"立青笑道:"不打架,特意来找你。"学正看看跟来的人,都是些二十上下的人,有的还跟着立青学过几趟把式的。其中有个小矮个子,是李凤池店里的小伙计,本叫李矮虎,凤池给他改了个名字叫鹏举,意思是让他顾名思义,好发达起来。可是人家依然叫他矮虎,以为这样才和他本人相称。他会跑,又天生一股大力,能挑两担稻子,比挑一担稻子的还走得快些。立青学了浑身的武艺,有时也闹他不过。因之有事出来,必定带了他做助手。因之学正央告着道:"兄弟,你不要和我闹着玩,我实在没有一点心事。有什么改日奉陪。"

李矮虎抢上前,笑道:"四先生为什么这样怕事?现在正是我们出头之日,今日不干,等到哪年?我们把所有的事都议好了。你还不来?"学正拱拱手道:"你说的我一点也不懂。立青,怎么回事?"立青用手搓搓脸,笑道:"哦,是了,昨晚你离开李家祠堂早,没有知道。我们这里现在一定办团练了。大家公派你我两个当团练的教师,你看,这个风声一传出去,这些小伙子高兴得了不得,都跟着来了。"学正道:"哦,原来如此。这件事好是好,只是我们太年轻了,恐怕当不得人家的师傅。"立青道:"我也是这样说。可是各位绅士老爹,他们都说那不要紧。因为这并不是平常练把式,分个什么师傅徒弟。这好像军营里一样,我们当个头目,领了团勇操练。再说,我们自己也不拿主意,凡事都有首事做主。昨晚议定了,首事少了,办不动来,首事多了,又怕人多手杂,更不好办。两甲共总推出了十个首事,一甲五个人。他们把这件事看得很重,议到天亮也没有散,连编团练的总纲也议出来了,几天之内就要动手。所以我也没有睡觉,半夜里就把在祠里听消息的人邀在一处，有二十来人，商量我们怎样练把式的事。到了天亮，又加上了几个人，这就更热闹了。"

立青站着大门外空地上，说了个牵连不断，十分高兴。学正慢慢地走了出来，身子蹲下去，坐在大门楼下的石阶上，脸上带了微笑。立青将手上的单刀向枯草地里倒插了下去，两手叉了腰，向他望着道："怎么了？四哥，你这样懒懒的神气，你不打算干吗？"学正仰了脸道："兄弟，不是我不干，我父亲在班房里没有放出来，我什么也没有心做事的。何况操团练这事，说重一点，还算替朝廷出力呢。"立青向四周看看，因道："这里都不是外人，你是不是为了这首事里面有个曹金老爹，你怕干不下去。"学正用脚尖拨了两拨面前的浮土，慢慢地答道："也不光为这个，而且我也不知道首事里面有些什么人。"立青也不由得矮下兴致来，摇摇头道："照说呢，你心里很难受。但是这不是你和曹家两家的事，你不该不来。老实说，我们这两甲，练把式的人也不少，只是真拿得出来的，不过你我两个人。你若是不干，我先就扫兴一大半。"说着，也挨了学正坐下。跟来的这些小伙子们，将他两人围了大半个圈子。学正这就站起来，抱了拳头，向大家转了圈子拱着，因道："这是公事，只要是甲下派下来的，我汪老四怎好推辞？只是在这几天内，我是要天天上县去，看看我那班房里的父亲，实在没有工夫管公家的事。只要我父亲早上出来了，到下午，我这条身子就是我两甲公家的。汪老四脾气不大好，是真的，做事并不含糊。"说着，伸了大巴掌，在胸前啪地打了一下。立青站起笑道："老四的话又硬又软，但是大致倒是说得过去。这样大的事，我也不能替了公家来邀你，只好将来再说吧。"李矮虎跳起来道："无论怎么样，也要汪四先生来一个的。没有他，就不热闹了。"学正道："各位先请到家里去喝杯茶，好事从缓。"这其间，有几个年纪大些的小伙子，就看到学正紧蹙了眉头，脸上很带着一份为难的样子，这就推说不进去，还要找个地方议事去呢。

立青也就看出大家的意思，就站起在草地里拔出刀来，向学正笑道："我的意思，今天早上大家就练练，看是什么家伙趁手。你若有工夫，到我家门口稻场上凑个热闹去。"学正点头道："好的，说不定我回头就来。"这些小伙子们呼啸一声，拥着走了。学正站在大门口，目送他们走去，摇了两摇头，然后向家里走来。余氏却已由屋子里迎了出来问道："真吓我一跳，刚才大门外怎么来这些人？"学正道："这都是年轻的人好事，听一个风就是雨。他们昨晚半夜听到说乡下要操团练，今日天不亮就操起来了，各人手上拿了家伙，真像那么回事。他们说，本甲的首事，要我当团练里一个教师。所以李老三一早就来邀我。但是我哪有心干这事？大丈夫做事，公私要分明，恩怨也要分明。我们到现在，只有做一日和尚撞一日钟。"余氏道："现在乡下操起团练来，那就是以前你所说的，大家不搬了。"学正道："照着昨晚上李家祠堂里议事的情形看起来，大概这两甲人可以沉静一下子。至于别甲的人，那就难说了。反正我们家是决定下来了，一定守着的，那也就不必问别人情形怎样了。"余氏道："并不是我还怕些什么。我想着，若是地面上平静一点，你该到县里看看你爹去了。"学正道："就是地面上不平静，我也要到县里去的，终不成我们花了三百两银子，连好话也得不着人家说一声。我吃了就上县去，现在家里多一个人做伴了，你老只管安心，在家里等消息。好在我们都看破了的，人生一百年，也免不了一个死，有什么了不得的事情逼来了，我们可以用个死字来抵住它。大难不逼了来，我们就乐得走一步算一步。"

余氏叹了一口气，点了头道："事到于今，那也只好这样做。这朱家孩子倒是贤惠，一早起来就下厨房做事。我实在也没心做事，昨天晚上做饭，米倒下锅去，没有放水，在灶下烧火，把你一双旧鞋也用火钳夹到灶口里去了。"学正道："本来我们家也短少着这样一个人，她来了，这倒也合适。"说到这里，正好新娘子泡了小小一瓦壶茶，向婆母房里送来。听到丈夫这样的夸奖，心里很是高兴，这就低了头吟吟一笑。然而她见婆母也在这里，立刻将脸子板着，贴了屋子的墙，进门去了。余氏道："朱伢，你来，我和你说两句话。"新娘子答应了"是"，走过来了。余氏道："我们家，本来人口少，现时又在大乱的时候，不像平常，你两口子照应里外的事，少不得总要在一处的。以后都大方些，不必这样藏藏躲躲。就是当了人彼此过言，也不要紧。比方没有我就剩你两口子，还不过活吗？你到厨房里去做饭吧，让你丈夫吃了，好到县里去。"

新娘子抬了眼皮，看了丈夫一下，到厨房里做饭去了。学正在家里没有闹官司以前，每到晚上就在枕上玩味着新婚的滋味。及至祸事发生了，每晚睡在枕上，便是那曹家父子的模样，在心坎里留下一个影子。及至到了昨晚，这心事就乱了，一时想仇人，一时又想到新娘。这时只经过新娘几度眼光的笼罩，精神又是有些恍惚起来。新娘进厨房去，他也陪着母亲到厨房里去。因为乡下人家，组织简单，往往吃饭的场合就在厨房里，尤其是冬天，不吃饭也在厨房里坐着，为的是这里比别地方要暖和一些。所以在这寒冷的早晨，余氏母子顺了平常的习惯，一同走到了厨房里面来，坐在小桌子上闲谈。新娘子真不害臊了，将刚才送进去的一瓦壶茶重新提了出来，而且还带了两个茶杯、一根篙草香来，便是学正用的竹兜子水烟袋，也都取了来放在桌上，这才自到灶前灶后去做饭。关于柴米油盐，知道的就自行安排，不知道的，就走向前来，从从容容地问一声。便是余氏，对于她这种情形，也是很称心的。她将饭做好了，余氏到灶口来烧火，就替出新娘子来做菜。学正在一旁抽烟喝茶，看着她是脚也不停、手也不停，一个新过门的媳妇，忙到这样子，倒替她很难受的。不多一会儿，她将饭菜摆上桌子，学正究竟不好意思，连饭也要她盛上，这才拿了碗向锅里去盛饭。这时，余氏恰是回房去了，新娘子便掀开锅盖来，将饭勺掀动锅里的饭。学正是两手捧了三只饭碗站在一边。

新娘子人是微微地闪开了一步，并不回转头，将眼珠转着，睃了一下，就低声道："让我来盛吧。"她就取过一只碗去。学正道："我也不是那样斯文的人，有些事，自己也应当做的，何必都累你。"新娘盛完了一碗，放在灶上，又取碗再盛，她不说什么，也不受劝。三碗饭都盛完了，向桌上送去。余氏却已走来，因向学正道："有些事，你也应该自己动手，不要以为有了女人，遇事都交给她。"学正微笑着，没敢作声。新娘子低了头，自站在一边。余氏坐下道："我说过了，大家大方些，你也可以来吃饭。"新娘道："家里不还有两个伙计吗？"余氏道："今天你第一次端婆婆家的碗，你也上桌来吃吧。两个伙计，让他们停一会子吃好了，你一个新娘子在桌上吃饭，他们不好意思来。"学正也不好意思叫她来，只是望了她一眼，然后坐下。在这时，他觉得心里头有一种说不出来的情绪，便是长了二十多岁，今天吃着自己女人做的饭了。心里头既有了这样的意思，所以饭菜吃到口里，也就是格外香甜的。因为余氏再三说的，新娘子不能再违拗，也就在学正对面椅子上坐下，低头吃饭。自然，一个做新嫁娘的人，处处都觉得拘束，初次对了婆母丈夫吃饭，这新娘子自是加倍地小心。所以她的筷子碗，竟是没有一点响声，斯文极了。当学正吃完了一碗饭，自己要起身去盛饭的时候，新娘子怔了一怔，似乎有起身接碗去的意味。然而也就因为婆母在这里，仅仅是怔了一怔，并不曾起身。这在学正刻刻留心着她的时候，她是什么意思完全知道，所以心里跟着又是一阵痛快。

吃完了饭，余氏到屋子里去，取出一套换洗的小衣、两双袜子，包了一包，交给学正。又拿了十两散碎银子，交给他道："这个钱，你交给你爹一半，你对他说，过年了，自己随便买点吃的。那一半你带在身边，对衙门口班房里外那些差人，再散送一点压岁钱。后天就是三十夜了，你今天去了，明天回来，后天也不能再去。"学正道："来往也不过五六十里路，我一天跑一趟，也不要紧。"余氏道："你说不要紧，那不行，我不放心呀。现在是什么年月，你终日在外面跑，你叫我这一颗心再向哪里搁？偏偏在这种日子，吃这个冤枉官司……"说时，她哽咽着就流下泪来。

学正见母亲又在伤心，再看自己娇妻，也怔怔地立在母亲后面，便道："既是那么着，我今天下午还赶回来吧。"余氏道："家里还有大小两个伙计

98

呢，只要你交代他们一声，不要走开就是了。好在他们两个人都没有家的，既不用得顾家，也并没有什么事让他们挂心的。"学正依了母亲的话，将两个伙计叫到当面，对他们道："老二、小四，我们向来是不分什么宾东的，总是自己弟兄一样相待。说不得了，这几天要你们多分一点心。我现在到县里看老先生去，赶得及，今天回来，赶不及，怕要到明天了。现在外面一时有一阵谣言，我就离开两个时辰，也是不放心的。我为了老先生，又不能不上县去，所以我很是为难。我走之后，望你们千万在家镇定了，不要走开。"两个伙计见他说得这样沉重，都一口答应了。学正背上包袱，又带了一根枣木齐眉棍，便出门来。余氏总因为外面情形不好，心里有些不安，跟着也到了大门口。那新娘子随在婆母后面，一路走着。学正回头对新娘望望，向母亲道："你老进去吧，我自己会加小心的。"说着踏上大路而去。不想到了大路上看到向山上逃难的人，男男女女，还是牵连不断。猛然想着，假使在县里寄住一宿不回来，家里究嫌不妥，还是决断了，一定回来。既是决断了回来，应当留下一句话，让家里人更放心些。他于是又回转身来，向家门口走去。可是余氏已经去了，新娘子也转身轻轻要向里走。学正在老远地就喂了一声，新娘回头看到，停住了脚，却又移了两步，显出那十分踌躇的样子来。学正赶上了两步，笑道："当了人的面，你还大大方方的，没有人在当面，你为什么倒害臊呢？"新娘手背着扶了门，倒退了两步，低着头。学正道："我特意回来告诉一句话。我想全乡这样人心惶惶，你又新来，我晚上不在家，不大妥当，我今天下午还是赶回来，你放心好了。这话，你也去对娘说一声。"新娘低头道："我怎好意思对娘说？你自己去说吧。"学正道："娘不是说了，叫我们当面言过的吗？"

新娘微笑，没作声。学正道："我告诉你一句话，你会不相信。我虽是家里有这样大的难事，但是我今天早晨不懂得什么缘故，心里倒是很高兴的。"新娘子将身子一扭道："那你就不应该。"学正顿了一顿，笑道："我们以后见面，总要有个称呼才好。你在娘家，我听说人家都叫你秋姊。但是你比我年纪小，我也这样叫你不成？"新娘道："谁说的？我没有这个名字。"学正道："名字是有的，上面是个秋字，下面一个字，我不好打听，因为那是你的小名。听说岳父给你起了一个大号，怎样称呼呢？"新娘笑道："你走吧。这大门口，遇见了人，多不合适。"学正道："你告诉了我，我就走。"新娘将脸对了门，背朝着他，答道："走吧，刚才你说的就是。"学正道："那不过一个秋字是的吧？不能姊字也是你的大号。下面一个字是什么呢？"新娘道："你何必忙着这时候问我？"学正道："我早上就要问的，只因为没有了机会。你说吧，好让我上路。"新娘低了头不作声。学正只管催。她看到地上有一截碎松枝儿，就弯腰捡起来，拔了一根松针，两个指头钳着，举了给学正看。可是她依然将背朝了学正，不肯掉转身来。学正望了松针道："叫秋松吗?"新娘将手再举了一举，未曾落下，说他猜得不对。学正道："哦，还没有猜对，那么，是秋……秋枝吧?"新娘道："不用猜了，你走吧。"说毕，抛下那根松针。学正道："你告诉我多省事，我早走了。"新娘道："我拿的，不像做衣服的针吗?"学正点头道："哦，秋针秋针。"新娘道："是贞节那个贞，当人面，你可不要这样叫我，现在该走了。"学正点头道："这个名字好，雅俗共赏。"新娘道："我进去了，你走吧。"说着，她真向里走。

学正满意之余，也就向外走。走了两步，回转头来，见她却还站在门边。她很温和地道："娘很挂心的，早点回来。"学正连说"是，是"，这才背了包袱，出门上路而去。往常看到人家妻子对丈夫出门，总要说句早点回来，觉得这是一句赘文。没有事，不必出门去，出门去，总得把事办完了才回家。事不完，早回来不了。事完了，自然早回。所以叮嘱早回来这句话，可以不必。可是今天自己的妻子这样说了一句，就觉得这里面，有着很浓厚的情趣，走了大半里路，早点回来这四个字，仿佛还在耳朵里留着呢。因之走上了一个高坡，还不免回头向自己家门口望去。这时，有一辆独轿小车，上面坐着一个妇人，向家门口走去，学正却是有点奇怪，这日子，家里还有女客来?但是心里念着父亲，料着这与自己不相干，坦然地向县城走去。

第十五章

岳家见逼仇家更见逼

汪学正忍心把家里的事抛开，向县城里走来。他想着，城里的市面一定是凄凉得可以了。可是进城以后，只见商民人家，门口全都贴上了门联花笺，依然是一种过年的样子。虽然各商店里生意买卖不及往年的年尾那样热闹，可是柜台里外也不断着人。不过有一种可奇怪的事，便是很少遇到本县里熟人。就是遇到两三个，他们的面色却是惊惶不定。学正也没有工夫去仔细考察这些人，背了个包袱，径直地便向县衙门里走来。

到了班房门口，就遇到了那个李班头，他翻眼看到学正背了一个包袱，胸面前包鼓鼓的，似乎是揣了东西，就抱拳点了个头道："四先生到今天还有工夫上县来？"学正皱眉道："家里有老人家在班房里，那怎好不来。"李班头笑道："四先生我告诉你一句宽心的话。"说着，他就抢近了一步，俯身向他耳朵边低声道："现在风声可紧得很啦。大老爷的意思，风声若是再紧一步，牢里班房里关着许多人，可不大妥当，打算让人各具一个结，都给开放了。令尊大人身上本是一件风流官司，若是花钱花在当口上，案子就早活了。无奈你们对这件事大显着外行，要用钱的人，钱没有到手。你不但是买不到一些甜头，反而惹起了人家一股子醋劲。"

学正叹了一口气道："现在后悔也是无用。"李班头想了一想笑道："四先生，你看到街上的情形吗？"学正道："生意是不如往年，但是也并非全没有人，各家铺子里不都还做着买卖吗？"他道："你错了。那些做生意买卖的人不是本城里人，都是随了省里上差来的人。你是没有听到他们说话，他们全不是本城口音。前天晚上，上差就到了，城里城外大小祠堂全住满了。本来昨天就要赶到太湖去的，上差得了消息，就是湖北来的长毛犹如湖水一般。他有些害怕，说是要在潜山过了年再走，其实是要在这里住两天看看风头。这一来不要紧，这一个荒县城立刻来了一万八千的上宾，所以满街都是人。"学正道："既然如此，都是公事上的人，不穿一件号衣，也不戴顶红帽子，那是什么原因？"他笑道："我在省里，也在绿营里吃过两年粮，那不用提，什么是号衣，我看也没有看过。抢忙抢急，他们就到了潜山来，号衣还不曾做起，随后由省里送来才穿呢。我看这样乱七八糟的局面，事情绝好不了。县大老爷自然比我们聪明，这个时候，还有什么见事不放松？"他说着话，陪了学正向班房里走来。

学正看他的殷勤样子，和他说话的口音，自然知道他是什么意思，只是家产已经变空，再要拿出一批银子来，却是比登天还难，因之只装着不大懂他的意思，含糊着向班房里走。李班头倒是格外周到，抢上前两步，由裤腰带子上拉出一串钥匙来，把班房门开了。一面叫道："汪孟老爹，你家四相公又来看你来了。"学正侧了身子推门进去，眼前先是一黑，接着床上的稻草窸窣作响一阵，只看到黑影子向上一冲，正是孟刚由床上坐起来了。学正还不曾开口，孟刚先道："孩子，你又上县里做什么？现在县里兵荒马乱，说不定什么时候就要出事。若是有一点差错，我们父子同归于尽。你的娘是不大明了世情的，你把她丢在家里，她更没有了主意了。"学正道："那倒不要紧，我已经托付家里两个长工了，而况我家今天又多了一个人。"

孟刚道："是谁来了？准是你娘舅吧。他家在山里头，不用跑反，除非是他，才可以抽得出身来。"学正道："不是，是朱府上的。"孟刚道："哦，你岳父到我们家照顾来了，他总算是个古道热肠的人。但是他自己家里一样是要照顾的，他哪又有工夫照顾我家？"学正道："不是他来了。你老人家哪里知道？这几天，乡下情形大变，男婚女嫁，忙极了。其实也谈不上婚嫁两个字，不过是有姑娘的人胡乱把姑娘送到婆家去就是了。"孟刚道："我明白了，朱子老也把姑娘送到我们家来了。"学正道："这倒不是子老的意思……"父子两个在这里谈到家常，李班头站在一边，觉得是不便插嘴，便道："汪孟老，你们谈谈吧，我去给你添一炉炭。"说着，一弯腰，把汪孟刚脚下踏的一个泥火炉抽了就走。孟刚道："啊哟，怎好叫班头亲自受累？"李班头一个字也不回答，早拿着炉子走了。孟刚于是悄悄地向学正道："这李班头把我当了一只大肥羊呢，他说那三百两银子大老爷是分文未见。得钱的舅老爷一点也没有交代，已经下省去了。这三百两银子还不如丢下水去，连响都不曾响一下的。他说他有法子，直通到县官手里，只要有二百两银子，立刻就可以放我出来。我想，我们已经上了一回当，漫说是拿不出来，就是拿得出来，也不能再拿肉包子去赶狗。我听到说，长毛已经由湖北境里向下江走，说不定十天八天就要到这里的。那时，县官怕犯人作乱，十恶不赦的罪也会放走的，绝不会留住我。他关我坐班房，就是舅老爷一台戏，舅老爷走了，更没有人追究我的。我看透了，一定咬了牙在班房里等着，你千万不要听这些差狗子的话，再去花那冤枉钱。"

学正将父亲的话和李班头的话，两下里一参考也自觉得忍着是上策。于是悄悄地把带来的散碎银子分了一半给孟刚。等着李班头进来了，就掏出了一两轻重一块银子在手。李班头看到了，且不理会，两手捧泥火炉，送到孟刚脚下，笑道："孟老爹，你不要和我们这当差的客气，像你这样公正人，吃了这冤枉官司，连天上的值日功曹都要保佑你的。我实替你抱不平，可是又没有别的法子挽救你，所以只有多多地伺候你，尽我这点心而已。"他口里说着话时，已经扯转头，把眼睛瞟到学正的手上。学正在班房里站了这样久，眼中不是那样黑，已经看得清里面的情形了，立刻两手捧住银子，向他拱了一拱道："家父在这里，遇事都蒙照顾着，应当办点年礼相送，只是来不及，干折了吧。"李班头一面谢着，一面接过银子，笑道："少先生，我不能白用你的钱。你只管过了年再到县里来，有了机会，我会给你送信去。有事情只管经过我的手，我绝不能骗你。"

只在这时，也就听到班房外面有人说了话走过来道："汪少先生又来了。真是家贫出孝子，国乱识忠臣了。"孟刚在这时连连地用脚踢了学正两下腿，口里便答道："各位进来坐坐吗？"说话的人也自不待答应，已经走进来了。学正看时，正是办这案子有关的几个差人，就把身上所有那些零碎银子全数拿了出来，送给他们做过年礼。在一番谦让之后，银子收过去了，大家都闪出门去，意思是让他父子两个人好谈话。学正这才得把乡下办团练的事情详细告诉了孟刚。他先是默然，随后便道："你在这个地方一天坐到晚也无济于事，乡下既是很乱，家里哪少得了一个男子汉来主持，你回去吧。有许多话我也不便对你说，有十六个字写给你带回去，你不要大意了。"这班房里桌上，因为班头照顾周到，笔墨纸砚，全都预备好了的。孟刚走到那墙窟窿下的桌子边，文不加点，就写好了一张小纸条。写好了，折了两折，便握住，塞到学正手心里。因道："我坐在这里，一点什么事没有，只是静想，什么地方我都想到了。所以我的事情，我自己会料理，你不用管，你赶快回去就是了。"学正在接着那纸条的时候，被父亲握着手，暗里摇撼了几下，心里不免受着感动，当时答应"知道了"三字，弯腰就把那字条塞在长筒布袜子里。

孟刚道："你回去吧。男子汉大丈夫，绝不要仗着儿子的力量来做点什么。我用不着你，你回去照顾你的母亲，就算尽了孝道。"学正见父亲斩钉截铁的，说得这样决断，就重声答了一声"好吧"。告辞了父亲，走出班房，找着班头皂班们，又拜托了一番。看看太阳不过是刚刚偏西，二三十里路程，正好趁亮赶到，便拔开大步，径直地回家。走到大路上，当前后无人的时候，由布袜子筒里抽出父亲给的那张字条来，却见行书带草地写着："尺蠖之屈，所以求伸，待时而动，知机其神。"学正站定了脚，昂头望着天，自言自语地道："这才是知子者莫若父。"于是将那字条依然塞到袜筒子里去，走起路来时，仿佛身子是轻快了许多。他想，父亲虽是在班房里，那是不必和他担心的。倒是家里一个哭哭啼啼的母亲和那新进门的女人，没有自己在家里，那是很不妥当的。她们是望我在家里，又不能不要我上县去，于今我回来了，这真让她们要大大地喜欢一阵了。自己的女人，她必以为不忍抛开她，所以赶回来了。这倒是闺门功劳簿上可以大大记上一笔的。想到这种处所，便是身上担着万斛忧愁，却也不免心中暗喜。心里开爽着，脚下步子也就走得格外起劲。太阳落下了山口，西半边天脚带着金红色的云彩，东半边天脚却是黑沉沉的，红黑相映，觉得平原的田亩上，那一种模糊不清的情形，便与往日的黄昏有些两样。

上山的大路上，已经没有了登山的难民，便是平常放牛的孩子、挑柴担的庄稼人，也不能看到，静悄悄的，没有一个人在村子外活动。三四只乌鸦吱吱地叫着，由头上飞过去，直投入远处一丛枯树上，这真叫在荒乱年月的人看到，说不出来心里头有了一种什么滋味。学正很快的步子，慢慢地又缓下来了。直到离家门不过两三里的所在，眼见自家屋头的烟囱里向上冒着青烟，这才心里开展起来。因为看到这烟，知道屋下面在烧火做晚饭了。早上的饭是新娘子做的，当然这晚饭还是归她做。我若是不声不响地走到厨房里去，和母亲说起话来，她出乎意外的一定要大吃一惊。就是这样撩她玩一回，却也有趣。如此想着，又赶着向家里走。到了大门口，所幸天色没有黑，还不曾关上大门，因之悄悄地向里走。长工看到他，抢上前有话要告诉，他也只管摇手，叫他不用说。到了厨房里，已是亮上了灯火，余氏正坐在小桌子边抽旱烟，灶口上是另有人影子在那里烧火。他想着，这是无须去猜的，那必是新娘子。余氏猛然偏过头来看到他，便道："哎呀，你回来了，你回来了就好。"

学正觉得母亲这话有些异乎寻常，因是站着呆了一呆。灶门口的人也就伸出头来了，并不是穿红袄子的那位新娘子，却是那位白发婆婆的大妈刘氏，情不自禁地就信口问道："怎么了，这是？"余氏道："你看，这不是笑话吗？你的岳母在今天早上忽然坐着车子来了。她说，你岳父回到家去，不见了姑娘，就大发雷霆，要和她拼命。他的意思，自己在大众面前，再三地说婚姻大事不能胡来。偏是自己的女儿，冒夜就送出去了。自己失信于人，以后还有什么面目见人？又说你岳母太糊涂，这样的大事，怎么不和他商量就办了。你岳母见老头子的话很厉害，不敢说实话，只说把姑娘送在山上亲戚家，并没有送到我家来。你岳父说既是送在亲戚家，那还罢了，限今天上午就接了回去。你岳母没了主意，只好天不亮，就坐了车子到我家来，和我讲情，把姑娘再接回去。她这样颠三倒四地做事，我本来不高兴。不过她说得很可怜，叫我也没有了法子，所以只好让你女人回去。"学正这才慢慢地坐了下来，淡笑道："这可是笑话。"刘氏道："我看那新娘子也是这个意思，委屈着来，又委屈着回去，低了头一声不响，跟她娘走了。"学正道："走了也好，我们轻了一层累。但是朱家做事不对，至少是有些瞧不起我汪家。"说时，接过娘手上的旱烟袋，在桌沿上重重地敲了几下，那响声是很沉着，可以表示出他心中那一种不快。余氏道："今天也不知倒了什么霉，接二连三的事，全是啰唆。你岳母走了不多大一会儿，地保又来了，说是上次公家要在四乡征粮，现在要办了。本里本甲，就从我家先收起，因为我家就是为了这件事打官司的。"学正道："你给他米了吗？"余氏道："我不给怎行？地保后面，还跟了几位绅士呢。那赵二老爷也在内，他说：我家本应当出两担米，为了有官司在身，改收一担。我想他们总不会骗人，只好把米照数量出来了。"学正道："绅士里面还有些什么人？"余氏道："我都认得，不过说不上姓名，好像曹家的大儿子也在内。"

学正顿着脚道："我猜一定有他，没有他，不会先到我家来的。还有什么事吗？"余氏道："再就是李家派了人来，托我劝你，这团练里头你总要去。他们已经定好了，把李家祠堂做团练衙门。正月初一他们就要开办起来。"学正听了母亲的话，却把父亲写的字条由袜筒子里掏出来看了一看，因笑道："我帮着他们去打长毛吗？长毛同我有什么仇恨？"余氏道："你不去，也对不住李凤老爹呀。不过说到打架，我总是害怕的，能够不去那也好。"学正道："这两天，我可以躲着不出去。假使他们再来找我，就说我在县里没有回来。我想，他们总也可以相信的。等到过了正月初一二，他们各事都已安排妥当，我再出面。"刘氏道："听说是男丁都要去，你不去不行吧？"学正道："我并不是怕死，我就是不愿在团练里当教师。到了那个时候，派我做一件小事，我自然也是愿意的。因为做小事有小头目管着，用不着去看首事的颜色了。"刘氏道："首事也无非是家门口几个绅士，难道你还怕他们吗？"学正道："怕我是不怕的，但是这首事里面，有一个是我的仇人，假使他存心和我为难起来，我没法子应付他。大妈，你总也知道我这仇人是谁。"刘氏道："那倒是不错。军令是很厉害的。杨宗保临阵招亲，就是他的父亲挂帅，也定斩不饶。一到了兵营里，有上司作对是很不好办的。"余氏道："大嫂子是到过省城、到过江南的人，鼓儿词听多了，说的话自然都很有道理。单就今天量米这件小事来说，还是由我这里做起，人到了服仇人管了，别的事还用提吗？老四，我看小事也不要做吧。若是各家都非得摊人出来做事不可，我们就出几个钱干折了吧。"学正笑道："你老人家真是不明世情，怪不得爹说我回家要紧。"余氏道："我忙着谈家里的事，忘了问你爹了。他有出来的指望？"学正道："一定可以出来，是哪天却说不定。不过他出来的时候，也许地面上要更不太平，你老人家不害怕吗？"余氏道："只要你爹能够回家来，天塌下来了，我也不怕。"学正笑道："很好，你记着这句话就是了。"

余氏对儿子所说虽不十分懂得，却也料着不会欺骗，心里比较安帖一些。到了次日，她果然地依了学正的话，说他上县没有回来。学正只是藏在卧室里烤火，连房门也不曾走出。这日便是除夕，到下午的时候，本甲首事之一的赵二老爹却专程地到汪家来拜访。他听到长工说，少先生上县没回，他就说请老师娘出来见见也好，因为有要紧的话商量。庄稼人对于绅士那是各各都恭敬的，立刻到里面去，要余氏出来，说是赵二老爹亲自来请，怎好不理？余氏只得绷着脸子走了出来，只跨过到堂屋的门，就先站住，手扶了门框道："我家老四上县没有回来呢，也没有人来陪客。我出来了，又不能烧茶二老爹喝。我去拿个火炉来，你烘烘吧。"说着，有转身向里走的意思。赵二老爹只好站起来向她招招手道："老师娘，你不用客气，请过来坐下，我有几句话说。"

余氏没法子，只得出来坐着。赵二老爹笑道："我不用说许多了。就是今天三十晚上，令郎是必定回来的。回来之后，请他务必明天要到李家祠堂去一趟，我们这两甲的人，除非向外逃反去了的不算，此外是各家都有人到。唯有你府上不派人到，公事上是说不过去的。"余氏道："哟，二老爹，我只有一个孩子，他要上县去照应班房里的人，又要照顾家，再要做甲下的公事，他忙得过来呀？"赵二老爹道："这话你不说，我也明白。只是我们办团练有好些事，都还要仰仗曹金发老爹同官府说话，所以大家都要敷衍他一点子。他早就说了，他当了团练里的首事，你家令郎一定不在团练里干。于今他果然猜中了，恐怕他以公报私，将来又和你们为难。"余氏道："就算我儿子不干，也是怕他呀。干要服他的管，不干也要服他的管，这不是难死人吗？"赵二老爹道："只要令郎在面子上做得干净，姓曹的再要说什么话，我们也不能依他。现在孟刚哥总还在班房里没有出来，遇事隐忍一点，那总是好的。"余氏道："我们还要怎样的忍耐呢？礼赔了，银子花了，人还是关着的。"赵二老爹道："我也是这样地想啊，九十九步都走了，何在乎再走一步。明天正月初一，你老四到祠堂里去的时候，见着首事们统通叫一声拜年，连曹金发也在内了。我们在那里，也绝不能够倚老卖老，真要老四拜下去，大家一笑一让，事情就过去了。要不然，曹金发他总不肯放松过去的。"余氏道："整百的银子，我们都交给他手上去花过了。他为什么不肯放松？"赵二老爹道："也就因为老四不肯到团练去办事，他疑心是瞧他不起。我想，这个意思老四也总是有一点。他究竟是年轻的人，不能把算盘打到底，桥都搭过了河，再又来拆了，多么可惜。"余氏道："只要他明天到李家祠堂去打个转身就行了吗？"赵二老爹道："由今日起，我们几个首事，李家祠堂就是家了，一天到晚都在那里。这件事，李凤老最是卖力，他说，大难临头来了，还过个什么年？他是创首的人，他就不在家里过年。曹金发看过几页子兵书，他说的话也对，说是救兵如救火，既是要办团练，自然是越快越好。他还说呢，他年纪虽老，还有两下子，跑马射箭，全可以和小伙子比比。说不定借了这个机会，他还要弄个红顶子戴戴呢。"余氏道："办团练不说是为了大家看守自己的家门吗？怎么倒可以弄官做？"赵二老爹笑道："这就叫事在人为，你一个房门里的师娘，哪里会懂得？"

余氏被他点破了一句，红着脸，倒有些难为情。赵二老爹也看出来了，不好再说什么，就站起来拱拱手，笑道："恕我说话有些太直了，但是我总是一番好心。请你把我的话对老四说了，让他仔细想一想，他心里自然会明白的。告辞了。"他一面拱着手，一面竟是向外走去。余氏站在堂屋中间，也就眼望着他后影呆了一阵。这就听到学正由后面叫出来道："这姓曹的怎么老是和我过不去？躲起来，他都要寻找我的是非。"

他走到堂屋中间时，余氏见他左手卷着右手的袖联，右手可是紧紧地捏了一个拳头，绷着脸，眼睛也红了。余氏道："这也难怪你生气，我都觉着心里难过。"学正卷着袖子，慢慢地不卷了，手垂下来，忽然笑道："拜年就拜年，干团练就干团练。连我自己的岳父都看我不起，何况是旁人？"余氏道："刚才赵二老说，就是在团练里，将来也可以做官戴顶子，你也想到这里面去混一个官做吗？"学正笑道："那也难说，你老人家就不必管这些。今天总是个年，我们母子两人虽在难中，究竟还有母子两个在这里。请你老多少预备一点东西，祭祭祖先，至少也过个青菜豆腐年。今天晚上过个安稳的年，多少又算把这一年活了过去。明年，那就难说了。也许我们家轰轰烈烈，给点颜色人家看，也许……啊，这话就难说了。"余氏望着他的脸道："这几天，你为什么说起话来总是这个样子？"学正笑道："恐怕我是要得疯病。"余氏叹了一口气道："真要说到发疯病，我是比你要得得更快。但是我决不能够真疯了，我还要清醒白醒地看好些事呢。"学正两手一拍，就跳起来了。

第十六章

慌乱中之镇定者

在汪学正这样一番的设想中，赵二老爹来说的话，他想着，那是犯不上违抗。当天晚上是照常地过年，虽然不比往年冷淡些，好在全乡都是如此，不光是哪一家。到了次日，是正月初一日，不像往年到处都有出行的爆竹声，仅仅是李家祠堂那边放了很长的爆竹，接着呛咚咚呛，打着得胜锣鼓。学正今天元旦，没有经过预备香烛来出行的那一番手续，悄悄地开了大门，就走到稻场上来。因为听到李家祠堂那一番热闹，便跳上一个高墩，向那边望着。果然赵二老爹的话不错，那边的团练已经办起公来了。冬天里草木凋落，没有什么遮拦，远远就看到不少的乡下人纷纷向李家祠堂走去。

学正站定了，出了一会儿神，反觉得是没了主意。一个人静静地站了许久，见向着李家祠堂走去的人还是不少。他忽然一顿脚，自言自语地道："去看看也好。"于是回得家去，把话告诉了母亲，然后找了父亲一件窝听袋（即小袖马褂）在身上加着，而且还戴了一顶不带顶子的红缨帽，现出是很郑重的样子。在元旦日，本来家家人都在家里休歇，田亩上，照例是无人。平常看到，心里仿佛是安慰了一阵，一年忙三百六十日，大家也得个安歇的日子。可是在今天看来，便不是那意味，太阳带着淡黄色，照在那刚露麦芽的田地上，带了一种惨淡的意味。微微的西北风头上吹了下来，拂到了人脸上，不但冷，而且像很快的刀子在脸上修刮着，可以说这大地都已死过去了。

学正想着，这种情形就是一个亡国的样子，敌兵没有来，人已跑光。李凤池这位老先生不知把《春秋》《左传》哪一章书看扭了，靠了千百个乡下团丁，打算抵住那排山倒海的长毛。古来自然也有靠了很少的力量办起大事业来的，可是李老先生做事，谨小慎微，不是那种人。假使他都有那豪兴，可以做出一番事业来，那我汪学正一样地可以有作为了。他存了这样一番心事，所以向着李家祠堂走去的时候，便又另带了一副眼光，看到什么之后，心里全不免估量一下。第一便是那祠堂大门口，显然有了一种威风。插上高贴了一张红纸，写着斗方大字：

兹因大局不靖，流言载道。我兴里九十两甲人士合议募集壮丁，
举办团练。并推首事十人处理公务。今择于元旦日，借李氏宗祠设

立团练公所，各首事，分班轮流在所值日。凡我乡人，均应按照分派职务到所从公。事关乡梓安危，自当同舟共济，不得畏惧不前。否则议有公章，按款处罪，虽亲不贷。特此告示，咸使闻知。

咸丰三年正月元旦潜邑兴里团练公所首事等同启

大门上，也斗大的字在红纸上写着"兴里团练公所"。大门里的过堂上，左右安排着兵刃架子，上面都插着白光闪闪的各种兵刃。在祖宗堂前，第一进大厅上，也设下了公案，系上了红桌围，在屏门上，仿照那衙门屏壁上贴着指日高升的模样，写了"保卫地方"四个大字。

在大厅旁边的厢房里，发出很热闹的人声。在那屋外的大院子，人头汹涌，挤了满院子的人，一个一个地挨班向那屋子走去。那厢房后有个侧门，人又是陆续地由那里出来，其余各屋子里，也都有人，却没有声息，似乎都在做事。

正这样打量着呢，赵二老爹由旁门挤了出来，笑道："你来了，很好很好。你先到东边院子里去，到东厢房里记名。"学正道："那为什么？"赵二老爹道："这全是李凤老的计划。要办团练，第一步是要有花名册子，我们现在两甲。到底有多少壮丁还是不知道。趁着把人数弄清楚了，就好编成队伍。"学正心里一动，笑道："这样看起来，凤老爹倒是一个能手。那么我就到东院子里去，随班记名，看看李凤老的手法。"赵二老爹握住了他的手，向他耳边叽咕着道："昨天我到你府上去说的话，你不用照办了。刚才有人拜年，李凤老也不好推辞。现在已经在东院墙上贴下了字条，说现在公不言私，请大家免去拜年。我已和曹金老说了你的意思，他说，只要你心里明白，他也就不介意于你了。"学正微微地笑着，方才有话要说。他家的小长工小四儿老远地叫着道："四先生，快回家去吧，我们老先生由县里回家来了。"学正迎向前去问道："这话是真？"小四儿道："我就是老先生打发来的，怎么会是假话？"学正拍着手，两脚一跳道："我父亲回来了，这事就好了。"说着，他并不管赵二老爹是否还站在身边，扭转身躯，向祠堂外就跑走了。

赵二老爹管不了在公不言私的话，跑进东厢房，拍手喊道："你看，这事奇怪不奇怪，汪孟刚突然回来了。在年前那样和他设法，县里不肯放……"李凤池坐在一张长凳子上，正低了头在记花名册子。曹金发口衔了旱烟袋在旁边看着。朱子清也低头伏案，用工楷在写一张稿件，其余几个首事帮同着料理事务，桌子外站了几个庄稼人，是来报登册子的，听了这话，都望着赵二老爹。李凤池提起来写字的那支笔，吧嗒一声，落在桌子上，手按了桌沿，问道："二老爹，此话从何而来？"他答道："刚才汪老四来了，他家里派了人来，追他回去，说是孟刚回来了。"李凤池向大家望着道："这个消息假如是真的，恐怕大局有变。我们的团练是要加紧地练起来。唉，很好的事，可惜迟了。"朱子清放下笔，将铜笔帽子来套上，再用两手捧着取下了鼻子上架的眼镜，问道："凤老此话必有端的，敢问其故安在？"凤池道："这很容易明白。县官放走牢里的囚犯，是减少内顾之忧。要不然，不用汪孟老找个保结，随随便便地放了，没有这样便宜的事？而况昨今两日，也不是大老爷放人的日子。这里的事，且请几位代管一下，我一定要去当面问问，若是有了变局，我即刻回来。"他说到这里，将放在一边的瓜皮帽抓了来戴着，立刻开步就走。

朱子清道："既是如此，也不容我不去。"他放下袖子，一面在身上掸着灰，一面走路。二人到了汪家，也忘了拜年，站在堂屋里，就听到孟刚在里面大声说话。凤池站定了脚，回头向子清望着道："呀，果然他回家来了。"这时那小长工已早是抢进去报告，于是汪孟刚笑着拱了手出来，口里连说"久违久违"。凤池道："我也正是很诧异，孟老何以在这个时候回来了？"孟刚笑道："话长啦，慢慢地谈，请坐吧。凤老，我听说你要在乡下办团练，据我看来，大可不必。"凤池被他让着，本已坐下，听到如此说，就突然地站了起来，正了颜色望着他道："长毛已经到了吗？"孟刚道："据传说，长毛的军队是分十路，由水陆两边杀来。他们的江北岸军队，一路攻宿松，一路攻太湖，昨天下午，石牌传来的消息，宿松已经失陷。太湖也被围了两三天。太湖守得住守不住，且不去管它，宿松丢了，望江不能保，那时，他们的水军和望江的步兵呼应起来，安庆江边孤城一个，又怎样抵挡？安庆一失，还有潜山吗？我是昨天下午就放出来了，但是我并不急于回家，在城里观看动静，我看到省里派来的那些老弱残兵，连号衣也不全，那怎样打仗？听说在太湖打仗的是向营里的张国梁，倒是一名勇将。可是潜山后路这样要紧的地方，他没有精兵在这里驻守，那岂不是后门大开？万一长毛挑一支劲旅先走小路把这里占领了，那是连归路都没有。"子清道："亲翁，你怎么说得这样在行？我是军旅之事，未尝闻之也。"凤池道："这些军家战略，我们不管它，我就问孟老，还听到什么信息没有？"孟刚道："潜山绝不能保。我昨天下午，在城里看了一周，县官正在派人补修城墙。城里的百姓依然睡在鼓里，还不大清楚。恐怕是要大大遭一回劫。"说着，叹气摇了两摇头。凤池道："这样说来，孟兄特意在城里勾留一晚，连年也不回家来过，倒是个有心人了。"孟刚微笑着，却没有作声。子清拱拱手道："论到经济处世之才，我是对亲翁差之远矣。我忝为团练公所首事之一，实在惭愧，让贤让贤。"孟刚昂头一笑道："人家的大军，排山倒海一样地来，官兵整万地上前，也抵挡不住，算我们这几百名乡丁，济得什么事？"凤池听了他的话，两手按了大腿，默然低头想了一会儿。朱子清却是侧了身子，伸着颈脖子，向他望着道："亲翁，你打算逃反吗？"孟刚笑道："亲翁，你也小看我了。我要逃反，我在城里还打听些什么？昨晚逃回来，带了家眷就跑了。"

子清用手按了胡子，很久很久的时候，才摸上一下，瞪了两只眼睛，向他望着，微微摇晃着头道："我兄欲辕门投效，上兴王之策乎？"凤池突然又站起来道："别的话不用问了，昨天县官释放孟兄的时候，他说了些什么？"孟刚笑道："据我想，恐怕这位王知县昨晚也走了。听说坐在牢里的囚犯，也只叫典史老爷坐堂，各问了几句话，限他们立刻出城。至于坐在班房里的几个人，只是派人传下一道口谕来，就把我们放了。看他们手慌脚乱，已是顾不得体统了。"凤池听说，却是点了几点头，出神了一会儿，再问道："难道城里人还一点都不慌张吗？"

孟刚道："在县衙没有放囚犯以先，也有人说太湖危急。可是也有人由太湖来，还不见动静。大家把谣言听得多了，总也以为是谣言。自从囚犯放出了以后，城里人就慌张得多。但是太阳不曾落山，城门已经关了，叫老百姓望哪里逃？今天早上，只开了东门一会子，我出城不到几步路，城门又关了，差一点子把我又关在城里。"凤池道："你没有看到城里有什么队伍吗？"孟刚道："我看到的，就是游击衙门里的百十来个兵。那些人，我们常上县去，在茶馆烟馆里，都认得熟透了的。你想他们会守得住这座城池吗？据说，省里来的兵勇昨晚上已经把号衣运到。因为宿松失守了，石牌已经动摇；恐怕长毛由石牌抢过来，这些队伍调在西门外驻扎，和城里作掎角之势。"凤池点头道："这倒是对的。潜山城东北门河流近，比较好守……"话也不曾说完，却听到村子外面人声叫喊起来，随同着还有猪嚎鸡叫的声音。他也镇静不住，跑出来看时，那上山的大路上突然地来了许多逃反的百姓。他们扶老携幼、肩挑背负，同上次逃反的人一样而外，这次却来得凶猛，那大路上很长的一道阵势，在头上并没有零星伙伴，一来便是整群的人，在最前头率领着，后面的人密密地紧紧地跟着，远远看去，差不多空当都没有。还有那在后面的，似乎身后就有人追着，感着有些不妥，特意在路边跑着，抄上前面去。

凤池看了一阵，便道："这回是人心实在已乱，不容易收住了。"朱子清、汪孟刚也都站在一处看热闹。子清沉吟着道："这样风卷潮涌的难民由我们这里经过，我们这里妇孺看到，岂不会动心？"凤池道："事到于今，一步也迟不得，我们先赶回敝祠再说。"他是向来不跑路的，这次是改变了办法，将手撩起他皮袍子的底襟，开着快步，直奔李家祠堂。走进大门，见立青穿了一身紧扎的衣服，站在大厅柱子下，便叫近身来，告诉他道："立青你过来，今天用得着你了。你去把马上好了料，到这里来，我再和你说话。"立青答应一声是，自去了。祠堂东厢房里几个首事，看到大路上逃反的人又拥挤起来，而且李凤池又是这样慌张，大家都疑心不定，不知有了什么变卦。现在见他和立青这样地说话，更是慌张，都围着他，来问个所以然。凤池道："大局的确是有点变动了。逃反的人从这时起，恐怕还有两天忙。我们的团练总是要办的。我怕庄稼人都顾念着家，没有心来干这事。所以特意叫立青骑了马，去通知各村庄，叫大家把少年妇女和小孩子们先送到天明寨去安顿。安顿好了，他们再下山来办第二步事情。"赵二老爹道："凤老，若是事情真危急起来了的话，我们只有两条路，或者上山，或者不走，哪容得我们一步一步地去做？"凤池道："不然，越是遇到大难临头，我们越要镇定，虽然我们分着一步一步做去，不见得都可以做得到，那我们可以说一句谋事在人，只有走一步算一步。"赵二老爹笑道："凤老的主意既是拿得这样稳定，我们都有山园庐墓，谁又舍得抛开？那就都跟着凤老后面做去吧。"凤池道："也并不是我吃了豹子心老虎胆，我格外来得镇静。但是我有我的定见，一来，我把家财看得淡薄，能存固然是好，丢了我就当本来没有，心里先摆脱一层挂虑。二来，我和大家一样，把妇孺也送到天明寨去，腾出我一条光身子，什么事不能干？人生最不能放心的就是一个死字，但是我拿定了主意，到最后一个关头，我就预备着死。世上还有比死再可怕的吗？死不怕，别的我也就不怕了。"

朱子清虽不是撩开袍底襟跑了来的，但确是用着鲤趋而过庭的那个趋字走法，也就赶到了祠堂里。这时站在一边，听到凤池说最后一关也不过是个死字，他就十分高兴，拍着手道："着，着！士君子见利思义，见危授命……"曹金发在椅子上坐着的，站起来抢着道："我要回去看看了。"其余的各位首事都还是坐着的，谁人心里不想回家？听了这话，不约而同地站了起来。凤池两手同摇着道："不慌，各位先坐下。请想，我通知各村子搬老小并不打锣动众，只是叫我小孩子骑马去家家通知，这是什么意思？就是怕锣声一响，惊动了大路上那些逃反的人。各位想，假如我不估量一下，立刻敲起锣，各村子里的人向这里一阵乱，大路上逃反的人焉有不乱窜之理？他们乱窜起来，我们这里各村子的人又能听我们的话，来商议什么事吗？所以遇到大事，我们还是要想一想再办。好在消息虽实在不好，但是县城还没有变动，我们要做什么事还来得及。"大家见他一点也不慌张，为了面子的缘故，大家望望，也就只好坐下。

凤池道："现在我还有两句心眼里的话，要掏出来和大家商量。既蒙大家好意，用了我的一点意思，办起了这个团练公所来，就望大家有始有终，还办下去。"大家听说，默然望着，只有朱子清伸出两个指头，在身边的桌面上画着圈子道："此吾生不朽之业也，焉可中止乎？"凤池正色道："我们也不必把题目写得那样大。但是我们办团练，就是为了地面不太平之后，才实实在在来尽力的。若是天下太平，我们还要干这事情做什么？现在乱象刚来，正要我们日夜从公，把这两甲团练练好。若是现在看到形势不好，大家都打算退后，那我们先前为首创办的意思何在？自然，各位要不愿干，我也不能勉强，只是这件事要这样拆散了，事平之后，我们可无脸见人。"大家被凤池一番话制定了，心里有什么话也不好说出来，依然是彼此望着。子清摇着身体，又摆着头道："这事不必反悔，也不可反悔，而断断乎反悔不得。"正说着，立青已牵着马系在大门外树上，自己走了进来。凤池便向大家道："这公所里的事，虽承各位首事的情派我做，但是我也不敢专擅，我说到让小孩子去通个信，让大家送妇女们进山去的这件事，大家觉得怎么样？"赵二老爹道："这自然是极好的事，我们还有什么话说？就是这么样子做去吧。"

凤池看看各人都没有什么心事，料也不能拦阻。便是曹金发的样子，好像是很留心，然而他手里拿住那根旱烟袋死也不放松，那可以知道他一般的是没了主意。这就掉过脸来向立青道："当断不断，反受其乱，我就要硬做主了。你骑了马，顺着路走，到一个村屋，找着两三位明白事体的，把话告诉他们，就说是首事们的公意，叫我们两甲的户口，都把妇女小孩子和轻便值钱的东西送上山去。年老的人，不问男女，只要没有病没有残疾，暂时留着看家。到了山上，每十户人家，留一个男丁在山上看守妇女，其余都下山来，明天我有第二步办法。他们若问为什么年老的留着不走，你就说，长毛来了，对于老人家总不会糟蹋的。年轻人出来操练，年老人就该代为烧水做饭。走的时候叫他们不用慌，长毛还远得很。听说的，限他们太阳不落山一齐走。不走的，以后公议就不许走了。把话记住，去，我等你的回信。还有各位没有来的首事，你都催他们来。"立青答应了几声"是"，跑出门去，跳上马背就走了。在祠堂里的几个首事见李凤池单刀直入的，事情办得很简捷，也就不再说什么。东院子等着在报花名册子的，约莫还有三四十人，都散在两廊听李凤池的议论。这时见他把事情分派完了，就有两个年纪大些和凤池熟识些的，走进了屋子来。凤池道："什么？你二位还在这里吗？"二人答道："我们因为名字还没有记上，等着凤老爹呢。"凤池道："你们看到大路上逃反的那样多，不心慌吗？"答道："我们还有三十多个人在这里，都说凤老爹不怕，我们还怕什么？凤老爹替我们想法子保全家产，我们自己不能拆台。"凤池听他说着，就抬起身来，向窗子外看去，看到果有三十多个庄稼人静悄悄地在廊下听里面谈话。于是满脸笑容，一拍桌子道："人心不死，大有可为，这更是添了我的兴致了。朱子老，你还是写你的稿件，我来登记花名册子。"他说着，把砚池里的墨磨起来，提笔就照常去填写花名册子。那些庄稼人还是到东院子里去等着，挨次进来。几位首事见他十分的安定，谁也不好意思走开。接着被催请的首事又来了两位，在座的更不能走，混混就到了午饭时候，凤池的大儿子押着长工伙计们，挑了两担饭菜到祠堂里来，请各位首事吃饭。菜担里面，居然配着一个泥火炉子和两壶烧酒。凤池让着大家上桌吃饭。

赵二老爹远远地看到，桌上摆下一尺二的四个大盘子，盛满了鱼肉豆腐青菜，中间一个红泥炉子上面一只瓦钵，又满满的是杂伙菜，炉子里炭火正旺，烧得瓦钵子里菜汤咕嘟作响，香气扑鼻。他还没有上桌，远远地就拱手谦逊着道："这件事我们真不敢当，本是公事，何以要凤老一个人垫伙食？"凤池笑道："这太不足挂齿了。若是我们大家同舟共济，保得这一方无事，这一点伙食算得了什么？反过来说，我们这地方是保不住的，那就我们祖先留下来的产业，自己手上挣出来的产业，一股脑儿全要成灰，现在落得有肉同吃、有酒同喝。"赵二老爹点着他一只瘸腿，摆着头道："此言透彻之至。"朱子清已坐在侧位，摆着身体道："卜式输财，项羽破釜沉舟，吾亲翁可谓二者得兼。我们还有什么话说，只有执鞭以从。"

那曹金发本来是爱吸旱烟，今天是和那旱烟袋更结了不解之缘，这时方才放下，向大家看了一看，又看看李凤池。凤池便笑道："乡党论齿，还是请金老上座。"曹金发笑道："我们都是首事，你又是首事里面的首事，还是请凤老爹坐吧。"凤池笑道："金老要说这话，那就要我惭愧得无地自容。我虽是名心未能尽除，但是我决不能借了办团练这件事来找个出头之路。若论文，现在用不着三篇文章一首诗的本领了。要说武，我虽在幼年学过几套把式，早已丢到一边。一乡之中谁也不敢和曹府上的人谈武吧？我对于办团练这件事，只想尽一点力，若是金老嫌我做事有些专断，以后我有什么主意，就请各位首事都多多拿出一些主意来。只要于公有利，小弟无不唯命是从。"这样一说，倒弄得曹金发非常的不好意思，站在桌子边，向凤池连连拱着手道："太言重，太言重。那么，我只好坐下。要不倒显着我真在争什么闲气了。"他说着坐下来，大家也坐下来，他对于李凤池说是不敢专擅的话，并不置可否。在座的绅士们对于曹金发的意思，大致都很明白，可是要从中说些什么，又仿佛是有些偏袒了李凤池，所以金发不随着话向下说，大家也都默然。凤池本人却是毫不介意，坐在主席，提壶劝酒，照常地谈笑。

赵二老爹对于曹李两家都有相当的交情，看到这两位老爹坐在席上，形势是很僵，这就笑道："凤老我是知道的，为人虽是精明，处处都秉着中庸之道而行。而且仗义疏财，绝不计较小得小失。再说到曹金老爹，虽是武孝廉公，可是他肚子里那一部《春秋》，比文孝廉还要周到。加上几位令郎，各各是一副角色，到他老爹手上没有办不了的事。若是不办团练就罢了，说到办团练，像你二位老爹这样的人，缺一不可。"说着端起酒杯子来，待饮不饮的，只管望了在座的人，接着便笑道："各位看我所说怎么样？"大家也都明白他的意思所在，随着就附和了一阵。凤池脸上虽然还是强笑着，可是有时收了笑容的时候，便见他两道眉头微微地有些蹙起，可见他很是有点不自在，可是这不自在又是不能说出来的。朱子清有了两杯酒下肚，倒也觉得兴致勃然，便手按了酒杯，向凤池问道："你也曾说到，今日搬妇女进山，乃是第一步，以后还有第二步要做。但不知第二步的计划今天能不能够先说出来？"凤池先向桌子上的人都看了一看，这才笑道："若是大家不嫌我胡拿主张，我自然可以跟着说下去。我的意思，第一步是镇定了，从从容容地先把妇女们送上山去。第二步是镇定了，把我们两甲的粮食尽量向山里搬，而且从明天就搬起。第三步还是镇定……"他说到这里，大家不等他把话说完，一齐都笑起来了。凤池道："各位以为我说来说去，老离不开这镇定两个字吗？老实说，在这个时候的人就是镇定不住，一个人自己心身镇定不住，怎样能做事，又怎样能去和别人做事？"朱子清放下杯子，将筷子头遥对了桌面，连圈了几圈，微摆着头道："这一点不错，大学治国平天下，不是由正心修身做起吗？"曹金发听说，却冷笑一声。谁知这一声冷笑，便种下了祸根。

第十七章

杜门谢客闭门待客

在曹金发的冷笑声中，在座的绅士都不由得向他看了发呆，以为连李凤池也有些瞧不起了。朱子清更觉得他连圣经贤传也瞧不起，自然是老大地不高兴，便向着他的脸望了望道："曹金老爹，为何发此冷笑？"曹金发始终没有忘了他在县城里顶嘴的那回事，料着他一个书呆子有什么能为，因淡笑道："朱子老，太平年间，你们可以去谈《大学》《中庸》；现在这离乱年间，用不着这一套了。现在用得着的，是我们的大腿粗胳膊了。"说着，左手掀了右手的袖子，露出右手一大截手臂来。朱子清红了脸道："真个用我们不着吗？单说办这团练吧，靠你姓曹的出面，就没有人来。"曹金发突然站起来道："是真的吗？没有曹金发，你的团练就练不成。但是我姓曹的一个人倒可以做点事情你看看。"他口里说着，脸上气得青红不定，歪歪倒倒地向外走着。

李凤池也是觉得他的话太藐视人，心里不能毫无芥蒂，眼望着他走开，也不肯说留住他。因为凤池不作声，其余的绅士们也不作声，就由曹金发挺着大步子走出祠堂门去。当曹金发走到门外空场子里的时候，李立青恰好在马上飞奔了来，跳下马背，手牵了马缰绳，向他望着，问道："金老爹哪里去？"他将衔在嘴里的旱烟袋拖出来，向立青点了两下头笑道："你很高兴。"他所答非所问地，依然一溜歪斜地走了。立青将马拴在树上，自提了马鞭向祠堂厢房里走了来。

凤池见他额角上冒着汗珠，还是不住地喘气，便道："我不是屡次对你说了吗？做大事不要慌张，做急事更不要慌张，你骑着马送信，还愁着有什么跑不回祠堂不成，急得这样气呼呼的干什么？"立青看看众人，镇定了一口气，才缓缓道："这事很有些奇怪。刚才看到汪学正带了附近十几个不三不四的人也在各村子里乱钻。我抢到面前去问他，他笑着说因为孟老回家来了，他到各家去送个信。大正月初一的，家家去送信，有些不像，而且送信也要不了许多人。"说话时，一面看了朱子清，他会意了，便微摆着头道："这也没有什么可怪吧。我那小婿，虽然是脾气粗暴一点，但是犯上作乱的事总也不至于做了出来。他就是说了那两句话吗？还有别的可疑之点没有？"立青偷眼看看父亲的颜色倒是很沉着，并不把这件事放在心上似的，于是也就把话顿住着，站在一边。凤池便向子清笑道："子老，你生平大概都是以君子之心度人的，你的意思不能说坏。不过汪家父子，我也久和他们相交，单单以孟老为人而论，他就有点刚愎自用，恐怕还有点不胜睢眦之怨。"说到这里，微微一笑，接着又道，"至于令婿呢，那更是豪爽一流。在汪家这次遭了不白冤枉，心里有点不平呢，那也是分所当然的，所以在少年盛气上说，或者他不能怎样死心塌地把这件事就忘了。"子清想了一想，突然站起来，向他拱了几拱手道："凤老说的是有见地的，然则如之何则可？"说着，他又顺了那文气，将头摇了两个半圈子。凤池道："我也不过是这样想，原想把这里的事料理清楚了，我还要去访汪孟老谈谈的，现在恐怕走不开了。"他说着向屋子外面看去，那些被立青召集着的人正纷纷地向祠堂里走来。子清便起身道："果然觉得这事不可缓的话，我就再到汪家去一趟。"

凤池也是看定了的，朱子清不过是在桌子上做功夫，留在这里也没有多大的用处，便点点头道："那也好，我静候着你的回音了。刚才和他谈话，我觉得他的言谈有异。"子清在屋子里四周看看，觉得也并没有什么未了之事，然后起身就向汪家来。他从来是规规矩矩走路的，所以到汪家虽然为路不多，他也走了很久的时间，冬日天短，当他走到汪家门口，那金黄色的太阳照在稻场上，便现着一种荒寒的样子，加之寒风由天空里吹过，村庄外的树杪子只管呼呼作响，这就更觉得事事凄惨。汪家两扇大门白天也向外紧紧关着，倒有点像过年，只是门上光光的，并不曾贴着春联。记得汪家有一条狗，平常很厉害，老远地就向着客人喊叫，今天也寂然无声，这是说这人家什么都是不振作的。子清想着，在这乱离年间，孟刚又是遭着这样的不幸，他家的景象清淡，那也很是难怪，于是站在门外，出了一会儿神，这才伸手敲门去。敲了很久很久，才听到大门里面有一种脚步声。那开门的人到了门边，并不拨动门闩，却挨着门站定，息率有声，似乎正在由门缝里向外面张望。子清道："我姓朱，来拜望汪老先生来了，为什么把门关得这样的紧？"那里面人也没答应，咚咚咚，一阵脚步响又由外面跑到了里面去。子清想着，这可有些怪了。外面有人叫门，开门的人不将门闩拨开来，倒要向屋子里面跑，这是什么意思？又等了一会儿，才听到里面有两个人的脚步声，那想必是主人翁随着出来了。便道："汪孟老，我又来了，为什么突然门森森严起来？"门开了，却是汪家大小两个佃工。子清虽然二十分地持着逆来顺受的古训，到了这时也就不能不勃然生气，便重声道："你东家到底在家没有？我是特意来看他的，为什么刚才有人出来了，又不开门？"长工笑着说："是朱老爹，我们才开门呢，要不，我们就回说东家没有回来了。"子清道："官事完了，人回家了，这是好事呀，为什么不肯说实话呢？"他说着话走了进来，长工随后就把大门关了起来了。子清回头看看，见他们将两道闩都插上了，便问道：

"你们为什么把门户关得这样紧？"长工道："东家这样吩咐的，哪知道他为了什么。"子清越是不解所谓，跟着走到了堂屋里，本来还想继续地走到里面书房里去的，那长工却说："朱老爹，你在这里请坐吧，东家就出来。"子清气愤愤地重声答应了一个"好"字。

这时太阳越发地偏西，只有那屋檐下反射着一列淡黄色的阳光，堂屋里头都有些阴沉沉的了，子清且不坐下，笼住两只袖子，只在堂屋里踱来踱去。等了一会儿，只听到堂屋后面脚步声乱发，随着孟刚发言道："子老又来了，真对不住，让你久候，我也是不得已。"他随话走到了堂屋里，捧着水烟袋，向朱子清连连地作了几个揖。子清见他虽是强笑着，脸色可有点慌张，却也不去管他，便道："孟老平安回来了，这是千万之幸。两甲的绅士都在李家祠堂里，听到我们说你回来的话，都喜形于色哩。"孟刚道："那不见得吧？"子清晃着上半截身体道："不悦者有之，唯曹氏耳。"孟刚笑道："提他做什么？请坐请坐。今天总是新年，我们煨一壶酒，对坐谈谈。"子清向堂屋看看，便道："学正呢？"孟刚道："他大概不在家，也快回来了。"子清道："我特为此事而来，想要劝说他几句。"孟刚笑道："他很好哇，亲翁觉得他什么不对？"子清道："不但是他，就是阁下，我也要劝你们两句。我看贤乔梓的情形，把这场官司看得很实在，不肯罢休，好像有汉贼不两立之势，我很怕你两家再会弄出事来。"他一面说着，一面接过孟刚的水烟袋，手上虽有纸煤，却不去烧烟，只是很沉寂地捧着。孟刚笑道："你老夫子又是何所见而云然呢？"子清道："刚才李立青在路上碰到学正，说他惹了村子上一些年轻的小伙子到处乱跑。"孟刚道："这大概是真的。但是新年无事，他们年轻人大家邀着在一处玩玩，那也是天理人情。"子清道："孟老说这话，未免以书呆子视我矣。今何时耶？人人逃生拒死之不暇，尚有工夫玩玩乎？而况孟老刚由县里面回来，父子们也应该在一处叙谈叙谈，急忙忙跑出去做什么？我进得门来，你老哥也是把他出去的事只管遮遮掩掩的，也不为无故。"

孟刚默然了一会子，恰好长工送着茶和瓜子炒豆出来，就借了这件事和他斟上一杯茶，抓了一把炒豆放到他面前，笑道："我们家遭了这样的大难，什么都没有预备，就吃点炒豆吧。"子清道："孟老，你是知道我不善于辞令的，我猛然之间，也不知道说什么好，不过我想着，我们这两甲既然办团练，你是个老绅士应该出来帮帮忙。听到人说，湖南广西团练办得好的地方就没有贼兵，我们为了祖先庐墓，不能不出来。"孟刚拱拱手道："你要提在家里能做的事，我可以遵命，办团练我没法子答应。你不见我家大门紧闭吗？我从今日起，就杜门谢客。"子清手摸了胡子，偏着头想了一想，因笑道："若在平时，你这话我很是同心。现在，我就不然了。你想，将来长毛贼杀到了大门口，还能够让你杜门谢客吗？"孟刚笑道："果然到了那个时候，那又再做计较。"子清站起来，眼望了他说："你说这话，我好生不解，贼兵到了门口，哪容得你做什么计较？难道凭你父子两个，就能把贼兵打退吗？"孟刚笑道："我一不是朝廷的官员，二不是带兵的将帅，我打退他们做什么？"子清重声道："孟刚兄，你这是什么话？率土之滨，莫非王臣。你是大清的子民，有人造反，你就不能不尊王攘夷。"孟刚笑道："你既然知道尊王攘夷，那就很好。你的书比我念得多，你一定知道这个夷字是怎样的说法？我倒要请问你，长毛是夷呢，或者另有一个夷呢？请问，我是怎么个法子？"他说完了，放出那种毫不在乎的样子，抓了几粒瓜子在手，慢慢地嗑着。

子清先是一鼓作气地提出了尊王攘夷的大题目来压制孟刚。及至听到他说出了一个夷字，他心里就连连转了几个念头，像古人注疏易经似的那样转念着，清朝者，满人也，满者胡也，胡者夷也，便红了脸道："你说这话，是指着朝廷上不是汉人吗？二百年来，朝廷深仁厚泽、尊儒养士，哪一点不好？你敢说出个攘字，就大逆不道。而况长毛造反，不过像明末流寇，同早年的八卦教差不多，这岂能容忍？"孟刚笑道："尊儒养士，这话你可以说，因为你大小顶着一层功名，是清朝的秀才。我是老百姓一个，自古无不亡之国，但不见得老百姓全要跟朝代亡了。"子清将桌子一拍道："你枉读了一肚子诗书，这样人头畜鸣。你心术不好的人还能谈个什么齐家治国，我和你绝交了。"他气得胡子直撅撅的，将手横空一拦，做个画地绝交的样子。做完了这个势子，扭转身向外就走。孟刚他并不生气，随后跟着走道："子老，我不怪你，各有各的见解。但是你府上另有一件事对不起我。"子清突然站住了脚，问道："我有什么事对不起你？"孟刚道："令正把令爱送到我家，过了一晚，又把她接了回去。你府上简直把婚姻大事当作儿戏。"子清道："有这件事吗？"说着呆了一呆。孟刚道："不问有没有，你回去问问就可以明白。"子清道："贱内只说把小女送到亲戚家里去了，并不知道是送到府上来了。"孟刚道："你老兄责我不能齐家，你老兄自己又怎么样？"子清站定了脚，胡子又抖颤了一阵，便道："不问如何，你我志趣各别，我们从此分手了。"第二次扭转身，再向前面走去，无如大门关得很紧，一刻不能拨闩就走。因之在门边顿了一顿。孟刚手按了门闩，笑道："子清兄，你不要生气，你听我还说两句话。"子清道："你若是还是那样狂放的话，那就请你不必说，反正我心里已经明白。"孟刚道："你我都是读书的人，讲的不外忠恕之道，请你设身处地替我想一想，假使你遭了我这种冤枉，你也就这样地忍气吞声，不再说了吗？你要知道我这回受冤，并不是私事，也是因公。"子清道："你放我走，我不要听你的话。"说着，连顿了两下脚。孟刚又踌躇着道："我实在有我的

不得已之处。"子清将手掩着自己的耳朵，口里连说着"不要听!"孟刚道:
"我看你是我多年的老友，又是儿女亲家，所以说出这样的话，既是你不愿
听，我也就不用再说。我现在是关起门来做怕事的人，外面有树叶子飞来，
也怕打破了头。但是我家里有事，也不愿意人知道。假使我家遭了天火，你
就看到了，请你也不必来救。"他说完了这一套话，一声不响地把大门打开，
站在一旁，自让朱子清出去。朱子清也一声不作，低头走了出门去。

　　这时，已是暮色苍茫，便是在大路上走着，也不大看得清四向。不到半
里路，见前面有一群人走着，正看不清是谁。等走到那地方时，多数人都已
避开，只有一个人站在路边，还不曾把那人看得明白，他已开口先说:"你老
爹怎不吃了晚饭去?"朱子清听那话音，正是汪学正，便重声道:"你令尊肝
气太旺，我和他绝交了。"学正心里明白，站在一边，却没有作声。子清道:
"论到令尊，其志可谅也，其言不可谅也。"学正轻轻地答应了两声"是"。
子清和他对立了一会儿，叹了一口气道:"话是难言之矣。不过我总念着翁婿
之情，你听我一句话，遇事慎重，不说了，不说了。"他忽然转过语气，摇了
两下头，径自走了。学正呆站了一会儿，便有七八个后生齐拢了来。他引着
他们悄悄地到庄上去，却是由后门而进，到了书房门口便道:"师傅，他们都
来了。"里面有人答道:"让他们进来吧。可不用行大礼。"说着，这些人走了
进去，就在灯下，和一个人作揖。看他身穿灰布袍，拦腰束了大板带。脚下
扎了裹脚肚，蹬着薄底快靴。头戴一顶蓝顶子青布瓜皮帽，两鬓露出头发，
过了五分长，一部兜腮胡子，好像是有孝服的人，许久未剃头。他拱拳向大
家道:"一别各位，快有五六年了。你们大概忘了我黄执中了吧?"大家笑说:
"老记念着师傅呢，可是师傅在哪里，我们又不知道。"黄执中笑道:"是啊，
自从那年回了襄阳不多久，我就由湖南到广西大大地兜了一个圈子，这次赶
上了一场大热闹了。前两天，我由黄梅到太湖，昨日，我在潜山城里遇到了
汪孟老爹，一定要我到他府上来。我也正念着各位贤弟，自然是不客气了。
我没敢和他同走，我是随后到的。"说着将两只闪闪有光的眼睛向大家看了一
遍，微笑道:"学正的话，你们都听得懂了吗?"都答应懂得。黄执中笑道:
"我听说，你们贵乡在办团练，这是笑话。长毛由广西杀出来，就是由团练窝
里杀出来的。他们攻打武昌城，几万大军也挡他们不了呢。那长江里的船把
江都塞住了，那是他们的水军。古人都说长江险要，有了兵事渡江艰难。人
家有了这么些个船，哪里不能去? 陆路你把守了，他就走水路。我想到我们
学武艺，一来是防身，二来是干点事业。我念到各位同我学艺一场，有话不
能不来告诉你们。各位是愿意干些事业的，现在机会正在等着人。什么大事
业并不是天上掉下八臂哪吒来干的，都在人为。各位总知道朱洪武打走元鞑

子，也不过是个野庙里小和尚出身，你就怎么知道我们这群里面不能出来一个朱洪武？就算出不了朱洪武，难道胡大海常遇春也出不了一个不成？我们是中国人，我们就愿意中国人管中国事。现在管中国事的，并非是中国人，所以长毛军起来了，人家虽然说他是造反，但他们是中国人，我们也不妨由大处去看看他。当年朱洪武出世，元鞑子不一样地说他是造反吗？你们若是愿意做一个太平百姓，老老实实带了妻儿老小向山里头一跑。说到不愿失了机会呢，那就大家可以看事做事。若是跑到团练营当一个练勇，那一点点力量，怎么去敌住潮涌的长毛？有道是驮扫帚打火——惹祸上身，那是何苦？"

黄执中这一群徒弟里面，有名叫毛小木、胡二狗两个，都是曹金发的佃户，劲鼓鼓地站在一边。毛小木是个长子，见了师傅，早把辫子放下来。这就情不自禁地卷了两只大袄子衫袖，撩起辫子，在黄毡帽上盘绕着，瞪了眼道："不瞒师傅说，我们不争气，没有学到什么本事。只有汪四哥他的能耐好，或者可以立些马上马下的功劳。我们不想，只是四哥说的话，趁了这没有王法的时候，我们也要来个有冤报冤、有仇报仇，出上这样一口气。"黄执中道："若论到你们的本事，这不能怪你们，只怪我没有在此地多教你们两年。学正是自从我去后，又跟了别人多用了几年功，所以他很不错。但是你们这里头，只要有一个出类拔萃的，你们就不妨扶了他的尾子直上。"胡二狗是个矮胖子，黄黑的皮肤，大脑袋上顶了一个小三股辫。他穿件蓝布短棉袄，揽腰扎了个大搭包。那搭包却不时地由肚皮上向下垂着。他将两手抄起搭包上的带子，身子扭了两扭，直着眼噘了嘴道："什么人的仇，我都放得过去，曹老头子我不能饶他。去年秋收，他好厉害。他逼着把我的租稻收了去，只欠几斗租尾子，怎么也不放过，把我家一口小养猪要拖了去。没有法子，我只好照给了。其实去年我种的那些田，除给了他的田租，我只收到两三担稻子，牛力种子够哪一样？只好望今春的麦季了。"（安庆归六属佃制，田里于秋季收定例之稻，春季麦则归于佃户自有。）毛小木答道："你这是吃小亏，算什么？前两年我借了他五两银子，是租稻折的，就占了我的便宜。月息二分，利上滚利，三年以来，他糊里糊涂一算，滚成了十五两多，不知道他是怎么一个算法。我问他，他说到是按月滚的，不是按年滚的，不信，自己去算。他明知道我算不来这个疙疸账，出了一个按月滚利的算法来憋住我。没有法子，我只好认了。五两银子还十五两多，而且他是租稻折的，没拿出一文制钱来，去年年底，我现掏十五两白晃晃的银子给他大儿子的时候，我真恨不得打他两拳，咬他两口。我哪有钱还债？怕是再要一卷利，连妻儿老小都卖了还不够呢。是借了一批债，又邀了一个会弄来的银子。"黄执中道："过去了的事，现在还说它干什么？而且你们也不该说。"汪孟刚这时却由书房后面钻了出来，笑着向大家拱手道："黄老师远道来了，又赶上了元旦，不能让他老人家冷淡了，我已办下了两桌酒菜，大家来个一醉方休。现在就请到堂屋里去。"说着，两个长工高举着灯笼，将一行人向堂屋里引了去。

那时，堂屋两斜方对设两张桌子，在下方各明晃晃地点了两支大蜡烛。烛下各照着堆山也似四大盘鸡肉鱼鸭，在屋角落里，一个糠灰池里面煨着提桶似的两大瓦壶酒。黄执中站在堂屋中间，这就大声笑道："今天遇到各位老弟台，又有这样的酒菜，我们该大大地痛快一下。你们心里头或者也要想着，长毛都快要来了，还在这里大吃大喝，不知死活。其实长毛也是一个人，并没有什么了不得。那养长了头发的，不过像一个游方的道人，并没有什么难看吧？那没有养长的呢……"说到这里，他忽然将头上的青布瓜皮帽子取了下来，露出半边头上四五寸长的头发，刺猬毛似的，向上长着，接着笑道："就是这么一个样子，这有什么吓人？至多人家说是一个戴孝服的呢。"他如此一说，汪孟刚笑着，随着大家也大笑起来。在笑声中，他们就开怀畅饮了。

第十八章

痛快的报复

在汪孟刚关起门来款待教师的时候，乡村里的绅士虽不得其详，但是他父子不肯进团练来办事，这是大家都知道的。团练的首事们想到汪氏父子和曹金发仇怨很深，勉强拉到一处，不但要打架吵嘴，也许还坏了公事，这也就只好听其自然。自李凤池知道了县城吃紧，对于办团练的事格外认真，索性将铺盖搬到祠堂里去住着。这两甲的人对他最是信仰，见他这样安稳，就都依了他的办法，把妇女们送到天明寨去。各户人家只剩了些壮丁。立春前后，大正月里，也没有什么庄稼活可做。大家无事，都集合到李家祠堂前稻场上，操练把式。

这里全是凤池的私产，他毁了几亩麦田，用石磙滚成平地，做了操场。提出两甲中几位会武艺的，分成了十二队，去教练把式。按着两甲的壮丁，本来有一千名上下，但是事先走散和不来祠堂里报名的，却也有半数。所以这里十二队，每队只四十人，合起来是五百多人。但是凤池说，人多了反怕指挥不灵，这决计够了。操练分编了三天，大致都已就绪。凤池这就把十二队练勇分作三班。第一班分作守望队，将两甲大小路口分队把守。在路边用土砖稻草盖着矮屋子，做了把卡。卡外立起烽火堆，上面架着干柴草，遇到警报，一面举火，一面敲锣，以便远近都可以知道。第二班是游击队，全队昼夜逡巡两甲周围。他们带有铁铳，遇警立刻响铳为号。第三班是守备队，在祠堂里昼夜结集，等游击队逡巡过三个时辰之后，就去接替游击队。原来的游击队，去接替守望队，守望队就退回来做守备队带休歇着。这样周而复始，可以说全部壮丁都已经出动。凤池见团练办得粗有规模，他更是精神抖擞，把家事抛在一边，昼夜都经营着这件事。其余的首事也都受了他的感动，很是兴奋。

只有曹金发却是有点别扭，自那天和朱子清拌嘴以后，也禁脚不到团练公所里来。凤池派人去请他，他回说现在文也有人，武也有人，用不着他，待用得着他的时候，他再来。凤池听了他这种回话，明知道他是料定了各人办事不成，只好搁在心里，不说出什么来。据人传说，他每日雇了七八位小伙子，同着自己家里人，只把粮食和细软东西不断地向山里头运。搬运的时候，都在每日太阳下了山以后。朱子清就向凤池道："此人外强中干，料着他也不能做多大的事，他倒料我们书生不能做事。我们读了一肚子书，难道就能让他料定？"凤池笑道："我们各尽其心之所安，各尽其力之所能，办得或办不成，这已经不必管，至于他限量我们与否，这更可以不问。而所虑者不在他，实在你那亲家翁，他的行为虽不至于像你那样猜想的，但是凭他往日为人而言，绝不是个杜门谢客的人。"朱子清红了脸撅了胡子道："言者心之声，凭他所说的那些话，我看我猜的不会错。真有那一日，我是大义灭亲，绝不能够放过他的。"他说着，手是不停地拍了桌子。首事们看着，心里也都各自暗笑。凭着他一个书呆子，拿什么去大义灭亲？子清也看出了大家的意思，心里更是气愤。直到正月初六日，地方上还是平静无事，曹汪两家都没有人出面，公所里人也不再去请他们，其中只是朱子清一个人放心不下。他对凤池说，诚之所至，豚鱼可格，金石为开，眼睁睁看孟刚父子走入邪途，不去救他们，也实在不对，因之先作了两首诗，派人送给孟刚去。不料诗送去之后，一点回响没有。他又想着，诗里面的意思或者孟刚解不透。于是又仿照桐城古文派，写了一封信给孟刚。最后几句，是套韩愈祭鳄鱼文。他说："限即日明白见复。即日不复则三日，三日不复，是终不肯效忠王室，尽力桑梓也，吾唯有大义灭亲而已。"后送信的人回来说：孟刚跳脚大骂，说是怎么把他比一条鳄鱼，当了送信人的面就把信扯了一个粉碎。到了这里，朱子清也就死了心。这已是咸丰三年正月初七日，两甲的团勇编制就绪，已实行分班做事。大路上逃难的百姓又忽然增多，有的穿着打扮是大城市上的样子，似乎是省城里来的人。凤池亲自走到大路口上候着。等到有一位年老面善的人经过，便走上前去长揖请教。

根据那人说，省城自去年年底就已经戒严，东西南门以及小南门四门紧闭，人民只许出不许进，粮食只许进不许出。前两天，城里人还镇静一点。在昨天上午，南京陆制台由九江败了回来，经过安庆，城里人就十分骚动。一大半的人都向山里去逃反。我们连夜奔走，可不知省城现在怎么样。凤池听了这个消息，想到省城吃紧，绝没有兵力来分援县城，县城越发不容易保守，回得公所来，又和大家议定了三件事。一通知邻里邻甲，照样办团练。二劝大家收买粮食，运进天明寨去，把天明寨山口用大石垒起关垒。三多派人向通县通省两条路去打探。把这三件事议好了，又和首事们商定，所有团勇，不奉到公所里的公令，不许私自离开，有离开的，军法从事。议完了，凤池自己也换了短装，预备随时杀敌。凤池店里的买卖，自过年以后，就没有再做，屯的货物粮食，总在一千两银子以上，丝毫也没有搬上山去。所有穷苦的团勇，都由凤池捐垫粮食，代为摊搭公分。其余的团勇，都是经各首事派定，每人送菜米多少，交给公所，由公所里聚集起来，再分配交给各队。

这样一来，大家不但觉得是很公道，而且凤池这样捐助家财，也让大家格外地兴奋，所以在操练几日之后，大家毫没有涣散的意思，倒是越操练越有精神。立青好动，他总是随着游击队里出巡的时候为多。一天巡到汪家庄屋外边，却听到唰的一声，从空中飞过。那时练武术的人，骑射是占着重要的成分。听了这种声音，立青就知道是有箭从头上飞过，抬头看时，果然有一支箭射在路旁大柳树上。这株古柳，正中是个三叉向上的分叉干，箭中的所在，便是正中的一干。立青料着有点奇怪，就站住了不曾带队伍走动。不到片刻，汪家院里一阵喧哗，后门大开，涌出六七个小伙子来。只听得学正叫道："这一卦占得大吉大利，我们的事情总算成啦。"他们一行人说笑着拥了出来，直奔这大道边。及至看到立青带了一二百人，一排地站住，不由得他们不大吃一惊，大家愕然地站住。

　　立青将队伍按住，手上拿了一支花枪，直抢到他们前面去。学正手上是没有拿着兵器的，向后倒退两步，抱了拳头，连拱两下道："三哥这几天公忙。"立青笑道："可不是忙吗？无奈四哥你志气很大，不肯到团练里来，我只好是山中无老虎，猴子充大王。"学正笑道："人办起大事来了，话也说得很好听。立青，难道你的本事还不如我吗？"立青笑道："我们并没有交过手，不知道谁强谁弱。不过我是你师弟，我总也应该让着你。"学正又拱拱手道："足承美意。不是我说句夸大的话，前前后后，二三十里路，练武艺的人，我都敢和他碰碰。老的少的，我都不拘。只有你李家师弟是一个能手，我不敢说一个字大话。现在我这边只几个人。师弟你那边可有一百多人，我们说的话，大家是共闻共见，若是有了什么事，你得让着我三分。"立青被他这样几句开门见山的话抵住了口，却再道不出一个不字，只好便笑着。学正正色道："并不说笑话，我说的是的的确确的正事。这样的离乱年头，谁也说不定牙齿有和舌头相碰的一日。"立青道："我们办团练，不过是防备长毛来抢来杀，怎么和四哥碰得上？"学正笑道："譬如……"他这个比方不曾说得出来，又摇了两摇头道："但愿我们师兄弟并不相碰就好。师弟，你去治你的公，我到大路边柳树上，把那支占卦的箭给取了下来。"说着，开步待走。立青将花枪横着，拦住了去路，笑道："且慢，四哥，我问你，占卦为了什么？"汪学正被他拦住，又不免看看他身后的那样人，先是红了脸，然后又笑道："兄弟，你真是年轻，不晓得这些奶奶经上的事情。问卦算命，都只好搁在心里，若说出来，那就不灵了。问卦也无非求名求利，求妻问子，事情是不问也猜想得出来的。"立青道："你不是问长毛哪一天会来吗？"学正笑道："笑话，我问那个做什么？长毛也不肯派一位大元帅让我去当。"立青向他看，见他总是笑嘻嘻的，却也不便只管追问，就笑着点点头道："凭着我们同堂学艺说，我

125

们共着一个师傅所传，不应该教出两样的人来。"学正笑着鼓掌道："小兄弟，这才算你明白过来了。"立青道了一声再见，带了队伍自去。

学正只管站定了呆望着，直等他们去得很远很远，又走上山坡来，对他们去路看看，随后就冷笑一声道："乳臭还没有干的孩子，你懂得什么？"同阵的人也都随着哈哈大笑。走到那大柳树下，看到那支箭直撅撅地插进柳树干里去。学正昂头看着，哼了一声笑道："只凭这一点，我也不会差于别人。"说着，自己盘住树身就爬了上去。站在树上，向四周一看，却见通县的大路上有两个人很快地走来。等他走近，正是自己派去探听消息的人。学正等不及迎上前去问，就在树上喊着他们名字。那两个人口里只答应"成了"。四只手举起来，在空中乱舞。学正拔了箭，向地下一跳，笑着拍起手来道："好消息一到，我们的事情就妥了。"他说着，昂了头，向前面路上望了去，早是一阵脚步奔跑声，两个探子都跑到了身边，他们满头是汗，喘着气道："县城破了。县城破了。"学正道："不用忙，到家里去，对我们师傅慢慢地说。"于是一手挽着一个人，向家里走去。

汪孟刚和黄执中两个人在书房里，将小泥火炉子煨了一瓦钵子杂菜，隔了桌面用小瓦壶斟着烧酒，且谈且喝。学正在外面叫道："他们探得消息回来，今天早上城破了。"孟刚正端了酒杯子，向嘴边送将去，这就猛可地站起来，把酒杯向身后一抛，手一拍桌子道："现在是我们的天下了。"黄执中也站了起来道："不用慌张，先把情形问个详细，然后再说。"这时，一大群人都挤在屋子内外，听那探消息的报告。据他说："我们已经走到离县城二里路的所在了。一路全是零零碎碎逃难的难民，都说向前面去不得，县城破了，长毛由西门北门进了城，城里人大哭小叫，已经闹得不能收拾。人是千万不能进去，过去就性命不保。我们先还硬了头皮子向前走，后来看到半天云里青烟四起，大桥头上竖立着青红彩绿的旗号，这就知道逃难人所说的是真话，赶快跑回来报信。一路走来，也就是我们这附近还不知道所以然，只到余家井，人心就浮动了，各各村屋里，庄稼人都惊慌着在收拾东西，预备逃难。"黄执中点着头道："据我所算也就到了日子了。"汪孟刚道："若是这样说，不多久消息也就会传到这里的。他们团练公所派出去的探子很多很多，他们知道这情形不见得会比我们晚。等到消息传遍了，我们的计划就不能成功了。"黄执中昂头向着户外边看看天色，太阳虽是偏了西的时候，还不见十分晚，便道："据我看来，等着太阳下了山再去，方是合宜。嘻，学正哪里去了？"孟刚道："刚才还在房门口，怎么一刻不见了？"长工老四在门外答道："我看见他拿了一把刀，由后门口走了。"孟刚听说，将手解着长袍的纽扣，脱了长袍，向椅子上一抛，将挂钩上的腰带扯下，一面紧着腰，一面向外就走，对黄执中道："师傅，我们随着去吧。"

黄执中点头道："这孩子也太性急些。不过他已经走去，我们只好跟着了。"说着话时，大家捆扎衣服，各抢了兵器，共是十个人，拥着跑出后门来。这时，汪学正背上插了一把带皮套子的单刀，手上拿了一根枣木齐眉棍，大着步子，直奔曹家村而来。到了曹金发大门口，见他大门大开，刚是有五六个挑夫挑了东西出去。自己闪在一边，且不作声，等着挑子走远了，就闯门而进，直奔他家堂屋。站在滴水檐下，高声叫道："曹金老爹，快请出来，有要紧的话说。"他连喊了几声，金发大儿子由里面说出话来道："又是团练公所来纠缠，这个日子，哪个要管你们这些……"他走到堂屋里，看见学正拿了一根棍子站在檐下，倒是一怔。但是看到他还是心平气和的样子，便站定了，斜瞅了他，板了脸道："汪老四，你这样大惊小怪做什么？"学正道："长毛已经在今天早上攻破了县城了。"曹老大道："是吗？倒要你费心来说。"学正道："我不光是为了这事来的，我还有点小事，要和金老爹谈一谈。"曹老大道："你和我说不是一样吗？"学正笑道："我有一笔财喜快到手，但是要和你府上同做才行，所以我不能不来请教，这事还是迟不得，快去请令尊大人出来。"曹金发一脚跨出堂屋的里边门，笑道："莫不是你家来了什么逃难的阔人？"学正见曹金发已经出来，立刻脸色板着，端起齐眉棍向曹老大右肩上一点，他早是个鲤鱼跃子，仰卧在地。学正一棍头按住曹老大的胸口一只手指着曹金发，瞪了眼道："老狗，你勾结官府，欺压良善，害得我一家好苦。今天是你恶贯满盈的日子，我一要报公仇，二要泄私愤，和你来算账。"曹金发叫一声"反了"，百忙中拿不着兵器，将面前一条板凳捞了起来，两手握住了板凳脚，当胸横拿着。只是看到自己大儿子，被学正用棍头按在地上，却不敢扑上前来。曹老大身子一跃，胸口被棍一点，出于不意，早已有个半死躺在地上，兀自展动不得。学正冷笑道："反了？这不是奇，我要杀尽你这些恶霸和老百姓出气。但是我是硬汉一条，不能随便杀你。你常说你本领很大，几十个小伙子不在你眼里。现在就是我一个小伙子，看你放在眼里不放在眼里？"曹金发跳脚道："好小子，你欺我年老，我们天井里较量。"说着，一举板凳横了身子，就跳到天井里去。

学正放了曹老大也跳到天井里，指着曹金发道："并非我欺你年老，你自夸是个武举，一乡无敌。既是无敌，你还分老少？我不是和你较量我是要报仇。你活到一百岁，我今天也要杀了你。我背上有刀，手上有棍子，你要哪一样，我可以分给你。我要把你这个一乡无敌的武举人打倒再杀，才算本事。"曹金发这就不必顾儿子了，咬了牙道："我用板凳也能砍死你。"说着，横了板凳，扑将过去。汪学正用力将板凳一挑，自己向后一跳，喝道："老狗，忙什么？我穿的是短打，你穿的是皮袍，打起来你太不便。我不能沾你的便宜。你先脱了长衣再动手，你若是要拿自己趁手的兵器，那也可以，你只管拿去。但是你若有一丝人气，你就不许逃走。"曹金发跳脚道："好小子，你太藐视我了。"说着，提了板凳又扑过来。在武术里面，本来有一种板凳花，是为了防身用的。曹金发这就使出板凳花的解数，提了板凳侧了身子，斜砍下来。学正身子侧着让开了，并不回击。曹金发索性蹲了身子，横了板凳向学正腰眼里扫将去。学正又不回击，身子向后退了一步。曹金发横扫的势力来得太猛，人也随了这板凳，转了大半个圈圈。待收住了脚步，再要用第三个解数。学正可不相让了，两手斜伸了棍子，向板凳腿缝里插了进去，用力一搅，曹金发拿了板凳，却转动不得，学正飞起一脚，踢在他右肋，他便松了板凳，人倒跌得后面去好几尺路，那条板凳却飞出去一丈多远。学正见曹金发跌倒在地，将棍子抛在一边，反手抽出了背上的单刀，举起来便要向前砍了去。

　　就在这时，堂屋里涌出一群人各拿了长短兵器，直奔了学正。曹金发就地一滚，滚出了兵器圈子爬了起来，向屋子里便走。只听得后面有人大喊一声道："曹金发老贼，你向哪里走？今天不是你就是我了。"叫的不是汪学正，是他父亲孟刚带领家里来的那班人，直奔曹家堂屋里，和曹家出来营救的人碰个正着。孟刚跳到人面前，大叫道："学正，你把这些仇人一个个和我斩尽杀绝，我追杀老狗去。"他叫喊着，由人丛里分开了一条路，向曹金发家里直追了去。学正怕父亲有失，也丢开众人，紧紧跟了进去。

　　曹金发看见许多人杀进家门，顾不得什么利害，也是要和汪氏父子拼这一条老命。就在这时，他提了一柄单刀，由屋里再抢了出来。汪孟刚使的是一对短戟，见他脱得上身只剩了一件单裰子，红了两只眼睛，跳着提刀直劈过来，觉得他来势太猛，且把身子一偏，让过了这一刀。曹金发看到学正也跟了进来，便丢了孟刚不管，站定了脚，估定他的单刀必直砍过来，于是先将刀斜削过去。恰好学正的刀，也是横拦着的，两下碰个正着，刀锋对着刀锋，砍得火花直溅。曹金发震得虎口麻木，不能再战。学正又飞起一脚，把他手上的刀踢开，而且左手兜胸一拳，打得曹金发大哼一声，向地下蹲着。学正哪里肯放，把曹金发拦腰夹住，就向堂屋里拖了去。这时，曹金发六个儿子和几个大孙子，都让黄执中和一班庄稼人在堂屋里了结了，杀得尸横遍地，血染满堂。来人虽有几个受伤的，却并不怎样厉害。还有人鼓着余勇，要追杀曹家逃跑的人。学正将曹金发向地上死尸堆里用力掼了下去，便叫道："我们一乡的仇人，也不过是曹家父子，至于在他家帮工的人，和我无仇，不可以乱杀。曹金发我已经活捉到了，大家来审问审问他，要怎样地处治？"那些要追逃走之流的人，这才站定了脚，在堂屋里围绕着。曹金发掼在地下，也就剩着没有多大的气力，翻了两只眼睛，向上看着人，哪说得出一句话。学正用刀尖子指着他道："曹金发，你以为你凭着那点武举势力，就可以欺压我们老百姓。今天你那武举势力压不到我们百姓了，你害得我父亲坐了班房，讹我的钱，还要我和你披红挂彩、放爆竹磕头。我问你，那些威风现在都到哪里去了？我也不一定要你的命，你当了许多人，也和我披红挂彩、放爆竹磕头，就不杀你。"

那曹金发躺在地上，只管翻了眼珠看人，不断地喘气，哪里答应得出来？只在这时，有两阵浓烟由屋子里面的通门直扑了来，立刻堂屋里烟火弥漫站不住人，大家全向外面退到天井里看去。曹家这所庄屋已经有好几个火头，冲破了屋脊，向上直冒着。便是前进屋子，也是火焰飞腾。孟刚道："我们原来没有议到要烧曹家的房子，这倒不知是谁出的主意。"黄执中笑道："我们走到外面田地里，看大火烧恶霸的房屋也是一桩痛快的事，痛快就痛快的，管他是谁放的火。快走，不要自己也惹祸上身了。"说毕，本家呼啸一声，由烟火里面蹿到大路上来，各人也正要立脚向曹家屋头上看火。只听到三声连珠铳响，却有一二百人拿了兵器，直奔了来。这实在出于意外，大家又是一怔。

第十九章

俘虏着一个天兵

一个人在积威压迫之下，忽然得着一个机会，把这腔愤怒痛苦发泄无余，精神自然是极端兴奋，比任何一种刺激都要猛烈。汪家父子，以至于那些受虐待的佃户，这时把曹家全家杀了又烧，高兴得连青天都可以飞腾上去。曹家人既是或逃或杀，干干净净了，更也不想到另有人出来报仇，不料身后喊声大作，回头看去，竟有上百壮丁各拿着兵器飞奔过来。黄执中究是一个内行，于是离开一群人，找了一块地势较高的土坡上，汪家父子也就紧紧地跟了站着。

那群人蜂拥到前面，也突然站定，大家倒好像有猛吃一惊的样子，首先一个正是李立青，后面是团练公所的练勇，立青手里按着花枪，喘过一口气来，笑道："我以为是谁？原来是老伯和四哥，都是熟人，这是什么意思？"说着，昂头望了曹家屋顶的火焰腾空不断。孟刚拱拱手道："这是我和曹家的私事，大丈夫在世，有恩报恩，有仇报仇。你老贤侄也要说我愚父子做得不错。"立青道："老伯的话虽然说得不错，但是我们两甲已经办了团练，地方上就禁止有杀人放火这种事。曹家这火，大概是老伯放的，我们在公言公，看到有火，就要去救火。"学正也就走向前笑道："老三，你救火做什么？曹金发一家人我们全杀光了。你把火扑灭了，曹家也没有人感谢你。"立青瞪了眼向他身后看看那些佃户，一怔道："什么？曹家人都让你们杀光了？"学正冷笑了一声道："有十个曹金发，也要把他杀光。"立青道："既是这样，这事情大了，我不敢做这个主，我回公所告诉给各位首事们，请他们大家拿一份主意。那我先要走了。"

学正跳下土坡来，伸手将立青拉住，笑道："老贤弟，慢来，我有两句话问问你。"立青便立定了脚，问是什么事。学正道："不久的时候，你在舍下后门经过，我问过你的，也请求过你的，请你不要管我的事，这话你已经答应了，而且还当了好些人的面。"立青道："但是我不知道你老哥是干这样惊天动地的事呀。"学正道："你这人精明透顶，还有个不知道的吗？就算这次你不知道，还记得上次我在曹家磕头赔礼的时候，走到这路口上，埋了一块石头在树边田埂里头。那时，正碰着你，你还夸我是个好汉呢，有这件事没有？"立青昂头想了一想笑道："倒是有的。"学正再不答话，走到树下田埂边，对那里注视了一下，然后伸手一阵乱掏，掏出一块砖石来，用手抹刷干净了尘土，看过一遍，用手一拍，笑道："老弟，你看这上面我刻的字，我是久有此心了。"说着，把这块砖石就递到立青手上。立青看时，上面写道：

我定要今天报曹氏欺侮逼迫之仇。

旁边一行小字，刻着年月日和姓名。立青道："虽然你早就立誓要报仇，并没有预定杀了他全家，还要放火。"学正道："这不怪我。你看帮着我的这群人，哪个不是曹金发的仇人？得了这个报仇的机会，他们自己也禁止他们自己不住。不过就是我自己，哼，我不杀他家两个人，我也不能放松。"说着，昂头哈哈大笑。立青踌躇了一会子道："既然如此，我越发不敢做主，只有去禀报公所。"学正道："老弟，你只管把队伍带了回去。果然公所要办我的罪，我们也不逃跑。不过我师弟有言在先，你自己是不会和我斗气。"说着，伸了手在立青肩上连连地拍了两下。立青笑道："这话也难说。不过你是有志气的人，这个好宝贝，你留着吧。"说着，将那一块石砖递回给了学正，将花枪一举，自带领着那班队伍走了。

学正叉了两手，站在高坡上，望到这一队练勇遥遥而去，就淡笑了一声道："李立青年纪轻轻知道什么？哼，这二三百个练勇，他就以为很厉害啦。"黄执中当孟刚父子和立青说话的时候，他始终站在土坡上，斜了眼睛向他们看着，等立青带了队伍去后，就点了两点头，那意思好像是说，这并不坏。现在就接着学正的话道："你倒不要看轻了这二三百人。只几天工夫的操练，就到了这种样了，李凤池是个人才。"学正道："难道二三百人还能做出什么大事来吗？"黄执中道："你不听到说天国在金田起义，只几千人吗？"汪孟刚见他突然说出天国两字，倒是一怔。黄执中道："汪先生，你还待什么？这里的县城已经让天国军队占领，这里也就是天国的治下。堂哉皇哉说起天国来，这有什么要紧？没事了，我们回去先喝三杯，然后我们一路上县去。"学正举了砖石，跳了几下脚，大笑道："这真是我们一世的指望。"回头看那曹家屋头上的火焰，已经慢慢地挫下，不是先前那样的汹涌。大概屋子里面已经烧到九分九的情形了。孟刚道："除了一家恶霸，这事总算是痛快。但是天下的恶霸正多，我们怎能够一个个都这样处治他一下？"黄执中笑道："你忙什么？大运到了，总有那么一天。"大家说着笑着，抚动着兵器，摇摇摆摆地同回汪家。

他们回了家，同时，李立青也回到团练公所，见了首事们把刚才和汪家父子说的话重说了一遍。朱子清架着腿坐的，首先摇撼了身子道："怨毒之于人甚矣哉！"其余的首事们却都把眼光看到李凤池身上，看他怎样说。凤池背了两只手在身后，来回地走了几度，便笑道："这件事，我也难于处置了。说到汪氏父子报仇，他们也曾受曹氏之害，是几乎身家不保，现在痛快报答一下，照人情说，那是无可非议。然而杀人全家，还继之以放火，却是国法所不容，而况曹金老还是团练里一个首事。有人把我们团练的首事杀了，我们也不能坐视不管。可是我们又怎样地去管法呢？除非我们用队伍去把他们捉了来。"朱子清微微摇摆着头道："在公言公，对这件事，吾无间焉。只是汪家父子，颇非易与，而况县城传说已破，我们是同舟共济之不遑啦。我再声明一句，我是和汪孟刚划地绝交的了，这并非阿私所好。"李凤池依然背了手踱着步子，点点头道："唯其是这样。"

大家对于这件事谈论了一阵子，并不能有什么决断，凤池就摆摆手道："这事经小处说，究竟不碍我们大家的事。现在我要想法子证实一下，到底县城的情形如何，我们要做一个准备，说不定我们事业的成败就在今天晚上，只是总不能得着长毛实在的情形，我们准备也有些无从着手。"他说着，可就手搔了头发，又现出踌躇的样子来。

这时，又有两个打探的乡人，面红耳赤地喘着气走回公所来报告。说是余家井镇上，已经大家乱跑，再向前去，只有人向东走，没有人向西走。逢人都说前面去不得，长毛快到了。还有人说，长毛见人就砍，已经杀得人不少。越听说，越叫人害怕，实在不敢向前去了。凤池这就向各位首事道："这次的消息，虽然靠得住一点。但是以往各次谣言都传说得比这厉害，后来也全是风平浪静，大家徒然纷纷乱一阵，白耗费精神。这次我们只管镇定，还是不能不加紧戒备。另外还得有两个精细而又胆大的人，直到县城边去探听，只是有谁可以去呢？最好是我自己去一趟。"说着，将脚一顿。赵二老爹在旁坐着就起来摇手拦着道："你老爹若是去了，我们这团练还没有戏唱呢。"凤池道："我倒不用虚谦，说是少了我无关轻重，因为这团练就是我起首兴办的。只是说到用兵，第一是知己知彼，不知道人家怎样地来，自己胡乱张罗一阵，不但无益，也许是有害。"赵二老爹点了那只微跛的腿，摸了那短短的八字须道："无奈我是手无缚鸡之力。"朱子清捧了水烟袋，架着腿抽烟呢，摇了头道："此挟泰山以超北海之事，非折枝之类也。"他旁边坐了刘又卿老爹，两手拥了个泥火笼子，斜靠在木桌上，摇着身体，点了头道："李凤老的话是对的，只是有谁能去呢？"再过去是阮伯兰先生，人是圆圆的脸儿，长得很胖的，微卷了两只大袖头子，手捧了一杯热气腾腾的酽茶，慢慢地呷着，眼睛还望了那杯子上的热气一直向上升，只管出神，他并不接嘴说话，只是微摆着头，好像心里在说，这件事是不容易做到的。正在大家都没有话可说的时候，立青由外面抢步进来，向凤池道："爹，我可以去吗？"凤池向他身上那套短打装束望了一望，因摸了胡子笑道："论起你的胆量来，我相信你可以去的，只是你精细则不足。而且这件事也不是一个人所能做得下来的。就是我亲身去，我也得带着一个人同去呢。"立青道："我带着李鹏举去，好吗？他会跑。"凤池只管摸着胡子，却没有作声。立青看他那情形，便是有点许可。因道："请你老人家让我去吧。"凤池道："好，我让鹏举同你去。我听说长毛见人便掳，尤其是壮丁和小孩，见了不能舍。你前去有一个要着，无论如何，不能让他们近了身。你自己对这个要着，把握得定把握不定？"立青昂头想了一想："那我骑了马去。"朱子清道："如此，岂非打草惊蛇乎？"凤池道："若以本不想和长毛近身而论，也未尝不可。我们的意思也只要知道他们到了哪里，要向哪里走。"

立青听了父亲这话，那就不必再向下听去了，走出祠堂去寻找着外号矮虎的李鹏举，拉着他的手，向他周身打量了一遍，笑问道："我带你去打探去，你不怕死吗？"矮虎跳起来，拍着手道："怕什么？我一个算两个。"立青便牵出那匹马来，喂了一饱草料，背着一张弓，挂了一袋箭，提了一根花枪，再带着矮虎来见凤池。矮虎穿了厚袜草鞋，扎了裹脚肚，只背了一把单刀，腰上拴着一对流星锤。那矮小的个儿，越是显着精悍异常。凤池见了他们，又把胆要大心要细的话再三叮嘱了几遍。然后矮虎紧随在立青马后，顺着大路向东，向县城走去。每到高坡的所在，必得站定了，向东边探望探望。走了十五里路，到了余家井镇，这才现着慌乱的情形。镇上两旁的店户家家紧闭门户，这并不是过年关张那种样子，关了门，门上加了锁，还用横木段子在上面钉着。有的店铺来不及关门，竟是半掩着，向里面看去，却是空洞洞的，地面上一路撒着零星物件和散碎铜钱，这也就可以想出这里人逃走时那一番奔跑张皇的状况。

走遍了一条街，才只遇到两个白发老婆子和一个瞎眼的老头子，问他们的情形，他们也只是说造反的人快到了，其余也说不出所以然来。立青便向矮虎道："这样子，在别人口里，是听不出所以然来的。有道是百闻不如一见，我们只管向前走，必定看到了长毛再回转身。我有这匹马还怕什么？你凭着两条快腿，遇到什么急事，也总可以跑得开。小伙子，向前吧！"他骑在马上，反拿着花枪的枪柄，在李矮虎身后轻轻地敲了两下。李矮虎笑道："我的命，绝没有你的命值钱。你都舍得这条命去闯上一闯，我还怕什么？小伙子，我这里先走了。"他说着顿起脚来一跳，就已经跳上了马前，拔开步子来就跑。立青轻轻喝道："你不用忙，我还有话告诉你。我们两个人不能同在一处走，这种打扮，人家看到了，那是格外显眼。可也不能离得太开了，那样，我们就没有了一点照应。现在应当让我打马在前走，你隔几十步随后跟着。

上了堤，树林里，你虽看不到我的人影子，也可以听到我的马蹄子响。那么我在前面出了什么事，你可以溜了跑。若是你在后面出了什么事，我也可以回来救你。"矮虎斜瞅了他道："三先生真是瞧我们不起，我有了事，你可以来救。你有了事，我就溜了走？"立青笑道："只要你有胆子跟了三爷来，我自然是不拦着你。好小伙子，听着我的马蹄子响吧。"他说着，两腿一夹马腰，马就奔出了镇市。这里原是广州、南昌、九江等处一条通到北京的驿道。出了镇市，路便上了潜水大堤。护堤的大树和那丛生的野竹子长得密密的，看不见堤外一些什么。在堤上行走，只能看见树秒竹梢外的青山影子，和那天脚底下的白云。由里向外看是这样，外面看里边，更是一无所有。立青的马约莫在堤上走了五里路，只有那嘚嘚的马蹄声，和那风吹野竹梢子的瑟瑟声，互相呼应。立青忽然停住了马，将马拴在大枫树上。自己就盘了树干，直爬上树梢去。向西南角一望，黄尘隐隐的里面，正有两三炷青烟直向上冲。若不是火烧房屋，不会有这样大的烟火的。再向附近各处村庄一看，许多屋脊掩藏在枯树里，却是没有一点鸡鸣犬吠之声。

这已快到了人家做晚饭的时候，也并不看到一处人家有炊烟冒起来。心里那种离乱的意味，便觉得由这点上勾起来更深。太阳斜照在大地上，变了紫黄色，尤其是天上有两片冻霞带着血光。树下的潜河水正是落浅时期，在白沙滩里流着，一点响声没有。离这里不远，有一个渡口，往常用竹筏渡人，总是来往不断，现在却是一个也看不见。只有两只原来渡人的竹筏偎在沙滩边，遥遥地还可以看到那沙上留下来的人脚迹。他正在打量，李矮虎已经跑到了树下，昂了头道："我忽然没有听到马蹄响，倒吓了一跳，所以就拼命赶了来，你看到什么了吗？"立青道："怕是人都跑光了，什么也看不见，放了胆子，我们只管再跑上前去一截路。"矮虎笑道："我早就想着，我们乡下人是自己吓自己，我们一直走到县城里去，还是太平无事，回来一说，也要把那些胆小的人羞死。"

立青在树上看过了四向，各处都无事，那胆子比矮虎还要大，索性跳上马去，一带缰绳，向前飞跑，顾不到要和矮虎互相呼应的那一句话了，顺着堤又跑起来。约莫又跑了两三里路，便是一个渡口，必须渡过河去，才能到县城。渡口上原有两家草棚子茶饭店，立青下了马，将绳拴在草棚子柱上，探头向屋子里面看去。里头虽没有人，锅灶碗盏都还照常。叫了两声店老板，也没有人答应。里面有两个小屋，房门半掩着，推开门向里张望，一张白木床上堆了满床的稻草，一个大破木板箱子倒在地上，笨重东西，似乎没动，只细软物件却是搬了个空。地面上倒散着一些纸片布屑，想到是店家搬运东西遗落下来的。立青再到别一家去看看情形大概也是相同。自己这就站在渡口上，将枪倒插在身后，向对岸看着。因为这里河水虽然不深，但是单人渡过河去，必须脱了鞋袜。山河的河面，总是宽的，设若渡到半渡，遇到了敌人，却是很棘手，便站在那里，向沙滩中的流水，看了直出神。滩边也有两张过渡的竹筏，一张被水流到下流头，搁浅在浮沙上，一张却已拖上了岸，篙子丢在一边。

正这样出神着呢，心想，这渡口上的人也有些小心眼，以为这样做，就可以挡住长毛不过河了。忽听到对过野竹林子里有一阵人声喧嚷，心里一动，赶快拔了枪，倒退到茶棚子墙角下，藏了身子，伸头张望。首先看到竹林子路口上，先飘出一面三角黄旗子来，随着后面就涌出一群人，那些人身上穿着红背心，头上都包着红布，手上都拿有兵器。这是眼睛里很少见过的事，一看就料着是长毛。立青虽是不怕，但是真看到了长毛，把一年以来所听到的谣传，现在亲眼得见，那也不能不说是一件出乎寻常的事，心里连连跳了几下。再仔细地看去，约莫是二十多人，都站在水边指指点点。看他们那样子，并不是怕水不能经过，却是指着河这边的形势，预备领大队人马渡了过来。正看得得劲，身后却猛可地被人一把抓住，也来不及转身，将枪柄就反捣过来。再回头看时，却是矮虎，笑着跳出好几尺以外。矮虎笑道："好哇，你这样打探，人家把你活捉了去，还不知道呢。"立青道："我原知道身后不会有长毛来，所以少提防一点。你还闹着呢，长毛都到了河那边。"矮虎道："我也看见了。只二十来个人，我们怕他什么？"立青道："那倒不要看小了人，也许他们这里面有能手。我们就隔了河在这里等着，看他们到底有多少人来。等他们真渡过河来，我们再走不迟。我们由小路上随便一溜，也就溜走了。"矮虎笑道："若是那样，我们还得不着实在的消息。最好我们捉他一个活口过来，那就什么都好打听。"立青道："只是他们有二三十人，我们才两个人，要想捉一个活的过来恐怕不易。"矮虎道："我倒有个主意，你看，天也快黑了，我们由上游偷渡过河去，在竹林子里藏着，到了晚上，我们悄悄地溜到路边，偷着拖了一个就跑。"立青笑道："你以为他们是只鸡，可以偷了走吗？他叫起来，我们倒是送礼上门。我看要来就是硬来，趁着天色还亮，也许他会上我们的钩。"于是把心里拟的一条计告诉了他。矮虎一拍手道："这很好，准可以叫他们上骗。"说着这话，就跳到河边去。

他这一出现在河边，那沙岸上的人，立刻就喧哗了一阵，好像说是很奇怪。就有一个人站到水边上挥着手道："喂，老百姓，你们那里有妖吗？"矮虎道："我们河这边人都跑完了。"立青在他身后轻轻地告诉道："他说的妖，就是指着官兵。你说有两个妖头在前面百姓家里好了。"矮虎笑着答道："有几个妖，你们过河来捉吧。你们是长毛那边来的吗？"立青轻轻地喝道："你

135

怎么当面说他们是长毛？"一言未了，那二三十人拥了那面旗子就抢过河来。矮虎看到，将右手一举，立青跑了出来，跳上马背去，也直奔河滩上。那对面一群人听说有妖，正要渡河过来捉妖。走到河心，忽然看见岸上有骑马的人，手上还拿了兵器，这一定是妖了。大家呐了一声喊，把河当作平地，一齐冲杀过来。矮虎这才知道这么一道浅水河，实在拦不住长毛，拔腿便跑。他并不走大路，只由沙洲上的小路上斜刺里飞奔。

立青不慌不忙，看到他们身后并没有队伍，直等他们离岸不远，然后勒转马头，顺了大路跑。故意将枪柄打了马屁股，现出那惊慌的样子来。这个时候，太平天国的军马穿过湖南湖北，挟江水陆百万之众，潮涌而下。江南清军，望风而溃，向来没有什么大抗拒。这一小队天军，他们人数虽不多，却是见过事的，这样一个骑马的人，又没有穿清军的号衣，哪会放在眼里，因之大家一拥上岸，直奔立青。立青看到他们上了岸，故意将马骑得东奔西窜，人在马背上，也是前仰后合。天军看到，这活是一个初次骑马的人，哪里还能够打仗？大家哈哈大笑一阵，更由后面追着。立青跑着离开他们约有一里路远，快要上堤。远远看到矮虎站在小路边一个沙墩上，拍手大叫道："来呀，来呀，妖在我这里。"天兵看到他和立青，一个步行，一个骑马，分了两处站着，情形有点尴尬，就不免站定了脚，估量一下。矮虎大叫道："哎，长毛，你们胆也太小了，你们那么些个人，跟着我一个人也不敢过来。"天兵被他的话一激，就丢了立青，一齐去追他。立青早是勒住了马，插好了枪抽弓搭箭，反追了过去。那矮虎见天兵已经追来了，拼命地跑，两脚所到，就地卷起一道飞沙。天兵看他跑步如飞，便停止了不追，这里立青一马，可又快到面前，他们为首一个拿旗的兄弟，早是扑倒在地。他们啊哟二声，围上去看人。立青见那面黄旗倒地，趁着他们慌乱，看见人圈子外站立了一个，对准了他的大腿，飕的又是一箭。

天兵见射倒两个，丢了受伤的，一齐来追立青。立青见他们全是步行的，并不害怕，将弓背着，举起花枪来一挥道："你们知事的赶快回去，如其不然，一个个都死在枪尖下。"天兵听他是本地人口音，很年轻，不像是清军兵将，索性追上来。立青只看他们追近，慢慢地后退，等他们直逼到马下，这才虚战两合，回马又跑。这样的解数，天兵也是惯玩的，如何不知？看到立青身后大堤竹木丛生，正好伏兵，他们不但不追，也回步就走，立青再射了几支箭，却都不曾射中。可是当他们追赶、立青后退的时候，不知不觉之间，已是追过来两里路。等他们回到渡口沙田上，两个被箭射着的，重伤的还躺在地上，轻伤的和那面黄旗都已不见。他们也来不及细细地查问，抬了那个重伤的，自过河去。他们去后，立青却又打马早跑回来。一阵马蹄子响，引得矮虎由沙田水沟芦苇丛里钻了出来。立青跑上前，还不曾作声，矮虎拍手道："好计好计，我捉住一个了。"立青笑道："就算是你捉住的吧，人呢？"

矮虎复进得芦苇子里，拖出一个人来。那人大腿上中了一箭，流出来的血将裤子黏成了一片。他头上扎了一块短短红布包巾，身上是蓝短袄，外套红背心绿边，在对襟所在，胸面前有一块五寸见方的黄布，上面写着"前营中二东果毅"一行小字，另外有四个大字"冲锋伍卒"。他坐在地上，面色惨白，两手抱了腿。立青在马上叫道："朋友，你那箭伤没有毒，不要紧的。你如果愿意说实话，我带你回去，涂上一些药，那就好了。你如果不去，看你这样子，谁都知道你是长毛，好歹结果你的性命。"那人操着湖北音道："你们是哪路官兵？你们若是旗营，我就不去，你用枪把我扎死吧。"立青道："是旗营你为什么不去？"那人道："那是旗人带的粮子，见我天国人就要乱刀砍死，我不去受那罪。若是汉人带的粮子，我就去。"立青道："我们不是官兵，是本乡的团练，只要你肯跟我们去，说一些你们长毛的军情，我们就放了你。"那人道："若是真话我就去。"立青道："你不听我是本地人口音？我若要你性命，有刀有枪，随便就可以把你杀了，还把你带走做什么？你走不动，可以骑我的马，我们跟了马走。"那人连连拱手道："若是这样，我真感恩匪浅，我实在不行了。"

立青看他倒不是装假，跳下马来，和矮虎两个人将他搀上马去。矮虎又在芦草里取出了一面旗子来。旗子是三角的，约有二尺五六寸长的边沿，用一根竹竿穿着。正写两行小字是"太平天国左十二军前中二东两司马"。这两行字，前行由上到底，后行只"东两司马"四个字。在旗子中间，四个大字标列着，是"正张副李"。字是黑布剪贴楷书，笔画显明。不过立青看了，却有些不明白，扶着马背，一面走，一面问道："这个旗子上的字，是什么玩意儿？"那人答道："不说明是不懂的。天国一个军帅，管前后左右中营五个师帅。一个师帅，管前后左右中营五个旅帅。一个旅帅管一二三四五五个卒长。一个卒长管东西南北四个两司马。这旗上的字是左十二军帅前营师帅中营旅帅中二卒长东两司马正司马张副司马李。"立青道："这样说起来，他们不也是编制得很有头绪吗？"那人道："人家都说天国军队是乱七八糟，其实规矩重得很呢。"立青道："你怎么左一声右一声天国？以后要说长毛。"那人便不敢作声。立青走了一阵，看到他号衣上的字，便问道："你身上的字怎么和旗上的字又不同样呢？"他道："这也就是'东两司马'下面多上'果毅'两个字。因为每两司马下面，有四个伍长。伍长的名号是刚强、勇敢、果毅、威武。我是果毅伍长名下的，所以多'果毅'两个字。一个伍长管四个伍卒，伍卒也有名堂，是冲锋、破敌制胜、奏捷。因为有了这字号，查起人来就很容易了。"

立青听他这样说着倒觉这件事很是有趣，也想不到长毛军编制得有这样的精细，于是陪了他走十几里路，也就谈了十几里路的话。到得李家祠堂时，已是满天星斗。一路摸黑的，约莫走有四五里路。虽然现在乱时，总是家门口天天走的路，却也未计其他。不料这一番谈话，又引起一场风波了。

第二十章

大战的前夜

李立青年事那样轻，只是个十四五岁的青年，初次出马就得着一个俘虏，心里十分高兴。可是他们由大路上摸黑回来的时候，黄执中带了汪学正也正摸黑要向前面去。远远地听到马蹄声、人的说话声，便留了意，闪在低田岸下，听他们说些什么。立青由他们身边走过，却是一点也不知道，自由自在地过去了。他们所说的话，黄执中听了不少。立青丝毫也不介意，押了那个俘虏，直向李家祠堂走。刚到门口，凤池就迎了出来，他先吁了一口气道："你也回来了。怎么去了……"话不曾说完，一眼看见马背驮着一个人，作声不得，立青向前告诉道："爹，我算没有耽误事，总把消息探得回来了。你老人家很是着急吧？"凤池正色道："虽然有些急，但并非为了父子私情，只是怕你误了公事。"说时，公所里的人早是捧了灯火拥将出来，在灯火下，看到马上一个戴红包巾穿红背心的人，大家都奇怪地啊哟了一声。立青和矮虎两人趁着灯光，把那人抬下了马，送到祠堂厢房里，先和他洗涤了裤子上的血渍，然后用创药给他敷上伤口，而且还给了他一顿饱饭吃，这才引他到办公事的堂屋里来说话。这不但首事们觉得事情新鲜，要听一个究竟，就是在祠堂里的练勇，哪一个不要听这新闻？那人不曾到堂上时，天井里已是围满了人。首事们同坐在正中的公案桌里面，让凤池坐了正中，由他一个人审问。

凤池不愿摆什么排场，在地面放了一只蒲垫，让那俘虏坐下，带着笑容向他道："我们是本乡团练，并不是官兵，同你从前一样，都是老百姓。我们和你无仇无怨，绝不伤你的性命，你只管说实话。"那人答道："我自然说实话。刚才这两位大哥押我回来的时候，路上已经问了我不少的话了。"凤池道："他们问你的话，你不必管了，现在你把投匪的情形、在匪里干什么，先说出来。"那人道："我叫高三顺，我是湖北汉阳人。天兵到了汉阳，男女各归馆，我在馆里，他们要我入营打江山。不干的，他们说是通妖，立刻就要杀头。为人谁不怕死？我只好入营，当了一名伍卒。"凤池道："你既是被胁迫为匪的，那更可以原谅你。你有话只管放胆说。我且问你，你们来了有多少人？"高三顺道："大概有二十万人。"

凤池一看大家的颜色有些变动，立刻拍了桌子，大喝一声道："你胡说！哪有这些个人？你打算用大话吓我们吗？"高三顺道："不，不，这是实话。

天兵，不，长毛，长毛由湖北下江南的时候，他们都说水陆三路有一百万人，我说这北路有二十万人，那真是打折头说的。"凤池道："水陆两路，你怎么说是水陆三路呢？"高三顺道："江南一路，江北一路，长江里面还有水军，岂不是三路？"凤池道："你们这一路当然是江北路了。你不说三十万，也不说十万，怎么打折头，说是二十万呢？"高三顺道："这自然有缘故。因为弟兄们传说，这江北路共有三十二军人马，一军是一万三千多人，三十二军，该有四十万人。打个对折，也有二十万人，所以我那样说。我不过在他们那里当一名伍卒，犹如大水牛身上一只虱子，好歹与我无干，我何必和他们说什么大话？"凤池道："长毛的军队都是掳来的良善百姓，一来人心不服，二来也没有操练过，二十万算不了什么，二百万也算不了什么。"说着这话时，同时向大家看看，那就有点向大家打招呼的意味在内。又问道："你们是怎样进的县城？到了这里的有多少人？"

高三顺道："前几天我们到了太湖，本来就要来打潜山。后来因为等宿松那路人马稍微等了一等。前天由太湖开兵，在路上遇到几百名官兵，一轰就跑了，没有打仗。昨日晚上到了潜山城外，围着东西北三门。今日天不亮我们就攻城。太阳出土的时候，北门有几百人抢着爬进了城，城就开了。我们这一军人在东门外桥头边扎营，没有进城，城里情形怎么样我不知道。今天下午，卒长有令，吩咐四个两司马带着弟兄们查看路途，我就在河边下，让你们捉来了。我的职分很小，营里的事知道不了多少。我知道的，都已经说了。"凤池道："你们探路，打算到哪里去？"高三顺道："我也说不清楚。不过也曾听到了人说，先杀到南京，后杀到北京。"凤池道："你们出来探路的是多少人？"高三顺道："是一百人。"凤池道："那么，在东门桥头上扎营的，有多少人呢？"高三顺道："实实在在，有一万多人。"

坐在旁边的赵二老爹却禁不住插嘴问道："光是东门就有一万多人，加上西北两门，不有三四万人吗？"高三顺道："实在是有那么些个。"全堂的人听了这话，面面相觑。凤池淡笑道："两三万人，也就是说起来，听了有些怕人，据我看来，那简直算不得什么。这长毛要是有一点能耐的话，他们一百多人出来探路，怎么就会让我们去两个人，活捉一个回来了？高三顺，你说实话。长毛到了一个地方，自然是要烧杀淫掳的，我问，他们是怎样地动手？"高三顺道："他们每到一个地方，先是查妖，到各家去清查，认出有通妖的，立刻就杀。查完之后，第二是打馆，男有男馆，女有女馆，各家的人口，分着男女，都要到馆里去住。奸淫的事，倒是没有。他们那里有几样怪规矩，夫妻同住，捉到了也是要杀的。"凤池道："既是人家的男女，都分开了进馆子去，小孩子呢？"高三顺道："长毛最喜欢小孩子，只要会走路的，无论大小，都带了去。长得清秀聪明的，他们的头脑就带了去做干儿子。剩下来的，分拨各营做老弟。老弟上了十岁的，就可以上阵打仗。或者留在营里做些小事。"凤池道："这样一来，长毛所到的人家，那是全家灭绝了。还有人家的钱财东西呢？"高三顺道："粗笨东西他们是不要的。搜得了钱财，两司马交给卒长，卒长交给旅帅，一层层交上去，交到天库为止。"

凤池听到了这里，脸上就带了喜容，对着全堂的人微笑道："大家听见了没有，假使长毛杀到了我们家里，我们还能剩下什么？现在我们想免了这场灾难，只有好好地来操我们的团练保守我们这两甲的乡村了。"高三顺坐在地上向大家望望，又向坐在公案上的几位首事望道："我看各位倒都是良善百姓。既然救我出了火坑，又不伤我性命，我倒有一事奉告。我看你们贵县全是高山，正好扎寨子躲难。不如把这些团练，做上山的准备断了长毛进山之路。长毛找粮食、占城池，他们没有工夫上山，你们都有生路。若是在这平阳大坂上，你们只几百人，怎样抵得住长毛如潮水一般的人马？"凤池道："我们办团练，只保这一地方平靖无事也就算了，并不去找长毛打仗。"高三顺道："你不找他们，他们要找你呀。凡是不听长毛调查的人，他们都说是通妖，一律要杀。你们这样正正堂堂地办团练，他们岂能相容？你们今天把我捉来了，又射伤了一个副司马，他们一定说是这里有妖兵，明天不找到这里，后天一定也要找到这里，那个时候，你们还是同他们打不打？不打，不如先躲开他们。若要打，他们也许只来几百人，也许来几万人……"

凤池耳朵在听他说话，眼睛可是在看着大家的颜色，见大家的脸色红一阵，白一阵，眼睛都一直地射在高三顺身上。凤池心里来往不定地想了好几遍主意，于是突然把脸色往下一沉，重重地拍着桌子道："高三顺，你这东西，贼性不改，我这样地宽待你，饶你不死，你倒用大话来吓我们。我不是看到你箭伤还没有好，就要拿皮鞭子抽你一个死去活来。不用问他了，把他拖了下去，这东西实在可恶。"说着，将桌子连连乱拍一阵。站在一旁听审的，最是李立青不服这口气，自己亲自在二三十个长毛队里，把高三顺捉了来的，哪看到他们有什么本领？现在父怪他谣言惑众，把他拖了下去，那是正合心意，立刻抢上去，拉了他就走。这大厅里，大家就议论纷纭起来，有的说这是谣言，长毛哪有许多人？有的说看这人不像是说瞎话的，长毛若是没有能耐，怎会杀得官兵大败，由广西杀到安徽。凤池殊不料找着了一些真实消息，大家反是心里摇动起来。自退到厢房里去，抽了两袋水烟，然后把各位首事们请到，议起事来。等大家坐定了，先看了各人的脸色一遍，觉得都有点红白不定。于是镇定了心，从从容容向大家道："长毛人多，这是我们早已知道的，用不着高三顺来说。但是据我看来，这实在不必担心。这话怎说呢？我们的家财和人口，都已上了天明寨，这平坂上不过是一些空房子。我们在这里，能保住一天就保住一天，真是保不住了，我们就上天明寨去，这一点不会误事。可是天下事很难说，往往一点小力量也可以做出大事来。譬如长毛吧，他们初有反意的时候，何尝不是几个人？于今就号称百万之众了。我们现在还有几百人呢，只要主意拿得稳，进退预先都有个计划，焉知我们这团练不会一天一天人多起来。我们这些首事，同心协力，干了这些日子，已经做出一些规模来了，若是让俘虏三言两语就吓跑了，那岂不是笑话？"朱子清点头道："这话有理。世守也，非身之所能为也，效死勿去。"凤池且不理他，又向大家道："自然，高三顺的话虽不必全信，也不能不加紧防备。明天一早先请两位首事到天明寨去，把山口上平坦一些的地方，都堆起石块来。我事先已经画好了一个图，把要紧的所在都一一注明，哪里应该堆石墙，哪里应该加深山沟，照图行事就行。"说着，在身上掏出一张图样来，交给大家看。赵二老爹首先把图样接过，从头至尾看了一遍，因微晃着头道："这太详细了，不但是东西南北一看了然，就是哪里有峭壁、哪里有深坑，也都载得很清楚。这不是事先在这山上踏勘了十回八回，绝不能说得这样明白。李凤老真是有心人也。既然如此，我就自荐一下，我明天愿意去跑一趟。"凤池道："二老爹肯去，那就很好，哪位愿和二爹去，就请自己去商量。我想着，明天一定有事，须要提出全副精神来对付他们，今天晚上我们早早地安歇了吧，明天是不是还可以这样地安然睡觉，这话就难说了。"

他这样一说，各人的脸色又是突然地变作红色，彼此相望，作声不得。凤池正色道："我们几位首事是几百团练的头脑，连上山的老弱算起来，怕不有两千人，他们的性命全都在我们的手掌心里。我们不办团练，老早地让他们远走高飞，好歹就不管了。我们既是担起了这个担子，要保护他们的身家性命，我们就不能做那半截汉子，半路上把担子摔了。担子不能摔，除了硬着肩膀只管向前走，还有什么法子？大家往前干，也许找得出一条大路来。若是进不进退又不退，那就老老实实自己缚着手脚，等长毛来收拾。长毛来了，我李家父子决计是打头阵，并不是徒然拿大话骗别人。"

他说时，随着站起身来，而且挺了胸脯子眼望了大家。首事们到了这时，本是骑虎难下。看到凤池这种慷慨的样子便都发誓说绝不半路抽梯子。凤池道："逃走，我知道各位不会的。但是这害怕的模样就不该有。当首事的先就镇定不起来，还怎样去带这些壮丁打仗？望各位只当没事，今晚上好好地安宿，明天一早起来大家凑这么一次生平的热闹。"说着还笑了一笑。大家见他的情形，自然随着也就安定下来。在每天晚上，有一个首事值夜的。凤池这就和值夜的首事商量，把日子调换了一下。当首事们各各回房去睡觉了，凤池挂了十把腰刀，点了一盏灯笼，自己打着，走到大厅两庑下来。只见靠墙所在，各烧了四五处柴火，歇班的几十名练勇围了火团团地坐着。有的坐在地面砖石上，两只手抱住了腿，将膝盖顶着下额睡。有的坐在板凳上，闭着眼睛，将身子靠住了墙。有的口衔了旱烟袋，有一下没一下地抽着，似乎都很疲倦了。凤池想着，假使明天要和长毛见仗的话，各各都要让他有全副精神才好，今晚既是大家都很疲倦，这倒不必去管他们，由他们充量地睡上一觉。于是也不惊动这些人，右手提了灯笼，左手按了刀柄，悄悄地走出祠堂来。祠堂正是在一片高坡上，出得大门，向前面看去，黑野沉沉，接着那满天星斗的夜空，在其中有几丛火光散布在周围，那正是散布在外面把守路口的守望练勇。再回头看着庄子后面，虽是在这样黑夜，然而那巍巍然的高山影子，依然隐隐可见。尤其是在中间一个主峰下，散布着四五点火光，闪烁不定，可见山上有人居住，那正是天明寨。可怜这附近许多老弱妇女，无故抛开了他们的家，都藏到那上面去了。

凤池想着，看这种形势，迟早自己也是要躲到那山上去的。靠这几百人自然是抵不住成千成万的长毛。然而明白抵不住，自己还能够编成几百练勇对他们试上一试，这仿佛自己也不算得怎么样子老。最难的就是两甲这些绅士老爷，平常一个个全是文绉绉的，现在就是大敌当前也并不走开，这可见天下无不可为之事、无不可用之人，只看在某件事里的领袖人物，自己是不是发奋有为。我李凤池能够借这个机会和乡村做一点事，才不愧人家说我这大半生是个有干才的人。想到了这里，自己很是得意，昂着头望了天空，干嘘了两口气。

这祠堂门外的空场上，新插了两面团练公所的尖角旗，被这黑夜的寒风卷着那旗子尖角飕飕作响，在极寂寞的地方有了这种声音，更添一种说不出来的悲壮意味。再看各路防卡所在，野火闪闪不定，在火光中似乎映着那身带长枪大刀的人影子。刁斗无声，只有寒风拂面吹过，似乎这里暗藏着无穷尽的杀气。偏是凤池家里养的那匹白马，这时忽然呜吓吓长嘶一声，立刻又加增了长空中一重杀气。凤池顺着出庄的大路慢慢向前走着，心里头既是感到有一番凄凉，同时也感到有一种豪气。这就将灯笼交给了左手，右手拔出雪片也似的腰刀，在灯笼光下颠了两颠，而且举着灯笼，将刀看了一遍。光射在刀锋上越显着这刀的精彩夺目，于是长叹了一口气，把刀插进鞘里，提了灯笼，依然顺了路走。

他在这黑野中间，提了灯笼走路，那一点红光就早已替他通知了路前面的人，好像说，有人来了。所以他走进一所把口的卡子，守望的练勇就都拥上前来接着。凤池举着灯，先向大家说着"辛苦了"。他们听到是凤池的声音，都问凤老爹怎么也出来巡查，凤池道："今天是我值夜，我想，与其在祠堂里闲坐着，倒不如出来走走。万一有事，我立刻跑回去也不妨，我只是不走远就是了。也是我心里不知怎的放心不下，总想四处看看有没有歹人混到我们附近来。"说着话，走进卡棚子，地下烧着一个大树兜，四周围了糠屑，在糠屑灰里煨着一把大瓦壶，壶嘴里热气腾腾，倒是透出一股清茶的香味。地上许多窟窿眼都是插兵器留下来的痕迹。那土砖墙上，倒有许多炭末写的字，如"英雄不怕死""胆大拿得高官做""火头军天下闻名"之类。凤池看看，也不作声，心里也就发生了一点想头。觉得拿大义去劝人杀身成仁，却不如拿富贵去动人，说是将相本无种了。因为这样，也就想着这也是观测众心的一班，因之巡视了一个卡房，又巡视了一个卡户。直到巡视第三个卡房的时候，正好一批百十来名巡逻的游击队也正赶到，就随了换班的守望队同回祠堂。自己也不想到声息俱无的时间，有什么事情会发生出来的。这值班的厢房里，预备好了灯火热茶的，李凤池走回房来，在灯下坐着，斟了一杯热茶，手托住了慢慢地去喝。喝一口茶，自己抬头向空中盼望一下子，也正是在那里出神，好像是想一个什么事情似的。他放下茶杯，将头点了两点，分明是想的那件事已经有了一些结果。因之脸子上跟着泛上了一阵笑容。不料就在这个时候，立青突然地冲了进来，向他道："事情不好了，那个捉到的长毛让人家救去了。"凤池猛然听到这个报告，心里也是愕然，偏着头，皱了眉毛，仔细地想了一想，因道："你怎么知道是人救了去了？"口里说着，取下墙上挂的那把腰刀就起身向外走。立青跟着后面道："因为他的腿伤了，不会走路的，并没有想到有别人来救他，所以只把他放在屋子里，将门给带上，也就完了。"凤池更不答话，一直向后进那个屋子里跑了去。

屋子里放的竹架子瓦灯盏的棉油灯，那根灯草兀自亮着豆大的火焰。床上无人，留下了一条红包巾。这就看到屋子的后壁的木格窗户拆成了个窟窿，一个人的身体正好由那里钻进钻出。这墙外面是人家的菜园，菜园外面又是出村子去的小路。凤池站着看了一看，笑道："这没什么了不得，这人去之不远。"

说话时，首事们也都来了，就围着凤池问话，都说这个长毛腿伤很重，站不起来，绝不能够打破窗户，跑了出去。就算他能爬了出去，这里全是生疏的路，他又向哪里逃走？必定是长毛派了高手来，把他救走了。这可了不得，长毛都能到这里来救人，我们四处扎卡，那还有什么用？凤池笑道："各位只知其一，不知其二。这个高三顺在长毛里面不过是个兵丁，他自己说的话，不过是大牛身上一只虱，其实一只虱还谈不上，至多一只虱的小腿，长毛丢了这么一个人，算得了什么？何必救他回去？而况长毛全是外乡人，他们怎么知道捉来的人藏在这祠堂的小屋子里？晓得绕到后墙，破了窗户救他出去？有道是远贼必有近脚。这样挖墙救人的事，更非有近脚不可，所以我看到这个窗户格子一根根由外面拉断，我就料定了这人走之不远。"

大家听了他这种透明的解剖，又是面面相觑。凤池道："俗言道得好，毒蛇在手，壮士断腕，事到于今，就说不得亲疏了。汪孟老父子为了自己的私怨，杀人放火之后，还要和长毛勾结。他们虽不和我对敌，也少不得引狼入室。我们这几百人编团练，虽是仗着一腔义气，也因为我们是本乡本土的人，可以利用地势和他们周旋。现在有了内应这就不好办了。无论如何至少要请他父子出境。"他和大家谈论着，又到公事房里坐着来协商这事。有人道："我们掳了长毛来无非是打听消息，他就是跑了，这也无关宏旨。若是凤老猜度的话，这是汪家父子干的，那么，他们不但有意和我们为难，也是居心不善。我们既办团练，当然容留不得。但是也不见得一定就是他们干的事，假如糊里糊涂把他们驱逐出境，倒是逼他们走上梁山。"凤池道："这话很有理。事不宜迟，我们立刻派几个精细些的人到他庄屋外去打听。假如没有什么动静，明早再说。倘若他们那里灯烛辉煌是整夜地没睡，这就不用猜，这个人是他们劫去了。"

大家都认为凤池说得有理，就派了几个精细的庄稼人向汪孟刚家去打探。首事们心里本都有事，经过了这一阵子纷扰，各人更是不能安枕，只有大家围了灯火坐着静待回报。听听远处几声鸡叫，大概天色要亮了，这就听到人声喧闹着，由远而近，直奔进祠堂里来。大家本都心虚，也就忍耐不住，一齐迎到祠堂门口。正是刚才派去打探的几个人。他们还没有进门，就一路地嚷了进来："岂有此理！岂有此理！"

立青首先抓着一个人，问道："果然是他们把那个长毛救了去了？"那人答道："怎么不是，他们一点也不隐瞒，大门大开，满堂的灯火，我们去了，他似乎事先就知道，汪老四自己打了灯笼迎接到村子外来。他笑说：'早知道各位一定要来，家里烧茶兴火等候着呢。'我们到了他家堂屋里来，就看到他的师傅黄执中带了那个长毛在那里坐着。他笑着说：'在你们老虎窠里，已经把人救出来了。到了这里，还能把人让你们抢回去不成？这就烦你们回去对各位首事说，我们这里的人已经投降天国了。天国的弟兄们有难，我们当然要把他救出来。为了彼此都是好朋友，不愿意硬去要人，以至于伤了彼此的面子，所以暗地里把人救了回来。'他说着，又指了那个长毛笑着说，人是在这里，你们有什么法子呢？这件事真是让我们去的人面子太下不去了。"大家听了这话，都觉汪家父子逼人太甚。尤其是李立青忍不住，大叫一声："杀到汪家去。"练勇们轰雷也似的同声答应着，于是汪家父子的恩人也就有变作仇人之势了。

第二十一章

未交锋先失利

论到兴九兴十两甲的农人，和汪家父子感情都是很好的。所以他们虽杀了曹金发全家，也没有什么人出来打抱不平。可是现在他父子两个带了一班脾气不好的乡下人，居然同团练作难，还把这里的俘虏给偷了去，又对团练人夸下大嘴，说是没奈他何，这就大家都有了气。听了回来人的报告，大家纷纷议论，说是再要不理会，连这里团练也要霸占了去。

李凤池听了大家的话，便觉得人心已是可用，趁着天不亮，在大厅里点上了几支大蜡烛，把在公所里的首事都邀着到大厅里来，围了桌子，团团坐下。有几个晚辈的庄稼人，由糠池里提来一大瓦壶茶，向各人面前斟上一碗，那茶都熬得像油一样。倒是那茶里面还有一股子香味儿。大家先把热茶冲了一冲，精神便有些兴旺，都架了腿，向凤池望着听他说话。凤池捧了一管水烟袋，坐在桌子下方，抽了几袋烟，向大家看看，然后便道："非是我李凤池多事，不念朋友之情，事到如今，是不得不行。汪孟老父子的行为，现在已是明目张胆地和长毛结合起来，要图一条出路。请问他们要有了出路，和我们怎样能同道？我们办团练是防备着什么人的？他们这样地胡来，我们……"他说到这里，将纸煤一头压在烟袋底下。他左手是托着水烟袋的，于是右手便来抢着纸煤的上端，眼看了朱子清。

朱子清自得来人的报告以后，他的面皮始终是涨着紫色的，除了抽水烟，就是把袖笼子里折叠好了的一方布手绢取了出来，只管揩抹胡子。现在看到凤池对他有那欲言又止的情形，这就将手上捧的水烟袋向桌上放下，两手拍了大腿站了起来道："各位首事们都在这里，请你听着，我朱子清虽说不到大义灭亲，可是我决不能认贼作父。汪家父子这样的大逆不道，人人得而诛之。你们若是把汪家人都杀光了，我朱某人要在脸皮上红了一红，我不是朱家子孙。"说毕，又把脚顿了两顿。李凤池点头道："子清兄，你且坐下，有话慢慢地说。"子清坐下来了，两手抱住桌上的水烟袋，将头摆了几个圈子，鼻子里哼了两声，接着道："吓，人心之不同，各如其面。我实在想不到汪家父子会做出这样大反伦常的事来，早知道如此，我决不能结那秦晋之好。"说着，他又站了起来。李凤池看他那话头子一动，以后引经据典的话那就多了，于是又摇了几摇手道："子清兄为人，我们是知道的，不必分辩，我们也不能说你有什么异心，现在大敌当前，我们还是来商量怎样应敌吧。"赵二老爹站起来，闪了两闪那只左腿，拱拱手道："凤老文武全才，这些军旅之事一律都归吾兄了，我们是不能赞一词的。"

凤池一听他们的言语，全是文绉绉的，这样的大事，之乎者也地闹着，闹到什么时候为止？便沉静了一会儿，正了颜色道："赵二老爹这几句话，我固然是不敢当。但是军政必须专一，这倒是古今相同，既然想把这个团练办得好好的，当然就要一个人出来主持其事，我是破了家来办这桩事的，死也要把这口气争过来。既是各位能相信我，我就来挑起这担子。不等到天色亮，我就要布置军事，只是一层，军法无亲疏。倘是有人不听我的号令，我是要以军法从事的。"说着，他可将满座的首事都打量了一个遍。大家被他看着，也是把脸色正了起来，虽是不曾答应一声，然而看各人的脑袋，微微有些向前点动之状，知道各人心里绝没有半点不愿的意思。凤池这就把烟袋推到一边，两手扶了桌沿，正襟坐着道："在高三顺没有让汪氏父子劫去以前，我想着长毛纵然要来，还不是这一两天的事。现在我仔细一想，这就不然了。汪家父子虽是自己还有几分气力，究竟他们的人很少，凭他们那几个人，如何敢和我们团练作对？他们必定是和长毛约好了，立刻来占领我这东乡。所以如此，那也有几种用意。其一，就是因为我们这里有了团练。怕是我们羽毛丰满，和长毛为难。其二，我们这里有个天明寨，我们守住了，长毛多少要受些牵制。其三，恐怕就是在汪家的那个黄执中用心狠毒，他要先下手为强，把我们这团练吞并过去。各位没有听到高三顺说吗？长毛到了一个地方，就是打馆子逼壮丁入营。我们这里现成的壮丁，他岂不乐得收编过去？有了这几种原因，所以他是利在速战，今天一定要来扑灭我们。而且我也料定了，他们知道我们是新操的团练，没有见过仗，用不着派什么得力的队伍来作战。我想，这倒是我们一个机会，我们可以等他们来了，老远地杀他个措手不及，先给点威风他们看。不过有一层，汪家父子在这里，我们怎可以放手到远处去打仗？万一我们到前面去了，他们在后面放着一把火，不用夹攻，我们的军心也就乱了。所以第一步，我们用快刀斩乱麻的法子调齐百来人，立刻把汪家围住。至少也要把他们那个窝子抄了，免了他们屯集着作乱。"

首事们一面听着，一面点头。凤池道："再说到长毛，若是等他们一直杀到面前，我们再动手，那就迟了。现在冬季，麦地是干的，长毛来了，有路走路，无路走麦地里，我们哪里拦阻得许多？我想着，有两个地方可以劫杀他们，其一是余家井西边河堤上。他们刚过河，步伍是乱的。那堤上地位有限，他们摆不开阵势。可是他们又非走堤上不可，我们预藏在堤下两边树林子里，等他们过了一半人，放起火来，冬天风大树干，不愁不满堤是火。然

147

后在林子里的人抄出长毛后面来冲杀，一定可以让他们走投无路，烧死在火里。"赵二老爹拍掌笑道："此计甚好。那堤上两边的护堤树，密的地方钻不进去蛇。堤上树中间，人走路的所在，不到六尺宽，只要他们肯钻进去，要活活杀死他们。"凤池道："虽然如此，可惜来不及了。我们先要到汪家去，不知要耗费多少时候。这里到余家井西边堤上，又差不多有十五里路。就怕我们赶去，长毛已经到了，我们来不及埋伏放火。所以不得已而思其次，只有用第二个办法。第三个法子是怎样子用呢？我这里过去五里路，是程家畈的口子，两边山头虽不怎样的高，但是山上的松树长得很密，左边小山岗子下，全是零碎的野竹林子。在这两边，我们十来二十个一群，都埋伏起来，等他们过了一半，我们就高声呐喊，四处放火，可不和他们交战。等他们队伍乱了，我们左右两股赶快地抄到山口子上集合，由后向前倒杀。能胜，我们就杀了过去。不能胜，我们就分作十来股，由两边山头藏躲着回来，再作第二番打算。我是想了大半夜，有这样一条计策，诸位看能用不能用？"朱子清伸了两个指头，在桌上画着圈圈道："此虚虚实实，兵家以少胜多之法也。此法夜间行之更妙，惜乎今是白日交战，我只能占地利人和，天时不得而用之矣。"他口里在那里说着，手上还是不住地在桌面上画。

这些首事们，不是乡下的冬烘先生，就是乡下的土老爷，哪里知道什么兵法？赵二老爹说是不错，大家也都说是不错。凤池道："既是大家都说了不错，我就照着这个法子行事，赶快叫人烧水，今天就吃干粮出去，不能煮饭了。天色快大亮，事情可耽误不得，我这就立刻着手。"说着，站起身来，就到前厅办事桌边坐下，把几个领队的叫来细细地解释了一番，把全团练勇分着三份，一份看守村子，两份出去打仗。又对他们说："各事都已安排妥当，大家只管依计划行事，也显点本事给四乡人看看。我李某也不是光叫别人做事、自己坐着看热闹的，我虽有这样一把年纪，一样地领着你们打头阵。"他吩咐完了时，东方天脚下已经微抹着一带金黄色的朝云，祠堂门外，稻场上二百多名的壮年庄稼人穿了短打，各执着兵器，分了三大排站着。李立青站在第一排第一名，手挟了一根花枪，挺了胸脯子站着。李凤池还是昨天那一身短打，但是头上加了青色包巾，两脚也加了布裹肚。他拿着一把青龙刀，在怀里斜抱着，左手却微按了腰上挂的宝剑柄。虽是嘴上有那两撇短胡子，可是他面上泛起两片红晕，瞪了大眼睛，也显着精神饱满得很。这些乡农很不容易看到李凤老爹穿上一套戎装，而且他又拿刀握剑地大步子踏走出来，更是让人看了精神一振。所以李凤池走出来以后，大家不约而同地举起了手中的兵器，呐喊一声。凤池也不解何故，仿佛周身的毫毛孔里都向外冒着热气，立刻自己的脚步也轻快起来，便走到了全队人的前面去。练勇们看到他已上前，又一同啊了一声，便随着凤池后面，蜂拥地向大路上奔来。远远地看到汪孟刚家，半遮半露地在树林子里，更加了各人的火气，就放开了步子，向那里飞跑了去。也是黄执中那几句刺激的言语，由别人口里传到他们耳朵里，引起了他们的怒火，到了庄屋门口，大家齐齐地叫着"汪孟刚快出来"。不想那两扇大门关得铁紧，鸦雀无声的，并没有人理会这群人的事。大家怀了一股子怒气，哪里肯吃这闭门羹？早是十几个上前，横冲直撞，把两扇大门打得扑跌下来。随了这倒下地的大门，人像缺口子里的水一样，齐齐地拥挤了进来。可是汪家人始终守着缄默，当大家杀进堂屋里去的时候，屋子里只空摆着一堂桌椅，连一只蹦跳的老鼠也没有。

凤池走进了堂屋，一跳上了桌子，伸着两只手，向大家乱摇道："慢来慢来。汪氏父子这两天专是弄些神出鬼没的手段，我想我们这样打了进来，他们绝没有不出面之理。现在他们家没有一点人声，必是不在家里了。他们若是远走高飞了呢，自然是轻了我们一副担子，但是在情理上说，他们实在用不着远走高飞的，恐怕他们是迎接长毛去了。这个地方，我们怎样熟，汪家父子也有怎样的熟，有他们在里面做引导，我们原来的计划就有些走不通。事不宜迟，我们赶快屋前屋后搜搜，他们家还有什么没走的人没有，多少讨些口风，大家快寻快寻。"大家看到李老先生也是这样的着急，事情就不能十分平淡，于是大家抢着到四处去寻找，连床底下、茅坑里都已经找到，并不看到人影子。大家陆续地寻找，陆续地向李凤池汇报。凤池道："这事已经迟缓不得，我们赶快到程家畈去守着口子，不让他们冲了过来。"

这一班练勇以为跑到汪家来，就可把汪氏父子拿住，如今走来，先扑了一个空，便挫下去勇气不少。凤池又说是要赶到程家畈去堵着口子，这就疑心到长毛立刻要来，各人心里就慌张起来，心房全是乱跳。不过看到李家父子很兴奋地在前面走着，大家也就不好意思向后退，只得硬了头皮子跟在后面跑。只听各人的脚步噼里啪啦踏着大路响，把各人那一番错乱的心绪完全由脚板心里传了出来。凤池似乎也知道各人的兴致不高，便站定了脚，闪在路一边，眼看各人走过去。等各人跑过去之后，他依然还是开了跑步，跑到大家前面夫，领了队伍走。在他这样一番检定之后，练勇们心里也就想着，大概是不大要紧，假如要紧，这老头子不能有这好的精神在大家前面领队的。所以这五六里地的路程，大家是一口气就跑到了。依着凤池的意思，就要把队伍按定了，然后分配着埋伏起来。不想就在这个时候，震天震地的一片鼓声，在口子外四处响着。凤池跳着脚叫道："大家快快地上前，把这山口子堵上，都随我来吧。"他说着话，人便在前面跑着，他儿子立青就紧紧地跟随。可是这班练勇被这鼓声震动得都徘徊回顾，走几步就停止。只有二三十个会把式的和立青交情很好，看到他们父子都上了前面，不能叫他们单去出这样大力量，也就紧紧地跟着。可是他们还不曾走到那山口子上，早有一簇旗帜拥了过来，紧随在旗帜后面的，便是一条长蛇似的阵势。每四个一排，一排紧紧地跟着一排。那一字队伍，出了山口以后，把那阵势立刻散了开来，约莫有二三十人，随了一面两司马的尖角旗子就分散到麦田里去，何消片刻工夫，麦田已经摆下了几十簇队伍。而这些队伍，虽是看到迎面来了敌人，也丝毫不显着惊慌，只管一簇一簇地向两旁展开了去。

凤池原是一鼓作气跑了来的，到了这时，看到这种阵势，心里大为诧异，不想长毛治军，竟是这样井井有条的。你看他们一例穿着短衣，外加红背心，头上扎着红包巾。每一簇人除了一面尖角旗子之外，其余全握一丈来长的竹矛子，只有在旁督队的人，或者拿了别样的兵器。在日光里面，那矛子的白钢光头子，太阳照着，白光闪闪，如一丛丛的竹子在四周散布。说时迟，那时快，凤池看到这些个阵势，不知道向哪处迎敌是好。那整大群的队伍已是在一通鼓响之中，将矛子尖端倒下，大声喊杀，向这边冲了过来。

凤池料着是站脚不住，便向大家喊道："左边上山路头上，长毛稀少，我们紧紧地联结着，向那里冲了去。越快越好，大家来。"他说着，父子两个当先领队就跑。殊不料这一群练勇在长毛军队摆出阵势之后，早就吓慌了，现在看到李家父子开头来跑，他们倒认为是一桩幸事，拼命向前冲。那边的队伍，摆着阵势的所在，原相距有半里之遥，那阵势像两道巨浪一般，由八字分开，标射过来，大有包抄之势。可是当他们看到练勇向左边扑去时，他们的右翼便停住了不动，左翼也随着追了过来。凤池带了众人跑到山脚下，看和敌人相距总还有一箭路，心里是在那里估计着，怎样才可以给长毛小小交一下手。然而到了这时，那些练勇谁也站不住脚，跑上山头，尽向野竹林子里钻了进去。立青看到，乱跳脚道："坍台坍台，怎么不交手就跑了？我一个人去。"说着，开步就要向长毛那边迎了上去。凤池一手将他扯住，喝道："你以为这是平常打架吗？快走，我们得赶回家去，先集合了队伍再说。"只这样说了两句话，早有几十个天军抢到了面前。他们都拿的是长矛子，如飞箭似的横着齐向李家父子刺来，凤池将大刀左右几拨，撇开了矛尖，向立青喝一声，快跳上山坡去。于是父子两个倒退两步，将兵器向地上一插，人扶了枪柄刀柄转身就向一列高坡上跳了去。

当那群天兵追到坡边的时候，由下向上厮杀，便很是吃力。李家父子丢了兵器，却也不去管它，由矮松树林子里一直猛钻，就跑上了山顶。到了山顶上，掩藏在松树里，向山下田畈上看去，见天国队伍并不为了这小小的战事停止了进行，那队伍只是二三十人一丛，撒网也似的，向东走着，每队里面有一面旗，每四队里又有一面更大的旗，每十六队里还有更大的旗。人后面鼓声咚咚不绝。人拥了旗子，只管向前一步一步地走。凤池不由得叫了一声道："我实在想不到长毛军队竟是这样有训练的，这是我小看了他们了。"手扶了松树，瞪了眼睛望着，眼皮也不映上一下映。立青道："你老人家看这一群毛贼怎么样？不好应付吗？"凤池道："毛贼，你是初生的犊儿不怕虎。看他们的队伍约莫有三千人左右，漫说我们这一群初次见仗的练勇只有三四百人，便是和他们一般多的人，也不是他们的敌手。"立青道："依着爹说，我们就这样罢了不成？"

凤池对山下正进行的天国军队只是看着，许久才道："唉，若官兵不赶快想法，那就大清从此长辞矣。"说着，不住地将手轻轻地指着胸，连连叹息了数声。立青道："我父子出来创办团练，原想轰轰烈烈地干上一场，若就是这样不战而败，望风崩溃，岂不让人家笑话？"凤池听了此话，不由向他脸上望着，许久许久，因道："孩子，你也见得到此？好，我们是死而后已吧。长毛自然是不容易对付，但是我要明知其不可为而为之了。现在我们的练勇虽是四散逃走了，他们绝不能走开，不回到团练公所去，就是回到天明寨去。因为他们的家财和老小全在两个地方，他们是舍不得走开的。我们赶快跑去，第一招是要把他们召集起来走。"只这一个字，父子两人顺了小山拔步就向家中飞跑。虽然一路之上还是听到天军的鼓声，走着也就慢慢遥远。一口气在山上跑着，也就遇到十几名练勇，凤池一面走着，还一面安慰着他们，不必害怕，本人另有别的好法子对付他们的。可是他虽这样地安慰着，那些逃散的练勇却是将信不信，只顾得向前飞奔。当大家跑到李家祠堂口时，倒是有一件出于意料以外的事，便是那些逃散的练勇，大家都拿着兵器，陆陆续续地向这里大畈上集合。凤池的大儿子立德、二儿子立言，和了朱子清这班首事，全在麦地里向各人问话。看到凤池远远走来了，大家潮涌似的围着上来。

凤池站在一方高的田岸上，向大家招着手道："各位请不要啰唆，听我说几句话。"说着向大家看着。见众人都手扶了兵器，齐排排地向自己昂头望着。因道："刚才我们这样不战而退，却是一个大大的笑话。不过这也难怪他们的，因为我们这里的庄稼人，生平没有经过这样的战事，忽然看到长毛摆了阵势遮天盖地地来着，如何不害怕。而且这个错处，我也是有的，明知道长毛反遍了几省，才到我们这里来，不能全是乌合之众。我就不想到此层，以为靠了地势熟，可以以少胜多。哪里知道他们来得这样快？我们先就利用不着地势，便不谈他们的阵势。他们那些个人，我们在青天白日下和他们交手，也就不容易得胜。但是……"他说到了这里，把嗓子提高起来，接着道，"虽然失了这一次机会，以后的机会还多着呢。白天我们不能取胜，晚上我们

151

可以取胜。硬打我们不能取胜，我们还可以智取呢。也好，今天我们见了他们望风而逃，让长毛瞧不起我们，就趁他们这瞧不起这一点情形上，我们将计就计，可找一条出路的。"在他这样说着话的时候，由各条小路上逃回来的练勇也都到了面前。估量着，已经有十之八九的人了。凤池又叫道："事到现在，恐怕是连我们说话的工夫也没有了。长毛若无内应，他们或者一时找不出我公所的地方，现在既是有汪家父子在这里勾结外患，恐怕他们斩草除根，一下就要攻到我们这里来的。我们的队伍还没有整理就绪，怎样能够打仗？说不得了，我们只有丢了我们的家园，赶快退到天明寨山下、长街口子里去。"只这一句，却引起了一个意外的反响，他的计划却又有点行不通了。

第二十二章

望田园兮肠断

秀才们在纸上谈兵，那总是很厉害的。还有那进一步的秀才，差不多昧于利害，便是战事在眼前，也认为不要紧。所以有"长江天堑，贼兵岂能飞渡耶？"那么一个笑话。朱子清先生，他就很可以代表这种人的。这时，他听到李凤池说要放弃村庄，退到天明寨山上去，他就举起两只手高过头顶，乱摇手道："不行，不行，我们退不得。"凤池站在田岸上，向下面望着，便问道："子老有何高见，请慢慢地说。"这位老先生会主张不退的，谁不当着一种新闻？都不免瞪了眼睛，向他去望着。他倒是不介意，红着面皮，走上田岸道："请问各位，我们练团练，其意何在？不是为了要保护我们田园家产吗？现在不曾和贼兵交一下手，立刻就要退走，我们闹得人困马乏，不是多此一举吗？各位若是一条汉子，那在这里守着，绝不能走。鞠躬尽瘁，死而后已。"

大家听了他的话，倒也不来驳回，只是彼此谈论，说是只有这几百个人，怎样抵得住长毛那人山人海的队伍。不躲开，是活活送死，朱子老口里会说这大话，他自己跟我们上阵头去试一试。只有了这话以后，立刻二三百人像倒了蛤蟆笼般，哄成一团。子清只说了一个帽子，本来还有忠君死上一大套正论要接着说下去。不想大家说大家的，给他个没有下文，这叫他心里很是难受，便两手按了膝盖，昂头长叹一声道："人心如此，事不可为矣。"凤池也是看到人心散乱，不能松手，本来想借着退到天明寨去这个法子，做收拾人心之计。不料朱子清一上来，就把自己的计划拦头一棍来打断，这很叫自己的话不好跟着向下说去，因之只笼了两只袖子站在田岸上，向大家望着。倒是那赵二老爹肚子里多少有些变化，便老远地向凤池拱着手，一直拱到他面前去，因道："凤老爹这事怎么办？眼见得我们这团练是热水里烫鸡毛——越烫越少，再要不想法子，那就散了板了。"凤池道："二老爹，你想我倾家荡产来兴办这个团练，非是万不得已肯散板吗？我现在最后说上两句话，若是大家愿听我的话，事情还有一线指望，我拼了这条老命再想一些法子。若是不听我的话，就这样散去也越快越好。大家愿不愿听我的呢？"说着掉转身来向大众望着。站在近处的人都抢着答应愿听他的话。凤池道："我想一两个时辰，长毛就要到我们村子里的。到了我们村子里，知道我们男女老小以及吃的穿的全在天明寨，岂肯不进了去？到那时，我们自然是各顾各的，各人统率，长毛追到天明寨去，谁抵敌得了？只有伸了两手让长毛去绑，还有什么话说？若说马上带了妻儿老小再跑，据我想，恐怕来不及，就是来得及又往了哪里跑？我们潜山，前前后后都有了长毛了。现在要死中求活，只有一条路，我们再把力量聚拢起来，关上天明寨的大门。在那里，我敢说，我们有一百个人把守山口子，他们就有一万人也冲不进去。这不是我空壮各位的胆，大家都是本乡本土的人，这情形是全知道的。求死？求活？大家快快拿定了主意。"他说这一篇话时，声音是非常之大，每一句话都送到大众的耳朵里去。

大家先是站住了脚来听，后来他把话说完了，这就有两三个人接嘴道："若是凤老爹肯再为我们出力，我们就听凤老爹的话去做。照凤老爹这样说，我们和长毛交手是死，逃走也是死，这就不如和长毛拼一拼。"立青在人丛里面接嘴道："我们拼死他一个，够了本，拼死两个呢？那就是赢了，为什么不拼？"有几个人这样大声吆喝着，那散开了的人复又聚了拢来，站在田岸下，等凤池回话。凤池道："大家若是听我的话，请你们立刻回各人家里，把剩下的粮食牲口，快快挑上山去，我在山口子上等着你们，没有看到我以前，你们不必上山。有那去迟了的，你可以看那山口上烧得有火烟没有？有一把烟，你得赶快去。有两把烟，那是山口子已经堵上，不能进去了，自己想法子逃命吧。你们听，长毛的鼓声咚咚地又响着来了，我们千万不可以等他们到了村子上再走。"说着，把两手一扬，叫大家快走快走。大家也都觉得是大祸临头了，哪还用凤池再说？轰的一声，各人都跑回家去。凤池见三个儿子全在面前，便吩咐立德立青回家去搜罗粮食。自己和立言很快地就跑到天明寨的山口上去。冬日天短，到了这时，太阳已经远远地偏西了，凤池在山嘴子的背阴所在；由大路上看去，见在程家畈平原上有一道活动的长黑点子，在大路上蠕动着，那正是太平天国的队伍，拉着一条长蛇阵势，约莫有两三里路长，向庄里走进，只看那大小旗子层层叠叠地随着人过来，心里暗想着，对付这样的敌人，是不能以乌合之众去看待的了。

再向山脚下看，村庄里那些练勇，大担小挑，纷纷地向山口子里跑了来。这山嘴子上，自前些日子堆叠长墙的时候，已经堆上了许多烽火柴堆，乃是预备山上人告急用的，这时，凤池就告诉立言，去点着一把火。立刻一股青烟，由树缝子里离开山色，直上云霄。在平原上的这些人，越是蜂拥着进了山口子。凤池走下山来，见两面山峰下的夹沟里已经屯集到三百来人。这就站在一块岩石上大声叫道："各位都把东西放下，我要派五十个人去搬石头堵卡门，你们有愿去的，先走出五十个人，站在一处。"那些庄稼人听说，大家就拥到一处站定，倒有一百多人。凤池摇摇手道："多了多了。你们立刻由左向右走，从第一个人起，过去六十步，就站住，一个挨着一个走。"那些人倒不明白他是什么意思，不免带着笑容，依了他的话做。凤池站在高处望着，口里只是念念有词。忽然抬着手道："够了够了，已经走过五十个人来了，你们就去堵卡门吧。"大家这才明白，他用了这样简便的法子挑选五十个人出来了。这群人各自搬石头堵卡门去了。凤池又向其余的人道："各位有自信自力还不错的，可以由右向左走三十步。"大家走出去了二十个人，凤池便叫止住，让他们爬上山去，四面张望，看敌人的动静。大家分头做事去了，凤池叫其余的人只管挑东西上山，自己带了立青也上山头去瞭望。

这时，日色已经沉下山头里面，半天的红霞罩着山下大地一片红光，把平原上一丛丛的村屋，映射倒反是清清楚楚的，便看到汪孟刚的庄子上炊烟大起，在庄子四周簇拥着大小旗帜，人行路上分着七八支队伍，向各庄子里去投奔。那队伍移动，正如结队的蚂蚁由地穴里出来觅食一样，各各相连。立青站在凤池身边，情不自禁地呀了一声。凤池回头看着，便带了一点淡笑。因道："你们小孩子知道什么，以为学了一点马上马下的功夫，就是一位盖世英雄。就算我五十以上的人，遇事都在稳重一边，今天都栽了一个大筋斗了。"立青皱了眉道："我们的家现在也都让长毛占据去了，看他们那些人又练得很有道理，我们想要把他们打退，这不是一件很难的事吗？"父子两人说话时，是在一棵大松树下、几块大石头边。

凤池先是一脚踏住了石头，将手撑住了头，向山下平原上看，这时就坐到石头前面，两手按了大腿向山下望着，因点点头道："朱子老为人，虽是不脱那股子酸气，但是他那颗忠心是无论什么人都赶不上的。他说到鞠躬尽瘁死而后已，这不是假话，他说得到，那是一定做得到的。现在我们想做出一点事业，那就只有看定了诸葛武侯这句话，尽我们的力量去做，万一不成，我们对得住自己的良心，对得住这九百同乡的付托那也就行了。"他说着这一篇话的时候，声音是很沉着的，脸色也是很镇定的，两只眼睛是向山底下平原一直地注视着。立青站在他身边，不知道他是什么用意，也呆呆地站在一边看着。凤池看了许久，好像平添了一桩什么心事，回头一看，却叫他吃了一惊。原来这天明寨的男女，三三两两，全在山嘴子上一支横峰下，或站或坐，都瞪了两只大眼向山下望着。远些的村屋，虽不大十分看见，可是靠近一些的村屋，还估量得出情形来，但见那些长毛队伍，都是一群一群地向人家屋里走去，立刻各人家屋檐下，全飘出大小旗子来，稻草上堆的稻茎堆，牛棚边堆的柴堆，那全让长毛拆散开了，早看到屋基四周，一丛丛的火焰，四处放着火了。也不知是他们由哪里捉来的牛和猪，就在四处村子里拖着宰杀，只听得那牛吼猪嚎，远远地发出那凄惨的声音，听了让人非常之难受。太阳是一点都没有了，便是天上的红霞也收了那血色的微光，大地是更加沉黑了，村庄树木都让夜色吞了下去，倒有无数丛矮小的火光，在四处散落的地方发生出来。全村里，却不减了这正月上元玩灯的风景，处处灯火通明。

　　凤池看看许多男女，又看看自己的家园，也就感到难过，有家的人，全躲到山上，到露天下边站着。纵然和长毛不谈什么仇恨，可是这些个人流离失所，不能不说长毛逼成的，不知不觉发生了一声长叹。他这样沉静的人都不免心动，还有那无知无识的庄稼人，自然比他心里要更难受的。就在这个时候，忽然哇的一声，有妇人的声音哭了出来，而且口里带诉说着道："这样一来，我们的家就完了，我们怎样回去得了呢？完了啊！完了啊！"她这般一说，把其余人的心也牵引动了，立刻四处都发生了哭声。天色已经是黑了，月亮还不曾出土，晚风吹过山上，松树涌着波涛声，长的枯草发出那瑟瑟声，都增加了这哭声的凄惨意味，虽不知道有多少人哭，然而听到这哭声四处都有，那是可想到哭的人为数很多的。立青顿脚道："妇女总是无用的，自己不能出芝麻大的力量，还要拖累别人。现在这样成群的人来哭着，又要把人心哭乱了。"凤池道："一个人眼看到家产全光了，哪里有一点不伤心的？他们之哭也是难怪。这倒让我想起了一件事。我在这里坐着，你把已经上山的那些首事们都请到这里来，我有要紧的事和他们商议。我在这里等着。"立青道："天色晚了，又起风了，坐在这里不会受凉吗？"凤池道："我要在这里静静地想一想心事，死也不怕，还能够怕凉吗？你依了我的话去做就是了。"立青见父亲是很沉着的样子坐在这里，料着他心里必定有什么打算，自己只管啰唆着，倒打断了他的心事，于是悄悄地离开了凤池，自向山上请首事们去。这些首事都是没有力量的，他们躲死的本事，却全在这些庄稼人以上，所以立青到山上找他们时，一个也不差，完全都找到了。当他们再到山嘴子上来时，一轮八分圆的月亮已经出土三四丈高。这正是正月十七晚，天气日久没有下雨，天上一点云彩也没有，那轮镜子似的月亮，一片清凉的光辉向山上罩了来。往日看到这种月亮，自然叫人发生一种幽情。今天这就不然，在近处看来，树上草上仿佛都涂抹了一片轻纱。远处呢？村庄树木，全可以分辨得出方向来，只是那黑影子在灰色的银光里有些向下沉沉要落的样子。

　　凤池看看，便想到往年这个时候，灯节还不曾热闹着过去，乡村年纪轻的人正在月亮地里到处追着要灯看。于今呢，是被人家占领了村子，满地里追着杀人了。就是这么想着的时候，首事们都找到大松树下这堆乱石头上来了。凤池让大家胡乱在石头上坐下，便道："我们现在都是倾家荡产的人了。我原料着必然有今日这样一天，但是想不到有这样的快。"他说到这里，把语气顿了一顿，首事们也分散在四边，默然地在晚风里。有两个人发着断续的咳嗽声，更显得这情景是非常的严肃。凤池接着道："我们现在躲到山上来了，总算暂时可以躲开匪乱。这就分着两层看法了。我们是愿意就在这里过一天算一天呢，还是再想一条出路呢？"赵二老爹就在一边插嘴道："自然是要另找一条出路。只是长毛这么些个人，而且来源不断，我们有什么法子可以找出一条出路呢？"凤池笑道："二老爹，这还用得着问吗？两军相遇，只有打仗才是出路。"他说完了这句话，立刻四周的人声又跟着寂然起来。那意思自然是说，这些人的力量是不能和长毛打的。

在亮光里，凤池突然地站立起来了，站在大石头的正中向大家望看了一周，便沉着了声音道："大家以为我们的练勇见了长毛就跑，不能再打仗了吗？其实不然，只要我们手法高妙，这还正是我们一个行计的机会，有道是死棋腹中有仙着。我们现在就可以下一着妙棋。我在这里坐半天，看到山下的情形，我就想出这着棋来。"大家因他说到了山下，这就全把眼光向山下望了去。在那月光下的村庄影子里，今天是比任何日全要热闹，四处都点着灯火，有几处村屋外，正一阵阵地向半空里冒着烟火。同是一星灯火，在平常黑夜在高远的地方看到，那里是自己家下，那里是邻居，自己可以得着一种安慰。现在看到自己家和邻居家，全是长毛在那里住着，有了这灯火，是指示得越发的明显，这就无论什么人，全不能不心里一动。既是心里一动，也就跟着心里一阵恓惶，尤其是几位年老的人，看到家乡是这样情形，都不免两行眼泪随风直流下来。凤池站在石头上，虽不能看到各人的面色，但是大家陆续地抬起袖子来去擦眼睛，这是可以看得出来的，于是就向大家道："唉，这不但各位心里难受，就是我，那不是一样吗？但是男子汉大丈夫绝不能一哭了事。大家若肯再信我的话，我愿意出来再和大家出一次力。"首事们不约而同地齐声答应着道："我们都愿意听凤老爹的指教。"凤池笼着两只袖子站在石头上，四周向大家看看，便道："我想着，他们今天杀到我村子里，可以说是如入无人之境，他绝不料我们有反攻的能耐。我们能够不怕死，挑出一二百人，悄悄地去袭击长毛，这可以痛痛快快地出一口气。"大家听说要去干这样危险的事，哪里还敢出一口气？凤池看到大家沉寂了下去，便又道："自然，假使要去袭击长毛的话，还是挑那胆大力足的壮丁去。可是有一层，这就全看在我们一鼓作气的精神上。上阵去的，虽是那些壮丁，我们不上阵的这些老班辈子也要鼓动他们奋勇上前。你看，我们的房屋田园，哪一样不是人家的？这也用不着说什么忠勇大义，只把各位心里看着难受之处，实实在在地对他们说了，那就够鼓动他们的了。"

就在这时，朱子清突然地长叹了一声，叫起来道："祖宗之所遗，心力之所积，一旦尽毁之矣！完了完了，吾有何面目见先人于地下？"说着，他不住地顿脚，原来就在这个时候，平原上一阵火烟上冒，红光四照，正烧着一重庄院。那庄院里发生了这一片火焰，把园圃房院全照得清清楚楚。这一重庄院，不是别家，正是朱子清家。他们世传了那房屋有七八代，不曾换过主人，满乡人都夸朱家子孙是能守祖业的。大家看到，也就很替朱子清难过。偏是这一刻工夫，不知乌云由哪里飞来，已经布满了半边天，那轮八分圆的月亮就被乌云吞下去了，平原上黑暗下来，那火光烧着房屋是看得格外的清楚。距离朱子清家不远，第二重火光又起，大家对准了方向看去，又认出来是一位首事家，当然在这些议事的人里面，又多一个跳脚叹气的了。赵二老爹这就叫起来道："我明白了，我明白了，这必是长毛打听出来，团练就是我们这些首事们主持的，他们对我们没奈何，就烧我们的房子出气。这样看起来，我们当首事的人全要变成无家可归的人了。"

大家听着，望了那平原上阵阵的火，各人心里全都感到万分的难受。而且就在大家说话的当儿，平原上又增加了两重火焰，大家这就不再去捉摸，断定了那总是首事之家了。赵二老爹就两手向头顶上一举道："我不要这条老命了，我也下山去杀一个。"说着，只把两只脚乱跳，这时，山上各处，深草里，大石头上，都散布着许多乡下人，他们一来是打听首事们商议的事，二来也要看看家乡景况。眼见平原上的火焰，不断地一丛丛冒了出来，各首事们又是痛哭流涕地说着这件事，大家也就纷纷议论起来，连老先生们也不怕死，愿意试一试，我们年轻小伙子还怕什么？一定要和他们拼上一拼。这些杂乱的议论，也不少传到了凤池耳朵里去，他就对各位首事们道："今天上午和长毛相遇，我们练勇一哄而散，那不能算是练勇的错，全是我为首的人算计不到，失了机会。我看现在人心未死，还大有可为，请各位首事分头去告诉上山的壮丁，凡是四十岁以下的，各各吃一顿饱饭，穿扎好了衣服，带了兵器，齐到山门里山沟上齐集，我和他们有话说，我和立青在土地庙平台上等着他们，相烦和我家里人送个信，给我父子两个送些吃的东西来。"赵二老爹这就问道："老爹，难道你也不上山去看看你家里人吗？"凤池笑道："看他们做什么呢？这天明寨山口子就是我家大门，在大门里的人全是我一家人，我顾全了这大门，我就全顾着了，我顾不全这大门呢？大家同完，何况是我的家？现在我正要出全力看守这座大门，我哪里有工夫回去？看了家里一眼又怎么样？能挽回什么生机吗？"说着，便哈哈笑了一声，执着赵二老爹的手道，"老哥，我是说我自己，并不是说别人。在这样离乱年头不顾家，什么时候顾家？不过像我出来和大家做事的人，我就应当处处顾到大家，不能问自己的家了。"朱子清也正在旁边，便插言道："此大禹所以三过其门而不入也。"凤池道:"子老,你也上山去催他们年纪轻的人吃饭吧。我在土地庙面前等了他们,若是今天晚上我第二个计划又不成功,我对你老哥说,我就不上山了。"朱子清道:"此何言也?山上男女千余名口,都把性命付托了吾兄,吾兄怎能出这气愤之言?"凤池拱拱手道:"老哥,我这回行第二条计,自己非去不可的。这是跳火坑的玩意儿,跳过去了就算我们跳过去了,若是跳不过去,落下了火坑,还想再爬起来再跳吗?我这样一把年纪,又是这样一大家人,我全抛开了,就在山下等这些小伙子,你去对他们说,快来吧,不要让我老头子笑他们。"子清点着头拍着大袖子道:"何其壮也!吾闻之,哀兵必胜。凤老,你好自为之吧。我虽手无缚鸡之力,也有一腔热血帮助你。"他说着话,竟是带步如飞地走去,只听到他经过的所在窸窸窣窣一阵草梢牵扯衣襟声。其余的首事们看到这位酸溜溜的夫子也使出劲来,他们也就不忍再偷一点懒,纷纷上山去和壮丁们预备饮食。

立刻,山上一阵沉寂下去,微风吹过古老的松枝,哗哗有声。天上黑云层层密集着,已不露一些清光,山上是墨水洗过了一样,分不出层次,糊涂着一片,西方天角尤其是其黑如墨,似乎有雨从那里要涌上来,因之这拂动松枝的风很透着寒意。凤池站在石头上许久,哈哈笑起来了。

第二十三章

夜　袭

初更以后，二更未到，天上的黑云越发重重叠叠地满布着，抬头寻不着月亮所在的空间，山谷里的风一阵一阵地卷着浪头子，由山上涌了下来，呼呼地响着。在平坡上土地庙后身，隐藏着一只白纸灯笼，挂在矮松树的横枝上。石头上放了十几个籼米粑、两块咸肉疤子、一大瓦壶热茶，凤池同立青坐在石头上吃着，立德立言靠了土地庙后墙，反背了手站定。一切都没有声息，那庙上瓦缝里的枯草，好像是老人披着的稀疏长发，临风也仿佛有些蟋蟀的声音，这声音在黑暗的空气里响着，越是增长了这寂寞的情趣。但是这寂寞没有维持了多久的时间，便随着那呼呼的风声，送来一阵很杂沓的步履声响。伸头向外看时，早是十几丛火把灯笼，引着一二百名壮丁，顺着山路，拉了一条长线，直到土地庙前来。同时，那火焰丛中，彼起此落的说话声和那摇摇不定的人影子，正是一般的哄乱。凤池立刻跳了起来，像大吃一惊的样子，便对立青道："你快迎上他们去，把所有的灯火一齐熄了。这样黑夜，在高山上点着许多灯火，那不是明明告诉人家，我们有好多人在什么地方嘛！"

这句话提醒了立青，飞跑着迎到上山路上去，口里喊道："快熄了火把，快熄了火把。"他的声音，究竟是乡下人所听惯了的，而且听着他是喊得这样的急促，最前一个人把火把熄了，随着高山上在后的一路的火把也都熄了。许多人在黑暗之中，探步走到土地庙前，一带山路上成了一字长蛇阵。凤池这就走了出来，站在一块石头上，向四面看着。虽然人的多少是看不清楚的，但是这些练勇究竟没有经过正式的训练，声音总是有的。加之随着这些练勇来看热闹的，更不能十分地守纪律，轰轰的声浪满了山谷。凤池便先喊道："各位先沉住了声音，听兄弟有话说。"这些人听了是凤池喊着，便把声音沉下去。只剩了老远地方有几声断续的小咳嗽。凤池便继续着道："我们的田园家产，现在都没有了，所剩下的就是我们一条性命，就是这条性命吧，还能剩给我们活上几天，自己还是不能知道。难道说，我们男子汉大丈夫，眼睁睁地坐在荒山上，让人把大刀来架到颈脖子上不成？与其让人把刀架到颈上，乖乖地送死，那何不在人家还没有伸出刀来之前，我们先挣扎一下？我们拿着这一条总是要丢的命，糊里糊涂先就去拼一下。拼得好呢，我们自然可以活命；拼得不好，无非是这一条命。而且杀倒仇人几个，总也算出了这一口气。各位朋友，你们现在全无家可归了，恨你的仇人不恨？"这句话说毕，大家齐齐地答应了一声"恨"。凤池道："你们愿意报仇不愿意报仇？"随着这声音，大家又齐齐地答应了一声："愿意报仇。"凤池道："既是大家愿意报仇，那就好办，现在由我来领头，带着你们下山去和仇人算账。有愿下山的，我这里喊着名字，请你们一个挨着一个，慢慢地由我面前走了过来。立青，把灯笼拿过来。"说着，立青高高地举着灯笼站在凤池前面。立言跟着挑了两大箩白布，放在地面。

那些练勇听了凤池的指挥，当他高喊着一个人的姓名以后，便有一人由坡下走到他的面前，立言就在箩里取出一条白布来，让他斜扎在身上。立德捧了一本练勇的花名册站在旁边，手上还有印泥盒子，在喊着没有人过来时，就用笔帽子蘸了印泥在名字上给他印一个圈圈。把所有花名册上的人都喊过了，虽是不曾答应的还很多，然而两只箥箩里，预备下的一百五十块白布条子只剩下两条了。凤池回头看看，见庙后山坡上正重重叠叠散站着是人，点头道："够了，一百五十人分散开来，很占着一片地方了。现在我们都山上去。"说着，又和立德立青叮嘱了一遍。于是由立青提了那个灯笼在前面引路，一百多人随后跟着，凤池在最后压阵。到了山谷口石垒上略微地留了一个小缺口，仅仅是一个人爬得过去，大家鸦雀无声地顺着那缺口爬完。一阵风在头上吹过，夹杂了几个大雨点。凤池仰头看着，天上不露一点星光，黑云沉重地向下压着，差不多要压到人的头上来。他把大家叫住，分着三排站定，因道："诸位看这天色，雨都快到眉毛头上，长毛绝不料到，这种天气、这种地方，有人算计他们。这是天助我们成功了。现在我们分着三股，对了三个大村子扑进去。我带五十个人到正中的李家祠，立青带五十个人到左手的小王庄，李矮虎带五十个人到右手的刘村。在村子外面悄悄地走着，不要声响。无论是多大的风、多大的雨，你们也不必管，约莫离着村子有半里路就站定了等着。你只听到我这一路带的联珠铳响了，大家就大声喊着，向村子里冲了去。不问什么人，遇到就砍。只要看看那人身上没有缠着白布，就不是我们的人。你们身上，每人都是一条白布，我和立青矮虎，身上就捆的十字交叉布。看到十字交叉的人向哪里杀，你们也向哪里杀，千万记着，必定集合在一处，不可分开。当我们突然杀进村子去的时候，长毛不知道我们来了多少人，必定四处乱窜，不会和我们接杀的。他们跑得快，你们越大声喊杀，把他们冲散得干干净净。好在这三个村子相隔全不到一里路，彼此可以照应着。你把他们冲散了，就放上一铳一齐奔到李家祠堂。我这一路把长毛杀退了，就放两铳。你们没有听到两铳，必不上李家祠堂，能拼就多拼几条命，不能拼各人快上天明寨去。至于我呢，一定做人到底。虽不知道长毛是不是能杀退的，但是我抱定了杀退长毛的决心，不打胜仗，我决不回来的。各位，要知道这是生死关头，也是我们一条出路。打胜了，不但出了这一口闷气，也让长毛不肯小看着我们，以后我就有了胆子了，有了胆子，打一回胜仗，又可以打一回胜仗，胜仗打得多了，什么人也不怕，事在人为，我们难道不可以做一番事业？"

他说这一大篇话，全是用很平和的语气说的。说完了，就突然把声音提高起来，叫道："朋友，今天上午，我们见了长毛望风而逃，已经丢了不少的面子，若是这次出手又不能得些便宜，还有什么脸面去见天明寨的自己人？我们相约下山的时候，各人家里的父母妻子全在眼巴巴望着，指望我们出一口气回来。各位已经大声答应着，愿意报仇的，若是不能报仇，又丢一次脸，我李凤池就是第一个不愿回去的。我一腔热血要洒在我祠堂门口。各位，你们都是一条好汉，同上前吧。"大家哄然的一声，似乎赞美着。凤池叫道："夜深了，仔细长毛听到我们的声音，走吧。"立青手上的灯笼出了山口早已丢到麦田里去。等候着凤池的话说完，就领了五十个人先走。随后两队人相隔不远，也都紧紧地跟着走来。

半空里的凉风似乎已停止了，倒是那黑云里的雨点子却加重了密度，扑扑簌簌，打在地面上作响。各人心里，都是极度的紧张，手上拿了兵器，兀自不住地出着汗，所以雨线里面的寒冷空气，大家也都没有什么感觉。因为是两人一排，紧紧地跟着一排走，前面两人的短促呼吸声，后面的人听得很是清楚。同时，那错落的步履在路上走着，仿佛是比往常的步履声来得格外刺耳。大家沉住了气，步步沉着地向前，到了分岔的路上，三队人彼此将一片白布在空中摇晃着，打一个分手的招呼，于是立青领了五十人，对了小王庄进逼。这沉闷的天色也像人一样，沉闷得把风压住了，把雨点子也压住了，空气完全不动。四周全是黑云笼罩着，没有一些子亮光。眼望到前面小王庄一重房屋沉沉地伏在地上，有几点灯火在树丛子里射出来。似乎各村屋里的长毛现在都已睡着了，因为并没有一些子人语声。但是这里有一件可讨厌的事，便是不知在这村子什么地方放下了一面更鼓，只管是咚的一声，又咚的一声，不断地响，这若是让守更的知道了，便是前功尽弃。于是站定了脚，顺着二十五排人，一排一排地低声告诉着，千万不要弄出一些响动。不响是我们杀人，响了就要让人家杀我们了。随来的人，谁不知道这情形的严重？把脚步都像在屋瓦上走着，不肯重放下去一点点。鼻子里透气都忍着一份劲，生怕这呼吸声也可以惊动人。虽然如此小小心心地走着，然而总是步步向前的，看看到小王庄村前，不过是半里之远，早看到西半边天接连几下电光闪着，随着来了一阵卷地的大风，吹得地上沙子飞舞，人都站立不住。随后哗啦啦一阵大雨，跟着风脚便来。大家早已听过了凤池的话，偷营劫寨，这是一个绝好的机会，因之全咬着牙，站定了脚，把风雨全忍受了，都挺了胸，在雨林子里挺立着。

那雨势是很猛，只听到附近树叶子上沙沙作响，老是牵连着，也没有个分段落处。立青站在队伍前面，手里握住了一柄单刀，只睁了眼向李家祠堂的方向望了去。不多一会儿，长空里两道火光带出了两声铳响，接着仿佛是一阵喊杀之声，在雨阵里夹杂着。立青大喊一声，开步就向前狂奔。这五十个人随了他脚步，带喊带向前冲。这村庄是家门前的所在，谁不熟？认准了村子里最大的房屋直抢去。当他们直喊到村子里的时候，里面的人方才惊醒，初疑着人声是雨声，后又疑着雨声是人声，哪个不是心惊胆落地四处乱跑？这些练勇们起初是不知道形势好坏，各人像喝醉了酒一样，只有跟了李立青猛冲。这时见敌人分头乱窜，绝不动手杀人，落得截杀。于是整群的人在外面拦劫着，只看到逃出房子里的人一个个地随了兵器倒地。这样一来，练勇们的胆子大得多了。

他们随在立青身后向前乱冲。屋子里那些长毛有几个跑散之后，其余的人便不知道是哪里大批人马杀来，听到喊声大起，直逼到屋子里，全吓得心惊肉跳，来不及走大门，有的翻了墙走，有的打通了窗户，直蹿了出去。这种情形，不但是扰乱了军心，而且屋子里成了一窝蜂，谁也不能指挥着这些人出来迎敌。这五十名练勇成群地涌了进来，连碰腿的棍子也不曾碰到一根，大家也像是发了狂一样，不到多大一会儿就把一座庄院的房屋都搜寻遍了。立青在大家前面站着，挺了腰子喊道："大家杀贼呀！这里杀光了，放铳！"只他这一声喊过之后，轰咚一声铳响，直射到半空里去。便听到李家祠堂那上空里也是两声响，立青扬了两手大笑，叫着道："我父亲也赢了！我父亲也赢了！"于是领着五十个人向李家祠堂飞奔了去。这一里路程，简直像在自己院子里散步似的，不多大一会子工夫便已跑到。同时，看到刘庄树丛里也冒着火光，带出一声铳响。这时，大雨已经过去，虽然还下着斜脚的稀疏雨阵，那倾山倒海的响声已经没有了。远远地听到李矮虎那一队人喊叫着跑了来。这村子口上是一个斜坡，拦口子有一丛树，及到近处，那里面忽然有人喊了出来道："来的什么人？"随着那话音，便是个带有白纹的人影子一闪。立青笑道："王老全，是我呀。杀得真痛快，一点也不为难呀。"王老全道："凤老爹有话，你们不必进村子，就在外面等着，一会子他自会来吩咐。"

立青虽不知道父亲是什么意思，可是今天晚上这一次夜袭，叫他太佩服了，原来斗智不斗力，有这样容易占便宜的事。因此就依了王老全的吩咐，在斜坡下麦地里站着。随后李矮虎那一队人赶到，也是截住了在村子外左角上，并没有得进去。这一阵狂风暴雨之中，经着大家这样猛跑猛喊猛杀，全是热汗由毫毛孔里涌出，额头上冒着热气。外面衣服虽是雨水湿透了，也没有一些寒气透进。大家都像在狂风骇浪里一般，身外一切全都忘了。现在耳目手脚停止了动作，立刻清静了起来。雨又渐渐地没有了，身外万籁无声，仰头看那天空上的黑雾，依旧紧压下来，这倒反让人感到有些透不过气。远远地，听到有人一个个地叫着自己的姓名，正是李矮虎那一队人。那一队人叫喊完了，随着在黑暗里就有几个人影子在斜坡上走过来。到了近处，看到其中一个人身上的白布条，是交叉系着，大家就明白是李凤池了。他站定了，用平常的语调道："我们大家努力，算是把敌人杀退了。黑夜之间，一来怕有奸细，二来也怕有人落后。现在你们挨着次序，一个一个爬上坡来。上来的时候，各人先叫着自己的名字。叫不出姓名的，不许上来。"大家这才明白，不让随便地走进村子去，原来这老头子还另外有一层用意呢。于是都照了他的话，喊着名字上了斜坡。凤池便道："你们都随我来。"他在前面引路，将大家引到李家祠堂里去。这里面的吊灯都已点着，而且在天井屋檐下烧了两堆松枝，烧得火焰熊熊的，照耀着四周的墙壁，红光闪闪。

大家由黑暗里面走到这光亮的所在来，立刻觉得眼界一新。这眼界一新，不仅仅是指着光亮而言，便是祠堂里的东西也大不相同。那团练公所的公案桌子移到后庭了，系着大红桌围，桌子里面一列设了五把椅子，都搭着椅披。桌子外面有清油灯两盏。灯后面有帽筒一对，是李凤池家中之物，帽筒里各插尖角小黄旗一面。桌围下，分左右立了两根三尺长的竹板，和那黄令旗相同，都写了"奉天令"三个字。此外却把花瓶子、佛手盘子，还有女人屋子里陈设的花筒和小镜屏，乱七八糟堆了满桌。大概这附近村子里搜罗来的字画，都完全拿到这祠堂里来了，墙上柱子上无处不挂，仿佛这里成了一个出售老字画的棚子，张挂得四周连一线空缝也没有。但是张挂得虽多，并不讲什么陪衬，三张吊屏，可配上一副对联。对联上联是八个字，下联是七个字，也凑合在一处。那公案下面本有两根柱子，这柱子上也挂有两轴对联。左边是"凤池仁兄大仁雅正"的款，大书"欲知世味须尝胆"。右边是"博成世兄花烛之喜"的款，联文是"雀屏中目诗咏关雎"。在这公案后面便是二进祖宗堂了。那祖宗神龛里的木牌位，本来是重重叠叠向上分层供奉着。现在可只有供木牌位的木板空座子，一块木牌位也没有了。还有各进屋梁上挂着的"举人大夫第"那些横匾，也一扫而空。

大家看了这种样子，都不免一呆。尤其是姓李的人，看到自己的祠堂糟蹋到了这种样子，便都啊呀了一声。凤池这就挤到人面前向大家道："这是大家所看到的事，须不是我李某人造什么谣言。"大家听说，又哄然地喊叫了一阵。凤池道："大家且不要啰唆。听我对你们说今天这件事的利害。我们刚才连破三个村子，以为是大大地占了人家的便宜，其实这还是我们小小地闯了一个祸。他们里面也很有能人，知道我们这里离山不远，时时刻刻都要提防我们攻袭，很是不妥。就算我们人少，他们不介意，可是也怕我们引了别处的大兵由山上来攻他们。所以他们的营寨都扎在程家畈。这三个村子上，不过是他们派兵把守的卡子，多少人我们还不知道。据我想，为数总不多，若是人多，便是今日一下午也在村子外扎下营寨了。我们费了这样大的力量，只破了人家几重关卡，于事何补？而且这些逃走了的人一定回大营去报告。那些长毛头子沉得住气？立刻就会大动干戈，扑到这里来的。"

大家听了这话，不由得又全是一呆，只管望着凤池。凤池这就摸了胡子笑道："若是他们果然肯杀到这三个村子上来，这事情就好办了，就怕是他们不来。现在，矮虎带十个人到刘庄去，立青带十个人到小王庄去，不问屋里屋外，只要可以点灯火的地方，都给它点上。大概有三二十处灯火也就够了。只能多不能少。点完了之后，立刻回到这里来，越快越好。我带了人在前面河堤班茅窠里等你们。你们来了，我在里面自然看到，会来招呼你们进去的。这一着棋，比我们刚才这一番偷营劫寨还重要十分，你们千万不可误事。"立青矮虎都答应了，挑选了二十名精壮腿快的小伙子分头跑走。家门口的熟路，虽在黑夜里也是跑得很快的。大家赶到了目的地，每人找两三丛灯火点着，那是很容易的事。而况凤池又叮嘱了越快越好的，因之不多大一会儿，两股人就飞跑到了柳堤边下来。这时，远望到两三里路外，一道火光烛天，这漆黑的夜空里也觉得是红了一大截。咚咚的鼓声前后相连，也是响遍了半边大地。那些壮丁们不必看到长毛来了多少，只是这些声色也就把人给震动了，然而无须他们担惊，凤池已经由班茅里面钻出来了。他问道："你们不必顾班茅割人，只管深深地藏在里面。当长毛在前面走过的时候，无论怎样靠近，不许作声，甚至于他们刀枪扎到班茅里面，你们也只当没事。必定听到我大喊一声，你们才钻了出来，在路边上站着。我自然会来安排你们。"他这样吩咐着的时候，那火光在半空里大摇大摆，已经快到对河那一边。凤池低声喝道："你们静静地蹲着，若是有蚊子大的声音放出来，我们一百多人性命全不能保了。"大家也没有答应，这时河上的晚风吹过了这班茅的梢子，有些瑟瑟作响。凤池并不随着钻了进去，向着长毛的来路看着，在火光中看到烟雾沉沉的人影子，还是把刀枪剑戟都照耀得清清楚楚的，气势汹汹，直顺着河岸袭了过来。

凤池悄悄地走进了班茅里，还半伸了身子，由班茅梢子上向外面看了来。那通红的火光随了震天震地的鼓声，来得越来越近。彼此虽藏在班茅丛的脚下，火光照映着前后的人，还是看得很明白。大家看那经过的人拖了一条长线，火把连接着，犹如一条火龙。加之那些人越走得近，鼓声是越响得急，不必数清他们是多少人，只看了这般情形，就让各人心里都捏着一把汗，那些人的步子完全是随着这鼓声的。当这鼓声分不出点数的时候，他们就喊声大作，向李家祠堂飞奔。凤池悄悄地走了出来，望了许久，便叫道："大家都出来，我们的机会到了。"当大家都走了出来的时候，早看到长毛的军队已经逼近了李家祠堂外的斜坡下，凤池带了矮虎立青，站在一排，叫一声："大家随我走，你们向前，可以杀开一条血路。若是退后，零零落落几个人，那是不够让长毛捉去当点心的，必死无疑。想求活命的都紧紧地跟了我来。"这些壮丁们看到向村子里去进攻的人在火光下照着，地面上犹如一片黑雾，只见人影滚滚。加之那鼓声只是轰轰地震着，让人心绪不宁，不知道怎么是好。凤池既说得这样的切实，大家也就忘了一切，鬼使神差地跟着前面三个人跑。这里一条路，也是斜通着到李家祠堂村庄去的。这一行人没有灯火，也没有声音，只是跟着前面的人飞奔。那边太平天国的队伍正向着村子进攻，并不提防到什么埋伏。直等练勇由小路斜出，已经到了后队身边，方才知道清楚。他们的后队急忙回身迎战，然而练勇们来势太快，兵器随着大喊声已是直涌到了面前。

　　天国军没有扎住阵脚，抵敌不住，早是让练勇把队伍切成两截，穿阵而过。这里杀进了村子的队伍，虽然看到四处灯火辉煌，却不见一个人，为首的人也知道不妙，加之后面喊杀声大作，也疑到后方有变，急忙撤回军队，向村外来救援。同时，也派人向刘庄小王庄去报信，飞调两路进攻的队伍回来。这两路的信息收到，和本村子里的队伍调出，三下里参差不齐，当然是阵势大乱。可是李凤池这支小队伍，绝不肯和他们正式接仗，冲断了正面军队的后队，立刻绕到刘庄路上来了。远远望到灯火飞舞，向回路上奔，就避开了他们的前锋，齐齐地藏伏在田岸下边。窥望着只剩百十名后队了，大家悄悄爬起，也排了一字势横冲过去，直到了身边才大声喊杀。那些人在光处看暗处，只觉中了埋伏，分不出有多少人，有的交手就倒，有的不曾交手就分散了。这些练勇把敌军阵势冲动了，便是如愿以偿，并不去真正地打仗，便蹿过了小路，由麦田里向前快跑。天国的队伍，又是奉令抽回正面去应救的，也不敢在这条路上接仗，自顺着来路去了。李凤池带领这一百多人，不分高低，在麦田里踏，直绕到村子后去。跟着的人，虽是觉得这有些近于儿戏，但是今晚就是这样闹着好玩，处处占了便宜，大家就都胆大兴豪，忘记了这是杀人流血的事。到了村后，喘过一口气，正要观察敌军的行动。然而就在这个时候又是一阵惊天动地的响声，另出别情了。

第二十四章

开始捉妖

　　这一片锵锵之声，原来是天国军队在那里敲锣。这锣并不是一面两面，始而是正面那路队伍有了一处锣声。不到一会子工夫，前后左右好几处都跟着了响起锣来。那锣声越急，响应的也越多。李凤池便向大家道："这是他们引用了古制，鸣金收军。只听这种声音，我们知道他们是真正地退兵了，你看，我们不是用很少的人打跑了他们很多的人吗？"练勇们听着，哄然地笑了起来。凤池道："且不要笑，战场上是千变万化的，你看到敌人是朝前面退走了，说不定他们兜一个大圈子，抄到我们后面去，把我们包围在中间。你们要知道，打胜仗最怕骄傲，打败仗最怕灰心。所以在这个时候，我们是要格外小心。"大家听了这话，心里一动，就把叫唤声给停止了。

　　那边的锣声越敲越远，眼见天国的队伍拥着那丛灯火向对河退过去了。凤池就向大家道："这回就算是敌人真走了。我们可以到村子里去寻找寻找，若是有敌人的兵器粮草，我们一齐搜罗了带上山去，还可以充我们自己的军用。村子外现时只要留几个人放哨，其余的人都进村子去找东西。天色慢慢地开了，云彩吹散，说不定什么时候月亮就要出来。等着月亮出来，照得我们清清楚楚，那我们的大事就完了。所以虽然是敌人走远了，我们也应当加倍地谨慎。你们还是快来为妙。现在你们赶快就去，我亲自在村子外面把风。"这些练勇们本就是浑身高兴，听说到村子里去找战利品，那就一阵风似的散了开去。不到一个更次，天上的黑云大幕已现出了许多裂缝，那缝慢慢地张开，便有白云和青天透露出来，大地上，村庄树木继续地现出了原形。于是这些进村子里去的练勇，一批一批地跑到村后来齐集着。自然，他们都不能空手同来，多多少少各掳了一些战利物。在麦田里，点一点人数目，出来是一百四十八名练勇，到现在还是一百四十八名练勇。这一次夜袭，总算大获胜利。大家这就是欢欢喜喜地回天明寨去了。回头再看看打败仗的天国军队，这晚上的失利完全出于意料以外，绝不想到在这种山野草县里，会吃这样的亏。当夜收兵回营，紧紧地闭了营寨，却没有动作。到了次日天明，这里的统兵官师帅吴光汉就差人把汪孟刚叫了去问话。原来天国军队所到的地方，首先一件事是扎营设卡，第二件事就是打馆子。打馆子的办法，是把所在地方的人民，分着男女两股集拢起来，男要归男馆，女要归女馆，不许

167

分开来散住。若是男女共住在一处，纵然是夫妻一对，这也违犯了天条，斩首不留。天国军到这里，刚只得半日一夜，又惊扰了一夜未得安定，所以还只是草草地扎营设卡，不曾打馆，汪孟刚因着黄执中的引见，已是投降了天国。只为了还不曾打馆，所以还住在家里。这时，营里有了三个传令伍卒来传他，自然是跟了去。随身的衣服都还和平常一样只是将辫子打散了梳了一条小髻，挽在头顶心里，拿了一顶平常戴的风帽。

昨天晚上那样叫嚣大战，他如何不知道？心里捏着一把汗，正是未曾睡得。这时天色一亮，就有人来传见，心里便已料着十之七八，必是为了这事，因之心中更是不安。他随着那传令卒向前走，向前一看，不由他不大吃一惊。原来这程家畈全在平原上，本有不少的富有人家四处散住着的。这时，那最大的程家大屋忽然不见，当面却是突起了一堵高到两丈多的土墙，无数的勇卒正在墙外挖壕挑土，向两边把土墙加长起来。筑好了的墙上，遍插着尖角黄旗子，风吹着，飘展不定，晒着东边照来的太阳，真个是金光万道。那黄旗后面涌出三座高木架子，在木架子上，盖有风雨亭子大那么三间小楼。小楼上也有一面尖角黄旗子挑了出来。咚的一声，又咚的一声，在那上面传出了零碎的鼓声，这是可以知道那是军营里的瞭望楼。汪孟刚跟着前面一个伍卒向前走着，不多远，便是一道土壕。看下去，约莫有两丈深，壕的两边都挖得十分的陡峭，绝不容人可以爬了上来。在壕面上搭了几块长板子，仿佛是一道板桥的样子，人就在这板桥上渡了过去。板桥朝外的一头，有两根粗绳子盘着，直通到土墙上面去。朝里的一头，两边有两截大木桩将桥板相连着。渡过了桥时，土墙上立刻有人扯着绳子，把土桥吊了起来。汪孟刚只回头略望了一望。因看到后面跟随的两个伍卒有些杀气腾腾的，就不敢多看。那伍卒将他带到了墙门口，和墙上的人说了几句广东话，然后等了一会儿，这营门方始打开。

门里面却不像门外面这样悄悄地没有人影儿，站立了两排人，将营门围了半个圈子。那三名伍卒身上各解下了一面腰牌，送交了守门的兵士，又进去叙述了一番，方才让孟刚走了进去。他向四周看时，与原来情形，大为不同，在每个村屋外面，都可以看到那迎风招展的黄色旗子。本来各村庄上因为军事紧急，人心摇摇，没有心过年。所以各家大门口都没有贴那迎春对联。这时倒像过年一样，各家门首全都把红纸对联张贴着。正中那顶高大的屋子，门联是更大，迎面当中心插了一面三角黄旗，长阔约有四尺，上面有黑字，写着是"太平天国前十五军前营师帅吴"。那对联却把"师帅"两字分嵌在为首，乃是：

师天父训言　莫学黄巢李闯

168

帅地官徒旅　但为鲁肃曹彬

　　孟刚虽是不曾做得秀才举人，但是他肚子里一肚子诗书，平常的应酬文字是可以对付的。一看这种对联，觉得还不如那些"财源茂盛达三江"的词句，便有些奇怪。不过这究竟是师帅所在的地方了，没有一点杂乱的人声，也没有一点杂乱的人影，只是那风刮着旗子尖角，咕咕作响，远处更楼上的鼓一声一声地在长空里送来，增加了这里的严肃意味。那引路的伍卒，两个陪他站在门外，一个就进去禀告。这里也不过是平常的村庄，以往三五天总来一次的。可是到了现在便觉有些不同似的，只觉心里头有些怦怦乱跳。但是自己想着，反正不曾做过犯天条的事，纵然师帅有什么话问我，我有一句说一句就是了。只管这样地揣摸着，先进去的那个伍卒就出来向他勾了两勾头，因低声道："你跟了我进去，见到吴大人问你什么你就说什么。你若瞒着不说，将来天父天兄指示，把你邪心说破，你就罪大了。"孟刚连答应了几声"是"，跟了他走进去。所过的几重厅屋，在柱子上都贴了对联，那文字就像大门口的一样，全是把"师帅"两个字分别嵌在为首，一个字也不曾更换。到了最后那进厅屋时，正中摆了公案，搭了桌围，桌上也是乱摆着花瓶帽筒之类。这里就不是大门口那样肃静了，由屋子里一直到天井里，八字排开站了两排人，上面椅子上，坐了那位师帅吴光汉，约莫三四十岁年纪，一把连腮胡子长得有四五寸长。头上戴了一顶黄绸风帽，那帽子和平常人戴的有些不同，在前额略微突出一个圆头来。两旁站的人都戴有风帽，但是到肩上为止。师帅的帽子就长得多，约莫长出五寸来，拖到脊梁上，在风帽上绣得有花，远远的看不清楚，身上穿了黄袍黄马褂。在这个时候，男子的衣袖有一尺宽大，他们的衣袖可不同，只有四五寸大。马褂是对襟的，正胸五条团龙，正中一条团龙特大，是在衣襟缝上对花的。花的正中，有"东殿前十五承宣"七个字。孟刚到了屋檐下就向上跪着。吴光汉道："汪贤弟，愚兄叫你来，有正事商量，你且起来坐下。"

　　说着，在人班里跳出两个十二三岁的小孩子，满身穿了红绸子绣花衣裤、绣花帽子、绣花鞋。腰上扎着腰带，玉的金的嵌的各种首饰，用彩线穿了，挂在腰带上，走起来，那些小玩意儿撞得叮当直响。他们走到面前，将汪孟刚扶起。另是两个小孩子抬出一把椅子来放在桌子横头。吴光汉又向那椅子指着道："汪贤弟，你就在这椅子上坐下。"孟刚向上作了一个揖道声"谢座"，然后在那椅子上坐下。吴光汉道："贤弟，昨晚上妖兵作乱，暗下袭了我们几处卡子想你也已知道。不想这李妖头果有如此厉害。悔不听昨日贤弟之言，上了他这一回当。不过我仔细想来，妖勇的数目恐怕不止这些人，贤弟所说，莫非不实？"汪孟刚忙道："小弟所说，句句是实，绝无一字谎言，若有不实，愿凭天条处罚。"吴光汉道："愚兄并非疑心贤弟，只是照贤弟所说，妖勇不过几百人，何以这样胆大？"孟刚道："这李妖头凤池，为人有心计，很得这一乡的民心。他的儿子李立青练就一身的本领，马上马下却很是了得。所以他们敢乘着我们不防备，下山来偷营。我想，这样的事情可一而不可再，他们不会再有这种戏法的。"吴光汉道："谅他也不敢，我们凭了天父天兄的威力，扫荡胡妖，湖南湖北的妖兵也不知道有多少，都让我们杀光斩尽，这里千百个小妖，哪放在我们眼里？不过既是有了这些小妖魔，那就不能不防备他一点，今天再不能含糊，一定要派人四处去捉妖。先把散在四处的毛妖一齐捉尽，绝了他们山里头的消息，然后再去攻打那山寨，只凭他们几百名小妖，敢犯我们天兵的天威，那是他们死到临头了。"孟刚听他的话，句句不离天，句句又不离妖，实在有些刺耳。可是在人家权威之下，如何敢违反人家的命令？便起身朝上道："吴大人说的是，这四乡总还不免有些小妖的。"吴光汉道："你说不免还有小妖，好像为数还不多。但是据我看来，绝不止少数，差不多这四乡的人都是毛妖，非把他们一齐捉到不可。"

汪孟刚听了这话，不免心里一动。明知道天国军队捉到了妖人，那一定是死罪。若是把四乡人捉来，不问青红皂白，一齐乱砍乱杀，这孽就作大了，因之站在公案前边就没有作声。吴光汉又道："贤弟看我的话怎么样？"孟刚无言可答，只说了一个"是"字。吴光汉道："这四乡的人一齐都要归馆，才好分别邪正。哪个地方人多，哪个地方人少，你总知道的。汪贤弟可以开一张单子，好派人随了你这单子去寻找。"孟刚耳朵在那里听着，心里可就想着，若是瞒住了他们吧，让他们知道了，违犯了天条，一定要杀；不瞒住他们吧，这附近乡村里的人都有通妖的罪，谁也不能有命。只凭自己一句话，要送了不少人的命，也可以挽救不少人的命。这怎么好？心里是如何的踌躇，所以嘴里不能有什么表示，只是唯唯地答应着。吴光汉向他脸上望着，问道："汪贤弟，我并不是要你答应我的话就算了。我是要问出来哪里人多、哪里人少。"汪孟刚偷看吴光汉的脸色，正正地板着两只眼睛乌亮地放出光来，心里倒不免有些着慌，便应声点头道："小弟遵遵遵命就是。"吴光汉道："倒不用贤弟亲自去写，只要贤弟说出来，我这里自有先生代笔。傅先生出来。"只回头说这一句，在旁边穿绣花衣服的小孩子立刻走到里面去，引出一位穿长衣的先生来。这位先生似乎还投诚没有多少的日子，不曾改装，仅仅是头上戴了一顶黄绸风帽。两只近视眼，一张尖下巴，配上几根老鼠胡子。不过他在这里面倒像得了师帅的尊敬，这时走到公案下，向上深深地作了三个揖。

吴光汉点头道："这位新兄弟汪孟刚他有话告诉先生。请先生带了他去，写上几张路由单子。"先生作了一个揖，带着汪孟刚下去。汪孟刚到了此时，为了自己的前程，为了自己的性命，不能不说实话，于是乎这附近地方，哪里人多、哪里人少，都开上了单子了。不到一个时辰，天国军里面，十个一群，二十个一队，派出许多伍卒来。这些人，一个扛了一面两司马的旗，两个人用棍子抬了一面大锣。其余的人，拿大刀的有，拿棍子的也有，拿竹板子的也有，一串地走着。抬锣的人，后面一个，拿了锣槌，一打四下，扛旗的人可就跟了大声喊着："老百姓听了，天国的队伍已经到了你们这里了。你们不必害怕，各在家里住着，不要出门，随后有老兄弟来查妖。天兵一不奸淫，二不抢劫，三不枉杀，天父天兄为了你们被妖缠害，派天王下凡搭救你们，你们要一心顶天，不可隐藏妖头。若查出妖人，那就定斩不留。"他们这样前前后后，走着鸣锣惊众，约莫有二十里周围。可是这里的老百姓除了一大部分早去逃反以外，又一小部分也随了团练上山去了。在这四乡的，不过是些胆大的人和一些老弱无能的人。这里四乡鸣锣，老百姓们听了，心里少不得又吃上一惊，谁是长了两个脑袋的，敢出去冒险？

约莫又过了一个时辰，捉妖的人就来了。这还是鸣锣的那些人，不过现在是两三班合并了一班。大家涌进屋子来，就大声喊着："你们这里有妖无妖，若是有妖，赶快献了出来，若不献出来，藏妖的人和妖一同治罪。"可怜这些老百姓，胆都吓破了，哪里还敢说有妖。进门的伍卒，有的是卒长领着，有的是两司马领着，为首的就说："既是你们这里无妖，那很好，跟了我们去归馆。"老百姓们又哪里知道什么叫归馆？可是看了这些人来势汹汹，谁也不敢违反他们的命令。都是痴痴呆呆地站在一旁，静听下文。为首的这就拿出一根长绳子来，交给伍卒们，把站在旁边听候命令的老百姓拴上一只右手胳臂。一个拴好，再拴第二个，一根绳子直拴到底，总可以拴上七八个人。这些村庄实在也是太空了，一个村子里，一条绳子不过是拴上两三个人。这样地搜罗了大半天，倒也搜罗了一千多名男女老少。

单说其中有个刘小四子，向来是在乡下帮闲混饭、捡小便宜的。当天国军队杀进东乡，人民纷纷逃难的时候，他虽是个小伙子，却单单地没有走。趁了各家无人，人家剩下的衣服捡两件穿穿，人家剩下来的吃物捡点吃吃。终日里什么事也不用做，只偶然跑到屋后山上去，向平原上看看热闹。他回到家里，就把在人家家里拿来的被褥垫得厚厚的，架了腿在床上一睡，真是其乐无穷。他还在家里墙上写了两行字："太平年间，光棍汉子苦似黄连。离乱年间，光棍汉子快活似神仙。"唯其他感到快活似神仙，所以并不离开村子。及至被人一索子拴了，他才觉得这神仙也做不了多久的。一路之上，心里只管突突乱跳。到了程家畈，四处八方，各条路上，都有人用绳子拴了大串的人，向土墙门口牵了去。这倒让他心里安慰了一点。心想，捉去的人假使都要开刀的话，无缘无故，也杀不了许多。他气势一壮，也就随了众人进去。

到了围墙里面，男女分了开来，各送进了一幢大屋子。小四子所到的这幢房子里有个大堂屋，堂屋里光怪陆离，挂上了许多旧字画。正中设了系桌围的公案，倒仿佛人家设下做生日的寿堂。自己这也无心去看，只随了牵绳子伍卒的指挥，进到一间屋子里去。稍微休息了片刻，就有人进来说："先生出来讲道理，大家前去听讲。"

小四子心里想着，把我们捉了来，要杀要剐，听便于你，还同我们讲什么道理？要讲道理，就不必把我一绳子穿着捉了来。心里忖着，可就随了来人走出去。到了那堂屋里，只见所有捉来的人全都脸朝着上，席地而坐。那公案上三把椅子，坐了三个人，东西两边坐了两个穿短衣的人，在他们的号衣上，写得有碗口大的字，一望便知是正副两司马。正中那个人穿了一件黄色长衣，戴了短的黄风帽，料想这就是所谓本馆先生了。小四子到了堂屋里，心血来潮，不免要卖弄一下聪明。心里想着，天下人没有不喜欢人恭维的，我且对上先磕了头。而且自己像囚犯一般，也不能走来就大刺刺地坐下。于是两腿向下一屈，伸了两手撑住地，正要磕下头去，那正司马大喊道："起来起来。现在是讲道理，不是审问罪犯。凡是天底下的人，都是天父皇上帝的子孙，一律平等。现在讲的是天道，大家就要知道天父慈爱之心，在这里全是兄弟一般，你坐着诚心诚意听讲。"小四子只得红着脸，在人后面坐着。那正中的先生就开口了。他道："你们这些新兄弟罪孽深重，不懂天情，现在我们天父皇上帝好生之心，把天理和你们讲讲。大家要知道世界上万事万物，都是天父皇上帝一手所造。因为世人为妖胡所迷，昧了天心，将来死后，一个个打入地狱，永世不得超生。因此天父大开天恩，差我主天王下凡，搭救世人。现在圣朝圣军到了此地，是你们的好运气，自今以后，你们必须敬顶天心，不可反草变妖，你们在这圣堂上要说实话，这群人里，有妖没妖？"大家坐在地上，正在听讲道理。那先生忽然转个话题，问到有妖无妖。大家心里明白，他所指的妖，是反抗长毛的。这些人虽也不愿意同长毛打伙，真要论起妖来实说，大家只有伸了颈子脖让人来砍。而且在那屋檐下重重叠叠的站了两排伍卒，全都拿了刀枪，一声不对，性命就要罢休。因之大家坐在地上，谁也不敢哼出一个字来。

那先生又拍了桌子道："你们既不敢说，显见得这一群人里面定是有妖。那我照违犯天条办理，所有在眼面前的人，一齐拿去开刀。"大家听了这话，不由得心惊肉跳、大汗直流，坐在地上，各各在面色苍白里，透出青纹来。有几个人觉得事到临头，不说不行，只好挣命似的说出一句话来，便是实在没有妖。那先生道："难道你们这里面一个妖人也没有吗？"在许多人里面，有一二个人战战兢兢地答道："实在没有妖。"正司马这就接口道："你们的话怎么可以相信？我要在你们当中仔细地看上一看，究竟有妖无妖。"他说着就手扶着桌子，站立起来，对所有的人一个个地审查了去。他这样一审查不要紧，他的眼光射到哪个人身上，那个人就像刀架在脖子上一样，全身抖颤，一丝冷气由脚板心里向上抽着，直透顶门心。那先生看来看去，究竟是看出一个人来了，他紧靠了刘小四子，缩成一团，像糯米做成的身体，四肢全伸不直来。这个人叫王老好，换句话说，就是个无用的人，差不多什么事情也不能干的。刘小四子偷眼见上面正司马两只眼睛定了神似的向他看着，这就料着不妙，心里像人驾起了云一样，魂灵飞入了半天。只听到啪咤一下响，向上看时，那正司马已是将桌上的一方戒尺高高地举着，拍了下去。正瞪了眼向王老好望着，大声喝道："这个人鬼头鬼脑，一定是妖。"王老好叫道："大人，我不是妖呀，我是好百姓。"正司马道："我有天父天兄指示，你怎能够瞒过我？拿去'云中雪'。"只这一声，早有四五个人跑了过来，把王老好拖了过去。大家都不知道什么叫云中雪，虽是听了正司马那样叫喊着，却也莫名其妙。及至眼看伍卒们把王老好拖到天井里去，不容分说，一人拖了王老好的辫子，两人拉了他的手，还有两个人按住了他的脚，让他跪在地上。另一个人两手举了一柄大砍刀，对准了他的脖子砍将下去。早是血淋淋的一颗人头，随了刀口，滚在地上。原来这就叫云中雪，早是把各人的魂魄和王老好的魂魄一块儿摄去，各人全不知道身在何所了。

那正司马眼见把这人杀了，却坐下去回转脸向各人带了笑容道："各位不必害怕。这个人藏有邪心，违犯天条，所以不能容他。你们好好在馆里住着，熟读天条许你做好人，一同去打江山。有那不认得字的，可以请认得字的将天条念给你们听。你们要知道，天父皇上帝无所不在，无所不知，你们这群人里面若是有妖，可以瞒得过别人，如何可以瞒得了天父？你们从今以后，要洗尽邪心，发誓做好人。如其不然，将来让天父指示出来，不但是云中雪，还要五马分尸、点天灯，那时悔之晚矣。现在已把道理讲完，你们各自回房。"说到这里，才把各人飞去天外的灵魂重新追了回来。在两旁站班的伍卒这就向坐在地上的百姓道："你们都站起来，各各回房去。"这些百姓们听了这话，虽然是惊魂已定，可是这两只脚只是没有了骨头在里面撑住，哪里站得起来？却是那先生为人很好，悄悄地走到了各人面前，笑嘻嘻地道："你们不必害怕。刚才因为那个姓王的口是心非要想脱逃投妖。这种人留在这里，不过是扰乱人心，让好人受连累，把他斩首，倒是替你们轻了一种累了。"说过了这一遍好话，大家心里又算安定了一些，于是又三个一班、五个一班，各回到房里去安歇。糊里糊涂，不觉就到了晚半天了。有那看馆的伍卒向每间屋子里送进几碗饭来。照规矩，每人是一平碗。据说，这也是天父规定的，以为世人多吃粮食无非是白糟蹋了，每两司马的馆里，每个礼拜是二百斤米。两司马是二十五人，只好每人每日分一斤米。五七三十五，二七一十四，共是一百七十五斤。二百斤米，多余二十五斤米，正好二十五人，七天蓄余一天的粮食。这二十五斤米够什么用的？这都是两司马大人念你们新兄弟可怜，买了米给你们吃的，你们吃了这饭，应当感谢大人的恩典。大家在这天惊风骇浪的当中，刚刚安定了一点神，哪里还有心吃饭？所以虽只是一碗饭，这也就很可以够饱的了。

饭吃过了，天色已黑，大家也就准备安歇。因为各屋子里人多少不定，没有床铺，只是在地上撒了些稻草，馆里将民间搜罗来的被褥全铺在草上，大家和了衣服，卷着稻草，就在地铺上睡。为了小心火烛起见，各屋子里是没有烛火的。大家在黑暗里摸黑着躺下，也就安然入梦，不看见同伴，也不敢交谈。可是不到一个更次，忽然火光一闪，只听到喊声："查妖查妖。"大家全知道这个妖字是催命符，加到谁的头上，谁就没命，那守舍不久的灵魂被这喊声叫着，又飞出去了。

第二十五章

如此收买人心

在大灾难的时候，一死就是成千成万的人，至于个人的生死，好像是不足让人介意似的。可是就那些遭难的人本身上说，谁也是生平不能再重大的一件事。便是小四子那种无聊的生命，到了这黑夜中，睡梦里让那捉妖的声音惊醒，也都两脚软瘫了，站立不起来。可是那些捉妖的人只图他们自己的事业成功，人家吓破了胆与否，他们是毫不顾虑的。在黑屋子外面，忽然灯笼火把照耀着通红一片，在火光闪闪的里面，看到拿长枪短刀的人拥了一大堆，对了这房门。

小四子缩在稻草堆里，向外看看之后，再向屋子里看来，共是三个人。只要是在这屋子里捉妖，自己就有三成之一的分，早是浑身发抖，抖得地上的稻草堆窣窣作响。果然地，那些拿长枪短刀的人一齐拥进来了，抓着人的手向外就拖，喝着道："你们这些东西都是靠不住的。天父指示，说你们这班人里面还是有妖，你们得由大人再审问一回。"小四子在火把光焰里一看，只见那些被捉来的百姓们被赶猪一般赶到外面堂屋里去。自己知道这种地方固然是不许有一些恭维，可是更不许有一点违抗，只有随了众人同上大堂屋里去。那堂屋里却也和白天那种布置一样，依然是两司马和一位先生坐在上面。这回来的人，不像以前，全是跪在地上，直挺了上半截身子，对着公案上面。这回却不用先生开口，正司马先就举起警木来，在桌上拍了两下，接着大声喝问道："我已经知道，你们这里头人还有些三心二意，不肯诚心拜天。不过你们还没有懂得道理，天父大开天恩，指示着我们，饶恕你们初次，放你们一条自新之路，从此以后，你们要熟记天条，留心听道理，不要再做错事了。"说着他已经是跟着站了起来手扶了桌子，用目对了跪在地上的人，一个个看着。最后他便道："你们这群人里面，哪个带有二心？不肯诚心顶天，我都看出来了。不过为了天父大开天恩，把你这颗人头权且寄放在你们肩膀上。假使你们再不醒悟过来，随时随地拿你们去云中雪。"

大家听了这话，谁不是战战兢兢的？当正司马的眼光射到自己身上的时候，心里便随着乱跳。仿佛他所说的有二心的人，那正是说着自己。所以也就觉得这颗脑袋是权时寄放在肩膀上的，大家又都加上了一层恐慌。正司马把人都看完了，这就向两边站班的伍卒们道："把他们全带回房去，告诉他们，明天一早来做礼拜。"到了这时，才有一部分人收魂入窍。有一部分人还在心里想着这些长毛全是喜欢说暗话的。"带回房去"这四个字，不定又是什么暗语，因之还是糊里糊涂地不知身在哪里。直待重回了房间里，才算安了神。

小四子本来胆大，只为了磕头的那件事碰了一个钉子，这就反过来比别人更要小心。回到黑漆漆的房间里，睡在地铺上动也不敢动。因为身子一动，那铺在地上的草捆就是窸窣一阵响。这要让长毛听了去又要疑心是什么二心。于是这就想着，自己实在是失算，为什么不跟了李凤池这群人躲上天明寨去？这样后悔着，第二个害怕的心事又跟了来。他们好像有什么法术，能够知道人家的心事。我现在这样想上天明寨去，他们也许会知道的。那么，他们就说是有了二心，不定在三更半夜会拿去砍头的。可是心里想也想过了，怕也无法，只有以后不想为是。他经过了这样一个念头，不敢后悔了，也不敢胡想了，自己警戒着自己，这就只有依了两司马大人的话一心顶天，望天父大开天恩，饶恕了以前的错过。在小四子这一般人心里又怕又悲的时候，便是那更棚里的鼓声咚的一下，又咚的一下，在沉寂的空气里传了过来，让人听到非常的不安。这鼓声是不是记着更数，却也不知道，但是先前模糊地听着，直拖延到鼓声微细，一些都听不见。后来呜呜呜一阵海螺响，睁开眼来看时，却见窗子外天色微明，虽是没有太阳，看到窗子外的对过照墙上，抹了半截黄光，已是到了太阳出土以后的时候。小四子想到昨晚正司马说今天一大早要做礼拜，不知道做礼拜是怎么一回事，又不免在心里拴上了一个疙瘩。因之一个翻身坐起来，只管揉擦着眼睛。

殊不想静候了许久，并没有什么动静，只看到那穿号衣身上背大刀的伍卒，在门外天井里溜来溜去。小四子本想站了起来伸一伸腰的。看到这个伍卒的样子，又不定要出什么乱子，只得又低头坐了下来，望也不敢向外望着。这样提心吊胆、不敢一动的时候，却见那位讲道理的先生悄悄地走到了屋子外面来了。他看到有一位伍卒在天井里徘徊着，就站定了，向他挥了两挥手。那伍卒一声不响，低着头走了。先生满脸带了笑容走进屋子来，向各各都点了一个头。这些人全知道他是这馆子里面了不得的一个人，立刻向着他站了起来。他将手向地面上连连招了几下，用了很柔和的声音，微笑着道："我知道你们这些新兄弟都是老实人，不会有什么二心。不过这里军令森严，无论什么人都要仔细审问过一遍的，并不是对你们这班新兄弟格外严厉。"这屋子里统共只三个人，原不算多，见这位先生和颜悦色悄悄地走了进来，这是大家自被捉以后，向来没有看见过的情形，分明是他对三个人暗下加恩，都不由得心里痛快一阵。那先生站在屋子中间，对各人脸上都看了一遍，这就笑道："你们要知道，我这时偷着来看你们，这是担着一份很大干系的事。不过你们这样忠厚可怜，我就担些干系来照拂你们，却也是值得的。我告诉你们吧，凡是来投诚的人，只要一心相信天条，那绝没有什么灾难的。你不看我这个人，现时在这里多么舒服，这并没有什么另外的原因，无非是能够一心顶天而已。昨天依着旅帅大人的意思，还是要把新来的兄弟一个个带去审问的。不过我念到你们初来，言前语后总怕有点差错。所以我在两位司马大人面前力保你们没有二心。大人也就顺了我的意思，回禀上去，说各各都是好人。有了我们这样硬担下干系来，所以就不曾带你们去审问。我看你三个人，又比那些新兄弟还要老实可怜一些，因之我又单单地来看你们一趟。"说到这里，就回头向门外张望了一下，又低声道，"你们只管放心，以后我可以时常照应你们。"说着，就向屋子里三个人脸上望着。

三个人到了这时，真觉得这是天上落下来的一颗福星，性命有了大大的保障，立刻两腿屈着，向下跪了去。先生站在三个人中间，一个个将他们扶起，看到小四子的脸色最是变幻不定，就握住他一只手道："兄弟，你不用害怕。我一力保护你就是了，可是你们三个人要懂得好歹，我这样地同你们帮忙，你们可不要辜负了我这番好意。"大家这就发起誓来说："先生这样待我们，我们若是再有三心二意，那是天理不容。"先生又看看他们的颜色，这就点头道："我也看出你们的情形不会再假，但愿从今以后，总是这样便好。"于是猛可地转身向天井里走了去，好像有什么急事似的。

不多大一会子工夫，他又回转来了，身后可跟着两位伍卒。先生首先抢到屋子里来，对三人招了两招手，低声道："我想着三位弟兄一定都饿了。由昨日起，恐怕你们就没有吃饱吧？现在我私下给你们送了些吃的来，你们先把肚子吃饱再说。"他说完了，又回头向屋外面招了两招手。随着他的手，那两个伍卒就一个提了竹篮、一个提了布包袱进来。放下篮子，由里面取出一钵热腾腾的白米饭。又是一钵子猪肉烧萝卜。尤其是那萝卜里面，放上了几片大蒜叶子，香气喷喷的，扑进鼻子里面来。大家还不曾吃，只看萝卜上面的那几条蒜叶子青得非常动人，早就是口沫如挂线一般，由口角上流了下来。那个伍卒再把布包袱打了开来，里面却是几块煮熟了的牛肉粑子，还有一包干咸菜。先生吩咐伍卒把布摊在草单上，向三个人笑道："我们就在天井里站一会子，你们只管大胆地吃饭，有人来，我自会给你们打发回去。"这三人正愁着吃饭的时候会让人查了出来，又犯了什么天条。现在他肯在门外巡风，这就太让人称心了。于是全抱了拳头向他乱作了一阵揖。他将嘴向天井前努了两努，又走近了一步，靠到门边，向屋子里头低声道："你们只管吃，不要耽搁了，我就在那里等着。"这三个人听说也不愿更让先生受累，抢着把一大碗子饭吃完。

吃完了饭，先生进房来，先吩咐伍卒们把篮子收了去。他看到还有吃不了的牛肉粑子，于是向牛肉指了两指，又向被褥下的稻草捆指了两指，意思是让他们藏在那里面。小四子等他去了，这就对两个同伴说："先生到底是先生，待人真好。以后先生要差我们做什么事，我们要格外费力。"那两个人听着，都同声说"是"。各人吃饱了饭，又得着那位先生的暗示，可以保护着他们，心里是高兴极了。过了一会子，却听到那帮子广东音的老兄弟由外面喊进院子里来道："各位新兄弟全都听着，今天是礼拜日，你们都穿整齐了衣服同到圣堂去做礼拜。"大家还不知道什么叫做礼拜，只是听到远远的地方有吹海螺的声音和打鼓的声音，接着还有一阵嗶嗶啪啪的爆竹声，仿佛是人家做道场一样。随着就有四五名伍卒，押了一大群老百姓由门外面经过，随着那伍卒也向里面招了两招手。这里三个人一齐走了出去，跟了大群的百姓向堂屋里走。

这就见那正面公案桌上、花瓶子里、帽筒子里，都插了松枝和鲜艳的蜡梅花。花瓶中间，摆了五只碗，里面是鸡鱼肉蛋之类。又有五只茶碗、五只杯子，盛着茶和白饭。太平天国进奉上帝，是不用香烛的，酒又是天条里面所禁戒，所以供案上所供的不过如此而已。这个大堂屋里，这时已是乌压压地挤了一堂屋人，最前面是两司马和那位主馆先生。后面便是五个卒长带了二十个伍卒，所有老百姓们却随在最后一层。只见两司马在前，朝公案上跪着，于是其余的人突然地也向下跪了去。这些老百姓们看到这样子，不用招呼，也不敢不跪。

小四子挤着跪在人中间，心里却有些纳闷，微微抬头看时，只见满堂跪着的人俯伏在地，一点声息没有。心里一动，这不可胡来，立刻也俯伏在地上听候下文。这就在沉寂的空气里，听到有人念念有词。那声音嗡嗡的，很像是老太婆在庙堂里祝祷菩萨一样。这样祝祷完了，那先生首先开起口来，唱一种山歌。是他这样一句引头唱过之后，由两司马到伍卒们，一齐放开嗓子响应起来。虽不知道他们唱的是什么，然而他们同起同落地唱着，却也很有味。这样唱了有一顿饭时，那先生便站在桌子角边，向各人道："大家坐下，听我讲道理。"于是自两司马起，一齐全在地面上坐着。两司马却站起来，和先生列在一处。先生这时穿着黄绸长袍子，戴了黄风帽，不古不今，让人看了怪刺眼的。他站着挺直板了面孔道："这里有新来的许多新兄弟不知道天情，趁了今天做礼拜的机会，我来告诉你们知道。自有宇宙以来，只有我们一个天父皇上帝。天父的力量那是没有话可以形容得出的。天父为我们造山造海造万物，最后就造人。所以我们世上的人都是沾着天父的大恩，由天父造出来的。实在地说，我们身上一根筋、一滴血，那都是天父的。无奈世上的人不明白这种道理，愿信妖话、做妖事，把一个干净乾坤都弄得一塌糊涂。第一次，天父差天兄下凡救过世人一次，因为不曾到得中国，所以中国人全不知道，依然胡作非为，罪过越来越大，因此天父又差二兄天王真主下凡来救我们世人。我们要知道天父怎样爱我们，我们就当怎样报答天恩。假使你们到了这个时候还不醒回来，那是太不知好歹，罪大恶极。就算我们大人饶恕了你们，但是也会有各种大灾难降到你们身上，要你们永世不得超生。你们若不信我的话，灾难就在眼前。因为天父是无所不在、无所不知的。"

大家听了这些话，虽是在可懂不可懂之间，但是看到长毛那边的人都是很恭敬的样子，敬着天父上帝，也许这一位佛爷是很厉害的。因之在这一回礼拜做过之后，大家的心事就随着软下了不少。等那先生把话说完，正司马就挥着手道："现在礼拜做完，你们各人回房去吧。"大家起身来，各回各的房时，并没有伍卒来押着，听便各人自己走去，这比昨日初来，又放松得多了。

这一天除做过礼拜，此外各人全闷在屋子里地铺上，睡也好，坐也好，和在屋子里的人轻轻地谈话也好，很是自在，绝没有人来干涉。到了晚半天，还是和昨天一样，各人散给了一碗白饭，饭上插了一双筷子，一碗一碗地送到各人面前，让各人接着。小四子也接着一碗，便坐在迎门的地铺上，捧着碗抽出筷子来吃。白饭上盖了一撮咸菜，他便一丝丝地挑着下饭。偶然抬头看到天井外去，见那蔚蓝色的天空里，依然飘荡着那成片的黄色云粉。还有不知道人事的乌鸦背着西落的太阳光，很零落地由天空飞掠过去。心里这就想着，在这屋子里，已是关了一天一晚了，不知道他们把这些人关起来何用。吃着饭，又带望了天，不知不觉，把白饭面上一撮咸菜都已经吃光了。这就想到了先生给的那牛肉粑子还没有吃完，于是由稻草捆里掏了出来，放在饭头上。手捏着牛肉粑子咬上一口，就扒上一口饭。下午不像上午，心里安定得多，口胃也开了，一碗饭实在是不够吃。手上拿了那只空碗舍不得放下，还用筷子尖，把碗里零碎的饭粒一粒一粒夹着送到口里去。回头看到那两位同房的，便笑道："二位的饭已经够了吗？"一个答道："我们吃饱了。"说话的神气却很不自然。小四子道："平常一顿吃几碗饭呢？"那人道："平常总是三碗饭。"小四子笑道："却又来。平常一顿饭吃三四碗，怎么今天吃一碗就饱了？"那人低着头，就不把话向下说了。小四子道："这样看起来，我们不能不说那位先生是好人。今天早上，给那些个饭我们吃。"那两个人没说什么，却点了两点头。小四子道："若是两位司马大人都像这位先生看待我们，那我们就舒服多了。"那两个人哪里敢作声，只是勉强地笑了一笑。

小四子看到这种情形，心里倒有些想转来，说先生好就说先生好，为什么要说两司马不好？这话若是传到两司马耳朵里去了，恐怕有性命之忧了。他心里如此出着神，碗拿在手里，就不知道放下。天上的黄云变成了红色，慢慢地又由红色变成了紫色。蔚蓝色的天也都变成了淡灰。就在这个时候，突然有四名伍卒抢了进来，手里拿了绳子，乱七八糟地将小四子手脚身体一齐绑了起来，喝道："你这小妖，胆子不小，到了现在，你还有个二心。"小四子手脚不能转动，被这些人一阵推拥，就拥到堂屋里面来。正面公案上，这时坐了正副两司马，却没有那位先生。正司马不等他走到面前，就拿起警木来，在桌上连连拍了几下，喝道："小四子，你好大胆，敢冒犯天条，你不知道天条森严吗？"小四子看看上面坐的两位司马都是满脸杀气，两边站的伍卒们各各拿着刀枪，脸子却呆得像泥塑的人一样。心里惊慌起来，两条腿软着，便朝上跪了下来。正司马道："小四子你仔细想想做错了什么事没有，你怎样冒犯天条，还不该杀吗？"小四子心里想着我有什么事冒犯天条？除非心里头胡思乱想，有些不忠于他们。可是这是心里头的事，难道他们真个会知道吗？自己这样沉吟着还没有想出话来答复，那正司马把警木又是一拍，喝道："把这小妖，拿去云中雪。"

这一声，把小四子那飘荡的惊魂又散成了细烟，向天空里直飞将去。同时，也就失去了知觉，被几个伍卒抛到了天井里去，仿佛看到一个伍卒手上，拿出了一把追魂夺魄的雪片砍人头大刀。此外，就什么全不知了。然而自己颈脖子上，并不觉得有什么痛苦。便是周身其他的地方，也不觉得有什么痛苦。自己清醒过来时，只见那先生已然站在面前，他脸上还是带了那可爱的笑容，却向两个伍卒道："两位兄弟暂且松手，两司马大人已经答应开恩了。"小四子这时睁开眼来一看，才知道自己是双膝屈跪在地上，两手紧紧地反绑在身后，后面有两个人按住了腿。前面更有人揪住了辫子，以至于颈脖子拉得很长。身边另有一个人两手紧紧握住了大刀柄，半举半横地拿着。所幸当先生说过了话之后，那个揪住辫子的人已经是放了手，就是那个挥雪片大刀的人也略微退后了两步。先生见小四子已经睁开了眼睛，这就向围困住他的伍卒们挥了两挥手，让他们一齐都走开去。等到他们都走开了，先生就亲自动手，把小四子身上的绳子给解了开来，扶着他道："兄弟，你不要害怕，我已经答应过照顾你，一定还是照顾着你的。现在两司马大人都听我说，饶恕着你了，再不会罚你，你放心就是。"说着话，一手扶了小四子的手臂，一手还轻轻地在他肩膀上拍着，做一种安慰的样子。

小四子到了这时，虽是把那一缕游魂收了回来，可是周身上下像全没有了一根骨头，哪里还走得动？还是过来两名伍卒，扶着他朝上跪了一跪，方才把他扶到屋子里面去。两位伍卒没什么留恋，放下人就走了，可是那位先生手上提了一个灯笼，缓步走了进来。屋子里已经有些昏黑不明，先生提着的那个灯笼，倒放出些淡黄色的光亮，照着屋子里两三个模糊不清的人影子，只管是在黄土墙上摇晃不定。先生见小四子坐在地上，便把灯笼向他脸上一送，照看得清楚了，便道："小兄弟，今天幸而是我在这里和你作保，要不然，你早就头颈分家了。"小四子爬了起来，又跪了下去，两手抱住了先生的腿，放声大哭。先生轻轻喝道："快停住口，好汉不许哭。在天营里，哭也是要受罚的。"这句话却比较地有效力，于是他极力忍住了哭声，哽咽着道："先生，你待我太恩宽了，我不知道要怎么着才能够报答你这种大恩。"先生一手将他挽起笑道："我为了天父大恩，把你救了，你不必谢我，你感谢天父，替真主打江山，你就是报答了。"小四子道："先生，你说的话，我总听你的，从今以后，我就替真主打江山，永没有二心了。"先生大喜，算是把这事告一段落。他们对付一个小四子是如此，对付千千万万的小四子，也无非是如此呀。

第二十六章

引敌入境骑虎莫下

太平天国的人马到了潜山十天以后，要办的事全都办了。残余未曾逃尽的人民，以前不知道长毛究竟是怎么一回事，现在也略微知道一些了。他们的天王是上帝第一个儿子下凡。这上帝是不是玉皇大帝虽不明白，是照他们的口气听去，那是一个了不得的大神。长毛虽是杀人不眨眼，口里也很讲道理的，不过他们有一个怪脾气，不许人家违抗他们，又不愿明明白白受人家的恭维，以前以为抱定了谁来给谁纳粮的主意，倒有点走不通。他们倒没有什么三头六臂，只是一来人多，二来会壮声势，倒并不是他们能够到一处胜一处，全是清兵胆小，自己吓倒了。再聪明一点的人，这时都看出了一些情形。只是遍地都是头上扎了红包巾的人，若是有点对不住长毛的事，长毛纵然不知道，也有人去告诉他们。告发的人，并不见得有什么私仇，也无非是想讨一点功劳，自己可以免了死罪。这种情形之下，别人还可，只难为了汪孟刚父子，有点后悔不转来。但是事情已经做到了绝地了，假使不跟了长毛走，让清军捉到了，死得更快。这样随着黄执中天天在师帅馆子里闲坐，还没有得着一点名义，而且处处要留神，不能违犯了天条。这日做过礼拜以后，师帅吴光汉在他屋里坐着，两个穿绣衣的老弟在屋子添盆炭烧开水，却把孟刚传了进去。那吴光汉忽然把脸色一变，喝道："汪孟刚，你犯了天条，你自己知道吗？"这"犯天条"三个字，随时可以造成死罪的，随着孟刚脸色也是一变，立刻向他面前跪着道："小弟死罪，不知有犯哪项天条，还请大人明白讲解。"吴光汉道："你现在虽是一心顶天，来投诚天朝，但是你在妖朝投过府县考的。"

汪孟刚心里想着，在你们太平天国的人，以前赴过三考的就很多了，听说天王自己就考过九次，翼王石达开还是一个秀才呢。心里这般犹豫着，跪在地上说不出个所以然来，吴光汉道："以前你赴过考，这都不怪你，只是你现在的名字就是以前在妖朝的考名。再说你名字里面有个孟字，孟是孔孟之孟。天国自有天道，用不着这些孔孟之道，你既是一心顶天，为什么还叫汪孟刚？"他听了这话，既是好笑，又是好气，便道："小弟一时愚昧，没有想到，实在有罪。今蒙兄帅大人大开天恩，指点明白，才是拨云见日。既然如此，索性求大人赐改一名就是。"吴光汉点点头道："你既知罪，我就不再加罪于你，你且站起来。"孟刚道："索性跪求大人赐改一名，免了罪过，小弟方才敢起。"吴光汉于是低着头想了一想道；"刚字却是不坏，只要把孟字改掉就是，你现在一心顶天，普沾天恩，要为天上着想。天字是凡人不能用的，现在把孟字改为添加的添，叫你汪添刚吧。"

孟刚心里虽是十二分委屈，然而为了讨吴光汉的欢喜起见，只得深深一揖，站起来道："谢大人宏量。"吴光汉道："汪添刚，从此名副其实，是我们上帝的子孙了，只是你的儿子汪学正，他还叫的是以前的考名，你应当也和他改一改。"孟刚道："他自幼学文学武，小弟就不让他向妖朝去找出身，所以并没有赴过考。"吴光汉摸了他那下巴几根稀稀的胡子，想了一想道："学正？这就是学那正当的人，学那正当的事，却也是说得过去。"孟刚躬身一揖道："就请大人，也和他题上一个名字。"吴光汉道："天朝的事情一切都是遵天而行，那么，就叫汪添正吧。"孟刚躬身站在一边，可不敢开口搭话。他身旁有个小老弟，就跳着道："他父亲叫添刚，儿子叫添正，也行吗？"吴光汉啊了一声道："我倒没有想到这一层。"于是用手连连摸了几下脸道："那就叫汪添学也不好？不，还有一个添字，不改也罢，好在学正人正事，这名字也不坏。"孟刚作了一个揖道："这样子，大人的意思，不改了。"吴光汉摇摇头道："这是小事，就不必去过问了。我现在有一件大事，要和你商量商量。"说到这里，把脸色就沉了下来，微瞪了眼道："我告诉你，我们是游击军，在这个时候，我们要打上南京，为我真主打江山。但是东王九千岁，翼王五千岁，现在有令，我们这路军队立刻进攻桐城，打上无为州，杀过江去。不过这潜山桐城，是我们杀到妖朝去的大路，不能放松。所以在这一带，我们还要留驻一些兄弟。"孟刚听了他一套话，却不知道他是什么用意，只有恭立在一边，连连地答应了几声"是"。吴光汉说到这里，就站立起来，向他道："黄弟请出来，我们一同接九千岁金谕。"只这一声，黄执中由屋子后面走了出来。吴光汉便向两个老弟道："你们吩咐弟兄们，摆下圣案。"汪孟刚知道金谕两个字，是指着杨秀清的文件而言。这里面是福是祸，不得而知。心里头这就有些梯突不平。只见吴光汉把脸子一正，自己牵扯了几下衣服。那两个小老弟透着比他还要郑重，一个在前，一个在后，半蹲了身子，将他的衣服缓缓地牵扯着，扯得不让衣服有一点皱纹。吴光汉两手捧了头上的帽子，正上一正。在他这样正帽子的时候，一个小老弟立刻捧了一面镜子，对了吴光汉，高高举起来让他照着。吴光汉点了一点头，才算把这事交代过去，于是他就起身在前走着引路，直向前面大堂屋里走来。

这大堂屋里，就是师帅馆子里的礼拜堂，在堂屋中间正设着一列案子，供好了花枝香茶水果之列。只见在那圣案上，花瓶之外，设了两个宋字大封套。一边另有两张白纸，上边双龙盘着花纹，两旁水云边，约莫有半寸来宽。只那纸角头上印有"旨准"两个大宋体字，其余折在纸里面。吴光汉便道："我有好消息告知两位贤弟，现在东王有金谕来到，封你二位官爵，现在一同先拜谢金恩，再来开读。"黄执中听说，是比孟刚在行得多，立刻向他拱手道："请吴兄引小弟们行礼。"于是吴光汉在前，汪黄二人在后，对了圣案，向天空叩头。共拜了四拜，吴光汉便把桌上的白纸公文拿到手上，向二人一拱道："恭喜恭喜。"孟刚投降天国，就为的是这一点安慰，自是心里一阵蹦跳，将公文接着。展开看时，上写着：

> 真天命太平天国，劝慰师圣神王乃师赎命主，左辅佐正军师东王杨颁给执照事，照得天国之官，佐理上帝天下之事，必以颁给照凭印信以昭慎天威，照职授官，照份理治天事，尤以执照为据。兹蒙天父天兄大开天恩，暨我主鸿恩，本军师将吴光汉等互结公同保举汪孟刚一名，保奏天主旨准封汪孟刚为赐同旅帅执照赴任，毋得有违。仰该官收执，以凭赴任，领印办理留守潜山乡军任事，务须依公忠正办理，不得有蒙昧冒滥，致干法究，宜立志顶天报国，速速。此照。

太平天国的军制：一个军师，辖管五个师帅，分前后左右中五营。一个师帅辖五个旅帅，一个旅帅辖五个卒长。一个卒长辖四个两司马。两司马有伍卒二十五个人。所以照此算法，一个旅帅带兵不过是五百人，只合着现在一个营长的位置。这种军官又分在军和在乡两种。在军的，实实在在地有五百人。在乡的，是一种官名，看本人的能力如何，可以在地方上办理一点民政。像平常一个军师，也不过管一县的民政，而且还有一个监军监督着，一个旅帅，那在乡下只好当个甲董罢了。汪孟刚在乡下就是一个很有名的绅士，在一甲里面，也在首领之列。自己担了血海干系，杀人放火，什么事都做到，以为投降了天朝，可以找一条出路，不想静候了许久，还是闹着芝麻大的一个官。当时接到这封执照，从头至尾看了一遍，心里是十分的不受用，可是吴光汉是有兵权在手上的人，若是得罪了他，他一个不高兴随时可以把人杀了。于是看了黄执中的样子，先和吴光汉道了谢，回头再把吴光汉请到一边，二人单独地向天空拜了四拜，叩谢天父天兄天恩和真主天王的洪恩。吴光汉这才向二人道："现蒙天父天兄大开天恩。我主洪兄，大开洪恩，封了黄弟为将军尉，汪弟为职同旅帅，这是难得的。黄弟虽是由湖北投营前来究竟还是新兄弟，于今得了将军尉，这是和愚兄一样大的职分了。至于汪弟，投我营不到半个月，日子更浅。但是我主万岁，东王九千岁正在收罗天下人才。念到汪弟一心顶天，前来投诚，这是可以替两江外小（指百姓也）做个榜样。加上我东王人马，已经于十七日得了安庆，巡抚蒋文庆妖头又已自尽。我们的大队人马顺流而下，眼见我主就要在南京坐下锦绣乾坤。所以我主二兄格外大封官爵。现在本军人马要去替我主打江山，这里的军事不能不交给一班新兄弟来管领，我望二位一心顶天，好好去办。"汪孟刚听了他十几日的教训，觉得在每一篇谈话中，就有好几个"一心顶天"、好几个"天父天兄大开天恩"，听了实在有些扎耳朵，便呆呆地站在一边，答应了两个"是"。

吴光汉将他两只手反背在身后，对了汪孟刚注视了一会子，便点了两点头道："这件事也并不是这样随便，我们有话，还是去仔细商量。"他说完了这话，就引着二人到自己屋子里去。那两个老弟却是比大人还要懂得世故，他们知道黄汪二人全授了职，还知道黄执中的职分是和吴光汉平等的，所以把两把椅子平放在上边，把一把椅子放在下边。吴光汉指定着黄执中同坐在上边。汪孟刚一想，下边一把当然是自己的，可以随便坐下了。不料屁股刚落下去，吴光汉就把脸子变着，瞪了眼道："汪添刚，你现在受了天朝职分，就应当懂得天规。我是师帅，你是旅帅，你不听我的吩咐就坐下去，这是以下犯上，不懂天道。打江山的时候，军令如山，你这种情形就该重罚。"汪孟刚听到"就该"两个字，心中早是一跳，以为他必接着"斩首"两个字，却算是好，他只说了"重罚"。可是"重罚"两字，也是没有限制的，也许重打几十棍子事，也许用他们的惨刑——五马分尸，心里连转了几个念头，感到不妙，立刻就朝着吴光汉跪了下去。

当时天国军队里的阶级，正是分得很严的。上一级的官对下一级的官，正不妨当着奴隶看待。所以汪孟刚向吴光汉长跪下去，他自是大剌剌地坐着，并未怎样的谦逊。汪孟刚端正正地跪着道："小弟初次投来天国，所有各种规矩全不晓得，总望大人开恩，多多指教。将来得有成就，都是大人栽培的力量，小弟永不敢忘。"黄执中看到汪孟刚这份子委屈，坐在一边，也是很难为情的，于是站了起来，向吴光汉连连作了两个揖道："汪弟虽然失礼，但是他出自无心，将来吴兄多多指教，自不会有这种失礼的地方了。这第一次的错误，你就饶过了他吧。"吴光汉这才站起身来笑了一笑："看在黄弟的分上，这就饶过了吧。自今以后，你得处处谨慎，不可再有这种越礼的事。"汪孟刚算是在刀口里要回转了人头，如何还敢大意？立刻向吴光汉磕了一个头。吴光汉一伸手，做个引起他的样子，点点头道："起来吧，以后不可再犯规矩了。"汪孟刚脸上虽是完全放出谨慎的样子，可是他那眼睛里面，已是微微透出了许多细小的血管，所有无可发泄的一腔怒气，都由那些微细血丝里透露着出来。黄执中斜坐着向了他，看得清楚，便向他连连丢了几个眼色，而且还微微地摆了两摆头。

汪孟刚心里明白，便低了头，没有作声。吴光汉沉了一沉颜色道："现在我们得着东王的金谕，攻打南京去，本部军队开走以后，这里的事情都交给你二位贤弟来办。只是这一副担子非同小可，不知二位贤弟可能承担得起？"汪孟刚方才受了他这一顿教训，心里已是十分明白，在太平天国做事，随时都可以把脑袋取了下来。于是低住了眼皮，并不答话。黄执中却答道："小弟虽不敢说是承担得起，但是吴兄交下来我们一副担子，我们一定要承受起来的。只是还要请吴兄多多指教。"吴光汉沉吟了一会子道："若是此地没有什么妖人，那倒也罢了。只是天明寨里面藏了许多妖人，我们去后，他们必定会抢下山来，那个时候，你们没有一点力量，怎样抵敌得住？现在做个万全的法子，只有你二兄趁此召集一班新兄弟，扎好寨子。"说着就吩咐两个在屋子里的小老弟出去，挡住了来路，不许人进来，于是把他教练新弟兄的办法轻轻告诉了黄汪二人。黄执中是垂了眼皮，好像字字已由耳入心。汪孟刚听着，心里头却打了两个冷战，他绝想不到吴光汉一个粗人想出来的计谋，倒有这样的周全，口里哪里还答复得出一个字来？只是不住地向黄执中偷看。他倒是并不介意，站起来向吴光汉躬身答道："吴兄想的法子，可说是周全到顶。小弟赤手空人到此地来，还不怕这群妖魔，现在有吴兄这样指教，只天明寨上那几百名小妖，何惧之有？"吴光汉握住了他的手笑道："我知道贤弟是位了不得的人物，只在这几句话，我看出你是个有肝胆的汉子。明天上午有监军大人到来，那时，自有监军告诉你们再详细些的计策。"汪孟刚心里计划着，吴光汉去了，自己没有了管头，在乡下大可为所欲为，不料吴光汉去了，又要来个什么监军。照着他们的位分来说，监军比军帅还大，和师帅就大过两三等。自己是个旅帅职分的人，见了这种大人物，哪里还有说话的位分？心里不住地犹豫着，脸上是不时地变了难看的颜色。同时也又转了一个念头，等我回得家去，和儿子商量商量再作计较吧。谁知吴光汉和他商议过了这一回事之后，就把他留在馆子里，不让回家去，只有静候监军前来。到了次日，天色还不曾大亮，便听到海角军鼓乱响，匆匆地爬起身来，就听到馆子里纷纷传说，排队迎接监军大人。

黄执中头上扎了黄巾，身上穿了一件黄布袍子，跑到卧室里，找着了孟刚，两手扯住他的衣袖，向他脸上看着，低声道："汪贤弟，我知道你心里有些受屈，但是你要想到大丈夫能屈能伸。你在现时不能受一点委屈，怎样能叫人家相信你？不过三五天之内，吴光汉就要带了他们这班走了。等他走了之后，这个地方，没有人的权位大似我们的了，我们要干什么就干什么，便是你我出头之年。今天迎接监军，这是最后一关，如监军欢喜你了，就什么不愁了。"汪孟刚悄悄地叹了一口气，便又笑道："你所说的自然是正理。只是我向来在乡下做绅士，是个闲散之人，对于做官为吏，这些仪节全是外行。于今猛然跳到队伍里面来，处处都要遵从军令。"说着，又皱了两皱眉道，"事已至此，悔也……"黄执中不等他说完，脸也红了，将手握住了他的嘴，低声喝道："你怎么说出这种言语？同我出去迎接监军吧。"汪孟刚被他拉了出去，全营兵将，齐齐地站列两排，分在路的左右边，每五个人一面小旗，每二十五个人一面大些的旗，每一百人一面更大的旗子飘荡在人头上，人却动也不动，反是在一点声音没有之下，增长威风不少。队伍外面，另外有几排人，不曾穿得号衣，大概是新收来的百姓，远远地站着。汪孟刚心里也是雪亮的，便向后退了两步，略后于吴光汉三尺多路。就在这个时候，只听到锵的一声，又锵的一声，有那大锣的响声由远而近地走了过来。大家听了这种大锣声，好像是受到一种警戒似的，立刻在脸上表现着诚惶诚恐的样子，不敢轻咳嗽一声了，只有那各人头上飘荡的旗角，在风里扑扑作响。那大锣锵声更是宏大了，在队伍中间，便看到有人肩了两对蜈蚣长旗、两对大锣，锣是两人抬着另一个人敲。锣后面四匹顶马，马上坐的人穿着红袍，戴着红风帽，像火一般的照人眼睛。在四匹顶马的后面，便有一个人，撑了一柄高竿子红绸伞，伞后才是一顶绿轿子，八个人抬着。这八个轿夫却穿的是绿裤绿褂，短短的红风帽。这一种装束，让人猛然看到，很像戏台上的戏子装扮了出来的。由人身上，以至天空的旗帜，那鲜明的颜色全让人感到莫大的刺激。轿子直抬到师帅面前方才停住。

那监军走下轿来，戴了红风帽滚着很宽的黄边，身穿素黄袍子，外加黄马褂，前后绣着两团大牡丹花朵，下面可蹬着大红鞋子，颇觉得不是大官的装束。他下轿之后吴光汉立刻跪下，口称大人。汪孟刚早看到他黄黑的脸色，浓眉大眼，倒翻两个鼻孔，一张厚嘴唇，乱生着一丛稀少的胡子。这一副尊相，添上他那一身穿戴，实在有些不顺眼，心里便有点不愿意。无如自己和他的分位相差得太远了，假使不顺他的心，只要他一声大喝，自己就有性命之忧的。于是老早地看了吴光汉的动作，学他样子，跪了下去。那监军更是比他眼光厉害，早已把他看在眼里，这就手指了黄汪二人，向吴光汉问道："这就是新投顺的那两个人？"吴光汉已是站起来了，听了问话，又是一拱，便道："就是他两人。这位是黄执中贤弟，在湖北就投顺过来的，现在受封了将军尉。"监军道："且到里面说话。"他说着，向里走。他后面却有拿刀棒剑的随从紧紧地跟着走。到了馆里设圣案的堂屋里，他是毫不客气地就在正中一只椅子上安然坐着。

于是吴光汉立在桌子前面，黄执中退后两尺，汪孟刚更退后两尺，一条鞭地排班站定。监军瞪了大眼道："黄执中、汪孟刚，你们现在都明白了吗？我们在此地所要办的事和定好了的计策，吴弟想必是老早告诉你们的了。"黄执中比汪孟刚聪明得多了，立刻答应："小弟都已知道了。"监军将警木一拍，喝道："汪孟刚，你为何不答话？"孟刚上前一步，躬身作了一个揖道："小弟礼当让黄兄说了，才能开口。"监军点点头道："这倒言之有理。汪孟刚，我告诉你，你既立志顶天，不可稍有二心。我现在派定二十名弟兄留在此地，帮你训练队伍，把这天明寨的大小妖头，限期一齐除尽。至于多少日子可以除尽，现在我不说定，你是此地人，让你自己斟酌。看你办这件事，可以知道你顶天的心有假无假。至于吴弟和你说的计策，你若有不明白之处，可以再问吴弟。"汪孟刚连说"是是"。监军道："你现在且退，我和吴黄二弟要商议天情。"汪孟刚打了一拱，自退回卧室里去。同时，这卧室门外，就有两个伍卒在那里把守着。

孟刚坐在屋子里，想到吴光汉说的许多条计划，有好几样是不忍在本乡本土下手去办的。可是已经事前把天明寨形势险要告诉给他们了，他们就认定了这虽是一点小小的症毒，也不能放松，就决定了把这群人铲除了才丢手。若是自己只管投降他们，并不告诉他们天明寨是有这样厉害的，想着他们也就像对付太湖宿松一般，占据了以后，随着也就把大队人马调去打南京，不布置了。现在是自己把他们引到东乡来了，天明寨的人偏偏还偷营了一回，和他们结下深仇大恨，不扑灭天明寨他们是不甘休的。黄执中所说，吴光汉带人马走了，这里就是自己的天下，那也不见得。刚才监军说了，要留二十个人在这里帮我做事。哪里是留着帮我的？分明是留下二十名小监军专管我一个了。到了那时，他们所定的那些办法，恐怕一样一样的，我都要做到。假使我不做，这二十个人就不能饶了我。他们现在议论天情，就把我丢开，这里必对我不利，是不用猜想的，我除了依照他们的法子去做，那是毫无活路的。他真后悔，想在分外，邀这么一种臭功，落得做了人家的刽子手，来杀自己家里人。想到这里，两只脚踏在地面上，恨不得将地面踏下两个二尺深印下去。两手捏了拳头，不住地微微抖颤，很想用尽平生之力，在面前的桌子上捶上这么一拳。可是将眼光向房门外一看，正有两个伍卒站在门外，他们全是吴光汉的耳目，动不动他们就可以说别人反革变妖，对天有二心，一刀砍下头来，那还是罪从轻罚呢。自己可不要闹个笑话，到后来弄得五马分尸。想到了这里，这就立刻把脸色平和下来，口里默默地念着天条，微闭了眼睛，表示着在这里沉静着想的神气。这样很久，才避开了伍卒们的注意。

孟刚在屋子里闷闷地坐着，约莫有两三个时辰，才见黄执中脸上带了一种不甚自然的笑容，由外面走了进来。他进门之后，第一句话就是"这位监军大人，才能了不得！"孟刚站起来笑道："黄兄谈这话，一定有什么高见。"执中指着椅子道："你且坐下。我告诉你，监军大人对我们说，他坐在轿子里，就看到贵处这一列高山，是个形势险要之地，刚才带了我和吴兄悄悄地骑了三匹马，出去偷看了天明寨的地势，他说，用外乡人来打这个寨子，要三千人的话，用本乡人来打这个寨子，有一千人就够了。因为如此，他就临时定了一条计策，这条计叫愚兄去做，大概总是马到成功的。说一句大话，天明寨的人，他一个也休想逃走。至于这条计究竟是怎么个行法，我暂时不说出来，将来做到哪里是哪里，我自会一件一件地告诉你。"

孟刚听他的话，说到这样厉害，却还不知道他要是用些什么手段，来把天明寨这班人斩干杀净。曹家人与自己有仇，逃上天明寨去的人可与自己无仇。清朝的官没有好人，是自己所怨恨的。可是在清朝手上出世的百姓，全是同类，把他们杀光做什么？若说他们不降长毛，他们也并非是和长毛有仇，不过是长毛要他们的命，他们躲了起来。我汪孟刚也有一颗良心，老早地勾结长毛到了这里来，闹到全乡的人已经是家败人亡。而今还嫌不足，还要把藏在山寨子里的一个个全弄死来，这真有些过分了吧？他心里这样忏悔着，脸上已是接二连三地变了好几回颜色，红的、苍白的、青紫的。黄执中这就走向前一步，握了他的手道："汪弟，你怎么不说话，有什么心事吗？"汪孟刚笑道："黄兄这话，我可有些承受不起。现在我们既是归顺了天国，只有立志顶天，跟随真主去打江山，哪里还有什么心事？"黄执中回头看门外两个伍卒却已走开了，这便把他的手更是紧紧地握住一点，便把声音低了一低道："你的心事，我也略微猜想到一二，莫非是听说这里将来还有战事，你很觉对本乡人不起？"汪孟刚强笑道："哪里有这话，黄兄多疑了。"黄执中握住了他的手，依然不肯放，把声音更是低了下去，因道："你的话，我有什么不知道的？必是想到这里有了战事，将来你的乡人遭劫的不少。可是这不算什么呀，由三代到现在，哪一回换朝代的时候，不是这样杀人如麻的，有道是在劫的难逃。你只管放手做你的事，死人多少你就不必问了。"汪孟刚听了这话，虽觉得他这是安慰之词，可是说到杀人多少也不用问，这未免太怕人，因之那灰白的脸色又加重了一层，呆了那两只眼珠，只管向黄执中望着。黄执中微微一笑道："怎么样？老贤弟，我说的话猜到你的心眼里去了。你就算是爬上了老虎背，事到于今，也就只好骑在老虎背上不能下来了。你要下来，就会让老虎吃了的。"

汪孟刚听了这话，不由得两膝向下一屈，对黄执中跪了下去，两行眼泪在脸上交流下来，硬着嗓子道："我的哥，事已至此，你要救我一救了。"黄执中连忙伸着两手，要把他拉起来，连连地道："这地方，你怎么行这样的大礼？让人看着，如何是好？请起！请起！"汪孟刚道："但是你必定答应救我一救，我方才起来。"黄执中不知道他犯了什么心病，也不免呆了一呆，救他一救的话恐怕担干系，还是不能答复出来呢。

第二十七章

示威之一幕

黄执中虽是以兄弟般的情义来款待汪孟刚，可是一做了军官，这情分就透着不同了，孟刚对于天国有点不忠实了，却请他救上一救，他如何肯猛可地就答应着？于是把两手硬拉扯着他的手臂道："你只管起来，有什么话，我们总可以商量，我们情同骨肉还是共过患难的，只要有可以为力之处，我还不帮你的忙吗？"孟刚道："这样说你老哥总是不能帮我的忙了。我只好把一片血性来打动老哥，跪在地上，死也不起来。"

黄执中迟疑了许久，拉住他的手臂，没个做道理处，两只眼睛还是不住地向门外看着，总怕有人来。然后一顿脚道："你且站起来，我答应救你就是了。"孟刚起来，向他作了个揖，才道："听到师帅大人和监军大人的话，全是要在本乡大大作为一番的。小弟是本处人，如何下得这样毒手？可是不下这种毒手时，就算是有了二心，不但小弟性命难逃，就是小弟一家人也是个死。在这种救人不能救己的时候，很望黄兄指示我一条出路。"黄执中先是正正端端坐着，听他说到这里，不由得哈哈一笑道："贤弟，你聪明一世，糊涂一时。大丈夫做事，大刀大斧，往前干了去，顾虑个什么？"汪孟刚道："不是那样说，我们出头来投降天朝，只望着天朝仁义之师来吊民伐罪，把胡人打跑，恢复大汉威仪。若是像……"他说到这里，看到黄执中的脸色变成了紫色，而且还瞪了两只大眼，直吓得把孟刚要说的话完全吞了回去。

黄执中很久很久地注视他，没有作声，忽然站了起来叉住腰子道："孟刚，你自己的身家性命，你自己当然会去打算。你说出这样的话来，你不但自己活不了，还不免拖累着我。你不想你在天朝是什么身份？你只有一心顶天，替真主去打江山。天兵救的是好人，剪除的是妖魔。若是正人君子，自有天眼照看他。若是妖人，那是违背天情的人，斩杀是应当的。你说本乡本土的人，你不忍对他下毒手。这毒手两个字，你就不该说。我们是按照天情替天除妖，只要把妖除得干净，就算替天行道，别的话我们不必去管。若是像你这样的议论，只管说下去，我就可以把你出首。不过我念你不懂天情，愚昧无知，还是可以饶恕你，如其不然，要你立刻死无葬身之地。自今以后，你自己小心一点，不必让我多说什么。我现在肯正正经经说你这些话，就算是救了你，你应当明白。"他说到这里，那脸色沉重得紫中带青，眼珠里兀自冒着红丝。孟刚真不料他方才把话说得好好的，立刻就把脸来变了。也只好站了起来，把头只管低着。黄执中道："你这时有些糊涂，说话全不明白。我现在走开，让你好好地去想一晚。"说毕，摔袖子，他径自走了。

孟刚在馆子里拘守了许多天，也闷得够了，自己的意思本是想溜回家去看看的。现在看到黄执中一怒而去，不知道这还有什么下文没有。因之手扶了桌子，眼睛望着房门外的去路，只管发呆。哪里还敢冒昧离开馆子？这一晚上，孟刚向伺候的伍卒推托说是有病，老早地睡了。可是越睡得早，却越睡不着，在床上听到馆子周围的更鼓一更更敲了下去，没有间断，直到三更以后，蒙眬睡去，五鼓天明，自己又醒了。在枕上不免揣想着，昨日只和监军匆匆地见了一面，没有说什么，今天少不得他还要调去详细问话，自己不求有功，先求无过，总要把许多天条念得滚瓜烂熟，问起来的时候，自己随便就可以答复。如此想着，就不睡觉了，微闭了眼睛，把所有抄录过读过的天条，一个字一个字都默念起来。还不曾念得完呢，一个伍卒便进房来叫道："汪大人还没有醒吗？黄大人请呢。"孟刚听到，却不由心里跳了几跳。一来生平还没有经过人家叫大人，猛然听到这种称呼，心里自然要欢喜一阵。本来天国的规矩，监军以上才可以称呼大人。师帅起，一直向下到两司马，都叫着善人。现在他们不分上下，全都叫着大人，自己也只好受着。其二呢，黄执中一早便来相请，必是为了昨晚上的事，余怒未息，还要发作。这就说不得以前什么交情了，只有多多地去哀求他。赶快披衣下床，草草漱洗一番。走出房门，有两个伍卒引路，其中一个便是家门口那个好吃懒做的庄稼人小四子。心里老大奇怪着，这样新收来的百姓也当了内差了。不过看小四子却是正正经经同了那个老伍卒一样子，很恭顺地伺候着，连咳嗽声也不敢放出来，自己就不便去问人家什么。跟着他走到圣堂，更是吃了一惊。监军不在这里，师帅不在这里，却有一个穿红袍的先生，陪了黄执中在正中椅子上坐下。他们看到孟刚来了，就让他在旁边一张椅子上坐下。孟刚以前看到公案上面坐着的人，多少都带上一点威风，心里也有几分羡慕。人事是转变得很快，自己也就坐到这个地位上来了。不过突然地在这种地方坐着，心里总也有些不安，脸上现出那犹豫的样子，向堂屋四面张望，看看监军师帅会不来。可是同时看到两旁的伍长伍卒，穿了崭新的红背心号衣，头上扎了红风帽，手里各拿了刀棒，挺直地站着。心里又立刻警戒着自己，不要这样孙猴子坐金銮殿，毛手毛脚不像个样子，倒让小卒看轻了我。于是把脸色又装正了起来。黄执中却没有说什么，在身上掏出一张字条，铺在桌上，却悄悄移到孟刚面前，让他自己去看。孟刚会意，只见上面写道：

监军大人、师帅大人带领全营弟兄于今晨子时，开赴桐城矣。

此地现是你我兄弟做主了。

孟刚见到，心里又乱跳了一阵。不过偷眼看执中时，面色板得端正，不敢去问，也只好挺了腰子坐着。执中这就向站班的听使伍卒们道："你们去把我单子上开的人都传了进来。"只这一声，两个听使由外面引进一批老百姓来。只看他们头上都戴了一顶红风帽，便可以知道他们是在馆很久的人了。黄执中见他们齐齐地在天井里跪着，一直跪到圣案脚下不远，似乎也很有得色。他将手摸了两摸下巴颏，然后正色道："我告诉你们，在这里的圣兵不愿久扎在我们乡下，怕是整万人的粮草，乡下人有些担当不起，所以他们都移驻到县城外大营里去。我们的真主这样大开洪恩，怜惜老百姓。老百姓自然要一心顶天，才能对得住天父天兄和我真主二兄。李凤池这班人，他们受了妖迷，带了许多百姓，逃上天明寨去，要违抗天心，抵敌圣兵，这如何能容留得？我们现在要万众一心，把这些妖人全都给他斩尽杀绝。你们要知道，天父皇上帝，是无所不知、无所不在的。假使我们容留着这班妖人，不必怎样做出来，此心一动，天父就知道的。那时，漫山遍野都是毒蛇猛兽，必定把你们吞吃下去。和妖人一样，都死于非命。你们若想活着，那就要明白天心，把天明寨的妖人除去。至于怎样把他们除去，这用不着你们发愁，我们上面的东王九千岁，已经得了天父天兄的指示，早已有金谕吩咐下来。到了那动手的时机，我自会把这番意思告诉你们。只要你们照计而行，自会成功。你们什么都不用害怕，有了天恩照着你们，你们到哪里去都是顺利的。我说这话，你们懂得了没有？"

那些跪在地上的老百姓们，哪里知道什么是妖人、什么是天父皇上帝？在他们的心里想，李凤池是本地一位很正直的绅士，带人上天明寨去，是不得已去逃难，绝不是妖怪。就说天明寨上那些老百姓，不是某人的亲戚，就是某人的朋友，要把他们杀光，这也是良心上所不能容忍的。因之大家默然地跪在地上听过了，却不肯答复一个字出来。黄执中坐在上面，瞪了眼睛等各人的回话呢，见众人全不理他，就拿起警木在桌子上重重地拍了几下，因喝道："叫你们回答我一句话，你们全没有听到吗？"他这样一喝，众老百姓跪在地下越发是慌乱，不知道怎样答应是好。黄执中道："就算你们嗓子都哑了，你们没有变成僵尸，颈脖子总还是活动的，你们各抬起头，让我看上一看。"他这样说时，随着就注意各人的脸色。看到几位最是颜色不定的，这就把桌子一拍道："这几个人全有二心，拿去杀了。"说着，将手指点了几个。两旁的伍卒就跑过去捆缚指点的人。其中有几个吓慌了，听人捆绑。有几个缩在地上打滚，大声叫着冤枉。孟刚看了，老大地不忍，就站起来向执中作了两个揖道："这些人不懂天情，说他们一声糊涂，却是不屈。若说他们有二心，一时却也看不出来。黄兄恩典恩典，打他们几十板子，儆戒下次吧。"说着，又是一揖。执中想了一想道："好吧，且看了我弟的情面，各打他们八十板要重重地打。打得不重，这八十板就移在拿板子的身上。"伍卒听了这话，四个人拖过一百姓来，按在地上，就拼命地落下板子去。不是怕板子打在人身上会断，直要举了板子跳起来打下去。他们打板子，和清廷不同，不脱裤子的。以为那样施刑，亵渎了天眼。这是个冬天，乡下人多半有一条夹裤穿在身上。因之在施刑的人，虽是咬着牙齿打下去的，到底打在身上，还不是那样受不了。只是那板子的姿势、打下去的响声，让那在旁边的人看到，实在有些心惊胆战。这圣堂上接着打了五个人下去，在旁边的老百姓全是俯了身子，眼望了地上，谁也不敢偷觑一眼。

黄执中坐在上面，也跟着有些烦腻，这就皱了眉向伍卒们道："还有几个没挨打的，暂且把这几个人的板子记在他们身上，他们再要犯什么罪，那就两笔账作一次算，非要他们的性命不可。现在，不必打了。"伍卒们听了这话，方才各各站到一边去。黄执中随了这顿脾气的余威，又把警木一拍，向大家问道："我说的话，你们全明白了吗?"在他这一句话问过之后，于是跪在地上的百姓们，就轰雷也似的答应了一声"全明白了"。黄执中听了这话，脸上不觉带了一点微笑，那意思就是说，不怕你们不答应，你们现在总也算是服了我了。于是点头道："既然你们明白了我的话了，我暂且放你们下去，可以细细地去想想吧。"那些伍卒们却也能凑趣，听了这一声吩咐，大声喝着："你们都下去，走，快走!"这些老百姓本就巴不得一声，现在喝着他们快走，他们连方向来不及分清楚，调转身躯就走，有些走得急促的，不免对了墙上乱撞。因为硬碰硬的缘故，不料向墙上一碰，立刻遭一个反跌，就撞了回来，反是跌得四脚朝天。黄执中看到这个样子，就哈哈大笑起来，口里骂道："这一班混虫，杀光了也不委屈他，听到一声说走，连方向也分不出来，这种人有什么用?"

孟刚看到这些人的情形，心里正在难过，不想黄执中反过来还要取笑他们一番。于是正面坐着，微微地低了头。执中站起来，拍拍孟刚的肩膀道："现在我们可以退堂了。"孟刚也站起来道："现在就都完了事吗?"黄执中笑道："你以为还有什么事? 我那边屋子里备得有几样好菜，去到我那屋子里，同吃早饭吧。"孟刚到了此时，不能不一切都听了他，跟着走到他屋子里去，首先便看到两个十二三岁的小孩子，穿着红绿的衣服，见黄执中来，闪在一边站定。这不用说，他学着一般太平天国人的排场，也掳了人家两个孩子来做老弟子。孟刚对于这件事根本就不愿意。这分明是割人家的骨肉，来做自己的奴才，难道天父天兄也叫他们这样做吗? 他这一进门，当然脸色放出那不高兴的样子，站着怔了一怔。黄执中看到，就淡淡一笑。

这时，屋子里正中桌上，大碗的鸡、大碗的肉摆着。在许多碗当中，放了一只白泥炉子，烧着炭火，上面顶了一个瓷盆，盛了杂样的菜肴，煮得咕噜咕噜直响，热气腾腾地向鼻子里送进肉香来。黄执中并不谦逊，自在上面坐着，却指了二面，让孟刚和那先生坐下。他道："汪弟，这位先生叫田丹心，原是在两司马馆子里的。只因为我看他是一个人才，把他提拔到这里来。这是赏。还有一件事是罚，我也让你看看。老弟，你盛饭来我们吃。"他说着话，回转对那两个小孩子说话，那两个小孩子立刻用三只细瓷碗，盛了三碗白米饭送到桌上。黄执中将碗接到手上，看了一看，脸色一变，将碗举起来，向房门外直抛了去，只听到啪嚓一声，料是粉碎在天井里了。吓得那两个小孩子面如土色，立刻跪在他面前。黄执中喝道："你这个奴才，怎么这样大的胆，那碗上画得有妖人，为什么拿这样的碗盛饭我吃？"孟刚被他这句话提醒，立刻去看碗上的彩画，其实这上面画的是姜子牙的故事。这是很常见的一件事，不见得有什么妖气。而且这是本乡一家富户收藏的古董，不想他就是这样随便糟蹋。

那两个孩子这时战战兢兢地跪在地上，像一条狗似的，四肢落地，不敢抬起头来。黄执中喝道："还跪着做什么？起来给我盛饭去。"那两个孩子爬了起来，又把一只瓷碗，盛着饭送了来。孟刚偷看那碗上的人物，虽和自己手上的碗不同，然而画出来的还是姜子牙的故事。心里却捏着一把汗，以为这两个孩子不大懂事。为了用那碗盛饭，碰了钉子，现在又把这种碗盛上饭来，这一顿重罚，恐怕他们有些受不起。心里虽然这样想着，可是黄执中一点也不介意，捧了碗自去吃饭。孟刚想着，这真是一朝权在手，就把令来行，现在自己一点权力没有，这时也和他说什么不得，只好忍耐了。

黄执中一切全像无事，在炉子上的热盆子里，将大块的肉夹到碗里去，很自在地吃了起来。孟刚觉得他或者气平了一些，自己也就可以安心吃饭了。就在这个时候，执中忽然把筷子在桌上一按，瞪着眼道："我想起一件事了。有两个坏人，我还没有处罚他们，现在就借着吃饭的闲时候，来审问他们一下子。"于是对两个小孩子道，"你告诉听使们，把石又明、王道安给我传进来。这两个人居心很坏，要多多地把人监押着。"两个老弟照样传出话去，果然是将军尉的威风不小于师帅，没有多大一会子，十几名伍卒押解了两名老百姓进来，那两个由肩下以至腹部，全是将麻绳子捆绑着，只剩了他们的腿走路。只在房门外，伍卒们把他们包围着，就让跪下了。汪孟刚向外看时，圆面大眼，也是两个老实庄稼人的样子，似乎不会犯什么罪。黄执中见着这两个人，倒不怎么注意，一面吃饭，一面微笑着。可怜那两个人跪在地上，满身的衣纹，抖颤得如风吹水浪一样。黄执中直把那碗饭都吃完了，然后向那人笑了一笑道："你们好大胆，在背地里敢议论天朝，这是妖言惑众、斩首不留的罪，你们知道吗？"那两个人跪在地上，只管胡乱碰头，说是并没有敢说什么话。黄执中道："你们若是招认了，我还可以把你们的罪减轻一些。既是你们有了罪，又要欺天，这是不能饶恕的罪人了。各位兄弟们，把他两人拿去云中雪，不得停留，我还要验过。"只这几句话，那些伍卒们如狼似虎地把两个老百姓横拖带扯地拉了开去。也许那两个人还不知道什么叫云中雪，只是呆了面孔，被他们拖了去。孟刚坐在一边吃饭，只知道他们有罪，却不知道罪从何起，就是要讲情，也没法讲了去，手里捧了那饭碗，只管发呆，有一下没一下地扒着饭。当黄执中问那两个老百姓话的时候，碗里本还有大半碗饭，这半碗饭还不曾吃下去呢，只见两个伍卒各手提了一个血淋淋的人头抢到门口跪下。右手揪着辫子根，左手托住下巴，把人头高高地举着。这一下子，把孟刚真吓慌了，手里一阵抖颤，分明是要扒饭到嘴里去，那五个指头竟是不听他的指挥，捏不住筷子，呛啷一声，把两只筷子在碗沿上打着，复又落了下来，跌到桌上。黄执中只当是没事，向那两个伍卒摆了两摆手，表示叫他们退走的意思。于是两个伍卒挺了胸脯子，把人头捧着走了，他不但不觉得这是残忍，反是淡淡地向孟刚道："你不也真拿枪动棒惯了的吗？怎么看到两个人头吓成这个样子？我告诉你，我只要重说两句话，那是不难砍十个八个人头来看看的呀。"孟刚口里说着"是是"，他要伸手去捡桌上那两只筷子，已经是捡不起来了。

第二十八章

父子分别利用

在这种恫吓胁迫之下，汪孟刚不敢抵抗，也无法抵抗，只好默然地忍受。那一餐饭，真不亚于鸿门宴上。勉强把饭吃完了，很想对黄执中说一声"要回家去看看"。可是看到黄执中脸色非常之难看，由黄色里面透出青紫来，这就不敢开口，悄悄地回到房里去安歇，不想自己一加小心，这事透着更坏。

到了次日早上，一爬起床来，就见屋子原有的两个听使全换了，其中一个，就是昨日所看到的小四子，因问道："小四，你怎么派到我这里来了？你不是……"小四很恭敬地垂手站立着，比别个听使的态度还要郑重，轻声答道："是黄大人派我来的。"只这一句，汪孟刚心里就不由得连连跳了两下，这分明是监视着自己来的。但是小四子是村庄口上的人，有什么话总好商量，只是另外一个听使是湖北人，是黄执中的同乡，假使他要从中为难，这话就难说了。当时也不能有什么行动，只是在屋子里呆坐着，两手放在怀里，望了桌面出神。心里转了好几个念头，怎么找一条出路。随后究竟想得了一个法子，自己父子两个在乡村子里，人缘毕竟不坏，腾出身子来，把一些乡下人全会串起来，黄执中是客边人，究竟势子孤单，大家合起把来，不怕黄执中不屈服。只是第一件事，就是要得黄执中的许可，自己先脱出身来。说到脱身，要猛可地去和黄执中谈起来，一定是让他把钉子碰回。要不然他也不会派人来监视了。这只有一个办法。在同桌吃饭的时候闲谈起来，说是要出来布置布置。然后就回到家里，再也不来。他真要硬来，那就凭了父子两个人的力量，把他全打跑回去。现时一个人关在馆子里，一有反抗，必定遭他们的毒手。于是忍下火性，把屋子角里捡出来的两本旧书摆在桌上慢慢地看。

也不过是看了大半页书，那小四子就伸了头向桌子上看看，见是一本旧书，便道："大人，这是一本妖书呀。"汪孟刚瞪了他一眼，很久才道："小四子，别来没有多久，你的学问大进了，这是《战国策》，你会知道这是妖书？"小四子道："黄大人说过，凡是以前教书先生教的书本，那都是妖书。我们弟兄全不能看，若是看了，就犯天条。"汪孟刚淡笑了一声，有一句要指教他的话，还不曾说得出来，那另一个听使就抢上前一步，也正了颜色道："这的确是妖书，我们天朝的人是不许看的。"孟刚心里好气，在自己这样的地位，倒反要受听使的教训。可是在天国这里，凡是犯天条的事，什么人都可以告发的，他们虽是听使，果然知道大人犯了天条，他们也可以向上司去告发。于是把颜色镇定了，向那听使笑道："我不过拿着书本消遣消遣，不看就不看吧。"说着，两手把书本连扯了几下，撕成许多碎片，向桌子下面一抛，笑道："你们扫了出去，把它烧了吧。"小四子照他的话，把书页子扫了出去，至于他在什么地方焚烧，那可不知道。

一会子工夫，却有两个伍卒走了进来，轻轻地道："黄大人请汪大人去讲道理。"汪孟刚听说"讲道理"三个字，心里又跟着连连跳上了几下，便笑道："今天又是讲道理的时候吗？"伍卒道："那不知道，黄大人叫我们来请汪大人的，别的可不曾说。"孟刚站起来，扯扯身上的衣襟，笑道："既是要我讲道理，那我就去吧。"说着，先开步向前走。到了黄执中屋子里，老远地就看见他板了脸子坐在那里。汪孟刚躬身施了一礼，笑道："黄兄的公事都办完了？"黄执中正了脸色，始终不作声，只微微地垂了眼皮，直瞪了桌子面。孟刚默然站了一会子，便又软和着道："黄兄派人传了兄弟来，不知有何吩咐。"黄执中道："你自己做错了事，你自己应该知道。你不知道你现在身居何职吗？怎么会在屋子里看妖书呢？"汪孟刚这就想着，这可太奇怪了，我刚才在屋子里看的书，怎么他就会知道？因低声答道："小弟并不是有意看妖书，因为在屋子里坐着无聊，看到屋角……"黄执中不等到他说完，就伸手把桌子重重地一拍，喝道："汪孟刚，你屡次犯罪，我都把你饶恕了，以为你总有改过自新的一日。若是今天这样的事，我再要把你饶了，我就算顾全私交，可是有了欺天的大罪，怕要打入地狱，永世不得翻身。"孟刚见他把话说得这样的郑重，自己倒是不好怎样答复，向后退了两步，低声答道："小弟在未投诚以前，凡事就都依照了老兄的意见，到了现在，直属在我兄手下指挥，也没有什么违犯老兄之处，更不敢违犯天条，我兄如此大发雷霆，怪罪小弟，小弟却……"他每说一句，向后倒退半步，在退半步的当中，就把所要说的话给忍回去了。黄执中满脸通红，瞪了两只眼睛望着他，始而是默然无语，最后却叹了一口气，把脸上的怒容完全收下，低声道："你所做的事，实在是叫我无法容忍了，我若照公办你，你是个首义之人。我若不办你，大家全学你的样，这还成什么体统？你是个聪明人，你自己想想应当怎么样来了断。"

他说着话，两手扶了桌子沿可就缓缓地站了起来，向孟刚直瞪了眼来望着。孟刚心里早是止不住乱跳，脸色青红不定，差不多由根根毫毛孔里要向外透着热气。心里在那里揣想着，他的意思岂不是要我自尽？我若是没出息愿意自尽，早就完结了，那还能等到今日？我有一口气，我还得干，我决不能自尽。在黄执中问过之后，他只是正了脸色，低头默然不语。黄执中淡笑了一声道："我想你自己也许想明白过来了吧？若是照着那种重罚去罚你，其实也不算过分。我总念在你是个首义的人，在无办法里想办法，我替你想个主意，你在这几天之内，不要出卧房门，就算我监禁了你，等到有了别的机会，我把一件大功劳记到你身上，然后将功折罪，就可以把你放了。如其不然，你经受得起这样犯天条的罪，我还经受不起呢。"汪孟刚听了这话，跳起来的心房才向下一落，向黄执中微微地一弯腰道："多谢我兄大开天恩。"执中喝道："你怎么还不懂天条？天父天兄在上，才可以叫大开天恩。我主二兄，称大开洪恩，东王九千岁，大开金恩。其余的上司，大开慈恩。天恩两个字，岂是可以胡乱称呼人的？"汪孟刚真不想恭维人倒反受人家的痛斥，心里头那一份抑郁不平真恨不得向前踢黄执中两脚。

黄执中看到他脸色不同，这就向他淡笑了一笑道："我想着，你心里有点不大受用。可是我老实告诉你，这还是我和你有些私交，遇事都可以指点你，若是我和平常人一般，不但不只怪你把话说错了，而且还要到上司那里去报告，说你违犯天条呢。"孟刚到了这时，实在也就无话可说了，于是由鼻子里微微哼出两声，表示着答应了是。黄执中道："汪弟，我望你容纳愚兄的忠言，暂时委屈两天，事后有验，你当知愚兄待你不错。"汪孟刚看看他那情形，知道绝不能从轻饶恕，便笑道："报效之日很长，将来总有报答的时候。"于是鞠着一个躬，自回卧室去了。黄执中坐在椅子上，两手按了桌沿，对了孟刚去的后影，不由得显出了一种淡薄的微笑。他静静地坐着，喝过两杯茶，这就向站在一旁的听使们道："你们去把汪学正传了进来。"听使们答应着去了。他取了一面镜子来照了一照，把帽额前面端正了一下，然后站起来，把自己的衣襟牵扯了一阵，这就正正端端地坐着。学正这时虽没得着什么军职，但是经黄执中的许可，让他先当了一名正司马。

学正初听到这个官号，觉得很新奇，而且在书上也常看到这样一个名词，似乎是个高贵的官衔，因之很高兴地承受，把衣服都换上了，身穿红袍子，头戴红风帽，在袍子上束着绿色腰带，挂了一柄绿鲨皮宝剑。家里有的是骏马，自己骑在马上，带了一班伍卒们东跑西荡的，只是在附近各村子里往来驰逐。可是过了三五天，慢慢地明白过来，一个正司马，不过是管二十五个人的小军官。拼了自己这一颗头颅，拼了自己一家人的热血，结果只弄了这么一份小职分，这叫人太寒心了。不过这里有一件可算痛快的，就是城里乡下那些清廷官员绅士，只要寻捉得到，随便拉来，就可以砍杀。想过去一个月，就让县衙里那些差狗子欺侮了一个够。于是见了那些人，便把脚尖乱踢他们，他们还跪着不敢动上一动，只怕脚尖受得不痛快，要拉去砍头。前两天，天兵还有好几万人驻扎县城内外，一个两司马的职官如何敢到城里去胡乱冲撞？自从天兵向桐城开拔去了，潜山四乡只是些在乡官员，全是新授的职分，谁也不敢冒犯了谁。汪学正在两日之间，骑了马，来回到城里去跑了四次，挺了腰杆子，在马背上坐着，只把眼睛横扫着，四处去寻找仇人，无如城里老百姓，早是跑了一个光，所遇到的全是扎了红布巾的人，哪里有出气的地方？这日起了个早，已是山城里演了一趟马回来，不曾到家，由半路上就让伍卒拦住着，说是将军尉黄大人传见。学正有许多天不曾见得黄先生了，心里这一份委屈正要向师傅去吐一吐。现在师傅传见，那就正中心机，一马跨进了大营，便要向大馆子里直奔了去。可是不到二三十步路，就有人在后面叫道："哎，站住站住，骑到哪里去？"学正回头看时，两个拿了兵刃的伍卒由后面追了来。一个脚步快些的已是跑到马头边，伸手将马缰绳扯住，昂了头道："大人，你怎么骑到这里来？你在营门外就该下马的了。"学正知道营盘里规矩是不能违犯的，当然要遵从下马。可是真下了马，是让伍卒下来的，这又叫人有些不好意思，因之坐在马上，倒踌躇了一阵子，随着哈哈大笑道："我怎么会不知道营规？我正要试试你们，能不能够小心把守。你们并不因为我是个长官，也要把我叫住，这是你们的长处，我是要大大地奖赏你们一下的。"口里笑说着，人是滚鞍下了马。将缰绳一抛，抛到伍卒手上，自己做出一个毫不在乎的样子，大开了步子，向馆子里面走去。

那一团高兴，已经是减少了两三分了。到了馆子里径直地向黄执中的卧室里走了去，刚刚转过圣堂，两个听使就拥了出来，全板了脸子望着道："这是圣堂重地，不能随便来的。"学正道："是我师傅黄大人传见我，我才来的，我叫汪学正。"那两个听使对望了一眼，便道："便是黄大人传见，也不容你随便进去，你得在外面等候了，听我们的回信。"学正又碰了这样一个钉子，觉得很生气。但是有什么法子呢？能够不听他们的话硬冲了进去吗？于是顿了一口气，勉强笑道："好吧，我就在这里等着。"那伍卒道："在这里等着？这里是什么地方，你应该知道。你到前面大门听使屋子里去等着，假如黄大人传见你，我自然会来叫你。"学正心里怨恨着，不想黄老师那样豪爽的人，到了现在也是搭起这么一副排场。既然要我到前面去等着，我就到前面去等着，这么一点小事，也犯不上和老师去违拗。心里想着，低头慢慢地向外走。还没有走多少步，那伍卒可又在后面道："喂，你可不能走远。回头黄大人传见你，你不在这里，那是有罪的。"学正头也不回，答应了一声"晓得"。自己走到前面天井里，叉了两手，就在露天里立着。心里可是在那里想，也不过如此摆布我而已。俗言道得好，二月春风似剪刀。这日恰是阴天，到了下午，未免有些冷气袭人，学正立在那里，只觉得身上肌肤紧缩，令人有点站不住。但是自己紧咬了牙站着，绝不走开。

不多大一会子，只见黄执中领了一群子人飞跑出来，一直跑到天井里，握住了学正的手道："老弟，我久就要和你谈谈，这好几天却不见你踪迹。"学正道："我一向也是要见师傅，却是无缘见面，便是刚才……"黄执中执着他的手就向屋子里面引了去，且走且笑道："我有许多话要和你商量，只是不得其便。"说着话时，已是把学正引到了他的屋子里，先勾一勾头让学正坐下，然后笑道："你应当明白，现在是我们的世界，我们有了这样一个好机会，应当好好地去干，立一番功业出来。我们说一句私话，你看天朝这班大人物，哪一个不是来自田间的？比比身份，恐怕还不如我们。再说各位元勋起事的时候，人不容易，钱粮兵器全不容易，而且还有胡妖处处为难。我们现时，不但钱粮兵器样样可以遂心，而且胡妖早给我们打跑了，并没有人敢和我们计较。我们想做什么，就做什么，岂不是天大的机会吗？你不要以为现在只做个两司马位分太低了。你要知道现在许多广西老兄弟做到军帅指挥，谁不是由伍卒出身的？只要你有本领替我主打江山，未来的高官厚爵，那还是猜想不透的。有道是：大丈夫能屈能伸。过去的时候，你父子两个是怎样的受人家的欺侮。到了现在，那些欺侮你的，却是怎么样了？这就算你大大地抬了一下头。"学正本来是满腔子的不高兴，经着黄执中这一番解释，就不由得随着兴奋起来，因站着道："这几天是学生有心要找仇人，总是进城去。好在有什么大事，都有家父来和老师商量，所以学生也就放了心，去干自己的事，不曾来探望老师。"

执中这就执住了学正的手，向他道："老弟台，不是我在你面前说令尊的坏话，令尊为人虽然还有一些雄心，可是年纪究竟大了，他不能够看破情面去放手做事。我觉得只有你这样年轻有志的人可以共事。今天你还算来得不晚，你可以听我的吩咐，去办……"说着，向房门外看看，便走前一步，再接了向下说。学正只得站起身来躬身听他吩咐。黄执中声音低低地把自己所要办的事全告诉了他。学正挺着身子，鼻子里哼哼地答应着"是"。黄执中跟着这话向下一谈，足足地谈有半个时辰。学正虽是不答应什么话，可是他所听到的吩咐，足让他心里受着莫大的感动，脸上时而红，时而白，最后他就垂下了眼皮子，连鼻息也忍住了。黄执中说完了，又握住了他的手道："你当然知道我所说的，句句都是心坎里面的话，大丈夫做事，要海阔天空，看得很远，不要行那妇人之仁。"说到这里，又执着学正的手，摇撼了几下，因道，"我说的这话，你心里当然可以明白。"学正道："老师所教给我的话，当然是为了我的前程，但是……"黄执中连摇了两下头道："要做事就勇往直前去做事，这里不能加什么但是。只要你办得有功，我一定上呈子保奏你。"学正道："但不知道老师派家父是做的哪项任务。"黄执中笑道："他的前程是很大的。现在霍邱寿州一带，在会的有二三十万人，若是把他们联合一气，这是霸王之业。我想托令尊到那里去走上一趟。"学正不觉胸脯一挺，双眉飞舞，笑道："老师何不派我去？"黄执中笑道："这种事，可不是年轻的人能做得了，难道你还能抢令尊的功劳吗？"这句话说得学正微笑一笑，就不能向下说了。黄执中道："你只管去做你的事，明天来报我的信。"学正对于老师毫无二心，受着密令去了。他不敢问父亲留在馆子里没有，更不知道父亲是在这里受了监禁的。他父亲汪孟刚闷在卧室里，不能看书，也不敢写字，更不敢放出怒容，只怕是让旁边的听使们看到，又去报告，所以老是正襟端坐着，轻轻地拍了桌子，低声唱着歌。可是只唱了两回，自己随着又警告自己不要唱吧，也许又是犯天条的事。一个认识字的人，既不能动作，又不能看书，只是呆呆地坐着，这比又打又骂还要难受。好容易地熬过了两天，到了这日正午，黄执中又请他吃饭，这次情形有些不同，不但没有带那位先生，而且听使和伍卒们也全不在身边。

桌上陈设的菜肴非常之丰盛，共有八个大碗，天朝的规矩是烟酒同忌的，所以在这桌上左右放了两盖碗茶，当了大酒杯。黄执中把门一掩，拱了两拱手，笑道："贤弟，今天我们有几句要紧的话，借了这碗茶，可以来谈上一谈。请坐请坐。"汪孟刚觉得他突然这样客气，不能毫无用意，便先沉住了气，笑道："黄兄有什么事命令小弟，小弟当然遵从，何必还这样客气？"黄执中笑道："在官场上，就是一台戏，当了人，我们不能不谈天条国法。背了人，我们还是自己好兄好弟。"黄执中说着话，走向前拍了汪孟刚的肩膀道："老弟老弟，你何必在心里还留着什么芥蒂，我们不是早就说同心协力、共同做一件事的吗？坐下坐下。"说着，他两手拉住了汪孟刚，向椅子上按着，笑道："老弟，我对你说实话吧，打虎还要亲兄弟。我们打算建立一场功业，那是你离不开我、我也离不开你的。我的意思，我尽管在面子上弄些威风给你看，可是那是公事，只要你公事办得好，有威风也管你不到。至于平常时候，我们就应当像自己同胞弟兄一样，同吃同喝，同在一处玩笑，什么也不必分着彼此。"说着，将手掌轻轻地拍了他一阵肩膀。汪孟刚见他笑嘻嘻的，不带着一丝怒容，虽然觉到这情形变得奇怪，但是心里不受着什么刺激，也就安然地坐下。黄执中坐下，两手捧了盖碗，先喝了一口茶；然后把碗放了下来，因道："就是这一盖碗茶吧，不是我们做到了将军尉和职同旅帅，这茶也不容易喝到呢。"汪孟刚笑道："黄兄所说很是。只是小弟如何比得了黄兄，若没有黄兄，就是这一盖碗茶，小弟也喝不到的。"

黄执中两手捧了茶碗，坐在他对面，只管向他周身上下去打量着，约莫注视有半碗饭时，方才微笑道："话虽如此，倘若是我不在这里，这第一把交椅，不就是汪弟的了吗？你看愚兄，当天军还没有到安徽的时候，就先溜到潜山来了，自然也是两眼朝前看的。这里弹丸之地，做得下什么事业？我不久要走的，就是汪弟，我也望你随了大军出去打江山，在这里不过是暂时之计。到寿州去投张乐行，他是山东安徽河南三省交界地方无大不大的一个捻子首领，手下约莫有六七十万人，那威风是不下于天朝多少。东王九千岁到了湖北，就已经派人去和他说合。这个人志气很大，不肯小就，而且他们也不懂天条。将来我主大展宏图，立下基础，这种人不免是张士诚陈友谅之流。我也有心去投他让他一心顶天，归附我主，成一位开国元勋，这一件功劳，一定不小。假如老弟有心，可以和我同去。"汪孟刚自投降天国以后，位不过职同旅帅，饱受欺压。尤其是开口是天、闭口是天，跑出一个向来不曾理会的上帝，要时时刻刻念他，把尧舜禹汤文武周公孔子一齐抛开，这是心里二十四分不痛快的事。现在听到黄执中说可以去投张乐行苗沛霖，正中下怀，不觉把手中筷子放下，扶了桌沿，突然站起来道："黄兄此言，是我们大大的一条出路，但不知什么时候能去？"说着，又伸手拍拍颈脖子。黄执中脸上带了微笑向他连招了两下手，笑道："汪弟，你请坐下，这话不是三言两语可以说完的。让我慢慢地来告诉你。"孟刚坐下扬了眉笑道："我久已听说，张乐行横行寿州归德一带，胡妖没法子对付他。现在天兵攻打南京，胡妖能顾北就不能顾南，若是他冲进开封，渡过黄河，进可逼北京，退可以守西安，这真是大事业。"

黄执中两手捧了茶碗，昂头大喝一口，然后放下碗来，两手按住桌子笑道："此所谓英雄之见大致相同。但是张乐行有那些人，我们不现一点本领，他肯用我们吗？就是用我们，把我们当一名喽啰小卒，我们又何必去？我们不去则已，要去的话一定让他知道我们本领，一见就重用。"汪孟刚沉吟着道："那有什么法子呢？"黄执中抬手在嘴上，做一个摸胡须的样子，把办法说了出来。

第二十九章

集众围山

黄执中所说的是什么办法呢？他很简单地说出一句话来道："我们要先打破天明寨。"汪孟刚这时是兴奋极了，却不把这事当了怎样刺耳，偏头想了一想道："这与我们到寿州去，有什么相干？"黄执中道："怎么不相干？天军有上万人在这里，没奈他们何，我们若是把这寨子攻破了，让张乐行认识我们的本领。"孟刚微微点了两下头沉吟着道："法子自然不错。但是我们不打天明寨，只要有人去攻打别个县镇，一样可以表功的。"黄执中摇摇头道："不然不然，若要立功，非打破天明寨不可。目前监军和师帅全是听了我们敢作敢为的话，放心走的。我们丢了天明寨不管，先就失了信。纵然我们将来有飞黄腾达的一日，这件事恐怕也常常要让人嘴里说着，那会是我们一件终身的恨事。所以依了我的意见，我们总要把天明寨铲平了，才可以离开潜山。要不然人家还会疑心我们没有能耐躲开这里的呢。"汪孟刚沉吟了一会子，因点着头道："黄兄所言自是正理。只是天明寨这个寨子，很是险要，攻进去就不容易。再说李凤池父子都是有些能耐的人，共带了一千上下的人把守了寨子，我们没有二千人敌他们不过，现在我们哪里有这么些个人呢？"

黄执中听他的口吻已是有些愿意了，这就两手捧着茶碗到嘴边呷了两口，脸上浅浅地泛出笑容来。放下碗之后，这就笑道："你所说的，不就是要有两千人吗？"汪孟刚点头道："两千人，这就不大容易吧？"黄执中哈哈大笑，昂了头道："汪贤弟，你觉得愚兄的能耐，不过是会练几套拳、斩两个人头看看而已吗？我问你，我让你带三千人去围困天明寨门，你敢去吗？"汪孟刚突然地站了起来，手扶了桌沿，向黄执中呆望了道："黄兄说什么？让我带三千人去围天明寨？"执中也站了起来，两手掌连连鼓了几下，大声笑道："便是再添些人，我也分派得出来。这种大手笔，是你绝想不到的吧？哈哈！"孟刚依然呆呆站定，缓缓地道："带三千人，那是个师帅了。"黄执中向他招招手，笑着知照他坐下，因笑道："我们身逢乱世，就要讲个通权达变。监军离开这里的时候，叫我们便宜行事，我们有了这便宜行事的口谕，只要打得破天明寨下来，我们随便做什么事，除了不明明地冲犯了天父天兄，就没有大错。何况这里除了我，就是你，你自然不会把你做的事禀报到东王那里去，我是命令你去这样做的，我也不能去禀报你的坏话。这样看来，你还有什么顾虑?"汪孟刚向他看了一眼，因笑道："黄兄的意思，为弟却有些不解。"黄执中将眼睛微微一闭，立刻睁了开来，笑道："若是去围攻天明寨，自有为兄和你同去。算是师帅也好，算是军帅也好，什么担子都是为兄和你承担，你还怕什么？现在我就是叮嘱汪弟一句话，假使我当了众人说什么言语，你只随着答应，不必再问我。自然我就帮你立下一件大功。"汪孟刚觉得这话里面也不会再含有什么作用，很随便地就把话答应下来了。这一句话之后，黄执中不再提什么言语，很痛快地把一顿饭吃完了。吃完之后，这就大着声音，叫了两个听使进来，吩咐把在辕门等信的各位弟兄全传到圣堂上议事。孟刚虽有点稀奇，不解是哪一批人物，但是马上就要见面了，也不便怎样去过问。

黄执中静坐了一会儿，笑向他道："汪弟，你随我来，让你看看我攻打天明寨的计划，定得周全不周全？"他说了话，自在前面引路。孟刚到了前面圣堂里一看，这不由他不暗吃一惊。今天圣堂上又变了一个样子，除了正中的圣案不动而外，在圣堂两旁，八字张开，放了两排椅子，直摆到天井的那一头去。每把椅子前面，都站有一个身穿红袍、头戴红风帽的人，看那衣冠，好像是由哪里来的一批天国将领。那些人有椅子不坐，仿佛是等候黄执中出来的神气。黄执中走到圣堂正中，还不曾立定了脚，那些人就弯了腰，深深地一躬。孟刚紧随在黄执中身边的，也就无异这些人都在和他行礼，他抬起两手，正待作揖还礼，执中却和他递了一个眼色，还把手肘拐碰他两下，那意思就是止住他不要回礼。他走到堂屋正中站定，两手微微地反在背后，将眼睛向站班的红衣队很快地扫了两眼，这就沉住了气道："所有的人都来了吗？"那些人齐齐地答应了一声："都来了。"在这一声答应之下，孟刚方才明白，这全是本乡人，不想他们这一套打扮竟是比自己还来得整齐。只是本乡人料着他们也没有什么来头，这就不放在心里头了。黄执中又看了一看众人，大步走到圣案正面椅子上坐下，向汪孟刚丢了一个眼色，也让他坐下。孟刚看了这情形，知道这是他要显一点威风给人看看。反正这一些全是自己乡下人，就是在他们面前端一点排场，那也不会生出什么毛病，因之一股子劲就挺了胸脯子，在执中旁边一张椅子上坐下，两手按了桌子，板住了面孔，向堂屋下面两排人看着。黄执中约莫停顿有两三分钟，这才沉住了气，由嗓子眼里放出声音道："坐在我身边这位汪大人，是一位文武全才的人物，不但我佩服他，就是上面的军师指挥没有不佩服他的。所有攻打天明寨的事，都全仗了汪大人来鼎力主持。"那些站班两边的红衣人都随了这话，齐齐地向孟刚看了一眼。黄执中道："我觉着要攻打天明寨，第一是要知己知彼。在我们这班人里面，可以谈得上知己知彼的，那只有汪大人一个，所以我觉得他这个人是十分可以敬重的。你们以后要听我的话，也要听汪大人的话。"那些人听着齐齐答应了一声是。孟刚觉得执中这句话是很替自己装了面子，脸上也就跟着有了得色，不由得现出了一线笑容，将目光扫射了一番。执中两面望着，点点头道："你们全都坐下。"这些个人向上拱了一揖，方才坐下。看那些人，全是半侧了身子朝上，在长衣服下微弯了两腿，两手按住了膝盖并不敢胡乱动一下。两旁尽管有二三十人，可是这二三十人却是这样一个刻版模型。唯其是这样，这圣堂上的情形才觉得分外的严肃。

黄执中正了颜色，向两面看去，默然不作声，约莫有半盏茶时，然后沉重着声音道："我们既是一心顶天，归了天营，现时就不能容留妖人在我们面前。天明寨这群妖人，在天父天兄眼前，是十恶不赦的。我们容留这群妖人，就是通妖，通妖的罪，那也是十恶不赦的。你们愿意有这项大罪吗？"他很重的口音，把末了这句话问出，却不肯向下说了，两手按了桌沿，向两旁的人望着。他不说，两旁的人也是默然不敢作声，似乎比以前的情形更要严肃几倍。执中见两旁的人还不说话，便大声道："你们怎不答应出来？我再问你们一句，你们愿意有这项大罪吗？"大众里面就有几个胆大些的，同声答应"不愿"。执中道："你们既知道妖人是容留不得的，就应当上为天父天兄和我主二兄扫除妖人，表白我们是真心顶天。下为我们大汉江山，扫除妖气，恢复我中国人的本来面目。就是照我们本身来说，我们也应当趁这风云际会的机会，图一个终身富贵。你们愿不愿立下功劳，图下半辈子快活呢？"到了这时，大家也会作声了，通通答应了一下："愿！"黄执中道："你们既是都愿意了，自有天父天兄在天上照拂你们。你们各带了新弟兄在营门外集合，我带了汪大人就来检阅。你们下去。"那些穿红衣的小将领听了话之后，就共同站了起来，向他作了三个深揖，靠了墙侧身横行出去，那意思是说不敢用背对了上司。在这些人走后，立刻馆子外呜呜呜吹起海螺声来。这种东西，是太平天国军队里一种特别乐器，就是海里的大螺蛳壳，在盘旋的尖端穿了一个小孔，两手捧了螺蛳，口对了尖角去吹。这东西小的也有茶壶大，壳的敞口所在，赛过一个大喇叭嘴，因之一吹起来，就发出一种很激昂的声调。江南一带，道士们也用这东西，却是追鬼招魂作道术时候吹的，每到深夜，却听得有些毛骨悚然。天国发令行军，就常吹这海螺，再加上鼓的点子，也可以暗示人有什么动作。孟刚听那海螺声发动以后，再听鼓的点子，是一下跟着一下敲，这果然是集队的号令。自己就疑心黄执中所说有许多兵士预备着，是靠不住的。可是这时鼓角齐鸣，却不是一处，四面八方都响应着。正偏了头疑神在听呢，黄执中可就微笑向他道："汪弟，你听见了没有？你只要两千人去围天明寨，这数目太平常了，你这就看我预备的够是不够。来，我们到营门外去看看。"他说着，起身便向外走。孟刚对于他这番举动自是十分稀奇着，口里也不说什么，跟了孟刚，同到馆外来。馆子门口，早已预备好了两匹马，有穿了号衣的马夫，拉住了缰绳，静静地在门口等着。黄执中是一点也不踌躇，接过缰绳就一跳上了马背。孟刚随着上了另一匹马，同向营门外走。只在自己上了马背之后，那馆子两旁立刻闪出拿刀舞棒的伍卒，在前面引导。而最奇怪的，就是这一批伍卒里面，也有两面铜锣、一柄红伞，同在马前引路。孟刚虽不知道这一批护从是给谁装点威风的，但是摆在马前，究竟也让心里头高兴一阵。大锣在前面是一敲四响，浩浩荡荡出了营门。孟刚坐在马上一看，真叫心里头大大地诧异起来。

这营门外，已经是围了营垒，又挖了一道深深的长壕，连合原来的壕沟，共有两道了。在两道长壕之外，那麦田里的麦苗，已是不见，平平坦坦的一片大空场，与挡了眼界的河坝相连。那些田岸上的树木也一齐拔除，成了个大校场。在校场上，东西南北中分着九大队，排列了阵势，每队的人数虽然不能一个个去点清，但是天国军队的制度，每个两司马就有一面小尖角旗撑出来，每一卒长又有更大些的旗撑出来。孟刚只看那每一队里面，有四个卒长旗在人头上飘荡。四九三十六卒长，至少有三千六百人了。心里暗想着，这正是黄执中聪明处，他是个将军尉，品级和师帅差不多大，师帅带十个卒长，他就把队伍编成九卒，不到一师帅所领的人，可也只少几百名额数了。他说没有人管他就可以胡来，那也是一句骗人的话。照他这种行为，那并不算是怎样胡来。心里在如此忖想着，手拢了缰绳，坐在马背上，只管对旌旗飘荡下的队伍四处张望着。黄执中也是和他一样四处盼望，然后回过头来向孟刚道："你看这些队伍，虽是新练成，队伍排得那样整齐，军装穿得那样鲜明，和湖南湖北到这里来的队伍有什么两样？天明寨那一群乌合之众，你想会是我的对手吗？"说完了，随着又昂头大笑起来。孟刚偷眼看他拢住细绳的手臂，只管摇撼得那肩膀也起落不定，那份情形分明高兴过分了。直把这个圈子阵线走完了，黄执中才回转头来，扬了眉毛笑道："你看看，操练得这样整齐，这更是你猜想不到的事吧？"汪孟刚只好在马上拱了两拱手，连说"佩服佩服"。这时，那个挥旗的又依了以前的姿势，将旗子反过来摇摆了几下。就在这个时候，看到那个螺旋形的阵势，反过来向外透开，直让这些人拉成一条大长线的时候，就顺了大校场转圈子。每到一个方向，停留下一队人，最后就停留到九处，恢复了以前的原样了。

执中回过头向他笑道："这种训练虽然是打仗用不着的，但是我们要想练得队伍整齐，遇着大敌也不散漫，那可不得不由这个法子入手。你看看我行的这办法，究竟妥是不妥？"孟刚笑道："天兵打仗的阵法，我也是听说了不少，这样的练法那是正好。"执中笑道："你觉得天明寨里那些庄稼人能够和我们这些新弟兄打比吗？"孟刚道："说到练拳棒，那些人里面，多少总还有几个，至于这样练操的，那可是不多见。"黄执中笑道："在这种地方，你可以知道愚兄不是一味夸大话就算了的人。你看看这种军队，能够打平天明寨？"孟刚笑道："那当然是可以。"执中左手揽了缰绳，右手连连摸了几下胡子，向孟刚看了一看，微笑道："听你的话音，你还是觉得有点勉强吧？"孟刚看他那微笑的脸上，似乎另含有一种杀气，这倒未便再向下说明，因正色道："小弟看到这种阵势，已经五体投地，哪里还能胡批评？"执中也没有理会他的话，只将手上的马鞭横着一挥，立刻锵锵一片锣声。孟刚也懂得，这是收军的号令，且看这阵势怎样。就两手拢了缰绳，只是向阵头注目着。果然他们也操得和老兄弟一样，在听到锣声之后，首先是对了营门的那一队，变成了双行的长蛇阵，在这队阵势变完之后，邻近的那一队也就变好了，于是一队跟了一队，列成一条长线，向营门走进去。约莫走进去一半人之后，锣声打得更急一点，马旁边的旗子接连摇上了几下，于是那行列里的小旗也跟着摇了几摇，即刻行列里的人每两列并成一列，结果是四个人一行，还是跟着向前走。直等这些人全走进大营门去了以后，黄执中就在马上摇了鞭子哈哈大笑道："钝铁也可以打成钢刀用，有个人会操练不好的吗？汪弟，回馆子去好好休养半天，今日下午，我们要立功业了。"说着，将鞭子指了马前撑伞的，喝声"回馆子"，于是那些排班的伍卒们，依然像出来一样，鸣锣引导，进营门去。

孟刚骑在马背上，只看那撑出人头四五尺高的长柄红绸盖伞和前头四面红旗临风招展，心里就起了那么一个念头，大丈夫生当是时，不当如此乎？想着得味，自己在马上挺起胸脯子来，风由马上吹过，掀着红袍子大襟，也有些飘飘之势，更是助长了精神不少。回到馆子里，黄执中自回他的房，也叫孟刚回房休息。孟刚到了屋子里，不知什么缘故，只觉精神抖擞，有些坐不住，手上兀自挽了马鞭子，背了两手在身后，不住地在屋子里来回走动，心里也就默念着，有道是"义不掌财，慈不用兵"，一人到了手握军符，那就应当另用一副眼光来看这个世界。若是还照以前那样，讲道德说仁义，见了杀，先出一身汗，那不但不能建些汗马功劳，而且也许胆子一小，让别人把我杀了。心里想着，两只脚在屋子里走得特别加劲，由床面前走到房门口，不停地来回打旋转。这时，房门口也有两个伍卒站在那里，可是这就很坦然地放了步子走路，并不把他们放在心上了。到了这日初更时候，正把更鼓打过，忽然鼓声一转，像打雨点子一般，随着这雨点子似的鼓声，螺角呜呜，同时地吹着，这就是军队进行的号令了。汪孟刚想起黄执中所交代的话，立刻在腰带上挂了宝剑，在墙角落里取了一支花枪，匆匆地就跑到圣堂里去听候号令。出去看时，早见那班伍卒们全副戎装，分在两边站定。孟刚正觉得手足无所措的时候，黄执中也是腰带上挂了长剑，手里拿了大砍刀，大摇大摆地走了出来。孟刚站得挺直，静候执中过去。微斜了身子向执中看看，然后平声静气，跟了执中后身，慢慢地走了出来。到了辕门外，只见那半钩月亮，像银篦子一样，在天空里悬着。周围稍微有些零落的星宿，在四周点缀着。就是那银篦子上一线灰光，照着暗空下，有些模糊的树林房屋影子，许多排成了队伍的兵士，在暗空下排着阵势，虽不能十分看得清楚，但是似乎有一堆黑影，那旗子尖角在空中吹得呱呱作响，也就感觉到面前人数不少。在营门口又是一排伍卒，不带灯火，静静地站着，两匹马在人后面立定，也是耷了两只耳朵，一声不响。黄执中上了马，汪孟刚也跟着上了马，执中在马上回过头来，悄悄地对孟刚道："你看我们这队伍，不很像个样子吗?"孟刚道："队伍行列很好，为什么不点灯火呢?"执中道："夜里行军还亮着灯火，那不是告诉山上人放箭射我们吗?"孟刚道："既不点灯火，那也就不该响鼓吹角。"执中笑道："汪弟到底不错，还知道军家的虚实，但是我不点灯火，有不点灯火的意思，响鼓吹角，又有响鼓吹角的意思。我知道天明寨这地方，不是队伍一到就能攻了进去的。不是一攻就破，我们就不必偷袭，我们既不必偷袭，响鼓吹角前去，又待何妨?"两人并马说着话，跟了阵脚，从容前进。那黑巍巍的高山影子，在昏黄的月光下，在面前现着突立起来，那就告诉人到了山脚下了。

队伍到了山脚，那鼓角声格外紧张，黄执中在一堵高石崖下，引着孟刚下了马，有听使带了被褥来，铺在大石块上，让他坐着。孟刚到了这时，倒有点佩服他的心计，见他从容不迫在这里休息，心里自是十二分奇怪，叉手站在一边，且看他是怎样的摆布。抬头看看山上，在半山坳里有四五星灯火，在一定的地方时明时闪，还有几处汪汪的狗叫声彼起此落，大概是山下的鼓角惊动起来的。这里的鼓角得了主将的暗号，已经停止了，那热闹的声音猛然地歇住，耳边下突然地寂寞起来，分明大批的人在面前，这样一些声音全没有，更觉得这情形是分外的严重。那西北风顺着山势，由上面吹了下来，拂到人身上，都有些肃杀的意味。这暗示着，杀机是又要开始了。

第三十章

抵 抗

由天明寨山下，看那山里，声影全无，仿佛山里面的人完全都是睡着了的，绝不知道山寨门已是让人家围困起来了。其实山底下那些举动，山上的人不会比山下人隔膜。当程家畈大营里打鼓吹角闹成一片的时候，李凤池穿了短衣紧束了腰带，身上背了一壶箭，手里拿了一把弓，已是和了山上一班小伙子走到一个凸出的峰头上，向山下平原上看了去。在鼓角声最繁杂的地方，那灯火的光点也就闪烁得分外有劲。虽是看去不过二三十点星星之光，那光却是东西流动奔走着，和平常村庄夜里的火星不同，闪动得非常之快。跟着凤池来看的人都忖度着道：长毛又捣什么鬼？鼓号是这样的响动，并不亮着灯火。凤池笑道："从今晚起，我们不能过太平日子了，他们一定是把队伍准备好了，来围困我们了。"

立青也是紧紧跟了父亲出来观阵的，听到凤池这样说过之后，就问道："长毛这种做法，就是我也看不透。说是明来，何以不用灯火？说是暗来，这样大吹大擂干什么？"凤池道："只要你肯这样说，他们的计策就行了，他们所要做的功夫，就是这个疑字，我们疑起来了，就正合他们的心意了。"立青道："据你老人家的意思，他们引起了我们的疑心，就可于中取利吗？"凤池笑着哼了一声，看那样子，虽有答复之意，可有了鄙薄的意味，含在里面了。立青道："莫非他们的人数不多，虚张声势来惊吓我们？"在这里看阵势的一班小伙子都说"不错不错，必是这样"。凤池道："平原两阵对峙，以少攻多，不妨虚张声势，至于进攻险要，守的人总是尽力而守的，不受一点压迫，绝不肯退让，虚张声势那有什么用？这一些动作，我们全不必问，只是紧紧地把守寨门，看他们有什么法子来进攻。有道是水来土掩、兵来将挡，我们看事行事，真有大队人马来进攻，我们也要杀出一条血路来。至于那点子虚声，我们虽是不受吓的，但是我们也不能把它当作谣言，照样地加紧防备。"他一面说着话，一面向山下张望，在张望得出神的时候，只管右手按了刀柄，左手叉住了腰子，气也不透地静静呆立着。随着来看热闹的人起先也是七嘴八舌，对了天军的来势各有一番估量，随后看到凤池并不说话，这倒给予了大家一个注意的机会，全肃静起来，对那鼓角响动的地方看去。由山上看平原的夜色，因天幕成了一个布满铜钉的黑罩，罩在其势沉沉的大地上，什么全看不见，引得大家格外地静肃。那鼓角呜呜咚咚，在沉沉的夜色里面越来越紧张，越听越清楚，渐渐地向山脚下响了过来。立青这就向前一挺身道："爸爸，这个样子闹法，他们绝不是没有意思。无论是真是假，我们应当派人去探望探望。不过打探的事情是很危险的，干系又是很重大的，我们既是出来替本乡父老出力，这样的事就当自己伸头承担，难道自己藏在山上享福，让别人去冒险不成？我想讨这一份职务，立刻由山口子里溜出去看看。"他说完了，身子依然挺立在凤池的前面，静等了他的回话。

在一钩月光下，只见凤池将手抬起来，不断地去摸胡子，很久很久没有作声。随后就沉着了声音道："你这话是对的，你既是敢去，我就派你去，遇事你都小心就是了。"立青依然带了弓箭，在同伴手里取了一支花枪，就向凤池告辞，走下山去。来看阵势的人，这就未免受着感动，有几个小伙子同声喊起来道："我们和三哥同去。"随了这喊声，也跟着立青走下山来。凤池连连喊着，把他们叫到身边，先是从容地叮嘱了他们一番，又告诉他们六个字的诀窍：胆要大，心要细。大家只管放胆向前，自己却在这里，等候他们的回信。那几个打探的壮丁，答应着随立青下山去了。凤池果然不走开一步，就在大石头上坐着。

他并不因鼓角声越走越近有什么惊慌的样子，也并不因为四周有人陪伴，告诉别人什么话，只是沉住了气，脸对山下望着。陪着他的人，不知他葫芦里卖的什么药，也只好手撑了腿，在一边静坐着。晚风由山头的荒草上瑟瑟作响，摇动着过来，直扑到人的身上，这让人周身冷飕飕的，微起了抖颤。可是凤池坐在这里，还是十分的沉静，鼻息声都不加重一点，只见他突然地站了起来，两手放到胸前。星光下，看到他的手摇撼了两三下，似乎他想得了什么，自己这样沉重地做了出来，显着他有那样办的决心。在他身边有两位年纪大些的人实在有些忍不住了，很想问他有什么计策去对付逼近的长毛军。但是问话的人不曾把话问了出口，先咳嗽了两三声。那咳嗽的声音是很沉闷，仿佛咳嗽的人已经是把嘴捂了起来。凤池看到左右这样局促不安的神气，便笑道："你们以为长毛进逼得来了，我就没有了主意了吗？我主意要逼，越逼就越多。"说着，就连连地拍了两下胸，现出他那得意的样子来。大家见凤池这样拿得稳，自然也就全站定了，静看下文。这样静等着，在一个时辰上下，打探的人先有一个跑了回来，在昏暗中，虽不看见他是什么颜色，然而那气呼呼的声音是可以听得出来的。那回来的人喘过了那口气，这就报告着道："我们藏在田岸下，远远地把长毛看清楚了。他们的阵势拉得很长，恐怕总有上万人。"李凤池便拦住道："你一个一个数点过了？"那人答道："那可是没有。"凤池道："你既然没有数点过，你怎么知道有上万人呢？你不知道一个人跟着一个人走，有几百人就可以拉得很长吗？他们现在到了什么地方？”探子道：“他们已经到了山脚下了。不过到了山脚下，他们还是不停，后队紧紧地向前拥着走。李三哥怕他们趁了机会就要上山，叫我们赶快回山来报告，预备对阵。”

凤池手摸了胡子，哈哈大笑道：“你们不懂得兵事，怎么立青也不懂兵事？我们的天明寨，若是这样容易攻了上来，我们也就不经营这个寨子了。你去通知寨上传号兵，立刻响锣。”原来天明寨上的规矩，知道天军的号令，是鸣鼓为进、响锣为退。这里就变更了办法，点炮吹号为退，鸣锣为进，扰乱敌方的军心。所以这时凤池发下令去响锣，只听到半山寨中锵锵一片响声发起，立刻四面八方都有锣声响应。凤池随了这紧急的锣声，和了那批随后的人，就涌到山神庙前来。

现在的山神庙，不是以前的样子了，在庙坛上，用八根大木料支起了一个棚架。上面和左右两边，全用了松枝竹叶搭盖了棚子的式样，空了棚子前方，向山谷里看去，也有一个演武厅的格式。在棚子正面柱上，挂了两只灯笼，摆了一张桌子和几把椅子，也就成了一个校阅公案的模样。凤池和几名在山的首事，就在桌案后坐着，桌上摆下了两盏纸罩风灯，灯光下厚厚地堆了几本草纸名册。也有一副红黑笔砚，做了点名之用的。在这山神庙坛下，有一弯平坡，这里有人抬了四面大锣，锵锵地响了起来。山谷里面随着这锣声，脚步声杂沓着，便是人影滚滚集合到一处。但是这人影的集合，也不是完全纷乱的，在那深谷里，东西南北中，配有十个灯笼，每两个灯笼下就集合着一群人。灯笼上并没有什么字样，只是加上了一些青红的纸条横直粗细地相间着，做了记载。忽然锣声停歇，在山神庙后，却挑出一盏红纸灯笼来。这灯笼不是平常式样，乃是扁平的纸壳，约莫有三尺长、二尺宽，高高地用根竹竿子撑着，在半空荡漾。这盏红灯挑出来之后，在山神面前树立了一会子，立刻四周寂静无声，由那山谷里的风在草木之间吹过，还瑟瑟作响，越发现着这么些个人，连风声都盖不过去了。

凤池拿了武器，在松竹棚子前面站了一会儿，将十盏灯笼撑出来的所在都静静地注意了一会子，于是他知会了撑灯人一个哨号，把那红灯引着向山下走，于是那十盏灯笼，全随在那盏大红灯之后，陆续地前行。凤池杂在五队练勇之后，也就步行下山。由山神庙到寨口上，约莫有两里路，在大家这样鱼贯而行的时候，山下的鼓角声固然是停止了，就是人踏声、风吹旗帜声，全都寂寞下去了。下山预备抗敌的人，眼见前面那盏红灯遥遥地在暗空里引道，并不听到或看到别种刺激的声影，然而在各人心里，却分外地加上了一层警戒严肃的意味，似乎在身子周围，全都藏伏着敌人，他们是随时可以出来攻击的。因之大家走着路的时候，全都是提心吊胆放沉重了脚步向前走去。慢慢地走到山寨门口，那红灯和灯笼却一齐熄灭，正是和太平天国的军队一样，不张时火，悄悄地跑上了阵头。这天明寨山的口子，正是两个峰头，中间落下去一个峡谷，一条陡斜的山洞由这峡谷里流了出去。那寨门的横墙跨着山洞，随着两面的峰头倾斜了向上去，到了半山峰上，那墙就慢慢地矮着，矮得和山势一样的平，在山峰上向山外看去，虽不是一堵石壁，但是那山坡的坡度陡峭万分，光滑滑的黑石头，青草也不生长一片，山下的人绝对没有法子可以爬了上去。可是山上的人望着下面，是十分清楚的，便是有一只老鼠要由山下爬上来，也不能躲藏一点影子。这时寨上的练勇一齐走到这山谷口上，势不能全拥在那里，除了李凤池带了一部分练勇在那里守着围墙而外，多数的人却是分着十几组，沿了山岭的高低势子，掩藏在深草或者大石块后面。

　　那半钩月亮已经是沉落下去了，所剩下天上那些碎的星宿，发出些微的昏光，连高大的山影也是照着有些模糊不清，山上山下的阵势当然都是揣摸不出的。凤池先在寨口墙上，对山外看了很久，只见前面黑沉沉的一片大地，并没有什么队伍的影子。可是很沉着地，听到地面上有捣掘的声音。再爬到两面山峰上去侦察，那遥远的地方倒仿佛是有些颤巍巍的大丛影子。可是这一丛影子，也许是地面上的矮树林。揣摸了一会儿，依然想不到天国队伍是怎样地攻山。夜色慢慢地深沉了，宇宙里的声音随着夜幕沉埋下去，因之山脚下那沉着的掘动声，也就格外地明显入耳。凤池心里想着，这可奇怪。听说长毛攻城，是善于挖地洞的，难道他们攻山也用地道吗？那就成了笑话，无论他们怎么样子笨，也笨不到这种境界，若说不是挖地洞，兀自轰咚轰咚地挖掘着地响，又是什么用意？他们是在平原上向山头进攻的，难道还在山底下筑上一道城墙不成？他静静地站在那半山腰里，只管向山下平原上凝视着，这就渐渐地猜度出一些情形来了，在那发出掘地声的所在，分明有种杂乱的响声，时时在那里移动。这虽不知道是在做什么，可是那里必有人来往走动着，是断然无疑的。唯其如此，这长毛的行动，非早早知道不可。于是悄悄地回到了寨门口，向两方面随从的人都给了一个暗信，叫他们不要慌张，照计行事。

　　不多大会子，锵锵锵一阵锣响，由寨门口到两边山头上，突然地在长草和矮树丛子里，显出许多大小灯笼来。那灯笼在大石头和长草里面，只管闪动着，仿佛像有大批的军队在灯火下面跑来跑去，那灯火闪动得厉害，各处的锣声彼起此落，连接着响了起来。在沉寂的深夜里，什么响声都没有了，现在忽然许多大锣联合着响，惊天动地的，把头脑都给人震昏了，哪里有人，哪里无人，猛然间却透着无从捉摸。加之在灯火下面的人又提起嗓子来，大声嚷着"杀呀杀呀"，在山下面的天军看到那样声势，觉得他们这样大吹大擂，不能没有原因，随着一阵鼓声，喊杀之声也随之而起。可是喊杀声虽然互相起落，但是那轰咚轰咚的掘土声，却不曾停止。凤池总算是细心的，特意趴在寨门里的土地上，将耳朵贴住了地皮静静地听上一阵子。站起来，只好向敌阵上呆望，却不敢乱动。原来天军那面，绝不是平常所猜，那样容易对付，他们始而看到山上有了灯火，也疑到这是疑兵，并不用什么战略来迎击。山上在灯火中敲锣叫喊，山下就在暗头里击响鼓叫喊。山上喊了一阵子，觉得乏味，先不叫喊了。只管把寨门附近的灯火减少，两旁山头上的灯火加多，在灯火加多之后，人声锣声又重新热闹起来。这种做法，仿佛是有点近于儿戏。唯其是近于儿戏，真正要打仗的天军，这倒不敢忽视。猛可地一阵海螺叫，飕飕飕，几百张弓对寨门口同时放出箭来，但是那种放箭的时候，不过半盏茶时也就停止了。在寨门里，树上草里，七零八落全是箭。凤池吩咐练勇，就把灯笼点着矮矮的，四处寻找。究竟那弓箭手多，便是这一会子，也就寻找出来好几百支箭。凤池哈哈大笑道："这些长毛总算是聪明的，只借到他们几百支箭，就不送来了。"他这种笑语声，不知道天军这边是不是已经听到。可是自此以后，那边没有了动作，这边也没有动作，除非是那鼓声咚的一下，又咚的一下，传着更号。这样相持着，有一个整宿。

在天色刚发鱼肚色的时候，凤池就在寨门的墙眼子里向外张望了去。只这一张望，不由得吓了一跳，原来长毛在昨晚上掘土，并不是挖地道，乃是筑营寨。想不到他们有这样敏捷，就是这么大半夜的工夫，已经把营寨筑了起来了。营寨的那一面，却是看不见，至于对了山头的营墙，大概有三丈高，墙头上筑起了墙垛子，挖了墙眼。当这里谷口，他们空了一条出入的大路，夹了这大路，就两面分着，安排了营寨。假使山寨里面的队伍要向外面冲出来的话，只有冲到这营寨夹缝里去，他们由营寨里阻截出来，却是随处可以把进攻的队伍截成两段的。至于要由正面去攻他的营寨，这里山石上是光滑着站不住脚。山下呢，平原的地面，又很是窄小，进攻的人无回旋之余地。凤池越在墙眼里面张望，越觉得他们这种营寨封锁了山路，真可以置人的死命。凤池不由得跳了脚道："嘻，我真不想到他们在大半晚上的时候，就扎了一个大营寨了。早要知道他们是这样的一着棋，我们拼了死命也要带出二三百人去，搅乱他一宿，不让他们把营寨筑成功。现在营寨筑成了，我们除了死守在山上，没有一点活动的地步，这是怎么好？"立青在半夜里，已经回了山，这时站在旁边，对于长毛大半夜工夫筑了营寨，却也认为是一件可惊异的事。只是父亲这样惊慌，倒有些不解，便问道："长毛有那么些人，自然要安营寨，他们又不能由他的寨墙上飞到山上来，我们怕他们做什么？"凤池道："你这是孩子话了，我们守在这天明寨上，原是一时权宜之计，躲过一阵暴风雨去。现在长毛大军走了，我们正好下山，扫荡那些四散的残匪，把村庄上的元气恢复起来。现在他们靠山筑寨，我们一出山口，就和他们接仗，地方小，他们后路又宽，处处要受他们的制。胜了呢，他们还节节可以退守。我们不能把村庄就恢复起来。败了呢，那不用说，我们全回不了山。因为他们太靠近我们了，我们上了山，他们也就跟着上了山。"

立青听了他父亲的话，再由墙眼里向外张望了去。却见那新筑的寨垒后面，隐隐的还有人在移动，似乎在营寨的背面，还有墙垒不曾筑好。尤其在对山的这一面墙上，高高低低的树起了不少的旗帜，迎风招展，很有精神。可是在墙的阴面，并没有什么旗帜，似乎那一方面却也是缺少墙垒。立青便放轻了声音道："爸，你看他们这种做作，是一条诡计，只筑了对山这一面墙，那不过是用虚声来欺骗我们的。"凤池听他的报告，再向那营寨对面仔细看去，果然那寨的背面并没有什么旗帜，而且常常可以看到那零落的兵士挑了锣担来去走着。这就脸色一正，向立青道："你这番意思正和我一样，总算你是有眼光的。现在我们就冲出寨门去，那还不算迟。来，你去调齐队伍，留一百人看守这寨口子，其余的人全冲杀出去。至于冲杀的法子，我是早已训练过了的，大家就照着以往训练的话行事，那就不会错。你传下话去，赶快预备着吧。"立青听说要出阵厮杀，心里头十分地高兴，跳了去传令。不多大一会子工夫，一阵紧急的锣声在寨门里面响起，随着两面山上都也敲锣响应。敲得久了，那两面山上的锣声，比寨门里面的锣声还要来得紧急。

好在这种动作差不多是闹了一整夜，在山外扎寨的天兵仿佛是司空见惯，并不把当一回事。除了那墙上的旗帜被风吹得飘荡不定，括括作响，有些杀气而外，其余是毫无动静。在山寨门里面，这些人是大忙而特忙，由寨墙上面放下一架木料搭的吊桥，所有奉令出阵的练勇，就在墙上跳了出来，顺着吊桥，如大浪翻江一样，由吊桥上冲到平地上来。一到平地，就是天兵两边扎营的一个空当，不容人有丝毫周旋之地的。因之在队伍后面，那杀声如奔泉般地敲着，冲下来的队伍，大声叫喊着"杀呀杀呀"，已是冲到了营墙下。到了这里，大家已是看得清楚，那些扎了红头巾的人、背筐负担的，正在挑土筑墙。李立青手上使了一根花枪，当先一个，向筑墙的所在直冲了过去。那些筑墙垒的天兵看到他们冲出来，并不曾惊动，只是放了筐担，静静地站在一边。立青看到，这却是一个大便宜，带了众人直扑将过去。殊不料这筑好了的营墙根下，呜嘟嘟一阵海螺响，随后鼓声像雨点落地打着，就在那个所在，涌出一大群扎红头巾的兵士前来接杀。

在那个日子打仗，并不像现在，把人伏在深壕里，只伸出枪口子去射击。可也不像戏台上，只要这边的领军将帅和那边的领军将帅，对杀一阵，就算了事。他们是整群的人对了整群的人互相冲杀。自然，在这样冲杀的时候，是哪一边的人训练得整齐，就是哪边的人占着胜利。天国的那一群伍卒，是训练还不到一月的人，不能算是整齐有力。天明寨上的那一群，虽然也不过训练到两个月的，可是他们已经打过两次仗了。而且他们各人的心中都怀着一腔怨恨，非杀倒两个长毛不能平胸中那一口气，因之他那边挑了起来，这一边的也迎杀过去，两下里就在营墙中间互相厮杀起来。自然，两边的人站的阵势乃是一个一字形，两方相隔到一丈远近，彼此的兵器就接触起来了。因为这边领着阵势向前推进的人，是那初出世的犊儿李立青，只有半盏茶时，那太平天国的队伍就退下去有半箭之远了。立青手里举着枪尖，把枪缨在初出山的太阳光里抖擞了几下，大声喊着"杀呀杀呀！"他又飞奔向前去了。

216

第三十一章

敌 与 友

当李立青带了队伍向前冲杀的时候，那边的队伍只管向后退，分明是不济事了。不料在营墙的尽头，一面红旗领头，随后一支队伍斜着飞跑了出来。他们绕过了他们后退的队伍，要跑到练勇的后面来。立青看那支队伍约莫有三四百人，而且阵脚整齐，来势非常勇猛，踢得麦田里干土飞起几尺高，似乎不容易抵敌，只好把花枪一横，拦住自己人不让走。这里队伍停止了，那边原先败下的队伍也就停止了，不再向后退去。可是那边初出来的援军，并不因为这里阵脚停止就不向前，依然直扑过来。立青忙中无策，高声喊着"大家随我来"，于是丢了那支败的队伍不管，反转身来却向那支援兵迎上去。

那边当头一个人就是汪孟刚，他手上舞着一柄大刀，做了半举半砍的势子，直冲了阵头。立青只看他头披红巾，身穿短装红袄子，腰上系了一根大板带，早是觉得有些刺目。加之他那份来势不善，也就引起了胸中的火气。但是在这样一刹那间转念之下，孟刚已是到了面前。不知他是没有看到立青，还是故意避开，他却是转到了队伍的中段，向练勇这边冲袭着。那队伍正中，遇到这样一位老手，大刀砍着，早是躺下去几个。立青看到更是有气，舞动手中那支枪，只挑着那人多的地方直扑了去。他后面的一群壮丁也都随了他这个势子，猛可地向前奔跳，跳到队伍里面去的时候，这就和扑了来的人相纠缠到一处，厮杀得不能分开。立青周身出着热汗，眼睛里面冒着一根根的红丝，紧紧地咬了牙齿，两手拿了花枪，左挑右拨，前刺后挑，把四周围困的人一齐给他们打乱。但是他虽带着一群人现出威风来，无奈沙场上的战争不是像平常私人比武那么简单的，打倒了一群，还有一群跟着上前交手，叫人站不住脚，也歇不住手。立青本人虽然使出了周身的武艺，把继续上来的人陆续地扑打下去，但是跟着立青上前厮杀的人却不能都有这种武艺，一阵纠缠，两边的队伍纷乱夹杂在一处，谁也拢不齐谁的队伍。所幸练勇这边扎了青色的包头，天兵是扎了红色的头巾，这两下头上不同，一目了然，大家可以分辨开来，因之在阵势上只管极度的纷乱，究竟还不至于自相残杀。这样纠缠纷乱搅着一团，不到半顿饭时，那以先败退的一支队伍是第二次转回来，向着练勇夹攻。练勇人少，天兵人多，少数的人混杂在多数人的里面，自然是容易失去联络。单说立青身边，原是有几十个练勇拥在一处。杀到后来，一眼望去，不过七八上十人。其余的全三五个一班，被红头巾的人包围混战。

立青看到这种情形，料定不免全军覆没，因之举着枪大声一喊，先冲开了身边这个小围阵，直扑进另一个围子去，把里面的人联在一处。练勇们本就是舍了这条命冲杀出来的，虽是杀到重重包围里面去，依然不能减少他们那份热烈、兴奋，只管冲击。

天兵那边，那就不然，他们和谁也没有仇恨，也不必杀了谁心里才觉痛快，所以据了多数的人，把天明寨下来的练勇包围着，还是在自卫情形之下同他们接仗。不是练勇们向里冲杀，他们却也不肯向前杀人。于是立青冲开了一个围子，又冲开了一个围子，把上阵的人结合到了一大半的时候，自己也就觉得两臂软绵难抬，只管喘起气来。有了这一大半人，再去联络那一小半被围的人，好像是一件容易的事，但是为了胸里头那一股向上剧动的呼吸，使他回不过那一口气，这就不明白是何缘故，自减了要冲杀的勇气。由整个队伍的最前面，不知不觉退到了整个队伍的后面去。他心里也就想着，今天杀出山来以后，不必再望回山去了。两脚一顿，就咬牙瞪眼，手捧了枪，又要向前冲去。正在这时，却听到山寨上轰轰轰几下连珠铳响，已经发了收兵的号令。这倒正合了私意，掉转身来，就向原来的路上走。那些跟随在后的练勇，那疲乏的程度当然在立青以上，大家也就紧紧地跟随了走去。这围墙随处拦了去路，是不能随便乱撞的，所可逃走的地方，还是两方营寨的中间那一条夹道。大家对准了这个方向，像天空上一排分裂了的雁群，前前后后向那里走着。在身后的那些天国兵队，谁也不免在身后追着，他们的两只脚似乎处处都受了泥土陷着一样，老是拔不出步子来。练勇们跑得远了，回转身来看看，心里就安慰了许多。前面人站定了脚，差后几步的人也就跟着凑上了班。立青站在队头也干了一身汗。殊不料就在这个时候，在对过营墙角上，咚咚一阵鼓响，一面尖角红旗在前面引路，早是一支队伍由那里横插出来，将去路拦着。

立青眼望了那寨门上的吊桥已经放到了半空，并不让那桥落下来却又扯了上去。这回糟了，要避上山去，这已经断了路，要向前杀出一条路去，可是四面八方全是敌人。在混战了许久之下，队伍已经是散乱过一次的了，再要和这些队伍去冲杀，怎样站立得定？因之心里一慌，不由得周身出汗，两眼发昏，忘了东西南北。可是他在这里发了呆，那边跑出来的援兵并不停止一会儿，狂风大浪一样直扑到面前来。立青想着，既是带了队伍出来截杀，死也要死个干净，决计和长毛拼个你死我活，也不能打了败仗逃走。好，大丈夫就是今天了。想到这里，心里一横，横了枪尖子一扫，也就对了来人直迎上去。可是再看那红旗下面首先一个手上拿了一柄三尖两刃刀的人，神气活跃地跑跳了过来，那正是汪孟刚的儿子汪学正。彼此是同门学艺的弟兄，平常开着玩笑是无话不说，虽不见得可以同生死共患难，然而这样熟透了的人，如何可以干戈相见？心里这样犹豫着的时候，那一支队伍早是抢到了面前，要闪逃也来不及。但是汪学正走到近处，他似乎大吃一惊的样子，猛可地站着，把阵势收住。不过两边的队伍已经渐渐地逼到了一处，人多够猛，绝无两下站着对阵之理。那学正的神气忽然变了过来，把武器向斜的地方一指，这支队伍也就随了那个方向直冲过去。这种作战的样子，正是放开了练勇一条逃走的机会。立青原是不曾料到他们有这一着棋的，所以他带了队伍，起了一个猛扑的势子，始终还是不曾收得住。一来一去，两下里参差着，这就相去得很远。等到立青把这一支队伍按定，那汪学正所领的队伍已是抄到了练勇的身后了。立青把阵脚按定了，这才回过头来看得清楚。心里就这样想着，他明明是带了队伍拦着我的去路的，现在放开路线不管，分明是没有那为敌的意思了。趁了这个机会，不跑回山寨还等什么？他这样地想着，领了队伍再向寨门边冲了去。

不想那寨门上的吊桥扯上去之后，始终也放不下来，自己的队伍走到了这山脚下，既不能上山，又不能回头厮杀，这就纷纷向山上喊着"放桥放桥"。在这种吆喝之下，山上的桥本来是有放下来的势子了，咚咚咚咚各处鼓声大起，正是天兵又下了进攻的号令，绝不容那些四散的长毛只管站望不前。在那太阳光里，飘出人头上的红色旗帜，摇头摆尾，领着红巾队伍，一层层地只管向寨门口进逼，犹之乎对了这里的队伍，取了包围的形势。立青向前面三方看去，全是刀枪如林，向这里伸着锋头。他虽是一向抱着什么全不怕的人，可是对了这只厮杀没有休歇的情势之下，心里颇觉得这事是有些扎手。

原来那个时候，天国的步兵，武器分着两大宗。长柄武器全是长矛，短打武器却是盾牌马刀。这短打武器，非到冲锋陷阵那是没有多大威力的，所以使用的时候还是很有限，这长柄的矛子却是远攻近攻都用得着，所有伍卒们都是使用这个。这种长矛，规定是一丈二尺以上，长长的，可以长到一丈八尺，做矛的材料是竹子，以上下粗细相差不远的为最上品。矛头上像箭一般，有一个铁打的矛旋，飞快雪亮，长约七八寸。在矛旋下面有一大撮红缨，没什么意义，只是配着好看的。那矛身的圆径也有限制，平常都是手掌把握得住为度，而且在竹矛上加了一层油漆，免得手上有汗，竹皮光滑，使用不灵。竹矛的使用法，在火器没有盛行于中国以前，清朝的绿营里面还相习流传着。大概是使矛的人半侧了身子，两腿站了八字桩，矛平横在胸前，右手握了矛底，臂肘弯过来，作弓形。左手伸直，离右手约二尺远的所在，将矛身托住。然后左腿踢开，右腿跟着，向前一跳，两脚并立，身子正过来，挺直地站住。在跳的时候，右手同时把矛子一送，两手同握住矛底，让矛头抖抖颤颤地放一个团花。这个解数，以矛身长，两手能握到矛底最后一截的本领最大。这是平常可以试验出来的，一根长竹竿，我们越拿着竿子的一头，那竿子是越难平放。至于矛旋昆花的那个玩意儿，也有分别。使的时候，要矛身不动，只矛尖子抖颤出一个圆圈圈来的，那是上等武艺。这也有一个试验法子。端了长矛，对着白粉墙刺上一下，这就可以分出来军人本领怎样。因为那矛尖子刺在墙上，就可以画出一个圈子来。圈子只有碗口大小的，算是最好的手法。使矛的解数就是如此简单，繁杂一点，只是把那两腿跳蹦，伸矛向前，改作接连三次，同时，也向后倒跳三回，此外是没有什么奇着。其实兵器长到了一丈多，除了这个，也不能更有什么奇妙的解数。不过在战场上，兵刃交接，总是谁的先达到谁占胜利。长矛子在战场上，它总是先达到敌人身边的，除了弓箭，只有这个可以先发制人。所以太平天国的军队，步兵总是用着竹矛。

这时立青站在寨门口向前一看，那三方面向这里进攻的竹矛，就像倒了的竹林子，并不要他们再摆出什么声势来，那情形却也十分可怕。立青这就跳着脚起来道："门上快放下桥来，不放桥，我们就都死……"他这一个"死"字没有说出口，寨门上却是剥剥一阵梆子声，寨门头上的大小石头，抛得呼呼作响，全向对过阵头上抛了去。同时发出飕飕之声，在石头雨阵子里面又间三间四地放出几支箭来。不知道长毛队里是胆怯还是另有计谋，看到这边箭石交加，停住了阵脚就没有向前再进了。在这时，那门头上的吊桥，才得缓缓地放了下来。

立青看到桥放下来，不但不回转身来向桥上走，而且还向敌人的阵头迎上去几步，做出要打仗的样子。可是那些练勇却不再攻击了，早是一阵风刮似的，大家涌上了吊桥。立青看到自己的练勇全都爬过寨门子去了，然后才三跳两跳地也由吊桥上爬过门去。随着天国的后面鼓声雷震，那些军队像盖浪一样也直盖到寨门口来。

立青站在寨门头上，伸出半截身子向山脚下望着。只见汪学正站在一面红旗底下，手里横拿着一样兵器在队伍前面，直引到寨门口下，气概轩昂，好像一挺胸就把寨门跳上来了。因站在寨上，大声喊道："汪四哥，你也是个血性汉子、堂堂丈夫，为什么污辱了父母的遗体，跟随贼人在一处？"汪学正当他说话的时候，只管把眼瞪着，脸上微微地带了一些笑容，等他说完之后，这就回转头来四面张望着，然后笑着答道："三哥，你读了一肚子书，难道

'尊王攘夷'四个字你都不知道吗？明朝受了流寇的害，崇祯吊死在煤山。吴三桂认贼作父，带了胡妖来夺了我汉人的天下。二百多年，我们全做了胡妖的牛马奴隶。现在天父差我主天王兴汉灭胡，正是我们汉人出头之日。你们父子不明顺逆，兴办团练和天兵为难，这岂不是跟着吴三桂后面做叛逆吗？你们自己忘了祖宗原是汉人，只是在胡妖手下当一个虮子大的小妖，你倒叫别人不要污辱遗体，那不是笑话吗？我待你已经是十二分的客气，你竟是一点也不知道。"说毕，一阵哈哈大笑。笑的时候，把手里的兵刃举了多高，昂头几乎把扎的红巾全要落了下来。

立青年轻气盛，哪里受得了这些重话？大喝一声道："姓汪的，你自己做了叛贼，还敢在我面前说这些丧尽天良的话。你这种人，我看到就生气，滚你的吧。"只这一句话，举起手来，就把一块碗大的鹅卵石向山下直抛了去。只他这一抛，在山上的练勇都随了这个势子，纷纷地拿起石头，向阵头上砸了过去。立刻这寨墙上面石如雨下，那些天兵看到，也并不当一回什么大事，很从容地就把队伍收了。那队伍虽是收了，却并不见得远去，提筐负担，在那里筑墙的人依然在那里筑墙。立青站在寨墙上呆望了一回，一步不曾移动。

这不但是他在这里呆望，所有天明寨里年老些的人全都涌到寨墙上，向阵头上呆望着，原来这回出阵，只有二百七八十人，现在回来的不过是二百人，这七八十人陷在敌人阵里没有回来，他们的生命是不得而知了。在天明寨上的人，彼此之间不是亲，便是友，如今这样地分散了，大家都不免带了一份凄楚的意味，站在寨墙上，眼巴巴地对敌阵里望去。凤池也站在这里许久许久，把脚顿了两顿道："这实在是我大意了。我们上次用一小队人去夜袭，占了便宜，那是出乎人家不意，再说在夜晚，人家也看不到我们有多少人。今天早上，明明白白的，我们拨一小支队伍去，他们的人超过去我们七八倍，那正是羊入虎口，哪有不败之理？在败的当中，居然还可以救这些人回来，已经是不错了。"他这么一句自宽自解之词，已经是说出来很觉勉强。不想赵二老爹站在身边，他摇了几下头道："你说这还不错呀，可是寨上住家的人已经哭成了一阵风了。兵凶战危，自古已然，这还说什么呢？"说过之后，又连连地摆上了几回头。立青手扶了寨墙，两脚并起来跳了两下道："这是我的错，我带了他们出阵，我还要去救他们回来。父亲，你能放我出去吗？"说时，掉转身来向凤池望着。凤池道："你除非出去了不想回来。你要知道，这出去打仗，不是你一个人的事。你能鼓了这一口气出去救人，别人杀得精疲力尽回来，可能像你一样，也出去救人吗？"

立青垂手站着，不由得低了头，在他心里自然是十分的难过。凤池这样一下解释，在这里听话的人全算醒悟过来，不觉是对寨墙门外望去，一个个的全呆了。凤池向外看了许久，忽然拍手叫起来道："了不得，差一点我大意了。"大家听他这话音，自然又是一惊，全向他看着。凤池向天营后面一条小路微微一指道："你们看那路上不有一支队伍悄悄地走了吗？他们背山为营，分明是要阻我们的出路。现在营垒还没有筑成，怎好撤退一支队伍？他们掳去了我七八十人，这里面沾亲带故，和他们的人必定也能说到一处。他们对这些人一定是不会杀害，少不得好好款待，对他们问寨里的情形。我们寨里人是这些人，粮食是这些粮食，他们不问也会知道。那用不着担心。只是我们在左山角下，顺着一个山洞的势子开了一条暗路下山，这是他们不知道的。现在被抓住的那些人若有一个口风不紧，这消息就会让他们捉住，跟了这一点消息，他们要打我们一个措手不及，也许那支队伍就是打算由山洞子里爬过来的。"

大家听了这话，脸上都不免吃上一惊，有人还说，在青天白日底下，他们或者不敢做这样偷偷摸摸的事。凤池道："你们猜着他们不敢来，他们也就猜着，你们有这样一猜，偏偏要来一试。那么，你们又当怎么办呢？"立青道："这样说，我们是只可信其有，不可信其无，立刻派上一队人前去堵住洞口。"凤池道："用不着要多少人，你带一二十人，事先预备不几堆石头，那就可以把他们制服。只怕他们不想攻上来，也是堵住我们不要出去，这就叫我们白费了一阵子心力了。"说到这里，不由得把眉毛皱上了两皱。立青将两只手互相搓了几下，因道："那我就点二十个人先去吧。"凤池摇摇手道："这倒不用忙。他们到那洞口上去，必定也是绕上一个大弯子才去。"立青道："虽然他们是绕上一个大弯子才去，我们防备人的，那倒是越快越好。"凤池垂头想了一想，因道："好的，你就去吧。随后我自会派人给你们送了吃喝去。"立青垂着手道："你老还有什么吩咐的没有？"凤池将手摸了下巴上几根胡子，沉吟着道："他们真是要爬山的话，我想你也足以自了，没有什么可吩咐的了。只是汪学正若是他自己到了山脚下的话……"说着，又把手连连地理了几下胡子，又把眉头皱了两下，因道："他父子两个，竟非坏人，唉，事已至此，叫我怎令去对付他们呢？"他说完了，放下手来，背在身后，倒是打了两个旋转，这就微点了两下头道："你去吧，我也没有什么可说的了。"

立青看到父亲踌躇的样子，虽是明白了一点，竟觉还不知道他要怎样去对付汪家父子。这位老先生又不大肯说私话的，当了许多人面也不便追着向下问去，因此掉了一句文道："从前孔夫子说，以德报德以直报怨，你老看是如何？"凤池道："他们和我们无德，可也是无怨，不过我和他父子全是至好的朋友，忽然以干戈相见，倒有些不忍下手。这不但是我，就是我们寨上的人都透着同他父子交情不坏，不应当彼此对杀的。"说到这里，凤池就把颜色一正了，因道："但是汪家父子究竟有些不知自足，为什么他们就忘了是本乡本土的人，带了人来破这寨子呢？设若这寨子破了，他们对于这寨上的老百姓可能饶过谁？公事公办，你就不用再问我什么，你自去做主吧。"他口里说着，就揭了一只袖子，挥着立青走去。立青看了父亲几番改变的面色，心里也就十分明了，于是不再多言，自转身走了。

这寨上的练勇，虽是有几十人出阵去了，不曾回来，后面在寨里没有出去的人都感觉着怒火如焚，非杀去两个敌人不能消下胸中的怒气。这时立青要带人去阻塞上山的小路，虽不是下山打仗，也究竟比死守在山寨子里好些。因之大家摩拳擦掌，一拥上前，有上百个人围住了立青。大家喊着："我去我去！"立青两手叉了腰，向周围的人全看了一看，便笑道："并没有什么要紧的事，大家这样起劲做什么？这回不要年轻的，只挑二十个年纪大的同我到石崖上去守着，用不了打仗，跟着我骂人就是了。老张，你带的一哨人，比较的年纪大些，我调你一哨人跟我去。"在立青未说话以前，大家争着要去，及至他随便地说了这一句话，那些争着要去的人都默然不语，各自归队。这里立青带了老张一哨人自向石崖上走去。

原来在这石崖上，有一条瀑布洗濯的干沟，随石壁直下。这一条瀑布，不知道经过了几千万年，已经干涸，空余着这一道干沟，因为是很少经过阳光照耀的缘故，沟里常常潮湿，兀自生长着寸来厚的苍苔，练勇们就借了这条干沟开了一条下山的路。不过这条路是到石壁半中间为止。在那里有个潜水涧接着干沟，宽宽窄窄，曲曲通到崖上。练勇们把洞里窄小的所住一齐凿打加宽，可以让人通过。因为路是这样的险，上山的人必定要偷偷摸摸才可以上来，下山的人也是要偷偷摸摸才可以下去。敌人相对在崖上下站着，那是无论何人通不过的。立青很从容地带了一哨人往崖上长草里坐着，一面派人轮流地搬运大小石块，全在身边放着。也不过半个时辰上下，山寨里另有人将大竹筐子盛着黏米粑、干咸菜，挑了送来，还有加大的瓦壶好几把，里面盛着滚热的茶水，大家坐在深草里吃喝谈话，只把一个人闪在崖边矮树丛里向山下张望。又是半个时辰上下，果然地，远远地看到一条小黑点子在平原上移动，那不就是长毛军队吗？守崖的人立刻来报告，说是他们果然来了。立青喝道："不用惊慌，直等他们到了山崖上再说。"那个守崖的人听了这话，就不再多说，只是守在那丛矮树里面向山底望着。果然地，那些小黑点慢慢地移近，在小黑点上面，可以分得出大小旗帜的影子，直到了山脚下，这便看得清楚，约莫是二三百人。只一做手势，立青就在草里面伸出头来看望。那二三百人，他们并不站在一处，分了好几小支，做一个宝塔形排着。最前的一支队伍约莫有二三十人，带了锹锄绳索，直逼到干沟脚下来。为首那个人正是汪学正，立青不由得身子向上一跳，猛可地站在崖边，大声向崖下喝道："呔，那一个大胆的长毛贼，敢来偷爬我们的山洞。"汪学正在崖下抬头向上一看，啊哟了一声，挥着手叫大家向后，同时自己也就拔步向后跑去。但是那个宝塔形的阵势并不纷乱，后队改了前队，竖了旗子，退在一箭之远的地方，方才坤定。

石崖上的人这时锵锵敲了几声锣，也就挺身而出，全站到崖边来了。立青独自站开着，手里将一面小蓝布旗挥动了几下，然后大声喊道："汪老四，我早已看见你了。我对你实说，我身边几十斤重的石头，堆了上千块，假使我下毒手，刚才全推下去，你早成了肉酱了。有我们在这里守着，你就是一位飞仙，也休想爬上我的山头。"学正伸出一只巴掌平眉毛放着，挡住了阳光，向崖上审察了许久，然后一步一步走近来，向崖上答道："三哥，我还有什么对不住你吗？我有一肚子委屈，你听我说。"立青道："你做了反叛，你还说什么？以前我和你虽是同堂学艺的弟兄，到了现在，我们可是冤家对头。知事的，你走开些，石头砸下来那是无情的。"只这几句话交代完毕，崖上大小石子雨点般地抛了下来。立青不容学正说话，学正也只好不说。于是两下抛了友谊，专做敌人了。

第三十二章

合围以后

汪学正来偷袭天明寨的小路，对待山里人自然不算有什么好意，但是他对于李家父子却没有一毫二心。他还以为李家父子全是人才，若是拉到一处来打江山，一定可以自成一派。不想到了山下，李立青不容说，只是把石头打了下来。汪学正跑得远远的，将两手叉了腰向山崖上瞪眼望着，许久许久，才咬着牙一顿脚道："李老三，你好哇，过了河就拆桥。今天早上，我父子们只要手头稍微紧上一点，你早就没有了命，到了现在，你在山崖上，不问好歹，百十斤的大块石头乱抛下来。我若稍微缓走两步，岂不是粉身碎骨了？"

他发着狠自言自语地对山崖上骂起来，站在一旁的侍从军官，大家就哄然地叫起来道："这还了得？好人没有人做了，我们杀上山去，鸡犬不留。"大家叫着喊着不算，还有人举起手来，同跳着两只脚。那热烈的情形可想而知。可是山下人尽管大声叫喊，崖上的人已是蔽得一个不见，这边的狂喊狂骂声，只是那崖上的草木微微摆动，做了这山下的反应。这些新投靠的兄弟们究竟不曾参加什么战事，也就不懂得什么利害，口里说着，脚步也就不知不觉地走近前来。学正也是一时大意，没有去拦阻。只听到山崖上剥剥剥一阵梆子响，轰隆轰隆，那石磨大的石块由悬崖上如飞带滚，直落下来。大家发觉了，回头就跑。无奈人虽快，石头也快，那落在地面上一群大石头，溅得反飞跃起来，跟了人后面砸打。几个在后面跑得不快的人，立刻被大石块砸在地上，虽不变成肉渣，也就流血满地。学正是侥幸逃出了命来，直跑到阵脚边，兀自喘息不定，回转身来向山崖看着，这就红了眼道："我们不曾动得他一根毫毛，倒是一而再、再而三地上了他的当。好吧，我们大家来比比势子。"在他这样发过一回狠之后，便掉转身来向侍从道："我们立刻筑营。"自有他这个命令之后，那些伍卒各各放下了手上的兵刃，提筐负担，拿锹的拿锹，用锄的用锄，正对了山崖的干沟，拉平了一条直线，就挖起土来。战时的工程，本来是抢着动手，一切都谈不到规矩。至于汪学正手下所率的这些伍卒，都是征收乡下的庄稼人，拿了长矛子上阵打仗，简单的几种战术，在短的时间里总还可以操练得好。至于像太平天国正式军队的组织，却还不容易办到。照着太平军制，有金、木、水、火、土、织、运各种单独组织，像筑营垒，大部分是土营的事，也有一部分是木营的事。

　　遇到大规模的建筑营垒，土营兄弟就出来为首，领着一般兵士动手，至于各处临时凑合起来的队伍，很不容易找到许多各种匠人，只是在伍卒里面挑选几个有技能的，让他们来指挥一个大概，却让一般伍卒跟了蛮干。好在这筑营挖隧道的各种法子，太平天国的将领互相地口传，也就知道是如此如此。极简单的法子，就是指挥的人用石灰在地面上画一道粗线，在粗线上或画一个圈，或画两个圈。粗线是指示着照那个样子，筑上一道围墙。画一个圈，是挖一个营门。画两个圈，是建立寨门之外，还得建立一座更楼。他们在天明寨前门筑的营垒，就是这样办的。不过原来刚到寨后，见着敌人的面，彼此就动手打了起来，也没有工夫去计划筑营，这时汪学正一声令下，立刻有个掌大旗的扛在肩上，将旗子卷了起来，把旗杆下的铁尖在地面上划一道深痕下去。这就由两司马伍长这些人，分别催督着伍卒们，顺了那旗杆尖划的痕迹，挖坑挑土起来。在山崖上的人虽都看得十分清楚，但是石头打不着，箭也射不着，只有瞪了两眼向那些长毛望了去。长毛也不管山崖上是否有人观望，各人自埋头去做他筑营的工作。在山崖上的人守了大半天，不见这里一些动静，倒反是有些不对了。大家望了山下，纷纷地议论着，可也想不出一个对付的办法来。

　　正在这时，李凤池却同了几个绅士也赶到了崖上，先问了一问过去情形，再看山下的天兵，把旗帜全插在土里。兵刃又是一排一排地分放在草地上。所有的伍卒全空出手来，挖出干壕里的土，向墙基上堆着。他们的墙也并不是随便的墙，专有人扛着砍下来的几股树干，横着编了篱笆，然后在篱笆里面倒土。伍卒倒土的办法，也有一定的程序，总共的五六丈距离的所在，有三四根木料，架着梯子，到那木料编的横篱笆上去。篱笆前面约四五丈远的所在，有人挖壕。壕里的人多少看不清楚，在壕外面，每二十五人，一个人扛着两司马的旗子，领着五个扛锄子的伍长，二十个抬土筐子的伍卒由壕边抬了土向墙上走，前面一筐子抬走了，后面两个伍卒，就抬了土筐子歇下，盛起土来一抬跟着一抬向前面走。在墙上倒出土来以后，又是一抬跟着一抬下来，这样周而复始，每两司马的人数，成这样一个组织，分着段落筑墙。凤池看了很久，摇摇头道："这样看起来，长毛的乱事不是周年半载能平的了。无论他们怎样胡来，他们治军是很有条理的。你守，他能攻。你攻，他能守。这……这……这……"他说不下去了，举起手来搔着腮边的胡桩子。随同他来的一些绅士们看到他都是这一番情景，各人更没有了主意，都呆呆地向山崖下看着。那山崖下的天军分段排班，只管去挖他的壕、筑他的墙。山崖上虽是有人向他们指指点点，他们毫不理会。

在山崖上看阵势的人，大家怀着一腔苦水、无言可说的时候，忽然有人乱喊出来道："我知之矣。"回头看时，正是山下首领汪学正的岳父朱子清先生。他伸了右手的食指，对着山下画了几圈："此兵家所谓坚壁清野之法也。但由我观之，未尝无法可破。"他说到这里，把头点了几点，又摸了两下胡子。凤池回转身来，向他望着，因道："子老，你说他们用的是要坚壁清野的法子，那是不错的。对于这个法子，我倒也想了一想。"说着，低了声音道，"除非是趁他们布置未周，我们先冲下山去，把他们的营寨冲破。但是这是没有多大效力的，因为我们人数不够，绝不能到下面去筑营。我们破了他们的营寨，回山以后，他们可以二次里再筑起营寨来的。何况这干沟要一个个地溜下去，也很难很难。"朱子清摇摇头道："非也，据我看，山下这支贼兵就是汪学正做首领。到了现在，我们亲戚的缘分虽是断了，但是在小的时候很听我的教训。我想起了这时，并没有别个贼官在看守他的时候，凭我这三寸不烂之舌，劝他弃邪归正。说得成，我们可以有个寻出路的机会。说不成，料他也未必忍心下那毒手把我杀了。就算把我杀了，我这大年纪了也死得其所，绝不是自填于沟壑。"

大家听到书呆子有这样一个建议，全都愕然，向他望着。凤池这就对他拱了拱手道："子老这话，真是读书有得之言，见义勇为。可是我们寨子上只有这些人。今天下去六七十人没有回来，大家心里全都难过，从此以后，我们每个人的行动都不能不加倍谨慎。你不惜一死，这是很可佩服的，但是怕令婿令亲翁见到你之后，话自然是不会听你的，可也不让你死，那不是很让你难受吗？我是知道的，汪家父子投降长毛，那是有激使然，我们不能把他父子这一激和缓下来，他们不会反正回来的。"朱子清道："凤老这点，我也心许，不就是说曹家人逼得他们造反的吗？但曹家人被他们杀了，曹家房子被他们烧了，还要怎么样？"凤池摇摇头笑道："他们的对头不在此，老实说，孟刚的书是读得不在我兄以下，在幼年的时候，他自负就了不得。加上他又得了一二十年拳棒，本事实在不弱。他快五十岁了，他连一个秀才全没有得着，愤慨嘛，这是命运吗？古来揭竿起事的，少不了这样人在内啊。"

在一旁的赵二老爹将两个袖头一拍，叫道："这真是一针见血之言。"朱子清道："我虽不能下山去劝说反贼，但是我们这天明寨是前后合围了，若不趁时候还早，想一点法子，将来他们前后两座营盘围困得铁桶一样，我们就插翅难飞，则悔之晚矣。"凤池皱起两道眉毛，对朱子清看了一看，便道："朱翁之言，未尝不是正理，只是我们还有一个法子可用，现在不能说出来，我们回到冲里去再商议吧。"大家随了他一声话，也就同向冲里走去。所谓冲，这是当地里人的一句土话，凡是四两高山、中间闪出一块平坦地方来的，这都叫山冲，或简叫作冲。冲大小不一，大的可以大到十几里，小的也有只几亩地的。天明寨的形势，是南面全是峭壁，无路上下，前面有一个山谷峡口做了寨门，正是当了天国营寨的正面，早是用大小石块堆了两三丈长的高墙，上面悬着吊桥出入，山后有一条鲫鱼背的山梁子，通到后面无穷尽的大山，人要由那里过去，便是手脚并用，也都有相当的危险。打仗更是不可能的了。由山寨门口上去，约莫两三里，闪出了一个小小的山冲，不过七八亩地方大，在山脚上有个山神庙，是上山的半站所在。再上去两三里，两边的山峰互相合抱着，闪出一条人行小路，随着山涧，弯曲着上去，更是一个大山冲。那山冲两边的小山峦，仿佛一个马口铁的形式，顺大路由铁口里进去。在山脚的两边，依了山的势子，用大小石块砌着矮墙，在墙顶上用竹子支了椽子，再把山上的荒草砍来四五尺长，一束一束地拍扁了，放在竹椽子上，这就当了屋顶。这样的人家，有大有小，有长有短，一排排地建筑着，也是绕了这山圈子向田冲里开着门。若是有一个人在田冲中心一叫，所有这些屋子里的人，在五分钟之内就可以完全跑了出来。在这些人家，左右适中的一个所在，有一座比较大些的房屋，那就是天明寨的议事厅。

这里虽不住家眷，可是在山上的绅士，终日总有七八个人在这里办事。在议事厅门口支了两个木架子，上面放着铁磬，乃是在山下庙里搬运了来的。每当议事厅里有什么事的时候，只要派个人左右敲上两下磬，各家人家知道是议事厅里有事，凡是有议事资格的人都很快地跑到议事厅来。在这山冲的后面，便是那椅子靠背，在椅子靠背上，虽然形势很是陡峭，倒也有几条荒僻的小路可以走了上去。但是那里向下陡峭的山势，猿猴也溜不下去，只有靠正中的所在，放出一条直通后路的陡峭山岭，就是那鲫鱼背所在。所以在这山冲里住家的人，只要对付前面跑来的敌人，后面可以不必设防。那山冲里的居民，自由自在在那里住着，一点也不惊慌。

这时，凤池引着一大群绅士，由山崖回到冲里来，并不踌躇，径直地就回到议事厅里去。那议事厅也不外乎别家民房的模样，是大小石块砌的墙、竹枝茅草编的屋顶。里面什么都没有，空空洞洞的一间直大的敞开屋子。屋子里虽不能像在平原上一样还列着兵器，设着公案，但是木料支的板凳却是一排排地对了正中排列下来。正中一张小四方桌子，却也设着笔砚之类，那是团董的位子了。原来这些练勇自从迁居到山上来以后，已经改变了制度，为了统一权限起见，公推李凤池做了团董，一切调动练勇、支配山上政务的权都归了他。在他手下还有两个副团董，一位是丁小老爹，在乡下原是开过大杂货店，对于银钱上的出入盘算得很仔细，他就做了练勇里的钱总，把全山的粮食都存到议事厅后的积谷仓里。按着各家人口分配，每三天由他引到积谷仓里开仓放粮。在放粮之先，每户人家到议事厅里去领粮食票子，大人每三天一升半米、一升半杂粮、一两半盐。十二岁以下的小孩减半，七岁以下的小孩只领大人三股之一。得票子以后，依着票子上的号头，按号领了粮食走。领粮食的事，全归妇孺或老人，壮丁不做这种事。壮丁依然分作三班，一班是在前面把守寨门，一班在山冲里休息，一班在山崖上巡逻。把守寨门的壮丁不能分身，各家自做好了饭食，送到山前面去让壮丁吃。巡逻班照例是回山冲来吃饭，换那班休息的人出去。做钱总的人，唯有吃饭的时候最忙，他要催促各寨送饭，而且还要督促预备队早些吃饭，免得误了换班的时候。此外各人家养的鸡猪牲口，依然还归那家喂养，但是不许再用杂粮去喂，只许用野菜去饲养。大小牲口是记上了公账，不能宰杀的。便是小牲口下的蛋，也不许私自隐藏，全要归送到钱总手上。乡下人本来也就省吃俭用惯了的，每天有饭吃，对于猪鸭鸡饭，吃不吃那全没什么关系。所以大家听了钱总的话，都很公正地把家里所有的东西全都拿了出来，归到积谷仓里去。

积谷仓本来是一个名，其实不论什么东西都可以存放到那里去的。只是山上的人每天半升米和半升杂粮，却有些不够饱肚子，只好是妇孺们少吃些，先尽那出巡守寨的人吃饱。这件事，做钱总的人虽不便主张，可是这点意思却是暗暗地告诉那些当家的女人了。至于文总，顾名思义，自然是办理山上的一切文件事情。可是这山寨上连账簿子也全用不着了，还用得着什么管文字的人？那么，文总做什么事呢？文总就像一个亲民之官一样，山上各家大大小小的事，凡是决断不了的，都全归文总去了断。自然凡有类乎文字上的事，也归文总去处理。这一席，却属于赵二老爹。这时李凤池在山崖上看过了山下的形势，回到上面冲里来，直回议事厅，除了钱总文总而外，有些年纪大些的人，凡是不能出力而又有些见识的，也都跟到议事厅里来。凤池既做了练勇的团董，也就不像以前那般谦逊，径直地就坐到正面团董席上去。眼望见大家都坐定了，这就把颜色沉了一沉，接着道："刚才大家在山崖上看见的，我们通山下的那条暗路已经让长毛堵死了。我们若是要由那干沟里吊人下去，那就是冷水里下汤圆，下去一个，就掉一个。要寻出路，只有走前门冲杀了。这话又说回来了，现在山下面遍地是贼，我们冲下山去，哪里又是活命之路？就算我们能上阵打仗的，冲出去个百十里，可以找一条活命的道路，请问这些妇女、小孩子，还有走不动的老人家，又当怎样办？"说到这里，看看大家的颜色，全都有些丧气的样子。凤池点点头道："诸位不必害怕。若是愿意向远处逃，我们就不躲到天明寨来了。我的意思，料着长毛不是北走河南，就是东下江苏，他们在我们潜山不过是经过一下，我们到这山上来暂时躲一躲暴风雨，这是不要紧的。谁知我们自己人也跟我们为难，居然大动干戈，伤了我们不少的人，末了还来一个绝招，把我们这一条暗路也封锁了。我留这一条路，本也不想做打仗的用处，预备由这里常常派人下山，可以探听山外的消息，得了机会，多少还可以由山下运些粮食上来。现在这路打断了，第一是外面情形不知道。第二，看他们前后全把我们围起来，就是朱子老的话，他们要用那坚壁清野的法子对付我们，恐怕还不是用那一天两天的手腕，他们既然是打算持久的，我们更要比他们做个久远的打算才好。所以我看到这种情形，就想起了这样一个法子，我是片刻也不敢停留，就来和各位商议。"

这一层话，虽是有些人已经见到了的，但是有多数人还不觉得怎么严重。现在凤池说明白了，大家又不免吃上一惊，彼此面面相觑。凤池又道："事情已经做到了这步田地，我们也不必害怕，天下有多少事可以怕得了的？依我说，我们现在是两条路，一条是丢了家眷不管，大家冲杀下山，能冲杀出去多少人，就冲杀出去多少人。一条是大家同时守在山上，死也死在一处。"其中就有几个人说："我们并没有二心呀，凤老怎么突然说出这句话呢。"凤池道："并非我疑心大家有什么二心，我不是说了吗？以前我们有一条通山下的暗路，可以探听消息，可以偷运粮食，现在这条路已经断了，我们一味瞎守，可不知道能守多少日子，然而我们山上的粮食却是有一定的数目的，吃一顿少一顿。若是把粮食吃完了，我们怎么样子来守？所以就是在守字上打算，我们也应当做一个更稳妥的法子。"赵二老爹道："这事我也想破了，非开源节流不为功。开源这一层呢，除了在这田冲里已经种的大小麦而外，四周山坡上我们还可以种播番薯同高粱，再过两个月，山上种些北瓜，那不是吃的？至于节流，无非是自今日起，大家少吃一点。可是猛可地就让大家吃半饱，这是不容易的事，只有先由每人一升减到每人八合，煮粥吃喝稀一点，也就混过去了。我可不愤什么，自己想到了什么就说出什么，各位以为如何？"凤池当他说的时候，只管摸了胡子望着他，等他说完以后，这就点点头道："你这话说得很有理的。虽不能全合我的意，也就合之八九了。"朱子清两手按定了膝盖，将头连连地摆了几下道："赵二老爹之言是也，有不从者，天厌之，天厌之。"

那钱总丁三老笼了袖子坐在一边，只听他们议论，等他们都说完了，便道："话是如此说，做起来怕没有这样容易。"赵二老爹摇摇头道："我也卑之毋甚高论啊，还难吗？"凤池坐在上面，已经是对丁三老爹的脸子打量一番，很显然地，并不把他的话当作平常，等赵二老爹把话说完了，这就向丁三老爹点点头道："无论办什么，没有动手的时候，总得详细计划一番。能做不能做还在其次，只问当做不当做。既然是动手做起来了，这就不管它难不难，我们一定要顺了这条路线走去。你老爹说的不容易，一定也有你的道理。你可以说出来，我们大家参酌参酌。"丁三老爹倒不怎样地慌忙，微微地笑道："这事也是显而易见的。现在才是二月中，我们这山冲里的麦又种得迟，恐怕不到四月尾不能割麦，这就快要熬两个月。麦的收成不知道怎么样，就算十成收，大小两个山冲全算起来不过二十担，全山上五六百人，一个人能分多少麦？说到瓜薯高粱，那日子更远了。再说我们山上这些壮丁，除了守寨门，还要在崖上巡山，恐怕也没有什么工夫来种庄稼。"

凤池听着他的话，微偏了头，默然地听着，并不去拦阻他。可是怒坏了在一旁的朱子清，他突然站起来，将一只大袖子一举，叫起来道："丁公此言差矣，我们上山寨来，明明是知其不可为而为之，能撑持一天就撑持一天。没有麦吃何害，还有满山的树皮草根。我们既有今日，只当坚营死守，以待机会。贼兵是乌合之众，与我们又无不共戴天之仇，稍围数日，见山寨不能破，自会解围而去，何必还等麦熟？依我兄之言，竟是颓丧我们的士气，我不敢闻命。"他之乎者也闹上了一顿，颈脖子上青筋直冒。那下巴上的胡子更是颤巍巍的，简直气昏了。凤池向他招招手道："子老何必生气，丁三老爹也不过是一番前后顾虑的话，我们也决不能够为了粮食有点不足就下山投降。只要我们明白了自己有这一点子难处，趁早能想点法子来援救，那也是好事。有道是'知己知彼，百战百胜。'"朱子清最是信服凤池的话，凤池这样劝说着，他就不作声，翻了两只大眼睛对全座的人看着，然后叹了一口无声的气坐下去。凤池道："刚才丁赵朱三位老爹说的话都很有理。粮食自然总有一天会完的，但也不是马上就完，我们不必先害怕起来。军事是千变万化的，长毛究竟能围我们多久，这实在说不上。也许明天官兵到了，他们就要逃走，只是我们总要谨慎，不可大意而已。好在我们山上还有一点食物，先照赵二老爹的话把粮食就减少起来再说。种庄稼的事说不得了，只要是不当练勇的，无论男女多少，一齐出来动手，做不动重事，也要做点轻事。自今日起，绝不许有一个吃饭不做事的人，我的女人，她今年五十四岁，除了做饭，我就要她下田种麦，在山地上种豆子，多出一点粮食，总可多熬一些时，到了不能熬的时候，我们也不能寻死，饱餐一顿，一齐下山去。不能杀的人，大家全在山崖上跳下去，死个痛快，也免得落在他人之手。我没有什么妙计，妙计就是下了随便什么时候都可以死的决心。"朱子清这就站起来，两手拱着，高举过头顶，正着面孔，把头微微摇撼了几下道："凤老此言，千古不磨之论也。只要我们能下一个死的决心，什么事不能做到？从今日起，我们就依了这条路走了。"

凤池看到在议事厅里的人，全都带了一种兴奋的样子，知道自己这一番话全把大家说动了心，这就向大家道："现在我们就是这样一句话，可以散席了，所有以后推行的办法，那就全由丁三老爹去着手，有行不通的时候，我们再来集议。好在这件事也不是今天就办，慢慢想法，那也不要紧的。"于是朱子清先生首先离席，出门回家而去。他们家只有他的老妻陈氏和他的女儿朱秋贞。为了子清老爹，来着他一腔乾坤正气，不许逃难，所以她娘儿两个也就在这天明寨上安身了，他们虽缺少壮丁，可是家里的茅屋，都是练勇代为搭盖的，却也和别家一样。进了那石墙门，地面上乱蓬蓬地堆了许多茅草，在茅草上放了铺盖衣服之类，陈氏、秋贞全在乱草上盘膝坐着，手里各拿了针活，低了头不曾理会外面有人进来。

子清呆呆地站在一边，侧身向她二人望了许久，忽然昂起头来，叹了一声道："今何日也？你们还好整以暇在这里做斯文事，真是不知死之将至。"秋贞看到父亲这种样子，立刻站起身来，微笑着道："爸爸为什么面有忧色？"子清将两手一拍道："现在这山寨让长毛围困得前后不通，我们杀是杀不出去，就光老守在山上，这粮食也快要吃干净，眼望前途，实在虚无缥缈得很。我这样大年纪，一死何足惜，只是这山上的人，男妇老少，有什么罪，都要死在刀斧之下？"陈氏将两手按住了怀里的针活，也昂着头叹了一口气道："事到于今，我们还顾得到将来吗？还不是过一天就算一天吗？"

朱子清向她母女两人看了一眼，然后慢慢地坐了下来，笼了袖子，盘膝坐着，翻了眼睛，向屋顶望着，又无声地叹了一口气。陈氏道："你生什么气？事到于今，我们都把死字扔到一边，人总有一死的，迟早一般，也犯不着放在心上，秋贞，你倒杯茶给父亲喝去。"秋贞早是两手捧了一杯开水悄悄地送到子青面前，低声道："父亲，你喝一点吧。"子清手捧了茶杯，向秋贞注视了一会儿，冷笑道："你这孩子，好八字。"秋贞忽然听到父亲这一句话，想到了自己的身世，不由得脸上一红，转着眼珠，倒退了两步，子清才知道是自己的话重了，想到了不教而诛，不是忠心之道，便喝了两口水，放出很平和的样子，向她道："我并非说你的命不好，我是说这全山寨的人，命都不好。将来这山寨一天破了，我们是同归于尽。"

秋贞也知道父亲是一种安慰的话，便笑道："你老人家也是太慈悲了，自己的身世还不能顾全，哪里能顾这全山上的人？"子清手摸着胡子，微摇了几摇头道："孩子，你不要小看了人啦。假如我愿意拼了这条老命的话，也许我就救了这全山的人了。哼，你是不可小量了我的。"这不但秋贞听了这话有些惊异，就是陈氏也对他望着，不知他用意何在。可是，这位书呆子果然生出一层风浪了。

第三十三章

先生之死志决矣

朱子清为人，向来是吃方块肉的，有时在书上搬下一番道理来，家里人全莫名其妙，他倒可生可死。这时他一本正经地说可以救这全山的人，秋贞默然地站在他面前一会子，随着就低声问道："爹，我倒有一句话要请教你。这山上许多人都莫奈长毛何，你一位老先生有什么力量，可以把长毛全数打退？"朱子清手摸了两下胡子，淡笑道："此匹夫之勇也。我焉能出此？"陈氏插嘴道："你不下山去打仗，有什么法子可以打退长毛？"朱子清道："此国家大事，岂尔等妇女们所能知道？果然我要替山上练勇出力，我自有我的办法。"陈氏道："你有什么办法？我倒看不出。"朱子清这就有些不耐烦了，不免板了脸道："我说了这些国家大事，叫你们妇女们不必过问，你倒偏要打破砂锅问到底，我是可忍也，孰不可忍也了。"陈氏见这位老先生发了气，这就不敢向下说了。他坐在草堆上喝了一盏白开水，对秋贞望了望，把书上"居，吾语汝"两句文言译成白话了，便道："坐下来，我有话对你说。"

秋贞看看父亲这样正正经经的神气，却是不能违拗着他，脸上虽是不带什么笑容，可也斯斯文文离着父亲三四尺地方坐下。两腿盘着，两手交叉着放在怀里，对父亲望了一下。朱子清把那只粗杯子放在地上，微微地咳嗽了两声，才正了颜色道："孩子，你虽不认得字，倒也还聪明，平常我说的话大概你也就听得很熟了。人生乱世，固然是很可怕的，但是只要自己拿定了主意，把死字放在前面，遇到不得了的时候，自己就预备一死，那就心地坦然，什么丧气失志的事都不会做出来，因为人生最难堪者莫过于死，死不足惜，则一切可惧者不足惜矣。"陈氏把针活抱在怀里，正瞪了两眼，向他盯住着。直等他把这篇文言说完了，就把嘴巴一撇道："叽里呱啦说了这一大篇话，也不知道你闹些什么。你还说别人不知死活呢，你倒在这种日子叫自己姑娘坐在面前，没事谈文章。"子清道："你懂得什么？我讲的是人生大道理，怎么说是谈文章呢？"于是掉转脸来向秋贞道："我所说者，你已经明了吗？"

秋贞料着父亲是壮人家胆子，叫人不要怕死，便点点头道："你老说的，我明白了。"子清便向陈氏道："你惭愧不惭愧？她是青出于蓝的了。"陈氏将嘴一撇道："什么鬼话，我真不要听。"立刻低下头去，一阵做针活，对于他的话一点也不听。朱子清却也不一定要她来听，又继续地向秋贞道："你母亲只是一位村妇，所知者不过是淘米洗菜、养鸡下蛋。"陈氏插嘴道："你骂我的这两句话我可懂了。淘米洗菜怎么着？那不是女人的本事吗？你若知道养鸡下蛋，那更了不得了。你知道鸡吃什么，就会下蛋。你知道怎样的蛋才可以孵小鸡？"子清皱了眉道："我又不曾和你说话，你要打什么搅？"陈氏道："哪个要同你打搅？你提到我头上来，我就插嘴说话。"子清翻着眼睛望了她一阵子，觉得也没有法子可以奈何她，索性不向她搭言。于是对秋贞道："我们说我们的，不要理她。俗言有一句，好马不吃回头草。这句话移到书上去说，就是忠臣不事二主、烈女不嫁二夫。男人有男人做人的道理，女人也有女人做人的道理。平常我也和你讲过。现在，我这样一大把年纪，是围困在这种山冲里，哪一天大数到来，我是不得而知的。到了两脚一伸，我不能管你了，那时候要你自己做主了。"秋贞见他这般正正经经地说着，这话不能无由，便正了颜色低声道："我虽没有读过书，但是你老人家平常对我说的那些正经大道理，我都全记在心上了。天下太平，大家无事，那就很好。万一有事，我决计不把性命看重，留一个清白身子，回答我二老爹娘。"子清抬起一只手来，连连地拍了两下大腿，微微昂着头道："我言青出于蓝，非谬奖也。好，我就听候你的话，自己放手做去。"又微微摇摆着两下头道："有吾儿此言，吾志决矣！"

秋贞坐在旁边，不免对父亲呆看了许久，便问道："你说这话，从何而起？"子清向陈氏看着，又向秋贞看看，这才点头道："吾岂好险乎耳？吾不得已也。"秋贞正了颜色道："爹你到底有了什么打算？你自己这大年纪，可不能胡来。"子清笑道："读圣贤书，所为何事？我岂有胡来之理？"秋贞道："我自然知道你不会胡来，但是在这个日子，你只有同大家一样，在山上守着，不应当问别的事。"子清笑道："做老子的人，念了一肚子书，到头来还要受你的教调。这也不免太可笑了。"

说到这里，子清突然站起来，走出门去，两手反背在身后，在屋前草地上散步。走路的时候，口里还念念有词。看到那夕阳作黄金色洒在了山上的草木上，非常可爱，于是念着诗道："夕阳无限好，只是近黄昏。"在他念诗念得很得意的时候，赵二老爹一跛一跛地正由隔山洞的一条小路上绕过。这就站住着脚，打量了起来，微笑道："看朱子老这个情形，好像还在寻诗呢？有了佳作没有？"子清猛然抬头，微笑起来道："此何时也？此何时也？尚可以说到寻诗吗？"赵二老爹笑道："那么，子老爹在此徘徊不走，有什么心事呢？"子清笑道："我想着我们老了，不能做什么事了。若是我有少年们那么股子劲，我一定轰轰烈烈大干一场，所谓'不鸣则已，一鸣惊人'就是了。"赵二老爹连连摇了几下头道："此话诚然，我们实在是不能指望着做什么事了，只有望之来生吧。"他一面摇着头，一面踮着脚走了。子清也昂着头笑道："赵二老爹未知我也。"他尽管是在那里徘徊，直到天色昏黑，还没有进门去。

这时，李立青是在家里吃过了晚饭，已经休息多时，这又二次出来要到山崖上去侦察。经过了这里，看到朱子清只是踱着步子来回不定，便也隔了山洞，从容地叫了一声道："子老爹，你还不回家去休息吗？"子清啊哟了一声，又拱了两拱手。他也不再说什么，就这样走回家去了。立青心里还放心不下山崖下那群天兵，也顾不得朱子清如何，赶快跑到悬崖上。这时，崖上已扎下了一个卡子，当着山洞口子的所在堆了许多石头，一时要塞起这洞来，只要携着石头下洞，一会儿工夫事情就完了。

至于山上不肯预先把这山洞堵死，就为着大家都存了一点侥幸的心事。假如得着机会，这可以由这个山洞口溜了下去。在石头旁边，用竹竿茅草支了两个小棚子，有十个人在这里把守。立青又认为这里重要，向父亲还讨了职分，在这里驻守了。到了崖上，棚子外面正堆了些枯树枝，烧着一丛火，十个守卡的练勇团团地围住了火在抽烟闲谈。二缕带着紫色烟焰的火头，向暗空里伸张着。同时，附近的林竹向了火光的一边，都抹着红色。天上微抹白罗似的云头，一片片地牵连着，只在那空当里露出两三点星来。看那样子，又在做阴天。山崖上总是有风的，偶然树木一阵轰动作响，把火星吹着乱飞。看看山底下天兵营寨所在，灯火闪动隐隐地在平地上露出一个黑圈子，这分明是那新筑的寨墙。尤其是那咚咚更鼓声，四面八方彼起此落，倒也露出一些杀气。立青到崖上，耳听这更鼓声，眼看大地沉沉，那晚风吹到脸上，自也有一阵袭人的凉气，他虽是年纪轻，却也万感交集。正这样出神，却是嗖的一声，有一样东西飞到身边。立青知道是有人放冷箭，立刻把身子一低。同时已听到石头上下笃笃有声，中了箭了。火光之下，看得分明，一支长箭，羽毛很稀少的，落在四五尺地之外。立青抢上前去，把箭拿到手里看时，正是长毛用的，便蹲了身子向烤火的人道："你们还烤火呢，这就是烤火烤出来的。若不是一丛火光，长毛怎样会知道有人在这里？不把火灭了，他们还放箭呢？"有一个人答道："三哥，你忘了我们早上借箭的那个故事吗？他们肯放箭就好，将来我们就用他们的箭射他们。我们只管在这里烧火，人躲开去就是了。"立青道："我们人躲开了，不防备他们爬上来吗？"那人道："我们又不走远，只闪开几丈路，躲在棚子里。就是由洞口里钻出人来了，我们也有法子拦阻得及。好在这又不是大路，他们可以一拥而上的。"立青笑道："这虽是一条饭桶计，但是他们不中计也与我们无伤，我就依你的法子行计吧。"于是带着笑，把枯枝在火焰上添着，大家全藏到棚子里去。果然，那山底下倒并不怕中计，不时地向山崖上射到一两支箭。只是并无大批地射来，纵然一夜射到天亮，这也为数有限了。听听山崖下的更鼓，已经转了二更二点，一堆枯枝也慢慢烧去。

那饭桶计不生效力，大家慢慢地有些倦。白天劳碌了一天，这时睡在厚而且软的草堆上，身上一阵舒服，自然也各想睡觉，只有立青同着两位守卡子的练勇坐在棚门口，不时地向山洞口张望。天上的云团结得更密了，很少有空当露出星点来。同时风停止了，树木也没有了响动，暗空里觉得很沉寂。立青靠了一捆茅草，虽要打个盹儿，却听得草群里有一阵瑟瑟之声。这深山上总不免有个把野兽，他立刻惊醒了张眼四看。最不放心的自然是通山下的那个洞口，看了一遍之后，复又去张望第二遍，这一下看清楚，正有一个黑影子伏在那洞口。他一惊非同小可，大叫一声有贼，摸着插在身边地上的刀，跳步上前，举刀就待砍了下去。那人大叫一声，跳起来道："动不得手，是我呀。"这声音很耳熟，立青倒退一步，喝问道："什么人？这时候敢偷看我的卡子。"那人又道："三哥，怎么你连我的声音全听不出来了。"立青放下刀来，哦哟了一声道："原来是朱子老爹，你深夜到这崖上来做什么，假如一时失脚跌了下去，那是有性命之忧的。"子清用很和缓的声音道："三哥，你不比别人，是一位读书明理的子弟，我有两句要紧的话同你说说。"他正说到这里，所有在卡棚子里的那些练勇，也全跟着来了，将朱子清团团围住。子清看到这些人，又接着道："能上天明寨的人，那都是些忠勇之士，我要说的话想必大家也全能领会。我说什么呢？大家全知道，这山下扎寨为首的贼，是我的女婿。虽不是我亲生之子，谈起来究竟也是我一层侮辱。好在这不肖的东西也念过几年书，不是不知不识的人。今天我要拼了我这条老命，和各位分一点忧，决定周身不带寸铁，悄悄地溜下山去，到贼营里去见汪学正。"

大家听了这话，似乎很惊讶，全哎呀了一声。子清道："这也没有什么奇怪，人生总有一死。活到我这样大年纪，死是快来了，不能不挑一个好地方来死。我现在下山去，少不得还是和贼人好好地劝说，动以大义，让他改邪归正，解了这山下之围。假若他不答应，我就去见他的父亲。"立青立刻拦着道："子老下山去，若是到汪四哥营里去，他念着翁婿之情，我想他还不敢怎么样。若是到汪孟刚那里去，凡事他自己做不得主的，有个头儿黄执中在那里。到了那地方，恐怕不容子老爹开口，就要严刑相待。"子清昂着头笑道："果然如此，那是我的幸事，我就死得其所了。假使他们把我的首级挂在辕门，望你们对着我的头大笑三声。话已说完，大家散开，让我下山去。"立青道："子老纵有这种见义勇为的志气，但是我们在这里守卡子的，看到子老从容下山，毫不加以拦阻，在我们职责上可有点说不过去。子老要走也可以，等我把家父请来，商议个万全之策。"子清将两脚一顿道："你若是这样拦了我的去路，我不爬山，由崖上跳下去了。自然，这时你们团团将我围住，我无如之何。然而你们不能昼夜全看守住了我，只等你们有一个不留神的时候，我就向崖下跳着。到那时，你没有救下我这条老命也还罢了，而且我要做那救这全山人的大事，你也没有让我做出，那岂不是一举而两失之？"说着，他分开众人就要跑。四五个人同时将他拉住，哪里让他走开？子清急了，立刻赖到地上，向大家大磕其头。口里还道："我这里九顿首以请，只望大家把我放了。"他口里说着，头碰了地面，真还轰咚作响。立青看了，真是老大不忍，便跑向前，两手将他搀着。因道："老伯，你这是怎么了？你果然要走的话，我们做晚辈的又怎么拦阻得住？不过这样重大的事情，议论得更详细些，大家随着也放心些。"子清道："有什么放心不放心，无非一死而已。我已经把死字看作事之当然，那还有什么放心不放心呢？"说着，他摔开众人的手，又有向崖下奔跳之势。立青只得一伸两手把他的去路拦着。因道："子老爹，你何必着忙？你果然要下山去，就是你自己所说的，谁也拦阻不住。我们现在所要同你老谈上两句的，就是我们在这里把卡子，也担着我们一份职责，白白地把你老爹放走了，不但公事上说不过去，就是对于朱伯母也有些说不过去。只要是同在山上的人，我们全不能看了他去送死，何况你老爹还是年尊辈长的人呢。"子清道："依着你要怎么样？"他这句话问得很沉着，似乎已经有了生气的意思在内。立青笑道："我们做晚辈的怎敢把您老人家怎么样呢？不过请你老人家到卡棚子里去坐一会子，我们谈上两句。你真要下山，那我们也可以听你的便。只是望你把话对我交代清楚，我们有一个交代就是了。"

子清周围一看，练勇是把自己围得水泄不通，待要逃走，万万不能。便点了两点头道："好吧，就依了你们，到棚子里去坐一会儿。假使我要决心一死的话，谅你们也救活我不了。"说着话，他是不再犹豫，跟着立青到卡棚子里去。立青在拦着了子清以后，早就暗暗指挥了一个练勇赶快到冲里去报信，所以在这个时候，凤池带了几个灯笼火把众拥而来。他首先闯进卡棚子，气呼呼地向子清望着道："子老，你为何这样的固执？"朱子清本坐在草堆上，这时突然地站起，走到他面前，拱了一个揖道："君子成人之美，我兄此来，是不成我之美也。志士仁人，有杀身以成仁，无求生以害仁，凤翁为三十年贫贱之交，欲我成仁乎？欲我害仁乎？"他老先生虽然执着很坚决的态度，愿意一死，可是他说起话来，依然还是满口之乎者也，问得那些做庄稼活的人全瞪大两眼，向他傻望着。凤池便向他道："子老果然有那番视死如归的决心，我做朋友的，绝不能够短了你的志气。"朱子清道："那就很好，你不要拦住我的路，让我走吧。"凤池道："你尽管走，我不能终日终夜看守住你。只是为了朋友的面子，望你静心静意地坐下，和我谈上几句。"

子清听说，不由得撅了胡子道："谈上几句就谈上几句吧。"说着，他果然一蹲身子就坐在草堆上，两腿盘着，两手臂环抱在胸前，下巴抵了胸脯子，微闭了眼睛，并不作声。凤池吩咐跟来的人把火把灯笼熄了，全坐在草棚子外面。凤池随着走进棚子，也在子清对面坐下，向他打量了一番，因道："我兄去不去，这且丢到一边再说。只是我问我兄去了以后，见着汪学正你是怎样的说法？"子清道："这何用问？我自然劝他明忠逆之道，即日反正。"凤池笑道："难道他下了一番从逆的决心，把祖宗庐墓都在所不计，凭我兄三言两语就会把他说转来了吗？就算可以把他的心说动，请问他能为了翁婿之情去问他父亲吗？你这一去，我认为你是给了一个难题目给你姑爷做。你到了他那里，他要照军法办你，他下不了那个手。他要把你放走了，长毛里面，所谓通妖，那是五马分尸的罪。你叫他见了你应当怎样子办？"朱子清淡笑道："凤老是个精明人，怎么说起这种话来？我到他那里去，他听我的话，我就认他是我的女婿，他不听我的话，那就是反贼。我凭着良心骂他，只要他不昧着良心对我就行。"凤池道："这样说，你不是明知那情形不妙，故意去触犯罗网吗？"子清道："那是当然。我虽是去自投罗网，我也有我的算法。因为我这大年纪，手无缚鸡之力，留在山上不但是没有多大用处，而且徒为一个分食之人，我若下山去能把贼兵说走，解除一山人的危困岂不甚好？若说不幸，我也是五十以上的人，夫复何求？死也很得其所。而况我和汪学正有翁婿之谊在前，我去做说客，是比山上任何一个人强得多。这崖下一支贼兵，好像是他一人为首，并没有什么人监督着他。我去说他，也是一个千载难逢一时的机会。我自己想，为了救我的女儿，为了救这全山人，我是义不容辞的事。见义不为无勇也，凤翁，你愿意我做个懦夫吗？"

他这一番话虽然是文白杂用，可是慷慨动听得多。许多人到了义愤填胸的时候，说话是更容易动人的。凤池先是默然地听着，后来听他说到很有意义的时候，也不由得脸色勃然红晕。等子清把话说完了，他就将两手一拍道："子老，我不如你，你是个汉子，为人应当这样的。看得定，认得真，说做就做，管什么生死得失。"子清也猛然站起来道："凤池兄，你不阻拦我了吗？"凤池道："我不拦阻你了。你只管放心下山，你的夫人我自会照看她。还有令爱，我看着和我自己的女儿一样，绝不让她受一点委屈。子翁，你还有什么交代的吗？"凤池不提这话，朱子清倒不以家为念。凤池索性把后事说清楚了，子清也就不解一份凄楚从何而来，立刻鼻子耸了两耸。但是他人天交战也就只在片刻，不多大一会儿工夫，他就镇静过来了，把脸子一板道："匈奴未灭，何以家为？况有吾兄此言，我更无后顾之忧矣。我现在要走了，吾兄还有什么台命，请明以告我。"凤池听说，倒昂起头，想了很久，因沉吟着道："明知我兄不以私害公，但也不可矫枉过正，好在所说者是令婿，料他也不能做那不合人情的事。"说着，不免走近一步，挽住了朱子清一只袖子，低了一低声音道："子老，我们是三十年患难之交。"只说得这一句，似乎喉咙里随时长了一个什么东西，阻止得不能再说出什么话来了。

子清本来恨不得一步就跳下山去的，现在经凤池这样一说，也兀自感着十分凄楚，两只腿就失去了勇气，不能抬起就走。他停了一会儿，却比着两只袖子向凤池作了两个揖，强笑道："我走了，我们这么一大把年纪，岂能作儿女之态？"说毕，掉转身来向外面走。凤池紧紧地随在后面，叫道："子老慢走，我还有话说。"子清回转身来，和凤池两个对立在卡棚子外，那些练勇就四处团团站着，一声不发，只眼望了他两人突立的影子，那天空里的晚风向人身上扑来，吹得衣襟头发一齐飘动，大家全感到身上一阵凉飕飕的味儿，也就觉得心里十分难受。

大家静静地呆立着，约莫有一壶茶时，还是子清先问道："凤老还有什么话指教？"凤池醒悟过来道："话是没有什么话了。一切都望你老兄慎重。古人有言，兵不厌诈。此行总是属于兵事。望我兄斟酌情形行事，有那要从权的时候，你也不妨从权，千万不可一味固执，急忙中又没有酒，要不然我敬老兄一杯，以壮行色。"朱子清拱拱手道："我兄到底是富有经济文章的人，不同流俗，居然肯放我走，只凭你这几句良言，已是价值千金，我还喝什么酒？告辞了，告辞了。"说毕，抬腿就向崖边走去，这些练勇们看到团董送他走，谁还能拦住他？眼睁睁地见他走进死地，大家心里全有那说不出来的一番难受。可是他走到洞口，应该缩身进洞的时候，他忽然回转身来，又向人面前奔走着。大家心里都念着，说到一个死字，谈何容易？老先生到底怕死走回来了。这就是李凤池看着也是愕然，觉得他还要跑回做什么。

朱子清一直奔到凤池面前，挽了他的手道："我几乎忘了一件大事，我还有一句话要对你说。"凤池道："你老哥还有什么事？莫不是要我写一封书信？"子清道："我既拼一死，好歹凭我一个人去拼，并不想讨什么护身符。我现在要重重托于你后死者的，有一项父债请你还。本来是要你作一篇墓志铭的，可是我的尸首将来还不知道失落在哪里，莫于何有。我所望的，就请你亲笔直书写一篇传，太平之后交给我的子侄辈，将来能在县志附上一笔，九泉之下，感德不浅。"说着，两膝一屈，竟是跪了下去。这位先生的好名，也就到了极点了。

第三十四章

夜营中翁婿见面

俗言道得好，三代之下，唯恐人之不好名。像朱子清这样好名，虽是有点过分，可是也就凭了他好名，才肯为大众服务。这时他向李凤池跪了下去之后，骇得凤池倒退几步，立刻两手把他搀起，笑道："无论怎么样，在你我的交情上，写百十个字文章的事，我总得慨然承担下来，何劳我兄行这样的大礼？"朱子清被他扶了起来，还不肯立刻罢休，却又比齐了双袖，向凤池深深地作了三个揖，因道："我兄一言九鼎，我是很放心的，再无第二句话说，我就走了。"说着，又掉转身来，向大家作一个转圈儿揖，大跨着步子向山崖边走去。当他蹲了身子缩进洞子去以后，凤池就派了两个人站在崖边，大声叫道："喂，山下营盘里人听着，我们山上派了一位朱子清老先生下山来到你们营盘里来有话说。他就是一个光身人，你们不要难为他。"

这样叫着，不是一遍，在高喊声中，子清更是沉住了气，慢慢地溜下了石壁上那一条干沟。直把干沟爬完，脚落了平地。抬头向上一看，只见星光满天，隐隐的有两棵树的影子横斜在山崖之外。至于崖上是不是有人，这却看不到了。子清站着定了一定神，放下自己的长袖，左右开弓地挥了挥身上的灰尘，还把头上的瓜皮帽子扶持端正了，然后对着天国的营垒直冲了去。心里也就想着，长毛的军纪向来是很严厉的，有我这样一个人直冲营门走去，他们岂能不问？可是自己也不必惊慌，当着他们喊叫口号的时候，自己就大声答应他们，是山上来的，要见你们的首领。只要自己不怕死，哪里不敢去？如此想着，轻轻咳嗽两声，又向四周看看，然后大踱着步子向了天营走，眼看营里的箭楼高高地耸峙在暗空里，咚咚更鼓声由晚风里送了前来，却也并不见有什么人前来拦阻。心里这就想着，长毛的设防难道是这样的疏忽吗？汪学正究竟是个黄口小儿，不懂得什么事。这样的人，让他独当一面的军事，倒不是这孩子胆大，简直是长毛营里无人罢了。

他想着想着，更是放心，顺着步子，快到了墙根，远远看到隔了深壕，两扇营门紧闭，在营垒头上飘动着几面军旗的影子。这倒不免停住了脚，心里不住地在这里计划着，自己若是放开喉咙来叫门，他们不问青红皂白就一阵乱箭射来，这倒让自己一肚子话一句也说不出来。若是不喊叫，不但这营门不能进去，就是这一道深壕也没有法子可以跨过，于是笼了两只袖子，昂着头只管向营墙上望了去。忽然在身后有人说出话来，他道："这个门是进不去的，你向左手转弯，那里可以进去。"

子清猛可地听到这黑暗地发出人言来，却不由得吓了一跳。立刻回头看着，相隔不到两丈路，有两个人影子站着。他虽是拼了一死来的，大张声势地下山，一点拦阻没有，这时突然冒出两个人影，事前毫无声息，却不知道究竟是人是鬼，立刻身上一阵麻酥，汗毛孔里全向外透着冷气。子清于是凝了一会儿神，问道："你是人还是鬼？"那边人笑起来了，说道："我就知道你是朱家书呆子。我们天兵营里哪有什么魔鬼？你不看看我们后面还有一大群人跟着你呢。"只这一句话，果然在两个人影子后面，慢慢慢慢地又出来了许多人。子清见来了许多，料定了就是长毛军，这也无须害怕，挺立着身子，让他们逼近身来。他们果然由散漫的影子成了一群黑影，把朱子清包围着了。子清提高了嗓子道："我一个单身人在这里，你们要怎样就怎样，我是不含糊的。"这里虽然有许多人围住了他，可是大家很肃静，并不全向他答话。只有一个人插言道："朱子老爹，我们全是本乡本土的人，谁同着谁的交情，我们都十分清楚。你不是我们这里汪大人的岳丈吗？"朱子清道："什么大人？不过是一个贼。"

这一句话引起了许多人不服，齐齐地喊了一声，有好些人就围拢上来，而且手里拿着兵刃的，各举着兵刃，大有动手之势。其中一个人就叫了起来道："众兄弟不要动手，有话可以慢慢地来说。"朱子清道："我同你们头领去说话，你们不必问我什么。"那其中一个人就答道："那也好，我送你到营里去见汪大人就是了。"于是有一个人在前面引路，后面一大群人押着朱子清转了一个弯，向着营门走来。那营门口的土壕上架了一副板桥，正用了两根绳子吊在城墙上，营门虽是大开着，火把齐明，在火光下照着，整大群的兵士各执着武器，分站在两边。首先那个引道的兵士就抢上前两步，对守门的卫兵招呼了一句，于是回身向朱子清招招手，叫他跟了前去。朱子清自想着，看他们这种情形，倒不是丝毫没有准备的。想不到汪学正这孩子居然做出这样大事业，而且还镇守得住，并不露出那毛贼的样子来。这也可想到何地无才，只是遇不到机会，永远就埋没了。他一面想着，一面摇摆着步子昂然走进了营门。他长了五十多岁，就不曾闻到军旅之事。营寨内容是怎么一种样子，那更是不曾预料到。

这时走进营门一看，只见分着左右两排全是布帐子。那帐子是圆圆一副伞盖的情形，罩了在地上。两方的帐幕全是对向着开了帐门，在门外竖着两根竹竿，每根竹竿上挂了扁灯笼，而且还有字号，在上面注明了是某旅某卒某司马的两排十几个帐幕，挂着几十个灯笼，倒也有些排场。正中一个帐幕，比两边的帐幕要大上两三倍，在帐门外，八字排开，支起了八个三脚架大圆灯笼。灯光里隐约地照着楼上挂了军机虎牌之头。帐门是大开，现出里面一张系了红桌帏的公案，桌上还点有两支高大的红烛。朱子清料着那就是所谓中军帐，汪学正必在那里做他的宁为鸡头的首领，我要不容他开口，先就教调他一顿，给他一个下马威看看。这样地想着，大开着步子就想向那里走去。

不料就在这个时候，身后拥出几个人来，把他两只胳臂先捉住了向后挽。朱子清跳着叫起来道："你们动手做什么？我既是到了这里，我是插翅也难飞去的，还不能放心于我吗？"那动手的人也喝道："我们这里有天条，是不许在营里胡闹的。你若不听话，仔细你的人头。"子清笑道："哈哈，仔细我的人头？你们也不过是用杀人来吓人？此外还有什么法子？我朱子清是不怕杀头的，怕杀头我还不到这里来呢。"他说着话，声音是一句比一句高大，那几个拖住他的人倒是很平和，并不因为他强硬，就非礼对待，只是左右两边夹住了他的手，带架带拖，把他送进旁边一个帐篷里去。这里并没有人，在支布篷的木架子上悬了一盏灯笼，照见地面上铺着很厚的草，草上又垫了许多床被褥。拖他进来的人将他向铺盖上一推，便自在帐篷门口把守了。朱子清跳起来道："你们把我关在这里做什么？我要见见汪学正。"看守的人答道："汪大人到大营里去了，半夜里才能回来，你要见他，你先等一等。"子清道："只要他有脸见我，我等等又何妨？那我就等等吧。"于是盘了腿在地铺上坐着，瞪了眼看那守门的两人。这倒让他看得清楚，他们身上各穿了一件红布背心，写着碗大的黑字，一个是"冲锋伍卒"，一个是"陷阵伍卒"。头上扎着红布巾，脑后拖了七八寸长一块巾头。心里想着，这也不过是古来赤眉黄巾之流，做得起什么大事？随着这种思想，可也就淡笑了一笑。那两个伍卒倒也并不介意，他们手里各拿了一把刀，紧紧地靠着营门站着。

不多大一会子，又有两个伍卒跟着来了。一个人提着灯笼，另一个人提了一壶茶捧了两只茶碗进来。朱子清虽是看到，却也不理会，依然微垂了眼皮坐着。那送茶的人倒是十分的知礼，斟了一杯茶，两手送到他面前。朱子清垂了眼皮，看也不去一看，还是正端端地盘腿坐着。他不喝茶，那两个送茶的听使也并不去劝他，各自走了。又过了一会子，再来两个人，一个拿着灯笼，一个提着木制的食盒，跟进了帐篷。食盒放在帐篷地上，掀开盖来，里面一大盘子肉，又一大盘子青菜煮豆腐，还有一大瓦碗饭。朱子清这就忍不住了，跳起来道："你们这是什么意思，以为我是饿疯了，跑到你们这里来投降的吗？我要见汪学正，我不和你们说话，滚了过去。"他口里说着，跳起来就是一脚，把一大盘红烧肉踢开去很远。呛啷一声，滚了满地的肉块和肉汁。那两个听使虽是站着瞪了他一眼，并不生气，却反是赔了笑脸道："汪大人到大营去了，不久就回来的，你老先生先吃一点东西等着他，那不好吗？"朱子清指着骂道："我姓朱的是个干净人，岂能够吃你们的贼饭？你们这些无知识的东西，做了小毛贼，也不配和我说话。滚出去吧。"这两个听使和两个伍卒也真能受气，等他骂得够了，自找了扫帚来，把洒的汤汁扫去。朱子清先是"长毛贼"，后是"反叛"，骂不绝口。后来只管骂人，人家并不回骂，骂久了，自己也觉得有点过意不去，也只得停口不作声了。

闹了一阵子，只听得更楼上的鼓已经转了三更一点，夜是很深了。那些帐篷外悬的灯笼，也就渐渐地黑暗下去。这里两个守帐篷的伍卒站在那里，也有点前仰后合的样子。子清看着，心里也老大的不过意，他们也是人家的儿子，与我无仇无恨，我苦苦地喝骂他们，那有什么意思？便道："你这两个人也坐下来睡一会儿吧。我是自己到这里来的，绝不会逃走，你们只管放心睡吧。"一个伍卒答道："我们奉有军令看守帐门，那是睡不得的，胡乱睡下，那我们就要受罚的。"子清道："你们倒有这样怕长毛的贼条吗？"那两个伍卒向他哼了一声，走近来一步，却又闪了开去，分明是想要动手，却又忍耐下了。朱子清因向他们笑道："你们现在都为邪说所迷，以为造起反来，高官任做，骏马任骑，以后就是发财享福的日子了。但是你们也不想想，长毛共有好几百万，若是大家都高官任做、骏马任骑，请问，哪里有许多高官给你们做？老实说，还不是让你们去白白地送死，拼了命去给别人打江山。"那个伍卒道："你老先生说得不错，我们不过是替人家打江山。可是胡妖那边也有许多兵丁，他们又个个能做到大官吗？里面有几个戴上大红顶子的，恐怕也是人血染红的。"子清道："这样说起来，你们也是看得很透彻，为什么还要干这些大逆不道的事呢？"那伍卒道："我们家没有了，人也没有了，若是不跟着天兵走，我们不让人杀死，也自会饿死。"子清道："你们究竟是愚民啊，天下岂有必反之民，天下又岂有必叛之国？"那两伍卒不明他什么用意，倒是有点怅然。

不想就在这个时候，不知从什么地方当当地发来两下响声。一个伍卒像很受惊的样子，轻轻地道："打点了。"子清虽不明这是什么用意，可是这当当的声音，由清寂的暗空中传布出来，越觉得这声音清澈动人。也就为了这两声点响，这黑暗里更觉得寂寞。随着一阵的脚步声，有两队灯笼簇拥了过去。也有人作那细微的说话声，夹了脚步声，传到耳朵里来，这是越形容得这兵营之夜有多么严肃。接着耳朵边听到那轻轻的当当声，又听到兵器响动声。朱子清心里也就估量着，他们这样摆着排场，莫非要用什么刑罚来威吓我？但是汪学正这孩子也总明白，我这个人是威吓不倒的。他想到这里，当那心房跳荡的时候，却用手轻轻地抚摸着胡子，微笑了一笑。

外面的灯笼来往跑了很久，朱子清实在有点不耐，就问道："汪学正到底回来了没有，我要见他。假如他不敢见我，换一个人见我也可以。"伍卒笑答道："他为什么不敢见你呢？难道还怕你这样的老先生敢对他怎么样吗？"子清笑着道："你们大概不知道吧？我是他的岳丈。从小我就教调着他的。"伍卒道："我们大人很忙，现在正要审问几个通妖的人，没有工夫见客。"朱子清跳起来道："这样说他是回营来了？为什么不见我？他不见我，我自己去见他，看他怎么样。"说着，人就抬着步子向帐外走。两个伍卒同时拥着向前，将他拖住，说道："你既是要见我们大人，我们也不能拦住你，请你先生帐门外远远等着。等到汪大人把犯人审问完了，自然会让你过去。"这件事虽然还不能依了子清的心事，但是子清觉得女婿带了这么些个队伍，年轻轻的，他是怎样指挥，这倒少不得要看看他坐在中军帐里是怎么一种威仪。当他向里面看时，帐篷中间那一张公案上，燃着两支高大的红蜡烛，火焰摇摇地闪着红光，汪学正正穿了红袍，扎着红领巾，一团烈火似的，坐在那里向下望着。在那公案下面，八字排开，列着两排伍卒，他们手上肩上全都扛着兵器，似乎伍卒中间还有好几个被俘的犯人，在那里跪着受审问。在帐篷外面，更有两排人全是挺直了腰杆子站着。不要看着有那么些个人，却是一点蚊子叫的声音也没有。朱子清觉得自己是理直气壮的，本想趁了自己这点火性就冲了过去。可是在老先生只管讲求天地正气的时候，也不知道什么缘故，遥遥看到了自己的女婿，就不免掺杂一线人欲进去。他想着，假使自己向前冲了过去，扫了姑爷的面子，却还是小事。或者坏了他的官体，犯了他的军规，他办岳丈是不好，不办岳丈也是不好。甚至让他犯着嫌疑，使他有性命之忧也未可定。想到这里，他就忍住了一口气，只在一旁站着没动。他在这里一站，似乎帐篷里的汪学正就知道外面有人。听到重重喝了一声："先押起来，明天再审。"于是随了一下木尺声，一群伍卒押着几个绳索捆绑的老百姓走了过去。其余帐篷外的伍卒也都陆续散去。接着是正中帐篷里的烛火全熄灭了，那冷静的空气更加寂寞下去了几分。

约莫有一盏茶时，在帐篷边走过来一个人，在黑暗里轻轻地对这里的伍卒道："汪大人有谕，把这位老先生带到后帐去。"于是他们引着朱子清绕过了中军帐，到后面去。这里还有个较小的帐篷，里面没有灯烛，却是在帐门口竹竿子上挂了一只纸灯笼。那灯笼下隐约站着一个武装兵士，那人看这里人到，自迎上前来，低声道："大人说，我们走开，只让这位先生一个人前去。"那两三个伍卒好像在事先已经有了约会一般，再也不问一句什么话，径自走散开了。朱子清一人站在星光下，反而是没有了主意，很久不曾理会的更鼓声，这时又咚咚地送进耳朵。抬头看满天星斗的暗空，有阵阵凉气拂面吹过，似乎在下着清霜哩。子清想着，那几个人曾说过，大人在后帐里，想必这个棚子就是后帐，且不管他，冲了去试试看。于是对了那棚子慢慢地走向前。走着离那帐篷还有几步路的时候，却由棚子里伸出一只手来，把那灯笼取下，拖到帐篷里面去了。子清在那灯笼一闪之下，看到一片红色，料着那就是穿红衣的姑爷。这就把胆量又壮了三分，举着步子向帐篷里走去。刚一进帐门，不容自己细看到什么，早是一团红光扑到自己脚下。可不就是女婿汪学正跪在地下吗？他拜了两拜起来，两手扯住子清的衣袖道："这个地方你老人家怎么能来？趁着天色没亮，你老赶快跑上山去吧。"子清道："这地方是国土，也是我故乡，我为什么来不得？你们平白地玷污了这大好河山，不知道说自己来不得，倒说我来不得。我对你说，我今晚到这里来，因为你究竟是我的女婿，我不忍让你把身子糟蹋了。"学正拱拱手道："你老人家低声些，有话我们慢慢商量，你老先请坐下。"说着，捧过一条矮凳子放在当中。

朱子清这才看到这帐篷，周围全有一丈多，靠左手，稻草堆得很厚，是一张地铺，上面被褥枕头倒也是齐的。灯笼就挂在支帐篷的小木棍子上，照见下面一张矮桌子，堆了笔砚公文。最妙的，就是把关帝庙关平神像手上捧的那个印信箱子也放在桌子上，大概里面所放的就是长毛军的印章。在桌子角边，插了一支长戟，子清认得，就是学正平常在家里所用的那支戟。地铺上枕头边又有一把牛皮套子的马刀。这帐篷里只有这条矮凳，子清坐下，学正就是叉手站着的了。子清两手按住膝盖，凝了一会儿神，这就正了颜色，望着学正道："你家也是世代书香，虽说不上深受国恩，可是……"

学正不等他说完，先笑了一笑。子清瞪着眼道："难道说，我这两句话还有错处吗？"学正道："一班老先生说我们做得不对，全是你老这样的话。那是老先生想左了。我们读书的人，总莫如学孔夫子。孔夫子作《春秋》，所告我们的，就是要尊王攘夷。你老说的道理，只有尊王两个字，却没有攘夷的意思在内。现在的咸丰，他是个胡妖，十足的夷人。我们是黄帝子孙，我们当然不能让胡妖来管我们。大家所说的王是个夷人，也就不能尊他了。所以你老说的深受国恩那句话有点错，要知道那并不是国，是我们的仇人哩。"这一遍话，没有一个字是朱子清所能听得入耳的，可是清帝是胡人。子清念了一肚子书，未尝不知道，学正提出攘夷两个字的大道理，实在想不到一句话来驳。不过他尽管是不能驳复，然而也不能承认反清的人不是反叛。便道："你这全是一派胡言。只为你跟了反叛在一处，所听的全是那背经叛道之言。你若是听我的劝，你就即刻把造反的旗帜收起，带了这些人把天明寨前门的匪军全收过来。我知道，这里面全是我们的家乡子弟，只要你肯反正，他们不一定要造反的。万一不然，他们敢和你对敌，只要喊杀声一起，山上的团练自然会下山来帮助你，那时里应外合，一定可以取胜。"

汪学正淡笑着听他把话说下去，到了这时，用手连摇了两下，笑道："你老人家是个念书的人，不知道做人做事，那另是一种手腕。当年常遇春郭英这班人物辅佐朱元璋的时候，不也像我现在这一样吗？在元鞑子手下做官的人，那都看他们是反叛的。再比熟一点吧，汤伐夏、武王伐纣，你老人家也总比我知道得多。到现在，我们应该说是谁对谁不对？而况胡妖咸丰，他是异族，也绝比不上桀纣呢。"朱子清听了这种话，直跳起来，两只长袖重重地拍了一下，喝道："你这简直是无父无君之言。我现在要伏尸二人，流血五步了。"他说着话又是一跳，伸着手要把地铺上放的那柄大弯刀拿了起来。然而汪学正站在他身边，怎么会让他拿起那把刀来？于是两手抓住朱子清两只手腕，笑道："你老人家要在我面前动武，那不是一件笑话吗？"子清两只手被他紧紧握住，一点转动不得，便两脚乱跳着道："不放我的手，那我就把命拼了你。"说着，倒下头，要向学正怀里撞下来。汪学正连闪了几闪，笑道："你老人家这是什么行为，不成了笑话了吗？你舍死忘生，下得山来，当然是有你自己的一番算盘，你自己撞死了，也未必能把我怎么样。就算把我撞死了，不但不能替天明寨解围，我这些弟兄势必同我报仇，把前后两条路更围得紧些，说不定就冲上山去。那是你弄巧反拙。"子清把两撇胡子气得直撅撅的，瞪了眼道："你不听我的话，又不让我死，你要怎么样？"

学正微微地把他身子推了一推，推着他靠近了凳子，笑道："你老不必忙，有话只管坐下来慢慢地说。"朱子清还是挺直地站着，向学正瞪了眼道："你有什么话，只管说出来，我站着听，也是一样。"学正道："你老人家不要发急，我有我的道理，慢慢地告诉你。你要站在这里，我一时可说不清。而且你这副神气我看了就害怕，有话也说不出来。"子清喘了两口气，坐下来，两手撑了大腿，因望了他道："我暂时不逼迫你，你把主意打定了，慢慢地向我说吧。"学正道："等我想一想啊！"说着，昂了头对帐篷顶出了一会子神，然后微笑道："要问到我父子两个为什么投顺天朝，我就要先问一声，为什么明朝的老百姓全要投降胡妖呢？我们的祖宗忘了自己的身份，投降异妖，把头上的头发剃去半边，弄成这一副尴尬情形。现在我们做子孙的，一误不可再误，应蓄起头发，洗去我们祖宗那一番羞耻。你老人家既是饱读诗书的人，对于这种情形当然知道。于今我们养满了头发，你老还拖着一条辫子呢，谁是谁非？我们翼王五千岁，他的檄文就说得很痛快，有这样两句，'忍令上国衣冠，沦于夷狄，相率中原豪杰，还我河山'。虽然全文我记不清了，只凭这两句也可以知道我们并不是平常造反的人。"子清一顿脚道："造反的都是贼徒，没有什么平常不平常。"学正道："你老还是不要生气，等我说完。你老是愿意我们穿戴上国衣冠呢，还是愿扮成夷狄呢？"子清道："大清朝偃武修文，崇儒尊孔，四民乐业，有什么不好？这虽比不上唐虞三代，至少可以和唐宋比隆。至于衣冠末节，这不算什么，朝代不同，当然衣冠有变，你们绝不能因为拖一条辫子就造反。"学正道："当然不只为一条辫子，但是你老只管发急，不容我说，我也没法子。"

朱子清两只大袖子同举起来摇摆着道："这些闲言闲语不用说了，我是来劝你改邪归正的，不是来和你辩理的。你愿听我的话，能够带人去平贼，策之上者。丢了这些贼兵不管，同我一路上山，策之中者。万一不行，你从此远走高飞，不再从贼，留个和父老见面的地步，虽是下策，究竟还可以试试。倘若你全不答应，那也好。你既是反了纲常，我这么一个岳父，你认与不认全不相干，你面前现成有刀，举起来把我这颗老头砍下，你还可以拿去到贼的大营里献功。我言尽于此，再不必多说了。"他说完了这篇话，把身子半侧着，脖子伸得长长的，真个不再哼上一声。学正到了这时，真没有应付之法。若不是看他是自己岳父，这么一个老书呆子，真是一刀砍下才痛快呢。

第三十五章

将计就计

朱子清这次到汪学正兵营里来，虽是把生死置之度外，但是他总想着和学正有一层翁婿关系，纵然成了敌人，照着学正往日的性情来说，他绝不能下毒手来杀岳丈。所以也就倚恃着一点长辈的派头，大声吆喝。照着晚辈的情分来说，学正对于朱子清这份喊叫，只有忍受着。可是他是这一座营盘里的领帅，有人在他营帐里这样咆哮，这也让他有所不堪，于是将身子一闪，闪到帐外来，才向帐里面道："朱老先生，说到讲理，你就来十个同样的人也讲我不赢，但是我没有这样闲工夫，你等着，再会了。"朱子清叫道："你跑什么？你听我的话，你就反正过来。你不听我的话，我这么大一个老头子，其奈你何，现成的刀在你手边，你是好汉，把我杀了。"他口里如此说着，人也跟着跑了出来。帐外静悄悄的，没有一点人声，满天星斗在暗空里发生一线灰光。只有那前面一层层的帐篷，留着几重影子，刮着帐外旗帜的晚风，送着些微的凉气，直扑着人的脸上。一个心里狂热的人，遇到这种轻微的刺激，心里似乎也清凉了一下。他就在帐篷口外静静地想想，要如何去找汪学正回来。不料就在这时，他身子两旁脚步声一阵杂乱着，簇拥出七八个伍卒，不问好歹，将朱子清两只手同时捉着向后一抄。有人喝道："你这老头子，不识抬举，不能和你客气了。"说着这话，拉了他就向旁边的帐篷里去。子清虽是让他们拖着乱跑，可是他口里依然不住地骂道："你们这些毛贼，胡乱拖着我干什么？总有那样一天，我要你们这一群毛贼的命。"

那些人听了他的话，不但不生气，反是嘻嘻哈哈地笑了。他们将子清拖进一座帐篷里，黑漆漆的，并没有灯火。但是听到铁链子叮当作响和人的呻吟声。分明这所帐篷里早已有了绳链捆缚着的人。子清刚是站定脚，还不曾对帐篷仔细看望，那拖扯的伍卒又把他的双手挽着向前。黑暗里叮当作响的，有人取过铁链子来，把他的手合到一处，就把铁铐圈子合上。同时有人打起了打火石，燃着一卷纸煤，照着子清的手。另一个人在口袋里掏出一把铁锁，就把铁铐来锁着。子清的两只手让三四个伍卒抓住了，动也不动。自己心里却也坦然，就是让他们锁住，那又要什么紧？反正自己预备了随时可死的。他一声不言语让伍卒们铐了去，他们却是轻轻一推，推得他坐跌了下去。他这时听到身下窸窣一阵响，知道是坐在散铺地面的稻草卷上。而且碰了一个人的手臂，又知道身边有人同坐着了，因问道："这里有几位？是怎么让长毛捉了来的？"他虽是很大的声音问着，坐在身边的人，却是没有听到一样，并不作声。当那伍卒燃着纸煤照他手铐的时候，在那一会子工夫，也曾看到几个人横躺在草堆上，只是蓬头散发，看不清楚他们的脸，这时待要仔细看去，却又看不出。子清叹着气道："唉，你们这几位也可怜，让人家捉住了，连话也不敢说。其实那要什么紧？大不了总是一死。到了现在，我们落得痛骂这些毛贼一阵。就算不骂他们，你看他们能放过你我的性命吗？"其中有个人被他的话刺激动了，就带着呜咽声答道："这说话的是朱子清老爹吗？我们……"他的话不曾说完，伍卒们就一同地喝道："不许说话，不许说话！"那个人果然就把话猛可地停止。子清也大声喝道："你们有刀有枪，只能砍我杀我，怎能够禁止我们不说话？"

他这样喊叫起来，那几个伍卒却又不作声了，只是在暗中咻咻发笑。子清以为他们这笑声是带着讽刺意味的，就待直跳起来，和他们算账。不想自己两只手既已被铁铐锁住，两只脚平伸出去却跳不起来。竟是身子向后一倒，倒在一个人的身上。他自己估量着，这猛可地向人家倒着，这一下子不轻。不想那个被压着的人仅仅是发着长音哼了一声，并没有话说，可知道他虽是受着很大的痛苦，就是这痛苦之声，也不敢发了出来的。于是在草堆上挣扎了很久，然后才坐起来，问道："朋友，我碰伤了你吗？你虽是家乡人，我可听不出你的声音，你是谁？"那人方轻轻地道得了一个"我"字，那些伍卒们又同时地吃喝起来。朱子清这就大声叫道："你们这样逼我，我实在有些不能受，你去告诉汪学正，把我拿去开刀吧。"在这样夜静更深的时候，他放开喉咙来叫，自然很远的地方也都可以听到。

不多一会儿，看到帐外一抹昏黄的灯光由远而近，便有一只灯笼直伸到帐篷口，乃是一位伍卒引着一个穿红色长衣的人走过来了。那人的衣服显然和当时尺寸的袖口长衣，相处在反面。那袖口绷得像笔管般细，衣襟也很窄小，长长地拖到脚背，周身像红橘子一样。他还不曾开口，朱子清就站了起来，向他瞪着眼道："你这种人不人妖不妖的样子，跑到我面前干什么？我就看不惯你这种样子。"伍卒就答道："你不要胡说，这是我们的先生。我们的先生肯到这里来，那就是你的救星了。先生向来是不肯多事的，他到这里来，就二十四分看得起你了。"

朱子清还是那一股子脾气，他站不起来，伸出腿来，就向那先生踢了过去。那人冷不防地已是被他踢了一踢，只得赶快地倒退了两步。伍卒们喝道："这个人太不识好歹，非打他一顿不可。"那先生摇着手道："他既是这样蛮横，什么话也不用说了。你们把他带到马棚子里去，臭他们一晚，到了明日却再作计较。"只说了这句，那个打灯笼的又引着先生走了。朱子清淡笑道："这畜生还有三分天良，让我一骂，他就走了。"那些在草堆里的人就哼着道："朱子老，我们知道，你是这里汪大人的泰山大人，你想一个法子救一救我们吧。我们看这情形，今天审问过了，就要开刀的，只为你老先生来了才把我们放下，到了明天我们还是死呀。"朱子清道："按着你们的意思，打算怎么样呢？"那人道："我们的意思，愿意投降。"朱子清骂道："胡说，有道是'饿死事小，失节事大'，我们可以死，我们不能降贼。你们既有降贼的意思，还向我求救干什么？难道要我也投降长毛吗？"那几个人道："我们并不想投降长毛，但是除了投降长毛，那还有别的什么好法子？"子清道："怎么没有法子？我们还有一条大路可以尽忠呢，古人道得好，死有重于泰山，死有轻于鸿毛，我们干干净净地死，那是重于泰山的死，再好不过，怕什么？"他说到这里嗓音是非常的硬朗，那几个人似乎觉得无法可说，也就不作声了。子清一个人自言自语地道："人心已去，大局是真的不能挽救了吗？这也是天亡我朝了。"

他骂了一阵子，又叹息了一阵子，始终也没有什么人去理会。他自己也觉得有些倦意了，迷糊着两眼，打算睡去，这就有一阵杂沓之声涌到了帐篷前面，好几个人喝着道："朱子清，你不用骂了，我们送你到一个好地方去。"只这一句话，在帐篷口上又出了三盏大小灯笼，随着就是几个如狼似虎的伍卒抢进了帐篷，不问好歹，先在地上把子清拖起，随后陆续地有人进了棚，两个拖一个，把帐篷里的俘虏全拖了出来。子清这才看清楚了，原来连自己共有六个人。便道："各位，你们不必害怕，要死我们也死在一处。"望着伍卒道："你们在哪里开刀？"伍卒拖着他道："不必多说了，总有个地方安顿你们。"说时，开了步子狂走，黑暗之中，虽是不辨方向，可是所经过的地方并没有一顶帐篷，也知道去中营很远。眼看到前面一带营垒挡着了去路，这就在路旁听见了马弹蹄脚声、打嚏喷声，这是到了他们所谓的马棚里了。其实这里没有棚，只是在黑巍巍的一丛矮树林子里，系了若干匹马。这些伍卒就把他们推在露天下，离树不远的空地上坐着。不管他们冷不冷，也不管他们好坐不好坐，只是把他们一律硬按下去。

大家坐下了，子清四周看看，星光在黑影圈的营垒上，晚风拂过脸，身上冷冰冰的。心里却有些不明白，以为他们或者嫌自己话多吵乱了营里的秩序，所以引到这空旷的地方来。再说天气还很凉，他们也许故意把人送到风里来受罪。这也未免好笑，一个人连死全不怕，还怕什么风露之苦吗？他如此想着，也不多说话，支起两脚，把铐住了的两只手架在膝盖上，将头枕在手臂上假睡。另外五个人倒又不如以前沉寂，唧唧哝哝地说着话。身上碰着铁链子响，这里因为是空场，看守的伍卒增加到四个。但是他们并不怎么地严重看着，各人也放下了手上的兵器，就四散地在地上坐着。听他们闲谈的口音，也全是本乡人。先是说天气凉，白天打仗，晚上又要守夜，人的精神有限，实在受不了。有的人说，天下变得这个样子，真是想不到的事情。这样一来，一步登天的人自然是不少，可是弄得家破人亡、万事全空的，十个恐怕要占九个，后来就说到替人打江山毫无道理。朱子清听了，这就忍不住插言了，因道："你们既知道跟了长毛在一处没有出头的日子，为什么不早早地跳出火坑来？"只这一句问着，那四个伍卒好久没有答复，其中有一个人好像是十分忍不住似的，叹了一口长气。其余三个人让这一声长叹引起了心腹之事，大家也随着叹了起来。子清道："哦，你们心里也明白过来了，这就是孟子所说夜气犹存呀。你们的心事既然是如此，我想凡是让长毛裹挟来的人，都有你们这一番心事的，人心不死，事就好办。只要你们大家齐心，马上可以反正过来。几个长毛头子有什么法子管你们。那不但是你们出了头，借了这个机会，真做出一番事业来，也未可定。现在我们在天明寨里的人，大家全是这样想的。"那几个人听了这话，却是默然了一会儿，接着彼此交头接耳地挤在一处，唧唧哝哝，似乎在商量着这一件事。

过了一会儿，其中有一个人就跳了起来。虽然说话的声音很是低微，可是那语气是很沉着的。他道："我们跟长毛是死，我们反正过来，让长毛捉到也是死。但是长毛捉不到我们呢，我们这性命就逃了出来了。依着我的意思，趁了今天这个机会，随着朱子老身后立刻就溜出这营房去。就只有一层，不知道朱子老可肯相信我们？"朱子清用了忠厚的眼光看人，觉得天下人没有不能做好人的。他们投贼，本来就是受着裹挟，不得已而为之，现在经本人给他们说了一番忠君爱国的大道理，他们还有点良心，回想转来，也是有的。这就想到孔夫子所说，言忠信，则笃敬，虽蛮貊之邦可行，那是一点都不错的。自己走到贼窝子里来了，四周全是贼匪，好像是无理可讲。可是自己只说了几句正直的良心的话，立刻这就把一批从贼的人全都劝醒过来，可见只要自己有那份真诚，没有挽救不过来的人心。朱子清于是轻轻地叫着道："各位，你们所说的话我已经听到了，这实在是你们祖宗有灵救了你们这一副清白身体。你们既是本乡本土的人，那就好办，总可以明白我是乐与为善的人，只要你们肯说一句反正的话，我就肯相信你们，你们打算……"他说到这里，早有一位伍卒抢了过来，将他的嘴堵住，低声道："朱先生，你千万低声，这是要性命的事，一点大意不得。"于是他由地上扶起了朱子清，对了他耳朵低声道："这件事要做就做，不但等不了天亮，再迟一会儿恐怕查营的会来，那就逃脱不了。"朱子清道："你们能够马上就走吗？"那伍卒道："我们好像关在鸟笼子里的小鸟，只要笼门能够打开，我们随时随地就走，还等什么？"这时，在地上坐着的那几个俘虏都像死去了一样，连气息也没有，只是静静地听伍卒同子清说话。有一个人就用那沙哑的嗓音插了嘴道："朱先生，你们千万也带了我们去呀。"便另有个伍卒抢步到他们身边，轻喝道："你喊叫些什么？我们要走，自然会带你去的。你误了我们的事，我们先杀了你。"

子清看他们这样子，要逃走的心事那是十二分的真切，于是握住了那位伍卒的手道："我们这些人两只手……"伍卒答道："哦，我忘了。"他说着话，一转身，就拿了一把钥匙来，先将子清手上的铁铐打开。子清总怕铁链子响声发出来会引起了什么意外，自己蹲着在地上让铁链子拖着地皮上的浅草，不发出声音来。殊不料越是细心，这铁链子是越碰撞得厉害，不住地叮当作响，尽管他来的时候把生死置之度外，什么也不怕。到了这时，心里却扑扑乱跳，不住地东张西望。那伍卒们倒反是比他胆大，并不停留地给子清开了锁，又去给那几个俘虏开铁铐，那叮当的响声，更断断续续地只管响着。朱子清听着，这可急了，只好跑了上前帮他的忙。当伍卒给那个人开铁铐的时候，他就扯住那个人手上的铁链子，免得链子自相撞击。那几个伍卒既是要趁机会逃命的，做事本不算慢，但是在朱子清看来，觉得他们有点镇静过分，手里虽帮助他扯住链子，眼睛还是不住地四面张望。自己又不便催他们，倒显着自己怕死似的，直急得脊梁上阵阵地向外冒着冷汗。好容易，把那几个俘虏的铁铐全打开了，听到更楼上的更鼓，已是咚咚地转到了四更二点。只见远远的一个黑影子，由营墙下溜着走过来。这样夜深，还听不到他一点脚步响，他那份轻悄是可想而知。子清就对身边一个伍卒道："这……这……这是谁？"那伍卒只握住了他的手摇了两下，表示不要紧，却没答那人是谁。

那黑影子慢慢地走到面前来，却是放开了脚，跨着很大的步子，轻轻地一跳一跳，跳到身边。子清这就知道了，也是同道要逃走的人。他先低声道："外面一个人毛也没有，要走就是这时候。"子清道："你这位由哪里来的，怎么知道我们要逃走呢？"那人道："你这位先生心慌得眼前的人都数不清楚吗？我就是刚才由这里出去探着路线的，现在可以带你们出去了，跟我来吧。"他说着，将手回转过来，连连向后面的招了几招，于是又放开了大步子向前面跳了走。这些人跟着那个人身后，成了一大串黑影子，向营房后面走了去。一个人走路，始而觉得没有什么声音，可是现在一大串人走着，那脚步跟着一个上下，就希希瑟瑟响得厉害。

这时，天色是加倍的昏黑沉闷，那些零碎的星宿原是散了满地，现在天快亮了，又陆陆续续地躲藏起来，整片的全是黑云。向前面看那大山影子，沉沉地往下坠着。晚风吹过了天空，拂到人脸上，大家不觉地把脖子缩了一缩。朱子老在人后面随着，不但心里跳着，而且两只脚也有些抖颤，脚板踏着硬地，犹如踏在浮沙上一般。两三次前仆后仰的，都挤在人身上被人扶起来。大家慢慢地踱到营墙下，先有一个人轻轻地跳了几步，跳到前面去，悄悄地打开了后营门，向外张望着。也不知道他手上拿了一样什么东西，只在半空里晃着，那意思是让人跟了他去。于是这一大串人跌跌撞撞跟着到了营门口。朱子清心里这就有点狐疑，长毛的军纪是很严厉的，何以这样闯开了营门，让人家偷走。但是急于要逃性命，也顾不得这些了。逃出了营来，四周一看，什么也没有了，只是那一蹲蹲的高矮树棵，像那散开的侍卫四面环守着，在那里探看着人似的。朱子清低声道："呀，还有人看守着我们吧，我们越走得快越好。"他说了这句话，仿佛听得有人哧哧地笑了一声。

子清这倒是诧异，这样性命交关的时候，他们还当了儿戏吗？不过转念一想，一个人死里逃生地逃了出来，当然是心里十二分痛快的。当人在心里这样快乐出来的时候，那一阵笑声情不自禁突然地发生着，那也是有的。这又推开一步，把心事定了下来。大家一步跟了一步，直走到山脚下去。这一来，朱子清的胆子就大了，回转身向大家道："你们站在这里不要响动，让我一个人先爬上山去看看。若是山上有人问下话来，你们也不必作声，让我一个人去答应他们就是了。也奇怪得很，我们山上的团练，向来对山下有一点风吹草动就要把檑木滚石抛下来的。今天我们来了这样一群了，怎么他们丝毫也不理会？你们就远远地站着吧，有了什么事，我自代你们答话。"他说着话，已走到上干沟的口子边去，昂头向山上看着微微地露出两三点火光，在树丛子里闪烁着。似乎在悬崖的倒挂松枝上，有点窸窣之声；不知道是人行走，也不知道是鸟兽行走。又接着啪咤的一声，朱子清平心静气地站着定了一定神，看是什么。那山上在这一声啪嚓之下，连山崖上的两盏灯火也没有了，却可以听到那松树被风刮着，如山河里的洪流汹涌着一样，更增加了这山崖上下的寂静。于是扶了山沟的石头，悄悄地向上扒了走。扒到山沟半腰快要进石洞的时候，自己也忍耐不住了，就向山崖上叫道："喂，山上没有人守着口子吗？我朱子清回来了。"他尽管喊着，山上也没有人答应。于是顺了石洞子，像条蛇似的继续地向上爬，爬出了石洞子口上，这就看到几点火光之下，显出了两架松棚子来，依然看不到一个人。他心里更加奇怪着，怎么山上今夜如此大意？身子向洞口刚是爬出半截来，早是左右两个肋下让人夹住了，往旁边一推。子清道："你们拖什么？我是朱子清。"一句话未了，黑暗中早有人插了嘴道："哦，第一个人就是朱子老。"朱子清站定了脚看时，原来这石洞口周围全站着练勇，在这一眨眼的时候，这些人却不知道是由哪里来的。便答道："是我呀，你们知道我会带人来吗？"说着，把声音压低了道："长毛营里有一大批人跟了我来，你们放他们上来吧。他们很知道长毛的情形，上得山来，可以助我们一臂之力的。"立青笑道："我知道了，你老放心。我这里可以派两个人下去迎接他们。老五老六你们两个人下山去吧。"这话说完，就有两个少年扯扯衣襟，顺着石洞溜了下去。

朱子清到了这里，四周看看，远远地还有三四十人在树脚或草丛里坐着，似乎都有预备。便走近一步，问立青道："怎么样？你知道我会带人上山来吗？平常这山洞子口上是不会有这么些个人守着的呀，这件事要去对令尊说一说吧。"立青笑道："不用得，也许他老人家已经知道了，过一会子，请你老看热闹。"子清道："什么热闹？难道有诈吗？你们可不能冤枉好人，他们上山，是我说了许多好话把他们劝了过来的。"立青笑了一笑，没有答复。不到一会子工夫，下山去的老五老六这就跳出了口子来，叫道："到了到了。"只这一句，所有在四围看守的练勇，一齐涌到石洞子口边站定。当洞里钻出半个人身子来的时候，就有两个练勇抢过去，左右将他夹住。同时伸了手握住他的嘴，不让他说出话来。如此一个个地夹住，全拖到练勇群里站着；立刻还有人拿出绳子来，将被夹人的左右两手全向后捆缚着。朱子清看到虽十分的诧异，可是这是大家的事，也不便插嘴说话，那些天兵陆续地上来，这山上的练勇也就陆续地将他们来捆绑着。上来差不多二十个人，一律都让练勇给捆绑住了。朱子清道："立青，你年纪太轻了，少经过事情。像你这样做法，岂不是自塞进贤之路？"

立青还没有答话。早看到松树林子里，一群火光照耀着过来。因之这里一番嘈杂的声音，全静止了，人也静静地站着，向前面看了去。等着那火光到了面前时，却是几根火把高低飞舞着，只见李凤池穿了短衣，捆扎停当，腰挂着一把刀。子清这就跑着上前，迎住了他道："凤老，你看这事情倒有点奇怪，投降上山来的人怎么一个个都给人家捆上了？"凤池笑道："假如不一个个捆上，我们这山上的人要先遭殃了。实话对你说，你带了这一群人没有出长毛营门以前，我们已派人下山看清楚了，长毛早是悄悄地打开了营门。探子回来一说，我就料定他们要借重你这位老先生，在山上出个花样，你不信，我审问着给你看。"他如此说着，吩咐一个练勇高举着火把，将俘虏一个个地照起来。凤池手按了刀柄，呆定了眼光，向这些人分别地打量着。看到其中一个团团大脸，浓眉大眼，是一个老实人的样子。于是把脸一板，大声喝道："好一个奸贼，你倒想到我这山上来玩手段。来，你们把他带过来。"

凤池说着，跳在一块石头上坐着。两手按了大腿的膝盖，睁了眼看着那人。那人被拥到石头下面，挺立地站着。四围站着的人，全是雄赳赳拿了兵器的练勇。有两个拿长枪的，直一把枪尖指到那人的脸上。山上的练勇这时几乎来了一半，把石块前的平坦草地围了大半个圈子。凤池喝道："你们做的事，怕我不知道吗？你们当长毛的也罢，当俘虏的也罢，上山来投降，全是假的。你们约好了，明天晚上在山上放起火来，就去抢开我们前面的大寨门，杀个里应外合，你说是不是？这些事全有人报告过了，说是你为首。你不是叫王四狗吗？"那人跳起脚来叫屈道："我叫李大九子，不叫四狗哇。我原说这件事太险，不敢来，但是派了我来，我不来也是死呀。我不是为首的。为首的是程老和。"凤池道："谁是程老和？你指出来，饶你不死。"李大九子就四处张望着，大声喊道："程老和，你在哪里？你要出面呀。你不出面，我就不得了了。"人丛里的俘虏被他这样大声叫喊着，便有一个格外张皇的。练勇在火把光里看得清楚，就把那人拖了出来，却是一个平民装束，在天兵营里当俘虏的。凤池道："程老和我们很面熟，你不也是附近的乡下人吗？"他答道："是的，我认得你是李凤老爹。"凤池道："我们全是本乡本土的人，你为什么要和长毛定计来害我们？我们和你有仇吗？"程老和在人丛里围了，低了头不作声。凤池道："若是我们无仇，就算长毛待你有恩，你这样做也可以，算是你把山上人杀光去报答恩人，但是他们也未必对你有恩吧？你的心也太狠，你要把我山上几个首事剁成肉酱……"程老和这就叫起屈来道："啊哟，实在没有这件事。不过他们劝我们上山来到处放火，他们一看到了火，自会攻寨门。他们说，火越放得多越好，山上人心一乱，他们一攻打寨门就进来了。到了那时，叫我们冲到前门去，帮着打开寨子门，并没有别的计划。"凤池手摸胡子微微地一笑道："你们约定了什么时候，就是明天半夜吗？"程老和踌躇了一会子，没有说出来。凤池道："你的心事全让我猜出来了。现在你们一个个全都捆绑了，什么事也不能做。山上人什么时候高兴杀你，就什么时候杀你。倒不如说了出来，我和全山人求情。念在你是本乡本土的人，可以把你放了。"

程老和听到这里，两膝一屈，就跪在地上，因道："凤老爷，你真能饶我一条命吗？"凤池点点头道："你果然说出来了，我就饶你一死。我李凤池在本乡活了这样大年纪，总有个正直名声，向来没有骗过人。"程老和道："我们原定的计划，是一上山就放火。他们前后两个营盘，全都整顿清楚了，只看到山上的火焰立刻就进攻。"凤池听着就站了起来，把几个团练的首领全叫到面前来，一个个地对着耳朵里各嘱咐了一顿。于是在这里的练勇分作三批，一批押着俘虏，一批向山寨大门走，一批依然看守这里的洞口。不多大一会子工夫，山前山后早有几重火焰冲天而起，只为了这几重火起之后，四处山峰，也都起了无数的火焰，有那火势猛烈的所在，把山峰树林全都照着起来。这如不是俘虏所放的火，就是山上团练故意套用他们计策，引他们上山了。

第三十六章

寇　深　矣

　　由李凤池审问俘虏的时候，到满山都放出了火光的时候，一个整时辰不到，山上的情形大为变更。每遇一丛火焰，冲到半天空里去，接着就是一阵震天震地的喊杀声，随之而起。天明寨前面的天兵大营，先是像平常一样，只有旗帜悄悄地在暗空里招展，更楼上的更鼓咚的一声，又咚的一声，数着那长夜，并没有什么特异的情形。忽然那更鼓变着紧急的声音，像雨点一般地敲打着。接着海螺呜嘟嘟地吹起来，早是"杀呀杀呀"一片大声喊叫，狂风暴雨一般，由天兵大营一直涌到寨脚下来。寨门里消息寂然，并没有一个人响应。这次天兵来势很猛，虽是直达到山寨门脚下，滚木檑石全可以打到的所在，然而他们也不管，一直劲地冲杀过来。黄执中同汪孟刚全都亲自出马，虽没有灯笼火把照耀他们自己的阵脚，但是那山顶上的火焰在半空里显出一片红光，隐隐约约地也可以看到山脚下的人影。果然，里应外合的计划黄执中算是成功了，那寨门大木柱子上挂的悬桥就慢慢地往下坠落，分明是要接人的样子。

　　黄执中心里最是欢喜，手执了一根花枪先抢到桥头边来。随后几十名伍卒也紧跟在他身后。殊不料这悬桥并不是他们理想中的东西，那样听指挥，桥只放到半空里，却又很快地扯了上去了。桥一扯上去，那寨门上的石头和大树桩子就像雨点子一样，由上直扑下来。那石头块子，每块全有饭碗那么大小，碰到人身上，人站立不住，就倒在地下。接着第二块石头又打了下来，无论在头上或者在身上，都有性命之忧。因之抢先赶到浮桥边的几十个人，不死也受了重伤，成群地跌倒在地上。

　　前锋这样一慌乱，后队便站住了脚，不敢向前。可是前锋没有受到石头打击的，转过身来就向后面跑。后队站着不动的，让前队这么一冲，跟着也是散乱起来。就在这个时候，寨子门上锵锵的几阵锣响，那悬桥却是真落下了。寨子里练勇如潮涌一般，由寨墙上直倒下来。这里的天兵，自己碰自己，已是慌乱得一塌糊涂，哪里还能排队迎战？纵有两三个人，奋勇回身迎战，无如练勇是扎好一个阵势落下来的，绝不是各各人可以抵得住，只要交手几下，就死在刀枪交加的下面。所幸他们的营门始终不曾放松，在浮桥前分站着两排长矛队。看到前面阵势大乱，索性八字分开，斜着向前对两边冲出。

这在太平天国的军队里面是一种特殊的阵势，叫作口袋阵。口袋阵的厉害，在于它容易抄到敌人的后方。敌人若要迎击，绝不能丢了一方面，专迎击一方面。若是两方面都去迎击，敌人是事先没有布置的，就把他的队伍分作两股。那时，天兵把后队改为前队，向中间突出，前队右角的后队也改为前队，只把斜出到左角的前队变成后队，绕了大半个圈子，一齐向对方左手冲杀。受击的人一时眼花缭乱，不知道他们用意何在，往往是会吃大亏的。但这样做，也不是他们一定的规矩，有时看到敌人右翼势力薄弱也就集中了队伍，向人家右翼冲了去。这种口袋阵，敌人遇到，总是上了圈套的多，这时，天明寨上的团练取了那猛烈的势子冲下吊桥来，便是自家也止不住阵脚，和口袋阵的天兵相遇，两翼已是先行接触到。究竟下山来的练勇只有二百人左右，阵面展开得不宽。凤池亲自在队伍里面指挥，见到敌人队中虽退，而两翼张开，分明取了包抄之势。后退呢，那是乱了阵势，更要失败。分开左右来敌，力量又不够。反正是练勇直扑向前，原是止不住的，索性再跟着追过去，学个置之死地而后生的办法。他举了手上的长枪，叫道："大家随我来！"于是紧随了那败退的天兵向营垒里追。

　　这里的营门本是打开了，待败退的天兵自家进去的。这时，自己的队伍退进了营门，练勇也就跟着追进了营门。凤池四周一看，营墙筑得很厚，一重重的帐篷在四周罗列着，只估量这情形，军队便是不少，羊入虎口，稍停就可以全军覆没。如何可以停止？因之身子虽是拼命奔跑，心里却是不住地在那里打主意。回头看来，原来作包抄形势的长矛队，也有一部分跟着进营门，分明是转头来援救的。凤池虽看到帐篷、军器、粮秣全摆在眼前，自己绝不去动，即一眨眼的工夫也不敢停留，直向前奔，看到营垒的正面，也有一所营门，正是四面张开着。他心里头一喜，也忘了困倦，更打起了精神，领着队伍再作一个势子直冲了出门。当他们由大营前面冲出去的时候，那迎击的天兵回转阵势，刚是由营后回了营里，两下首尾不相接，就不曾交手。至于原先由寨墙下败退的天兵看练勇已经追到了自己营里，更是心慌。不但不在营里接仗，反是由四处营门逃了出去。天明寨的练勇，始终是随在凤池身后的。见他一人当先，只管在长毛阵势深的所在向前闯，丝毫不受到天兵的拦阻。大家也就胆子大了起来，跟着他来闯。由前营里闯出来之后，营外的天兵反是零零碎碎地不成部伍。练勇们无论向哪里冲撞，也不会受到拦阻。凤池向寨门前看，那垂下来的吊桥还没有扯起，看看自己的练勇全不曾受了什么损失。这就高声喊着："不用杀了，大家快回寨子去吧。"口里喊着，身子站住了，静待练勇全队冲向前去。恰好立青站在山上，看到父亲带着练勇已经杀进了长毛的营垒，很觉得危险。加着在营外接仗的天兵也都回杀到营里去，假使他们把营门关上，岂不是一个也逃不出来？因之叫寨上练勇拼命敲着锣，把前寨所留的三四十名练勇一齐带着冲下山来，口里还是高声喊叫着"杀呀杀呀！"

在营外那些散落的天兵见山下练勇由营里冲出，而山上的练勇又冲下山来，分明这是一种夹攻之势，大家更是一阵胡跑。凤池哪里还敢恋战，带了全队练勇与立青的队伍合为一处，就回到山寨上去。但是在山下的天兵，除了被寨门上的滚木礌石打着，死伤几十人之外，一路之上，零零碎碎，在乱军里带着伤的、躺在地上的还是不少。天军正想里应外合，把天明寨冲杀开来，不料一个练勇不曾捉到，自己反而死伤了许多人。尤其是黄执中自己，在寨门口下面被大石头打在肩上，重伤了一块。心里愤恨已极，回营以后乱蹦乱跳，口里叫着，非把天明寨踏成面粉不能出这口怨气。他的帐篷和汪孟刚的帐篷相隔不远，他这样生气，孟刚在自己帐篷里听得很是清楚，待到天亮之后，于是整齐了衣巾，向执中这边走来，站在帐外边就立定了脚，向里面躬身一个长揖，沉着声音道："小弟汪孟刚求见。"黄执中重声答道："你进来，我们上了山上妖人这一次大当，非报仇不可。若不是你儿子捉住了朱子清，我也不会用这条计。"

孟刚走进帐去，见他一脚踏在凳上瞪了眼睛，伸手重重地在桌上一拍。在他的腰上，还挂着一把马刀呢。他左手握了刀套子，右手拔出刀来，咬着牙，举刀向下一砍就啪咤一声，砍掉了一只桌子角。孟刚心里虽是怦怦乱跳着，但在面子上，依然沉住了这口气，进得帐来，反是向后退了两小步，沉静了一会儿，才道："依小弟看来，黄兄也不必生气。好在这山上前后两道寨子都让我们堵死，山里的人也不能飞上天去。山上粮食本来不多，再吃十天半月就全要吃光。到那个时候，我们不必去破这寨子，他们也把守不住。"执中将拔出来的刀向套子里一推，那只脚还依然地踏在凳子上，瞪了眼，许久说不出话来。孟刚道："这话不过小弟一点意见，并非小弟们贪生怕死，不敢前去攻山，只要黄兄定了计划，觉得要小弟冲杀前阵，小弟死而无怨。"执中依然向他脸上看着，沉静了一会儿，用手一拍腿道："这些事情，我全知道是李凤池做的，有他父子在山，那总是我们的对头。现在我发誓，与李家父子不两立，不是山上人把他父子人头送下山来，我绝不解围。从今日起，山前山后各加筑五个营寨，到四乡去招新弟兄到这里来训练。我一面写呈报到监军大人那里去请示。"孟刚道："山上的人本来有限，就是用我们现在的兵力来包围也足够了。"执中道："我不能忍耐了，我把十个拼一个，也要杀到山上去，我练新兄弟，不是要包围这山寨就算了，我还得自己带人冲杀上山。"孟刚看到他的态度十分坚决，不容自己做副将的人再说什么。自这日起，前后两个寨门外，天军就增加了营垒，每日全有绳子缚着整大串的人向两方营垒押解下去。在山寨上巡哨的人对山下这情形，自也时时刻刻都看得很清楚。大家明白，长毛对这山寨上是做定了对头，各人心里全不免加上一个疙瘩。

除此之外，还另有一件怪事，让大家惊慌起来，就是在昨晚放火诱敌，一阵冲杀时，全山都混乱着，对于各私人的行踪，大家原都不曾在意。等到事情平定之后，在后寨洞口的练勇首先发觉了一件不得意的事，便是朱子清老爷不晓得到什么地方去了。开始大家以为他回家去了，或者到前寨门看热闹去了。直到天亮，各家壮丁分别回家休息，依然没看到朱子清。大家这就猜着，必定是他想起引狼入室，劳而无功，现在第二次只身下山去了。话传到李凤池耳朵里，他就连连地跺着脚，叹出气来道："朱子老完了。"他不假思索，立刻向后寨山崖上走了来。

由崖上向山底看去，长毛的营门紧紧地关着，便是寨墙上的旗帜也不如往日之多，四角营墙寥寥地插了几面旗帜。山脚下是避风的所在，那些插立着的旗帜也是一点气力没有地向下垂着，飘动不起来。这更不用提鼓角之声了。营墙上如此，营外就也不看到什么人的动静。如不是营垒上那些旗帜，那要疑心这山脚下面是几个空营寨了。凤池观望了许久，摇摇头道："前寨的长毛那样热闹，后寨怎么会这样静悄悄的？若说这里一点缘故没有，我倒有点不相信。"正观望着，却见主帅营里开了向西的寨门，有一群长毛缓缓地走了出来，只看他们那种从容的样子，却不是预备了打仗，而且人数很少，也不能够打仗。没有多少路，那些人就站着不动了，因为路很远，看不见他们是扛抬着什么东西在那里放下，可是那群人之中，有的带了锹锄之属在那里挖土，却是看得很清楚的。

凤池站在悬崖上，只管向那里看着，很久很久，却是垂下泪来。站在他身边的人都不免吃了一惊，互相看着，又不便去问他。凤池拿起自己的长衫袖，揉擦着眼睛道："大概你们不明白，我是为了什么伤心。我告诉你吧，朱子老爹头死了，长毛在埋他了。"身边的人就道："你老爹是说那一群人吗？我们也都看不清楚呀。"凤池道："我猜着，一定是不会错的。你看，那些人里竖着有一面旅帅旗子，那不是汪学正吗？汪学正是这几个营寨里的首领，他亲自出来埋人，那是不容易的事。现在把打仗的大事丢到一边，他身后撑了旗子，亲自出来埋葬，这必是身居他上面的人死了。他为势所逼，不能不出营来尽这一份礼。在他上面的那是什么人呢？不是他的父亲和黄执中，便是朱子老了。汪孟刚黄执中两人，在阵上我看见他们还是活跳新鲜的。所以我想着，这必是朱子老跳下山去，让汪学正收到了尸，给他埋葬着。因为在这座营寨旁边埋葬的，绝不会是他大营里的人，大营里死的人就在大营旁边埋葬完了，何必抬到这小营里来呢？"他一面说着，一面还向那边瞭望。因为太平天国的制度，死人是不许烧化纸钱，和那类似佛道两教仪式的，所以除了看到那边在掘土而外，其余也找不出什么埋人的证据。不过凤池站在这里，却是有点出神，久而久之，便坠下几点眼泪来。

站在左右的人想起了朱子清平常对人总是公正无私的，现在是为了全山寨人而死，也都感到心里难过，望了那埋人的地方全是静静地站着，谁也说不出一句话来。崖上的风从人身边吹过来，把人衣发掀动，全都觉着身上凉飕飕的。立青听了这话，也赶到崖上来，因问道："父亲怎么就能断定朱子老跳下山去，是让汪学正抬了去埋葬的呢？"凤池道："我不过是猜想，也不能断定。但是不知道什么缘故，我觉得我心里头一阵凄凉的意味，只管涌上心头。"立青道："我看你老的精神却是颓丧得很，不如回去休息休息吧。"凤池却是没答复他这句话，摇摇头悄悄地向山冲里走了回去。在路上走着，只有父子二人，凤池回转头向立青看了一看，叹了一口气道："这里没有第三个人，我要和你说句实情话了。从今早起，不解是什么缘故，我心里总觉是凄怆得很，好像是自己全失了主宰。我自己也揣摸不出这份凄怆是由何而来，若不是我有了死兆，恐怕也有什么大变动的事情要临到眼前。我父子快到永别之日了。"他说到这里，自己虽是很伤心，把话哽咽住了，然而他的态度还很镇静，不带一点惊慌的情形。立青悄悄地跟在后面，只听到父亲的鞋脚一步步踏着山石作响，这声音突破了眼前寂寞的境界，立青低了头只管随着走，一时说不出话来，随后却道："我想着，就是朱子老的缘故吧？因为你老和他是至好的朋友，心里惦念着他……"凤池摇摇头道："朋友之情到不了这种位分。不过，从此以后，大家加倍小心就是了。"

他说着这种话，似乎有点近于迷信，然而说是心理作用也未尝不可。因为自这日起，山下的太平天国军队把山路围得更是紧密，那营寨一座一座地由近驻扎到远。就是以前两个寨之中闪出来的那一条夹道，于今也加上了一道长墙，把路堵死。山上的练勇若要出来，下山就得碰壁。李凤池在山上看着，决计不是几百人能够杀出去的。勉强下山，徒然送死。所以也变了法子，加倍取守势，把前寨门石墙增加，后寨门虽不塞死，却把许多竹子削尖了，在四周大石头底下，压住了竹竿的另一头，把竿尖朝下。崖上堆的大小石块全有人高，伸手便可拿起。山下的天兵似乎也知道山上设防加严，虽是在前寨喊杀过九次，全在深夜，不知道他们有多少人，山上紧守了寨门并不应战。天兵喊杀虽然喊杀，可是并不看到有人冲杀近前，空热闹一阵，事后也就算了。这样两下对峙着，约莫有两个月上下。

这已是暮春时节了，往日到了这种日子，平原上麦苗全有一尺多高，一望绿油油的，好看煞人。这时正赶上了天气大旱，麦苗根本就不能好。加之上秋栽下的麦子，入冬以后，无人料理，到了现在，平原上的麦田也就青一块黄一块。山上的小冲里，山水可以浸润得到的所在，栽的麦还算长出来。那在山坡上的麦田并没有一点潮湿之气，麦苗根本就长不出来。长出来二三寸长的麦苗，全都干死了。这在李凤池守山的整个计划上，是添了一桩莫大的阻碍。在一个阴天的早上，云里曾一阵坠落下很大的雨点。但是这雨点相隔的距离却是很稀，大风一刮，把天上的云团和数得清的雨点又完全收去。李凤池早上起身之后，望望四周山峰，都团团起着云头，心里就跟着欢喜了一阵。站在住的茅棚子门口，只管昂了头，向天上望着。直待这些乌云头子完全收清了，这就垂下头叹了两口气。于是把衣服紧夹了一阵，挂了一把腰刀，独自一个人，在山上山下四周去逡巡。先在麦田冲里查看了一遍，只见水能到的所在，麦苗还长得茂盛，那稍微离水路远的地方麦苗梢上，就透着焦黄之色，而且苗棵都很细瘦，枯萎得四方睡倒，没有生气。至于那些山脚上新的山地，新种的杂粮，有的出了一小寸青苗，有的还全在土里。山上竹子丛里，土里钻出来的笋尖子还是去冬那个样子，在土外不到一寸，笋皮子厚厚的，粘了一些干土。每年仲春的时候，雨水既足，天气一暖，这竹笋可以抽条到几尺高，现在还只有这点影子，这是现出了旱象了。山上的树木发芽是要迟一点的。但在往年，只要正月一过，松针里面就要抽出一点黄色的小心，将嫩叶子由那里放出来。老的松针，也要慢慢地转成青色，现在都全没有，一切都是深冬的样子。

凤池在山上山下细细地考察，越看越是觉情形不妥。走到了后寨悬崖上，向山脚下一看，只见长毛扎的营寨重重叠叠地连到一处，正好一字排开，拦住了两只山峰伸到平原上去的两只长脚。在那营墙上，每排大小红旗夹了一个高架天空的更楼。虽然是白天，不闻鼓声，但是那营墙上的旗子，被风吹得飘动着，很是有劲。再向长毛营墙后看去，那一条通前寨大营的大路，不断地有伍卒夫子来往，挑的抬的，很从容地走着，像太平时间一样，丝毫不觉到阻碍。凤池呆呆地看着，很久很久，仿佛有一阵头晕，站立不住，就在草地上盘腿坐着。微闭了眼，养了一会儿神。但是只稍稍闭了一会儿眼睛，依然对着敌营里前后看去。

这时，在那营里的左角，呜呜地吹了一阵海螺，立刻那边营门打开，一簇旗帜拥了一群穿红衣的伍卒，到山脚下的平地上去。到了那里，旗帜分着两路张开，一面旗子接连一面旗子犹如两条长龙一样，飞腾到两方然后回卷过来。旗帜下的红衣伍卒鱼贯而行，随了这旗子展动，也好似两条红蛇，在地上盘绕，那旗帜下面，咚咚地敲着，战鼓是震天震地地响。接住一片惨厉的呼声，随了那鼓声直冲云霄，只叫"杀呀！杀呀！"于是那些旗帜分出了三两面来，横斜地交叉飞奔，所有两条赤蛇形的队伍分成八队，也重叠地排着。随着在那些人头上发出灿烂的银光，在太阳里面飞舞着，那正是他们举出兵器来操练了。照着太平天国的伍卒来说，他们已经交过好几次仗、冲过好几次锋无须乎训练了。看现在山脚下的伍卒，还是顺了旗帜鼓声，限制他们的步伍。这显然是新招来的人，又在训练着他们上阵了。凤池一面坐着看，一面层层地向前推想了去。接着是第二次头晕，两眼昏黑再也坐不住了，就向草地上一倒。他就座的地方，正在一丛小树里面，又紧靠了悬崖，绝无什么人看到。他晕过去之后，也不知道经过了若干时候，等他再睁开眼来，便看到是当前一片黑暗，散布了无数的星斗。自己还以为这是一种梦幻，闭了眼，再养一会儿。那半空里的晚风在人身上吹过，吹得脸上凉冰冰的。虽是身上有些寒战，可是心神就清楚多了。于是两手撑了草地，慢慢地坐了起来。定了一定神，再向山底下看去。那天营里的灯火好像落地的大萤火虫，不断地闪烁，尤其是那中军帐附近，七八点火星相互照耀着，可以知道他这里面的人是怎样的活动？凤池站了起来，背了两手，又在悬崖上来回地踱着步子。踱了很久的时候，两手叉了腰，昂头向天空里望去，只见天空里几颗鹅蛋大的亮星，在当头照耀，寒风拂着树梢，似乎这天上的星，也全随了树枝一块儿颤动。风过之后，山上是什么声音全没有了，除非那山下的更鼓声浪送到了山谷里，更回响过来。回头看看守山洞的卡棚子，却也有两三把火光，好像守夜的人到了这时有些昏沉沉的，要求着安息了。老远地，看不到守卡棚子的人现在是怎样的情形，但偶然地风送过来一两声咳嗽，还有两个人喁喁说话的声音，凤池便想着，巡更守夜，也不过是这样一回事。自己若是一个敌人，守夜的人，不也是让自己安然地偷渡过去吗？这也不必去惊动他们，自己于是手扶了树枝，慢慢地溜了出去。

到底是山上的防范严密，凤池只是走了二三十步，就有一个巡山的迎上前来，大叫一声道："来的是什么人？"凤池道："我是李凤池，不要惊动别个了。"凤池虽是小声音说话，那位巡山的倒是听出来了，就跑着到了前面，低声问道："凤老爹，你在这里？你这时候一个人还在山上巡走，快回去吧。"凤池倒默然了一会儿，然后低声道："唉，你们年轻人哪里知道，我住在山上是片刻不会放心啊。"这个巡山的人就跟着他后一路走着。凤池道："你不必跟着我，我一个人慢慢地溜回家去，要舒服一点。"那练勇道："啊，不，凤老爹，立青三哥四处找你，急得他丧魂失魄。又不敢张扬出来，怕乱了人心。现在我送你老爹回去之后，我就好去通知四处寻找你老爹的人。免得大家发急。"凤池道："哦，大家也在找我的，这倒是对的，如若不然，你们就太粗心了。只是……唉!"在黑夜中,那练勇虽看不到他的行为与颜色,只是先听他的语音,也就知道他心里头包含着许多痛苦,便悄悄地跟在后面,走了几十步路之后,这才接着问道:"凤老爹,你这大半天都在山上巡查吗?是啊,天只管不下雨,种下去的粮食都长不出来。你老爹看了很心焦。"凤池道:"不光是这个。"他只说了这五个字,又默然地在前面领导着。到了家门不远的地方,便看到一只灯笼由山树林子里闪烁着出来。接着就有人道:"这真奇怪,有路走的地方全都找遍了,并不看到他老人家一点脚迹,我看这件事不能再隐瞒了,应当说出来。"凤池身后的练勇就接着道:"凤老爹回来了。在这里呢!"只这一声,却听到噔噔的一阵脚步响,随着立青叫起来道:"爹,我的心全急碎了。"话说完了,人也跑到了凤池的前面。他站定了,凤池也站定了。随在立青身后的人,举着一支竹条编的火把,高高地照着。只见凤池的脸色沉着,在额头和两边颧骨下的皱纹,都一一地重叠起来,眼皮微微向下垂着,那一份难过可想而知。很沉静地,他忽然吐出一句话道:"孩子,寇深矣!"

263

第三十七章

鞠躬尽瘁

　　李凤池自到天明寨以来，没有说过一句短气的话。总是鼓励着练勇大干一番。他的意思，不但是死守山寨就算了，只要人心牢固，将来可以号召全县的人，去和长毛大队对峙。不想守山之后，外面的消息丝毫不通，外援的力量一点没有。山里的人打了几回仗，又折伤了不少的练勇。今天在悬崖上观察的结果，不是团练守出指望来了，乃是长毛攻出指望来了。他们后营有那些新伍卒在操练，而且操练得相当纯熟，将这些人练成了劲旅的时候，这天明寨是又要加一层压力的了。而且这日子恐怕不久就要来到。他把这些事恼闷在胸里，真不知道要怎样说才好。所以他一看到自己的儿子，第一句话就是"寇深矣"。立青听了这话，不免随之一怔。所幸身边这两名练勇全是不通文字的，他们还没有懂得。因想了一想道："爹在山上跑了一天，想必是很累，回家去先睡一觉吧，有什么话明早再说。"凤池道："我有大半天没有到前寨去，那边没有事吗？"立青道："还没有什么事。"凤池道："军队里的事，也像春夏之交的天气一样，常是变生不测的。以后时时刻刻你们都得小心。我虽老了，我是鞠躬尽瘁，死而后已。"说着，叹了一口气，一个人走在前面，向家里走了去。立青紧紧地随在身后，总怕老人有什么意外。未到家门口，老早地看到闪出一片灯光，大门敞开，一家人全涌了出来，问道："老爹回来了吗？"凤池道："我回来了，倒让你们都吃上一惊吧？"说着话时，大儿子立德、二儿子立言先抢到了身边。

　　凤池一手挽了一个儿子的衣袖，微微地叹了一口气道："我父子们相聚是一日少一日了。"大家摸不着头脑，不敢答言，只有跟了他走进茅棚子去。凤池虽是这山寨上的首领，但是他的茅棚子里，除了有一张白木桌子和两条老树干并成的板凳而外，就是草捆堆的地铺，同大小石头块架的桌凳。原因是大家上山的时候，都拼了个人的力量，带着细软食物，来不及搬累赘的木器。这时，在白木桌上有两个锡灯台，全在灯盏里，盛满了梓油，各架着四五根灯草在那里点着，一只大瓦壶和七八只粗瓷茶杯，乱摆在桌上，凤池看到，这就问道："看这样子，你们惊动得全山人都知道了吧？"凤池的老妻钱氏两手捧了一碗热水，送到他面前来，因道："你受了凉了，喝一点热水冲冲寒吧。这是我的主意。我看到在这样夜深还不见一点影子，是我忍不住了，把几位首事找了来。这也不怪我呀。只为朱子清老爹做了那回事，把人全吓倒了。你没有看到呢，朱师娘和她的大姑娘哭得死去活来，刚才不多大一会子还哭着的。我一个妇道人家，实在是受不住惊吓。"

凤池听了这一番话，虽是不免把眉毛皱起来，可是望了老妻脸上那一番诚恳的样子，到底只好把她那碗热水接过来喝了。他坐在粗凳子上，两手按了白木桌沿，向大家望了，见妻子团团围了桌子站住，还有大儿媳牵了一个八岁的孙子，闪在人后面站着，自己不觉垂下了眼皮，沉思了一会子。然后点了两点头，将手向那孙子一招。立德道："小芳，过来，爷爷叫你呢。"小孩儿跑过来了，凤池搂抱到怀里，将手摸了他的头道："你这么一点年纪，有什么罪孽，也要遭这样的大难。唉！"说着，昂头叹出这一声气。灯前这一家人，看到老头子这样地发着感慨，都不免呆了。立青腰上的刀原是把手按着刀柄的，这时当的一声，刀落在地上。凤池猛然醒悟，将小孩子轻轻地一推，推到立德身边，因道："你把小孩子牵过去，大家都急了一阵子，去睡觉吧。"钱氏道："哟，这样说，老先生，你还要出去吗？"凤池道："实不相瞒，我心里慌乱得很，自己怎么样也安定不下来。我怕今天又要出什么事故，还要到山上去看看。"钱氏道："哪个心里又不慌乱呢？你一出去，我们一家人又要六神无主了。你看在多年夫妻分上，你不要出去吧。"她说着，那带了皱纹的老眼眨了两下，似乎有一包眼泪要流出来，倒是忍回去了。凤池两手按住桌沿，微微地挺了胸，望望老妻，又望望灯前的儿女，接着将手摸了两下胡子，点点头道："我这才明白，古来许多做大事的人，受着儿女子累，不能成功的，那是大有原因的。"说着，将桌子一拍，突然站立起，头一昂道："我还是要去，家里人不放心，派立青跟着我吧。"钱氏道："不，今天这孩子做事也不大顺心，刀挂在腰上，会落到地下来的，我也不让他出去。"她说了这话，却走到立青面前去拉住了他一只手，颤着声音道："孩子，你的手多凉啊。"钱氏说着这话，望了立青的脸，立青正色道："你老人家总是这样胆小，遇到什么也害怕。若山上干这大事全像你这样，处处都来挂着，大家都散了板了。你老没听见爹讲的故事吗？从前岳飞的母亲，望她儿子做一个忠臣，用针在岳飞背上刺下四个字：'精忠报国'。做儿子的，自然不敢比岳飞，不过做母亲的人总不能阻着儿去做正当的事。"

钱氏很久说不出话来，只好望了他。凤池坐在那里，却轻轻地拍了一下桌子道："立青，你不应当对你娘说这种话。"立青看父亲的脸色时，已是有些红紫，只好垂手站立着。凤池道："千古以来，有几个岳母？这岂是平常不读诗书的人可以比得的？你娘对我、对你都很好。我们把家全毁了，到这天明寨上来操团练，她不曾说过半个不字，这已经很是难得了。古人说得好，舐犊情深，做父母的人哪个舍得看着儿子上阵去冲锋打仗？"他说到这里，却回转脸来向钱氏带笑容道："这话可又当下一个转笔了。古来生忠臣烈士的，谁又不是人家的儿子？做父母的都要舍不得儿女，谁来做那为国为民的事？而况我们同守在天明寨上，这情形又是不同。若是防守得不得力，长毛杀进山来，那是大家同归于尽，不如在这个时候大家出点气力，还可以杀开一条血路，谁让我们遇到这种大难临头的日子呢？凡事你还是看破一些吧。"钱氏站在一边，呆呆地听了下去，听完之后，很从容地道："我也不过随便这样说一句。真是你父子们决定了干什么大事，我哪里又敢拦着？"她说完了，并不带什么喜容，也不带什么愁容，悄悄地走回地铺上蹲着身子坐下了。唯其是她这样不声不响地走开，全屋子人都受着她的感动，一律呆呆地站着。还是立德先开口道："爹刚回来，实在不能出去。若有什么事一定要办，我同立青去走一趟就是了。"凤池摇了头道："至亲莫如父子，你们也猜不出我的心事来，叫我还说什么呢？我的意思，就是怕山上哪里有布置不周到的地方，怕今晚上要出事，必得我自己到前后山去巡视一周，我才能够放心。你们不让我出去，我在家里一晚都睡不着，也许会闷出病来。"

他说着，挺立在灯光下，向四周看着，大家也不知道他心里究竟有了什么疙瘩，既是这样说着，就全不能言语了。凤池道："据我看来，还是立青同我去吧。"他说着话，把腰上挂的马刀拔出来在灯下看了一看，再插进刀套子里去。然后将木柱上挂的一张弓、一壶箭全都背在身上，对立青道："你也带着弓箭，不用灯火，我们就是这样走。"他说着这话，脸色沉沉的，无半点笑容，哪个还敢哼着一声。凤池并不等候立青，先在前走了出去。这一晚，父子两人把前后的山崖都巡视了一周，却并没有什么动静，回得家来，天色已发亮。家里人也不敢睡觉，轮流地等着他们。见他们父子安然回来，谁又敢问什么？不想凤池只睡到太阳两丈高时，就跳了起来，匆匆漱洗完毕，挂着刀，背了弓箭，又跑到前寨门的山峰上坐着，向敌人营里看了去。他坐着看看，有时站了起来，在崖上踱步子，走两个来回又在敌营的一角去看看。看得很久，靠了一株长松，两手抱着大腿，就这样呆呆地望了山下。

山下敌人营里，不断地鼓角争鸣，那在营寨墙上的旗帜，终日的全是飘飘然地横在半空里。那鼓声发在后营里，仿佛是在操练伍卒。不过这边大营，比后寨的小营，还要关防严密，除了那鼓角声发出来的所在可以揣想得到是在什么地方，此外是一个伍卒的影子也不能看到。凤池背靠着松树坐了一会儿，却又挺直坐了起来，将手拍了腿，浩叹了两声。不到半午，立德将一只篾篮提了碗筷饭菜，放在草地里，站在身边笑道："我想着，爹未必肯走开这山崖上，所以索性把饭送了来，但不知爹这样劳心，想到了会有什么变动。"

凤池摇摇头道："军家的事，可以时时刻刻发生变动，我又怎敢断言出事必在今朝？只是我看到他们闭门操练不动声色，显着是正在准备一种什么计策要对我们山寨动手。我们前后路的消息全断了，除了在这里傻望，简直没有第二个法子可以看出他们的破绽来的。"

立德听了这话，也就隐身在一棵小松树里，向敌营里张望。只见那里各营四门紧闭，门外的长壕上高吊了浮桥，好像是防备山寨上的练勇去进攻，预先就防守起来了。此外，他们并没有什么异乎平常之处，父亲忽然大大地不放心起来，这可有点不解。回头看父亲时，他将一碟咸菜放在石头壳上，手里捧着一装浓粥的瓦碗，吃会子，又向山下注视一会子。立德道："爹，你也不必太操心了。像这个样子吃法，那很不容易消化，仔细得了病。"凤池也不理会他的言语，继续地向山下面看着，忽然把碗向草地上一扔，人跳了起来道："到底让我看出他们的毒计来了。"立德看看父亲惊慌的颜色，又看看山下营寨的情形，走近两步，低低地问道："爹，你觉得有什么不好吗？"凤池道："我告诉给你，你不要害怕。"立德道："儿子上山以来，早把生死置之度外，也不曾害什么怕。"凤池沉着了脸色，向他看了一看，因道："你年纪大些，或者沉得住气。我告诉你，长毛要对我们下绝招，暗暗地在他们营寨上架了大炮，轰我们的寨门。等到把我们的寨门轰破了，就要杀上山来。就算这山门大炮轰不下来，可是那震天震地的响声也会吓得人心惊胆碎。"

立德听着，也不由得脸沉了一沉道："真的吗？爹怎样地知道的？"凤池道："昨天晚上我在山崖上瞭望的时候，看到山脚下平原上轰轰的有东西震着地皮声，我还疑心是他们用那老法子又要挖地洞。但是我仔细地想着，这可有些不对。一来我们这山寨门下面是石头，他们没有法子挖洞。二来那响声发在很远，挖这样一条长地道，恐怕他们的力量还不能够。除此之外，我又猜不出是别的路数。刚才我在这里静坐了许久，我看到长毛前面两座营插的旗子更多，把箭垛子遮掩了不少。有时那旗子角被风吹了开去，现出了有人在那里张望。我想，彼此离得这样远，除了炮，他们还有什么可以伤害我们？再把昨晚上震动的响声联想到一处，我就猜着，他们是连夜由别处运炮到这里来。要不然，他们营墙上的旗子插得既多又低，除了遮掩炮身，不会有别的用意。"立德道："果然如此，他们就明目张胆架起炮来，我们也没有别的法子，他们又何必藏藏躲躲的？"凤池道："在这一点上，我就想到他们手腕之毒，必是想等我们山上的人全在前寨门边；然后开起炮来，可以连寨子和人一齐收拾干净。若是让我们看到了，我们老早地躲在山顶上，就不能把我们杀得那样痛快了。"他口里说着，背了双手，在一棵大松树下绕了圈子走，因道："他们放大炮，我不怕他。所可怕的就是我们这山上的练勇，全没有受过这样的惊骇，一听到大炮声，大家必然满山乱跑。那个时候我们军心已乱，万一寨门让大炮轰破，就不能去抵御敌人了。就是寨门不会打破，他们要杀上山来，我们也只有眼睁睁地望了他们。"立德道："既然如此，我们不会先对在山上的练勇一个个说明，让他们不必害怕吗？"

凤池依然绕了松树棵子走，摇摇头道："恐怕是不能先说明吧？你且走开，让我一个人静静地在这里筹划。"立德见父亲两道眉峰皱着都要连到一块儿去，眼皮向下垂着，眼圈都陷下去一个窟窿了。若是一定不走，恐怕会引起了父亲的厌恶，只好将碗筷收到篾篮里去，悄悄地走开。但是也只走过一条小山沟，便把身子藏在石头下。只见凤池转了很久以后，又伸手扶了松树，斜斜地靠着向下望了去。有时摇摇头，有时又点点头，有时又坐了下去，将手撑住了头，只管出神。最后，他站起来叹了一口气道："此天亡我，非战之罪也。"立德听了这话，未免着急，立刻放下篮子，又跑了出来，站在凤池面前问道："爹，你怎么一个人在这里发愁？儿子看了心里实在不安。"凤池手抱了双膝盖，只管向他望着，因道："你以为我是杞人忧天，发愁得没有道理吗？我仔细算了一算，山上的粮食恐怕不够两个月。天气干旱，新种的粮食莫想收到一粒。两个月的光阴过起来很快。现在不赶快想法子，到了两个月以后，请问要怎么样？"立德踌躇了一会子，因道："爹这样静坐在这里，也不见得会想出什么法子来。"凤池道："我有是有一个主意，只是我不忍那样做。"立德道："只要能解山上的围，为了大家，就有什么损伤也不必去顾了。"凤池微微地叹了一口气道："怎能不顾？我的意思，只是带了两百名壮丁，不问好歹，冲下山去，杀个痛快。山上只留些妇女和老弱的人。我们杀下山之后，有命的奔走他方，没命的就和长毛拼了。至于山上的人呢？那我是不忍说的一句话，让他们投降长毛吧。他们若是不投降，那就学朱子清老爹，一个一个全去跳山崖也好。"立德怅怅地听了一会子，因道："果然是大数已到，大家还有什么活路？只是到了那时候，爹你自己呢？"凤池垂下了眼皮，很久没作声，后来就道："我自己吗？那是早已和你们说过了，我是鞠躬尽瘁，死而后已。我能在贼营里杀出一条血路来，我把大家送出贼营，我自己会有个了断。若是杀不出贼营来呢，我也会有个了断，我不能死在贼人刀下的。"

凤池说着这话，缓缓站起来，眼望了立德，将两手反背到身后去。立德听说，颜色惨变，不由得两行眼泪直流下来，然后向凤池跪着道："爹，你不能这样做，我们同守在山上，守一天是一天。"凤池微闭着眼把眼泪含住，因道："我也不过是一时愤激之言，果然山寨守不住了，那时我再作道理。但是到了那时，也不容我们再作道理了。你先回去，让我再想想。你这样一来，把我心事扰乱了，我又糊涂了。"立德站起来，抬头一看父亲的脸，皱纹已经是添了无数。便是两鬓的头发，也有一大半花白了。两颧骨高撑起，也就显出两腮帮子尖削着，仿佛他在这一晚之间，已经是老了五年了。自己站在这里，那是不能减轻忧虑的。他是一个思虑很周密的老人家，也许他再在这儿清坐一些时候，会把长毛的破绽再看出一点来。因道："我走开就是，但是爹若是困倦了就回家去，不要又在露天下睡着了。"凤池点点头，将手挥着。立德走开了，他走到更高的一块石头上坐下，又做了那样一个姿势，抱了双膝，只管呆呆地向山下望着。这回坐下来，还不像以前老逛那样，动也不一动。他沉静得久了，风吹草皮，以及草皮里面唧唧的小虫子叫，全听得很清楚。偶然听着深草里面窸窣有声，赶快站立起来，却看到立青伏了身子在一块石头下，伸出头来。凤池看到，便喊道："你过来，你也在这里不放心我吗？"

立青听说，就慢慢地走近身边，垂手站立着道："我听到大哥说，父亲一个人在这里坐着想心事，我不敢过来打扰，只好藏在石头后面静等你老人家把心事想完。不料你老人家倒是先看到了。现在想了这久，爹想出什么主意来了吗？"凤池摇摇头道："哪有这么容易？我是越想久了，越是没有主意，然而也不是今天一天的事。不过有一点小事要办的，你可以去告诉全山上的人，从即刻起，把前山寨门多加石头，多筑黄土，寨墙附近有引火的东西，全给它弄掉。他们问是什么原因，你就说是怕天有大变要落下雨来。"立青道："落雨有山洪下山，我们应当把水放了走，堵上了口子，水不得出去……哦，你老的意思，想把水去冲长毛的营盘。但是把引火的东西移掉，又是什么意思呢？"凤池想了一想，笑道："你倒问得在行。但是我叫你们这样办，当然有我的用意。军机不可泄露，我只能告诉你们到这里为止，再要说，这事就不灵了。"

立青也不曾想到，更有什么重要的事情发生，自照了父亲的话，告诉了山上的练勇。练勇们听说有雨下，倒不问是不是能把山洪全冲长毛，第一是山上可以长粮食了。因之大家一齐兴奋起来，挑土搬石，齐向前寨门堆了去。凤池坐在地上，依然是个呆子，只向寨门口望着，这样挑土加石，还没有到两个时辰，只听到天兵营里，呜呜呜一阵海螺声。凤池就跳起来叫道："大家一齐藏在墙脚下，贼营里要放炮了。"一言未了，轰的一声，从半空里响起。接着寨墙上的石头，撒沙般地飞了起来。在挑土挑石的练勇们全吓呆了，大家尽是痴痴地站着。有几个回想过来了的，丢了担子就跑。凤池喊道："大家全找那可以藏身子的所在坐着，跑不得，哪个跑，哪个死。"但是练勇一跑动了腿，哪个肯听他的话，只是纷纷地向山上跑去。那天军营里的炮，却是一响跟着一响，陆续地向寨门上攻打。所幸这寨墙经过两个时辰的加筑，加增了一丈高，加增两丈厚，炮药炮子落在上面，只打得石子纷飞，却不能通过。

那个时候的炮，如今看起来是幼稚得可笑的。炮身是铁铸的，长约四五尺。前面炮管，普通是可以容一个人的拳头，后面的炮膛子略大一倍，在炮膛子上穿了一个眼，是插引线的所在。那个时候，不晓得什么叫口径也不知道炮弹打出去有什么抛物线，瞄准是更谈不到的了，那炮是用木架子架着，放在较高的所在，用铁勺子盛了火药，由炮口里倒进去，再用棍子把火药捣结实了，便用大小的铅子加到炮口里去。将引线点着，火药向外喷射，就把那些散子放了出来。太平军有一种西瓜炮，却是把火药装在铜包壳里面，像一个小西瓜放了出来，比较地可以攻打坚硬东西，但是威力有限。平常的炮战，只有两用，一是对了大批的密集队伍，可以胡乱喷射。二是在长江水战，这样炮可以焚毁木质的船只。至于攻城，太平军还是挖地道，用空棺材，盛了火药，埋在城墙脚下轰炸。这时太平军大队人马已经攻下了金陵，和城外的江南大营对峙。在长江上游却没有多少精锐。攻打天明寨这一支太平军，并不是嫡系，只是当地集合的一些土著农民，武器并不齐备。他们所用的大炮，还只能灌火药打散子，所以轰打了几十炮，震天动地响了一阵，那大石头堆的天明寨门并不曾攻破。除了几个跑上寨墙小山上的练勇让散子打坏了两个人，此外没有死亡。不过练勇和天军交手以来，并不曾经过炮战，今天这样大炮乱发，火药狂飞，声色都是很吓人。那炮声由敌营里发出来是一响，落到寨上是一响，山谷里的回音又是一响。所以连连打了几十炮，大家只觉周围上下全是炮包围了。开始几炮，大家全都魂飞魄散，只有凤池一个人坐在地上不动。后来有些不曾跑开的练勇见到凤池这样子镇定，就也慢慢地走近前来。直等炮声停住，那火药的气味，还围着烟雾，弥漫在长空里。凤池看到前后有二三十人，因道："我叫大家不必跑，自然以不跑为是，你看他们空放了几十炮，可曾伤着我们什么？长毛只是把这响声恐吓我们，炮停以后，他们就要出来的，我们赶快去守着寨门，响锣响锣。"他口里说着，鸣金的练勇正提了一面锣，站在旁边发呆，走向前去，将锣接了过来就铮铮地敲着，而且还一个人站起就向寨墙上走去。别的练勇看着，一来胆子壮了，二来要服从他的命令，也跟着响起锣来。在锣声狂响中，几十名练勇涌上了寨墙。凤池更是像发了狂一样，一手提锣，一手敲着，只管来回地奔走。两只脚跑着，锣声响得像雨点一般。

那些跑远了的练勇见墙上有了人，而且又是凤池提了大锣自己敲，因之也壮起胆子来，回身向寨墙上走。果然凤池猜得不错，对面敌营里，几门大开，营寨里的太平军犹如几条狂龙，拖着长的阵势飞腾了出来。在那些队伍中间，每一组里，都有十几人扛抬着的一架云梯，直对了寨墙门冲着。凤池将锣放下，跳着脚叫道："大家死守这墙口，要死也死在这墙上了。无论如何，大家不能让长毛放住了他们的梯子。"说话之间，两手捡了一块大石头在怀里搂抱着，瞪了两眼，向寨下望着。

寨上的练勇，始而看到长毛来势那般汹涌，是有点受惊。但是看到凤池站在寨墙上非常的镇静，大家也就安定了些，都弯了腰捡着石头在手里预备着。好在这大小石头寨墙上堆得很多，随手就可以捡起一块来。当长毛整大群地涌到寨墙下以后，练勇们在脚下预备着的石头都已十分充足。立青也是早已将一只大竹筒挖的梆子挂在身上，静静地站在凤池身边。凤池站着，呆立不动，只是瞪了眼向前面看。那时太平军的鼓声，也是震天震地地响，大风卷草似的，人随地转，直摸到寨墙脚下。凤池把脚一顿，立青两手拿了硬木棍子，在梆子上拼命地打着。这就听到大家也齐齐叫了一声"杀"。只在这一声"杀"里，寨墙上的人，把石头如雨点似的，向山下来抛着。那些寨墙下的太平军来势是很猛的，连自己也止不住了阵脚，那大石头对了这密集队伍飞抛下来，不打倒这个，也打倒那个，早是像倒水车排了一样，联结地倒了下去。所有扛抬云梯的人，更是碰着寨墙上大小石块的密集点，一架也不曾靠到墙上来。练勇们见先到的不曾达到，胆子越发是壮了，索性站到寨墙边，把大石头连推带抛，纷纷向下滚着。第一批人物到了墙脚，已是跌伤了十之八九。那第二批太平军被那后面鼓声催促着，又涌了上来。而且抢过来的人，七手八脚，扶起了云梯，又向炮轰的墙缺口靠了来。凤池看到，心里一着急，不抛石头了，拔出挂的腰刀，半蹲了身子，将刀举起等着。等先一架扶梯靠近，将脚一顿，把梯子踢翻过了去，所有爬上梯子的人，一齐都倒下了。其余不曾靠墙的梯子，被石头打着，撑持了许久，始终不能靠住。

凤池总怕这些人石头打得不准，手握了挂刀，只管来往奔跑着，口里喊着："杀呀杀呀！不要松这口劲，长毛快让我们杀完了。"练勇们听了他的呼喊声，又看到他那样跳着，全十分地兴奋。这样只打了半小时，山下的人先是把喊杀声停止了，随后由着脚边退过去，离开着一箭地，让那些边上的石头打不着。太平军的鼓声也不再催了。凤池将两手叉了腰，向山下望着，对大家道："他们走了，我也落得休息一会儿，等他们再来，我们再用石头砸，好在我们站在这里抛石头，总比他们省劲。"

于是梆子不响了，大家也都站定了脚向山下看去。凤池始而是不觉得受累，大叫大跳，又砍又砸。现在把精神安定下来，却是吁吁地只管喘气。太平军那面似乎知道他受了累似的，咚咚咚一阵鼓声，大家狂喊着。在队伍前面四架云梯，已是老早地举了起来，向寨门墙缺口指着。等这些人靠近，又是一次冲杀。虽是这次冲杀比第一次的时间要来得短些，但是梆子停了以后，凤池已经有点站不住脚，回过头来向立青道："孩子，你走过来一点，将我搀扶着。"说到这里，已是连连地喘上两口气。立青抢上前一步，见他的脸由紫红色里透着苍白，便是嘴唇皮也有些发乌了。因两手将他的肋窝一捧，低声问道："爹，你太累了，你找个地方先睡上一会子。"凤池摇摇头道："我不能睡。我睡了，这寨门就不能守了。"说着，抬手向太平军的阵势一指，喘着气道："你看，他们还不肯收了阵势，我们能够放松吗？他若再来，我们……就要……再杀。"

他喘着气说话，总是两个字一顿。可是他说着说时，身体向后靠，已经倒在立青身上。在寨墙上守门的练勇看到这种情形，全都围将上来。凤池这就两脚一顿，把身子挺立起来，向大家挥着手道："过去，过去，站在一处，仔细长毛用箭来射我们。哈哈！长毛营里响锣了，他们不行了。"大家向山下看时，果然太平军掉转身，分了三队，向营门走回去。那营墙上的大红旗，却有几面在锣声里左右分开地招展着。凤池叫了声道："不好，他们又要开炮，快躲下去。"只说了这声，哇的一声，向前喷了一口鲜血，人就向后一倒，所谓的鞠躬尽瘁，他是合了那句话了。

第三十八章

石达开来了

　　李凤池是这里团练的首领，他翻身一倒，把全山上的人都吓慌了，一齐上前围拢着。所幸太平军只放一炮，却没有再放。立青站在身边，已是将他抱住，他微微闭了眼，然后又睁开来，对了周围的人全看了一看，这才喘着气道："你们不用害怕，我是累了。"说着，又闭上了眼睛。立青只得先将他从容地放倒在地面上，然后叫练勇们搬了竹床来，将凤池抬回冲里草棚子去。自己却没有跟着，站在寨墙上向练勇们道："这不要紧，他老人家回去睡上一觉就会恢复过来的，你看我就很放心，我都没有回家去，你们还怕什么？我们受累也是这一整天，赶快把这墙缺口子来补上。"他口里说着，找了一副扁担，拿了一柄锄头，就先去挑土。练勇们打了这一天，实在是筋疲力尽。心里又害怕长毛会再放炮，各捏着一把汗，皱了眉毛，也只好跟了立青继续地挑土搬石。经过了大半天的努力，前寨墙的缺口又都填补起来了。那边太平军把队伍收了回去，也就悄然无声。到了晚上满天的星斗，只剩了一座高大的山影横在太平军的营寨前。

　　原来寨门上，每夜总有几盏灯火的，在这晚上却变得一点火星也没有。这在太平军营里也都有点感觉不同了。二更以后，升任了职同指挥的黄执中和职同师帅的汪孟刚带了几名听使，也不掌灯火，一路走上营垒，向四处张望。汪孟刚一肚子心事，紧随在执中的身后，一言不发，悄悄地走着。在晚风之前，二人对着天明寨探看了很久。执中便道："这山虽险，李凤池这群妖不过三四百人。我们现在用了上万的人来围攻，还不曾向前进了一寸路。"孟刚道："我们能向前一寸路，天明寨就是我们的了。现在只问这寨门能破不能破，倒不在乎我们进不进。"执中道："你倒会解说。攻打几回，我们白赔送了许多弟兄。今天放了许多炮，又糟踏了两千斤火药，就不败退，我们也给丢脸了。"孟刚道："小弟原来同黄兄说过，他们这山上粮食有限，天又大旱，山上不能下种，再有一个月，山上人一个个全会饿死，不必我们去打。我们有了围攻天明寨的名，可以加增人马，就只管练兵，这一座寨子攻下来了，也不过和我们出一口气，一不是城池，二不是水陆码头，得不了什么好处。"执中道："你不晓得五千岁快要到安庆来吗？那时候他看到我们枉有许多队伍，连这样一个小山寨子也攻不下，就算不撤职，申斥我们几句，我们有何言对答？若早依了我的话，叫你儿子把朱子清的人头割下来，在后寨门号令，引得他们发怒，冲下山来，也许我们早把这一群妖人杀光了。"孟刚没有作声，只站在黑暗里张望。执中道："我不能忍耐了，我明天带一半弟兄到青草场去扎卡安营，这里的事交给你父子两个，限你三天之内，把天明寨攻下来。"孟刚道："以前这么多人还攻不下来，若是再分走一半人……"黄执中喝住道："你敢不遵我的军令吗？"他说完了这话，自带了几名听使走下营壁去。孟刚手扶墙头，只是向面前的山影呆望。

那晚风刮了寨墙上的旗角，连拂了他的脸几下。他沉静地想着，这件事恐怕自己决断不了，这就悄悄地下了营墙，牵着一匹小马骑了，直奔到汪学正小营里去。学正也是带了几个伍卒在营墙上巡哨。远远听到一阵马蹄声，便不免吃上一惊，老早地就喊着口号。孟刚对了口号，进得营去，学正早是呆了，在几盏灯笼举起来之后，看到孟刚板着面孔，像是很生气的样子。也只好随在身后，跟了他到营帐里去。孟刚一挥手，将营帐前的听使支开，两手按了膝盖，坐在矮凳上，昂头叹了气道："我父子算计错了。"学正垂手站立在一边，不免向孟刚脸上望着，孟刚道："以前我们觉得世上不平的事很多，换了一个朝代，我们找个出头之年，就可以把生平的怨气吐出一口来。谁知天国里的事，开口是天，闭口是天。自己有钱要归大库。自己有家，要男归男馆，女归女馆，遵奉天条。自己有话不能说，白天做梦，满口天父天兄。"学正道："一朝有一朝的制度，这个我们只好随乡入乡了。"孟刚道："你愿意随乡入乡，人家也得让你入乡呀。我们到了现在，乡下人杀了不少，同全乡种下深仇大恨。就是要向后退，也没有地方退。就单指着天明寨上的李家父子说，乃是我们救命的恩人，我们把他们围困在这山里面，让他们不死不活，于心何忍？"

学正听了这话，不由得垂下了头，低声答道："儿子也为了这一层，进退两难。"说着，挑了眉毛，口里吸上两口气。孟刚道："现在进没有什么难，只是其难在退了。刚才黄执中告诉我，翼王石达开要来了。不知道他是怕翼王还是另有图谋，他说了，明天要带一半队伍到青草场去。限我父子三天之内攻下天明寨。"学正道："他走了，那就很好，我们撤了围，把山上的人放走就是了。"孟刚道："你不知道古人说的话，擒虎容易放虎难吗？我们把他们放下了山，他们若不走，我们还是和他们对打呢，还是我们退走呢？退走，我们没有上面的命令。要说对打，我们又何必把他们放下山来？我现在来找你，同你商量一下，错就错到底，不如收拾队伍，同到皖北去投降张乐行。听说他手下有五六十万人，大家相处得自由自在，也不用什么天条。"学正道："这件事，我们倒不能随便出之。我们跟了太平军走，还可以说灭胡妖打

274

江山。若是投了张乐行，那是有名的土匪。我们想轰轰烈烈做一番事业出来，怎好地向这条绝路上走？何况天朝定鼎金陵，现在收罗四方豪杰，张乐行迟早也是要归顺过来的。"孟刚道："依你的意思怎么样？"学正道："黄老帅既是要分兵一半走开，我们就由他去。果然是石达开要来，听说他是一个好人，一定可以容纳我们。就是不能容纳我们，那时再作计较。现在天下大乱，事在人为，又焉知我父子不能做一番事业？"

孟刚听了这番话，两手扶了膝盖垂下头去，沉默了很久很久的时候，猛然间抬起头来说："既然如此，我同黄执中翻脸了。我就在这营里，不回大营去，料着他顾全大局，不能来攻打这里的营寨。因为要打这里的营寨，就是放开山上人走路了。"学正道："那不好，我们无论有什么怨隙，总还是一家。父亲怕他有什么阴谋，我陪父亲到大营里去看他。"正争议着，听到前寨营一片鼓声。海螺夹在鼓声里，还吹着进攻的号令。孟刚道："你看，他们立刻就逃走了。这是故意装作进攻的样子，暗里退兵的。"父子二人随了这话，匆匆地跑向大路边去观望，果然在星光下面微露了一群黑影，杂着步伍声向东南走去。这黑影不断地移动，那前寨的鼓角声也不曾一刻间断。孟刚跌脚道："这黄贼，简直是空营而行，把前寨大路让开，把我们这边的人送到死地了。现在救急的法子，我们只有照样地做。趁着天色没有亮，我带一半人去守前大营。"学正也醒悟过来，立刻跑回营去，下令四处擂鼓，所有营里的灯火一齐熄灭，自己带了两三百最亲信的伍卒绕着山脚，就跑向前寨去。

当他的队伍到了营寨时，营门大开，吊桥也放了下来。扑进营去张望，全是空的，连帐篷旗帜全都搬走了。营墙和更楼上，留下几十名打鼓吹海螺的伍卒，已是闹得不成腔调，等着这里人进了营，立刻鼓角齐息，纷纷地向营外逃走。学正也无心拦阻他们，立刻叫人关上寨门，扯起吊桥来。然后带了几个人向各营墙上去巡阅一周。走遍了几个营寨的墙，剩下来的还不到十面旗子。学正暗里叫苦，心想这样的形势分明是告诉山上人，这里是一座空营。假如他们明早猛可冲下山来，怎样拦阻得住？他想到这里，只扶了寨墙在暗空里发呆。静站了许久，却听到那寨墙上插的旗帜连连在半空里吹着呱呱有声。他灵机一动，跟着一条妙计，涌上心来，立刻跑到营盘中间，召集了所有的伍卒，站在面前，就对他们说："这里营盘空了，并不是把兵撤退，乃是翼王五千岁现在要由这里到太湖黄梅去，黄大人带了本部人马前去迎接。只要翼王能到这里来看我们营盘一眼，我们全营弟兄就有升赏的。但是翼王是一位贤明的人，绝不骚扰我们，我们就是预备了贡物，翼王也不肯收的。我们为要表达我们的诚心，只有把小旗子并改成大旗子，上面注上翼王的封号，这除了和翼王壮军威，还可以告诉天明寨上的人，我们翼王到了，叫他们早些下来投降。翼王的名字，不用我们知道，就是他们胡妖也没有不佩服的。说不定我们把旗子一扯，所有山上的胡妖大家胆战心惊，不投降也要溜了。好在我们这里没有外人。你们还不知道翼王是哪一个吧？我犯一次讳，大胆告诉你们，就是天军还没有到，大家就已闻名的石达开。"这石达开三个字一口说出，果然站在面前的伍卒们就哄然一阵，好像表示着这是大家所全知道的。学正站着定了一定神，因道："既是大家全明白了，这就很好，你们赶快照着我的话去预备吧。"

即刻言语哄哄然，大家全说着"石达开来了，石达开来了"。这一种欢呼声，把整个夜的寂寞全都打破了。便是学正自己也感到一种兴奋，自己手扶了佩刀柄，只管在营中空地里来回地打旋转。这样地盘旋了很久，天气也就慢慢地深沉着，发现了东方半边天色有些白光。跟着人多手杂，把那拼凑的大旗子也就并拢起来了。凡是达到王位的人，他所用的主旗，是长方形，黄色中心，四周镶着各种颜色的大锯齿边。中间用黑字标出姓氏爵号。至于此外的战旗，却也不一定照着这个格式。现在汪学正的营寨里，黄色的旗帜却是有限，只拼凑成了一面长方的主旗，其余还是照了普遍三角军旗的样子，在旗子中心用黑布剪了一个很大的"石"字。除了这一面帅旗，插在正对了天明寨的营门上而外，其余的那些尖角旗子，寥寥几面分插在营寨的四角。在正面这样连环的几盘大营寨上，空荡荡的不见别物，只有十来面旗子，距离着很远的标插上，既不是空营，而又感觉着很是多余。

在天明寨上的人，听了一夜的鼓角声，大家正疑惑着，不知道太平军闹些什么玩意儿。天色一白，大家都涌到高处，向山下看个究竟，及至天色大明，只见目前空荡荡的，纵横排列了许多营旗而外，却不看到别的什么。和昨天晚上通宵大闹的情形印证一下，分明是他们连夜虚张声势，退了兵了。可是真要疑心他们退了兵，那营墙上新插了几面加大旗，排得距离远近一样，绝不是走得慌疏遗落下来的。照着太平军的制度，爵位越高的人，旗子就越大。现在看这旗子的尺度，比平常军帅监军的帅旗还要大上许多，这个旗子的主帅，那位分就可想而知了。有这种大人物在营里，绝不是空营的。山上的人是这样疑惑着，就不住地探望。明知他们又是在捣鬼，但究竟是退了兵，还是引人下山，全不敢断定。后来有人看清楚了，大旗子上面有一个"石"字，再把正面那长方形的杏黄旗一映照，分明是一位有封号又姓石的人，那除了石达开没有第二人了。这种推测，是李立青一个人主张最有力，在营墙上看了不算，还爬到高处，向太平军全营寨去探望。却见营墙里的篷帐撤去十之七八。那烧军灶的烟火不在空地当中，只是在营寨脚下，由这一点推想，长毛营里的人避免山上看到实数，躲在树荫下了。这倒又让人加了一阵疑心，岂有石达开这种大人物到了，鬼鬼祟祟，怕天明寨上几百练勇望见的？于是不能再忍住了，一口气跑回了山冲，就把实在情形对李凤池报告。

凤池躺在地铺的草堆上，将一个大草卷靠了后背，手捧了水烟袋搂在怀里，并没有点纸煤，半闭了眼睛正在出神。立青站在床铺边，在报告以后，并不再说话。凤池想了很久，摇摇头道："若真是这种情形，这就神仙难猜了。他们若是虚张声势，明明知道在山上可以看到他们营盘的全景，把营帐拆得空空的，那岂能是实营？若说不是空营，这石字旗号分明又是一个纸老虎。石达开是长毛里面最出色的一个人才，他做事也是不可测的……"凤池说到这里，那是格外地沉吟着。立青道："我也是这样想，他们昨晚上闹得大天亮。若是没有什么缘故，他们并不发疯，绝不肯那样做。"凤池道："他们当然是有用意的。不过我们既揣摸不定它是怎样一条诡计，我们就不能胡乱下山去碰机会。料着真是石达开来了，他手下带兵几十万，自有他的计划，他围攻我们这个小小的山寨做什么？把我们人杀光了，不够当他一顿馒头馅。"

立青觉得父亲最后这几句话最是中肯，便笑着点点头道："那么，你老只管在家里静养，我去转告诉山上的人不必惊慌。"凤池道："事到如今，我们也只好撑一日算一日。说是请人不必惊慌，大概山上人……"正说到这里，却看到立德满脸是笑容，提了一篮子东西进来。凤池招招手，他便提了过来。看时，里面是许多白嫩嫩的树根，拿到手里，稍稍用劲一掐就断了。立德笑道："这也是无意中得来的仙丹妙药。刚才我到后山去，想挖一点草根。一锄挖下去，就掘起两寸长的这样一块。我起初以为是野菜，拿着送到嘴里舐了一舐，还有点甜味，正是蕨根。我就前前后后仔细挖着，挖了这一篮子回来。这不用得舂碎，就是这样拿去煮，也可以当饭。"凤池道："钱总那里怎样说，山上粮食还能管多少天呢？"立德对立青脸上看看，却不敢向父亲回话。凤池道："有什么为难之处，你们当然要对我说。我年纪大，多少可以替你们拿几分主意。"立德沉吟了一回子道："父亲也可以想到的。早一个月估计，勉强可以度过四十天，现在……"凤池把水烟袋放到一边，突然地把身子端正得挺立起来坐着，问道："现在已经过了四十天了吗？我不分昼夜，只管注意着长毛营里，把山上本身的事给忘记了。若真是到了山上粮食已尽的日子……"说着这话，现出一种沉吟的样子，不住地用手去摸着胡子。立青道："照父亲看来，这件事我们应当怎样挽救？"凤池笑道："孩子话，事情到了这步田地，哪里能找到'挽救'两个字？这是家里，我不妨说实话。我觉得有两条路可寻，一条路是死，一条路是逃。但是我做父亲的，只能叫你们死，不能叫你们逃。扩而充之，我若把正人的眼睛去看人，我只有叫山上的练勇到了绝路就死，我不能叫练勇有活路还逃。我们不和长毛对垒也就算了。既是我们撑持了许久，我们绝不能做半截汉子。"说着这话，手握了立德的手，就勉强地向上站立起来。立青只好近前一步，将他搀扶着，问道："爹有什么事，我们可以替你去做吗？"凤池道："我要到前寨去看看。"立德道："那就不必了。山下的情形我们随时回来说，绝不能说一个字的谎。有什么变故爹也可以随时想法子。"凤池道："虽然如此，就怕你们所观察到的不能十分透彻。"说着这话时，身子可就晃了两晃，幸是有两个儿子在身边搀扶着的，不曾倒下。立德道："爹，你就坐下吧。无论有多重要的事，不重要似你老的身体。"凤池哼了一声，依然在草铺上坐下。立德道："立青，你还是到前寨去看看，假使有什么变动，你立刻回来说。"说着，向他丢了一个眼色。立青会意，自向前寨走来，经过那些练勇人家门口，有的在浅浅的涧水里面洗着野草叶子，有的在草棚子门口用石臼捣着草根，捣得水汁乱溅。一人家门口搭了个石头灶，下面烧着干草，上面的铁锅里，大半锅水热气腾腾的，里面熬着麦麸。在灶门口坐着一位老太太，盘了腿，合了掌，口里念念有词。只看她微闭了眼，合掌的两手比得一般整齐，就可以知道她如何诚心默祷了。

立青站着向她呆望了一阵，因问道："老太，你真有这一番诚心，还念佛呢。"她睁开眼来看了一看，答道："三先生，你不知道，这除了求求菩萨保佑，还有别的什么好法子可想？我分来的麦麸，我总省着，不肯多吃，就是到了现在，我不拿出来可不行。我一大家人，除了我这老不死还有三个大人，他们谁不吃个三碗两碗的？我不加煮麦麸，大家不能饱，我求求佛菩萨。他杀不上山来，又不许我们下山，活活要把我们饿死，我们和他有什么仇恨呢？"立青道："长毛许我们投降的话，你也同意投降吗？"老太道："那有什么不愿意呢？谁坐天下，我们跟谁纳粮，只要让我们做太平百姓就是了。"

立青听了这话，却不由得对这位老婆婆望呆了。她睁开眼以后，似乎是醒悟过来了，就在灶边竹篮子里找了一把铁勺，在大铁锅里胡乱拨动了一阵，当她舀着麦麸再向锅里倒下去的时候，只听得碌碌有声，这麦麸之稀薄，也就可以想见。立青看到这种情形，暗地里叹了一口气，自向前寨门去。前寨门那些把守寨门的练勇，也都把太平军各种厉害手腕经历惯了，到底他们是不能用小巧的法子打走的，就算是一座空营，也不敢下山去接防。当立青到了前寨门，那些练勇全围拢了上来，问他去问凤老爹，到底是石达开来了没有。

立青两手环抱在胸前，远远地向太平军营寨里看着，只见那黄色大帅旗依然在正营门上竖立着，微风轻轻地鼓动着那大旗的四周边沿，仿佛代替了一个大人物在那里站着，抖擞威风，摇撼着身体。那营寨里空空的，还是只

278

有寥寥几个人物走动。立青摇摇头道："无论如何，这是长毛用下了什么诡计，我们只守了这寨门，反正他们总飞不上山来。"练勇们虽不知道这山下的消息到底是怎么一回事，但是谨守寨门这个死诀窍，倒是很有用的。所以虽没有向立青问出一个什么底细来，但也齐齐地站在寨上，对太平军营里望着。这样的情形，经过了有两日，就是立青自己也有些不耐，敌人分明是空营，把路算放开了，为什么还不趁机会杀下山去？自己把衣服结束停当了，腰里挂着一把刀，手上拿了一支长枪，将枪把倒提了，只管在寨墙上走来走去。走了若干次的来回，把脚一顿，挑着山壁比较倾斜一些的所在，就想伸着两腿，溜了下去。然而斜坡之上，正是伸出来一条峰脚，可以把山下西北角的一段平原也看得出来，在这里，有一条通青草场的大路，由西方蜿蜒而来。

　　顺了这蜿蜒的大路看去，好像变成了一条五色斑斓的毒蛇整个蜿蜒而来。这蛇很长很长，直到目力所穷尽的地方，蛇身还不能完全露出，不过这蛇有些奇怪，长了许多脚都倒立着向天。原来这并不是蛇，乃是四人一排的太平军，拖了个一字长蛇阵。五色斑斓是长毛穿的号衣。倒立起来，向天长着的，是队伍里撑出来的旗帜。立青要下山的一股豪兴立刻消除尽了，复又站起来，靠了一棵松树干下站着。那蛇形的队伍越来越近，接着也就有了咚咚的鼓声，后来旗帜的颜色也看清楚了，那杏黄色的长方形旗子，也就和插在山下寨墙上正面的旗子一样。虽是身边无人，也不由得像身边有人似的，左右顾盼着，只管叫道："石达开来了，石达开来了。"再看那个大一字长蛇阵，虽正是向这边走来，但依然顺了大路陆续地西进，并不走向这营寨里。同时也就发现出来，有小小一群人正由太平军后面的小路上赶到大路上去。有什么动作还看不出来，只是那长蛇阵走了很久的时候，忽现出一顶黄色轿子，前后簇拥着许多马匹，同黄旗黄伞，在太阳光下面，那颜色更是光华一团地在半空里闪动。那轿子到了小路口上，齐齐地就发出一阵欢呼声。随着欢呼声，便是雨点一般的爆竹声，夹了不大合拍的小锣大钹，乱响一阵，那意味非常地像乡下赛会迎神。那一簇黄光在小路口上略停了一停，依然带着爆竹锣钹声向前面走去，在那轿子后面，还有一簇人马，都是扛的抬的各种物件。立青站着在这里看，是太阳照在松树的侧面，身上正有树荫。这时，阳光由树里透出，已经晒着全身了。

　　立青先是看得呆了，背了两手靠着树，一动也不动，这时醒悟过来，才觉得脊梁上的汗珠把衣背直湿通了。那斜阳下的晚风吹到身上，凉阴阴的，更容易把过去受的刺激加深了一种回味，他情不自禁地叹了一口气。回过头来，看到这山坡远近，全站着看热闹的练勇，一言未发，那些人已是全涌上来，连着问这是什么人。立青道："坐黄轿子的，那岂有平常的人？自然就是石达开了。"早有两个人随声答应着："啊，这就是石达开来了。"立青道："石达开怎么样？他也不能吃人。而且据我父亲说过，石达开是带了兵去守湖北，现在不过是由这里经过。就是在这里扎营，我们也不怕他。长毛有一千两千人不能上来，有十万八万人也不能上来。而况他们也不能为了这一座天明寨大动人马。"大众随了他的话，虽没有什么，可是彼此面面相觑，这里有许多说不出来的苦痛。立青也只能把安慰人的话说到这里为止，明知大家心里难受，却当了不知道。到了这日晚上，山下太平军营里变了以往的情形，更鼓又是咚咚响着。远望着平原，相距有六七里路的所在，疏疏密密，千万盏灯火照耀着，仿佛是天上一片星斗，联群落在黑地上，夜静了，那边的更鼓很沉着地和山下的鼓声相应。因为那边更鼓多，都变成了嗡嗡之声，这形势严肃可想而知了。

第三十九章

太平军安民

在这种严肃的气氛里，天明寨上的练勇都有一种说不出来的不安状态。那些人暗地里互相传说，因之不到二更，满山壮丁传说遍了，一齐走到前寨高处，看太平军营的灯火。立青先是不曾留意，后来发觉到前寨门一带，各处都站立壮丁，三五成群，唧唧哝哝地说着话。一口气跑回家去，就把情形向凤池报告。凤池躺在地铺上听着，猛然坐了起来，两手一拍大腿道："大势去矣！"立青道："爹不用灰心，据我看来，也不过偶然的事，山上粮食快光了，大家本来有些着急。现在山下面又是这样闹哄哄的，心里不安的人要探听一个究竟，也是人情中事，不见得他们就有什么变心。"凤池道："治军的人讲个军心似铁，大山崩于前而色不变。现在大家心里先有了不安，明白一点说，就是怕敌人。这样的军心，还能指望他们打仗吗？"立青道："这话自然是实情，不过全山上的人经过了几次大仗，都像自己骨肉一样，偶然有点骚动，不见得就把历来同生死、共患难的心给全变了。今天晚上已不能做什么事。到了明日，我想请爹把他们召会到一处，开诚布公讲一会儿话。他们就不谈什么忠义，只凭爹这一层面子，那倒也不能说出要走的话。"凤池道："若是用面子来维系人心，这局面也就崩塌得快了。"立青站在旁边，可没有敢说话。凤池也是沉静地想了一会子，因道："除了你所说的，也没有第二个法子。我明天早上且试上一试吧。"凤池说完了这话，心里头是感到有许多说不出来的苦痛，默默无语，不能把话接下去。立青垂手站立着，也不知道应当说什么话是好，父子两人悄悄地相对。山上究竟是山上，虽然在山冲里添了许多人口，然而到了这深夜，什么声音没有，便是茅檐下落下两片树叶子，也都可以听得出来。就在这时，有一点风吹过来，却夹了一种吟吟的哭声。凤池偏了头听着，问道："这是什么人哭？"立青低声道："这是朱家伯母和她家大姑娘哭。有好多天了，她母女两人总是在深夜里呜呜咽咽地哭。以先还有人去劝说她们，到了现在，成了每天晚上的规矩，大家也就懒得去劝了。"

凤池手按了膝盖，慢慢地坐了起来，两手扶了立青，点了头说声道："你扶我到外面去。"立青道："她们是哭惯了的，劝得了今天，劝不了明天。"凤池道："我不劝她们，我要到外面去站一站，把胸里这口闷气舒爽一下。"他不等候立青说完，已是先行向外面走着。立青知道他意思已决，只好随在后面，微微地搀扶了他向门外面走去。到了门外面，满天的星斗在三面山峰顶上，随了那半空里的晚风微微地闪烁着。那山上的老松树轻风吹动，一阵一阵发出一种江河里波涛汹涌的声音。凤池昂头四处看过之后，不免咳嗽了两声，立青道："外面风凉得很，你老还是回去吧。"凤池没有作声，只是昂了头向天空看着，一只手扶在立青的肩上，一只手便去慢慢摸着自己的胡子。立青知道他每次赏玩风景，那就是深沉地在想着心事。因之静静地站在一边，不敢多说什么。

凤池看了一会子天色，便向立青问道："你觉到我们这样困守在山上，还有什么出头之日吗？"这句话，问得立青心里一动，想了一想道："那自然是没有什么出头之日的。但是我们上山的时候，也就看准了这里是一条绝路，我们是为了气节而来，并非是为了出路而来。既是困守在山上，有死而已，别的还说什么？"

凤池听了这话，这就连连地点了两点头，因道："你到底是我的儿子。但是你有一个廪生父亲，教你读了七八年孔孟之书，这山上的练勇却不是廪生的儿子，没有念过七八年书的。这死字只能望之于你我，不能望之于他们。我刚才听了你说朱家伯母那种哭音，显然是带了一种怨恨之声。以朱子老那样道义高尚的人也不能化及妻孥，别家的妻孥更是可想。山里粮食充足的话，守山那已是艰难的事。现在山上已经到了吃麦麸野草的时候，那还能够支持多少日？这是其一。再说到长毛，他们浩浩荡荡东下以后，料着官兵是抵敌不住的。他们在山下骂阵，说是天王已经在南京建都，其初我是不肯信。但是看到他们从容围着我们这寨子三四个月之久，并没有官兵在他们后面来剿办，那显然是东南半壁没有官兵过问了。这次石达开带了大兵由东向西来，前几天这山下就有了消息，而且军容很盛地由山下经过。我想着，长毛果然要盘驻南京，他们必定要固守武汉，武汉不守，官兵由上流向下进攻，那是成语说的建瓴之势。现在石达开西去，必定是下的这着棋，既然下了这着棋，那洪秀全已经盘踞南京的话绝不能假。形势是这样，我们向后看去，怎样能杀出一条血路来呢？"立青道："我们原来的意思，自然是想得一个机会有兵来救我们，最近一个月以来，都觉得我们没有这个指望了，大家全都想定了，迟早是一死，就等着死吧。山上的粮食现在虽是干净了，但是树皮草根总还可以吃两个月。等到树皮草根也吃完了，我想在山上的练勇都想到非冲下山不可的了。那个时候，做儿子的先不要命，愿意带了他们舍死忘生地下山去冲杀一次。什么是舍死忘生？简直地就是去送死。因为我想着，古来田横义士五百，他们一个个自尽，显然很是壮烈，但是不值得，只是白送了五百条命。儿子的意思，是要到最后一天也不能白死，总要和长毛拼一拼，我们死一个，一定要他死两个。尤其是汪孟刚父子两个，忘恩负义，到今日他们竟是和我父子两个作对。我要捉到了他们，先把他们数问一阵，然后亲自动手把他们的头割了下来，祭我们山上死的这些练勇的亡魂。"

凤池听说，只淡淡地笑道："孩子话！"立青道："儿子自然是见识浅，只能见到这里为止，也只能说出这一点道理来，爹一定还有比这好的计划。"凤池道："你所说的话也就是我以前谈到过的，守山的下策。我以为这条下策那是以前的话，现在不行了。死节不屈，是士大夫之流所不能坦然行之的，你倒以为来自田间的练勇能够像五百义士爽爽快快去自尽吗？"立青默然了一会儿，才道："这也是实情。不过不自尽的话，到了吃尽树皮草根的时候，他们将何以处之呢？"凤池道："这个你何须同他们发愁？死的反面是什么，你想一想就明白了。"

父子两个人把这句话说完，那真有万言说不出的苦处，彼此静静地立在晚风里面，有时向身子附近看看，有时又昂头向天上星斗看看，凤池道："你扶我进屋去吧，这大势已经十分明了，不用再加思索了。"说完了这句话之后，他是深深地叹了一口气。但是凤池进得屋子去，实在不能安然睡觉，在那地铺上翻来覆去，只管沉沉地想着心事。到了天色刚刚发亮，就把立青叫了过来，急向他道："自从昨晚听到了你的话，无论如何我是放心不下，我总要到前寨门去看看石达开的军容到底怎么样？"立青道："看过之后……"凤池已是抓着立青的手，慢慢坐了起来，将他推了一推道："你立刻引我走吧。看过之后的话，那就不用说，难道我们还能够在昨晚所说的话以外，再找出一个什么好的法子来吗？但是想不到好法子，我也不能不去看看。"立青心里那一番紊乱，正也和他父亲一样。就陪了凤池静悄悄地到前寨门来。大概是为了天色太早的缘故，远远地就可听到呼呼的鼾睡声，由寨墙卡棚子里面发了出来。墙垛下，倒也有两个打更的，全穿了一件短袄子，蜷缩了身体，倒在墙脚下。立青看到，身子一挺就要喊叫起来。凤池将他衣服拖住，不让他叫了出来。因低声道："你看地上有一支箭，上面缚着一封信呢。"凤池招招手，叫他把信拿过来，立青将信呈上，凤池捏到手里看时，是个鼓鼓的大包，那信封是棉料纸做的，上面写着"呈天明寨团练总董李凤池大人升启"。下署太平天国职同师帅汪缄，撕去那纸封，里面是一张棉纸印的大字，一张是用薄竹纸写的小字，大概是用箭射上山来，要减去重量的缘故，那大字是一张布告，上写：

真天命，太平天国大师左军主将、翼王石：
　　为训诲潜山县良民，各安主业，勿受妖惑，惊惶迁徙事。照得

283

天父天兄大开天恩，亲命真主天王宰治天下，又命东王及北王辅佐朝纲，业已建都天京，现下四海归心，万邦向化，今特命本主将前来安徽，抚安黎庶，援救生民。尔等良民，生逢其时，何其大幸，兹因四路，尚有漏网残妖，未尽诛灭。业经特派大员，统兵四出搜捕妖魔。诚恐尔等惑于谣言，擅自迁徙。纵有点点残妖，审入该境，尔等即遵本主将前次颁行训谕，一体严拿解呈安徽，自有重赏。为此特行训谕尔等良民，须要敬天礼王，自有天父看顾也。切不可妄听浮言。须知一经迁徙，或去主业，或去性命，其害不可胜言。统候天父之权能，将四海胡妖诛尽，自享永福于无穷也。尔等其各凛遵，毋忘本主将训诗殷殷之至意也。切切毋违，训谕。

这一通文告里，除了"潜山"两个字是用红笔填写而外，其余都是刻的老宋字印刷出来的。在后面一行年月，乃是太平天国癸好年空着月日未填。凤池看了两遍，点点头道："是石达开来了，这东西汪家父子不敢捏造。好字是丑字改的，这也可见他们识见之陋。"于是再把那张竹纸信展开来看。上写：

负罪弟江孟刚，率子学正死罪死罪，恭启凤老尊兄台前，窃尝读圣贤之书，非我族类，其心必异。又曰：君之视臣如犬马，则臣政君如寇仇。胡妖窃踞中夏已二百年，吾汉人奴颜婢膝，仰息至今，毫无异言，实为大耻。弟束发受害，早见于此。徒以茅屋书生，无能为力，而迫于亲命，亦复数下场屋。以弟之才，虽不能高登龙门，亦何至不能青一衿。乃贪庸满朝，埋没有识之士，使弟满腔素愿，无由得现于世。此犹曰：文章憎命，千古同慨也。而去冬弟仗义一言，为乡人解围困，竟以得罪劣绅猾吏，倾家荡产，身遭缧绁。更以父母清白遗体，受赃官之凶杖。苟非遇逢天运，则弟九死无以白其冤。凡此种种，即不相告，兄岂不如。幸上邀天幸，得参军末，奉命肃清四境，然后北进。不期兄迷于妖言，练勇违天，负嵎自固。弟受有军命，更受监制不能不相与周旋，然一念贤乔梓解囊相助，数次周济之大恩，则又不忍一矢相加。阵上遭遇多回，无不退避三舍，想公达人，亦必知之。

然天与妖不两立，公与私难混言，弟服从军法，终不能使军以去。自知负我良友，无以自明，今幸天父天兄大开天恩，我主天王大开鸿恩，特派翼王五千岁率军西上，安抚安徽，所有良民，一律保其安居乐业。附投训谕一通，可以复按。其中漏网妖孽之语，本属泛指，有蓄发来归者，实元不赦其既往。翼王英姿挺发，胞与为怀，湘楚之间，早有仁声。今闻贤乔梓为吾邑人才，昨特传谕于弟，令传谕兄等，解甲下山，请罪帐下。不但宽宥以往，并当有所借重，以图大业。弟为兄计，此诚千古不易得之机缘，灭胡之业，时正待耳。万一兄以执其一偏之见，欲为周之顽民，弟亦当以性命家族相报，另放一线生路，纵兄半家人遁去。唯前途荆棘甚多，非弟所能保耳。子老跳崖自尽，愚忠可敬，已由儿子学正收其骨葬之，仍尽子婿之礼，朱夫人及其令爱，当尚在山，乞为致意。兄若尚认弟为血性中人，不以为诡计，则请一函相示，弟当命儿子只身上山，面呈一切。专此敬布腹心，诸维亮察！

凤池两手捧了信纸，看过了两遍，昂着头淡笑了两声，立青看了父亲脸色，一时却不敢问话。凤池笑道："汪孟刚倒没有忘了我，你拿这信去看吧。"说时，把信递到立青手上。他只看了一半的所在，两手捏了信纸的中间所在，嗤的一声，就把信纸撕成了两半。凤池喝道："你这为什么？我们若是用着仁恕的眼光来看，他这一番信的意思，不能算坏。至于我们怎样应付，这是我们的事。"立青道："他将恩不报反为仇，要我们去投降长毛，这不是太看不起我们了吗？"凤池摇头道："不，他们眼里心里的是两种说法。本来古代许多不安分的人都倚了时势一点变动，图一个半生富贵，可是这个时候，就要人把眼光放远一点，像张良跟随刘邦、徐达跟随朱元璋，那都是千载一时的事。孟刚为人我是知道的，功名心太重，他屡试不第，又找不出第二条功名道路，这就不得不随了长毛去打糊涂念头。长毛这一套玩意儿，现在我们总也可以看得出来，完全是神道设教，而且他们所奉的神道，中国向来不听到，乃是传自外洋的，这样的神教，老百姓做梦也没有想到，怎样可以鼓动人心？我们看由古到今，有几个用神道设教能建成基业的？所以汪家父子就是利禄熏心，也还走错了路。"立青站在旁边听着，不由得连连点头道："父亲这一番话，自是至理名言，可惜没有方法去对他父子二人说。"凤池道："这信不是说，汪学正愿意上山来吗？那么，我们就回他一封信，把他约了来，只是怕他没有那种胆量。"立青道："那倒不然，汪老四为人我是知道的，他只要看清了哪条路可走，一定就顺了路子走，倒是不怕死的。我们以往那样待他，他还能疑心我们吗？"凤池将手慢慢地抚摸着胡子，点了两点头道："你这话却也是有理的，那么，我们不妨回他一封信试试看吧。"立青道："我也是这样想，何妨就约他上山来。他所说的话，我们能听就听，不能听付之一笑，也就完了，何必放在心上？"凤池点点头道："你有这样的想法那就行了，立刻可以回他们一封信。"父子两人把话说得高兴些，就不免惊动了在寨墙上打瞌睡的。其中一个蜷伏着身体，在那墙角落里扭了两扭，嘴唇皮只像吞水似的闪动着，鼻子里哼哼作声，就说起梦话来了。他道："这大碗白米饭，不要糟蹋了。我们慢慢地吃。"他虽是说梦话，那声音却是很大，另一个人随着这话就跳了起来了，他道："哪里有一大碗白米饭？要吃就大家分一点。"当他说着这话跳了起来的时候，一睁眼看到大家站在寨墙上，而且李氏父子也在这里，这虽没有什么犯法之处，但立刻想到自己是巡更守寨门的，怎好天色大亮，还躺在这里做梦。于是向凤池躬身微笑道："凤老爹，这样早就出来了，身体已经好了吗？"凤池还不曾答话，立青正了脸色道："你们所做的事，我不用讲，你们心里头也该明白了。这个地方是你们应当躺下来睡觉的所在吗？若在平常，长毛偷着爬上了寨墙，我们山上人全都没有预备，岂不要坏了大事？"那人答道："三哥，我们可没有那股子勇气，饿了这么些个天做什么事全没有力气，你还要我们站在这里熬夜，我们哪里能够？"立青道："怎么是饿了这些天，难道你们全没有吃东西吗？"他淡淡地笑了，答道："三哥，你是只知其一，不知其二。现在山上的口粮是每人一天一升麦麸。我们这样的金刚大汉，凭了这一升大麦麸就可以度一天的性命吗？"说毕，接着又发了一声淡笑。凤池对那人看看，本来要说一句什么。但是一眼看见他黄瘦的脸子，尖削着下巴，两只眼睛也呆了，看人没有了神，便和悦了颜色向他低声道："杨二哥，你所说的，怕不是没有道理，不过我们守这山寨，原是认定了吃苦来的，只要认定了这一种天地正气，就是吃黄土过日子，我们心里也是安然的。你说吃麦麸不能过日子，就是我这样一大把年纪的人也并没有吃什么好东西吧？"他们说了这样一大串子话，又把远处另一个睡觉的练勇惊醒了起来，揉着眼，还一手扶了鞋才站定了。那杨二哥道："凤老爹，你看看吧，他也是这种痨病鬼一样，大概饿得不能动的人不止我们两个了。"凤池倒被他这句话提醒，连立青的脸色，也都看了一看。终日在一处的人，渐渐地肥或瘦是看不出来的。凤池原来是没有留意着刘立青的脸色，现一留心下来，果然的，他不但脸瘦了许多，而且也没有什么血色了。这就心里一动，因点点头道："好吧。你们也不必发急了，好在我们守这山寨，也不能有吃黄土那一天，多少我总得替在上山的人想一个万妥的法子，而今就有一个现成的法子可想了。"说着，把立青手上的信纸拿了过来，举了两举。立青看到，不免红了脸，把眼睛瞪得很大。

　　凤池也不理会，接着道："我实话告诉你们，山下汪孟刚有信来，要同我讲和。你们是知道的，汪家父子很得了我一点好处，既是有信来同我讲和，他们一定是放我们一条生路，绝不是叫我们去投降。所以我想着，就回复他们一封信吧。"那几个练勇听说是要写信下山，这是一条出路，因之立刻抢着把纸笔墨砚都递到凤池面前来，凤池虽然有病，但是为了这事很感到兴奋，坐在露天里，把大石块当了桌子盘腿坐在地上就写起信来。因自己心里要说的话很多，一点不用思索，所以提起笔来，就一口气把信写完。立青背了手，站在大石块一边，只看父亲动笔，却一句不言语。到信写完了，才问道："我们的信，也是用箭射下去吗？"凤池道："为了把这信安然送到汪氏父子手上，那还是派人送下去为妙。只是……"那三个练勇听了这话，都抢着道："那有什么要紧？我们就能把这信送下山去。有道是两国相争，不斩来使。"凤池拿了信在手，对他三人脸上望着，摇了两摇头道："不是能去不能去的话，只是你三个人脸上都带了几分饿容，黄黄的，瘦瘦的，让人看到，一望而知我们山上缺少着粮食。"练勇道："你老不是约着汪学正上山来吗？他上了山，难道我们山上缺少粮食的情形，他也看不出来吗？"凤池向立青望着道："人心如此，我们却也不必顾虑许多了，就让他们下山吧。"立青道："去一个人还不行吗？"凤池道："多去两个人也好，人多，可以把话说得圆一些。"这三个人听了这话，脸上都带了笑容，显然是很高兴的，愿意做这一趟使者。凤池这就站立起来，向三个人正色道："既是你们都放了胆愿去，说不得了，让你们就跑上这一趟。但是看起来不过送一封信，没有什么了不得，可是仔细说起来，这山上老小几百条性命都在你们手上。你们把话说得好，长毛不敢小看了我们，还可以给我们一条活路。你们说得不好，长毛是要把我们踏成脚底下的泥，方才休手。古人说得有，做来使的人，要办到不辱君命，那就是说被派出来要做什么事都得做到，不能替人家丢面子，这不丢面子几个字，那是极不容易的。望你三位这一去，记下我两句话，就是应当把全山的人命看得重，把自己的性命看得轻。果然把自己的性命看得轻，长毛觉得你们三条好汉，才会看重你们听你们的话。我的言语交代完了。你们去吧。至于长毛问你们山上的事，你们一律都说不知道。汪学正既是要上山来的，自然可以看到的，何必多问？"这三个人听一句答应一句。其中一个就自己伸手过来，接过书信去。凤池道："这一去，回来不回来是不知道的，你们不上山去看一看你们的家眷吗？"

那三人听了这话，只是彼此面面相觑，却答复不出一个字。立青插嘴道："看他们的样子急于要下山，不想去看家眷的了。"凤池点点头道："好吧，你们去吧。"这三个人得了这一句话，立刻找出三根长绳来，一个一个绑着，由寨墙缒了下去。最后一个，是凤池父子两个放绳子的。绳子放到一半，立青咬了牙道："爹，我们放手吧。这种人摔死两个才解胸头之恨。"凤池却不理他，依然慢慢地放下绳子去。他分明是知道这三人有异心，还是坦然地放了走，这也就显然是无可奈何了。

第四十章

和平了结好自为之

这几个练勇被凤池父子缒下寨墙以后，放大了步子，径自向太平军营里走去，立青拍了两下手上的灰，双手叉住了腰，向山下望着，冷笑道："这一班人，若有一点良心，就算是我看错了人。"凤池挑了附近一块大石头，弯腰吹了两口灰，然后从从容容地坐下去，对立青道："你到底少念了两句书，缺少一点涵养功夫。你想他们除了在太平时候想弄几个钱，在离乱年间想保全一条性命，可还会想到别的事情上去？这时在山上住着，已经到了吃树皮草根的时候，眼看着是一条死路。若是投降了长毛，总还有一线生机可望，而况山下的长毛头子就是汪氏父子，不少人是和他们有瓜葛的，他们凭了这一节，也就想到下山的寿命长、在山上的寿命短。加之山下既然可以用箭射信上山来，劝大家投降，他们也就可以射信上山，勾连这些练勇。我们耳目难通，便是射过这封信到山上来，我们又哪里知道？你只看他们听说可以下山，脸上全带了笑容，那就只有让我们灰心的了。我们的意思，不在守这一座山头，是在这里等机会。现在机会既是没有了，我们就该抽出这条身子来，再去找第二个机会。国还没亡，我们也不必自走死路。"

他说着这话的时候，两手撑了膝盖，沉郁着脸色，垂了眼皮，现着这情形是十分的严重。立青对于这三个练勇那一番不满的意思，慢慢消沉下，两手下垂，微低了头，一声不言语，静静地听着。凤池把话说完了，他就两手环抱在胸前，斜伸出一只脚，向山下看着。只见太平军的营寨重重叠叠，有营垒的旗帜随着东南风飘着，那旗子的尖角全都罩了山寨。加之鼓声咚咚，也是不断地由山下传了上来。越是觉得自己山上寂寞无生气，也就越觉得人家有生气。他对地面望了很久很久然后叹了一口气，在这时，金黄色的太阳已经出土有两三丈高，满山草木也都淡淡地涂抹了一层金漆但是今天的金漆，显然与往日不同，好像是病人脸上的颜色，泛出一种无血气的土黄，失意的人在这样环境里，说不出那是一种什么情绪。父子两个只是默然相对。

一会儿，在寨墙下面土棚子里面的练勇也就陆续地醒了。看到李氏父子老早地全在这里，就都慌里慌张跑到面前来。凤池先就同他们说些闲话，等着面前站立了有上十个人的时候，这就把脸色一正，对大家望了道："虽然山上粮食短少，大家吃不饱。但是大家一天不投降长毛，一天就是干净人。是干净人就当遵守团练的法令。"说到这里，把语调更是提高一点，接着道："你们公推我做团练的总董，我一天在职，我就一天能赏你们、能罚你们。若是像你们这样懈怠，明明是放长毛上山，那倒不如把我同几个首事一索子捆了，送到长毛那里去，你们还可以邀功一次。"他说到这里，大概已经是很生气，便把脸色逼红了。立青站在人丛里，倒很生疑惑，父亲刚才还对他们很原谅的，怎么这一会子又变了卦了？心里如此想着，眼睛就不免向父亲望着。凤池正言厉色地把这段话讲过去了，约莫沉静了有半盏茶时候，脸上就慢慢地回转了笑容，先轻轻咳嗽了两声，自点了两下头道："这也难怪你们，你们除了在鼓儿词上听到一些忠君死士的话，哪里还知道什么叫忠、什么叫勇？你们所不知道的事，要你们去做，这是一件不恕道的事情。我现在对你们说句实话，在我眼睛里，也就早已看到你们是吃不饱肚子，不愿守这个山寨子了。我也知道你们并不是有心投降长毛，跟着他们去造反。一来挨不了饿，二来是怕死。怕挨饿，怕死，哪个不是这样，又何独你们？你们不必惊慌，现在有了法子了，我已经派人下山去约汪学正上山，只要能保着大家的性命，你们就开了寨门子，放长毛上山来吧。在这里，还有两句题外的话，我父子们是不投降的，也不怕死。但是还有一些人，或者是不愿投降，或者是不敢投降，长毛上山以后，请问要把他们怎样地处置？"

这些人听了这话，都觉得有一种说不出来的苦处，互相望着，不能答出话来。凤池道："我是言尽于此，为了救全寨人的性命，我自己是两条路都安排下了，一条是你们放我父子走，再去找一个机会；一条路是死，你们要把我的头割下，我就送给诸位。若是不要我的头，我为了图个痛快起见，就是跟了朱子老一样，随时向山下一跳。"他这几句话，把练勇们全激动了，都抢着叫起来道："只要凤老爹一句话，要我们守，我们就守，要我们死，我们就死。"凤池站定了，对大家脸上望着，沉默了一会儿，因道："好在汪学正接了我的信，一定会上山来的。等他上山来以后，我把他请到议事厅和大家见面，假使他可以保全大家的性命，你们就收拾收拾东西，预备跟了他下山去吧。"他说着这话，带了忧郁的脸色，反背了两手在身后，一步一步，数着数目似的，慢慢地踱到山冲里去了。

凤池自己说出来的这一句话，那绝不是偶然的。因之不到多大一会儿，把这话传遍了满山。那山冲两面的人家，真有妇女们坐到门前阶沿石上，呆了两只眼，只管向人行路上看着，那意思都是汪学正来了没有。他已经做了长毛了，不知道是怎么一身荣耀？还有那年纪轻的一些小伙子，索性站到朝山下的山冈子上去，看他出了太平军营门没有。这种指望，真是可以显示出他们是怎样一种热忱来了。到了中饭以后，远远见到山下有四个人由太平军营寨里出来，直奔山脚下。大家都猜看得出来，前面三个是送信下山的，后面一个身穿红衣、头戴红头巾的人，那就是汪学正了。这一下子，山上的人像得了一种疯病一样，大家全喊叫着跑起来说："汪学正上山来了，汪学正上山来了。"这种情形，在山下的汪学正虽是没有看到。但是他在那三位送信人口里得着的报告，已经知道山上是怎么样子不易守了。只在这时，他是一步一步达到了山寨墙脚下。

山下人还不曾喊叫，寨墙上守望的人已是一片声音，嚷着"来了，来了"，这就垂下两根粗大的长绳去。在绳子下端，还系着一个大篾箩，把四个人陆续地扯了上来。汪学正是首先一个到寨墙上的，大家虽都和他认识，但是看到他这一身穿着，全都透着有趣，只瞪了眼望着他。汪学正道："各位，你们觉得我的衣服和你们有些不同吗？其实那是你们错了，因为我们的祖先全穿的是大汉衣冠，就和我这样子差不多。不过我们现在为了替我主打江山，过的是戎马生涯，不能不把身材做得窄小一点。你看你们的头发，好端端的剃去了半边。梳一条辫子倒有些像狐狸尾巴。这就因为胡妖出身下贱，想把我们汉族糟蹋得和禽兽一样。这话也不必我多说，各位在书上找不出来这些故典，在古画上也总可以看得出来，你看我们祖先原来的样子，有一个剃了半边头发的吗？"大家以为他一人上山来，一定是有点害怕的意味的。不想走来之后，看到各人对他望了一望，他立刻就说出了这一大套议论，也就料着他是有点来头的，大家只有呆看了他的颜色，不敢笑，也不敢说什么。山冲里团练公所也已经得了信，早有两个庄稼人飞跑了来，对汪学正道："李凤老爹，听说四哥来了，非常高兴，请你即刻就去。"学正微笑道："二位算是差官了。凤老爹倒还是那种脾气，不将就一点，还是等着我去拜见。"那两个人道："我们也就因为汪四哥是熟人，若是换一个人来了，恐怕还不能够这样客气。请你跟着我们来吧。"

两个迎客的说完了这话，自在前面引导。学正顺了山径向前走，只见山坡稍有土质的所在，全部辟成了粮食地，地里长出各种粮食的秧苗。但是坡度高些的地方，那些秧苗都已枯焦了。在山涧的两边，只要有一丝发潮的所在，那都已种着高粱和玉蜀黍，有些真也长得有三四尺长了。学正不免暗地点了两点头，觉得凤池对这个山头真有办法，若不是天旱，他是不会投降的。正这样想着呢，身边忽有人大喊一声道："呔，汪老四，你不要太得意了。"看时，立青两手叉了腰，站在迎面的高坡上。因笑着一拱手道："师弟，久违了。"立青瞪了眼道："哪个是你师弟？我告诉你说，今天是为了全山几百条人命，才让你上山，你若是懂趣一点，你就要挑起担子来，保证这几百人无事。我还告诉你，我父子们的性命是不必要你担保的，我们不怕死。"

学正站住了脚，拱了两拱手道："三哥还是这脾气，见面就骂。"立青道："哼，见面就骂，我是恨不得见面就打。便宜你了，你上山来是有事的，我不能和你闹私人意见。"学正微笑着，和他只拱拱手，紧随了两个引导人之后，向团练公所走去。这虽然不过一座草棚子，可是那两扇木板门八字大开，在门里陈列的军器架子，陈列着刀枪剑戟，却也很有些威风。在大门外两排头上扎了蓝布包头、身穿短衣、系了紧腰带的人，也都各拿了刀枪，瞪圆了眼睛，板了面孔，向汪学正望着。他倒不以这种形势有什么威胁的意味，脸上略带了些微的笑容，自向公所大门里走了去。这里面的首事们并不因为这里是在危险的地方，就有了什么张皇的样子，上面正正端端列着一张红桌围公案，凤池还穿了天青外褂，戴了铜顶子红缨帽，在庄严的脸上泛出一片笑容来。

在公案四围，有几个茶几，分别坐着上山的首事。他们虽不像凤池的态度那样严肃，可是全把衣穿好了，汪学正走到屋檐下就停了脚步，站定了昂着头道："各位老爹，我现在到了此地，不是孤身一人，你们是和我谈公呢，还是和我谈私呢？谈公，至少彼此是敌对的地位，我来就是一个敌国使臣，怎能把我当个僚属看待？谈私呢，我来并无恶意，这山上几百条性命还全靠我想法子。若是不愿意我来，凤老就不回我那封信。我现在上了山，身无寸铁，不但下山不能听便，就是在山上，要用性命去拼人也不容易。我站在这里了，各位老爹要把我怎么样，一听尊便。"说着，站住了脚，挺直了腰子，向大家拱了两拱手。凤池倒是站起身来，向他回手作了两个揖，笑道："不错，汪世兄，倒还有这点傲骨，请坐请坐。"坐在一边的赵二老爹走上前一步，向学正点点头道："你虽然有傲骨，但是你若序齿，我们全比你大几岁年纪，我们是要上坐的了。"学正微微一笑，走到堂屋旁边原已设下的一张空椅子上坐了。

凤池道："四哥，事到如今，开门见山，话不必隐瞒着地说了。现在山上粮食尽了，大家看看救兵不来，没有了指望，大家都想趁早找一条出路。说一句恭维你的话，这些人都是你的奉沛故人，你有一天大大地发达了，还是少不了这些人的。现在你搭救他们一把，于你大有益的。至于我父子四人，你却不用问，我们或者下山再杀一阵，杀你们几个人，或者我们自己看到无望，就找个法子自尽。"学正听了这些话就站起来，拱着手道："若说劝凤老爹投降的话，我知道是无望的。士各有志，也不敢来勉强凤老爹。现在一条大路，只有请凤老爹放下家眷，趁今日就离开本乡。因为我听到说，侄儿的这营里明后天有监军到任，那就什么事体侄儿全不能做主了。"凤池点点头道："那倒足见关照，能活，我也不一定要死，四哥的地位，比那监军现时还差多少级？"学正道："那倒是还差有三两级的。既在队伍里，当然是军令为重。"凤池笑道："这样看起来，随人造反，也有幸有不幸。你父子两人，舍死忘生，费尽了力，也不过弄这样一个小军职，你们要打算望上升，大概还得大大地杀些人呢。"学正听了这话，红着面孔，只有默然。凤池道："这些已经成了局面的事，那也不必说了。你要我父子今天走，我们马上可以走，但是这山上几百条性命，你有什么凭据拿出来，可以保他们不上当？"学正道："那自然有，照着太平天国的天条，本来要男女分馆的，但是我们这一乡的队伍，没有一个广西老兄弟，天条没有那样严，男女并不分馆，我现在下山，立刻把我乡五十以上的老母送上山来，作为凭信。若是你们还不放心，就留我在山上做质也可以。"说着，站起来把腰杆子挺着，瞪了两眼，算是他下了很大的决心。凤池这就向在座的各位首事全看了一看道："各位意思如何？"在座的人，谁也晓得这生死关头全在一句话，因之面面相觑，全不敢接着说一个字。

凤池道："降走死三个字摆在各位面前，不限定你们用哪一个字。就是现在一定得选择一个字。我也知道，大家都是愿意降。说降，就降，这还不失是爽直一流。要降又不好意思说降，失掉了这个机会，以后想投降也不易了。我只要把山上人安顿好了，马上就走。有不愿降的，可以跟我走，那也是现在一句话。"他说完了，却不免带一点生气的样子，板了脸子，对四周这些人望着，赵二老这就走出位来，对大家看了一眼，然后向凤池道："当时我们追随凤老爹办团练的时候，老实一句话，并没有什么了不得的意思，不过是想保全身家性命。忠君爱国，哪怕还是一句落得说的体面话。在山上熬了这些日子，熬不出一点办法来，大家只有投降了。可是我能凭良心说一句，不投降能够保全身家性命，大家还是不投降的。"

凤池站起来，走向前，握住学正的手，笑道："你听见没有？听听老百姓的话，知道怎样可以得人心了。老弟，你若是想得人心，最好你就是留在山上不走，做全山的护身符。但是有我在这里，又怎能容留得下你？只要你答应一句留在山上，我父子四人立刻下山。你是好汉，你答应我这句话。"他说话的时候，握住了学正的手，只是不放。说完了，方才向他一抱拳。那一番诚恳的意思，只在他注意望人的一只眼睛里可以看了出来。学正回报道："凤老爹是我的恩人，只要我能答应的话，一定遵办。既是凤老爹要留我在山上，我就不走。由我写一封信，派人送给家父去，告诉这里的情形。假使凤老爹决定了今天下山，我也在信上注明，好让山下放开一条路。为了平安些起见，我想凤老爹是由后寨门下去，经山路到英山绕道到湖北罗田去。那里没有太平军，凤老爹还有什么打算，这一条路也就很有法子可想了。"凤池手摸了胡子，昂头想了一会儿沉吟着道："假使四哥能把这山上的事一肩承担了，我立刻就可以走。"学正道："翼王现时正在东乡驻驾，他的意思究竟要怎么样，那自然说不定，假使凤老爹能够今天走，今天走是最好。"凤池听了他的话，又回头看看在座人的颜色，便微笑道："那倒很好。"他说出这样四个字来，大家却也不明白他是何用意，只有默然听着。凤池这就向屋檐下站的练勇道："立青大概站在门外面，你去把他叫进来。"练勇还没有动脚，立青大声答应着，已经走到屋里来。他板着脸道："爹身上有病，怎么能下山？"凤池道："事到于今，你还负什么气？我们为了顾全这一群人性命而来，我们还是为了顾全这一群人性命而去。你说我病了，走不得。难道我守在山上不走，就能让我从从容容地养病吗？四哥刚才说的一句话不错。他说我由英山到湖北罗田去，还是一条出路。现在我们就走着这一条路去碰碰看。"立青道："我们马上就走，家里怎么安顿？"

学正看到这老先生一副铁硬的心肠，却也暗暗地佩服，不能不随着兴奋起来。看见旁边桌上，摆好纸笔墨砚，就走过去移了板凳坐下，提笔写起信来。凤池挽了两手，反背在身后，只管低了头向桌上看着。直等他文不加点地把一封信写完，然后手摸了胡子，微微叹口气道："五步之内，必有芳草，这样看起来一点不假。汪世兄这样一个文武能来的人才，不能见用于世，只落得跟了长毛。"这些首事们看了他，也是透着奇怪，在他这样生离死别、要离开老家的时候，他竟然一点不介意。汪学正将信纸折叠着，向凤池拱了一拱手，凤池将信接过，就转递到赵二老手上，一抱拳头道："我们可以说是三十年的知交，对山外的事，现在有汪世兄做主，大概没有差错。对内的事这就都要交给你老哥了。我今天下山，自然也有我的计划，但是据我自己看来，恐怕是祸多福少，我们老朋友也许就不见面了。我生平一件大事没有办了，于今只好拜托给老朋友，那是很惭愧。不过我要套用项羽一句话，此天亡我，非我之罪也。"说着，向在座的人全拱了两拱手，一挥袖子，径自走去。大家初以为他是回家去，或者到冲里去看看，也没有理会。其实他是头也不回，径自走到后寨悬崖上，席地坐着。他微垂了眼皮，将两手交叉放在怀里，像老僧入定似的，一动也不动。当然在团练公所的人尊重了凤池的意思，一面派人送信下山，一面大家坐在议事厅里商量善后。

学正坐在人丛中，不免徘徊四顾，看看这山里人的情形。这就看到大门外有个人影子闪来闪去好几次。自己料着这就有事，因站起身来向外看着，回头对赵二老爹道："门外似乎有人找我。"赵二老笑道："你放心，我们奉恩你留在山上，我们就是把你当一家人看待，哪里还有什么坏心？"学正道：

"你猜错了。我怕外面这个人是我岳母。"外面忽然有人答道："姑爷，是我呀，我现在除了你就没有亲人了。"她说着这话，已是一脚跨进团练公所的大门，径直地奔到了学正面前，两手抓住了学正两只手，两行眼泪直流下来，嘴里还啰唆着道："我想不到还有同你见面的日子。"朱子清师娘这样一来，把在议事厅里的人都惊动了，全放下了正事不提，各睁了眼睛望着她。学正道："我既然上山，对了这里全山上的人当然都有一个了断。我现时在太平军里也很有地位，你老对后事不用发愁了，全有我一力承担。现在这议事厅里，大家都在议公事，你老人家有什么事，可以先回家去等着，回头我们再谈。"朱师娘道："你们议你们的公事，我坐在这里也不碍你们。"她口里说着，人就要在阶沿石上坐下。学正就伸两手把她扯去道："我暂时并不走的，如果你老人家真要有话对我说，我这就陪你去吧。但是我并不谈多久。"朱师娘这就站定了，伸了一个手指头，指着他道："我正有许多话儿预备着同你去说呢。你就跟着我来吧。"她说着这话，可就拉了学正的手向外面走，学正一面被她拉了走，一面回转头来对各位首事道："我去一会子就来。有什么话，我们回头再来说吧。"

他跟了岳母，一直走到茅棚子外面，早见棚子门口石头上坐着一位穿蓝褂子的少女。虽然是在这样的荒山里，还把头发梳得光光的。相隔不过三四个月，当然还认得。那正是自己未接过门的妻子朱秋贞。远远地看到她时，她正是昂起头来，睁了两只眼睛，也是向自己老远地看着，及至自己走到了她面前，她可两手撑着石头，把头低了下去。不过她虽是把头低了下去，依然还不断抬起眼皮来向人射着。朱师娘走到她面前，便道："贞妹，你汪家兄弟来了。到了现在这逃命的关头上，我们多一个人多一份照应，这就不能像平常一样讲什么嫌疑了。你快去烧一碗水给你兄弟来喝，我们还有许多话要说呢。"秋贞听她母亲说了这样一大串子话，不便再在石头上坐着了，慢慢地站起来，走进茅屋去。当她要走进那茅棚的时候，可又回转头来对学正射了一眼，似乎有一件事从心眼里快活出来，所以就情不自禁地一笑。朱师娘站在一边将汪学正从头至脚、由脚到头看了好几遍，掀起一只衣襟角揉着眼睛，这就笑道："你看，你这一来，不但是我心里高兴，就是她心里也很高兴。你现时在长毛那里做什么官？这一身穿……"她的话不曾说了，却听到茅棚子里有那很尖脆的声音，叫了一声"妈"。朱师娘道："我已经说过了，并不是外人，有什么就说吧，你别这样藏头露尾的。"一面就向屋子里走了去。学正静心听时，那里面屋子有女子低声埋怨着道："你不会说话，你就少说话，为什么当了人家说起长毛两个字来呢？人家做的是天国的官，以后可不能乱说了。"

学正听了这两句话，说不出来什么缘故，心里有那么一种愉快。于是站起来，对着门里道："你老人家不用张罗吧。我们坐着谈一会子就是了。"朱师娘在屋子里耽搁很久，却捧了一只粗碗出来，带了笑道："你看，我找了半天也找不着一点待客的东西。翻来翻去，翻到了一小把干咸菜，熬了这一碗汤给你喝。我们贞姐还只不让拿出来。这要什么紧？骨肉团圆，这就算是我们庆贺庆贺吧。"她口说着，人是笑嘻嘻地走到汪学正面前。他看见岳母如此客气，自然是赶紧着把碗接了过来，可是一看那碗里时，实在忍不住一笑，原来是一大碗开水里面浸着一些漆黑的干菜叶子。这位岳母大人忙了半天，不过如此。朱师娘以为姑爷见了岳母高兴起来，姑爷笑，她也就跟着笑。那位秋贞姑娘虽是不便径直地走出来陪话，可是在茅棚子里面就走来走去。自然，当她走过门里的时候，向外看着，总是微微带了笑容。

朱师娘也不知道那样不怕累，坐在门外石块上，啰啰唆唆只管把话全说着。她说道："姑爷，我本当把你请到屋子里去坐。一来里面满地是茅草，桌椅板凳全是那个。二来呢，你两个人虽是见过面的，可是你们也没有说过话，在一处藏藏躲躲的。我觉得你会反是坐不住。"朱师娘只把脸朝着姑爷，可没有望身后。殊不知她的姑娘变了个样儿了，竟是一点不怕人，端端正正地蹲了身子坐在门槛石头上。朱师娘要在往日，一定会红着脸，把姑娘吃喝着走的。这时为了顾全姑爷的面子，只好不作声。所喜学正谈着长毛里的规矩，很是有味，听得忘了一切。由太阳当头谈到日色偏西，山下的回信也早已到过。这就有一片呜呜咽咽的哭声由远而近。却是李凤池的夫人和他的长媳，牵了一个三岁的小孩子，走到山冲路上来。在他们前面走着的，正是李凤池三个儿子，各垂了头走，眼睛红红的。学正就抢步上前问道："三位这就下山吗？"立青瞧了他一眼，没有作声。立言道："令尊回信上，约我们酉时正中下山，现在到了时候了。"说完了，低头又走。学正道："我送你们一程吧。"那朱师娘也站了起来，掀起一只衣襟角，揉擦着眼睛。这里一行人，除了那两位老少妇人低声地哭着外，并没有一点什么声音。

大家低了头，一直走到后山寨的悬崖上，却见凤池反背了两手对山下呆呆地望着，并不回头来看人。立青抢上前，走到他身后，低声叫道："爹，妈来了。"凤池还是背对了山上，伸起一只手来，将胡子摸了两下，静静地立着。在身边的庄稼人早是垂着绳子，放到崖口的涧里去。远远地望到太平军的寨墙上竖起了两面白旗，在阳光里很显明地飘荡。学正道："凤老爹，请你看定了那旗子走。这旗子有四面，半里路一面，随了旗子走，自然就走出重围去了。"只这一声，两个妇人索性低声哭了出来。凤池这就扭转身来，板着脸子，很沉静了一会儿，瞪着眼睛向老妻道："你哭什么？我打仗已不是一次，假如我在阵地早已阵亡了，不就早没有我了吗？现在我下山去找出路，还不一定就会死，你怕什么？"钱氏垂着泪道："我并不拦着你，望你一路平安。"凤池看看自己三个儿子，又看那年轻的长媳手里还牵了一个孙子，只是哽咽着抬不起头来。于是映了两映眼睛，将手摸着胡子道："大家不用伤心，在这离乱的年月，只有各保性命，现时我们不分开，长毛把我捉到，那是全家诛灭。现在我们分开了，你们是妇人，隐姓埋名，料着他们也就不过分为难了。我们走吧。"只"走"一声，钱氏是随着哇地哭了出来。凤池看到三个儿子并排地站在自己身后。山上一大群老少，在正对面排了一班，向这里望着，做个送行的样子。只有自己的老妻同儿媳站在人前面。那长媳睁了眼望着丈夫，泪珠是成了长线，向下不断流着。那个三岁的小孩子看到祖母母亲全都在哭，倒有些莫名其妙，挤挤眼睛，只牵了母亲一角衣襟，在她肋下转来转去。凤池看那些人身后，还有朱子清母女，她们的眼睛，虽是也不免望到下山人这一番凄惨的情形，倒是她们看看别人，总一定要看到汪学正身上去。他们散而复聚，那一场欢喜是可想而知的。于是走向前一步，对着学正作了一个揖道："山上的事，我已托之再三，大事已妥，不必多说。我走了，我家里还剩三口老小……"学正不等说完，就抢着一拍胸答道："侄儿的营里，差不多带了五千名弟兄，若是连凤老爹三口家眷还不能保，那就太惭愧了。这里的事，请凤老爹放心。现在时辰已到了，你们四人要在这个时候跑出去百里路，才离开了险地，请吧。"

凤池听说这话，向山下看看，又向山上看看。只见山上的练勇立刻改了样子，各人都空着手，有的斜伸了一只脚，有的背靠了树，才把身子站定。而且三三五五随便站着，有的大概是刚才听到消息，陆陆续续地走了来。便昂头叹了一口气道："果然事不可为了。"赵二老爹同了几个首事站在人丛的一角，似乎透着很难为情的样子。凤池遥遥地一拱手道："各位老爹，后会有期了。"赵二老爹将脚跋了两跋，抢上前道："我们一样是读书的人。说起年纪来，还比凤老爹小，只是让凤老爹一人为其难，我们真惭愧。"凤老爹道："你老哥又当别论，第一是两腿不大方便。"赵二老爹道："不能那样说，难道找一个自尽还有什么为难之处吗？"凤池看到他身后还站着许多首事，可不敢把话跟着向下说，却掉过脸来对学正道："四哥，以现在而论，你是有志者事竟成了。我已经走了。山上已没有了你们太平军的对头，好自为之吧。"说完了，他又向全山上送行的人作了一个圈圈儿揖。趁着自己家里老小注意着说话，停止了哭声，扭着身子就扶了绳子溜下涧口去了。他三个儿子看到老父下去了，都怕会出意外，也跟着就坠了下去。这一下子，所有在后山悬崖上的人，心房都向下一落。有些人还全到崖口来看他们的去路。不多一会儿，他们父子四人都已安全落地，对了太平军营寨外插有白旗的地方走去。

太阳是快要西落了。那苍茫的阳光落在军营外平原上，照着几个矮小的人影缓缓地走入荒烟里去。大家都呆了，说不出话来。只有汪学正回转头来，看到他的未婚妻嫣然一笑，把头低着。

人生苦乐，永远是这样不平均的。

图书在版编目（CIP）数据

天明寨／张恨水著. — 北京：中国文史出版
社，2018.5
（民国通俗小说典藏文库·张恨水卷）
ISBN 978-7-5034-9997-5

Ⅰ. ①天… Ⅱ. ①张… Ⅲ. ①长篇小说-中国-现代
Ⅳ. ①I246.5

中国版本图书馆 CIP 数据核字（2018）第 009852 号

责任编辑：卢祥秋
整　　理：澎　湃

出版发行：**中国文史出版社**
网　　址：http://www.chinawenshi.net
社　　址：北京市西城区太平桥大街 23 号　邮编：100811
电　　话：010-66173572　66168268　66192736（发行部）
传　　真：010-66192703
印　　装：廊坊市海涛印刷有限公司
经　　销：全国新华书店
开　　本：720×1020　1/16
印　　张：19.5　　　字数：350 千字
版　　次：2018 年 5 月第 1 版
印　　次：2018 年 5 月第 1 次印刷
定　　价：48.00 元